Mario Reading
Corpus maleficus

Buch

*Alles begann mit dem Eid, den ein treuer Graf im Jahr 1228
vor seinem König ablegte:*
De Bale hörte, wie sich der König näherte, beschloss aber, nicht aufzublicken. Die Worte des Königs waren durch die hallende Basilika bis zu ihm vernehmbar gewesen, und de Bale begriff, dass sich genau in diesem Moment seine eigene Zukunft und die seiner Familie für alle Zeiten entscheiden würde.
Er spürte, wie die Spitze des königlichen Schwerts seine rechte Schulter berührte. »Ihr habt den Teufel gesehen, de Bale?«
»Ich habe ihn gesehen, Sire.«
»Und Ihr habt den König beschützt?«
»Mit meinem Leben, Sire.«
»Und Ihr werdet den König immer beschützen?«
»Immer, Sire.«
»Und sein Reich?«
»Ich – und meine ganze Familie. Bis in alle Ewigkeit.«
»Dann werdet Ihr mein Corpus maleficus sein.«

Autor

Mario Reading hatte bereits in zahlreichen Berufen gearbeitet – darunter als Reitlehrer in Afrika und Verwalter einer Kaffeeplantage in Mexiko –, bevor er sich zunächst dem Schreiben von Sachbüchern widmete. Der große internationale Durchbruch gelang Mario Reading jedoch mit seinem Debütroman *Die 52*. Die Rechte an diesem einzigartig spannenden Thriller wurden bereits in 32 Länder verkauft.

Außerdem ist von Mario Reading lieferbar:

Die 52. Thriller (37122)

Mario Reading

Corpus maleficus

Thriller

Aus dem Englischen
von Fred Kinzel

blanvalet

Die Originalausgabe erschien unter dem Titel
»The Mayan Codex« bei Corvus, an imprint of Atlantic Books,
Grove Atlantic Ltd., London.

Verlagsgruppe Random House FSC-DEU-0100
Das FSC-zertifizierte Papier *Holmen Book Cream* für dieses Buch
liefert Holmen Paper, Hallstavik, Schweden.

1. Auflage
Deutsche Erstausgabe Dezember 2010
bei Blanvalet, einem Unternehmen der Verlagsgruppe
Random House GmbH, München.
Copyright © der Originalausgabe 2010 by Mario Reading
Copyright © der deutschsprachigen Ausgabe 2010
by Verlagsgruppe Random House GmbH, München
Umschlagmotiv: © Artwork HildenDesign, München
Redakion: Dr. Rainer Schöttle
UH · Herstellung: sam
Satz: Uhl + Massopust, Aalen
Druck: GGP Media GmbH, Pößneck
Printed in Germany
ISBN 978-3-442-37598-1

www.blanvalet.de

Für meine geliebte Frau, Claudia de Los Angeles,
la guardiana de mi corazón

Mario Reading 2010

VORBEMERKUNG DES AUTORS

Wie bei den Überlieferungen der Zigeuner im ersten Teil meiner Nostradamus-Trilogie sind auch die in diesem Buch beschriebenen Namen, Gebräuche und Mythen der Maya korrekt wiedergegeben. Ich habe lediglich der erzählerischen Einfachheit halber die Sitten einer Reihe verschiedener Mayastämme zu denen eines einzigen zusammengezogen. Der Bericht von Akbal Coatl – alias »die Nachtschlange« – über die von dem Mönch Diego de Landa begangenen Grausamkeiten wurde in keiner Weise verfälscht. Diese Schrecken sind geschehen, und zwar genauso, wie von mir beschrieben.

Der allergrößte Teil der geschriebenen Geschichte der Maya wurde in einem einzigen allumfassenden Pogrom vernichtet.

EPIGRAPH

»Esst, esst, solange ihr noch Brot habt
Trinkt, trinkt, solange ihr noch Wasser habt
Ein Tag wird kommen, da Staub die Erde beherrscht
Und das Antlitz der Welt zerstört sein wird
An jenem Tag wird eine Wolke aufsteigen
An jenem Tag wird sich ein Berg erheben
An jenem Tag wird ein starker Mann das Land an sich reißen
An jenem Tag wird alles in Trümmern versinken
An jenem Tag wird das zarte Blatt zerstört werden
An jenem Tag werden sich sterbende Augen schließen
An jenem Tag wird man drei Zeichen an einem Baum sehen
An jenem Tag werden drei Generationen Männer dort hängen
An jenem Tag wird man die Kriegsfahne hochziehen
Und das Volk wird sich in die Wälder zerstreuen.«

Aus den *Neun Büchern des Chilan Balam*
Wiedergegeben nach der Übersetzung des Autors

PROLOG

1 Le Château de Monfaucon, Montargis, Frankreich, 25. Oktober 1228

Der junge König kniete nieder und betete ein wenig vor der Jagd – immerhin war Gott auf seiner Seite. Dann ritten er und sein fünfzig Mann starkes Gefolge unter lautem Klappern aus dem Château de Monfaucon in Richtung des herrschaftlichen Walds.

Es war ein stürmischer Herbsttag, das Laub wirbelte im Wind, und der Regen, der in der Luft lag, machte die Wangen feucht. Den zwölf berittenen Zisterziensermönchen, die den König stets begleiteten, fiel es zunehmend schwerer, ihre Stundengebete über das Getöse des Winds hinweg hörbar zu machen. Der König warf von Zeit zu Zeit einen zornigen Blick zu ihnen zurück, verärgert über das An- und Abschwellen ihres Gesangs.

»Ihr könnt alle nach Hause reiten. Ich habe genug von eurem Gejaule. Ich verstehe kein Wort davon.«

Die Mönche, an die Launen ihres Herrn gewöhnt, lösten sich aus der Jagdgesellschaft; insgeheim freuten sie sich über eine frühe Rückkehr ins Kloster, zum prasselnden Feuer und zu einem üppigen Frühstück, das sie dort erwartete.

Ludwig wandte sich an seinen Schildknappen, Amauri de Bale. »Was du über den wilden Eber sagtest, als wir uns gestern unterhielten – dass er ebenfalls ein Symbol Christi sei –, stimmt das?«

De Bale spürte ein inneres Frohlocken. Die Saat, die er so sorgfältig gelegt hatte, ging doch noch auf. »Ja, Sire. Das Wort *Eber* lässt sich meines Wissens direkt zu Ibri, dem Urahn der Hebräer zurückverfolgen.« Mit Hilfe einer erstaunlich praktischen, aber falschen Wortherleitung, wie de Bale für sich ergänzte.

Ludwig schlug auf den Knauf seines Jagdsattels. »Die als Ibrim bekannt waren. Natürlich!«

De Bale grinste. Er schickte ein heimliches Dankgebet an die Phalanx der Hauslehrer, die dafür gesorgt hatten, dass Ludwig sogar noch gebildeter war als sein kraftloser Sodomit von Großvater, Philip II. Augustus.

»Wie Ihr wisst, Sire, war der Eber im alten Griechenland der Schutzgeist der Göttinnen Demeter und Atalanta. In Rom der des Kriegsgottes Mars. Hier in Frankreich könnte man sagen, der Eber steht für Euch, Sire, und zwar in dem Sinn, dass er sowohl heldenhaften Mut als auch die Weigerung verkörpert, sein Heil in der Flucht zu suchen.«

Ludwigs Augen brannten vor Begeisterung. Seine Stimme erhob sich hoch über das Brausen des Winds. »Heute werde ich einen wilden Eber mit meiner Axt töten. Genau wie Herkules am Berg Erymanthos. Gott hat heute Morgen zu mir gesprochen und mir gesagt, in diesem Fall würden sich die Eigenschaften des Ebers auf mich übertragen, und in meiner Herrschaftszeit würde es zur dauerhaften Annektierung von Jerusalem, Nazareth und Bethlehem durch die Heilige Mutter Kirche kommen.«

De Bale runzelte die Stirn. »Durch den Heiligen Römischen Kaiser, meint Ihr?«

»Ich meine, durch mich.«

De Bale war vorübergehend um Worte verlegen. Das wurde ja mit jedem Augenblick besser. Der König hatte den Vorschlag sogar selbst gemacht. Er schaute in die Mienen der Ritter ringsum – ja, sie hatten den König sehr wohl verstanden.

Er konnte förmlich hören, wie sich ein Schließmuskel um den anderen zusammenzog, als das Gefolge des Königs begriff, dass sie heute auf wilde Eber – und nicht auf Hirsche – Jagd machen würden.

De Bale warf einen Seitenblick zum König. Mit seinen sechzehn Jahren war er ein ganzes Jahr älter als Ludwig. Körperlich war er bereits voll ausgebildet, während der fünfzehnjährige König erst im Anfangsstadium der Geschlechtsreife stand. Was die Größe anging, überragte Ludwig jedoch de Bale um mehr als einen Kopf, und er saß mit dem Selbstvertrauen der ungestümen Jugend auf seinem Pferd.

»*Dente timetur*«, sagte de Bale.

»*Rex non potest peccare*«, gab der König mit einem selbstzufriedenen Lächeln zurück.

Das königliche Gefolge brach in spontanen Beifall aus. Selbst de Bale musste zugeben, dass ihn das elegante Wortspiel des Königs beeindruckte. Er verneigte sich tief im Sattel.

De Bale hatte ursprünglich die Absicht gehabt, sich abzusichern – *dente timetur* war ein wohlbekannter lateinischer Ausdruck für: »Die Zähne sind furchterregend« oder, in diesem Zusammenhang: »Vorsicht mit den Hauern«. Aber der König hatte mit *rex non potest peccare* gekontert – »der König kann nicht sündigen«. Indem er jedoch ein überraschendes Komma zwischen *potest* und *peccare* einschob und das e am Ende von *peccare* zu einem i abschliff, hatte Ludwig den Satz wundersamerweise in »Du kannst den König nicht beherrschen, wildes Schwein« verwandelt.

Das Wortspiel war so zauberhaft, dass de Bale kurz versucht war, seinen Plan zu ändern und das Leben des Königs zu schonen – wo sonst als in Frankreich fand man einen fünfzehnjährigen König, der so geistreich war wie ein Peter Abaelard? Doch ein kluger Mann überlegte es sich zweimal, ob er sich einen so mächtigen Verwandten wie Pierre Mauclerc, den Herzog der Bretagne, zum Feind machen wollte. De Bale saß zwischen den Plantagenets und den Kapetingern sauber zwischen allen Stühlen.

Er lenkte sein Pferd näher zu dem des Königs und warf rasch einen Blick über die Schulter, um zu sehen, wie es die übrigen Edelleute aufnahmen, dass er derart die Aufmerksamkeit des Königs auf sich zog. »Ich weiß, wo Ihr einen finden könnt, Sire. Er ist ein Ungeheuer. Der größte Keiler von hier bis Orléans. Er wiegt leicht vierhundert Pfund.«

»Wie? Was hast du gesagt?«

Der Narr hat schon wieder gebetet, dachte de Bale. Wenn er so weitermacht, endet er entweder als Heiliger oder als Tyrann.

De Bales eigene Version eines feierlichen Gebets blitzte unaufgefordert in seinem Kopf auf: »Mögest Du in Deiner Güte dafür sorgen, lieber Gott, dass der Hurensohn nach meiner bevorstehenden Tat weder als Heiliger noch als Tyrann, sondern als Märtyrer endet – und ich nicht als gevierteilter, verwirrter Königsmörder.«

De Bale verneigte sich als Reaktion auf die Frage des Königs, und ein widerwärtiges Lächeln spielte über sein Gesicht. »Ich hatte ihn eigentlich für mich selbst reserviert, Sire. Meine Diener …«

»Wie kannst du ihn für dich selbst reservieren? Alle wilden Eber gehören dem König. Wofür hältst du dich?«

De Bale errötete. Gott beschütze mich vor Männern, die meine Herren sind, formulierte er für sich. Er war bereits Mauclerc verpflichtet, und hier kreuzte er die Klinge mit seinem anderen Lehensherrn, Ludwig IX., den Mauclerc tot sehen wollte. De Bale spürte, wie sein Gehirn um seine Achse rotierte. Er tastete sich an die richtige Vorgehensweise heran, den richtigen Weg, abzuspringen.

»Das Tier befindet sich weit außerhalb des königlichen Walds und gehört deshalb rechtmäßig mir. Und noch habe ich es nicht getötet. Ich habe meine Männer lediglich angewiesen, eine Absperrung aus Weiden um sein Versteck zu errichten und es mit dauerndem Getöse am Weglaufen zu hindern. Ich weiß, es ist da drin. Ich habe es nur noch nicht gesehen. Ich wollte den Eber der Heiligen Jungfrau widmen und dann abschlachten. Es heißt, seine Hauer seien zwölf Zoll lang.«

»Zwölf Zoll? Unmöglich.«

De Bale kannte seinen Mann. Er zuckte mit den Achseln und blickte in die Ferne.

»Dann ist er der Teufel, kein Eber. Vierhundert Pfund, sagst du? Und zwölf Zoll lange Hauer? Er ist ein Hochstapler. Es ist unvorstellbar, dass sich unser Herr Jesus Christus in so einem Ungeheuer widerspiegeln soll.«

De Bale holte zum entscheidenden Schlag aus. »Das wäre wohl möglich, Sire. Ihr habt zweifellos recht.« Er bekreuzigte sich mit übertriebener Geste, fast als würde er Weihwasser über eine unsichtbare Versammlung spritzen. »Um wie viel mehr ist er dann ein geeigneter Gegner für einen christlichen König!«

2 Die königliche Jagdgesellschaft brauchte fünf Stunden, bis sie den herrschaftlichen Wald der de Bales erreicht hatte. Ersatzpferde waren angefordert worden, und de Bale hatte Essen bestellt und einen Pavillon direkt am Gehege des Ungeheuers aufstellen lassen. Er hatte auch einen Boten vorausgeschickt, um seine Pächter von der täglichen Arbeit freizustellen und sich ein größtmögliches Publikum für ein Ereignis zu sichern, das nach seiner festen Überzeugung die Erde erschüttern und das Reich verändern würde.

Als der König schließlich von den St.-Benedikt-Marschen kommend einritt, fielen fünfhundert seiner eifrigen Untertanen zur Begrüßung auf die Knie.

»Möchtet Ihr zuerst ausruhen, Sire?« De Bale fing den Blick seines Hofmeisters auf. Der Mann verbeugte sich, um anzuzeigen, dass alles für das Wohlergehen des Königs vorbereitet sei. »Oder sollen wir sofort zur Sache kommen?«

Der König blickte über die Weidenumfriedung. Sein Gesicht war aschfahl.

Er verliert die Nerven, dachte de Bale. Der arme Tor hatte fünf Stunden Zeit, über alles nachzudenken, und er verliert die Nerven. »Darf ich Euer Kämpe sein, Sire, und das Schwein in Eurem Namen mit der Axt erschlagen?«

Ludwig schwang ein Bein über den Sattelknauf. Ein Diener schlitterte um das Hinterteil des Pferds herum und machte seinen Rücken zu einem Tisch, damit der König seine Stiefel nicht zu beschmutzen brauchte. »Hat Gott heute Morgen auch zu dir gesprochen, Amauri?«

»Nein, Sire. Natürlich nicht. Gott spricht nur zu Königen, Päpsten und dem Heiligen Römischen Kaiser.«

Der König knurrte. Er machte seinem Stallmeister ein Zeichen. »Bring mir eine Axt. Ich werde diesen Eber töten, und dann essen wir.«

De Bale schickte ein inbrünstiges Dankgebet zum Himmel, dass sich keiner der reiferen Berater des Königs die Mühe gemacht hatte, an der Jagd teilzunehmen. Wie es ihre Art war, schmiedete die ganze Bande irgendwo Ränke mit der Königinmutter. Er hatte das ganze Feld für sich.

Er hob seinen Panzerhandschuh und machte seinen Jägern ein Zeichen, mit der Treibjagd zu beginnen. Diese wiederum bedeuteten ihren Männern mit den Signalflaggen, den Befehl zu den Treibern am anderen Ende des Dickichts zu übermitteln.

»Der Eber kann jeden Moment auftauchen, Sire. Darf ich vorschlagen, dass Ihr Eure Position einnehmt?«

Der König schritt durch die Öffnung, die man in der Absperrung für ihn ausgespart hatte. Vor ihm befand sich ein dichtes Gestrüpp aus Dornen und Weiden. In diese Pflanzenmasse war eine Schneise geschlagen worden, durch die der Eber, jedenfalls der Theorie nach, gelenkt werden sollte.

De Bale nickte einem seiner Bewaffneten zu. Der Mann

warf ihm eine Lanze zu. De Bale bezog rechts hinter dem König Stellung. »Ich werde nur eingreifen, Sire, falls Euer erster Schlag nicht ausreichend sein sollte.«

»Du wirst nicht eingreifen. Mein erster Schlag wird ausreichen. Gott hat zu mir gesprochen. Ich bin sein gesalbtes Gefäß.«

De Bale neigte den Kopf; er fügte sich mit demonstrativem Widerwillen den Wünschen des Königs. Dieser konnte die Bewegung seines Schildknappen nicht sehen, aber alle anderen sahen sie. »So sei es, Sire.« Er stützte sich auf seine Lanze und wartete.

Bald war ein Geschrei von jenseits der Hügelkuppe zu hören. Die Treibjagd hatte begonnen. De Bale hatte befohlen, dass die Linie der Treiber mit Abständen von nicht mehr als einem Meter zwischen den einzelnen Männern vorrücken sollte – das Letzte, was er wollte, war, dass der Eber nach hinten ausbrach und einen seiner eigenen Leute anstelle des Königs aufschlitzte.

»Denkt daran, Eure Beine geschlossen zu halten, wenn Ihr zuschlagt, Sire.«

»Wovon redest du?«

»Ein Eber stößt mit seinen Hauern nach oben, um seinem Opfer die Eingeweide herauszureißen. Wenn Ihr die Beine geschlossen haltet, Sire, schützt Ihr nicht nur Euch selbst, sondern auch die Zukunft Frankreichs.«

Ludwig brach in Lachen aus.

Gut, dachte de Bale. Ein weiterer Beleg für die Zeugen ringsum, dass zwischen dem König und mir alles in Ordnung ist. Und mit geschlossenen Beinen wird der Narr seinen Schlag umso wahrscheinlicher verpfuschen.

Ein Krachen ertönte aus dem Unterholz, gefolgt von einem erregten Heulen der Zuschauer. Ein Eber brach aus der Schneise im Dickicht und rannte direkt auf den König zu.

»Nicht dieser, Sire.«

De Bale spurtete vor und durchbohrte den Eber mit seiner

Lanze. Das Tier kreischte, fiel auf den Rücken und schlug mit allen vier Beinen. De Bale winkte seinen Jägern, die hinzurannten, dem Schwein die Kehle aufschlitzten und es fortschleiften. Ein stechender Geruch blieb in der Luft hängen.

»Der hatte weniger als zweihundert Pfund, Sire. Euer Eber ist mehr als doppelt so groß.«

Ludwig hatte die Augen weit aufgerissen. Er schien wie hypnotisiert von dem noch immer dampfenden Blut, das von dem geschlachteten Tier auf der Erde zurückgeblieben war.

Komm schon, murmelte de Bale lautlos im Rücken des Königs. Verlier jetzt nicht die Nerven, Mann. Du würdest es nie wiedergutmachen. Die Leute würden sich Lieder über dich ausdenken. Du würdest als Ludwig der Schwache in die Geschichte eingehen. Und das Schicksal würde dich ohne Frage hundert Jahre alt werden lassen.

Ein Stöhnen ging durch die Menge. Aus der Pflanzung war ein weißer Hirsch aufgetaucht. Das Tier knickte leicht in den Hinterbeinen ein und sprang dann quer durch die Linie der Jäger; mit einem Satz überwand es den Weidenzaun und galoppierte in den umliegenden Wald.

De Bale murmelte eine Reihe von Kraftausdrücken. »Es ist ein weißer Hirsch, Sire. Seine Anwesenheit bedeutet, dass Euer Ziel unerreichbar ist.« Die Worte kamen ihm nur schwer über die Lippen. Aber das Symbol war so eindeutig und die Bedeutung des weißen Hirschen so allgemein bekannt, dass es angesichts seiner Stellung als Gastgeber des Königs töricht von de Bale gewesen wäre, nicht darauf einzugehen.

»»Wie der Hirsch dürstet nach dem Wasserlauf, so dürstet meine Seele nach Dir, o Gott.«« Ludwig machte sich zum Schlag bereit. Es war offenkundig, dass er beabsichtigte, sowohl den Hirsch als auch de Bale eines Besseren zu belehren.

Aus der Reihe der anrückenden Treiber ertönte ein schriller Schrei, dann ein Durcheinander von Stimmen. Jemand war eindeutig aufgespießt worden.

Der König blickte überall gleichzeitig hin, sein Gesicht war aschgrau im plötzlich durch die Bäume brechenden Sonnenschein.

Der Eber tauchte am äußersten Rand des Dickichts auf, von seinen Hauern hingen rote Streifen.

Zuerst sah ihn der König nicht. Aber der wütende Eber – der Erste des Paars, der Blut geschmeckt hatte – sah nun den König. Er blickte zur Reihe der Jäger. Keine Lücke. Dann zurück zum König, der völlig allein stand.

Der Eber griff an, er verdrehte seine Schnauze dabei und klappte sie auf und zu, um sich von dem Gewirr der Eingeweide zu befreien, die seine Sicht behinderten.

Der König sah den Eber und richtete sich auf. Er holte mit der Axt aus und wartete.

»Lauft ihm entgegen, Sire! Ihr müsst ihm entgegenlaufen!« De Bale hatte nicht die leiseste Ahnung, warum er dem König plötzlich zu helfen versuchte. Er wollte, dass der Mann starb, Himmel noch mal, nicht, dass er zur Legende wurde.

Der König begann schwerfällig auf den Eber zuzutrotten, die Axt zum tödlichen Schlag erhoben.

Der Eber wich geschickt aus und stieß seine Hauer von der Seite her in den König.

Der König schrie und stürzte.

Der Eber wendete zu einem zweiten Angriff.

Ohne nachzudenken, rannte de Bale auf den König zu und stieß mit seiner Lanze abwärts in die Bahn des anstürmenden Ebers. Die Lanze drang dem Tier durch die Schulter. Blut spritzte wie eine dunkelrote Fontäne über die liegende Gestalt des Königs.

Der Stoß hatte den Schaft der Lanze brechen lassen, sodass de Bale nurmehr mit einem zersplitterten Stück Holz in der Hand dastand.

Der mächtige Eber kroch auf den König zu, um zu beenden, was er begonnen hatte.

Die Jäger näherten sich mit gezückten Messern, allen stand der Mund weit offen vor Entsetzen.

De Bale sah all das wie in endlos langsam vorbeiziehenden Bildern. Es war klar, dass er nur noch eine Möglichkeit hatte.

Er warf sich auf den Eber und packte dessen messerscharfe Hauer mit seinen Händen. Seine letzte bewusste Erinnerung war, wie die Messer der Jäger neben seinem Kopf niedersausten.

3 Amauri de Bale, Graf von Hyères, blieb die nächsten sechzehn Jahre vom Hof verbannt.

Die Königinmutter, Blanche de Castille, hatte ihm nie verziehen, dass er ihrer Ansicht nach ihren Sohn, den König, zu einer Handlung ermutigt hatte, deren Torheit nur noch durch ihre Sinnlosigkeit übertroffen worden war. Der Umstand, dass de Bale das Leben des jungen Königs unter erheblicher Gefahr für sein eigenes Leben gerettet hatte, zählte in ihrer Einschätzung wenig – immerhin hatte es de Bale ohne Frage vor einem qualvollen Tod durch Vierteilen wegen Königsmords bewahrt.

Dem König war von seiner Mutter verboten worden, jemals wieder mit de Bale zu sprechen, und er hatte diesem Ansinnen aus Pflichtgefühl und Zuneigung zu seiner Mutter zugestimmt; allerdings hatte er es abgelehnt, einen offiziellen Eid darauf zu schwören.

Doch der König war ein tief religiöser Mensch und in ganz Europa für seinen Gerechtigkeitssinn berühmt. Während der Jahre ihrer erzwungenen Trennung war er immer mehr zu der Überzeugung gelangt, dass Amauri de Bale von Gott dazu auserkoren worden war, ihn vor den Machenschaften des Teufels zu schützen. Und darüber hinaus, dass der mächtige St.-Benedikt-Eber, weit entfernt davon, die Gestalt eines der ureigenen Symbole Christi anzunehmen, in Wirklichkeit Luzifer selbst gewesen war.

Im Spätsommer 1244, nach einer beinahe tödlich verlaufenen Krankheit, hatte König Ludwig zum Entsetzen seiner Mutter einseitig seine Absicht erklärt, das Kreuzfahrergelübde abzulegen.

Nach eingehender Seelenerforschung und unter Anleitung seines Beichtvaters Geoffrey von Beaulieu sowie seines Kaplans Wilhelm von Chartres kam man zu dem Schluss, dass der König den Eid unmöglich ablegen konnte, ohne vorher Gottes Anteil an seiner Entscheidung anzuerkennen. Und das wiederum ließ sich nicht ohne eine irgendwie geartete Anerkennung des Mannes bewerkstelligen, den Gott selbst eindeutig dazu auserwählt hatte, den König vor dem Teufel zu beschützen.

Das Problem wurde weiterhin dadurch verschärft, dass eine Reihe der königlichen Edelknaben – von denen viele inzwischen, sechzehn Jahre nach dem denkwürdigen Ereignis, wichtige Staatsämter innehatten – an jenem Morgen im Jahr 1228 eindeutig gehört hatten, wie der König dem Grafen Amauri de Bale erklärte, dass er, Ludwig, *Rex Francorum* und *Rex Christianissimus*, Stellvertreter Gottes auf Erden, Hoher Beschützer Frankreichs (der ältesten Tochter der Kirche), von Gott persönlich die Anweisung erhalten habe, zuerst loszuziehen und einen wilden Eber mit seiner Axt zu töten, falls er je die dauerhafte Annektierung Jerusalems, Nazareths und Bethlehems durch die Heilige Mutter Kirche erreichen wollte.

Dank seines immer tiefer gehenden Verständnisses der Heiligen Schrift war dem König – und durch ihn seinen Beratern – inzwischen klar, dass Gott an jenem Tag ein weitergehendes und weniger offenkundiges Ziel verfolgt hatte. Und dass sein Beweggrund die Erwählung Amauri de Bales als einzigen Streiter des Königs einschloss. Der für ihn und in seinem Namen, mit anderen Worten: in der Erfüllung der Wünsche Gottes, handeln sollte.

Als direkte Folge aus diesem Umstand und gegen die lebhafte Missbilligung der Königinmutter sandte der König eine offizielle Aufforderung an de Bale, sich in der Basilika von St. Denis, vor den Gräbern Ludwigs VIII., des Vaters des Königs, und Philips II. August, seines Großvaters, einzufinden, und zwar auf den Tag und die Stunde genau sechzehn Jahre nach seinem gottgewollten Eingreifen.

4 Zuerst war Amauri de Bale versucht gewesen, sich der Aufforderung, die er für eine List hielt, zu entziehen, indem er sich in den Nachwirren des sechsten Kreuzzugs spontan zum Dienst in der Armee des Heiligen Römischen Kaisers, Friedrichs II., meldete. Aber er wusste: Wenn sich die Königin tatsächlich an ihm rächen wollte, konnte sie ihn im Heiligen Land ebenso leicht aufspüren, wie sie ihn während der letzten sechzehn Jahre in der dürftigen Sicherheit seines Châteaus hätte erreichen können.

Dass er sein Leben – und den Erhalt seiner Gliedmaßen – der Gnade des Königs verdankte, war kaum zu bezweifeln. De Bale schauderte es bei dem Gedanken, was man auf Befehl der Königin mit ihm gemacht hätte, wenn er nicht im letzten Moment seine Meinung geändert hätte und dem König zur Seite gesprungen wäre, um dessen Leben zu retten. Seine – auf den ersten Blick – absurde Entscheidung an jenem Tag war jedoch nicht durch einen unwahrscheinlichen Ausbruch von Nächstenliebe zustande gekommen, sondern vielmehr durch den Instinkt des geübten Kriegers, gepaart mit der plötzlichen Erkenntnis, dass dieser geistreiche junge König Frankreich doch zur Ehre gereichen konnte und nicht nur eine weitere kapetingische Bürde für das Land sein würde.

Das Ergebnis war natürlich gewesen, dass de Bale mit dem Herzog der Bretagne aneinandergeriet – mit allem, was dies an schwindendem Einfluss, einer weniger vorteilhaften Heirat und einer dramatischen Beschneidung seiner politischen Ambitionen mit sich brachte. Doch er war zu dem Schluss gekommen, dies sei, alles in allem betrachtet, das kleinere von zwei

Übeln – Mauclerc war schlimm, aber die Königinmutter war schrecklich.

De Bale kniete deshalb mit gesenktem Haupt vor dem Sarkophag des Königsvaters, die Unterarme auf dem einen erhobenen Knie, und wartete auf des Königs Belieben. Sein ganzes Leben war eine Folge häufig spontaner, riskanter Spiele gewesen, und nun empfand er in fatalistischer Weise seine eigene Bedeutungslosigkeit in dieser prachtvollen neuen gotischen Basilika von St. Denis.

Flankiert von seinem Beichtvater Geoffrey von Beaulieu und seinem Kaplan Wilhelm von Chartres stand der König im Schatten einer der zwanzig Säulenstatuen, die das Westportal der Basilika schmückten, und beobachtete de Bale.

»Schaut«, sagte der König. »Es ist die Heilige Jungfrau.«

Die beiden Berater wichen zurück und starrten den König an. »Wir sehen nichts, Sire.«

Der König wandte den Kopf zu ihnen. »Ihr seht nichts?«

»Nein, Sire. Wir sehen nichts. Was seht Ihr?«

Der König drehte sich wieder in Richtung der Krypta seines Vaters um. »Ich sehe die Jungfrau Maria, die Mutter Gottes, wie sie den Umhang meines Streiters aufhebt und ihn sanft über seinen Rücken legt, damit er nicht friert.«

Die beiden Männer bedeckten das Gesicht mit den Händen. Dann fielen sie auf die Knie und warfen sich der Länge nach auf die Fliesensteine des Mittelschiffs.

Nach nur kurzem Zögern schritt der König auf die kniende Gestalt des Grafen zu.

De Bale hörte, wie sich der König näherte, beschloss aber, nicht aufzublicken. Die Worte des Königs waren durch die hallende Basilika bis zu ihm vernehmbar gewesen, und de Bale begriff, dass sich genau in diesem Moment seine eigene Zukunft und die seiner Familie für alle Zeiten entscheiden würde.

Er spürte, wie die Spitze des königlichen Schwerts seine

rechte Schulter berührte. »Ihr habt den Teufel gesehen, de Bale?«

»Ich habe ihn gesehen, Sire.«

»Und Ihr habt den König beschützt?«

»Mit meinem Leben, Sire.«

»Und Ihr werdet den König immer beschützen?«

»Immer, Sire.«

»Und sein Reich?«

»Ich – und meine ganze Familie. Bis in alle Ewigkeit.«

»Dann werdet Ihr mein Corpus maleficus sein.«

Ludwig drehte sich um. Er hob die Stimme, sodass sie durch die Basilika hallte. »Ich habe den Bischof von Reims, der mich krönt. Den Bischof von Laon, der mich salbt. Langres trägt mein Zepter. Beauvais meinen Mantel. Chalons meinen Ring. Und Noyons trägt meinen Gürtel. Der Herzog der Normandie hält mein erstes Banner und Guyenne das zweite. Burgund trägt meine Krone und schließt meinen Gürtel. Der Graf von Toulouse trägt meine Sporen. Flandern mein Schwert. Und die Champagne meine königliche Standarte. Aber wer wird mich vor dem Teufel schützen? Wer wird mein Streiter sein?«

De Beaulieu und de Chartres erhoben sich aus ihren liegenden Stellungen. Beide Männer erkannten ein *fait accompli*, wenn sie eins sahen. »Der Graf von Hyères, Sire.«

Ludwig nickte. »Der Graf von Hyères ist von nun an der dreizehnte Pair de France. Die Gebeine meines Vaters und meines Großvaters sind Zeugen dieser Ernennung. Bringt mir mein Siegel und mein Kreuzfahrerkreuz.«

ERSTER TEIL

1 Le Domaine de Seyème, Cap Camarat, Frankreich, Gegenwart

Exhauptmann Joris Calque, dankbarer Nutznießer der Vorruhestandsregelung für im Dienst verletzte Beamte der französischen Polizei, hatte sich schon seit Langem damit abgefunden, dass er auf Bequemlichkeit ausgelegt war und nicht auf Geschwindigkeit.

Aus diesem Grund hatte er einen berüchtigten Wilderer aus der Gegend dazu bestochen, ihm auf einem Hügel, von dem er einen Blick auf die Besitzung der Comtesse de Hyères auf der Halbinsel von Saint Tropez hatte, ein gut getarntes Versteck zu bauen – einschließlich batteriebetriebenem Ventilator, aufblasbarem Armsessel und superdichter, safaritauglicher Kühlbox.

Der Nebenerwerbslandwirt, auf dessen Land Calque sein halb dauerhaftes Lager aufgeschlagen hatte, war ganz leicht zu überreden gewesen. Ehe Calque seinen Schreibtisch im 2. Arrondissement geräumt hatte, hatte er vorgegeben, seine Dienstmarke im Durcheinander seiner in Kartons verpackten Habseligkeiten verlegt zu haben. Er war dreißig Jahre lang Polizeibeamter gewesen. Calque rechnete damit, dass der Sergeant am Empfang, dem es peinlich war, einen Mann verabschieden zu müssen, von dem er Befehle entgegengenommen hatte, seit er ein grüner Anfänger gewesen war, ihn nicht allzu eingehend über den Verlust ausfragen würde.

Schließlich hatte Calque nur versprechen müssen, die

Dienstmarke abzugeben, wenn er seine alten Freunde auf dem Revier das nächste Mal besuchen kam. Mit äußerster Genugtuung hatte Calque vermerkt, wie der Sergeant ein Häkchen hinter die Zeile »Dienstabzeichen zurückgegeben« machte. Er hatte noch einiges vor mit dieser Dienstmarke, und als Erstes benutzte er sie dazu, diesen Bauern zum Schweigen zu bringen.

Calque war gar nicht so schwer verletzt worden bei diesem Autounfall, in den Achor Bale, der Adoptivsohn der Comtesse, ihn und seinen Assistenten Paul Macron im Sommer verwickelt hatte. Doch Macrons brutaler Tod von Bales Hand ein paar Tage später hatte nicht nur das Opfer getroffen – es hatte Joris Calques felsenfeste Gewissheit hinsichtlich der eigenen Berufung erschüttert.

Es war nicht so, als hätte er Macron übermäßig betrauert oder sich gar schuldig an dessen Tod gefühlt – der Mann war intolerant und dumm wie Bohnenstroh gewesen. Es war eher so, dass er den Drang verloren hatte, sich Vorgesetzten zu erklären, die jünger waren als er selbst und noch dazu offenbar unfähig, über den eigenen Tellerrand hinauszuschauen.

Dieser neue Schlag von Männern und Frauen, die die oberen Ränge der Polizei überschwemmten, hatte nicht das geringste Gefühl für Geschichte – und nicht das geringste Gefühl dafür, was hinsichtlich ihres Verhaltens schicklich oder angemessen war. Als Calque dem Polizeichef von seinem Verdacht bezüglich der Comtesse und ihrer dreizehn Adoptivkinder Mitteilung machte, hatte der Mann ihm mehr oder weniger direkt ins Gesicht gelacht.

»Achor Bale war ein Freak. Ein Unikum. Was glauben Sie denn? Dass eine geachtete Persönlichkeit wie die Comtesse de Hyères – die inzwischen um die siebzig sein muss – eine Familie von Killerwaisen herangezüchtet hat, um die achthundert Jahre alte Eidespflicht ihres verstorbenen Mannes zu erfüllen und die französische Krone vor dem Teufel zu schützen? Es mag Sie überraschen, Hauptmann Calque, aber es *gibt* keinen

Teufel. Und es gibt auch keine französische Krone mehr. Der letzte französische König war Louis Philippe. Und der wurde im Jahr ...« Der Polizeichef zögerte, ein undeutliches Gefühl von Verrat verfinsterte seine Miene.

»Louis Philippe wurde 1848 davongejagt. Aber er war nicht der letzte König Frankreichs. Er war der letzte König der Franzosen. Der letzte regierende König Frankreichs war Karl X. Sicherlich haben Sie schon von ihm gehört.«

»Sie bewegen sich auf sehr dünnem Eis, Hauptmann.«

»Ich weiß, dass Bale während seiner mörderischen Tour quer durch Frankreich von der Comtesse geführt worden ist. Er bekam seine Befehle direkt von ihr.«

»Haben Sie dafür irgendwelche Beweise?«

»Er rief sie von dem Haus in der Camargue aus an. Als er in Not war. Er bat sie, nach Hause kommen zu dürfen. Sie befahl ihm, den Auftrag zu Ende zu bringen. Sabir zu töten.«

»Nein, das stimmt nicht. Er hat mit diesem Butler von ihr gesprochen ...« Der Polizeichef wühlte in seinem Gedächtnis und leistete Calques berüchtigtem Hang zur Pedanterie damit ungewollt Vorschub. » ... diesem Millefeuille.«

»Milouins.«

»Dann eben Milouins. Und Milouins hat ihm teilweise auf Deutsch geantwortet. Er hat das Wort *fertigmachen* benutzt. Was verschiedene Bedeutungen haben kann. Aber Bale hat nie mit der Comtesse direkt gesprochen – dass der Befehl von ihr kam, lässt sich nicht schlüssig beweisen. Aber das hatten wir alles schon besprochen, Hauptmann.«

»Ich habe diesen geheimen Raum im Haus der Comtesse gesehen. Ich habe die Dokumente gesehen, die sie darin aufbewahrt. Darunter das, in dem eine Geheimgesellschaft namens Corpus maleficus erwähnt wird.«

»Aber das Dokument war nicht entzifferbar. In einer unbekannten Chiffrierung verfasst. So viel haben Sie selbst zugegeben. Verdammt noch mal, Mann, das Ding war auf das

Jahr 1250 datiert. Welche Verbindung könnte es um alles in der Welt mit einem heute begangenen Verbrechen haben?«

»Es war nicht auf 1250 datiert. Es war auf 1228 zurückdatiert. Wir wissen das, weil es die nicht chiffrierten Unterschriften und Siegel der drei entscheidenden Männer im Reich König Ludwigs IX. enthielt. Einer der Männer, Jean de Joinville, wäre zum Zeitpunkt der Unterschrift vier Jahre alt gewesen. Was natürlich unmöglich ist. Also wurde das Dokument eindeutig rückwirkend in Kraft gesetzt – möglicherweise in Würdigung einer Tat, deren wahre Bedeutung erst später erkannt wurde.«

»Herrgott noch mal, Calque. Wir alle kennen Ihren absurden Dünkel hinsichtlich Ihrer klassischen Bildung – Sie haben Paul Macron das Leben damit schwer gemacht. Sie können es nicht wissen, aber eine Woche vor seinem Tod hat Macron sich inoffiziell wegen Psychoterrors über Sie beschwert.«

»Psychoterror?« Calque brauchte unbedingt eine Zigarette, aber er wusste, dass, falls er es wagte, sich eine anzuzünden, sein Chef dank der neuen Regeln wahrscheinlich die Berufsfeuerwehr rufen würde, damit sie die Kippe mit dem Schlauch löschte.

»Wir haben ihn davon überzeugt, dass es in seinem eigenen Interesse ist, die Beschwerde ad acta zu legen. Ihre lange Dienstzeit zählt immer noch einiges, verstehen Sie? Aber die Beschwerde ließe sich leicht zu neuem Leben erwecken – selbst aus dem Grab heraus; das würde sie nur noch gravierender für Sie machen. Aber wir schweifen ab. Sie werden die Comtesse und ihre Kinder von nun an in Ruhe lassen. Haben Sie verstanden? Der Fall ist abgeschlossen. Bale ist tot.«

»Sie meinen, sie hat zu gute Kontakte, als dass man sich mit ihr anlegen sollte?«

»Kurz gesagt, ja, Hauptmann.«

Genau in diesem Moment hatte Joris Calque entschieden, dass seine Verletzungen durch den Autounfall sehr viel schwerwiegender waren, als man ihm bisher angemerkt hatte. Ein gelegentliches Stolpern im Büro, gefolgt von einem ausgewachsenen Sturz, hatte vollauf genügt, den Ball ins Rollen zu bringen. Danach war es ihm schwergefallen, sich einfache Dinge zu merken. Er war gezwungen gewesen, gegenüber dem obersten Polizeiarzt einzuräumen, dass er seit dem Unfall unter Blackouts litt und sich vor Kurzem mit Selbstmordabsichten wegen Paul Macrons Tod getragen hatte.

Das ganze Procedere hatte sich als überraschend einfach erwiesen. Er hatte ohnehin nur mehr fünf Jahre Dienst bis zum gesetzlichen Ruhestand vor sich – und letzten Endes war man froh gewesen, ihn los zu sein. Die Dienststelle ausmisten. Raus mit den nicht reformierbaren alten Männern. Frisches Blut holen.

Calque hatte das Gebäude verlassen, ohne auch nur einen Blick zurückzuwerfen. Das Sahnehäubchen auf der ganzen Sache war gewesen, dass seine raffgierige Frau nun um ihren rechtlich zugestandenen monatlichen Anteil an seinem Gehaltsscheck gebracht sein würde. Da er ehrenhaft und mit einer makellosen Akte für dienstunfähig erklärt worden war und folglich für unfähig erachtet wurde, aufgrund seiner im aktiven Dienst erlittenen Verletzungen hundert Prozent seiner sonstigen Leistung zu erbringen – von dem posttraumatischen Stress ganz zu schweigen – würde der Staat nun seine finanziellen Verpflichtungen übernehmen. Und der Staat, wie Calque nur zu gut wusste, zahlte nicht für ein schlechtes Gewissen.

Calque grinste vor sich hin, lehnte sich in seinem aufblasbaren Armsessel zurück und stellte sein Fernglas auf den Haupteingang zum Haus der Comtesse scharf. Er beobachtete es seit nunmehr fünf Wochen tagaus, tagein. Es war zu seinem Leben geworden. Er hatte alles auf seine Überzeugung gesetzt, dass die Comtesse naturgemäß ein, zwei Monate lang nach dem Tod ihres Adoptivsohns bestrebt sein würde, kein Aufsehen zu erregen. Sie würde warten, bis sich die Sache gesetzt hatte, ehe sie ihren Clan zusammenrief. Und bislang hatte er recht behalten.

Aber Calque hatte auch gewusst: Es würde nicht lange dauern. Die Frau war ein Reptil – kaltblütig wie eine Korallenschlange. Es war unvorstellbar, dass sie nicht einen Plan ersann, um sich an Adam Sabir zu rächen, weil er Bale getötet hatte. Und Sabir hatte bei mehr als einer Gelegenheit bewiesen, dass er blind für potenzielle Gefahren war.

Deshalb hatte Calque beschlossen, sich in der ersten Zeit seines unvorhergesehenen Ruhestands mit dem zu befassen, was er immer am besten gekonnt hatte – die Öffentlichkeit zu beschützen. Nur dass in diesem Fall die Öffentlichkeit aus genau einer Person bestand, nämlich Adam Sabir, und dass die Kräfte von Recht und Ordnung weder offiziell beauftragt waren noch den vollen Schutz des staatlichen Justizapparats genossen und darüber hinaus lediglich aus einem übergewichtigen, übergebildeten und endgültig unterbezahlten früheren Polizisten bestanden.

Warum tat er es? Langeweile? Saure Trauben? Groll über die Beschneidung seiner immer weniger hochfliegenden Karriere? Nichts davon. Die Wahrheit war, dass Sabir einen überraschend empfindlichen Nerv bei dem sonst unsentimentalen Calque getroffen hatte mit seinen geheimnisvollen Geschichten von der Wiederkehr Christi und dem rasch nahenden Armageddon, die in den zweiundfünfzig verschollenen Versen Nostradamus' vorhergesagt wurden – Verse, die sich Sabir vor seiner finalen Abrechnung mit Achor Bale hatte einprägen können. Und die tief eingewurzelte Anmaßung der Comtesse, wonach sie und ihre aristokratischen Freunde am Ende immer gewinnen würden, hatte seine intellektuelle Eitelkeit gekitzelt und seinen latenten republikanischen Zorn entfacht.

Diese neue Fahrende-Ritter-Version des ehemals zynischen Joris Calque hatte deshalb an Achor Bales Begräbnis teilgenommen und mit Befriedigung die Abwesenheit von Bales zwölf verbliebenen Brüdern und Schwestern bemerkt. Nur die Comtesse und ihre nahezu allgegenwärtige persönliche Assistentin Madame Mastigou hatten sich die Mühe gemacht, zu erscheinen.

Aber die Comtesse würde die Familie irgendwann zusammenrufen müssen. Sie auf Trab bringen. Telefon und Internet taugten nicht dazu – zu viele Gucklöcher und Gelegenheiten zu heimlicher Überwachung. Also würden ihre Kinder persönlich zur Domaine de Seyème und dem Geheimraum kommen müssen, den einer von Calques Beamten überraschenderweise hinter der Bibliothek entdeckt hatte. Dort hielt der Corpus maleficus doch sicherlich seine Treffen ab, oder? Dort heckten sie ihre Pläne aus.

Und genau dort hatte Calque illegalerweise ein stimmaktiviertes Aufzeichnungsgerät installiert, während er vor acht Wochen fleißig seine vollkommen legale Durchsuchung des Hauses der Comtesse durchgeführt hatte.

2 Der kürzlich in seine Rechte eingesetzte Abiger de Bale, Chevalier, Comte d'Hyères, Marquis de Seyème, Pair de France, *primus inter pares*, schob seinen Zwillingsbruder vor ihm die Stufen zum TGV hinauf. »Los, Pollux. Beweg deinen Arsch.«

»Hör auf, mich Pollux zu nennen. Ich heiße Vaulderie.«

»Also gut. Ich nenne dich von nun an Vaulderie. Vicomte Vaulderie. Wie findest du das? Du hörst dich jetzt an wie eine durch Geschlechtsverkehr übertragbare Krankheit.«

Die Zwillinge ließen sich in gegenüberliegende Sitze des Erste-Klasse-Waggons fallen. Vaulderie trat nach einem Kissen. »Warum bin ich nur ein Vicomte, während du ein verdammter Comte bist? Warum bist du derjenige, der sich Rochas Titel unter den Nagel reißt?«

»Weil ich als Letzter aus unserer Mutter gekrochen bin. So ist der Code Napoleon nun mal. Als Letzter raus, als Erster empfangen. Aufgeklärtes Erstgeburtsrecht, *mon pote*. Himmel – stell dir vor: Wenn König Clovis nicht gewesen wäre, hätte unser gefallener Engel von Schwester geerbt und nicht ich. Sie ist zwei Jahre älter. Du kannst froh sein, dass du überhaupt einen Titel bekommen hast. Wenn Rocha nicht zugelassen hätte, dass dieses Schwein von Polizist ihn anschießt, wärst du dein ganzes Leben lang ein Nichtadliger geblieben. Jetzt, da du ein echter Vicomte bist, kannst du deinen Chevalierring zeigen, und die Mädchen lassen automatisch die Höschen fallen. So wie sie's schon seit Jahren bei mir machen.«

Vaulderie trat erneut gegen das Sitzkissen, härter diesmal. »Es ist ungerecht. Wären wir in England zur Welt gekommen, wäre ich der Höherrangige von uns beiden. Dort wird der, der als Erster rauskommt, als der Ältere angesehen.«

»Dann ist es ein Glück, dass wir nicht in England zur Welt gekommen sind. Sonst hätten wir einen Idioten als Familienoberhaupt.«

Ungeachtet der Tatsache, dass sie beinahe fünfundzwanzig waren, begannen die Brüder zu raufen. Ein nicht im Dienst befindlicher Sicherheitsinspektor der Eisenbahn – der sein Vorrecht kostenloser Erste-Klasse-Reisen nutzte – beobachtete sie und dachte einmal mehr, wie glücklich sich Frankreich schätzen konnte, eine Republik zu sein. Es waren immer diese jungen Blaublütler, die auf ihren Wochenendheimfahrten für den meisten Ärger in seinen Zügen sorgten. Er sah ihre Siegelringe aufblitzen, während sie einander an die Gurgel gingen.

»Das reicht jetzt. Ich dulde keine Schlägereien hier.« Er kam langsam den Mittelgang entlang und hielt den Jungen sein Dienstabzeichen vor die Nase.

Beide jungen Männer setzten sich auf und strichen sich die Haare zurück. »Entschuldigung, Colonel. Wird nicht wieder vorkommen. Wir haben nur herumgealbert.«

Der Inspektor war verblüfft. Er hatte Ärger erwartet. Die beiden wiesen alle Kennzeichen ihrer Klasse auf. Absurd gut geschnittenes Haar. Zweireihige, graue Flanellanzüge, die an ihnen saßen wie Schwanendaunen. Kein Gramm überflüssiges Fett an beiden – Polo wahrscheinlich oder ein exklusiver Tennisclub mit fünfjähriger Warteliste. Als er sie genauer betrachtete, stellte er zu seinem Erstaunen fest, dass sie eineiige Zwillinge waren.

Er zuckte mit den Achseln, nicht wenig entwaffnet von ihrer unerwarteten Höflichkeit. »Ich werde Ihre Namen für dieses Mal nicht aufnehmen, da wir fast an meinem Ziel angekommen sind. Sie haben Glück – Sie kommen ungeschoren davon. Aber denken Sie daran...« Er zeigte auf die Decke. »Es gibt Überwachungskameras in diesen Zügen.«

»Ja. Die haben wir bemerkt.« Die Jungs grinsten einander an, als würden sie auf einen telepathischen Witz reagieren.

Der Inspektor zögerte; er war versucht, noch mehr zu sagen, um einen Eindruck bei diesen Oberschichtradaubrüdern zu hinterlassen. Doch dann zuckte er erneut mit den Achseln und ging zu seinem Platz zurück. An der nächsten Station musste er ohnedies aussteigen. In zwanzig Minuten würde er zu Hause bei seiner Frau sein. Wozu die Dinge verkomplizieren?

»Sollen wir?« Abiger stieß seinen Bruder spielerisch mit der Schuhspitze an.

»Bist du verrückt? Wir wären gezwungen, umzusteigen. Wir würden zu spät zu unserer Mutter kommen. Sie würde uns vielleicht sogar fragen, was wir so Wichtiges zu tun hatten, dass wir den Beginn ihrer Versammlung verpasst haben.«

»Ach komm, Vau. Riskier zur Abwechslung mal was. Wir sind zu alt, um noch mit hölzernen Kleiderbügeln verdroschen zu werden. Und außerdem bin ich jetzt das Familienoberhaupt.«

»Madame, unsere Mutter, ist das Familienoberhaupt. Du bist nur die Galionsfigur. Und eine potthässliche dazu, das muss ich schon sagen.«

Abiger de Bale machte einen Satz nach vorn, als beabsichtigte er, ihren Ringkampf wieder aufzunehmen, aber dann hielt er mitten in der Bewegung inne. Mit einem Grinsen ließ er seinen Blick zu dem Rücken des sich entfernenden Inspektors wandern. »Dieser Wurm hat den Corpus maleficus beleidigt, Vau. Ich bin dafür, wir tun es.«

Seit fünfundzwanzig Jahren war Vaulderie seinem Bruder in allem gefolgt. War überallhin gegangen, wohin Abiger gegangen war. Hatte selbst die Bestrafungen an seiner statt auf sich genommen. Es war viel zu spät, jetzt noch umzukehren. Mit dem Tod ihres Adoptivbruders Rocha de Bale – dem Mann, der in der Öffentlichkeit nun als der Mörder Achor Bale bekannt war – hatte sich alles geändert. Was verborgen gewesen war, lag nun offen. Was unklar gewesen war, sollte nun enthüllt werden. Der Corpus maleficus würde endlich seinen rechtmäßigen Platz als treibende Kraft einer neuen Ordnung einnehmen.

Vaulderie seufzte resigniert. »Ich bin ebenfalls dafür, dass wir es tun.«

3 Nach Verlassen des Zugs bewegten sich die Jungen zunächst in einer Zickzackformation im Rücken des Inspektors. Auf diese Weise konnte einer, für den Fall, dass der Mann einen Wagen hatte, von der Verfolgung ablassen und ein Fahrzeug besorgen, während der andere die eingeschlagene Richtung festhalten und per Handy in Kontakt bleiben konnte.

Doch der Inspektor hatte keinen Wagen. Es wurde schnell klar, dass er in Gehweite zum Bahnhof wohnte – ein Eisenbahner durch und durch. Instinktiv, intuitiv beschlossen die Jungen, ihn nicht auf offener Straße anzugreifen. Es war viel vernünftiger, sich zu Hause mit ihm zu befassen. Und es machte mehr Spaß, es hinauszuzögern.

Einmal blieb der Mann stehen. Er neigte den Kopf schräg abwärts, als würde er auf etwas horchen, was unter ihm durchfuhr. Die Brüder verharrten reglos in ihrer jeweiligen Stellung, sichtbar und doch nicht sichtbar, fünfzehn Meter hinter ihm.

Nach ihrer Erfahrung drehten sich Zielpersonen nie um. Die Leute rechneten schlicht nicht damit, verfolgt zu werden – nicht mitten am Nachmittag in einer Vorstadtstraße im tiefsten Frankreich, wo Mütter ihre Kinder von der Schule abholten und gelbe Postfahrzeuge eifrig zum letzten Mal am Tag die Briefkästen leerten.

Die Brüder näherten sich einander wieder, als sie sahen, wie der Inspektor vor der Tür zu seinem Wohnblock zögerte, nach den Schlüsseln tastete, die Taschen nach Zigaretten abklopfte. Würde er im letzten Moment kehrtmachen und zum *Bar/Tabac* an der Ecke gehen? Sich rasch ein Gläschen genehmigen, ehe er seiner Frau gegenübertrat? Den Zwillingen war klar, dass sie in diesem Fall gezwungen sein würden, ihre Jagd abzubrechen und zum Bahnhof zurückzukehren.

Denn trotz aller zur Schau gestellten Tapferkeit fürchteten sie, jeder auf seine Weise, Madame, ihre Mutter, wie sonst nichts auf dieser Erde. Sie war wie die nordische Gottheit Agaberte, die sich von einem verhutzelten alten Weib in eine Frau verwandeln konnte, die so groß war, dass sie den Himmel berührte, wenn sie die Hand ausstreckte. Eine Frau, die Berge versetzen, mächtige Bäume ausreißen und Hochwasser führende Flüsse austrocknen lassen konnte. Abi und Vau hatten ihre Kindheit ganz in ihrem Bann verbracht, und keine Macht auf Erden konnte ihre Herrschaft über sie völlig brechen.

Der Inspektor streckte die Hand aus und schloss die Tür auf. Nun beeilten sich die Jungen, da sie es nicht mit einem fremden, noch nie ausprobierten Schloss zu tun bekommen wollten. Vau fing die Tür auf, kurz bevor sie zufiel, und Abi schlüpfte durch die Öffnung, die ihm sein Bruder aufhielt, ein Auge auf die Treppe über ihm gerichtet.

Mit den Schuhen in der Hand stapften sie hinter dem Inspektor die betonierte Treppe hinauf. Wie hielten es die Leute aus, so zu leben? Geld und Macht lagen auf der Straße. Man brauchte nur den Nerv, es sich zu nehmen.

Der Inspektor betrat seine Wohnung und rief nach seiner Frau.

Abi streckte die Hand aus und berührte ihn am Arm. »Auf ein Wort, Colonel.«

4 Vor einigen Jahren hatten sich die Brüder eine Reihe von bleibeschwerten Teleskopschlagstöcken entwerfen und bauen lassen. Mit zwanzig Zentimeter Länge passten sie bequem in den Unterarm eines Jackettärmels, wo sie mittels einer einfachen Schlaufe und eines Doppelknopfes an Ort und Stelle gehalten wurden.

Wenngleich im Prinzip aus Gummi, konnten die Schlagstöcke aufgrund ihres Bleigehalts keinen Metalldetektor passieren und mussten deshalb im Flugzeug getrennt im aufgegebenen Gepäck transportiert werden – oder zum Beispiel in einer Angelausrüstung für unterwegs, wo sie als kleiner Hammer zum Töten von Fischen ausgegeben werden konnten. Bei Reisen mit Bahn oder Auto waren sie jedoch die Perfektion schlechthin. Aus ihrer Halterung befreit, ließen sich die Stöcke mit einem simplen Schnippen des Handgelenks auf insgesamt sechzig Zentimeter Länge ausfahren und behielten immer noch mehr als genug Festigkeit, um eine durchaus bemerkenswerte Handschrift bei ihren Zielen zu garantieren.

Man konnte natürlich töten mit ihnen, wenn man sie aggressiv einsetzte, aber ihre vorrangige Funktion war defensiv – sie waren als Beruhigungsmittel konzipiert. Binnen Sekunden konnte ein Mann mittels eines sichelartig geführten Schlags in die Kniekehle vollkommen bewegungsunfähig gemacht werden. Da sie immer zu zweit auftraten, hatten die Zwillinge festgestellt, dass dies in den allermeisten Fällen ihre beste Wahl war. Einer lenkte die Aufmerksamkeit des Opfers auf sich, während der andere von hinten zuschlug. Es hatte noch jedes Mal funktioniert. Ein verängstigter Mann auf dem Boden, mit einem scheinbar unversehrten, aber unbrauchbaren Bein war etwas völlig anderes als ein wütender Mann im Besitz seines ganzen körperlichen Vermögens.

Der Inspektor rollte sich in einer embryonalen Stellung im Eingang zu seiner Wohnung zusammen und würgte trocken wie eine Katze, die ein Knäuel Fell heraufzuwürgen versucht. Seine Frau kam aus der Küche geeilt, wo sie das Abendessen zubereitet hatte. Vau verpasste ihr für alle Fälle zwei Schläge, einen in jede Kniekehle. Sie stürzte zu Boden und lag dann ausgestreckt da wie ein Antragsteller bei einer österlichen Bruderschaftszeremonie.

Abi schloss die Tür. Er und Vau schleiften das Paar ins Wohnzimmer.

Vau schaltete den Fernseher ein. »Gasexplosion oder Doppelselbstmord?«

Der Inspektor versuchte sich aufzurichten. Vau schlug ihm in die andere Kniekehle. »Still. Ihr beiden macht keinen Mucks. Gesicht zu Boden. Verstanden?«

Die Frau war bewusstlos – Schock wahrscheinlich. Die Jungen waren daran gewöhnt, dass die Leute ganz unterschiedlich reagierten. Frauen waren besonders verletzbar durch plötzliche Gewaltausbrüche, wohingegen Männer sich oft wehrten und weitere Beruhigung brauchten.

Abi schnippte triumphierend mit den Fingern. »Nein, hör zu. Ich habe eine andere Idee. Wir können zwei Fliegen mit einer Klappe schlagen.«

»Wie das?«

»Warte hier auf mich. Ich brauche höchstens zehn Minuten. Es wird eine Überraschung.« Abi blickte nun mit nachdenklicher Miene aus dem Fenster. Er schob den Schlagstock zusammen und versteckte ihn wieder in seinem Jackettärmel. Er schwitzte noch nicht einmal.

5 Abi war auf dem Weg vom Bahnhof an dem Jaguar-Sportwagen vorbeigekommen. Der Wagen war ihm selbst in diesem Moment ins Auge gesprungen, weil er so fehl am Platz wirkte in einer Straße voller Peugeots, Renaults und Fiats. Ein Zuhälterauto wahrscheinlich oder der Wagen eines Glückspilzes, der es zu etwas gebracht hatte und sich nicht von seinem alten Viertel losreißen konnte. Vielleicht besuchte der Besitzer seine alte Mutter?

Abi brauchte weniger als eine Minute, um das Alarmsystem auszuschalten. Er hatte seit seiner Pubertät Autos geknackt und betrachtete es als eine seiner ausgeprägtesten Fertigkeiten. Madame, seine Mutter, hatte ihn und Vau als Teenager bei einem der besten Autodiebe in der ganzen Branche in die Lehre gehen lassen. Es war etwas, wofür er ihr unendlich dankbar war. Es hatte ihm Macht verliehen.

Er fuhr den Wagen vor den Eingang zum Mietshaus des Inspektors und ließ den Kofferraum aufschnappen. Vau sah von oben aus dem Fenster des Inspektors zu. Abi formte ein paar Worte mit den Lippen und zeigte auf den Kofferraum. Vau nickte.

Keine Minute später tauchte er unten auf und stützte den Inspektor, als würde er einen betrunkenen Freund nach einer durchzechten Nacht heimbegleiten.

Abi hatte den Kofferraum inzwischen geschlossen und hielt die Beifahrertür auf, der Sitz war nach vorn geklappt. Er sah sich um und nickte. Tempo war das Wichtigste in solchen Fällen – jedes Zögern konnte fatale Folgen haben. Weder er noch Vau waren bei der Polizei aktenkundig, und dabei sollte es auch bleiben. »Rein hier. Lass den Kopf unten.«

Der Inspektor legte sich flach über die Antriebswelle. »Was ist mit meiner Frau? Was tun Sie mit meiner Frau?« Seine Stimme zitterte. Eine Hand schlängelte sich nach unten, als wollte er nach dem Schaden an seinen Knien fühlen.

»Keine Sorge, Colonel. Sie kommt mit auf die Fahrt.«

Sobald sie wohlbehalten außerhalb der Stadt waren, hielt Vau an, und sie verlegten den Inspektor und seine Frau in den Kofferraum. Die beiden passten mit knapper Not hinein, aber es war unwahrscheinlich, dass das Paar tatsächlich ersticken würde. Beide hatten sich nass gemacht, was den Brüdern die Mühe ersparte, unterwegs für eine Pinkelpause zu halten.

Vau fing den Blick seines Bruders auf. Er schüttelte nachdenklich den Kopf. »Ich weiß genau, was du denkst. Aber das schaffen wir niemals. Du kannst einen TGV nicht schlagen. Die Dinger machen einen Schnitt von mehr als dreihundert Stundenkilometern.«

»Drei Stopps. Er muss dreimal halten. Und dann muss er das Tempo entlang der Küste radikal drosseln. Ich gebe dir tausend Euro, wenn wir es zwanzig Minuten vor der uns gesetzten Zeit zu Madame, unserer Mutter, schaffen.«

»Abgemacht. Willst du ans Steuer?«

»Nein. Du bist ein besserer Fahrer als ich.«

Das Heck des Wagens brach aus, als Vau zurück auf die Autobahn schoss und die nächste Mautstation ansteuerte.

6 Sie erreichten den Leuchtturm von Cap Camarat vierzehn Minuten vor der Zeit. Unter ihnen leuchteten die Felsen weiß im Schein des zunehmenden Monds.

»Großer Gott, Abi, du willst sie doch nicht etwa hier hinunterschmeißen? Wir sind nur ein paar Kilometer vom Haus entfernt.«

»Schau.« Abi hielt ein unbekanntes Handy in die Höhe. »Das gehört wahrscheinlich dem Zuhälter, dem auch der Wagen gehört.«

»Ja und?«

»Ja und? Und alles! Wir holen die beiden aus dem Kofferraum, geben ihnen die Schlüssel und lassen sie wegfahren.«

»Bist du verrückt?«

»Aber nicht, ohne zuvor eine Nummer in Südafrika anzurufen, die ich kenne, und einen Film downloaden zu lassen – das verdammte Ding wird Stunden dauern und Tausende kosten. Dann verstecken wir das Handy seitlich neben dem Sitz. Anschließend rufen wir die Polizei hier in Saint Evry an und fragen nach dem Wagen, der uns angeblich gestohlen wurde – wegen dem wir vor ein paar Stunden angerufen haben. Sie erinnern sich nicht an den Anruf? Hatte vielleicht jemand anderer Dienst? Es wird jedenfalls einen schriftlichen Vermerk geben. Dann erzählen wir den *flics*, uns sei eben eingefallen, dass ein Handy in dem Wagen liegt, und sagen ihnen die Nummer und den Netzbetreiber. Den Rest überlassen wir dann ihnen.«

»Ich verstehe es noch immer nicht.«

»Ach komm, Vau. Die *flics* probieren es unter der Handynummer. Sie stellen fest, dass die Leitung praktischerweise offen ist, was bedeutet, dass sie den Wagen auf drei Meter genau orten können. Also stürzen sie sich auf die Karre und schnappen sich die beiden Verlierer hier.«

»Aber die werden den *flics* dann doch von uns erzählen.«

»Ach ja? Was werden sie ihnen erzählen? Dass sie von zwei Burschen, die der Inspektor im Zug angeraunzt hatte, entführt und dreihundert Kilometer weit verschleppt wurden? Dass sie dann ohne Weiteres die gestohlenen Autoschlüssel ausgehändigt bekamen und zur Feier des Tages anfingen, einen Kinderpornofilm downzuloaden? Und wenn die Polizei mit ihnen fertig ist, werden Madame und Monsieur L'Inspecteur immer noch mit dem Zuhälter rechnen müssen. Seine gute alte Mutter wohnt doch anscheinend nur ein Stück weiter in derselben Straße, weißt du noch? Und sie haben gerade eine Rechnung von dreitausend Euro auf dem Handy des Zuhälters auflaufen lassen und ihn obendrein als Pädophilen gebrandmarkt.«

»Himmel, Abi. Das ist genial.«

Abi rief über sein eigenes Handy ein Taxi. »Ganz recht,

das ist es. Wozu sich die Mühe machen und Leute umbringen, wenn man mit ein bisschen Kreativität ihr Leben ruinieren kann?«

7 Geneviève de Bale, verwitwete Comtesse von Hyères, stand auf den Stufen von Château de Seyème und sah ihre adoptierten Zwillingssöhne aus dem Taxi steigen. Sie trafen als Letzte ihrer Kinder ein, und die Comtesse war leicht verärgert.

»Ihr solltet um zehn nach acht hier sein.«

Sie neigte den Kopf zu ihrer persönlichen Assistentin, Madame Mastigou, die ihre Broschenuhr zu Rate zog und ihr die genaue Zeit zuflüsterte.

»Abiger, du hast dich um fünfundzwanzig Minuten verspätet. Ich hatte erwartet, dass du deine Brüder und Schwestern zusammen mit mir auf der Treppe begrüßt. Du bist jetzt der neue Comte. Da ich Witwe bin und du noch unverheiratet bist, wäre es angemessen gewesen, wenn du die Familie an meiner Seite willkommen geheißen hättest. Stattdessen musste ich allein hier stehen.«

Abiger küsste die Hand Madames, seiner Mutter, und führte sie an seine Stirn. Dann bezog er ein, zwei Stufen unter ihr auf der Treppe Stellung. »Vaulderie und ich hatten noch eine kleine Sache zu erledigen. Sie hätte Eure Zustimmung gefunden, ich verspreche es. Bitte verzeiht mir.«

Auf dem Hügel gegenüber fummelte Joris Calque an seinem Nachtsichtgerät herum und verfluchte den Dreiviertelmond und die Wolken, die ihn verdeckten.

Die Comtesse beugte sich vor und küsste ihren ältesten Sohn auf den Scheitel. Vaulderie eilte erwartungsvoll hinzu, doch zum Lohn wurde ihm nur eine Hand an die Wange gelegt. Er warf seinem Bruder einen Blick zu, der besagte: Alles wie gehabt, und verschwand rasch im Haus.

»Natürlich verzeihe ich dir, mein Liebling.«

Mutter und Adoptivsohn blieben eine Weile stehen und

blickten in die Düsternis ringsum hinaus, als würde eine unsichtbare Filmkamera sie für die Nachwelt festhalten.

Dann nahm Abi seine Mutter am Arm, und sie folgten Madame Mastigou ins Haus.

8 Calque warf sich in seinem aufblasbaren Armsessel zurück und tastete nach seinen Zigaretten. Normalerweise wäre es ihm zu dieser Nachtstunde nicht im Traum eingefallen, sich eine anzustecken und womöglich seine Position zu verraten – aber nach den Ereignissen des heutigen Tages war ihm einfach zum Feiern. Er war wieder im Spiel.

Der Butler, Milouins, war der Erste gewesen, der gegen sechzehn Uhr aus dem Haus gekommen war. Nach einem kurzen Schnuppern in die Luft hatte er begonnen, den Vorhof zu zenartigen Kiesspiralen zu harken. Dann war einer der Lakaien mit Eimer und Wischmopp erschienen, um die Eingangstreppe sauber zu machen. Schließlich hatte der Gärtner unerwartet von rechts die Bühne betreten und versucht, Milouins den Rechen abzunehmen – die folgende Auseinandersetzung hatte der Gärtner offenkundig verloren.

Der Gärtner hatte sich daraufhin ohne Rechen zurückgezogen und unterwegs den vormals makellosen Kies mit den Füßen zerstoben. Der Lakai, dem offenbar klar war, an wen er sich halten musste, zielte mit dem Rest des Wassers in seinem Eimer auf den Rücken des sich entfernenden Gärtners.

Calque nahm sich vor, die Identität des Gärtners festzustellen, um ihn möglicherweise wegen indiskreter Informationen anzugehen – unzufriedene Hausangestellte, verbitterte Ehepartner und enterbte Verwandte waren immer ein wichtiger Teil seines beruflichen Rüstzeugs gewesen.

Nach den ersten vorbereitenden Aktivitäten war eine Pause von drei Stunden eingetreten, während der Calque sechsmal kurz eingenickt war – er war seit dem frühen Morgen im Einsatz gewesen, und er war nicht mehr der Jüngste. Gegen zwanzig Uhr war dann die Comtesse mit ihrer Assistentin, der stets eleganten Madame Mastigou, an ihrer Seite auf der Treppe erschienen. Die beiden hatten wiederholt auf die Uhr gesehen. Um Viertel nach acht war der erste von insgesamt fünf einzeln eintreffenden Wagen vor dem Haus vorgefahren.

Jedes der Fahrzeuge hatte seine Insassen ausgespuckt, die jeweils zu der scheinbar unbewegten Comtesse hinaufgestiegen waren, um ihr die Hand zu küssen und ihrerseits vier Küsse – zwei auf jede Wange – zu erhalten.

Danach waren die Wagen weggefahren und hatten die Comtesse und Madame Mastigou allein in Betrachtung der leeren Zufahrt vor dem Haus zurückgelassen wie die letzten Gäste bei einem Wagnerabend.

Nicht lange danach war ein Taxi in Sicht gekommen, dem zwei Männer entstiegen. Durch die zunehmende Verschlechterung des Lichts hatte Calque ihre Gesichter nicht erkennen können, doch einer von ihnen oder beide vermochten die Comtesse offenbar aus ihrer starren Haltung zu locken, denn sie bewegte sich tatsächlich ein, zwei Schritte auf die beiden zu, um sie zu begrüßen.

Einer der Männer war dann im Haus verschwunden, während die Comtesse und der andere Mann in einem Lichtkegel auf halber Höhe der Eingangstreppe stehen blieben.

Bis es Calque geglückt war, sein Nachtsichtgerät richtig scharf zu stellen, hatte auch dieses Paar kehrtgemacht und war ins Haus gegangen.

9 Madame Mastigou ließ den Stift über einem Blatt fein gewalzten florentinischen Schreibpapiers schweben und wartete darauf, dass die Comtesse ihr Schweigen brach.

Eine mit Händen zu greifende Erwartung lag über dem hermetisch abgeschlossenen Versammlungsraum. Es war das erste Mal seit fünf Jahren, dass alle Adoptivkinder der Comtesse an einem Ort versammelt waren, und Madame Mastigou konnte die Spannung hinter der ansonsten reglosen Miene ihrer Arbeitgeberin spüren.

Milouins, der Butler, war zum Wachdienst vor der Geheimtür in der Bibliothek abgestellt worden, und einer der Lakaien hielt im Salon die Stellung, um zu gewährleisten, dass niemand unbemerkt die Sicherheitskette des Haushalts durchbrach. Im Geheimraum stand die Comtesse am Kopfende des Tischs, während ihre Kinder, strikt nach absteigendem Alter geordnet, links und rechts von ihr Platz genommen hatten.

Ihre Altersspanne reichte von reifen siebenundzwanzig im Fall von Lamia de Bale, der ältesten Tochter, zu etwa achtzehn bei Oni de Bale, dem jüngsten Sohn – einem regelrechten Riesen von zwei Meter zehn und den verräterischen roten Augen und der pigmentlosen Haut des wahren Hybriden.

Abiger und Vaulderie waren als den ältesten anwesenden Männern und – aufgrund des männlichen Erstgeburtsrechts – rechtmäßigen Inhabern der Titel Comte und Vicomte die beiden obersten Plätze zugewiesen worden, auch wenn sie zwei Jahre jünger als ihre Schwester waren. Ganz am Ende des Tischs war ein Platz frei geblieben. Ein Schwert, ein Siegelring und eine Samtbrokatschärpe lagen davor zum Gedenken an ihren Bruder Rocha.

Dem außenstehenden Betrachter wäre schnell aufgefallen, dass alle Adoptivkinder der Comtesse ein bestimmtes Merkmal oder Charakteristikum aufwiesen, das sie aus der Masse heraushob.

Lamia, die älteste Tochter, hatte ein auffallendes, erdbeerrotes Muttermal, das sich über eine ganze Gesichtshälfte erstreckte – von einer Seite betrachtet, war sie wunderschön, während von der anderen gesehen dieser Fleck ihre Schönheit verbarg, der auf den ersten Blick wie ein Stück blutgetränkter Gazeverband aussah. Ihre jüngere Schwester Athame war von zwergenhafter Gestalt, mit winzigen Händen und Füßen. Berith, der junge Mann unterhalb von ihr, hatte eine Hasenscharte. Rudra de Bale hinkte infolge eines nicht behandelten Klumpfußes, und Aldinach de Bale war ein natürlicher Hermaphrodit, was sich nur in der auffallenden Zartheit mancher seiner Bewegungen manifestierte – in Wirklichkeit gefiel es ihm, sich zu manchen Zeiten als Frau zu kleiden und zu anderen Zeiten als Mann.

Als Nächster in der Reihe kam Alastor de Bale, der an Kachexie litt, einer krankhaften Abmagerung, die seinen direkten Nachbarn, Asson de Bale, noch umfangreicher erscheinen ließ, als es dessen Hundertdreißig-Kilo-Gestalt normalerweise schon tat. Die einundzwanzigjährige Dakini hatte abnorm langes Haar, welches ein Gesicht einrahmte, das in einer bösartigen Starre eingefroren zu sein schien, und ihre zwanzigjährige Schwester Nawal litt unter Hirsutismus, was ihrem Gesicht das behaarte Aussehen eines Tiers verlieh.

Allen dreizehn Adoptivsöhnen und -töchtern war von frühester Kindheit an eingetrichtert worden, Gott habe sie auf diese Weise gekennzeichnet, als Zeichen seiner besonderen Gnade. Infolgedessen ertrugen sie ihre Gebrechen nicht als Gebrechen, sondern eher als ein Mal der Auslese. Die Comtesse hatte ihnen außerdem erklärt, dass sie aufgrund eines gewissen Schuldgefühls in weiten Teilen der zunehmend dekadenten Bevölkerung des 21. Jahrhunderts ihre Gebrechen vielleicht sogar dazu einsetzen konnten, im Fall einer Krise Verdacht von sich ab- und auf unschuldige Dritte zu lenken.

Als die Comtesse den Blick über den Raum schweifen ließ, konnte sie ihre Zufriedenheit kaum verbergen. Es war nur ihrem Drängen zu verdanken, dass ihr Mann den beinahe todgeweihten Corpus maleficus zu neuem Leben erweckt hatte. Das erste Mal hatte er ihr nur wenige Tage vor ihrer Hochzeit von dem Geheimbund erzählt – und von der unlösbaren Verbindung seiner Familie mit dessen Zielen, die sich über eine Zeitspanne von fast achthundert Jahren erstreckte. Der Comte hatte fast entschuldigend geklungen dabei, als sei er gezwungen, ein altersgraues Skelett aus der Familiengruft zu zerren, um zu verhindern, dass seine zukünftige Frau aus anderen, weniger wohlmeinenden Quellen davon erfuhr.

Die Comtesse hatte das prächtige Potenzial des Corpus' auf Anhieb erkannt. »So etwas kannst du nicht einfach eingehen lassen.«

Ihr ältlicher Verlobter hatte gelächelt. »Er begann zusammen mit den letzten Resten der alten aristokratischen Ordnung nach den Katastrophen des Ersten Weltkriegs zu verlöschen. Und er starb endgültig, zusammen mit meiner Männlichkeit, am Montag, dem 3. Juni 1940 während der Bombardierung von Paris durch die Deutschen. Erinnerst du dich an Jean Renoirs Film *La Grande Illusion*? Die von Pierre Fresnay und Erich von Stroheim gespielten Charaktere? Die Aristokraten der alten Garde, die einander erkennen und verstehen, dass sie beide nicht länger von Nutzen sind? Nun, Renoir hatte recht. Wir sind müde und spielen keine Rolle mehr.«

»Von Stroheim war kein Aristokrat, sondern der Sohn eines jüdischen Hutmachers. Fresnays Vater war Hugenotte und hasste deshalb die Katholiken. Und Renoirs Vater war ein mittelmäßiger Maler, der seine Frauenfiguren darstellte, als wären sie aus Marzipan. Wer sind diese Leute, dass sie dir sagen dürften, dass deine Klasse zum Untergang verurteilt sei?« Sie nahm ihn scharf ins Visier. »Ich werde es nicht zulassen. Ein Mann braucht kein funktionierendes Glied, um ein Mann zu sein. Eine Institution braucht nicht den Segen des Staates, um Gewicht zu haben. Die Blüte der ritterlichen Tradition Frankreichs sollte keine Erlaubnis brauchen, um ihre Leistungen in der Vergangenheit zu feiern und ihre künftigen Triumphe vorzubereiten.«

Der Comte hatte weitergelächelt. »Künftige Triumphe? Aus Gründen, die ich in keiner Weise beeinflussen kann, sieht es danach aus, als sollte ich der Letzte meines Geschlechts sein. Mehr als tausend Jahre Geschichte werden mit mir sterben. Woher sollen diese zukünftigen Triumphe kommen?«

Und so hatte sie ihm von ihren Plänen erzählt, eine neue Generation von Soldaten für die Sache der de Bales zu adoptieren. Und ganz langsam hatte sich sein Gesicht aufgehellt, und seine Miene hatte sich verändert. »Du glaubst wirklich, es wäre möglich? Ich bin ein alter Mann.«

»Ich werde dich vertreten. Deine Familie vertreten. Für unseren Status als erbliche Pairs de France kämpfen.«

»Warum? Warum solltest du das tun?«

Sie hatte einen kurzen Moment gezögert, fast als hätte sie keine Antwort auf seine Frage. Dann hatte sie sich ihm zugewandt, seine Hand genommen und auf ihr Herz gelegt. »Weil es mein Schicksal ist.«

Erst viel später, als sie schon geraume Zeit verheiratet waren, hatte die Comtesse erkannt, wie elegant der Comte sie genau auf die Schlussfolgerung zugelenkt hatte, die er sich so inbrünstig gewünscht hatte.

10 So. Es war Zeit. Die Comtesse legte das Dokument beiseite, dessen uralte Kodierung diesem neugierigen Polizeihauptmann so viel Verdruss gemacht hatte – wie war sein Name gleich noch gewesen? Clique? Claque? –, der ihr im Vorfeld des Tods ihres ältesten Sohns so auf den Fersen gewesen war. Sie kannte den Inhalt des Schriftstücks auswendig.

»Wer sind wir?«

»Wir sind der Corpus maleficus«, antworteten ihre Kinder wie aus einem Mund.

»Und was tun wir?«

»Wir beschützen das Reich.«

»Und wer ist unser Feind?«

»Der Teufel.«

»Und wie werden wir ihn besiegen?«

»Wir werden ihn nie besiegen.«

»Und wie werden wir ihn stürzen?«

»Wir werden ihn niemals stürzen.«

»Was also ist unser Zweck?«
»Verzögerung.«
»Und wie erreichen wir diese?«
»Indem wir dem Antichrist dienen.«
»Und wie dienen wir ihm?«
»Indem wir die *Parusie* zerstören.«
»Und wie werden wir Ihn erkennen?«
»Es wird ein Zeichen geben.«
»Und wie werden wir Ihn töten?«
»Er wird geopfert werden.«
»Und was wird unser Lohn sein?«
»Tod.«
»Und was ist unser Gesetz?«
»Tod.«
»Und wie werden wir es durchsetzen?«
»Durch Anarchie.«
»Und wer sind unsere Brüder und Schwestern?«
»Wir werden sie erkennen.«
»Und wer sind unsere Feinde?«
»Wir werden sie erkennen.«
»Und wer ist der dritte Antichrist?«
»Wir werden ihn erkennen und beschützen.«
»Und wer ist der wiedergeborene Christus?«
»Wir werden ihn erkennen und töten.«

Die Comtesse machte das umgekehrte Zeichen des Kreuzes, gefolgt von dem umgekehrten Zeichen des Pentagons, genau wie es ihr Sohn Achor Bale nur wenige Stunden vor seinem Tod getan hatte.

»Und heilig ist die Zahl des Tiers.«

Während die Kinder die Antworten auf die Fragen der Comtesse intonierten, hatten sie die Augen unter die Lider verdreht – und sie schlugen wie sie das umgekehrte Kreuzzeichen vom Schritt hinauf zum Hals, gefolgt von dem ebenfalls von unten nach oben ausgeführten Fünfeck.

Nach Beendigung der Beschwörungsformeln durchmaß die Comtesse den Raum und stellte sich hinter den Stuhl von Achor Bale. Sie führte ihre Finger an die Lippen und legte sie dann zart auf das Heft seines Schwerts. »Euch allen ist natürlich klar, dass Rochas Tod eine direkte Folge von Ermittlungen war, die er im Auftrag der Gesellschaft anstellte?«

Alle hielten gleichzeitig die Luft an.

»Er folgte diesem Sabir auf meine Veranlassung hin. Er griff auf meine Veranlassung hin nach der Entdeckung der verschollenen Verse des Nostradamus durch Sabir ein. Er starb in Erfüllung seiner Pflicht für den Corpus.«

Abiger warf einen Blick zu seinem Zwillingsbruder. Der konnte ein Grinsen kaum unterdrücken. Er wusste, was kommen würde.

»Ein Spion im Haushalt des abtrünnigen Nostradamus – ein von eurem Vorfahr Forcas de Bale bezahlter Spion – machte seinen Herrn auf den möglichen Inhalt der Verse aufmerksam. Der Comte war bereits auf dem Weg hinunter nach Agen, als ihn die Nachricht von Michel de Nostradamus' Tod erreichte. Bei seinem Eintreffen waren die Verse bereits verstreut und der Seher begraben. Es dauerte beinahe vierhundertfünfzig Jahre, bis die Verse wieder auftauchten. Wir im Corpus haben ein langes Gedächtnis. Ein Eid ist ein Eid für uns. Einmal gebunden, immer gebunden.«

»Einmal gebunden, immer gebunden«, flüsterten die Kinder ihre Worte nach.

»Abiger...« Die Comtesse wandte sich an ihren ältesten Sohn. »Es ist Zeit, dass du und dein Bruder nach Amerika reist. Ihr werdet diesen Sabir ausfindig machen. Zuerst werdet ihr ihm die Geheimnisse der Prophezeiungen auf jede euch geeignet erscheinende Weise entreißen. Dann werdet ihr den Mord an eurem Bruder rächen. Ist das klar?«

»Vollkommen, Madame.«

Die Comtesse wandte sich an ihre älteste Tochter. »Lamia,

du hast das umgekehrte Kreuzzeichen nicht gemacht. Sei so freundlich und mache es jetzt.«

Lamias Hand ging langsam an ihre Kehle. Der rotbraune Hautfleck, der eine Seite ihres Gesichts verunstaltete, wurde womöglich noch röter.

»Ich warte.«

»Ich kann es nicht, Madame.«

Ihre Brüder und Schwestern starrten sie an wie Dingos, die auf ein gerissenes Tier aufmerksam geworden sind.

»Abiger, führe deine Schwester in ihr Zimmer. Sie wird dort bleiben, bis sie eine angemessene Erklärung für ihr Verhalten liefern kann. Setze Milouins von der Situation in Kenntnis. Der Rest von euch darf den Bluteid ablegen. Ihr bekommt Bescheid, wenn ihr gebraucht werdet.«

Oni de Bale blickte von seiner gewaltigen Höhe auf seine Mutter hinab. »Sollen wir Übrigen mit unserer Arbeit fortfahren, Madame?«

Die Comtesse machte Madame Mastigou ein Zeichen, die ein kleines Elfenbeingefäß polierte. Dann wandte sie sich an ihre zwergenhafte Tochter Athame, die unter dem Ellis-van-Creveld-Syndrom litt. Zusätzlich mit Polydaktylie zur Welt gekommen, war sie unglaublich geschickt mit allen ihren zwölf Fingern. »Athame. Mach deinem Namen Ehre. Du darfst die Schnitte für den Bluteid durchführen.«

»Ja, Madame.«

»Mutter?«

»Ich habe dich gehört, Oni.« Die Comtesse drehte sich um und legte ihrem jüngsten Sohn leicht die Hand auf den Unterarm. Sie sah ihm in die Augen. »Ihr sollt immer mit eurer Arbeit fortfahren. Auf diese Weise macht ihr mir Freude. Rührt, rührt, rührt. Haltet das Gebräu in Bewegung. Lasst die Bürgerlichen nie ruhig schlafen. Der Teufel ist ein hungriger Engel – er wird auf den Plan treten, wenn wir ihm nicht zuvorkommen. Das ist eure vorrangige Aufgabe.«

»Ja, Madame.«

»Und, Oni …«

»Ja, Madame?«

»Bald werde ich vielleicht eine konkretere Verwendung für dich haben. Du musst dich dafür bereithalten.«

Oni beugte sich hinab und küsste die Hand seiner Mutter.

Die Comtesse bemerkte, dass Lamia auf dem Weg zur Tür zögerte. »Hast du mir etwas zu sagen, mein Kind?«

Einen Moment lang sah es so aus, als würde Lamia sprechen. Dann schüttelte sie den Kopf und folgte ihrem Bruder ruhig in die Bibliothek hinaus.

11 Um Punkt halb zehn am nächsten Morgen sah Joris Calque von seinem Versteck aus die von Chauffeuren gesteuerten Wagen wieder vorfahren, um ihre Kundschaft abzuholen. Er zählte sie genau mit.

»Damit sind also noch drei im Haus. Zwei Männer und eine Frau, wenn ich mich nicht irre.«

In den einsamen Wochen, die er in seinem Raubvogelhorst verbracht hatte, hatte sich Calque angewöhnt, gelegentlich laut mit sich selbst zu sprechen. Er war sich dieser neuen Entwicklung wohl bewusst, befürchtete jedoch noch nicht, dass er kurz davor war, sich in einen dieser allgegenwärtigen Männer – und es waren immer Männer, nicht wahr? – zu verwandeln, die auf den Gehsteigen ihrer Heimatstädte hin und her liefen und auf eingebildete Begleiter einredeten.

Sollte er je in solch öffentliche Idiotie verfallen, hoffte er, noch genug Grips übrig zu haben und sich einen Handylautsprecher ins Ohr zu stöpseln, um sich auf diese Weise vor den Kräften der öffentlichen Ordnung zu schützen, denen er sich so lange verschrieben hatte. Sein Hauptproblem im Augenblick war jedoch nicht beginnende Demenz, sondern vielmehr, wie er seinen stimmaktivierten Rekorder wieder aus dem Heiligtum der Comtesse herausbekam.

Er stand auf und sah sich in seinem Horst um. Er würde die chemische Toilette, den Geruch von kaltem Tabakrauch oder die merkwürdigen Eigenschaften des Lichts, das durch das Tarnnetz sickerte, nicht vermissen. Aber er würde die Vogelwelt vermissen, die Beobachtungen von Dachsen, Nagern, Kaninchen, Hirschen und Füchsen, mit denen er sich die ermüdenden Stunden seiner Wache vertrieben hatte. Er beschloss spontan, die gesamte Ausstattung seines Verstecks dem Wilderer zu vermachen, der es eingerichtet hatte. Das würde ihm die Mühe ersparen, alles zu seinem Auto zu schleppen. Und es würde außerdem dazu dienen, seinen Rückzug zu decken.

Calques Erfahrung sagte ihm, dass er nicht die leiseste Chance hatte, selbst in den Herrschaftssitz zu gelangen, um seinen Rekorder zu holen. Er war weder jung noch lebensmüde, und er hatte nicht die geringste Lust, eines der Gefängnisse von innen kennenzulernen, in die er im Laufe seiner Karriere als Kriminalbeamter so viele Verbrecher gebracht hatte.

Aber es gab sehr wohl eine Alternative zu professionellem Selbstmord. Und Calque beschloss, sie ohne weiteres Zögern zu erkunden.

12 Calque beobachtete, wie Paul Macrons Cousin letzte Hand an einen Fensterladen mit schräg gestellten Lamellen legte. Der Mann hatte ihn bemerkt, so viel war klar. Aber es wäre unrealistisch zu erwarten, dass ein ehemaliger Fremdenlegionär sofort angerannt kam, nur weil ein Polizeihauptmann – ein *ehemaliger* Polizeihauptmann – in seiner Werkstatt auftauchte. Immerhin würde ihm damit Zeit für eine Zigarette bleiben.

Gerade als Calque den ersten Zug machen wollte, sah er, wie Macron vom anderen Ende des *ateliers* mit dem Sandstrahler in seine Richtung gestikulierte.

»Machen Sie das verdammte Ding aus. Wir sind hier nicht

im Country Club. Hier drin lagert genug trockenes Holz, um einen Wal zu räuchern.«

Calque lächelte matt und zermalmte die noch nicht genossene Zigarette und das dazugehörige Streichholz unter seinem Schuh. Er hätte auch das erwarten sollen. Macrons Cousin hatte allen Grund, ihm mit Verachtung zu begegnen. Paul Macron war in Calques Verantwortungsbereich getötet worden, und nur Glück sowie Adam Sabirs selbstmörderische Sturheit hatten es der Polizei ermöglicht, einen Schlussstrich unter Achor Bales Morden zu ziehen.

Aimé Macron ging zu einem Waschbecken in der Ecke der Werkstatt und begann, sich umständlich Hände, Gesicht und Nacken zu waschen. Calque sah, wie er ihn in dem mit Pin-up-Bildern vollgepflasterten Spiegel über dem Waschbecken musterte.

Calque rührte sich nicht. Er schätzte seinerseits Macron ab. Überlegte, ob er ihm Informationen anvertrauen sollte, die ihn ins Gefängnis bringen konnten, wenn sie in die falschen Hände gerieten.

»Sie sind kein *flic* mehr, oder?« Macron ging jetzt auf Calque zu und schrubbte sich den Hals mit einem Handtuch. Seine Augen waren bedeckt.

Calque war kurz versucht, schamlos zu lügen, seine absichtlich verlegte Dienstmarke zu zücken und so zu tun, als sei er immer noch im Dienst. Aber dann überlegte er es sich anders. »Nein. Wie sind Sie darauf gekommen?«

Macron zuckte mit den Achseln. »Ich war zwanzig Jahre lang in der Fremdenlegion. Ich sehe es einem Mann an seiner Haltung an, ob er Macht hat oder nicht. Sie haben keine mehr. Wären Sie noch Polizist, dann wären Sie forsch hier reinmarschiert und hätten mich bei der Arbeit unterbrochen, weil Sie gewusst hätten, es ist Ihr verdammtes Recht. Sie haben stattdessen gewartet, bis ich fertig war. So zuvorkommend sind Bullen normalerweise nicht.«

»Treffer.« Calque war beeindruckt. Er änderte sofort die Taktik und machte sich aus einer anderen Richtung an Macron heran, als er ursprünglich beabsichtigt hatte. »Sie erinnern sich also an mich?«

»Wie könnte ich Sie vergessen? Sie haben uns die Nachricht von Pauls Tod überbracht.«

Calque krümmte sich innerlich; jedes Wort war wie ein Zündpapier für seine Polizistenseele. »Sie haben mir damals geholfen. Sie haben mir wertvolle Informationen über Achor Bale gegeben. Über seine Zeit bei der Legion.«

Macron kniff die Augen zusammen, als wäre ihm soeben etwas glasklar geworden, was er bisher nicht verstanden hatte. Er zündete sich eine Zigarette an.

Calque machte ein langes Gesicht.

Macron grinste. »Ja. Ich habe Sie vorhin nur verarscht wegen der Feuergefahr und den Kippen. Nehmen Sie eine von meinen.«

Calque legte fragend den Kopf schief. »Woher plötzlich die veränderte Haltung mir gegenüber?«

»Wollen Sie es wirklich wissen?«

»Ja.«

Macron blies Rauch durch beide Nasenlöcher. »Weil Sie kein *flic* mehr sind. So gefallen Sie mir besser. Hat man Sie wegen Pauls Tod rausgeworfen?«

»Indirekt.«

»Die Arschlöcher. Es war nicht Ihre Schuld. Andernfalls hätten Sie es nicht bis zum Gartentor geschafft.«

»Hab ich mir fast gedacht.« Calque zündete die angebotene Zigarette an.

Die beiden Männer standen da, rauchten und sahen einander an.

»Also, was wollen Sie, Monsieur Exhauptmann?«

»Was ich will?«

Macron schrubbte mit den Fingernägeln über den kahl geschorenen Schädel. »Sparen Sie sich die Spielchen, Inspektor. Sie sind nicht hier, um zu sehen, wie es mir geht. Oder um ein wenig über die wunderbare Zeit zu plaudern, die Sie mit Paul hatten. Keiner von euch beiden konnte den anderen ausstehen.«

Calque merkte, wie er automatisch in die Defensive gehen wollte, und bezwang den Impuls. »Sie haben recht, Macron. Diesmal brauche ich mehr als Informationen. Ich brauche Ihre Hilfe.«

Macron gestattete sich den Anflug eines Lächelns. »Pauls Mörder ist tot. Wozu brauchen Sie mich jetzt noch?« Sein Gesichtsausdruck veränderte sich. »Sie wollen jemandem eine Abreibung verpassen, hab ich recht? Und da ist Ihnen plötzlich eingefallen, dass der gute alte Aimé Macron mal wegen schwerer Körperverletzung im Gefängnis war, und vielleicht hat er in den Jahren seit seiner Entlassung ja noch nicht alles verlernt, stimmt's?«

»Nein, das ist es nicht.«

»Was ist es dann?«

Calque kam sich wie ein Idiot vor. Was fiel ihm ein, hier mit einem völlig Fremden über einen geplanten Gesetzesbruch zu reden, nachdem er dem Gesetz sein ganzes Leben lang als Leibeigener gedient hatte? Er schluckte. Ich bring es lieber hinter mich, dachte er. Was hatte er zu verlieren? Seine Pension? Die reichte kaum für das Nötigste. Seinen guten Namen? Was war der wert, in der schönen neuen Welt namens Frankreich? Seine Integrität? Die hatte er verloren, als er seine Dienstmarke auf dem Revier mitgehen ließ. »Haben Sie irgendwelche Freunde aus Ihrer Zeit bei der Legion, die jetzt Feuerwehrmänner sind? Unten in St. Tropez vielleicht?«

»Feuerwehrmänner? Ist das Ihr Ernst?«

Calque schnippte seine Zigarette in die Wasserpfütze, die von Macrons wilden Waschungen übrig war. »Mein voller Ernst.«

13 Abiger de Bale saß auf dem Bett seiner Schwester.

Lamia de Bale stand mit dem Rücken zu ihm am Fenster und schaute demonstrativ hinaus.

»Ich habe dich nie gemocht, Lamia. Ich habe dich immer für das schwächste Glied in unserer Kette gehalten.« Abi warf sich rücklings auf das Bett und starrte an die Decke.

Lamia wandte sich zu ihm um. »Warum tötest du mich dann nicht? Das ist doch das, was du am besten kannst, oder? Genau wie Rocha. Ihr beide seid geborene Mörder.«

»Ich töte nur Ungeziefer. Du solltest mich als einen Terrier ansehen, der darauf trainiert ist, Ratten umzubringen. Ich bin nett, wenn man mich kennenlernt. Richtig zum Knuddeln.«

»Verschwinde aus meinem Zimmer. Du machst mein Bett schmutzig.«

»Ich warte auf Milouins. Er löst mich mit deiner Bewachung ab.«

»Niemand muss mich bewachen. Was glaubst du denn? Dass ich vorhabe, euch alle zu verraten?«

Abi zuckte mit den Achseln. »Was gibt es zu verraten? Wir arbeiten alle getrennt. Keiner von uns ist irgendwie vorbestraft. Niemand würde dir glauben, wenn du etwas sagen würdest. Was wir tun, ergibt keinen logischen Sinn, außer man versteht die Mysterien.«

»Welche Mysterien? Du glaubst doch nicht wirklich an die Wiederkehr Christi, oder? Oder an das Erscheinen des dritten Antichristen?«

»Natürlich nicht. Aber Madame, unsere Mutter, glaubt es. Und sie verwaltet die Finanzen.«

Lamia schüttelte den Kopf. »Dann ist es also nur ein Vorwand für dich und Vau?«

»Nein. Vau glaubt ebenfalls wirklich an das ganze Gewäsch. Ich tue es zum Spaß. Er tut es aus Überzeugung. Das Ergebnis ist so ziemlich das gleiche.«

»Du machst mich krank.«

»Wieso? Die anderen glauben es auch alle.« Abi grinste. »Schar eine Bande von Missgeburten um dich. Unterzieh sie von klein auf einer Gehirnwäsche. Mach ihnen weis, sie seien etwas Besonderes, von Gott persönlich ausgewählt und allen anderen Menschen überlegen. Dann überschütte sie mit Geld und Privilegien. Funktioniert immer.«

Lamia warf einen Blick zur offenen Tür. »Wenn Madame, unsere Mutter, dich so reden hörte, wäre nicht ich diejenige, die sie einsperrt.«

»Aber sie wird mich nie so reden hören. Ich werde nicht die Gans töten, die goldene Eier legt. Hältst du mich für verrückt?«

»Darauf verweigere ich die Antwort.« Lamia zögerte. Entgegen ihrem Instinkt gestattete sie sich, die Frage zu formulieren, die sie am meisten beschäftigte. »Was, glaubst du, wird sie mit mir machen?«

Abi lachte. »Wenn ich du wäre, würde ich meine Tonart wechseln. Und zwar schnell. Auf diese Weise wirst du es nicht herausfinden müssen.«

»Wie meinst du das?«

»Ich weiß nicht, warum ich dir das erzähle, da es in keiner Weise zu meinem Vorteil ist. Aber du bist meine Schwester, wenn auch nicht durch Geburt.« Abi richtete sich halb auf dem Bett auf. »Weißt du, was ich an ihrer Stelle tun würde?«

Lamia machte einen Schritt auf ihn zu. »Sag es.«

»Ich würde jemanden wie mich schicken, um dich zu töten.«

Lamia blieb stehen. Die unversehrte Seite ihres Gesichts wurde leichenblass. »Bist du dazu geschickt worden?«

»Ich? Nein. Dann wärst du jetzt schon tot. Und ich hätte mir auch nicht die Mühe gemacht, dich zu warnen. Wir haben draußen in der Bucht eine Quallenpest. Ich hätte dich einfach da draußen hineingeworfen, mitten in den größten Quallenschwarm, den ich finden könnte, und dich an einem Schwimmreifen mit einem Seil dran herumgezogen. Alle würden glauben, du wärst beim Schwimmen erwischt worden. Genug Quallengift, und du erleidest einen anaphylaktischen Schock und ertrinkst. Ist schon oft genug passiert.«

Lamia starrte ihn an. »Wieso? Was ist so entscheidend an der jetzigen Situation? Was kann wichtig genug sein, dass man die eigene Schwester dafür tötet?«

Abi zuckte mit den Schultern. »Ich dachte, das wäre klar. Dies ist der Augenblick, auf den unsere Familie seit achthundert Jahren gewartet hat. Madame, unsere Mutter ...«

Eine Stimme von der Tür unterbrach ihn. »Ja, Abiger. Du hast recht. Madame, eure Mutter, glaubt in der Tat, dass dies der Moment ist, auf den der Corpus seit achthundert Jahren gewartet hat.« Sie rauschte, begleitet von Milouins und Madame Mastigou, ins Zimmer. Sie neigte den Kopf erst in Richtung Abiger, dann in Richtung ihrer Tochter. »Aber Niobe hat nicht ihre eigenen Kinder getötet, nicht wahr, Lamia? Es waren die unsterblichen Götter, die über ihr Schicksal entschieden.« Sie warf einen auf merkwürdige Weise nicht sehenden Blick durch den Raum. »Du wirst fürs Erste hier im Haus bleiben. Oder zumindest bis zu dem Moment, in dem du mich davon überzeugst, dass du Vernunft angenommen hast. Milouins wird sich darum kümmern, dass du angemessen versorgt bist, und er und die Männer werden dich schichtweise bewachen. Du wirst deine Mahlzeiten selbstverständlich mit mir einnehmen. Dann haben wir Zeit zu reden. Davon abgesehen darfst du die Bibliothek und das Spielzimmer benutzen. Aber weder das Telefon noch einen Computer. Hast du verstanden?«

Lamias Augen blitzten kurz auf. Dann senkte sie fügsam den Kopf. »Vollkommen, Madame.«

»Das alles kommt mir höchst ungelegen, verstehst du? Es gibt wichtigere Dinge, mit denen ich mich befassen muss.«

Abi, der in dem Moment, in dem seine Mutter den Raum betreten hatte, vom Bett aufgesprungen war, um Habachtstellung einzunehmen, warf seiner Schwester einen missbilligenden Blick zu.

Die Comtesse drehte sich zu ihrem Sohn um. »Du hast deine Befehle, Abiger. Du und dein Bruder werdet nicht länger hier gebraucht.«

»Nein, Madame.«

»Seid ihr angemessen mit finanziellen Mitteln versorgt?«

»Reichlich, Madame. Wie Ihr sehr wohl wisst.«

»Dann enttäuscht mich nicht.«

14 »Ja, ich kenne einen Feuerwehrmann. Er arbeitet allerdings in Draguignan, nicht in St. Tropez. Er ist Kommunist. Trägt rote Unterhosen. Ist das in Ordnung?«

Calque schloss die Augen. Ich muss wahnsinnig sein, dachte er. Warum mache ich das? Ich sollte auf Teneriffa sein, in einer dieser Wohnungen, die sie den Winter über zum nominellen Pachtzins an Senioren vermieten. Ich könnte jeden Vormittag mit Bankmanagern im Ruhestand und freigesetzten Staatsdienern Domino spielen und dann beim Aperitif vor dem Mittagessen mit ihren Frauen flirten. Ich würde es nicht einmal bemerken, wenn mich der Infarkt dahinrafft. Und meine unheilbar verschlossene Tochter würde herausfinden, dass ihr Vater seine Chips bereits umgetauscht hatte, wenn sie ihr meine Auszeichnungen und den Scheck von der Lebensversicherung auf einem mit Samt bedeckten Tablett bringen.

»Ich fürchte, das wird nicht gehen.« Calque zögerte. »Ich will offen zu Ihnen sein, Macron. So viel bin ich Ihnen schuldig. Ich muss in ein Haus gelangen. Ein gut bewachtes Haus. Ich muss etwas holen, das ich vor Monaten dort gelassen habe. Etwas, das mit Ihrem Cousin und den Leuten, die für seinen Tod verantwortlich sind, zu tun hat. Mir kam die Idee, falls eine Feuermeldung einginge – sagen wir, von einem besorgten Bürger –, wären alle Bewohner gezwungen, das Haus zu verlassen, bis die Feuerwehr es überprüft hat. Ich würde den Mann natürlich dafür bezahlen, den Gegenstand für mich sicherzustellen. Und ich kann Ihnen versichern, dass es sich nicht um einen Diebstahl handeln würde, da mir der Gegenstand bereits gehört. Niemand sonst weiß auch nur von seiner Existenz.« Calques Stimme verlor sich. Laut ausgesprochen, klang seine Idee extrem untauglich.

Macron öffnete einen Wandschrank, der in einem Winkel der Werkstatt versteckt war. Er holte eine Flasche und zwei Gläser heraus. »Pastis?«

Calque wollte schon dankend ablehnen, da er im Dienst sei, als ihm bewusst wurde, dass er es nicht war. »Gern.«

Die beiden Männer sahen einander nicht an, während sie in kleinen Schlucken tranken.

Macron ließ den Blick durch seine Werkstatt wandern. »Es hat mich zwei Jahre gekostet, das alles aus dem Nichts aufzubauen. Ist das zu glauben? Bis man sich einen Namen gemacht hat. Einigermaßen regelmäßig Aufträge bekommt.« Er trank noch einen Schluck. »Jetzt geht es aufwärts. Ich könnte mir sogar überlegen, zu heiraten. Ein paar Kinder großzuziehen.«

Calque stellte sein Glas ab und machte sich bereit, zu gehen. Das Spiel war aus, und er wusste es.

»Warten Sie.« Macron wies mit einem Kopfnicken zu seinen sorgfältig gestapelten Holzvorräten. »Sehen Sie das? Jedes Stück bestes Hartholz. 95 bis 100 Prozent Verwertbarkeit. Güteklasse A. Ich beziehe mein gesamtes Holz von einem Exlegionär, der in der Nähe von Manosque wohnt.«

»Manosque?« Calque verstand nicht, worauf Macron hinauswollte. War der Mann taub? Hatte er nicht gehört, was Calque gesagt hatte?

»Manosque, ja. Der Mann vollbringt Wunder. Besorgt mir alles, was ich brauche, egal wie kurzfristig ich ihm Bescheid gebe. Absolut zuverlässig.« Macron deutete. »Da drüben an der Wand hängt seine Karte. Sie können den Namen in Ihr Notizbuch schreiben. Sagen Sie, Sie kommen von mir, wenn Sie mit ihm sprechen. Sagen Sie ihm, Aimé L'OM sagt, *marche ou crève. Droit au but.*«

Calque hob fragend die Schultern. »Holz? Sie bekommen Ihr Holz von dem Mann?« Er wollte mehr. Eine Versicherung, dass er nicht hinters Licht geführt wurde.

»Viel Glück. Ich hoffe, Sie bekommen zurück, was Sie verloren haben.«

Calque seufzte. Er schrieb den Namen des Holzlieferanten in sein Notizbuch.

Macron zögerte; es kostete ihn noch immer Überwindung, einem *flic* zu trauen. »Dieser Cousin von mir, Hauptmann. Den der Augenmann erschossen hat, Ihr Kollege. Er war ein kleines rechtsradikales Arschloch. Seine Verlobte kann froh sein, dass sie ihn los ist.« Er kippte den Rest seines Pastis herunter. Dann sah er Calque direkt in die Augen. »Aber seine Mutter, die Frau meines Onkels. Die in den Armen ihres Mannes zusammengebrochen ist, als Sie die Nachricht vom Tod ihres Sohns brachten – das ist eine Frau, wie es nicht oft eine gibt. Ich halte große Stücke auf sie.«

15 Lamia de Bale sah aus dem Fenster ihres Schlafzimmers. Es war Mitternacht. Im Haus schlief endlich alles.

Vor ihrer Tür hörte sie, wie Philippe, der Lakai, mit seinem Stuhl umherrutschte.

Ihre erste Idee war gewesen, das Radio anzumachen. Ihn an die Musik zu gewöhnen. Aber alle wussten, dass sie nie Musik hörte. Der kleine Perversling würde aus reiner Neugier schnurstracks hereinspaziert kommen, um zu sehen, was los war. Und dann würde er wahrscheinlich versuchen, sie ins Bett zu kriegen, wie er es bei drei verschiedenen Gelegenheiten im Lauf des letzten Jahrs getan hatte. Und dieses Mal war sie angreifbar. Nicht mehr die Tochter seiner Arbeitgebrin, sondern eine rechtlose Gefangene. Es war das Risiko nicht wert.

Sie raffte das Bündel Betttücher zusammen, ging ins Badezimmer und schloss die Tür.

Als Erstes stellte sie die Dusche an. Dann holte sie eine Verbandschere aus ihrem Erste-Hilfe-Kasten und begann, die Betttücher in Streifen zu schneiden.

Ich kann selbst nicht glauben, dass ich das tue, sagte sie zu sich selbst. Was, wenn ich abstürze? Wenn ich mir einen Knochen breche? Sie werden mich umbringen.

Als sie die Tücher zerschnitten hatte, begann sie mit der mühseligen Aufgabe, sie zusammenzudrehen und zu verknoten. Irgendwann stellte sie die Dusche ab und patschte mit nackten Füßen durch das Schlafzimmer, und sie vergaß nicht, die Lampe auf ihrem Nachttisch einzuschalten und das Hauptlicht zu löschen, wie sie es auch sonst immer tat.

Dann schlich sie auf Zehenspitzen zurück ins Bad und fuhr mit ihrer Arbeit fort.

Als sie die Laken zu ihrer Zufriedenheit verknotet hatte, maß sie sie anhand ihres Unterarms ab. Ihre Länge belief sich auf etwa zehn Meter. Sie hoffte, das würde reichen.

Ihr Zimmer lag im dritten Stock des Hauses und ging auf den Innenhof hinaus. Wenn sie heil unten angekommen war, beabsichtigte sie, landeinwärts nach Ramatuelle zu marschieren. Sie wusste, wo Monsieur Brussi, der Taxifahrer, wohnte. Sie kannte ihn schon ihr ganzes Leben lang. Auch wenn Madame, ihre Mutter, ihr Geld und ihre Kreditkarten konfisziert hatte, würde er sie doch bestimmt auf Pump irgendwohin bringen, oder?

Sie öffnete das Fenster und ließ die zusammengeknoteten Betttücher durch ihre Hand laufen. An das unterste Tuch hatte sie vorsichtshalber eine Haarbürste gebunden, weil sie hoffte, auf diese Weise auch im Dunkeln abschätzen zu können, wie tief sie würde springen müssen, falls ihr Behelfsseil nicht bis zum Boden reichte.

Als das improvisierte Seil seine volle Länge erreicht hatte, begann sie es so sanft wie möglich hin und her zu schwingen. Die Haarbürste streifte etwas.

Lamia hielt ihr Seil an und lauschte, eine Hand hinter das Ohr gewölbt. Nach einer Minute intensiven Horchens war sie beruhigt. Sie hatte zwei Dinge in Erfahrung gebracht. Erstens, dass niemand unten im Hof postiert war. Und zweitens, dass es von dem offenen Fensterladen, an den ihre Haarbürste gerade geschlagen hatte, noch einmal rund drei Meter bis zum Boden waren.

Sie befestigte das obere Ende der verknoteten Tücher am Mittelpfosten ihres Fensters. So. Damit war noch einmal fast ein halber Meter Länge verloren. Sie würde sich im Dunkeln mehr als drei Meter tief fallen lassen müssen. Sie zermarterte sich das Hirn, ob dort unten etwas herumstand, das umfallen und sie verraten könnte. Wie dumm von ihr, dass sie sich nicht alles genau angesehen hatte, als es noch hell gewesen war.

Nach einem letzten, nachdenklichen Blick auf ihr Zimmer kletterte Lamia vorsichtig aus dem Fenster. Sie war im Begriff, alles hinter sich zu lassen, was sie jemals gekannt hatte. Sicherheit, Familie, Tradition und emotionale Bindungen. Siebenundzwanzig Jahre lang hatte sie eine ungeheure Lüge gelebt.

Die Wahrheit über ihr Leben war ihr – zusammen mit der Wahrheit über die Verschwörergruppe, die sie adoptiert hatte und der sie unwissentlich und ohne nachzudenken ihre ganze Treue geschenkt hatte – erst in der Folge der öffentlichen Aufmerksamkeit rund um den Tod ihres Bruders aufgegangen. Wenn ihr Handeln auf Befehlen des Corpus maleficus beruht hatte, wie viel Schaden hatten all ihre armseligen kleinen Kurierdienste – und mehr hatte Madame, ihre Mutter, ihr offenbar ohnehin nicht zugetraut – dann eigentlich angerichtet? Wie viel Schaden hatte sie versehentlich einer Gesellschaft aufgehalst, die nichts vom Ausmaß oder auch nur von der Existenz ihrer eigenen Schuld wusste? Nun endlich würde sie unbelastet von der Vergangenheit in die echte Welt eintreten können.

Lamia ließ sich unter Zuhilfenahme ihrer Füße vorsichtig an dem verknoteten Seil hinunter. Sie war einigermaßen fit für ihr Alter – Tennis, Yoga und ein gelegentlicher Tanzkurs waren ihre Hauptthemen gewesen –, aber sie war nicht ganz schwindelfrei, und sie dankte der Vorsehung, dass sie gezwungen war, ihr waghalsiges Kunststück im Dunkeln zu vollbringen.

Einmal auf halbem Weg nach unten, als sie befürchtete, vor Angst zu erstarren, drehte sie die Betttücher um ein Handgelenk, bis der unterbrochene Blutfluss sie zwang, sich zusammenzureißen und ihren Abstieg fortzusetzen.

Schließlich, nach drei Minuten Abstieg, die ihr wie eine Stunde erschienen, berührten ihre Füße die Haarbürste. Vorsichtig ließ sie sich ganz bis zum Ende des Seils hinunter, dann sprang sie, ehe sie Zeit hatte, nachzudenken.

Sie hatte vorgehabt, sofort loszurennen, wenn sie unten auftraf. Doch stattdessen fiel sie nach zwei torkelnden Schritten auf die Knie. Schlagartig gingen sämtliche Lichter im Innenhof an. Lamia rollte sich auf den Rücken, das Gesicht verzerrt vor Schreck. Das war neu. Bisher war Madame, ihre Mutter, nie auf die Idee gekommen, das Haus mit Bewegungsmeldern zu sichern.

Lamia rappelte sich auf und begann zu laufen. Vielleicht gingen die Lichter von allein wieder aus, wenn sie den Innenhof verließ. Vielleicht hatte niemand im Haus etwas bemerkt, oder sie glaubten, ein Stück Wild aus den umliegenden Wiesen sei in den Hof spaziert und habe den Sensor ausgelöst.

Die Haupteingangstür ging krachend auf, und Milouins erschien auf der Treppe. Er hatte eine Flinte in der Hand.

Lamia rannte so schnell sie konnte auf die Lücke zwischen der Garage und dem Stallgebäude zu. Wenn sie es bis hinter die Nebengebäude schaffte, würde sie sich vielleicht in den Weinbergen verstecken können.

Milouins warf die Flinte zur Seite und setzte ihr nach.

In dem Moment, in dem er loslief, wurde Lamia klar, dass

sie nicht die geringste Chance hatte, ihm zu entkommen. Er lief wie ein Sprinter, die Arme hoch über den Hüften angewinkelt und das Gesicht starr vor Konzentration.

Lamia sah sich mit wildem Blick um. Dann blieb sie stehen, sank gegen die Wand und drückte die Hand an ihr Herz. Wie ein angebundenes Wildpferd, das mit gesenktem Kopf und schwer atmend zu dem Mann aufsieht, der es zähmen will, erwartete sie Milouins.

»Sie kommen mit mir, Mademoiselle.«

Lamia schüttelte den Kopf.

Milouins fasste sie direkt über dem Ellenbogen am Arm. Als sie sich zu wehren versuchte, änderte er seinen Griff, sodass er ihre beiden Arme ausgestreckt hinter ihrem Rücken hielt und beliebig Druck auf ihre Schultergelenke ausüben konnte. »Bitte, Mademoiselle. Ich möchte Ihnen nicht wehtun. Ich kenne Sie, seit Sie ein kleines Mädchen waren. Kommen Sie friedlich mit mir, dafür wäre ich Ihnen sehr dankbar.«

Lamia seufzte frustriert und nickte.

Milouins löste seinen Griff. Er begnügte sich damit, zwei Schritte hinter ihr zu gehen, da er wusste, dass er sie jederzeit wieder einfangen konnte, falls sie versuchen sollte zu fliehen.

Der Lakai, der vor Lamias Zimmer Wache geschoben hatte, kam die Eingangstreppe heruntergestolpert, die Ledersohlen seiner Schuhe hallten von der Marmorverkleidung wider. Er blieb stehen und verzog das Gesicht in Richtung Milouins, als das Paar auf seiner Höhe war. »Dafür wird mich die Alte massakrieren.« Er sah Lamia finster an. »Hoffentlich überlässt sie es mir, dich zu verprügeln. Ich werde dir eine Plastiktüte über den Kopf stülpen, damit ich dich dabei nicht ansehen muss.«

»Halt den Mund«, sagte Milouins. »Und geh Madame la Comtesse wecken.«

»Sie ist bereits wach. Der Einbruchalarm in ihrem Schlafzimmer muss losgegangen sein, als Sie durch die Tür gerannt sind, ohne ihn zu neutralisieren.«

Lamia, Milouins und der Lakai standen in der Eingangshalle und blickten die Treppe hinauf.

Begleitet von einer ähnlich gekleideten Madame Mastigou kam ihnen die Comtesse entgegen.

»Was sollen wir mit ihr machen, Madame?« Milouins sah aus, als wäre ihm nicht ganz wohl in seiner Haut, wie ein Henker bei einer Königshinrichtung, den ein plötzliches Gefühl von Majestätsbeleidigung überkommt.

»Mit ihr machen?« Die Comtesse blieb abrupt stehen. »Lassen Sie sie von Philippe fesseln, geben Sie ihr ein Beruhigungsmittel und sperren Sie sie dann in den geheimen Corpus-Raum. Dann können wir endlich ein wenig schlafen. Da drin gibt es keine Fenster, die sie zu weiteren verwegenen Unternehmungen verleiten könnten. Ich werde morgen früh über ihre Zukunft entscheiden.«

16 Der ehemalige Feldwebel Jean Picaro – zwanzig Jahre in der Legion, zehn Jahre im Gefängnis La Santé wegen bewaffneten Raubs, acht Jahre draußen als Beschaffer schwer zugänglicher Dinge für die kriminelle Bruderschaft – kratzte sich den kahl geschorenen Schädel mit gewohnheitsmäßig abgekauten Fingernägeln. Seit er sich in La Santé während einer besonders widerwärtigen Phase der Gefängnisgeschichte die Krätze zugezogen hatte, war es Picaro körperlich unmöglich, diesen nervösen Tick abzustellen, wenn er unter Stress geriet.

Und es war eindeutig Stress, was er jetzt empfand. Eines war sicher – im Grunde hatte er eine unkomplizierte Sache vor sich: unbemerkt rein und wieder raus. Warum also schwitzte er? Und warum kratzte er sich den Kopf wie ein Schimpanse mit Räude?

Zuerst war er drauf und dran gewesen, den Job überhaupt nicht anzunehmen. Es ging ihm gegen den Strich, mit ehemaligen *flics* Geschäfte zu machen. Einmal Bulle, immer Bulle. Aber der Mann kam auf Empfehlung von Aimé Macron. Und

Macron hatte Picaro in Dschibuti das Leben gerettet, als er sich mit einem Führer der Afar-Brigade wegen eines Deals angelegt hatte, bei dem es um Drogen, Frauen und eine Lieferung von Sturmgewehren gegangen war, die irgendwie aus dem Lagerhaus der Fremdenlegion verschwunden waren.

Der *flic* hatte seine Abneigung weiter untergraben, indem er ihm ohne Umschweife fünfzehnhundert Euro auf die Hand geboten hatte, und noch einmal fünfzehnhundert, sobald er einen Gegenstand, der ihm gehörte, aus einem Haus auf dem Cap geholt haben würde. Picaro brauchte dazu nicht einmal einzubrechen. Wie Polizisten so sind, hatte er heimlich einen Wachsabdruck vom Schlüssel zu einer Hintertür gemacht, als er vor zwei Monaten wegen Ermittlungen in dem Haus gewesen war. Picaro hatte sogar einen detaillierten Grundrissplan bekommen, auf dem die Lage der Bibliothek und der Geheimtür, die zum Raum mit dem Gegenstand führte, dargestellt war. Ein Kinderspiel, sollte man meinen. Dennoch beunruhigte ihn etwas.

Er ließ die Taschenlampe über den Plan wandern. Seit mehr als einer Stunde hatte er das Haus nun beobachtet, und alles schien ruhig zu sein. Keine Hunde. Keine Bewegungsmelder auf dieser Seite des Anwesens. Der *flic* hatte ihm sogar erklärt, wo das Alarmsystem und die Stromkreisunterbrecher waren und wie man sie am besten deaktivierte. Die ganze Sache war ein einziger Traum. Aber nach Picaros Erfahrung wurde man unschönerweise immer dann aus Träumen gerissen, wenn man es am wenigsten erwartete.

Er schnippte einen imaginären Fussel von seinem Jackenkragen.

Also gut. Entweder du tust es oder du lässt es, Legionär.

Picaro erhob sich und trottete hinunter in Richtung Waschküche.

17 Picaro stand innerhalb der Tür und schnupperte. Er wusste nicht, wie und warum, aber manchmal konnte man die Anwesenheit von Menschen riechen, selbst wenn sie mehrere Zimmer entfernt waren. Es ist ein atavistischer Instinkt, dachte er, aus der Frühzeit der Menschen, als sie Höhlen bewohnten. Wenn man eine leere Höhle besetzen wollte, war es sicher schlau, sich zu vergewissern, ob nicht schon jemand anderer, Mensch oder Tier, einen älteren Anspruch darauf zu haben glaubte, ehe man es sich am Feuer gemütlich machte.

Zufriedengestellt, schlich Picaro die Betontreppe hinauf, die zum hinteren Teil des Korridors führte. Nachdem er die Alarmanlage innerhalb der erforderlichen zwei Minuten deaktiviert hatte, überprüfte er mit Hilfe seiner Taschenlampe ein letztes Mal seine Karte. Erst links, dann rechts und noch einmal rechts, und er müsste in der Bibliothek sein. Dann ein paar Schritte durch den Raum zu dem Sammelband von *La Vie Parisienne* – der *flic* hatte sogar die genaue Anzahl der Ausgaben darin notiert – und, voilà, Sesam öffne dich.

Picaro warf einen raschen Blick die Treppe hinauf, als er die Halle durchquerte. Trotz der vielen Häuser, in die er im Lauf seines Lebens eingebrochen war, konnte er seinen ganz persönlichen Albtraum nicht abschütteln, in dem ein Schäferhund – es war immer ein Schäferhund – lautlos, mit schlagenden Lefzen, die Treppe heruntergestürmt kam, während bei der Aussicht auf ein Stück von Picaros Oberschenkel bereits Speichel in seinen Mund schoss.

Picaro schüttelte sich leicht, um seine Gänsehaut zu vertreiben, dann schlich er durch die Tür der Bibliothek. Himmel. Er wurde zu alt für so etwas. Wozu brauchte er überhaupt die dreitausend Euro? Sein Konto war gut gefüllt. Das Haus war abbezahlt. Sein Sohn ging beim besten Elektroingenieur weit und breit in die Lehre, und Picaro selbst hatte sich geschworen, eher zu sterben, als noch einmal ins Gefängnis zu gehen. Wofür zum Teufel tat er das hier also? Gewohnheit? Weil er nach dem Kick süchtig war? Oder einfach, weil es eins der wenigen Dinge war, die er immer noch beherrschte?

Er bückte sich und tastete nach dem Haken, der nach Aussage des Polizisten unter Band drei der gesammelten Zeitschriften versteckt war.

Eine im Regal verborgene Tür sprang auf. Nach einem vorsichtigen Blick über die Schulter betrat er den Raum.

»*Putain de merde de crotte de bique!*«, fluchte er leise und riss entsetzt die Augen auf.

Die bewusstlose Gestalt einer Frau war an einen Stuhl gefesselt, der genau in der Mitte des Versammlungstischs stand. Ihr Kopf hing schräg nach unten, und als Picaro mit der Taschenlampe über sie strich, sah er, dass eine Seite ihres Gesichts offenbar von einer dünnen Schicht geronnenen Bluts bedeckt war.

18 Profi durch und durch – und die dreitausend Euro im Hinterkopf – tastete Picaro unter dem Tisch nach dem kostbaren Rekorder des *flics*. Exakt zwei Meter rechts vom Stuhl des Vorsitzenden, auf der Innenseite der Einfassung festgeklebt, genau im Winkel des Längs- und des Querbalkens. Ja. Da war das Gerät. Picaro steckte es ein.

Er zögerte kurz und machte sich dann mit forschen Schritten auf den Weg zur Tür. Was ging ihn diese Frau an? Er hatte erledigt, weswegen er hergekommen war. Er war ohnehin bereits spät dran wegen seines vorsichtigen Zögerns vorhin. Wozu alles verkomplizieren? Wenn er jetzt ging, würde er vor Tagesanbruch aus dem Haus sein und niemand etwas merken.

Sein Blick wurde unausweichlich zu der Frau hingezogen. Was zum Teufel hatten sie mit ihr gemacht? Vielleicht war sie sogar tot? Nein. Er sah im Schein der Taschenlampe, dass sie atmete.

Als er den Strahl der Lampe über sie wandern ließ, kam ihm eine Erinnerung aus seiner Zeit in La Santé in den Sinn.

Ein junger Bursche, gemischtrassig, nicht älter als neunzehn, hatte sich mit einer der Methamphetaminbanden angelegt. Eines Tages hatte die Bande im Duschraum auf ihn gewartet – früher oder später kriegten sie einen immer, wie Picaro dem Jungen zu erklären versucht hatte. Was hatten sie auch sonst anzufangen mit ihrer Zeit? Aber der Bursche war zu jung und überheblich gewesen, um auf ihn zu hören.

Sie hatten ihn zu einer *tournante* verdammt – einer Gruppenvergewaltigung. Als Picaro den Jungen fand, war er an einen Stuhl gefesselt – den Kopf durch den Sitz gestreckt, den Bauch über der Rückenlehne und Arme und Füße an die Stuhlbeine gebunden – auf diese Weise würde er jedem zur Verfügung stehen, der zufällig vorbeikam.

Zuerst hatte Picaro nicht verstanden, was er vor sich sah. Es war wie bei der Geburt seines Sohns, als dieser mit den Eiern zuerst aus dem Leib seiner Mutter gekommen war. Picaro hatte mit aschfahlem Gesicht geschrien: »Großer Gott, was ist das?«

»Seine Hoden, Monsieur«, hatte die Hebamme gesagt. »Sie schwellen bei einer Steißgeburt an, weil die Beine über den Kopf gestreckt sind.«

Als Picaro gesehen hatte, in welchem Zustand die Afteröffnung des jungen Mannes war, hatte er sich übergeben. Dann hatte er ihn losgebunden, ihn so gut es ging auf dem Boden ausgestreckt und war die *tebibs* holen gegangen.

Sie hatten ihn wieder zusammengeflickt, aber der Junge hatte sich von dem Angriff nie mehr erholt. Etwa ein halbes Jahr später hatte er sich mit einer Glasscherbe selbst die Eier abgeschnitten.

Picaro seufzte und ging zurück zum Tisch. Er holte sein Taschenmesser hervor, durchschnitt die Fesseln, die die junge Frau an den Stuhl banden, und lud sie sich über die rechte Schulter.

Nachdem er ihr Gewicht so verlagert hatte, dass es gleichmäßiger auflag, machte er sich auf den Rückweg durch den Flur und kam sich dabei vor wie ein Vollidiot.

Sinnlos, jetzt noch die Tür zu schließen, dachte er. Ich hätte verdammt noch mal ebenso gut eine Spur aus Papierschnitzeln auslegen können.

19 Picaro legte die Frau sanft auf den Rücksitz seines Wagens. Dann trat er einen Schritt zurück und betrachtete sie im kalten Licht der Innenraumbeleuchtung. Was er in der Dunkelheit des geheimen Raums für Blut gehalten hatte, stellte sich nun lediglich als rotes Muttermal heraus. Armes Luder. Ohne das wäre sie hübsch gewesen. Manchmal fragte man sich, was sich Gott so dachte.

Picaro schob ihre Augenlider zurück und untersuchte ihre Pupillen. Sie stand unter Betäubungsmitteln, so viel war offensichtlich. Er war kurz versucht, ihr sein ledernes Staubtuch über die Augen zu binden, damit sie ihn nicht identifizieren konnte, falls sie plötzlich aufwachte – aber bei seiner gegenwärtigen Glückssträhne würde sie wahrscheinlich in Panik geraten und einen Unfall verursachen. Am besten, er ließ erst einmal alles, wie es war.

Er hatte sich auf dem alten Parkplatz hinter dem Strand von Pampelonne mit dem *flic* verabredet. Eine Fahrt von höchstens zwanzig Minuten. Er würde die Frau und den Rekorder einfach bei ihm abladen, sein restliches Geld kassieren und verduften. Der *flic* konnte sich überlegen, was er mit ihr machen sollte. Dafür war die Polizei ja da, oder?

Dreimal auf der Fahrt nach Pampelonne überlegte sich Picaro, ob es nicht besser für ihn wäre, wenn er sie einfach am Straßenrand ablegte. Noch hatte sie ihn nicht gesehen. Und sie hatte den *flic* noch nicht gesehen. Wozu das Leben unnötig verkomplizieren?

Aber das Bild des an einen Stuhl in der Mitte des Tischs gefesselten Mädchens verfolgte ihn. Wie hatte der Junge im Gefängnis gleich noch geheißen? Chico? Chiclette? Etwas in dieser Art.

Idiotisch, den Stuhl auf den Tisch zu stellen. Was, wenn das Mädchen aufgewacht wäre und sich zur Seite geworfen hätte? Es hätte sich den Hals brechen und gelähmt sein können. Die Leute benahmen sich manchmal schon sehr dumm.

Er sah den *flic* im Kegel der Scheinwerfer warten. Nun gut denn. Was tut man nicht alles für dreitausend Mäuse.

Picaro hielt neben Calque, stieg aus und sah sich um. Kein unerwartetes Empfangskomitee. Das war schon mal ein gutes Zeichen.

»Haben Sie es?«

»Natürlich.« Picaro zog den Rekorder aus der Tasche und gab ihn Calque.

Calque blätterte ihm die restlichen fünfzehnhundert in die Hand.

Picaro wies mit dem Daumen über seine Schulter zum Wagen. »Ich habe noch etwas für Sie. Kostet nichts extra.«

Calque zuckte zusammen, als hätte ihm jemand eine getrocknete Erbse in den Nacken gefeuert. »Was soll das heißen?«

Picaro öffnete die hintere Tür seines Autos und wartete, bis Calque bei ihm war. Dann blickten beide auf die junge Frau hinunter.

»Keine Angst, sie ist nicht tot. Sie wurde betäubt und an einen Stuhl gefesselt. Den Stuhl haben sie dann auf den Tisch in diesem Geheimzimmer von Ihnen gestellt. Ich dachte zuerst, es könnte sich um eine von diesen Sexgeschichten handeln – Sie wissen schon, wo sie Amylnitrit einwerfen und sich dann halb ersticken, um den Kick zu erhöhen. Aber nach einem Blick in ihr Gesicht war mir klar, dass es das nicht ist. Ich wollte sie ursprünglich dort zurücklassen, aber ich konnte es einfach nicht. Sie hat mich nicht gesehen, und sie hat Sie nicht gesehen. Ich würde empfehlen, sie hier zurückzulassen. Aber sie ist von nun an Ihr Problem. Einverstanden?«

»Einverstanden.« Calque hatte sich wieder vollkommen unter Kontrolle. Er überlegte bereits fieberhaft, welche Auswirkungen diese neue Entwicklung haben würde.

»Soll ich sie umladen, oder wollen Sie es tun?«

»Machen Sie es lieber. Mit meiner Gesundheit steht es nicht zum Besten.«

Calque sah zu, wie Picaro die Frau über den Rücksitz zur Tür zog.

»Was ist das in ihrem Gesicht? Ist sie verletzt?«

Picaro hielt ihr Gesicht zum Licht, als zeigte er einem potenziellen Käufer bei einer Auktion eine Vase. »Nein. Ein Muttermal. Jammerschade, was?«

Calque erkannte die Entstellung sofort. Die junge Frau hatte zur ersten Gruppe gehört, die im Haus eingetroffen war – vor der Ankunft der beiden Männer. Sie musste also eine der Töchter der Comtesse sein – eins der dreizehn Adoptivkinder. Aber was konnte sie nur getan haben, um die Comtesse so gegen sich aufzubringen? Er musste unbedingt mit ihr reden.

Genau in diesem Moment öffnete Lamia die Augen.

Picaro hob die Hand, bereit, ihr einen Schlag ins Genick zu verpassen, bevor sie sein Gesicht sah.

»Nein! Warten Sie!« Calque drängte sich vor. Er wühlte in seiner Tasche und hielt ihr seine Dienstmarke hin. »Polizei, Mademoiselle. Sehen Sie sich im eigenen Interesse nicht um. Ich werde Ihnen jetzt aus dem Wagen helfen.« Er nahm ihr Gesicht in beide Hände. »Schauen Sie immer mich an. Drehen Sie sich nicht um. Vertrauen Sie mir.«

Lamia war noch benommen. Sie taumelte vorwärts und fiel an Calques Brust, weil ihre Knie nachgaben.

Calque nickte Picaro zu.

Picaro sprang in seinen Wagen und brauste davon. Die hintere Tür fiel durch die Beschleunigung von allein zu.

20 Philippe Lemelle war seit anderthalb Jahren einer der Lakaien der Comtesse. Noch nie in seinem Leben war er so lange bei einem Job geblieben, und es begann ihn schon wieder in den Beinen zu jucken. Wenn nicht bald etwas Positives passierte, hatte ihn die alte Kuh die längste Zeit gesehen.

Sowohl Lemelles Vater als auch sein Großvater hatten bereits für den alten Comte gearbeitet, und einzig und allein dieser Umstand hatte dem geistig trägen und mit einem niedrigen IQ ausgestatteten Lemelle den Job eingebracht. Als Folge davon war Lemelle in allen Zielen und Hoffnungen des Corpus bestens bewandert – zumindest glaubte er das. Wäre nicht der Butler Milouins gewesen, der eindeutig eifersüchtig auf sein gutes Aussehen und seinen Erfolg bei Frauen war, wäre Lemelle nach seiner festen Überzeugung wesentlich schneller in der Hierarchie des Corpus aufgestiegen, und die Comtesse würde ihn für etwas anspruchsvollere Dinge einsetzen, als Zimmer sauber zu machen und Wachdienst bei ihrer missgestalteten Schlampe von Tochter zu schieben.

Lemelle fühlte sich persönlich erniedrigt durch Lamias Flucht während seiner Wache, und sein Gefühl der Demütigung wurde noch verschlimmert durch Milouins' triumphale Wiederergreifung des hochnäsigen Weibs, kaum dass es im Hof gelandet war. Nachträglichen Trost zog er aus der Tatsache, dass die Comtesse Lamia nach ihrem Fluchtfiasko erneut ihm und nicht Milouins zugeteilt hatte. Madame la Comtesse hatte ihn eindeutig für höhere Aufgaben bestimmt.

Seit Lemelle sie vor vierzehn Monaten anlässlich eines kurzen Besuchs zum Geburtstag ihrer Mutter zum ersten Mal gesehen hatte, hatte er Lamia sexuell anziehend gefunden – trotz oder vielleicht sogar wegen des roten Muttermals, das ihr Gesicht verunstaltete. Schließlich schaut man nicht auf den Kaminsims, während man das Feuer schürt, wie sein Vater zu sagen pflegte.

Infolgedessen hatte er ein außerordentlich starkes Vergnügen daran gefunden, sie an den Stuhl zu fesseln und ihr gewaltsam das Doppelte der vorgeschriebenen Dosis an Beruhigungsmitteln einzugeben. Er begann jedoch seinen letzten sadistischen Schnörkel zu bedauern, der ihn aus Gründen, die ihm im Nachhinein selbst nicht mehr gegenwärtig waren, die inzwischen Bewusstlose auf den Tisch hieven ließen. Tatsächlich begann ihn die Erinnerung an seine Dummheit eindeutig zu quälen. Was, wenn sie voll Panik erwachte, vom Tisch fiel und sich ihren blöden Hals brach? Das würde Milouins' Triumph über ihn vervollständigen, nicht wahr? Die Comtesse hätte allen Grund, ihn lebendig zu begraben.

Lemelle warf sich ein paar Sachen über und schlich sich heimlich nach unten. Die Stille des schlafenden Hauses wirkte seltsam beruhigend auf ihn, denn Lemelle hatte seit seiner Kindheit immer wieder zum Voyeurismus geneigt, und die Nacht mit ihren Geheimnissen, ihren dunklen Gesetzen und ihrem grenzenlosen Versprechen von Unsichtbarkeit hielt höchst anregende Assoziationen für ihn bereit.

Die automatische Verbindung zwischen Dunkelheit und sexuellem Versprechen führte nun zu Lemelles nächstem Geistesblitz: Nachdem Lamia bis zur Halskrause mit Beruhigungsmitteln vollgepumpt war – was konnte es schaden, ihr einen mehr als nur flüchtigen Besuch abzustatten? Falls er erwischt wurde, konnte er immer noch behaupten, er sei nur nach unten gegangen, um nach ihrem Wohlergehen zu sehen.

Denn es blieb eine Tatsache, dass Lemelle, wenn er nicht arbeitete, schlief oder aß, damit beschäftigt war, kunstvolle sexuelle Phantasien rund um alle echten Frauen zu konstruieren, die er zufällig traf. Und seit er davon gehört hatte, dass Frauen mit Rohypnol betäubt wurden, damit sie weder Widerstand leisteten noch sich an etwas erinnerten, hatte Lemelle davon geträumt, das Zeug in die Finger zu bekommen und als Mittel der Selbstermächtigung einzusetzen. Und wenn er schon an kein Rohypnol herankam, war eine doppelte Dosis Temazepam doch sicherlich das Nächstbeste.

Schon ein flüchtiger Blick auf Lemelles Computer hätte Tausende Bilder von Websites über Vergewaltigung, SM und Angriffe im Schlaf zutage gefördert. Hier war seine Chance, Phantasie in Wirklichkeit zu verwandeln. Wenn Lamia noch bewusstlos war, konnte er mit ihr anstellen, was er wollte. Bei dem Gedanken wurden ihm die Knie weich vor Vorfreude.

Einen ersten Hinweis darauf, dass sich sein Vorhaben nicht ganz so reibungslos umsetzen ließ, erhielt er an der Tür zur Bibliothek. Sie war weit offen. Und der stehende Befehl der Comtesse lautete, dass jede nicht benutzte Tür im Haus fest verschlossen zu sein hatte, bis der Raum tatsächlich benutzt wurde. Tatsächlich legte der Schweinehund von Milouins solchen Wert darauf, die Comtesse diesbezüglich zufriedenzustellen, dass es Lemelle zur zweiten Natur geworden war, Türen zu schließen – ganz wie jemand, der im Haus herumläuft und nicht benötigte Lichter löscht.

Die Tür zum Corpus-Raum stand ebenfalls weit offen. Übelkeit erfasste Lemelle. Falls die Frau ein zweites Mal verschwunden sein sollte, würde man ihm auch daran die Schuld geben, so viel war klar. Er würde seinen Job verlieren. Selbst seine Mutter würde ihn diesmal nicht schützen können.

Lemelle spähte um die offene Tür. Lamia war nirgendwo zu sehen. Ihr Stuhl lag mit den Beinen nach oben neben dem Konferenztisch auf dem Boden. Lemelle hob einen der weggeworfenen Stricke auf und befühlte das Ende mit dem Daumen. Er war eindeutig durchschnitten worden. Das Miststück hatte also jemanden ins Haus geschmuggelt, der ihr geholfen hatte. Lemelle konnte schon jetzt den Triumph in Milouins' Stimme hören, wenn dieses neuerliche Desaster ans Licht kam.

»Zweimal? Du hast sie zweimal entkommen lassen? Wir haben dir befohlen, sie zu fesseln und ihr ein Beruhigungsmittel zu geben. Was hast du gemacht, Lemelle? Ihr einen doppelten Espresso spendiert?«

Lemelle eilte durch das leere Haus; seine Augen forschten nach allem, was nur irgendwie nicht am richtigen Platz war. Ja. Hier stand noch eine Tür weit offen. Lemelle stieg zur Waschküche hinunter. Er spürte bereits einen kühleren Luftstrom an seiner Stirn. Sollte er Milouins anrufen und ihm erzählen, was passiert war? Natürlich. Das wäre klug von ihm.

Lemelle holte sein Handy hervor und starrte darauf. Er war jetzt auf der Rückseite des Hauses und blickte auf die Felder hinaus. Plötzlich sah er, wie ein Autoscheinwerfer einen Bogen durch den Weingarten beschrieb.

Lemelle schob das Handy wieder in die Tasche und eilte zur Angestelltengarage. In der Phantasiewelt, die er sich zusammengebastelt hatte, ließen sich Helden ihre zweite Chance nicht entgehen. Auf dem Weg durch die Waffenkammer bediente er sich mit Milouins' kostbarer Pumpgun und einer Schachtel Munition.

Egal, welchen Weg sie einzuschlagen gedachten, Lamia und ihr weißer Ritter würden weniger als einen halben Kilometer an der Vorderseite des Anwesens vorbeikommen müssen. Das bedeutete, Lemelle würde genügend Zeit haben, das Dienstfahrzeug, einen Landrover, herauszuholen und ihnen mit abgestellten Scheinwerfern zu folgen.

Scheiß auf Milouins. Dieses Mal würde er die Frau selbst zurückholen.

21 Zwölf Minuten nachdem er seine Verfolgung begonnen hatte, begann Lemelles Handy zu vibrieren. Vor Schreck wäre er beinahe aus dem Sitz gefahren.

Er warf einen Blick auf das beleuchtete Display. Es war Milouins. Am besten er meldete sich. Seine Position war nicht die stärkste.

»Ja?«

»Was ist los, zum Teufel? Ich habe gehört, wie der Wagen in der Garage gestartet wurde.«

Lemelle knirschte mit den Zähnen und hämmerte lautlos auf das Lenkrad.

»Lemelle? Was ist los? Raus damit.«

Während Lemelle weiter mit sich stritt, was er sagen sollte, bog der Wagen, dem er folgte, unerwartet in den Weg zum Strand von Pampelonne ein. Lemelle überlegte einen Augenblick und fuhr dann an den Straßenrand. Er parkte den Landrover rückwärts in eine Baumgruppe und stellte den Motor ab.

»Antworte, Lemelle – ich weiß, dass du mich hörst.«

Lemelle machte eine rüde Geste in Richtung seines Handys. Dann schaltete er die Freisprechfunktion ein und warf sich im Sitz zurück. »Das Mädchen. Lamia. Sie ist wieder abgehauen.«

»Das sehe ich. Ich stehe in der Bibliothek.«

»Dann hören Sie mir zu. Sie hatte Hilfe. Ein einzelner Mann. Ich kam gerade noch rechtzeitig, um zu sehen, wie sie in ihren Fluchtwagen stiegen. Also habe ich mir den Landrover geborgt. Ich bin den beiden gefolgt, seit sie das Haus verlassen haben.«

Kurzes Schweigen. Nun danke mir schon, du Hurensohn, dachte Lemelle.

Von wegen.

»Wo bist du jetzt?«

»Der Kerl muss ein Idiot sein. Er hat sich selbst in die Enge getrieben – eben ist er in die Sackgasse nach Pampelonne eingebogen. Sie wissen schon, die Straße zum Strand. Es gibt keinen Weg zurück, außer wieder an mir vorbei. Und ich sehe nicht, wie er mit seiner Scheißkarre durch den Sand pflügen will.«

»Weiß er, dass du ihm folgst?«

»Natürlich nicht. Ich bin weit hinter ihm geblieben und hatte die Scheinwerfer aus. Er kann mich unmöglich gesehen haben.«

»Was, wenn er das Mädchen einfach absetzt?«

»Ach, hören Sie doch auf. Das ist Quatsch. Warum sollte er sie da unten absetzen? Um diese Jahreszeit ist dort praktisch kein Mensch. Er hat einfach einen Fehler gemacht, das ist alles. In fünf Minuten wird er wieder hier vorbeikommen. Dann habe ich ihn.«

»Was soll das heißen, du hast ihn?«

»Genau wie ich es sage. Ich habe mir Ihr Gewehr ebenfalls ausgeliehen.«

Milouins' Stimme kam knisternd durch den Lautsprecher. »Denk nicht mal dran, Lemelle. Wenn Lamia in dem Wagen ist, und wenn sie verletzt wird ...«

»Warten Sie, warten Sie. Ich glaube, ich sehe seine Scheinwerfer zurückkommen. Ja. Ja, das ist er, ich bin mir sicher.« Lemelle brach die Verbindung eilig ab, ein wölfisches Grinsen auf dem Gesicht. Da waren natürlich keine Scheinwerfer. Aber es kam auch nicht in Frage, dass er sich von diesem Schweinehund Milouins schon wieder einen Strich durch die Rechnung machen ließ. Diesmal würde er die Sache selbst erledigen. Es war immer noch dunkel. Es gab keine Häuser in der Nähe. Niemand würde sehen, was passierte. Er hatte die ganze verdammte Straße für sich allein.

Lemelle stieg aus dem Landrover und knallte die Tür zu. Er lud acht Patronen in die Pumpgun und bezog hinter einem nahen Baum Stellung. Er war nur zehn Meter von der Straße entfernt. Der Hurensohn, der Lamia geholt hatte, würde genau an ihm vorbeimüssen, wenn er vom Strand zurückkam, nachdem er seinen Irrtum beim Abbiegen bemerkt hatte. Lemelle würde einfach aus der Deckung springen und die Reifen des Kerls zerschießen – danach konnte er sich den Motor vorknöpfen oder auch nicht, je nach Lage der Dinge.

Lemelle schmeckte bereits förmlich, wie das Blei in das Karosserieblech drang, er spürte schon die Macht, die ihm die Pumpgun über die beiden Wageninsassen verlieh. Himmel, er würde sie zu Kreuze kriechen lassen. Das Ganze war völlig gefahrlos, oder? Und wenn alles vorbei war, wenn er seine Kicks gehabt hatte, würde er mit seinen Gefangenen triumphierend zum Herrschaftssitz zurückkehren.

»Ich bringe Ihnen Ihre Tochter wieder, Madame la Comtesse. Nein, kein Problem. Ich habe nur meine Arbeit gemacht.«

Lemelles Phantasiewelt hatte auf Überstunden geschaltet.

22 Jean Picaro war froh, das Mädchen los zu sein. Die ganze Geschichte hatte etwas an sich gehabt, das ihn nervös machte. Etwas Vergiftetes irgendwie, etwas Teuflisches. Es ergab keinen Sinn, eine Frau gefesselt und betäubt in einem verschlossenen Raum samt ihrem Stuhl auf einen Tisch zu stellen. Was für ein Verrückter tat so etwas?

Picaro hatte für sich bereits den Beschluss gefasst, dass dies sein absolut letzter Job gewesen sein sollte. Seine Frau und sein Sohn waren abgesichert, sein Unternehmen war, wenigstens nach außen hin, legal – und selbst wenn es nicht immer ganz legal war, was er tat, so musste er zumindest nicht in Häuser einbrechen und Opfer rätselhafter Sexpraktiken entführen.

Er war inzwischen zu alt für solche Aufregungen. Er hatte kein Verlangen mehr danach. Er hatte genug für ein ganzes Leben davon gehabt, und er brauchte nicht noch mehr davon. Sein Gewissen war rein. Er hätte die Frau zurücklassen können, aber er hatte es nicht getan. Das machte ihn zwar noch nicht zu einem Helden, aber zu einem totalen Schurken eben auch nicht.

Als Erstes sah er den abgestellten Landrover. Dann fing er eine Bewegung hinter dem Baum auf. Er fuhr dank seiner Erleichterung, den *flic* hinter sich zu lassen, bereits schneller, als eigentlich klug war.

Als Fremdenlegionär war er während der prägenden Jahre seines Lebens darauf trainiert worden, nach Hinterhalten Ausschau zu halten und ihnen entgegenzuwirken. Und er stand immer noch unter Strom wegen des Einbruchs und war wütend darüber, wie man die Frau behandelt hatte, vor allem, wenn er an den Jungen in La Santé dachte.

Er brauchte nicht einmal zu überlegen.

Als der Mann sein Gewehr hob, riss Picaro das Lenkrad nach links und fuhr direkt auf ihn zu.

Dem Mann blieb vor Schreck der Mund offen stehen. Er kam nicht mehr dazu, auch nur einen einzigen Schuss abzugeben.

Picaros Wagen hob leicht ab, als er über einen Erdwall fuhr, und traf den Mann in der Mitte des Oberschenkels. Gesicht und Brust des Mannes krachten auf die Kühlerhaube, das Gewehr schlitterte seitlich davon.

Picaro wendete und fuhr ein zweites Mal über den Körper des Mannes. Wozu einen Zeugen zurücklassen? Der Typ hier würde den *flics* nichts erzählen, wenn es Picaro nur irgendwie verhindern konnte. Nie wieder würde er ins Gefängnis gehen.

Picaro ließ den Motor laufen und stieg aus. Er sammelte die Pumpgun auf, sah nach, ob sie beschädigt war, und warf sie auf den Rücksitz.

Dann stieg er wieder in seinen Wagen, ohne sich auch nur nach seinem Opfer umzusehen, steuerte ihn zurück auf die Straße und fuhr in Richtung Ramatuelle davon.

23 Zwölf Minuten später traf Milouins am Schauplatz ein.

Er bemerkte sofort den Landrover und dessen Position. Von Lemelle gab es allerdings keine Spur.

Milouins zögerte und überlegte hin und her, ob er Lemelle völlig außer Acht lassen und direkt zum Meer weiterfahren oder ihn zur Unterstützung an Bord holen sollte. Aber in einem hatte der Dummkopf recht: Es gab nur einen möglichen Weg vom Strand zurück. Lamia und ihr Zufallsentführer – denn Milouins konnte sich unmöglich vorstellen, dass die Entführung geplant gewesen sein sollte – hatten keine andere Wahl, als wieder hier vorbeizukommen – wenn sie es nicht schon getan hatten. Und wer sonst würde die Straße zum Strand so früh am Morgen benutzen? Es wäre nicht gut, ihnen auf der engen Strandzufahrt zu begegnen. Am besten, er wartete hier und folgte ihnen mit ausgeschalteten Scheinwerfern, wie es Lemelle getan hatte, wenn sie schließlich zurückkamen.

Nachdem er sich in alle Richtungen umgesehen hatte, fuhr Milouins sein Auto von der Straße und stellte es so ab, dass es in Richtung St. Tropez schaute. Wo versteckte sich dieses blöde Arschloch von Lemelle nur? Er würde ihn an seinen Eiern aufhängen.

Doch dann, als es am östlichen Himmel langsam zu dämmern begann, sah er die Leiche.

»Oh putain.«

Milouins blickte die Straße hinauf und hinunter. Nichts rührte sich. Es war fünf Uhr morgens, und die Urlaubssaison war vorüber. Bauarbeiter und Wartungsmonteure würden frühestens in einer Stunde unterwegs sein.

Er schlich zu Lemelle hinüber, den Blick nicht auf die Leiche gerichtet, sondern auf die Straße, um zu sehen, ob jemand kam.

Er ging in die Hocke und legte einen Finger an Lemelles Halsschlagader, den Blick weiter auf die Straße konzentriert.

Dann holte er Luft und sah nach unten.

Wer immer sich Lemelle vorgenommen hatte, hatte ganze Arbeit geleistet. Sein Kopf sah aus, als wäre er mit einem Baseballschläger aufgeschlagen worden. Er hatte aus der Vertiefung in der Brust geblutet, aber der Blutfluss war von allein gestockt, und Fäden geronnenen Bluts zogen sich über seinen Bauch, seine Leiste und die Grasbüschel ringsum. Wenn Milouins gewollt hätte, hätte er an Lemelles zertrümmertem Brustbein vorbeilangen und von dessen Herz herauspflücken können, was davon noch übrig war.

Milouins würgte trocken. Dann stand er auf und blickte zum Landrover hinüber. Er konnte nur eines tun.

Weiter würgend, hob er Lemelle mit beiden Armen hoch und schleppte ihn zu dem Fahrzeug hinüber. Der Mann stank nach Scheiße aus seinen aufgeplatzten Därmen. Milouins zog die Heckklappe auf und wuchtete Lemelle über die Bordwand. Dann kauerte er sich hinter den Landrover und erbrach sein Abendessen.

Nachdem Lemelle sicher im Fahrzeug verstaut war, machte sich Milouins daran, die Leiche mit Säcken und losem Stroh zu bedecken. Dann säuberte er sich selbst so gut es ging mit einem Büschel von dem restlichen Stroh. Als alles fertig war, schloss er die Heckklappe wieder und machte sich auf die Suche nach seiner Pumpgun.

Nach zehn Minuten hatte er gerade einmal drei unverbrauchte Patronen gefunden, die wahrscheinlich aus Lemelles Tasche geschleudert worden waren, als ihn das Fahrzeug erfasst hatte – und Milouins hatte inzwischen eingesehen, dass es nur ein Fahrzeug gewesen sein konnte. Aber keine Spur von dem Gewehr.

Entweder waren also Lamia und der Mann, der sie gerettet hatte, problemlos entkommen, oder Milouins' ursprüngliche Ahnung galt noch, und ihr Entführer hatte Lamia bei einem zweiten Fahrzeug abgesetzt, war auf dem Rückweg an Lemelle geraten und hatte ihn frontal überfahren. Wie er Lemelle kannte, hatte der wahrscheinlich mit dem Gewehr drohend in Richtung seines beabsichtigten Opfers gefuchtelt, bevor er tatsächlich dazu kam, es abzufeuern. So las es Milouins jedenfalls aus den Spuren – und er war jemand, der grundsätzlich dem vertraute, was er mit eigenen Augen sah.

Milouins blickte auf seine Uhr. Zwanzig nach fünf. Und der rasch steif werdende Lemelle hatte es offensichtlich nicht eilig, irgendwohin zu kommen.

Milouins warf erneut einen prüfenden Blick auf die Straße

und versuchte dabei vergeblich, den Geruch abzuwehren, der immer noch in seinen Kleidern hing, indem er sich mit einer Hand die Nase zuhielt. Entweder Lamia und ihr St. Georg waren längst über alle Berge, oder sie war immer noch da unten am Meer, gegen Barzahlung abzuholen. Was hatte er zu verlieren, wenn er seine Ahnung überprüfte?

Milouins stieg wieder in seinen Wagen und richtete sich darauf ein, zu warten.

24 Unpassend gekleidet in seinem zehn Jahre alten anthrazitfarbenen Anzug, saß Calque mit gespreizten Beinen im Sand und blickte in die Morgendämmerung über dem Meer hinaus. Die Frau lag, mit einer karierten Decke aus seinem Wagen bedeckt, reglos neben ihm.

Das Öffnen ihrer Augen vorhin hatte sich als falscher Alarm erwiesen – eine rein automatische Reaktion auf den Lichtwechsel. Sie war immer noch betäubt, ihr Mund stand halb offen, und sie hatte die Hände abgewinkelt, als versuchte sie die Liebesbezeugungen eines hyperaktiven Haustiers abzuwehren.

Calque zündete sich eine Zigarette an. Er kniff die Augen zum Schutz vor dem Rauch zusammen, fischte den Rekorder aus seiner Tasche und ließ ihn zurücklaufen. Dann drückte er auf Wiedergabe und hielt das Gerät an sein Ohr.

Der Rekorder war geräuschaktiviert – wenn er ein Geräusch im Umkreis von drei Metern identifizierte, schaltete er sich von allein ein. Das Band drehte sich nach fünfundvierzig Minuten um und stellte sich nach neunzig Minuten endgültig ab. Calque stellte befriedigt fest, dass es offenbar die ganzen neunzig Minuten lang aufgenommen hatte.

Das erste Geräusch, das Calque hörte, stammte von einem Staubsauger. Das Band schaltete sich ein Dutzend Mal oder öfter ein und aus, während der Staubsauger die erforderliche Entfernung über- und unterschritt. Calque bezwang das Verlangen, den Schnellvorlauf zu betätigen. Er hatte Zeit. Niemand wusste, dass er hier war. Und das Meer war auf seine Art beruhigend.

Nach einer halben Stunde fing er die ersten Stimmen auf. Calque schlüpfte aus seinem Sakko und legte es sich über den Kopf, um eine kleine Echokammer herzustellen. Zwei Männer unterhielten sich. Calque erkannte die Stimme des Butlers Milouins und einer Person, bei der es sich um einen der Lakaien handeln musste, denn aus Milouins' Tonfall ging eindeutig hervor, dass er einen Untergebenen ansprach. Die beiden Männer schienen den Raum für ein Treffen vorzubereiten. Calque hörte, wie Milouins den Lakaien anwies, ordentlich Wachspolitur aufzutragen. Eine Reihe von Poltergeräuschen folgte.

»Der Hurensohn putzt den Tisch«, sagte Calque zu sich selbst.

Noch mehr Poltern.

»Er bewegt Stühle. Der verdammte Hurensohn schiebt Stühle umher.«

Weitere zehn Minuten vergingen, und das Band drehte sich automatisch um. Fluchend begann Calque es schnell vorzuspielen. Nichts. Nur Poltern, Knallen und gelegentlich ein Wort zwischen Milouins und dem Lakaien, den er herumkommandierte.

Calque schaltete das Gerät aus, steckte es in sein Sakko zurück und ließ dieses wieder über seine Schultern gleiten. Er warf den Kopf zurück, als wollte er den Mond anheulen. Fünf Wochen. Fünf Wochen warten und beobachten, und wozu? Für eine Aufnahme von zwei Männern, die einen Raum sauber machen.

Er brachte es nicht mehr, so viel war jetzt klar. Seine Zeit war endgültig um. Die Polizeiführung hatte recht gehabt, grünes Licht für seine Frühpensionierung zu geben. Er war nur noch eine Belastung. Ein Dinosaurier.

Er schaute auf die Frau hinunter.

Der Tag war angebrochen, und ihr Gesicht war jetzt deutlich zu sehen. Sie beobachtete ihn mit schreckhaft aufgerissenen Augen.

Calque widerstand der Versuchung, ein weiteres Mal seine gestohlene Dienstmarke vorzuzeigen. Wozu die Situation verschlimmern? Falls die Frau beschloss, ihn wegen Entführung anzuzeigen, würde ihm die Tatsache, dass er versucht hatte, sich als aktiver Polizist auszugeben, locker zwei, drei Jahre Gefängnis extra einbringen. Wenn er sich vorstellte, was für ein Fest es für einige seiner Rückfalltäter wäre, wenn er hinter Gitter müsste ...

»Es steht Ihnen frei, zu gehen, Mademoiselle. Ich möchte, dass Ihnen das klar ist. Ich halte Sie in keiner Weise zurück.«

Lamia stützte sich auf die Ellbogen. Nachdem sie ihn fast eine Minute lang angesehen hatte, wie ihm schien, ließ sie den Blick von Calques Gesicht zum Horizont wandern. »Wo bin ich?«

»Sie sind am Strand von Pampelonne. In der Nähe von St. Tropez. Es ist kurz nach Tagesanbruch.«

Lamia setzte sich auf und schüttelte die Decke von sich. Sie streckte die Hände vor dem Körper aus, als rechnete sie immer noch damit, gefesselt zu sein. »Was tue ich hier?« Sie sah zu Calque. »Und wer sind Sie?«

»Ah«, sagte Calque. »Sie möchten wissen, wer ich bin?« Erneut war er drauf und dran zu erklären, er sei Hauptmann Joris Calque, Police Nationale, 2. Arrondissement, Paris. Stattdessen murmelte er: »Sie werden mir verzeihen, Mademoiselle, wenn ich meinen Namen vorerst verschweige, bis sich unsere Situation ein wenig klarer darstellt.«

Lamia lachte. »*Unsere* Situation?«

Calque zuckte mit den Achseln. Am liebsten hätte er ein Loch in den Sand gegraben, sich mit dem Gesicht nach unten hineingelegt und die Frau dazu ermuntert, es aufzufüllen. »In gewisser Weise, ja.«

Das Lächeln blieb auf Lamias Gesicht. »Haben Sie mich entführt? Oder haben Sie mich gerettet? Bitte entscheiden Sie sich.«

Calque nahm sein Sakko von den Schultern und legte es sorgfältig über Lamias. »Es ist kalt, Mademoiselle. Um diese Zeit ist der Körper am anfälligsten.«

Lamia legte die Arme um sich und berührte den Jackenschoß. »Wenn Sie ein Entführer sind, dann kein sehr geschickter. Sie haben Ihre Waffe in der Sakkotasche gelassen.«

Calque verneigte sich leicht. Die Frau lud ihn eindeutig zum zweiten und letzten Mal ein, seine Karten auf den Tisch zu legen. »Es ist keine Waffe, sondern ein Kassettenrekorder, Mademoiselle. Ich habe ihn illegalerweise vor einigen Monaten im Haus Ihrer Mutter versteckt, als ich noch im aktiven Polizeidienst war.«

Lamia zog sich das Sakko fester um die Schultern. »Ach, ja. Der intellektuelle Polizeibeamte. Ich habe alles über Sie gehört. Sie sind der Mann, der meiner Mutter zufolge meinen Bruder in einen frühen Tod getrieben hat.«

Calque stellte es die Haare auf. Ein früher Tod? Bei einem Psychopathen wie Achor Bale? Etwas Besseres hätte nicht passieren können. Er hielt sich jedoch gerade noch davon ab, seine Meinung in Worte zu fassen, denn er versuchte immer noch, die Absichten der Frau zu durchschauen – so wie sie seine zu ermessen trachtete.

Er räusperte sich und passte seinen Tonfall dem fernen Rauschen des Meeres an. »Sie waren gefesselt und betäubt, als mein Mitarbeiter Sie gefunden hat. Gehe ich recht in der Annahme, dass mein Geständnis, Ihre Mutter und Ihre Geschwister abgehört zu haben, Sie nicht ganz so sehr betrübt, wie es unter anderen Umständen der Fall wäre? Dass Sie sich ...«, und an dieser Stelle fühlte sich Calque perverserweise versucht, in ein lautes Lachen auszubrechen, » ... vielleicht sogar ein wenig vom Rest Ihrer Familie entfremdet haben?«

Lamia gab Calque sein Sakko zurück. »Was meinen Sie – könnten wir das woanders besprechen? Bei einem Kaffee und einem Croissant vielleicht? Ich habe seit fünfzehn Stunden nichts gegessen.«

Calque schlüpfte in sein Sakko. Er roch den Duft der Frau an seinem Kragen, und es störte ihn. »Natürlich.«

»Und ich heiße Lamia.«

Die plötzliche Kehrtwendung erwischte Calque auf dem falschen Fuß. »Lamia? Zweifellos ein ungewöhnlicher Name.« Er zerbrach sich vergeblich den Kopf, für wen oder was Lamia in der klassischen Mythologie stand. War sie die gewesen, der Zeus in einem Anfall von Ärger die Zunge herausgerissen hatte, um zu verhindern, dass sie Hera von einer seiner Affären erzählte? Nein. Das war Lara gewesen. Oder Laodice? Es stimmte also. Sein Gehirn ließ definitiv nach. »Mein Name ist Calque. Joris Calque. Exhauptmann der Police Nationale.«

»Nun, Exhauptmann Calque, haben Sie ein Aspirin bei sich? Ich habe rasende Kopfschmerzen. Und Ihr Mitarbeiter – Sie erwähnten doch einen Mitarbeiter, oder? – scheint bei seiner überstürzten Entführung meine Handtasche übersehen zu haben.«

25 Lamia kam aus dem von Männern und Frauen gleichermaßen benutzten Waschraum des Fischercafés in der Nähe der Pointe de la Pinède. Sie hatte sich das Gesicht geschrubbt und ihr Haar mit den Fingerspitzen aufgelockert, aber die Falten in ihrer Hose waren nicht so leicht zu beseitigen. Sie bückte sich, versuchte sie ein letztes Mal glatt zu ziehen und gab es dann auf.

Calque sah, wie einige der frühmorgendlichen Gäste des Cafés sie beobachteten. Trotz des katastrophalen Mals auf einer Gesichtshälfte war sie immer noch eine durchaus hübsche junge Frau.

Calque stand auf, als sie an den Tisch kam. »Ich dachte, Sie würden vielleicht weglaufen. Oder zur Polizei gehen. Sie wären absolut im Recht gewesen, wenn Sie es getan hätten.«

»Ich weiß.«

»Und warum haben Sie es nicht getan?«

Lamia setzte sich. Sie sah Calque fest an. »Weil Sie mir Ihr Sakko angeboten haben, als Sie dachten, ich könnte frieren.«

Der Kellner unterbrach sie, als er ihre Milchkaffees und einen Drahtkorb mit Croissants brachte.

Lamia sah zu ihm hinauf. »Haben Sie Aspirin?«

»Ja, Madame.«

Sie legte zwei Finger aneinander. »Zwei Stück? Und ein Glas Wasser? Ich wäre Ihnen ewig dankbar.«

Calque sah, wie der Blick des Kellners überall verweilte, nur nicht auf ihrem Erdbeermal. Er wurde von unerwartetem Mitleid für Lamia durchflutet – fast als wäre sie seine Tochter anstelle des armseligen, entfremdeten Mädchens, das diese Rolle in Wirklichkeit ausfüllte und das es nach erfolgreicher Gehirnwäsche durch ihren Drachen von Mutter seit fünfzehn Jahren nicht fertigbrachte, mit ihm zu sprechen.

Lamia nippte von ihrem Kaffee. »Ich nehme an, Sie haben alles auf Ihrem Rekorder, oder? Alles, was im Raum des Corpus vor sich gegangen ist. Oder haben Sie Ihr Gerät aus Versehen in der Küche versteckt?«

Calque verbannte seine sentimentale Seite resolut in tiefere Schichten seines Bewusstseins, wo sie hingehörte. Dann holte er zur Vorbereitung einmal tief Luft – was er immer tat, wenn er bei einer Vernehmung jemanden anlog. »Um Ihre Fragen in umgekehrter Reihenfolge zu beantworten, Mademoiselle – nein, ich habe den Rekorder nicht in der Küche hinterlassen. Und ja, ich habe eine vollständige Aufzeichnung aller Vorgänge.« Aus irgendeinem Grund war ihm nicht wohl bei dieser Lüge, und er spürte, wie sich der Stress in den Muskeln unter seinen Augen verriet.

Denn Joris Calque war immer anfällig für Frauen gewesen –

es war eine Tatsache, mit der er dreißig Jahre lang als Polizeibeamter hatte leben müssen. Aber er war nicht so naiv, um nicht zu wissen, dass Frauen im schlimmsten Fall genauso fähig waren zu töten wie Männer. Man brauchte sich nur die Comtesse anzusehen. Und hier plauderte er nun ruhig mit der Tochter dieser Frau, als wäre sie eine Arbeitskollegin oder eine Nachbarin. Er zwang sich, daran zu denken, dass er es immer noch mit einer potenziellen Gehilfin zu tun hatte. Mit einer Frau, die sogar eine Mittäterin bei dem von Achor Bale an seinem Untergebenen Paul Macron begangenen Verbrechen gewesen sein konnte.

»Dann brauche ich Ihnen also nichts zu erklären, Hauptmann?«

»Nein.«

Lamia stieß an ihr Croissant, machte jedoch keine weiteren Anstalten, es zu essen. »Und was gedenken Sie dagegen zu unternehmen?«

Calque tunkte sein Croissant in den Kaffee und führte es zum Mund, wobei er mit einer Hand automatisch sein Hemd vor Spritzern schützte. »Was schlagen Sie vor?«

Lamia nahm das Glas Wasser und die beiden Aspirin von dem Unterteller, den ihr der Kellner hinhielt. Ohne den Blick von Calque zu wenden, steckte sie die Tabletten in den Mund und schluckte sie mit dem Wasser. »Sie könnten zunächst einmal die Polizei alarmieren.«

Der Kellner zuckte zusammen und entfernte sich dann, als wäre er versehentlich zu nahe an ein offenes Feuer geraten.

Lamia dankte ihm mit einem geistesabwesenden Lächeln, als hätte er vorübergehend ihren Gedankenfluss unterbrochen.

»Die Polizei?« Calque lachte. »Ich bin im Augenblick eine Art *persona non grata* bei meinen Kollegen. Und Sie müssen wissen, dass Tonbandaufzeichnungen keine Beweiskraft haben. Sie lassen sich zu leicht fälschen.«

Lamia massierte sich die Schläfen, als glaubte sie, die Wirkung des Aspirins auf diese Weise beschleunigen zu können. »Aber das wussten Sie vorher, Hauptmann Calque. Sie müssen sich doch auf alle Eventualitäten vorbereitet haben, oder?«

»Vorbereitet?« Calque richtete sich auf seinem Stuhl auf. »Wie sollte ich mich vorbereiten, wenn ich nicht wusste, was ich zu hören bekommen würde?«

Lamia sah ihn spöttisch an. »Und Adam Sabir? Was wollen Sie wegen dem unternehmen?«

Calque spürte, wie sein instabiles Kartenhaus einzustürzen begann. »Ich werde ihn natürlich anrufen und auf den neuesten Stand bringen.«

»Anrufen? Auf den neuesten Stand bringen? Sind Sie vollkommen übergeschnappt? Worüber wollen Sie ihn auf den neuesten Stand bringen?«

Calque warf den Kopf zurück und schloss die Augen.

Lamia seufzte. »Sie wissen gar nichts, hab ich recht, Hauptmann? Sie klammern sich nur an Strohhalme. War überhaupt etwas drauf auf Ihrem Band?«

Calque ließ seinen Kopf vorschnellen. »O ja. Ich habe anderthalb Stunden Material.«

»Material? Was für Material?«

»Ihr Treffen. Vor zwei Tagen.«

»Dann wissen Sie also, wie ich in den Raum gekommen bin, in dem Ihr geheimnisvoller Mitarbeiter mich gefunden hat? Warum man mich betäubt und gefesselt hatte?«

Calque war zumute, als würde er an einer Zitrone lutschen und gleichzeitig versuchen, eine Trompete zu blasen. »Natürlich.«

Lamia stand auf. »Dann brauchen Sie weiter nichts von mir, oder? Ich danke Ihnen für Ihre Offenheit. Wären Sie wohl so freundlich, mir ein Taxi zu bestellen? Und ich wäre Ihnen außerdem sehr verbunden, wenn Sie mir ein paar *sous* leihen könnten, bis meine Bank aufmacht und ich sie vom Verlust meiner Karten in Kenntnis setzen kann. Ich schreibe Ihnen einen Schuldschein aus, wenn Sie es wünschen.«

26 Calque folgte Lamia auf die Straße hinaus. Der morgendliche Berufsverkehr hatte eingesetzt, und das Summen und Rauschen der vorbeifahrenden Autos verstärkte seine Frustration nur noch. »Was haben Sie jetzt vor, Mademoiselle? Wohin wollen Sie?«

»Was um alles in der Welt könnte Sie das interessieren?«

Calque war kurz versucht, mit der Wahrheit herauszurücken und zu gestehen, dass seine Aufnahme nutzlos war. Seinem Gefühl zu folgen, dass die Frau ehrlich war. Vielleicht hatte sie tatsächlich gegen ihre Mutter und alles, wofür diese stand, rebelliert. Aber dreißig Jahre tief verwurzelter Vorsicht, in der Calque nach der Regel gelebt hatte, dass man niemals, unter keinen Umständen, seinem Gegenspieler Informationen zukommen ließ, die dieser eines Tages gegen einen selbst verwenden konnte, setzten sich gegen seinen Instinkt durch. »Bitte erlauben Sie, dass ich Sie irgendwo absetze. Das ist das Wenigste, was ich unter diesen Umständen tun kann.«

Lamia schüttelte zerstreut den Kopf. Sie hielt nach einem Taxi Ausschau und schien Calque bereits aus ihrem Bewusstsein gelöscht zu haben.

Calques Handy läutete. Er erhielt so selten einen Anruf, dass er sich zunächst ausdruckslos umsah, für wen das Läuten bestimmt war. Dann schlug er auf sein Sakko und begann in der Tasche zu wühlen.

Lamia hatte ein Taxi gesehen und winkte es heran.

Calque drückte auf die Empfangstaste und hob das Gerät vorsichtig ans Ohr, als befürchtete er, es könnte explodieren. »Ja? Hier Calque.«

»Hier ist Picaro.«

Calque zuckte zusammen. Was zum Teufel fiel dem Mann ein, ihn an einem öffentlichen Ort anzurufen? Ihre Geschäftsbeziehung war beendet. Das ganze bedauernswerte Fiasko hatte ihn dreitausend Euro gekostet, die er sich eigentlich nicht leisten konnte, und ihm null Komma null Information sowie den Groll einer Frau eingebracht, die es nicht erwarten konnte, von ihm wegzukommen.

»Hören Sie, Hauptmann. Fragen Sie nicht, warum ich das tue. Aber ich kann Sie nicht völlig schutzlos in Ihr Unglück rennen lassen.«

Calque konzentrierte seine ganze Aufmerksamkeit auf Lamia. Ein Taxi hatte genau vor ihr gehalten. Sie fing Calques Blick auf und rieb den Daumen gegen den Zeigefinger. »Was? Wovon reden Sie, Picaro?« Calque hob beschwichtigend die Hand und begann über die Straße auf Lamia zuzugehen, das Handy weiter ans Ohr gedrückt.

»Auf dem Weg zurück zur Hauptstraße, nachdem ich die Frau und den Kassettenrekorder bei Ihnen abgeliefert hatte – da hat ein Mann auf mich gewartet. Ein bewaffneter Mann.«

»Was?«

»Sie haben mich schon verstanden, Hauptmann. Ich werde mich nicht wiederholen. Dieser Mann, von dem ich spreche – er muss nach der Frau gesehen und entdeckt haben, dass sie fort ist, und er muss mir dann vom Haus gefolgt sein. Er kam mit einer Pumpgun auf mich zu. Mir blieb keine Wahl, als ihn zu töten.«

»Sie haben ihn getötet?« Ohne es zu merken, hatte Calque wieder auf Polizist umgeschaltet. Er klopfte seine Taschen nach dem Notizbuch ab.

»Hören Sie, Hauptmann. Ich will nicht, dass diese Sache irgendwie auf mich zurückfällt. Ich muss an meine Frau und meinen Sohn denken. Ich habe darüber nachgedacht, und ich finde, das sind Sie mir schuldig.«

»Wie haben Sie ihn getötet, Picaro?« Calque hatte seine Suche nach dem Notizbuch aufgegeben. Welchen Sinn hatte es?

»Ich habe ihn mit dem Wagen überfahren. Er wollte mir das Licht ausblasen. Ich hatte keine Wahl.«

»Und das Gewehr?«

»Schon entsorgt.«

»Wo haben Sie ihn gelassen?« Der Taxifahrer zuckte mit den Schultern in Richtung Lamia und zeigte auf den Taximeter.

»Im Gestrüpp am Straßenrand. Haben Sie einen Landrover an der Straße gesehen, als Sie vom Strand heraufkamen?«

»Ja. Ich habe ihn gesehen. Und noch einen Wagen, einen leeren blauen Renault, der ganz in der Nähe stand.«

Picaro erschrak. »Hauptmann, da war kein blauer Renault, als ich weggefahren bin. Die Luft war rein. Ich beende das Gespräch augenblicklich. Und Sie – Sie sollten sich besser um Ihren eigenen Arsch kümmern.«

27 Calque war in drei Schritten bei Lamia. Er bedeutete dem Taxifahrer, zu warten, und zog sie zur Seite.

»Wir haben ein Problem. Der Mann, der Sie aus dem Haus geholt hat, hat mich gerade angerufen. Er ist auf dem Weg vom Strand herauf einem der Männer Ihrer Mutter begegnet. Der Mann hat ihn mit einem Gewehr angegriffen, und er war gezwungen, ihn zu töten. Als Folge davon wurden wir ziemlich sicher hierher verfolgt.«

»Aber das ist unmöglich...«

»Dafür haben wir jetzt keine Zeit, Lamia. Ich erkläre später alles. Sie kennen Ihre Mutter besser als ich. Sie wissen, wozu sie und ihre Leute fähig sind. Werden Sie tun, was ich Ihnen sage?«

Lamia ließ ihre Augen forschend über Calques Gesicht wandern. Sie nickte.

»Steigen Sie in das Taxi. Sofort. Ich werde dem Fahrer die Adresse meines Hotels in Cogolin geben. Dorthin müssen Sie fahren. Ich werde in meinem Wagen folgen. Irgendwann werden Sie mich abbiegen sehen. Ändern Sie die Anweisungen des Fahrers nicht. Ich muss wissen, wo ich Sie finden kann. Ich vermute, wir haben es nur mit einem Mann zu tun, und er wird mir folgen, weil ich die größere Bedrohung für ihn darstelle. Und falls er stattdessen Ihnen folgt, weiß ich, wo ich ihn suchen muss. Haben Sie alles verstanden?«

»Ja.«

Calque sprach mit dem Taxifahrer und nannte ihm das Fahrziel, dann gab er Lamia ein paar Euro.

»Ich hole Sie ein, keine Sorge. Nehmen Sie sich im Hotel ein Zimmer unter dem Namen Mercier und verschließen Sie die Tür, bis ich da bin. Verstanden?«

Calque machte sich auf den Weg zu seinem Wagen, ehe sie sich umentscheiden konnte. Er stieg ein, ließ den Motor an und fädelte sich rund fünfzig Meter hinter dem Taxi in den Verkehr. Zwischen ihm und Lamia fuhren drei Autos. Keins davon war ein blauer Renault. Calque sah in den Rückspiegel.

Der Renault war fünf Fahrzeuge hinter ihm.

Calque zog es vor Angst den Magen zusammen. Er war kein Mann der Tat. War es nie gewesen. Das hatte er immer jüngeren Leuten überlassen – Leuten wie Paul Macron. Und deshalb war Macron jetzt tot, und er lebte noch. Der Gedanke fraß wie Säure an ihm.

Nun galt seine Priorität dem Schutz der Frau. Es war eindeutig seine Schuld, dass sie sich in dieser Lage befand, und er musste sein Bestes tun, sie herauszuholen. Er durfte sie nicht im Stich lassen, so wie er seinen Assistenten im Stich gelassen hatte.

Fünf Kilometer weiter, am Kreisverkehr von Cogolin Plage, bog Calque links auf die Straße nach La Croix Valmer ab. Der blaue Renault folgte ihm.

Calque machte das Kreuzzeichen. Er wusste, seine einzige Chance bestand darin, seine Intelligenz einzusetzen. Seinen Gegner zu überlisten. Unkonventionell zu denken. Wenn ihm das nicht gelang, würde der Mann ihn an einer geeigneten Stelle einfach von der Straße drängen und erledigen.

Er musste den Mann im Unklaren lassen. Ihn zwingen, sich zurückzuhalten.

Calque bog rechts in Richtung Gassin ab. Das würde den Mann ins Grübeln bringen. Fuhr Calque zurück nach Pampelonne? Oder zum Haus der Comtesse?

Calque beschleunigte den steilen Hügel zum Dorf hinauf. Hinter Gassin war die Straße sehr kurvenreich und um diese Jahreszeit kaum befahren. Wenn der Mann irgendwo zuschlagen würde, dann dort.

Calque baute darauf, dass sich der Mann aus angeborener Neugier zurückhalten würde. Es war eine schmale Basis, wenn das eigene Leben davon abhing, und Calque spürte, wie die Angst an ihm fraß. Er hatte keine Waffe im Wagen. Keinerlei Mittel zur Selbstverteidigung. Sein Herz war schwach, und lebenslanges starkes Rauchen hatte dafür gesorgt, dass auf seine Lungen im Ernstfall kein Verlass war.

Der blaue Renault schloss zu ihm auf. Sie waren inzwischen ein gutes Stück hinter Gassin und fuhren in die Hügel in Richtung Ramatuelle. Sie konnten nicht mehr als fünf oder sechs Kilometer vom Haus der Comtesse entfernt sein. Der Mann würde doch sicher noch ein wenig abwarten, oder?

Calque sah einen Wagen vor sich und gab Gas. Andere Verkehrsteilnehmer und die Nähe zum Château bedeuteten Sicherheit. Die Leute schissen instinktiv nicht vor die eigene Tür, wenn sie es vermeiden konnten, und schon gar nicht vor Zeugen. Der Mann hinter ihm musste sich bereits um eine Leiche kümmern – zwei konnten ihm bereits zu viel werden, oder?

Das neu aufgetauchte Fahrzeug schien dem Mann im blauen Renault den Schwung genommen zu haben. Calque sah, wie er sich wieder zurückfallen ließ. Vielleicht glaubte er immer noch, dass Calque nichts von seiner Anwesenheit wusste.

Inzwischen näherten sie sich Ramatuelle. Calque sandte ein kurzes Stoßgebet zum Himmel, dass der Fahrer vor ihm nicht beabsichtigte, für eine Zeitung oder seinen morgendlichen Kaffee anzuhalten. Er empfand eine überwältigende Zuneigung zu dem anonymen kleinen Mann, dem er folgte – komisch, wie man einen Wildfremden lieben konnte.

Der Mann fuhr durch das Dorf, ohne anzuhalten, und Calque klebte an seiner Stoßstange wie ein Pilotfisch. Sie waren jetzt kaum noch drei Kilometer vom Haus der Comtesse entfernt, und Calque spürte neues Vertrauen in sein Urteilsvermögen aufbranden. Er hatte die Sache richtig eingeschätzt. Der Mann im blauen Renault hatte sich offenbar mit der Comtesse in Verbindung gesetzt und den Befehl erhalten, abzuwarten und zu sehen, was Calque vorhatte.

Jetzt musste er nur noch kühlen Kopf bewahren – bevor er ihn genau in den Rachen des Tigers steckte.

28 Calque langte mit einer Hand in seine Sakkotasche und holte den Rekorder hervor. Er ließ das Kassettenfach aufspringen und nahm das Band heraus. Den Rekorder zwängte er hinter das Kissen auf dem Beifahrersitz, und die Kassette legte er in seinen Schoß. Dann tastete er nach seinem Handy und legte es daneben. So viel war er Picaro schuldig.

Der blaue Renault hielt fünfzig Meter hinter ihm immer noch Wacht.

Noch zwei Kilometer bis zum Haus der Comtesse – hatte er zu lange gewartet? Hatte sich die Furcht in sein Gehirn gefressen und seine Intelligenz lahmgelegt?

Calque sah eine S-Kurve dreihundert Meter voraus. Das würde seine letzte Chance sein. Der Mann im blauen Renault schloss sicherlich dicht zu ihm auf, wenn sie sich dem Haus der Comtesse näherten.

Kurz vor der Kurve ließ Calque das elektrische Fenster auf der Beifahrerseite hinunter und trat aufs Gas. Der Renault würde eine Sekunde brauchen, um das Manöver zu bemerken und seine Geschwindigkeit anzupassen. Das würde reichen, damit Calque in der Kurve für einen Moment weder von dem Wagen vor ihm noch von dem blauen Renault hinter ihm aus zu sehen war.

Im Scheitelpunkt der Kurve warf er die Kassette und das Handy aus dem offenen Fenster, während seine Augen fieberhaft nach Orientierungspunkten in dem Buschwerk am Straßenrand suchten. Dann ließ er das Fenster wieder hochfahren und bremste den Wagen durch schnelles Zurückschalten mit der Motorbremse ab – er wollte nicht, dass verräterische Bremsleuchten auf sein Tun hinwiesen.

Der blaue Renault klebte jetzt direkt an seiner Stoßstange. Calque erkannte Milouins, den Butler, auf dem Fahrersitz. Dann musste es also einer der beiden Lakaien gewesen sein, den Picaro getötet hatte. Butler. Lakaien. Calque fragte sich, in welchem Jahrhundert die Comtesse eigentlich zu leben glaubte. Hatte sie nicht von der Revolution gehört? Kannte die Frau keine Scham?

Der Eingang zur Domaine de Seyème lag fünfzig Meter voraus auf der linken Seite. Calque unterdrückte einen Torschluss-Impuls zu beschleunigen, um seinem Schicksal irgendwie zu entkommen. Aber das würde bedeuten, dass er den Wagen vor ihm in einer unübersichtlichen Kurve überholen musste und sich anschließend mit einem rachsüchtigen Milouins auseinanderzusetzen hatte, falls er das Manöver zufällig überlebte. Nein. Es war aussichtsreicher, auf die Comtesse zu setzen. Vielleicht gelang es ihm, sie zu bluffen. Milouins andererseits war ihm immer wie ein Mann vorgekommen, der erst schoss und dann Fragen stellte.

Calque setzte seinen Blinker und bereitete sich darauf vor, abzubiegen. Na wunderbar! Hier begab er sich nun also nackt und ungeschützt freiwillig in die Hand des Feindes. Wie war das möglich? Wenn er versucht hätte, die Sache absichtlich zu verpfuschen, hätte er sich kein demütigenderes Ende ausdenken können. Jetzt mussten sie ihn nur noch – so taktvoll und dezent wie möglich – töten, in sein Auto setzen und den Wagen auf das Opfer von Picaros Unfallflucht stellen. Er konnte sich gut vorstellen, wie die Comtesse der Polizei genüsslich schildern würde, was aus ihrer Sicht passiert sein musste.

»Wir wussten, dass der ehemalige Kriminalpolizist uns nachspionierte. Dass er unsere Familie irgendwie für den Tod seines Mitarbeiters verantwortlich machte. Dass er besessen von dem Gedanken war. Deshalb schickte ich einen unserer Leute, der ihm gut zureden sollte – wir wollten nicht, dass die Polizei noch mehr Arbeitszeit verschwenden muss, wissen Sie. Aber der Mann muss verrückt geworden sein. Er hat meinen Angestellten in seiner Wut einfach überfahren. Und als er dann sah, was er getan hatte, hat er sich selbst getötet.«

Es würde hübsch zu seinem vorgeblichen Zusammenbruch passen, nicht wahr? Er konnte sich die Schlagzeile in *Nice Matin* lebhaft vorstellen: EXPOLIZIST FINDET LEBEN IM ERZWUNGENEN RUHESTAND UNERTRÄGLICH UND RASTET AUS.

Wie war das noch gewesen mit den eigenen Zielen im Leben …?

Calque hielt vor dem Haus der Comtesse. Milouins stellte den blauen Renault hinter ihm quer vor die Einfahrt zum Innenhof, sodass der Rückweg abgeschnitten war. Calque seufzte und legte den Kopf an die Nackenstütze. Der Corpus kam weiß Gott schnell zur Sache.

Calque überprüfte, ob der leere Kassettenrekorder ausreichend gut hinter dem Kissen auf dem Beifahrersitz versteckt war. Dann stieg er langsam aus dem Wagen. Sinnlos, das verdammte Ding abzusperren. Sie würden einfach das Fenster einschlagen.

Das letzte Mal hatte er vor zwei Monaten zusammen mit Macron in diesem Innenhof gestanden, und sie hatten die ganze Wucht des französischen Rechtssystems hinter sich gehabt.

Jetzt war er wieder hier. Allein.

29 Calque saß auf einem Stuhl in der Eingangshalle und wartete. Zwei Meter entfernt stand der überlebende Lakai der Comtesse. Calque lächelte dem Mann herablassend zu. Der Lakai zog den Zeigefinger langsam quer über seine Kehle und ahmte dann mit seitlich aus dem Mund hängender Zunge einen Erstickenden nach.

Auch eine Art Kommunikation.

Weitere zwanzig Minuten vergingen.

Calque spekulierte, wie die Comtesse die Sache wohl angehen würde. Würde sie ihm zuerst eine Tasse Kaffee anbieten wie beim letzten Mal? Die große Dame spielen? Oder würde sie Milouins einfach befehlen, ihm mit einem Gummiknüppel die Zähne einzuschlagen?

Calque verfluchte sich selbst, weil er der Comtesse so feige in die Hände gespielt hatte. Niemand außer Lamia wusste, womit er sich beschäftigte. Und es gab niemanden sonst, der den Behörden auch nur annähernd zuverlässig erklären könnte, was er in den letzten sechs Wochen getrieben hatte. Picaro? Aimé Macron? Beide waren nicht der Typ, der freiwillig Informationen an die Polizei weitergab. Und was hatten sie überhaupt mitzuteilen? Hörensagen, reines Hörensagen.

Calque spürte, dass er im Begriff war, ein Opfer genau jenes *loi du silence* zu werden, gegen das er sein ganzes Berufsleben lang gekämpft hatte. Er hatte nicht einmal so viel Vernunft aufgebracht, Adam Sabir in Kenntnis zu setzen. Nein, er hatte ganz schlau sein und Sabir alles auf einmal eröffnen wollen. Beweisen, was für ein kluger Kerl er war. Aufgeblasenheit. Das würde ihm das Genick brechen. Die tödliche Selbstüberhebung des unzulänglichen Menschen.

Milouins streckte den Kopf aus dem Salon und machte dem

Lakaien ein Zeichen, Calque hineinzuführen. Calques Kassettenrekorder baumelte wie ein Jojo an seiner rechten Hand.

Erster Treffer für den Corpus, dachte Calque. Er hoffte nur, sie würden ihn nicht foltern. Das würde dem Ganzen die Krone aufsetzen. Sie würden ihm niemals glauben, dass er absolut nichts wusste.

Die Comtesse saß in ihrem üblichen Sessel in der Nähe des Kamins; rechts von ihr hielt Madame Mastigou den Diktierblock bereit.

Milouins legte den Kassettenrekorder auf die Glasplatte des Tischs vor ihr, als handelte es sich um ein Tablett mit dem abgetrennten Kopf Johannes des Täufers. Dann bedeutete er Calque mit einer Kopfbewegung, sich zu setzen.

»Haben Sie sich gut erholt von Ihren früheren Verletzungen, Hauptmann Calque? Madame Mastigou hat mich daran erinnert, dass Sie kurz vor unserer letzten Begegnung in einen Autounfall verwickelt gewesen waren. Zusammen mit Ihrem Assistenten, Leutnant...«

»Macron, ja. Der Mann, den Ihr Sohn getötet hat.«

Die Augen der Comtesse blitzten auf – es wirkte, als wäre ein plötzlicher Windstoß in ein erlöschendes Feuer gefahren. »Bitte lassen Sie meinen Sohn aus dem Spiel, Hauptmann Calque – meine Gefühle sind diesbezüglich noch immer sehr verletzlich. Es könnte sich zu Ihrem Nachteil auswirken.«

Calque spürte, wie sich der Zorn der Comtesse in ihn bohrte. Er war zu seiner Beunruhigung plötzlich überzeugt, dass die Frau vielleicht tatsächlich wahnsinnig war und niemand aus ihrem Gefolge den ersten Schritt zu ihrer Einweisung zu unternehmen wagte. Für diese Frau zu arbeiten, musste ähnlich sein, wie als hochrangiger Wehrmachtsgeneral in den letzten Jahren des Tausendjährigen Reichs unter Adolf Hitler zu dienen.

Die Comtesse richtete sich auf. Ihre Haltung drückte eindeutig aus, dass sie sofort zur Sache zu kommen gedachte. Sie zeigte auf den Kassettenrekorder. »Sie oder einer Ihrer Komplizen sind heute am frühen Morgen in mein Haus eingebrochen. Ich nehme an, es ging nicht allein darum, meine Tochter zu entführen?«

Calque sah sie an. Welchen Sinn hatte es, ihr zu antworten?

»Milouins, wo haben Sie diesen Kassettenrekorder gefunden?«

»Im Wagen des Hauptmanns.«

»Und um welche Art Rekorder handelt es sich?«

»Um einen stimmaktivierten Rekorder, Madame.«

»Das bedeutet?«

»Das bedeutet, er schaltet sich entsprechend der empfangenen Geräusche ein und aus.«

»Sofort?«

»Er reagiert auf jede Art Geräusch, Madame, ja. Und er ist so konstruiert, dass er, einmal angesprungen, noch eine bestimmte Zeit weiter aufnimmt, selbst wenn das Geräusch aufgehört hat.«

»Haben Sie herausgefunden, wo er ursprünglich versteckt war?«

»Ja, Madame. Unter dem Tisch im Beratungszimmer. Die Spuren des Klebebands, mit dem er am Tisch befestigt war, sind noch deutlich zu sehen. Sie sind auch auf dem Rekorder sichtbar.«

»Und die Bandspule selbst?«

»Die Kassette, Madame? Die ist nirgendwo zu finden.«

Die Comtesse wandte sich an Calque. »Das war schlau von Ihnen, Hauptmann. Ihre Idee, den Rekorder im Wagen zu verstecken, wo wir ihn fast sicher finden würden. Ein Zyniker könnte sogar so weit gehen, zu behaupten, Sie wollten, dass er gefunden würde. Wieso das, frage ich mich.«

Calque zuckte mit den Achseln. Seine Kehle fühlte sich trockener an als ein Getreidegebläse.

»Dann werde ich es Ihnen sagen. Milouins hat mir Ihr Gerät in allen Einzelheiten erklärt. Und wie Sie sehen, wissen wir, wo es versteckt war, wann es versteckt wurde und was es nach allem Ermessen aufgenommen haben könnte. Und wir sind zu gewissen Schlussfolgerungen gelangt.«

So, dachte Calque. Das war's mit meiner Chance, mich mit einem Bluff aus der Affäre zu ziehen.

»Milouins macht den Raum mindestens einmal im Monat sauber. Niemand sonst betritt ihn. Nur er und ein Lakai. Also hat er einen kleinen Test durchgeführt, während Sie draußen in der Halle gewartet haben. Spielen Sie das Band ab, Milouins.«

Milouins holte eine Kassette aus seiner Tasche und legte sie ein. Er stellte die Lautstärke hoch und drückte auf Wiedergabe. Das Geräusch eines Staubsaugers hallte durch den Raum, gefolgt von Stimmen und dem Poltern umhergeschobener Möbel. Ab und zu schaltete das Band aus und fing dann wieder von vorn an, gefolgt von kurzer Stille. Madame Mastigou schrieb die ganze Zeit in ihren Stenografieblock.

Calque wusste plötzlich, wie es sich anfühlte, auf frischer Tat ertappt zu werden. Er würde diese Leute nie wieder unterschätzen. Und die Comtesse war nicht wahnsinnig – das wäre zu einfach gewesen. Sie war schlicht geisteskrank.

»So. Interessant, nicht wahr? Ich habe Milouins lediglich gebeten, genau die Geräusche nachzustellen, die er letzte Woche bei der Vorbereitung des Raums gemacht hat. Aus seiner Demonstration geht klar hervor, dass Sie auf den neunzig Minuten Magnetband, die Ihnen zur Verfügung standen, nichts aufgenommen haben, das für Sie oder die Polizei von Interesse sein könnte. Andernfalls hätten Sie das ganze Gerät aus dem Wagenfenster geworfen und nicht nur die Kassette.«

Calque beschloss, dennoch einen Bluff zu wagen. »Ich habe immer noch Lamia. Und Sie müssen einen Mord vertuschen. Selbst Sie werden begreifen, dass zwei Personen aus demselben Haushalt, die binnen weniger Monate eines gewaltsamen Todes sterben, ein bisschen viel des Zufalls sind. Es sollte doch möglich sein, dass wir zu einer Art Verständigung kommen, meinen Sie nicht? Ich habe noch immer beträchtlichen Einfluss bei der Polizei.«

Die Comtesse warf einen Blick zu Madame Mastigou. Diese sah auf ihre Uhr und nickte.

»Sie verkennen die Situation, Hauptmann Calque. Meine Tochter Lamia wird in Kürze wieder bei uns sein. In genau diesem Augenblick betreten zwei meiner anderen Kinder Ihr Hotel in Cogolin und verlangen, ihre Schwester zu sprechen. Sie wird mit ihnen gehen, denn sie ist ein folgsames Mädchen und möchte ihre Mutter nicht ärgern.«

Calque spürte die Farbe aus seinem Gesicht entweichen.

»Ich besitze das größte Taxiunternehmen auf der Halbinsel von St. Tropez, Hauptmann. Tatsächlich gehört mir ein großer Teil der Halbinsel selbst. Sie vergessen, dass die Familie meines Mannes seit neunhundert Jahren die Grafen dieser Gegend sind. Milouins hat einfach nur die Taxinummer durchgegeben und sofort Antwort erhalten – Polizei und Steuerbehörden verlangen, dass jeder Fahrgast zentral registriert wird, wie Sie wissen; es war also sehr unkompliziert. Und Cogolin ist nicht gerade Sibirien. Dachten Sie, Sie haben es hier mit Amateuren zu tun?«

»Und die Leiche? Draußen in Pampelonne?«

»Welche Leiche, Hauptmann? Mein Lakai Philippe Lemelle leidet unter Bipolarer Störung und hat sich während seiner Anstellung hier bereits dreimal unerlaubt vom Dienst entfernt. Einmal hat er sogar seinen gesamten Besitz einschließlich seines Autos dem Erstbesten verkauft, dem er begegnet ist. Milouins hat ihn völlig verwahrlost in Mandelieu aufgestöbert. Damals haben wir ihn wieder aufgenommen. Wir waren wirklich sehr tolerant mit ihm – immerhin arbeitet seine Familie seit Generationen für uns. Dennoch wurde er offiziell darauf hingewiesen, dass er seine Arbeit verlieren würde, falls er sich noch einmal unerlaubt entfernen sollte. Was nun offenbar passiert ist.«

»Das ist Quatsch, und Sie wissen es.«

»Nicht, was unseren Arzt hier im Ort betrifft. Oder Milouins. Oder Monsieur Flavenot, den Notar unseres Unternehmens. Das kann ich Ihnen versichern.«

»Ich habe Zugang zu dem blutbefleckten Wagen, der ihn getötet hat.«

»Also wirklich, Hauptmann. Wer diesen Wagen gefahren hat, ist auch in mein Haus eingebrochen und hat eine Bewohnerin entführt – ganz zu schweigen davon, dass er einen unschuldigen Menschen bei einem Unfall mit Fahrerflucht getötet hat. Sollten wir diese Angelegenheit weiterverfolgen wollen, wären es Sie und Ihr Kompagnon, die sich in der Bredouille befänden, nicht ich. Sie werden nach weiterer Überlegung sicherlich zu dem Schluss kommen, dass unsere Interessen in dieser Sache übereinstimmen.«

Calques Ohren hatten vor Anspannung zu klingeln begonnen. »Wieso halten Sie mich dann fest? Sie wissen alles. Sie haben alles unter Kontrolle. Ich muss vollkommen belanglos für Sie sein.«

»Belanglos haben *Sie* gesagt, Hauptmann, nicht ich.« Die Comtesse stand auf. »Und wir halten Sie keinesfalls fest. Sie sind aus freien Stücken hierhergekommen, und es steht Ihnen ebenso frei, wieder zu gehen. Wir haben einander nichts mehr zu sagen.«

Calque erhob sich automatisch, weil es die Comtesse getan hatte. Was hatte die Frau nur an sich? War es ihre unerschütterliche Selbstsicherheit? Wenn man wirklich davon überzeugt war, dass alles, was man tat, automatisch von Gott abgesegnet war, vielleicht glaubte man dann ebenso fest, dass die Idioten im Rest der Welt bei den eigenen Phantasien mitspielten. »Kann ich meinen Rekorder wiederhaben?«

»Sollen wir Sie vielleicht auch noch für den Verlust Ihres Handys entschädigen? Selbst meine Geduld kennt Grenzen, Hauptmann.«

Calque zögerte; er war sich noch immer nicht sicher, ob ihn die Comtesse tatsächlich gehen lassen wollte. Er machte einen zögerlichen Schritt zur Tür. Als niemand Anstalten machte, ihn aufzuhalten, ging er rasch in Richtung Eingangshalle. Kurz war er versucht, dem grässlichen Lakaien den Mittelfinger zu zeigen, ließ es aber lieber bleiben. Vielleicht war das alles ein unerhörter Bluff, und in dem Moment, in dem er sich nicht mehr in der Gegenwart der Comtesse befand, würden sie ihn die Kellertreppe hinunterschleifen und mit Gummischläuchen auf ihn eindreschen.

Er ließ den Gedanken den ganzen Weg bis zu seinem Auto schwären. Vielleicht hatten sie das stattdessen manipuliert. Schläuche durchgeschnitten? Den Bremsflüssigkeitsbehälter geleert? Eine Bombe eingebaut, die mittels eines Unterbrechermechanismus hochging, sobald er die Fünfzig-Stundenkilometer-Grenze überschritt? Sie hatten weiß Gott genügend Zeit dafür gehabt. Calque kam sich vor wie ein gallischer Gladiator, der mit vorgehaltenem Speer gezwungen wird, durch die Tore des Circus Maximus zu schreiten, um die blutrünstigen Erwartungen der Menge zu befriedigen.

Allmählich dämmerte ihm, dass er sich auf einen Kampf gegen eine Organisation eingelassen hatte, deren Selbstgewissheit so vollkommen und deren Identität so geschlossen war, dass kein einzelner Mann jemals hoffen durfte, es mit ihr aufnehmen zu können.

Calque schnaubte erleichtert, als er in den Wagen stieg und den Motor anließ. Seine Hand zitterte, als er den ersten Gang einlegte. Noch mit dem Fuß auf der Kupplung langte er nach dem Zigarettenetui aus Krokodilleder, das ihm seine Exfrau zu Beginn ihrer Ehe geschenkt hatte. Es war der Scheidungsregelung auf wundersame Weise irgendwie entkommen. Er verstreute ihren Inhalt wie Spreu auf den Beifahrersitz. Dann schnappte er sich die am nächsten liegende Zigarette und steckte sie in den Mund. Aus irgendeinem Grund hatte er beträchtliche Schwierigkeiten, das Ende der Kippe und den Zigarettenanzünder des Wagens in Deckung zu bringen.

Niemand folgte ihm aus dem Schlosshof. Niemand folgte ihm zur Kreuzung der Hauptstraße. Verwundert bog Calque nach rechts, in Richtung Ramatuelle ab. Nein. Er hatte definitiv keinen Verfolger.

Er fuhr in die erste Parkbucht am Weg und stieg aus. Zuerst legte er sich auf den Boden und untersuchte die Unterseite des Wagens. Nichts. Kein Anzeichen, dass sich jemand an dem Wagen zu schaffen gemacht hatte. Dann schaute er unter die Motorhaube. Alles sauber. Er tastete unter die Sitze. Dann ging er zum hinteren Teil des Wagens und sah dort nach, wobei er besonders auf den Auspuff achtete. Schließlich hob er noch die Abdeckung des Reserverads an. Falls der Corpus eine Wanze oder eine Sprengvorrichtung eingebaut hatte, dann hatten sie ihr Werk jedenfalls gut getarnt.

Calque stieg wieder ein, rückte seinen Sitz zurecht und fuhr weiter. Nach zwanzig Meter Fahrt durchlief ihn ein krampfartiger Schauder wie bei einem Pferd, wenn es Regenwasser abschüttelt. Calque schlug aus purem Frust über seinen Mangel an Körperbeherrschung auf das Lenkrad ein. Er musste sich einfach zusammenreißen. Er wagte es nicht, noch mehr Zeit damit zu vergeuden, seine grundlosen Tränen zurückzuhalten. Er musste sein Handy um jeden Preis wiederbekommen. Adam Sabirs Nummer in Amerika war darin gespeichert, und Calques vorrangige Aufgabe bestand darin, den Mann darauf aufmerksam zu machen, dass sich der Corpus noch immer mit ihm befasste.

Denn eine wertvolle Information hatte Joris Calque aus seinen Gesprächen mit Lamia und der Comtesse gewonnen – und er hatte sie mehr oder weniger durch Unterlassung erhalten. Die Comtesse hatte über alles Mögliche gesprochen, nur nicht über Sabir. Der Name des Mannes war nicht aufgetaucht. Und doch hatte Lamia, kaum dass sie nach ihrer

Betäubung wieder bei sich gewesen war, nach ebendiesem Sabir gefragt.

Calque hatte nicht umsonst einen Großteil seines Lebens mit Verhören verbracht. Er wusste, dass die Fragen, die die Leute im Raum stehen ließen – und die nahe liegenden Namen, die sie während eines offiziellen polizeilichen Verhörs ausließen –, ausnahmslos von größerer Bedeutung waren als jene, die sie freiwillig herausrückten.

Die eine Sache, die er nicht tun würde, wenn er sein Handy wiederhatte, war, irgendwen von seinen alten Freunden bei der Police Nationale auf das merkwürdige Verschwinden von Philippe Lemelle aufmerksam zu machen – in diesem Punkt lag die Comtesse richtig. Jean Picaro hatte seinen Hals riskiert, um dem Mädchen zu helfen und später Calque zu warnen, dass der Corpus hinter ihm her war – und Calque kannte jede Menge sogenannter gesetzestreuer Bürger, die nicht halb so viel für einen Mann getan hätten, den sie kaum kannten, oder für eine unbekannte Frau, die mit der Sache, für die sie bezahlt wurden, nicht das Geringste zu tun hatte.

Picaro hatte ihn gebeten, im Interesse seiner Frau und seiner Kinder keinen Wirbel zu machen. Und Picaro war ein zweimaliger Verlierer – beim nächsten Mal, wenn er ins Gefängnis wanderte, würde er für immer dort bleiben. Keine Bewährung. Keine vorzeitige Entlassung wegen guter Führung.

Auch wenn es Calque in der Seele wehtat, dass er die Comtesse vom Haken lassen musste, war es manchmal besser, schlafende Hunde nicht zu wecken.

30 Calque saß in seinem Wagen und beobachtete den Eingang des Hotel de la Place in Cogolin. Es war zwölf Uhr. Der Verkehr zur Mittagspause setzte gerade ein. Er hatte Sabir auf dem Weg von Ramatuelle hierher dreimal anzurufen versucht, aber das Telefon in dessen Haus in Massachusetts hatte nur immer endlos und sinnlos geläutet.

Und was hätte er überhaupt zu Sabir gesagt? Seien Sie vorsichtig, Mann? Wie sollte Sabir das anstellen? Sich einen Bodyguard engagieren? Das FBI zu Hilfe rufen? Oder er hätte Sabir zu einem ausgedehnten Urlaub raten können. Was noch sinnloser gewesen wäre. Calque konnte die Comtesse jetzt abschätzen – die Frau war unversöhnlich. Wenn sie beschloss, sich an dem Mann zu rächen, der ihren Sohn getötet hatte, würde sie sich von geografischen Umständen nicht abschrecken lassen.

Schließlich konnte er Sabir nicht den Zipfel eines Beweises vorlegen – Calque hatte nur so eine Ahnung, dass Sabir in Bezug auf den Corpus das gleiche Gefühl hatte wie er. Dass gerade Sabir nicht glauben würde, die Ambitionen des Corpus seien zusammen mit Achor Bale in dieser Senkgrube in der Camargue gestorben. Nein. Sabir war überzeugt, sie wollten immer noch, was Sabir hatte. Sie wollten immer noch die Prophezeiungen.

Nachträglich erkannte er nun, wie töricht es von ihm gewesen war, dem Mädchen nicht von Anfang an zu trauen. Er hätte zumindest irgendetwas Konkretes aus ihr herausbekommen können – einen Hinweis auf die wahren Absichten des Corpus, der ihn für sein Fiasko mit dem Kassettenrekorder entschädigt hätte. Stattdessen hatte er, ganz der halsstarrige Polizist, der er immer noch war, gemauert und sie mehr oder weniger wieder ihrer Familie geschenkt. Er spürte, wie sich der Frust wie Arsen in seine Eingeweide fraß.

Alle Aufzeichnungen Calques zu dem Fall befanden sich zusammen mit Sabirs Privatadresse da oben in diesem Hotelzimmer. Auch seine ausführlichen Anmerkungen zu ihrem letzten Gespräch einschließlich der quälenden Hinweise bezüglich der zweiundfünfzig verschollenen Prophezeiungen, die den Weg zu dem beschrieben, was sich – möglicherweise – als das endgültige Armageddon für den Planeten Erde erweisen konnte. Es war Calque nie in den Sinn gekommen, sie zu verstecken. Er hatte bestimmt, wo es langging, nicht der Corpus. Zumindest hatte er das geglaubt. Jetzt sah es ganz danach aus, als sei der Jagdhund zur Beute geworden.

Calque stieg aus seinem Wagen. Seine Augen suchten die Umgebung ab. Gegenüber schob sich eine kleine Schlange von Menschen in gleichmäßigem Tempo in das Restaurant des Hotels. Calque spürte, wie sich sein Magen vor Hunger umstülpte.

Er ging zum Hoteleingang und schritt durch die Drehtür. Der Portier war nicht auf seinem Posten. Vielleicht aß auch er gerade zu Mittag. Wie jeder normale Mensch um diese Tageszeit.

Calque überflog das Nachrichtenbrett des Hotels. Sein Zimmerschlüssel befand sich nicht mehr an seinem Platz. Damit hatte er nach den Andeutungen der Comtesse natürlich halb gerechnet, dennoch musste er das starke Verlangen unterdrücken, im Laufschritt auf die Straße zurückzukehren.

Ein tief verwurzelter Teil von Calques Natur wehrte sich immer noch gegen die Vorstellung, die Prophezeiungen könnten einen Wert besitzen, der über das rein Geschäftliche hinausging. Wie sollte ein Mann, der vor einem halben Jahrtausend zur Welt gekommen war, eine Folge von Ereignissen in der heutigen Zeit vorhersagen können? Kein vernünftiger Mensch konnte eine solche Idee ernsthaft erwägen. Adam Sabir hatte sich in einem posttraumatischen Zustand, noch im Krankenhaus auf dem Weg der Genesung, befunden, als er Calque von Nostradamus' zweiundfünfzig Jahre währendem Vorlauf zur Großen Veränderung im Jahr 2012 erzählt hatte. Dritter Antichrist? Die Wiederkehr Christi? Die ganze Sache war Irrsinn. Calque fragte sich, ob er nicht an einem frühen Einsetzen von Altersdemenz litt. Das würde erklären, warum er alles rationale Urteilen vorübergehend ausgeschaltet hatte und zuließ, dass ihm Sabir und die Zigeuner so unter die Haut gingen.

Inzwischen kam es jedoch nicht mehr darauf an, was er glaubte oder nicht glaubte. Verbrechen waren geschehen. Menschen waren getötet und verletzt worden. Bevorstehende Demenz hin oder her, Calques einziger verbleibender Zweck im Leben musste darin bestehen, die Begehung weiterer Verbrechen zu verhindern. So viel war er seinem verstorbenen Assistenten doch wohl schuldig. Er schuldete Paul Macron die Höflichkeit, seinem Tod einen Sinn zu verleihen.

31 Calque ließ den Aufzug links liegen und stieg mühsam die Treppe hinauf. Vor seiner Tür zögerte er für einen Moment. Dann drehte er den Türgriff und riss die Tür mit einer fließenden Bewegung auf. Was sollte der Corpus schon machen? Ihn aus dem Hinterhalt überfallen? An einem öffentlichen Ort erschießen? Sie hatten ihre Chance, ihn zu erledigen, bereits gehabt und sie nicht genutzt. Offenbar war er nicht so wichtig für sie.

Das Zimmer war tadellos aufgeräumt.

Mit aufkeimender Hoffnung eilte Calque zu seinem Koffer und riss den Deckel auf. Sämtliche Aufzeichnungen waren verschwunden.

»*Merde! Putain de merde!*«

Calque knallte den Kofferdeckel zu. Er war unter der Bevormundung einer protestantischen Mutter und eines katholischen Vaters aufgewachsen, die ihm ihre jeweils eigene – wenn auch gelegentlich widersprüchliche – Anschauung von korrektem Betragen einträufelt hatten. Infolgedessen fluchte er selten. Aber heute machte er eine Ausnahme.

Welch geistige Umnachtung hatte ihn dazu gebracht, seine Aufzeichnungen im Hotelzimmer zu lassen? Warum war er nicht auf die Idee gekommen, den Hotelsafe zu benutzen? Es war ihm zu unpraktisch erschienen, das war alles; weiter hatte er nicht gedacht. In diesem Moment fühlte er sich innerlich einfach nur leer. Aber Calque war kein Mensch, der sich lange mit zweifelnden Fragen nach dem eigenen Selbstwertgefühl quälte: So wie die Dinge lagen, schaltete sein Gehirn einfach in den nächsten Gang und von da aus sofort auf Overdrive. Und der erste Punkt auf seiner funkelnden neuen Tagesordnung würde sein, möglichst viel darüber in Erfahrung zu bringen, was aus der Frau geworden war.

Er ließ die Zimmertür weit offen – was hätte man ihm schließlich noch stehlen können? – und ging wieder nach unten in die Lobby. Der Angestellte saß auf seinem üblichen Platz und verdaute offenbar sein Mittagsmahl. Calque kam direkt zur Sache.

»Hat sich meine Assistentin, Madame Mercier, heute Morgen bei Ihnen angemeldet? Sie sollte etwa zur Frühstückszeit eintreffen.« Er ließ den Mann einen kurzen Blick auf seine illegale Dienstmarke werfen, um sein Anliegen zu unterstreichen.

So verstohlen, wie sich der Mann umsah, hätte Calque selbst dann zwingend vermuten müssen, dass er etwas verbarg, wenn er nicht ohnehin darauf gelauert hätte. »Madame Mercier, sagen Sie?«

»Sie haben mich schon verstanden.«

Der Angestellte schluckte. Er sah aus, als würde er einen inneren Kampf austragen. »Ich muss Sie zuerst etwas fragen. Es ist sehr wichtig.«

Calque verspürte Lust, dem Mann eine Ohrfeige zu geben. Stattdessen nickte er aufmunternd und verzog die Lippen zu einem starren künstlichen Grinsen. »Dann nur zu.«

»Wie viele Croissants haben Sie heute zum Frühstück gegessen?«

Calques Kiefer klappte herunter. Er war kurz versucht, über den Tisch zu langen, den Mann am Kragen zu packen und ihn zu schütteln, wie es ein Terrier mit einer Ratte tut – aber unter den gegebenen Umständen hätte sich das als kontraproduktiv erweisen können. Stattdessen fixierte er den Mann mit einem scharfen Blick und ließ ihn nicht daran zweifeln, dass er es keineswegs freundlich aufnehmen würde, falls es sich hier um irgendeinen Streich handeln sollte. »Ist das Ihr Ernst?

Die wichtige Frage, die Sie mir stellen müssen, lautet, wie viele Croissants ich heute Morgen zum Frühstück gegessen habe?«

Der Angestellte nickte. »Ja. Diese Frage soll ich Ihnen auf Geheiß der Dame stellen.«

Calque verdrehte die Augen. Er zwang sich, an das Frühstück zu denken, anstatt den jungen Mann zu würgen. »Lassen Sie mich ganz präzise sein. Ich habe drei gegessen. Zwei eigene und eins, das Madame Mercier versehentlich auf ihrem Teller liegen ließ. Stellt Sie das zufrieden?«

Der Angestellte duckte sich unter seinen Empfangstisch und tauchte mit einem Kuvert wieder auf. »Dann soll ich Ihnen das hier geben, Hauptmann.«

Calque griff nach dem Kuvert.

Der Angestellte drückte es mit einem hündischen Gesichtsausdruck an die Brust.

Calque knurrte. Er wühlte in seiner Tasche und gab dem Mann einen Zehn-Euro-Schein.

Der Angestellte zögerte, als überlegte er kurz, noch mehr einzufordern, dann gab er Calque das Kuvert.

»Hat sonst noch jemand nach Madame Mercier gefragt?«

Der Angestellte zuckte mit den Achseln. »In diesem Fall hätte ich dem Betreffenden dieselbe Frage gestellt wie Ihnen. Und ihm das Kuvert gegeben, wenn er korrekt geantwortet hätte. Madame Merciers Anweisungen waren sehr eindeutig.«

Ja. Und fünfzig Euro Trinkgeld von meinem Geld werden auch nicht geschadet haben, du kleine Rotznase, dachte Calque.

Calque ging in Richtung Lift, als überlegte er, unverzüglich in sein Zimmer zurückzukehren. Sobald er außer Sichtweite des Angestellten war, riss er jedoch das Kuvert auf. Es enthielt einen Zettel mit einer einzigen handschriftlichen Zeile und einer Initiale. *8,7,11,13,12 von wo wir heute Morgen saßen. Ihr Sakko.*

L.

Calque lehnte sich an die Wand. Und jetzt? Noch eine Falle, in die er stolpern konnte? Vielleicht hatte der Corpus Probleme, die handschriftlichen Notizen in seinen Unterlagen zu lesen. Vielleicht wollten sie ihn erneut auf das Schloss einladen, um aus dem ganzen Material schlau zu werden, das sie aus seinem Hotelzimmer geklaut hatten. Es wäre für jeden Menschen mit einem halbwegs normalen IQ nicht weiter schwer, darauf zu kommen, wo er und Lamia am Morgen gesessen hatten. Schließlich war die Straße zum Strand eine Sackgasse – sie führte nur zu diesem einen Ziel. Die ganze Sache erforderte nicht gerade einen Nuklearphysiker.

Calque zuckte mit den Achseln und begann das Rätsel im Kopf zu lösen. Er hatte unter diesen Umständen kaum eine andere Wahl, als den Weg einzuschlagen, den es ihm wies.

PAMPELONNE PLAGE. Achter Buchstabe N, siebter O, elfter P, dreizehnter A und zwölfter Buchstabe L. NOPAL. Was war das? Ein mexikanischer Kaktus? Oder ein Seegras? Auf jeden Fall etwas Mexikanisches. Was würde es in einem Ort wie Cogolin an Mexikanischem geben? Ein Restaurant? Das war die wahrscheinlichste Antwort. Oder vielleicht ein Laden, der mexikanische Produkte verkaufte. Aber eher ein Restaurant. Lamia dürfte nicht viel Zeit gehabt haben, sich ihren Plan auszudenken, und sie stand sicher unter beträchtlichem Druck. Sie hatte die Antwort in der Zeit, die sie hatte, bestimmt so naheliegend wie möglich gehalten.

Der Hotelangestellte war erkennbar käuflich, deshalb wollte er sich bei ihm lieber nicht nach einem mexikanischen Restaurant im Ort erkundigen. Ebenso gut hätte er die Frage auf Radio Free Europe veröffentlichen können.

Calque fasste einen Entschluss. Er ging in Richtung Hinterausgang des Hotels. Wenn es dem Corpus tatsächlich nicht gelungen sein sollte, Lamia in die Hände zu bekommen, dann wollte er nicht die Person sein, die ihn zu ihr führen würde.

Calque verließ das Hotel forsch durch den Hinterausgang.

Den ersten Passanten, den er sah, fragte er nach dem nächsten Polizeirevier. Desinformation, so machte man das.

Mit der Adresse der Gendarmerie zur Hand ging er zügig die Straße entlang, ohne nach links oder rechts zu schauen. Sollten die Schweinehunde ruhig im eigenen Saft schmoren. Sie hatten ihn offenbar aus gutem Grund laufen lassen, und dieser Grund war, dass sie Lamia nicht geschnappt hatten. Jetzt erwarteten sie, dass er sie zu ihr führte. Nun, er würde ihnen bald zeigen, dass nicht alles nach ihren Vorstellungen lief.

Calque marschierte entschlossen die Eingangstreppe zur Gendarmerie hinauf und schnurstracks auf den Empfangstisch zu. »Guten Morgen, Sergeant. Mein Name ist Hauptmann Joris Calque, Police Nationale, im Ruhestand.« Er zeigte seinen vollkommen legalen Pensionärsausweis vor – es wäre schlecht gewesen, hier aus Versehen den falschen zu zücken.

Der *pandore* am Empfang stand auf und salutierte. »Es ist mir ein Vergnügen, Hauptmann.«

Calque erwiderte den Gruß. Ich habe also doch noch, was es braucht, dachte er. Man kann den Mann aus dem Dienst entfernen, aber den Dienst nicht aus dem Mann. »Ich wohne oben im Hotel de la Place. Ich dachte, ich schau mal kurz vorbei und lasse meine Karte hier. Ich habe das Gefühl, Ihr Kommandant und ich kennen uns von früher.«

»Soll ich ihn rufen? Er würde sich bestimmt freuen, Sie zu sehen.«

»Nein, tun Sie das bitte nicht. Ich bin ohnehin schon zu spät dran. Und der Kommandant ist sicher sehr beschäftigt. Ich bin nur gerade auf dem Weg zum Mittagessen vorbeigekommen. Ich esse im Nopal. Da bin ich doch richtig, oder? Es liegt ein Stück weiter oben an der Straße?«

»Das *Nopal*?«

»Ein mexikanisches Restaurant, ja. Enchilladas, Chillies, solche Dinge.«

Der Sergeant grinste. »Nein, Hauptmann. Das ist das *Esposito*. Es ist das einzige ausländische Restaurant in der Stadt. Aber die dazugehörige Bar heißt *Nopal*. Sie finden beides direkt an der Place de la Liberté. Ich würde allerdings nicht empfehlen, dort zu essen. Das *Largesse* ist viel besser. Richtiges französisches Essen. Probieren Sie den *pot-au-feu*. Madame Adelaide kocht ihn seit dreißig Jahren nach demselben Rezept. Und bisher hat sich keiner von uns Stammgästen beschwert. Sagen Sie, Sergeant Marestaing hat sie Ihnen empfohlen.«

»Ach, ja, richtig. Das *Esposito*. Aber wir treffen uns zuerst in der Bar. Ich wusste, ich würde die Namen durcheinanderbringen.« Calque setzte ein wehmütiges Lächeln auf. »Da ich eingeladen bin, Sergeant, habe ich nicht die Wahl, wo ich heute esse. Aber ich werde das *Largesse* auf Ihre Empfehlung ganz sicher morgen versuchen. Aber sagen Sie – dürfte ich vielleicht die Toilette benutzen, da ich schon hier bin? Ich habe Schwierigkeiten mit der Prostata. Muss alle paar Stunden gehen. Sie wissen, wie das ist?«

Der *pandore* nickte, als wüsste er es tatsächlich. Er zeigte Calque den Weg.

»Kann ich hinten rausgehen, wenn ich fertig bin? Erspart mir einen Umweg.«

Auf dem Schreibtisch des Sergeanten läutete ein Telefon und lenkte die Aufmerksamkeit des Mannes praktischerweise von Calque ab. »Es gibt einen Hinterausgang, ja, Hauptmann. Sie dürfen ihn gerne benutzen.«

»Danke, Sergeant.« Calque fühlte sich nach dem Gespräch seltsam befriedigt, als hätte er sich bewiesen, dass er noch immer die Initiative ergreifen konnte. Dass er es immer noch brachte.

Als er wieder draußen im Tageslicht war, vollzog sich eine leichte Veränderung in Calques Auftreten. Er blieb dreimal stehen, bis er die Straßenecke erreicht hatte, um sicherzugehen, dass ihm niemand folgte. Er hatte nicht vor, denselben Fehler zweimal an einem Tag zu machen. Er würde den Corpus nicht wieder zu Lamia führen.

Mit ein wenig Glück würde die Person, die ihn beschatten sollte, vollauf damit beschäftigt sein, der Comtesse zu melden, dass Calque immer noch in der Gendarmerie steckte – und ohne Frage die Sache mit dem toten Lakaien ausplauderte. Desinformation. Calque grinste, wenn er an den Aufruhr im Schloss dachte. Die Comtesse würde schnell alles gefechtsklar machen lassen, wenn sie mit der Möglichkeit rechnete, dass ihr die Polizei einen Überraschungsbesuch abstattete.

32 Als Calque im *Esposito* eintraf, war er sich zu neunundneunzig Prozent sicher, dass er nicht verfolgt worden war. Er war zweimal seit seinen anfänglichen Ablenkungsmanövern in seiner Spur zurückgegangen, hatte sich nur in Seitenstraßen bewegt und in einem Second-Hand-Buchladen wie ein Humphrey Bogart in seinen besten Zeiten – leider ohne Dorothy Malone – zwischen den Regalen nach potenziellen Verfolgern gespäht.

Am Restaurant angekommen, hielt er sich nicht lange bei der Speisekarte im Eingangsbereich auf, sondern marschierte schnurstracks hinein. Er erwartete nicht ernsthaft, dass Lamia auf ihn warten würde. Viel wahrscheinlicher war es, dass es sich bei der Nachricht um eine falsche Fährte des Corpus handelte, mit der sie sich eine Rückfallposition sichern wollten – falls er ihnen beim ersten Mal entkam etwa oder falls er professionell genug gewesen war, seine Aufzeichnungen zu verstecken, anstatt sie einfach offen liegen zu lassen wie der grünste Anfänger. Aber was sonst sollte er tun, als die Nachricht für bare Münze zu nehmen? Ihm fiel keine andere Möglichkeit ein, wie er im Spiel bleiben konnte.

Lamia saß mit dem Rücken zu ihm in einer der Nischen. Calques Herz machte einen Sprung, als er sie sah. Erstaunt stellte er fest, dass er sich ernsthaft Sorgen um sie gemacht hatte. Ich werde weich auf meine alten Tage, dachte er. Erst fange ich an, um meinen rassistischen Wurm von Assistenten zu trauern, und jetzt blutet mir das Herz wegen der Schwester des Mannes, der ihn getötet hat.

Er setzte sich ihr gegenüber, mit dem Gesicht zur Tür und einer bemüht reglosen Miene.

Lamia blickte zu ihm auf. Sie hielt seinen Blick zehn Sekunden lang, und als er nicht reagierte, schob sie ihm wortlos einen Packen Papiere über den Tisch.

»Meine Aufzeichnungen?«

Sie nickte.

»Ich habe es nicht zu hoffen gewagt.« Calques Züge entspannten sich wie die eines chinesischen Faltenhunds. »Wie um alles in der Welt haben Sie das angestellt?«

Lamia zuckte mit den Achseln. »Ich wusste in dem Moment, in dem Sie dem Taxifahrer den Namen Ihres Hotels nannten und die fiktive Madame Mercier vor ihm erwähnten, dass meine Mutter innerhalb von zwanzig Minuten alles erfahren würde – und dass wir beide in tödlicher Gefahr waren. Ihr gehört halb St. Tropez, Hauptmann. Sie hat ihre Fühler überall.«

»Ich weiß. Ich habe mit ihr gesprochen.«

Lamia riss die Augen auf. »Sie ...«

Calque langte über den Tisch und drückte ihre Hand. »Die Aufzeichnungen, Lamia. Wie sind Sie an die herangekommen? Alles Übrige kann ich später erklären.«

Lamias Miene heiterte sich vorübergehend auf. »Auf der Taxifahrt hatte ich Zeit, alles zu durchdenken – zu überlegen, wo wir am verwundbarsten waren. Als ich dann ins Hotel kam, gab ich mich gegenüber dem Angestellten am Empfang als Ihre Geliebte aus. Erst biss er nicht an – ich meine, wer, der seine fünf Sinne beisammenhat, wollte jemanden wie mich als Geliebte?« Sie stieß sich in ihrem Sessel zurück, als forderte sie Calque heraus, ihr zu widersprechen – die Realität ihres Gesichts zu verneinen. »Aber dann habe ich ihm den Rest Ihres

Geldes als Schmiergeld gegeben, und er hat den Schlüssel herausgerückt. Schon komisch, wie leicht Männer uns Frauen glauben, sobald wir von Sex reden.«

Calque neigte höflich den Kopf. In Wahrheit war er höchst verlegen wegen der plötzlichen Verwundbarkeit, die sie in Bezug auf ihr Muttermal gezeigt hatte. Aber es war ihm unter den gegebenen Umständen unmöglich, eine galante Erwiderung aus dem Hut zu zaubern. »Und meine Aufzeichnungen – haben Sie sie gelesen?«

Lamia wandte rasch den Blick ab.

»Hören Sie, das war keine Beschuldigung. Ich möchte sogar, dass Sie sie lesen. Schließlich brauche ich dringend Ihre Hilfe.«

Lamia sah ihn wieder an. »Dann glauben Sie mir also?«

»Ja. Ich glaube Ihnen. Ich habe gelogen, als ich Ihnen heute Morgen von dem Kassettenrekorder erzählt habe. Tatsächlich hat mir diese idiotische Nummer absolut nichts eingebracht – außer dem Dröhnen eines Staubsaugers und dem Geräusch von gelegentlichem Stühlerücken.«

Lamia führte rasch eine Hand vor das Gesicht, als müsste sie einen Lachanfall unterdrücken.

Calque tat, als hätte er es nicht bemerkt. »In Wirklichkeit bin ich keinen Schritt weitergekommen in der Sache. Ich hätte die letzten fünf Wochen ebenso gut beim Windsurfen auf Hawaii verbringen können.«

»Sie und Windsurfen? Wohl kaum, oder?« Lamia ließ ihre Hand langsam wieder auf den Tisch sinken. Es war eine seltsame Bewegung, ähnlich dem Lüften eines Schleiers. Fast als zeigte sie sich ihm freiwillig zum ersten Mal.

Sie neigte den Kopf leicht zur Seite, um anzuzeigen, dass sie nicht mehr scherzte. »Warum sollte ich Ihnen helfen, Hauptmann? Warum sollte ich meine Familie an jemanden verraten, den ich erst vor ein paar Stunden kennengelernt habe?«

»Es gibt keinen Grund, nicht den geringsten. Sie haben mir bereits weit mehr geholfen, als ich Ihnen jemals vergelten kann, einfach indem Sie meine Aufzeichnungen vor dem Corpus gerettet haben. Wenn Sie jetzt aufstehen und gehen würden, wäre ich Ihnen immer noch unendlich dankbar. Ich würde Ihnen nicht den geringsten Vorwurf machen.«

Lamias Augen prüften Calques Gesicht, als suchten sie nach Hinweisen auf ein altes und schwer zu fassendes Geheimnis. »Was erwarten Sie von mir?«

»Ich möchte, dass Sie mir so viel wie möglich von den Plänen des Corpus erzählen.«

»Sie wollen also wirklich, dass ich meine Familie verrate?«

»So wie Ihre Familie Sie verraten hat, ja. Ich will Sie nicht belügen, Lamia. Ich bin davon überzeugt, dass der Corpus böse ist. Ich halte darüber hinaus Ihre Mutter für einen Menschen ohne jegliche moralische Skrupel. Für jemanden, der nicht zögern würde, jedes notwendige Mittel, und sei es Mord, einzusetzen, um zu bekommen, was sie will.«

Eine Hand Lamias lag mit gespreizten Fingern auf ihrer Brust, als sie ihn ansah, als wäre ihre Herzfrequenz vorübergehend außer Kontrolle geraten. »Wie viel wissen Sie bereits? Über meine Mutter, meine ich. Über ihre Rolle im Corpus.«

»Gehen Sie davon aus, dass ich nichts weiß.«

»Welche Frage wollen Sie mir vor allem stellen?«

»Eine ganz einfache: Was ist in diesem Raum passiert, als Sie sich alle getroffen haben?«

Lamia schien ihn immer noch abzuschätzen. »Die Leute, die Sie haben ins Haus gehen sehen – Sie wissen, dass das alles meine Brüder und Schwestern waren?«

»Ja, so viel habe ich gefolgert. Und Ihre Mutter hat es mir praktisch bestätigt.«

Lamia schüttelte den Kopf. »Ich verstehe noch immer nicht, warum sie Sie gehen ließ. Sie sagen, Sie waren bei ihr? Das erscheint mir unmöglich.«

Calque scheuchte den Kellner mit einer Handbewegung fort. Dann beugte er sich über den Tisch. »Ich bin ein hochrangiger Expolizist, Lamia. Flussufer brechen ein, wenn hochrangigen Expolizisten unerwartete Dinge zustoßen – Inseln werden fortgespült. Ihre Mutter war überzeugt, sie hätte Sie bereits wieder in ihrer Gewalt. Sie glaubte, meine Aufzeichnungen zu haben. Wozu weiter Staub aufwirbeln? Ich glaube nicht, dass sie mich sehr hoch einschätzt.«

»Das wäre aber dumm von ihr.«

»Nett von Ihnen, dass Sie das denken, aber ich selbst glaube es keine Sekunde. Aber wenn sie sich in Bezug auf mich geirrt hat, dann hat sie sich in Bezug auf Sie genauso geirrt.«

Lamia wandte das Gesicht von ihm ab. Für einen kurzen Moment konnte man sich vorstellen, dass sie eine wunderschöne junge Frau war – dass sich kein monströses Muttermal wie ein Handabdruck über ihre Wange erstreckte.

»Sie haben richtig geraten, was mich angeht, Hauptmann. Vor einiger Zeit habe ich beschlossen, dass ich nichts mehr mit den Machenschaften meiner Mutter zu tun haben will. Neulich abends hat sich das alles zugespitzt. Ich hatte Wochen gebraucht, bis ich genügend Mut aufbrachte, ihr die Wahrheit über meine Gefühle zu sagen. Dummerweise tat ich es dann vor meiner gesamten Familie. In einem Augenblick, in dem alle erwarteten, dass ich offiziell meine Treue zu der Sache erneuere, der sich die de Bales unbeirrt seit fast achthundert Jahren widmen. Der Zeitpunkt war nicht gerade günstig gewählt.«

»Und was sind das für Machenschaften? Welche Sache ist es, die verschiedene Generationen derselben Familie über die Jahrhunderte vereint?«

Lamia zögerte. »Dieser Sabir. Er ist Ihr Freund, oder?«

Calque schüttelte den Kopf. »Ich habe versprochen, ehrlich zu Ihnen zu sein. Ich müsste lügen, wenn ich sagen würde, dass Adam Sabir mein Freund war. Wir haben uns für kurze Zeit an einem Tiefpunkt von unser beider Leben verbündet. Er hatte nach dem Tod meines Assistenten Mitleid mit mir und hat mir einige Informationen anvertraut. Wahrscheinlich bedauert er inzwischen, dass sie ihm herausgerutscht sind – vermutlich stand er zu diesem Zeitpunkt unter dem Einfluss von Morphium. Und das ist schon das ganze Ausmaß unserer Beziehung. Weiter geht sie nicht.«

»Warum sind Sie dann noch an ihm interessiert?«

»Weil ich glaube, dass er den Schlüssel zu etwas besitzt, was Ihre Mutter – und durch sie der Corpus – haben will.«

»Und Sie glauben an diesen Corpus?«

»Ich denke, dass Ihre Mutter an ihn glaubt. Und ich halte sie für eine sehr reiche, sehr mächtige und sehr böse Frau. Ich glaube außerdem, dass sie unmittelbar für den Tod meines Assistenten verantwortlich ist. Und wenn es so war, habe ich die Absicht, sie dafür büßen zu lassen.«

Lamia senkte den Blick. »Sie haben recht, Hauptmann. Sie war für den Tod Ihres Assistenten verantwortlich. Das hat sie neulich Abend uns gegenüber eingeräumt.«

Calque schnellte vor, ein Funkeln in den Augen. »Ich wusste es. Dann habe ich meine Zeit also nicht vergeudet?«

Lamia schüttelte den Kopf. »Alles andere als das, Hauptmann. Aber diese Information wird Ihnen nichts helfen. Und sie wird auf keinen Fall Sabir retten.«

»Was soll das heißen, Sabir retten? Wovon reden Sie?«

Lamia hielt Calques Blick stand. »Meine Zwillingsbrüder sind gestern in die Vereinigten Staaten aufgebrochen. Unter dem direkten Befehl meiner Mutter.« Sie schaute auf ihre Armbanduhr. »Inzwischen dürfte Adam Sabir tot sein.«

ZWEITER TEIL

Prolog

Zunächst hieltest du es einfach für ein Erdbeben. Es hatte in den vergangenen Tagen drei davon gegeben, und du hattest dich inzwischen an sie gewöhnt.

Erst hat sich dein Magen immer unerwartet umgedreht. Ein, zwei Sekunden lang hast du wie angewurzelt dagestanden und dich gefragt, was passiert war. Dann hattest du, falls du unglücklicherweise in deiner Hütte überrascht wurdest, vielleicht die Geistesgegenwart, nach oben zu blicken. Wenn die Öllampen schaukelten, wusstest du, dass es ein Erdbeben war, und bist über den schwankenden und sich blähenden Boden ins Freie geeilt, um dir einen Platz zu suchen, wo du nicht genau unter einem Baum, einem Telegrafenmasten oder irgendwelchem Mauerwerk sitzen musstest.

Wenn das Erdbeben vorbei war, bist du zurück in deine Hütte gegangen, und von den nachträglichen Erschütterungen wurde dir leicht übel. Du danktest Gott, dass es nur ein kleines Erdbeben gewesen war und dass das Epizentrum viele hundert Kilometer entfernt gelegen hatte, und dann bist du wieder an deine Arbeit gegangen.

Aber das hier war kein Erdbeben. Wenn du dich konzentriert hast, konntest du feststellen, dass das Wackeln und Zittern des Bodens von einem tiefen Grollen begleitet wurde. Du bist ins Freie gerannt und hast zu den Bergen hinübergeschaut. Einhundertzehn Kilometer von deinem Wohnort entfernt ragte der große Vulkan, 5675 Meter hoch, in den Himmel. Du hattest jeden Tag deines Lebens auf ihn geblickt. Das ganze Jahr über bedeckte Schnee seinen Gipfel, trotz des nahezu tropischen Klimas, in dem du lebtest. Du hattest gehört, er sei noch aktiv, aber jeder wusste, dass er seit mehr als hundertfünfzig Jahren nicht mehr ausgebrochen war. Die beiden mächtigen Vulkane viereinhalb Stunden westlich von dir rauchten regelmäßig und verpesteten die Atmosphäre mit einem Geruch nach Schwefel, Scheiße und faulen Eiern; so hatte man es dir jedenfalls erzählt. Aber dein Vulkan schien im Vergleich dazu immer zu schlafen.

Jetzt hing eine gewaltige Wolke um den vertrauten Gipfel und löschte die Sonne aus. Selbst aus hundert Kilometern Entfernung konntest du den Schwefelgeruch in der Luft wahrnehmen. Bald, so wusstest du, würde er alles durchdringen wie der Geruch eines verwesenden Tiers im Unterholz.

Du verfolgtest den Ausbruch verwirrt und bestürzt. Während du zuschautest, begannen Vulkanasche und kleine Schlammbrocken, mit einem Durchmesser von weniger als einem Zentimeter, wie Hagelgeschosse rings um dich vom Himmel zu prasseln. In der Ferne brodelten dichte Wolken, schwarz, weiß und blau, an der Stelle, an der sich der Vulkan befunden hatte, durchsetzt mit gespenstisch lautlosen Blitzen, als hätte jemand versehentlich den Ton am Fernsehgerät des Dorfs abgestellt.

Du hättest nie gedacht, dass es zu deinen Lebzeiten passieren würde. Als Hüter des Codex – so wie du waren auch dein Vater, dein Großvater und dein Urgroßvater bereits Hüter des Codex gewesen – hatte sich deine Familie seit einhundertdreiundsechzig Jahren auf dieses Ereignis vorbereitet. Seit dem letzten Ausbruch.

Während dieser Zeit hatte die Aufgabe deiner Familie einzig und allein darin bestanden, zu verhindern, dass irgendwer die Höhle entdeckte, die den Codex beherbergte, oder sich an ihrem Inhalt zu schaffen machte. Diese Aufgabe war abgeschlossen. Nun würde deine zweite, größere Aufgabe beginnen.

Und zu dieser Aufgabe gehörte eine Reise in den Süden. Eine Reise, auf die du in keiner Weise vorbereitet warst.

1 The Tanyard, Stockbridge, Massachusetts

Schon seit einigen Monaten war Adam Sabir nicht mehr in der Lage, eine ganze Nacht in seinem eigenen Haus zu schlafen.

Sobald er wegzudösen begann, kamen die Albträume zurück und mit ihnen die Klaustrophobie, die ihn seit Kindertagen quälte, als ihn einige Klassenkameraden im Rahmen eines Halloweenstreichs geknebelt und gefesselt in den Kofferraum eines Lehrerautos gesperrt hatten; wie er später erfuhr, hatten sie eine Szene aus einem Horrorstreifen nachgestellt, der gerade in den Kinos lief.

Sein Lehrer hatte ihn drei Stunden später entdeckt; der Knebel war zu einem Brei zerkaut gewesen, Sabir hatte gestöhnt, halluziniert und war halb wahnsinnig geworden. Er musste den Rest des Schulhalbjahrs zu Hause und im Bett bleiben, wo er zum Trost ein Buch um das andere verschlang und sich zwischendurch wegen der Beruhigungsmittel erbrach, die ihm sein Psychiater verabreichen musste, sobald die Eingangstür zum Haus seiner Eltern verschlossen wurde.

In echter Privatschultradition war es Sabir nicht möglich gewesen, seine Peiniger zu verpetzen. Aber Jahre später hatte er sich als Journalist in einer Weise an ihnen gerächt, die eher an Alexandre Dumas' *Der Graf von Monte Christo* als an Robert Brownings *Der Rattenfänger von Hameln* erinnerte – er hatte sie, mit anderen Worten, aufgebaut, jeden für sich, und anschließend in der Lawine ihrer verfehlten Aufgeblasenheit wieder zu Fall gebracht.

Aber die Angst vor geschlossenen Räumen lauerte als immer

wiederkehrender Albtraum weiter in seiner Psyche – nur tausendmal verschlimmert durch seine Erlebnisse vom Frühsommer dieses Jahres im Keller eines verlassenen Hauses in Frankreich.

Während der letzten Monate waren Sabirs Schlafstörungen immer demselben Muster gefolgt. Erst kamen die überrealistischen Träume, in denen er sich wieder in der Senkgrube unter dem Zufluchtshaus der Zigeuner in der Camargue befand. In diesen Träumen steckte er bis zum Hals in purer Jauche, den Kopf nach hinten geneigt, um den Mund freizuhalten, die Stirn gegen den Deckel der Grube gedrückt, den Achor Bale langsam über sein Gesicht schob.

Dann kamen die indirekten Träume – die Träume von Träumen –, in denen Sabir die Wahnvorstellungen während seiner Gefangenschaft in der Senkgrube noch einmal durchlebte. Träume, in denen man ihm Arme und Beine abtrennte, seinen Rumpf zerfetzte, seine Eingeweide, seine Augen und die Blase aus dem Körper zog wie den Schlachtabfall eines Pferds. Später in dem Traum kam dann eine Schlange auf ihn zu, eine dicke, lang ausgestreckte Python mit Schuppen wie ein Fisch, starren Augen und einem Kiefer, der sich wie bei einer Anakonda aushängen ließ. Die Schlange verschlang Sabirs Kopf, sie zwang ihn mit krampfartigen Bewegungen ihrer Muskeln die gesamte Länge ihres Körpers hinunter wie in der Umkehr einer Geburt.

Später wurde Sabir selbst zur Schlange, ihr Kopf war sein Kopf, ihre Augen waren seine Augen. Exakt an dieser Stelle seines Traums wachte er jedes Mal schweißgebadet auf, und seine Augen traten aus den Höhlen wie die einer erschreckten Katze. Dann warf er sich den Morgenmantel über und eilte in den Garten hinaus, wo er in tiefen Zügen die frische Luft einatmete und Achor Bale und dessen verderbliche posthume Wirkung verfluchte.

Den Rest der Nacht verbrachte er in der alten Hängematte

seines Vaters im Gartenhaus, mit weit offener Verandatür und einer einzigen Decke über der embryonal zusammengerollten Gestalt. Er hatte versucht, auf einen Schlafsack umzusteigen, aber dessen naturbedingte Enge hatte ihn um sich schlagen lassen wie eine schlüpfende Schmetterlingspuppe, die sich mit verzweifelten Bewegungen aus ihrer Hülle befreit, ehe sie einem vorbeifliegenden Vogel als Vorspeise dient.

An diesem Abend war der Traum heftiger und zerstörerischer als sonst ausgefallen. Tatsächlich war Sabir gefährlich nahe dran, zu hyperventilieren, bis er den Rasen zum Gartenhaus überquert hatte.

Vom Verstand her war ihm klar, dass seine hartnäckigen Versuche, weiter im Haupthaus zu schlafen, keinen Sinn ergaben. Wozu sollte das gut sein, wenn er drei, vier Stunden später nur wieder nach Luft schnappend ins Freie stürzen würde? Aber ein Teil von ihm wollte unbedingt weiterhin versuchen, ein normales Leben zu führen.

Denn insgeheim argwöhnte er, sobald er den Anschein, im Haus zu leben, aufgab – sobald er aufhörte zu kämpfen, anders ausgedrückt –, würde seine Klaustrophobie in die zwanghaftobsessive Phase eintreten und ihn zu einer Abwärtsspirale aus Psychoanalyse und Schlafmitteln verdammen.

Diesen Weg hatte seine Mutter beschritten. Ein gleichmäßiger, unausweichlicher Abstieg zu Medikamentenabhängigkeit und Krankenhauseinweisung.

Es hatte das Leben seines Vaters zerstört, und um ein Haar auch sein eigenes.

Jetzt fragte sich Sabir, ob er vielleicht dazu verdammt war, das Muster der Familie zu wiederholen.

2 »Ich mag Kleinstadtamerikaner«, sagte Abiger de Bale. »Sie sind so verdammt vertrauensselig.«

Die Zwillinge saßen in ihrem Mietwagen und beobachteten Adam Sabirs Haus. Sie waren kaum länger als zwölf Stunden in den Vereinigten Staaten, und schon hatten sie ihr Ziel aufgespürt.

»Wie meinst du das?«

Abi drehte seinen Sitz in die Liegestellung zurück, sodass sich seine Silhouette nicht mehr im Licht der Straßenlampen abhob. Er sah zu seinem Bruder hinüber. »Ich gebe mich als Tourist aus, ja? Ich stelle ihnen Fragen. In der amerikanischen Art zu reden. Dinge wie: ›Gibt es irgendwelche Berühmtheiten hier im Ort?‹ Sofort bekomme ich eine komplette Liste mit Norman Rockwell, Daniel Chester French, Owen Johnson und Mum Bett – ach ja, und dieser Typ, der den Bestseller über Nostradamus' Leben geschrieben hat. Und da der Schriftsteller als Einziger auf der Liste noch nicht tot ist, erzählen sie mir von *seinem* Leben. Dass er keine Frau lange behält. Dass er allein lebt. Dass seine Mutter verrückt geworden ist. Solches Zeug. Und das alles, ohne dass ich, der Tourist, überhaupt etwas fragen muss. Versuch dasselbe mal in Frankreich, und es wäre, als würdest du versuchen, eine Steinmauer mit der Nasenspitze zu knacken. Wie ist es dir ergangen?«

»War so ziemlich dasselbe.«

»Siehst du? Ich liebe diese Amerikaner.«

Vau sah seinen Bruder fragend an. »Und du glaubst nicht, dass sie sich an uns erinnern werden?«

»Entspann dich, Vau. Niemand hat uns zusammen gesehen. Also werden sie einfach annehmen, wir sind ein und dieselbe Person. Und die Amis erkennen sowieso keine Akzente, weil sie nie verreisen. Sie werden uns für Kanadier halten.«

»Ich finde trotzdem, wir sollten ihn irgendwohin bringen, statt ihn hier zu erledigen.«

»Ich habe eine bessere Idee. Sabir hat sich in letzter Zeit merkwürdig benommen. Die Leute glauben allmählich, er gerät nach seiner Mutter. Darauf werden wir aufbauen.«

»Wie?«

»Wart's ab.«

3 Adam Sabirs Haus stand ein gutes Stück von der Hauptstraße von Stockbridge zurückversetzt auf einem Grundstück, das etwa die Größe eines Baseballfelds hatte.

Die äußerst diskreten Straßenlampen warfen einen schwächlichen Lichtbogen auf den Rasen vor dem Gebäude, reichten aber nicht bis zu diesem selbst, sodass es im Dunkeln lag. Der Garten hinter dem Haus, in dem sich Sabirs Sommer- und Schreibhütte befand, erstreckte sich noch einmal fünfzehn Meter bis zu einer dichten Baumgruppe, die die Grenze zwischen Sabirs Grundstück und dem angrenzenden Besitz markierte. Ein niedriger weißer Lattenzaun begrenzte die Rückseite seines Anwesens, während das Haus nach vorn hin offen zur Straße lag, als hätten seine ursprünglichen Bewohner im 18. Jahrhundert den Anblick der sanft gewellten Rasenfläche nicht mit etwas so Gewöhnlichem wie einer Einfriedung verunstalten wollen.

Kurz nach zwei Uhr morgens stiegen Abi und Vau aus ihrem Wagen, blickten die Straße hinauf und hinunter und liefen rasch über den hell erleuchteten Rasen, bis sie von der Dunkelheit rund um das Hauptgebäude verschluckt wurden.

Sobald sie die Rückseite des Hauses erreicht hatten, stieg Abi vorsichtig die Treppe zur Veranda hinauf und probierte die Hintertür. Sie war offen. Er grinste seinen Bruder an. »Großer Gott, Vau-Vau. Dieser Narr sperrt nachts nicht einmal das Haus ab. Glaubst du, er wusste, dass wir kommen?«

»Das gefällt mir nicht, Abi. Kein Mensch in den Vereinigten Staaten lässt nachts sein Haus offen.«

»Mr. Sabir tut es. Und ich für meinen Teil bin ihm sehr dankbar für diese Zuvorkommenheit.«

Die Zwillinge schlichen durch die Tür und blickten vom Flur die Haupttreppe hinauf.

»Du hast ihn vorhin gesehen, ja? Du bist dir sicher?«

»Eindeutig. Sein Schlafzimmer ist der letzte Raum rechts, unter dem Giebelfenster.«

»Und sonst ist niemand hier?«

»Nein. Er war allein. Und hat sich benommen wie jemand, der allein ist – herumgeräumt, mit Sachen hantiert und so.«

Abi zuckte mit den Achseln. »Verrückt. Verrückt, die Tür offen zu lassen. Was denkt sich der Mann dabei?«

Die Brüder schlichen zum Fuß der Treppe und stiegen nach oben. Auf halber Höhe blieben sie stehen und lauschten, aber das Haus war still wie ein Grab.

»Der Hurensohn schnarcht nicht einmal.«

»Vielleicht schläft er nicht.«

»Morgens um halb drei? Und warum ist dann sein Licht aus?«

»Okay, okay.« Vau blieb vor Sabirs Schlafzimmertür stehen und legte eine Hand auf den Griff.

Abi blieb ein Stück hinter ihm stehen. Ohne ein Geräusch löste er den Schlagstock aus seinem Ärmel. Dann nickte er.

Vau riss die Tür auf.

Abi spurtete zum Bett und warf sich in voller Länge darauf, genau dorthin, wo er den schlafenden Mann vermutete. »Himmel, Vau. Hier ist nichts.«

»Das ist nicht dein Ernst.«

Abi schälte sich aus den Laken und schaltete seine Taschenlampe an. »Jemand hat aber in diesem Bett geschlafen. Geh und sieh im Badezimmer nach. Dann durchsuchen wir das restliche Haus.« Ohne sagen zu können, warum, hatte Abi schon jetzt den Eindruck, dass das Haus leer war.

»Im Bad ist er auch nicht.«

»Bist du dir sicher, dass kein Wagen weggefahren ist, während ich geschlafen habe? Bist du dir sicher, dass er uns nicht gesehen hat?«

»Herrgott, Abi, natürlich ist er nicht weggefahren! Ich hätte es dir gesagt. Sein Wagen steht noch in der Garage.«

»Vielleicht macht er einen Spaziergang. Vielleicht schleicht er jede Nacht über den Gartenzaun und bumst die Frau des Nachbarn.«

Vau schüttelte den Kopf. »Nein. Ich habe gesehen, wie er sich zum Schlafengehen fertig gemacht hat. Ich habe sogar das Fernglas benutzt, um mich zu überzeugen, dass er es war. Die Vorhänge waren die ganze Zeit weit offen. Dem Mann scheint es egal zu sein, ob ihm jeder zuschauen kann, der will.«

»Dann lass uns unten nachsehen. Vielleicht hat er ein Arbeitszimmer. Oder einen Ankleideraum mit einem zusätzlichen Bett darin.«

Vau verzog das Gesicht. »Solche Zusatzbetten haben nur Männer, die eine Erholung von ihrer Frau brauchen. So wie Monsieur, unser Vater, weißt du noch? Sabir hat keine Frau. Er lebt allein.«

Nach zehn Minuten wütender Suche hatten sich die Brüder davon überzeugt, dass Sabir nicht im Haus war.

Abi warf den Kopf in den Nacken und atmete geräuschvoll aus. »Also gut. Lass uns etwas Konstruktives tun. Wir sehen nach, ob er etwas aufgeschrieben hat. Auf diese Weise gehen wir wenigstens nicht mit leeren Händen.«

»Und was machen wir dann?«

»Wir brennen das Haus nieder. Das wird ihn auf Trab bringen.«

4 Sabir war es beinahe gelungen, einzudösen, als er das Licht in seinem Arbeitszimmer angehen sah. Im ersten Moment wollte er seinen Augen nicht trauen. Dann kletterte er aus seiner Hängematte und stand schaukelnd vor Müdigkeit auf dem Rasen.

Jemand brach in sein Haus ein. Zuerst verursachte ihm dieser Umstand einige Verwirrung. Was sollte er tun? Wen sollte er anrufen? Sein Handy lag oben in seinem Schlafzimmer, und er stand in einer kühlen und windigen Oktobernacht barfuß und im Pyjama in seinem Garten. Geht's eigentlich noch dümmer?, fragte er sich.

Waffen?

Er hatte keine. Was für ein Idiot er war. Er hatte nicht einmal ein paar Pantoffeln, mit denen er einen an sich harmlosen Einbrecher hätte verhauen können. Und erst recht sah er sich nicht in der Lage, Männern, die möglicherweise bewaffnet waren, mit einem Gartenrechen Paroli zu bieten.

Er war gerade dabei, vom Haus in Richtung Hauptstraße zu schleichen, als ihn ein instinktives Gefühl stehen bleiben ließ. Vielleicht war es die Erinnerung an eine andere Nacht fünf Monate zuvor, als er hinter einer Sanddüne in der Camargue gekauert und ein ähnliches Haus beobachtet hatte, das bis auf den opalisierenden Schein eines Kerzenkreises ebenfalls in völliger Dunkelheit gelegen hatte.

Damals hatte das Kerzenlicht die von einer Kapuze verhüllte Gestalt seiner Blutschwester Yola Samana hervortreten lassen, die mit einer Schlinge um den Hals auf einem dreibeinigen Hocker balancierte, während ein teilnahmsloser Achor Bale im Dunkeln saß und sie beobachtete, wie er vielleicht ein angebundenes Lamm während einer mitternächtlichen Tigerjagd beobachtet hätte.

Jedenfalls genügte das plötzliche, unerwünschte Echo aus der jüngeren Vergangenheit, damit Sabir in seiner Flucht innehielt und seine Position überdachte. Er schlich zurück zur Sommerhauswand und zischte nervös durch die Zähne. Er sah deutlich die riesigen Schatten von zwei Männern an der Decke seines Arbeitszimmers. Einbrecher? Nie im Leben. Einbrecher spazierten nicht im Haus ihres Opfers herum und schalteten das elektrische Licht ein. CIA? FBI? Steuerfahndung? Wer zum Teufel gab sich sonst noch selbst das Recht, ehrliche Bürger mitten in der Nacht zu Hause zu besuchen? Plötzlich wusste Sabir genau und mit großer Bestimmtheit, wer die Männer waren, wonach sie suchten und warum sie danach suchten.

Und in diesem Moment fiel ihm die alte Flinte seines Vaters ein. Seit seiner Kindheit war sie im Weinkeller unter der Treppe aufbewahrt worden, wo sie mit dem Lauf nach unten am Abzugsbügel an einem Fleischerhaken hing. Sabir hatte seit dem Tod seines Vaters vor drei Jahren nichts im Haus verändert – er hatte nie einen Grund dafür gesehen. Wenn der Abzugsbügel also nicht in der Zwischenzeit durchgerostet war, musste die Flinte vermutlich noch dort sein.

Sabirs plötzliche Konzentration auf das Gewehr und auf die Unverletzlichkeit des Hauses seiner Familie half ihm, sich zusammenzunehmen und seinen Mut neu zu beleben. Wenn diese Männer von der Comtesse kamen, wie er vermutete, hatte er keine andere Wahl, als sie zu stellen. Sie waren *sein* Problem, sein Problem ganz allein. Den Teufel würde er tun und um drei Uhr morgens im Pyjama die Hauptstraße entlangschlurfen, um seine Nachbarn zu wecken.

Sabir wusste aus seiner Zeit als Journalist beim New England Courier, dass das Gesetz in Massachusetts drakonische Strafen für Einbruch vorsah – für bewaffneten Einbruch gab es mindestens fünfzehn Jahre Gefängnis, und selbst wenn man nicht bewaffnet war, konnte es einem fünf Jahre einbringen, irgendwo einzusteigen. Und er hätte gewettet, dass die Gesandten der Comtesse nicht unbewaffnet gekommen waren.

Auf dem Weg zum Keller begann er in Gedanken zu üben, wie er die Sache am besten anging.

5 Vau richtete sich auf, nachdem sie Sabirs Arbeitszimmer gründlich durchsucht hatten, und drehte sich zu seinem Bruder um. »Sabir muss alles im Kopf aufbewahren. Hier drin ist nichts von Interesse.«

»Hast du wirklich etwas anderes erwartet?«

Vau zuckte mit den Achseln. »Um die Wahrheit zu sagen, habe ich gar nichts gedacht. Was mich angeht, sind wir nur hier, um uns an Rochas Mörder zu rächen.«

»Immer der gemeine Soldat, nie der Hauptmann, was?«

»Du kannst über mich lachen, so viel du willst, Abi. Aber ich weiß, wo ich stehe. Ich bin Madame, unserer Mutter, und Monsieur, unserem Vater, dankbar dafür, dass sie mich adoptiert haben. Ich bin dankbar für den Titel, den ich geerbt habe, und noch dankbarer für das Geld, das damit einhergeht. Klügere Leute als ich können Strategien ausarbeiten, Prophezeiungen interpretieren und das Nahen von Armageddon beschleunigen – oder was immer wir tun sollen. Ich dagegen befolge nur Befehle.«

Abi lümmelte mit ausgestreckten Armen an Sabirs Schreibtisch. Er musterte seinen Bruder von Kopf bis Fuß, und ein Lächeln spielte um seine Mundwinkel. »Ich nehme an, du erzählst mir jetzt gleich, dass du ein glücklicher und zufriedener Mensch bist.«

»Glücklich? Zufrieden? Davon weiß ich nichts. Aber eines weiß ich bestimmt.« Er zögerte kurz, als würde er seine Gedanken nach einer langen Pause sammeln. »Ich werde dir jetzt etwas gestehen, Abi. Etwas, worauf du vielleicht einen Dreck gibst. Aber ich erzähle es dir trotzdem.«

Abi legte den Kopf aufmunternd zur Seite. Er amüsierte sich eindeutig.

Vau holte so tief Luft, als wollte er hundert Meter tauchen, ohne andere Hilfsmittel als eine Nasenklammer und Flossen zu benutzen. »Du bist der einzige Mensch, der mir wirklich etwas auf dieser Welt bedeutet, Abi. Der einzige. Und das nicht, weil du etwas Besonderes wärst – glaub das bloß nicht –, sondern weil wir im Innersten verbunden sind. Du bist mein Zwillingsbruder. Wir waren bei der Geburt sogar zusammengewachsen, heißt es. Außerdem bist du klüger als ich, Abi, das muss ich dir lassen. Und schneller. Aber du wirst nie jemanden finden, der aufrichtiger zu dir ist als ich, und wenn du tausend Jahre suchst.«

»Der König der unlogischen Folgerung schlägt wieder zu!«

Abi tat, als würde er von einem unerwünschten Bewunderer an die Wand gedrängt. Dann wurde seine Miene ernster. »Warum erzählst du mir das, Vau? Und warum hier?«

»Weil ich mir Sorgen um dich mache, Abi. Ich glaube, du fängst an, zu viel Gefallen an all dem zu finden. Ich glaube, du bist allmählich wirklich davon überzeugt, dass du etwas Besonderes bist – etwas außerhalb und über der Norm. Dass moralische Gesetze nicht mehr für dich gelten. Du wirst wie Rocha, anders ausgedrückt. Du wirst zu einem Monster. Schau uns doch an. Wir stehen hier in voller Festbeleuchtung wie zwei Christbäume, in einem fremden Land in einem Haus, das uns nicht gehört – und das wir in Kürze abfackeln werden, verdammt noch mal. Und du scheinst zu glauben, das ist in Ordnung so. Dass das alles noch irgendwie normal ist.«

Abi drehte sich auf der Stelle einmal im Kreis – gegen den Uhrzeigersinn – und schlug in gespielter Ehrfurcht mit den Händen wie ein Zeichentrick-Guru. »Aber es ist normal, Vau. Siehst du nicht die Schönheit darin?«

»Schönheit?«

»Ja, Schönheit. Lass es mich dir erklären, Vau-Vau. Lass mich dir einen Text aus der Guten Nachricht vorlesen.« Abi tat, als würde er ein Buch aufschlagen. »Ferne Vorfahren von Monsieur, unserem Vater, erhielten die heilige Aufgabe von Frankreichs größtem und am meisten verehrtem König – einem König, den der Vatikan später per Volksakklamation heiligsprach –, das französische Reich vor dem Teufel zu beschützen. So weit, so einfach, oder? Aber die Aufgabe sollte nicht mit dem Tod des Königs enden. Nein. Sie gilt bis heute.«

»Sagt wer?«

Abi seufzte herablassend. »Sagen du und ich. Die Tatsache, dass der Rest der Gesellschaft nicht mit uns im Gleichklang ist, dass Frankreich keine Monarchie mehr ist und all diese atheistischen Idioten nicht mehr an den Teufel glauben – das alles ist vollkommen belanglos.« Abi grinste. »Die anderen sind die

Monster. Die Leute, die sich weigern, zu handeln. Diese verdammten wandelnden Opfer. Die Leute, die niemals ins Niemandsland hinübergewechselt sind und in einer fremden Herde gewildert haben.« Abi zeigte auf seinen Bruder. »Wir sind die Jäger, Vau – du und ich. Und sie sind unsere Beute. Wir sind dank des Verdikts des heiligen Ludwig frei in unserem Handeln. Das ist alles, was wir an moralischer Rechtfertigung brauchen. Jetzt schlag diesen Stuhl klein und schichte das Holz hier auf. Wir müssen ein Feuer machen.«

Sabir hatte genug gehört. Schrot oder kein Schrot, er konnte nicht zulassen, dass diese Verrückten das Haus seines Vaters anzündeten. Er war vergeblich im Weinkeller herumgekrochen und hatte nach einer Schachtel Munition gesucht. Die Flinte selbst war allerdings genau dort gewesen, wo er sie vermutet hatte. Wenn er das Heim seiner Familie vor der Zerstörung bewahren wollte, würde er die Waffe einfach zur Abschreckung einsetzen müssen. Die beiden konnten schließlich nicht in die beiden Läufe der Flinte blicken, um zu überprüfen, ob sie geladen war, oder?

Er trat die Tür zum Arbeitszimmer auf und brachte die Flinte in Anschlag. Aus der Unterhaltung der beiden Männer hatte er herausgehört, dass sie Zwillinge waren, dennoch war er nicht auf die unheimliche Ähnlichkeit zwischen ihnen vorbereitet. Es war, als würde man in die Bruchstücke eines zersprungenen Spiegels schauen.

Der eine der beiden, der sich Vau nannte, ging bereits daran, den halbrunden Rücken vom Lieblingsstuhl seines Vaters abzubrechen.

»Lass den Stuhl fallen. Ihr werdet hier gar nichts anzünden.« Sabir blieb mit dem Rücken zur Tür stehen. Er hatte für sich beschlossen, falls einer der beiden Männer zum Angriff auf ihn überging, würde er einfach die Flinte nach ihnen werfen, auf dem Absatz kehrtmachen und so schnell wie möglich aus dem Haus rennen.

Beide Männer erstarrten. Der eine namens Abi erholte sich als Erster. »Ich nehme an, Sie wollen, dass wir die Hände heben und uns an die Wand stellen, wie sie es in den Filmen immer machen?«

»Ich will, dass ihr euch auf den Boden legt. Dann will ich, dass ihr eure Gürtel öffnet und die Hosen bis auf die Knöchel hinunterschiebt.«

»Großer Gott, Vau. Der Bursche ist schwul.«

»Tut es einfach. Aus dieser Entfernung kann ich euch in Stücke schießen, ohne dass ich auch nur den Lauf wechseln muss.« Adam Sabir hob die Flinte und zielte auf Abis Kopf. Es war schnell deutlich geworden, wer von den beiden das Kommando führte.

Die Zwillinge sanken langsam auf die Knie. Mit demonstrativem Widerstreben lösten sie ihre Gürtelschnallen, streiften die Hosen nach unten und streckten sich auf dem Boden aus. »Und jetzt, Sabir? Vergewaltigen Sie uns jetzt?«

»Das überlasse ich den Häftlingen in Cedar Junction. In fünfzehn Jahren könnt ihr ein Buch über eure Erlebnisse schreiben. Wird sicherlich ein Bestseller. Ihr könnt es ›Ist unser Strafvollzug für den Arsch?‹ nennen.«

»Hast du das gehört, Vau? Der Bursche hat eine Menge Humor. Das soll wohl bedeuten, dass Sie die Polizei rufen.«

»Was glaubt ihr denn?«

»Hören Sie. Wir sind nur hier, um Informationen zu beschaffen. Wir sind nicht einmal bewaffnet. Wenn Sie uns geben, was wir wollen, lassen wir Sie in Frieden.«

»Du machst wohl Witze.«

»Verraten Sie uns zumindest, wer Sie vor unserem Kommen gewarnt hat. Denn irgendwer hat Sie gewarnt. Sie können unmöglich rein zufällig gerade das Zimmer verlassen haben, als wir Ihnen einen Besuch abstatten wollten.«

Sabir zögerte. Jetzt, da die Zwillinge sicher auf dem Boden lagen, wusste er nicht mehr recht, wie er sich mit heiler Haut und intakter Würde wieder aus der ganzen Situation herausmogeln sollte. »Niemand hat mich gewarnt.« Er bewegte sich ein Stück weiter in den Raum und machte einen seitlichen Schritt zum Telefon.

»Blödsinn. Wir haben gesehen, wie Sie ins Bett gegangen sind. Wir beobachten dieses Haus seit zwölf Stunden. Jemand hat Sie gewarnt.« Abi wandte sich an seinen Bruder. »Hey, Vau, ich weiß, wer es war. Es war dieses Schwein von Polizist. Der Lamia entführt hat. Der, von dem Madame, unsere Mutter, behauptet, er hätte erfolglos versucht, unser Treffen abzuhören. Aber wie zum Teufel konnte er wissen, dass wir hier rüberkommen?«

Vau sah seinem Bruder in die Augen. Dann wandte er den Blick ab.

»Es war unsere Schwester, das Miststück, oder? Ich hätte sie umbringen sollen, als ich die Gelegenheit dazu hatte.« Abi erhob sich vom Boden. Er zog sich die Hose hoch und machte den Gürtel zu, als wäre Sabir gar nicht mehr im Raum. »Steh auf, Vau. Ich habe alle Informationen, die ich brauche. Der Hurensohn hier wird uns in hundert Jahren nicht erschießen. Er hat nicht den Mumm dazu. Und ich warte hier nicht mit heruntergelassener Hose, bis er genügend Mut aufbringt, die Polizei zu rufen.«

»Keinen Schritt weiter, de Bale.«

»Lecken Sie mich am Arsch, Sabir.« Abi machte einen Schritt in Richtung Tür. »Sie haben Ihr Haus gerettet. Geben Sie sich damit zufrieden. Jammerschade zwar – es geht nichts über ein anständiges Feuer. Aber das müssen wir auf ein andermal verschieben.«

Sabir hielt das Gewehr weiter auf Abi gerichtet. Er wusste nicht, was er sonst hätte tun sollen.

Vau schloss sich seinem Bruder an und ging ebenfalls zur Tür.

»Schauen Sie, jetzt können Sie uns beide mit einem Lauf

erledigen. Aber es würde Ihnen schwerfallen, es zu erklären, nicht wahr? Und Sie hätten die unangenehme Aufgabe, ein paar Dinge hier neu zu arrangieren, ehe die Polizei eintrifft. So etwas erfordert einen kühleren Kopf als Ihren.«

»Wovon reden Sie?«

»Was glauben Sie denn? Die Hintertür war offen. Sie haben uns sogar selbst hereingelassen. Nirgendwo eine Spur von Einbruch. Und wie Sie sehen, sind wir nicht bewaffnet.« Abi hatte den Schlagstock zehn Minuten zuvor, nachdem sie das Schlafzimmer leer vorgefunden hatten, wieder im Ärmel verschwinden lassen. »Nein. Wir sind den weiten Weg in die Vereinigten Staaten gereist, um Ihnen für den Tod unseres Bruders zu vergeben. Um einen Schlussstrich zu ziehen. Aber Sie sind plötzlich verrückt geworden, genau wie Ihre Mutter, und haben uns mit einem Gewehr bedroht. Überlegen Sie, wie sich das vor einem Gericht ausnehmen würde – vor allem, da Sie vor gerade fünf Monaten in Frankreich des Mordes verdächtigt wurden und auf der Flucht waren. So etwas bleibt hängen, Sabir. Und Scheiße stinkt nun mal.«

Sabir griff nach dem Telefon. Was blieb ihm sonst zu tun? Mit einem leeren Gewehr abdrücken? Wäre die Waffe geladen gewesen, hätte er der Versuchung kaum widerstehen können, den Kerlen eins auf den Pelz zu brennen, und sei es nur wegen der Anspielung auf seine Mutter. Aber wie die Dinge lagen, konnte er nur zusehen, wie sie aus der Tür verschwanden, während er drei wahllose Tasten auf dem Telefon drückte.

Sobald die Zwillinge unten waren und er die Hintertür zufallen hörte, legte Sabir den Telefonhörer wieder auf.

Er würde in diesem besonderen Fall keine Polizei rufen.

6 Sabir stand an seinem Schlafzimmerfenster und sah die Zwillinge in ihren Wagen steigen, den Motor hochjagen und, wie vorherzusehen, mit quietschenden Reifen davonbrausen.

Er drehte sich um und warf die nutzlose Schrotflinte auf das

Bett. Dann legte er sich daneben und schloss die Augen. Gott, wenn er nur hätte schlafen können. Stattdessen lag er wach, während die Adrenalinflut, die durch die Gewalttätigkeit der letzten Viertelstunde ausgelöst worden war, langsam aus seinem Blutkreislauf schwand.

Eines stand fest: Von nun an war dieses Haus so gut wie gestorben für ihn. Selbst ein Schwachsinniger hätte das erkannt. Einen festen Stützpunkt wie das Haus beizubehalten, während ihm Achor Bales Brüder auf den Fersen waren, hätte ihn viel zu angreifbar gemacht.

Nein. Er würde in Bewegung bleiben und jede Information, die er brauchte, im Kopf transportieren müssen. Merkwürdigerweise machte Sabir der Gedanke, wieder auf der Flucht zu sein, nicht allzu viel zu schaffen. Im Geiste war er bereits jetzt weit von Stockbridge entfernt.

Sehr zu seiner Überraschung war seine Untersuchung der zweiundfünfzig verschollenen Vierzeiler von Nostradamus in den letzten Wochen sprunghaft vorangegangen, und er brannte zunehmend darauf, seine neuen Theorien vor Ort zu überprüfen. Mit ein wenig Glück konnte er vielleicht genügend Material für ein Buch aus dem Ganzen quetschen.

Als ihn Hauptmann Joris Calque von der Police Nationale de France seinerzeit im Krankenhaus besucht hatte, war er nicht mit Weintrauben gekommen. Der Mann hatte nach Gründen geforscht, warum Achor Bale, der Sohn der Comtesse, Sabir und seine beiden Zigeunerfreunde Alexi Dufontaine und Yola Samana so entschlossen und blutrünstig quer durch Frankreich verfolgt hatte.

Sabir hatte sich zunächst geweigert, ihn aufzuklären. Dann hatte ihn Calque an die Opfer erinnert, die sein Assistent Paul Macron und Sergeant Spola bei dem Bemühen gebracht hatten, Sabir und seine Freunde am Leben zu halten. Sabir hatte widerwillig anerkennen müssen, dass Calque ihnen dreien gegenüber fair gespielt hatte. Zumindest aus seiner Sicht.

Er hatte schließlich Mitleid mit dem Mann bekommen und ihm erklärt, dass er glaube, Nostradamus' zweiundfünfzig Vierzeiler würden einen zweiundfünfzig Jahre währenden Vorlauf auf das Datum eines möglichen Armageddon hin ergeben. Und dass dieser Zyklus seiner Ansicht nach 1960 begonnen habe, was auf ein mögliches Enddatum 2012 hindeute und verflucht genau mit der großen Zeitenwende der Maya übereinstimmte, die nach ihrer Langen Zählung am 21. Dezember ebendieses Jahres stattfinden sollte.

Er hatte weiter erklärt, dass jeder Vierzeiler des Zyklus auf die Ereignisse in einem bestimmten Jahr des Vorlaufs hinzuweisen schien – die französischen Atombombentests in Algerien, das Ende der britischen und französischen Kolonialreiche, die Berliner Mauer, Yuri Gagarins Reise ins All, die Ermordung der Kennedybrüder, die chinesische Kulturrevolution, der israelisch-arabische Sechstagekrieg, die Niederlage der USA in Vietnam, der Völkermord in Kambodscha, das Erdbeben von Mexico City, der erste und zweite Golfkrieg, die World-Trade-Center-Katastrophe vom 11. September, die Überschwemmung von New Orleans, der Tsunami im Indischen Ozean, die Ölpest im Golf von Mexiko.

Nach Sabirs Theorie hatte der Seher angenommen, dass das genaue Enddatum des Zyklus mit jedem Ereignis klarer werden würde, das sich gemäß seinen Vorhersagen einstellte, sodass die Weltbevölkerung es zu akzeptieren lernen und, falls möglich, etwas dagegen unternehmen konnte. Dieser Teil von Nostradamus' Masterplan hatte offenkundig nicht ganz so funktioniert wie von ihm beabsichtigt.

Vor seinem Tod hatte Nostradamus eindeutig seine Hoffnung zum Ausdruck gebracht, dass die achtundfünfzig verborgenen Prophezeiungen – wobei sechs davon als Schlüssel und Hinweise auf die verbleibenden zweiundfünfzig dienten – weit vor Beginn des 21. Jahrhunderts gefunden sein würden. Er hatte offenbar gedacht, dass auf diese Weise eine gespannt erwartungsvolle Welt bis zum radikalen Ende offen für die Botschaft sein würde, die er zu verkünden suchte. Und Sabir glaubte inzwischen zu ahnen, was diese Botschaft war.

Er allein wusste, dass die für 2009 bestimmte Prophezeiung den Aufenthaltsort eines neuen Visionärs zu beschreiben schien, der das Enddatum entweder bestätigen oder korrigieren würde – eine Person, die fähig war, in die Zukunft zu sehen und die Informationen, die sie dort fand, zu bündeln. Nur diese Person konnte der Welt sagen, was sie erwartete – Erneuerung oder Apokalypse.

Die Prophezeiung für das Jahr 2010 beschrieb dann Geburt und Identität des wiedergeborenen Christus – diese Information behielt Sabir strikt für sich. Es musste eindeutig einen Grund geben, warum Nostradamus seine Prophezeiungen den Zigeunern zur sicheren Aufbewahrung anvertraut hatte, und dieser Grund war, dass der wiedergeborene Christus aus der direkten Linie der Hüter der Prophezeiungen auf die Welt kommen sollte.

Das Kind war inzwischen unterwegs, und Yola, Sabirs Blutsschwester, sollte seine Mutter sein. Sie hatte das Kind am Strand von Cargèse auf Korsika empfangen, nachdem sie – wenngleich vollkommen freiwillig – von ihrem Angebeteten Alexi Dufontaine entführt worden war. Yola hatte Sabir anvertraut, dass sie das Kind im selben Moment empfangen habe, in dem sie ihre Unschuld verlor, während gerade eine vorbeifliegende Schar Enten ihren Schatten auf das sich liebende Paar geworfen hatte. Später war ein Hunderüde am Strand auf sie zugelaufen und hatte ihre Hand geleckt – deshalb wisse sie, dass sie einen Sohn bekommen werde.

Nostradamus hatte die Prophezeiungen genau deshalb der Obhut der Familie Samana anvertraut, um sie vor ihren unbeabsichtigten Folgen zu schützen. Der Umstand, dass Christus aus der Mitte des am meisten gehassten, geschmähten und diskriminierten Teils der Bevölkerung wiedergeboren werden sollte – aus einem Volk ohne eigenes Land und ohne eindeutige Identität –, würde einen notwendigen Teil des Heilungsprozesses ausmachen. Die Zigeuner waren ein Nomadenvolk, das von allen etablierten Kulturen gemieden und klein gehalten wurde. Optimistisch wie er war, hatte Nostradamus offenbar kalkuliert, dass die Welt, sollte sie je einen Erlöser aus diesem Volk akzeptieren, per definitionem erst die Tugenden der Toleranz und des Miteinanders gelernt haben musste.

Sabir schüttelte verzweifelt den Kopf. Eindeutig war die Welt noch nicht so weit. Toleranz und Miteinander standen so wenig auf der Tagesordnung wie zu Nostradamus' Zeiten. Die Leute gaben Lippenbekenntnisse zu rassischer und religiöser Toleranz und zu Fairplay ab, doch wenn sie ihren eigenen Vorteil bedroht sahen, schalteten sie rasch auf Protektionismus und nationale Abschottung um – »Ausländer raus« schien noch immer das Motto zu sein, wenn es hart auf hart ging. Und deshalb würde nichts auf der Welt Sabir je dazu bringen, Yolas wahre Identität und ihren Aufenthaltsort und folglich die Identität ihres Sohns preiszugeben. Weder gegenüber Calque noch irgendwem sonst.

Die für 2011 vorgesehene Prophezeiung schien den dritten Antichrist zu beschreiben – eine Person, die, wenn ihr nicht Einhalt geboten wurde, den finalen Holocaust von 2012 auslösen würde. Auch dies musste geheim gehalten werden.

Aber Sabir brauchte etwas, das er seinem Verleger und der Öffentlichkeit insgesamt verkaufen konnte. Einen risikolosen Aufhänger für seine Geschichte. Ein Lockmittel. Und am meisten versprach er sich von einem Bericht über seine Suche nach dem einzigartigen Visionär, von dem Nostradamus in seiner Prophezeiung für 2009 gesprochen hatte. Eine Person, die sich offenbar so in Einklang mit dem verfilzten Gewebe der Zeit befand, dass sie dessen Fäden entwirren und die Zukunft daraus lesen konnte.

Falls diese Person existierte, würde Sabir sie finden. – Zum

Teufel mit der Comtesse, dem Corpus maleficus und den de-Bale-Zwillingen samt ihren ganzen kindischen, unklaren und belanglosen Rachetheorien.

7 Sabir richtete sich auf, nachdem er unter seinem drei Jahre alten Grand Cherokee nachgesehen hatte. Die Garage war fest verschlossen gewesen. Er glaubte nicht, dass die Zwillinge irgendwie an seinen Wagen herangekommen sein konnten.

Dennoch, gewarnt sein heißt gewappnet sein. Sowohl Achor Bale als auch die französische Polizei hatten bei ihrer Verfolgung von Sabir und seinen Freunden in Frankreich Peilsender eingesetzt. Sabir hatte nie zuvor mit solchen Geräten zu tun gehabt, aber er würde sie bestimmt nicht noch einmal übersehen. Er musste seinen Wagen zum Flughafen bringen, und der Wagen musste sauber sein. Das Letzte, was er gebrauchen konnte, war, dass die Zwillinge seine Spur bis nach Saudi-Arabien verfolgten.

Er schloss die Garage hinter sich ab, aktivierte das Alarmsystem und trottete zum Haus zurück. Seit den Ereignissen der Nacht zuvor hatte er sich angewöhnt, die Schrotflinte überallhin mitzunehmen, wobei er hoffte, seine Nachbarn würden ihn nicht für komplett übergeschnappt halten und die Polizei rufen. Für diesen Fall hatte er sich eine halbwegs plausible Geschichte von einem Opossum ausgedacht, das seine Telefonleitung durchgebissen habe, doch auf die brauchte er gar nicht zurückzugreifen, denn seine militaristische Reinkarnation schien keinem seiner Nachbarn aufzufallen.

Im Haus warf er ein paar Sachen zum Anziehen in eine Reisetasche und suchte seine Reserve an Reiseschecks, seine Kreditkarten, seinen Pass und das Ladegerät für sein Handy zusammen. Dann hängte er die Schrotflinte wieder an ihren Fleischerhaken im Weinkeller, verschloss das Haus so gut es ging und machte sich auf den Weg zur Garage.

Auf halber Strecke verlangsamte er seinen Schritt und bereitete sich darauf vor, loszurennen: Ein Wagen stand vor dem Garagentor und blockierte es.

Sabir blickte sich rasch um. Sie würden ihn doch wohl nicht hier im Freien angreifen?

Die Fahrertür des Wagens ging auf, und ein vertrautes Gesicht erschien über dem Dachgepäckträger.

»Hauptmann Calque! Du meine Güte. Ihretwegen hätte ich fast einen Herzinfarkt bekommen. Ich dachte, das wären die Zwillinge wieder. Was zum Teufel tun Sie denn hier?«

»Die Zwillinge?« Calque entfernte sich ein Stück vom Wagen, seine Miene nahm eine neue Dringlichkeit an. »Die Zwillinge waren bereits hier? Und Sie leben noch?«

»Wie es das Glück wollte.« Sabir ging weiter auf ihn zu. Er warf einen Blick in das Auto. Es war leer. »Ist das ein offizieller Besuch? Um noch offene Fragen zu klären?«

Calque ließ den Blick die Straße hinauf und hinunter schweifen. »Nein. Ich bin in den vorzeitigen Ruhestand gegangen. Wurde als dienstuntauglich entlassen. Jetzt arbeite ich auf eigene Rechnung.«

»Sie? Dienstuntauglich entlassen? Ich dachte, man würde Sie in einer Zwangsjacke aus dem Büro schaffen müssen.« Sabir legte den Kopf schief. »Aber was tun Sie hier? Sind Sie auf Urlaub? Vielleicht, um die Herbstfarben anzuschauen?« Sabir runzelte die Stirn. »Himmel, Calque, Sie sind keiner, der wegen des schönen Herbstlaubs kommt, oder?«

Calque schüttelte den Kopf. Der sarkastische Unterton in Sabirs Fragen war ihm nicht entgangen. »Nein, ich bin nicht wegen des schönen Herbstlaubs hier – ich bin hier, um Sie zu warnen. Und es schien keine andere Möglichkeit zu geben, als es persönlich zu tun; ich bin davon ausgegangen, dass es Ihnen lieber ist, wenn ich nicht über das örtliche Polizeirevier mit Ihnen Kontakt aufnehme.« Calque hatte unerwartet wieder auf Polizeiton geschaltet. »Wieso lassen Sie Ihr verdammtes Handy nicht angeschaltet, Mann? Und warum antworten

Sie nicht auf Ihre Nachrichten? Sie müssen ja eine regelrechte Todessehnsucht haben.«

Sabir zuckte nichtssagend mit den Schultern, um den Umstand zu verschleiern, dass ihn Calques Tonfall ein wenig erschreckte. »Das ist eine lange Geschichte. Im Wesentlichen geht es darum, dass ich nachts nicht schlafen kann. Deshalb lasse ich tagsüber alles ausgeschaltet, damit mich das verdammte Telefon nicht weckt, falls es mir gelingt, doch einmal ein wenig wegzudösen.« Er zögerte. »Wenn das kein offizieller Besuch ist, Hauptmann, was ist es dann? Und woher wissen Sie von den Zwillingen?«

Calque stieß das Kinn in Richtung seines Wagens. »Steigen Sie ein, dann erzähle ich es Ihnen.«

8 »Das Red Lion Inn? Sie wohnen im Red Lion Inn?«

»Was ist daran so merkwürdig?« Calque konzentrierte sich auf das Fahren – er war eindeutig nicht an Handschaltung gewöhnt.

»Ist Ihnen nicht klar, dass Sie Herbsttarife bezahlen? Sie hätten bei mir wohnen können. Ich habe mehr als genug Platz.«

»Herbsttarife? Was ist das denn?«

»Himmel, Calque, haben Sie vorhin nicht zugehört? Um diese Jahreszeit erhöhen die Hotels und Gästehäuser ihre Preise um bis zu fünfundsiebzig Prozent wegen der Leute, die kommen, um die Herbstfarben zu bestaunen.«

Calque zuckte mit den Schultern. »Es war nicht meine Idee, sondern die meiner Begleiterin.«

»Ihrer Begleiterin? Sie sind mit einer Freundin gekommen?«

»Gewissermaßen, ja.«

Sabir schüttelte den Kopf. Er drehte sich nervös in seinem Sitz um.

»Alles in Ordnung, Sabir. Wir werden nicht verfolgt.«

»Wissen Sie das genau?«

»Ich bin ein Profi. Ich habe die ganze Zeit geschaut. Außerdem spielt es ohnehin keine Rolle. Wir bleiben an öffentlichen Orten. Wir müssen nur reden.«

Die beiden Männer stiegen aus Calques Wagen. Die Fahrt zum Gasthof hatte insgesamt acht Minuten gedauert.

Sabir nickte dem Angestellten am Empfang zu, als sie die Eingangshalle durchquerten.

»Man kennt Sie hier?«

»Ich habe mein ganzes Leben hier verbracht, Calque. Ich bin vielleicht drei Meilen weiter oben an der Straße zur Welt gekommen.«

»Es ist schön, irgendwohin zu gehören.« Calques Aufmerksamkeit galt jedoch etwas anderem. Er hatte Lamia auf einem der Sofas in der Nähe eines offenen Kamins sitzen sehen. »Kommen Sie. Ich möchte Ihnen jemanden vorstellen.«

Als Sabir Lamias Gesicht erblickte, zuckte er zurück, als wäre er aus Versehen in einen elektrischen Zaun gestolpert.

Calque sah ihn entsetzt an. »Sie kennen sich?«

Lamia blickte zu Boden, erkennbar verlegen wegen Sabirs Reaktion.

Sabir holte tief Luft. »Nein, nein. Wir sind uns nie begegnet. Es tut mir leid. Es war nur ein kleiner Schreck.«

Lamia stand auf, der unversehrte Teil ihres Gesichts war immer noch gerötet wegen Sabirs Reaktion. »Ich weiß, dass ich kein schöner Anblick bin. Aber nur wenige Menschen reagieren so auf mich wie Sie gerade.«

Sabir spürte, wie sich Calques kritischer Blick in seinen Rücken bohrte. »Es liegt nicht an Ihrem Gesicht. Bitte glauben Sie das nicht.«

»Woran dann?«

»Ich habe Sie in einem Traum gesehen.«

»Wie bitte?«

Sabir drehte sich flehentlich zu Calque um. »Vielleicht hat der Hauptmann erklärt, was uns zu Beginn dieses Sommers widerfahren ist?«

Calque deutete mit einer abwärtsgerichteten Armbewegung an, dass sie sich alle setzen sollten. Er sah Sabir so böse an, als hätte er ihm am liebsten einen der Hotelsessel über den Schädel gezogen. »Darf ich vorstellen: Lamia de Bale – Adam Sabir.«

Sabir setzte sich nicht. Er stand da und blickte auf Calque hinunter. »De Bale? Sie ist eine de Bale? Großer Gott, Calque, haben Sie den Verstand verloren?«

Calque machte erneut eine scharfe Handbewegung. »Sehe ich so aus? Mademoiselle de Bale war mir in den letzten Tagen eine außerordentliche Hilfe. Sie ist, wie die Dinge liegen, mit dem Rest ihrer Familie über Kreuz. Ihr Leben ist genau wie Ihres in unmittelbarer Gefahr. Also setzen Sie sich bitte und geben Sie sich zumindest den Anschein, ein zivilisierter Mensch zu sein.«

Sabir ließ sich in einen Sessel fallen. Er konnte die Augen nicht von Lamias Gesicht nehmen. »Es tut mir leid. Ich habe von Ihnen gehört. Habe gehört, wie Ihr Name fiel. Ich weiß jetzt, wer Sie sind.«

Lamia fuchtelte mit einer Hand verlegen vor ihrem Gesicht herum. »Das wäre dann ja in Ordnung. Soll ich mich vielleicht verschleiern? Wie eine Muslima? Damit Sie mich nicht gar so anstarren müssen?«

Sabir schüttelte heftig den Kopf. »Es tut mir leid, wahnsinnig leid. Aber es ist nicht, wie Sie denken. Seit diesem Frühsommer, seit ich mit Ihrem Bruder zu tun hatte ...«

»Seit Sie meinen Bruder getötet haben, meinen Sie.«

Sabir wandte den Blick ab, als hielte er nach einem flüchtenden Kellner Ausschau. Dann sah er Lamia in die Augen. »Seit ich Ihren Bruder getötet habe, ja. Das ist formal richtig. Ich habe ihn getötet. Aber wenn ich ihn nicht getötet hätte, hätte er mich getötet. Da, wo ich herkomme, nennt man das gerechtfertigte Notwehr, Mademoiselle de Bale.«

»Ich heiße Lamia, nicht Mademoiselle de Bale. Und glauben

Sie mir, Mr. Sabir, ich mache Ihnen nicht den geringsten Vorwurf, weil Sie meinen Stiefbruder getötet haben. Er war ein tollwütiger Hund, und ich habe ihn gehasst.«

Sabir kam sich vor, als würde er heillos überfordert in den gefährlichen Strömungen eines unbekannten Gewässers herumstrampeln. »Es tut mir leid. Es tut mir wirklich leid, dass es so enden musste.«

»Mir nicht.«

Sabir sah Calque verzweifelt an. Er hatte nicht mehr die leiseste Ahnung, was man von ihm erwartete. Oder warum ihn Calque überhaupt hierhergebracht hatte.

»Ihr Traum. Sie waren dabei, uns von Ihrem Traum zu erzählen, Sabir.«

Sabir sammelte sich. »Ja. Ja, richtig.« Die Worte kamen explosionsartig wie ein Niesen. »Seit ich in diesem Keller war... in der Senkgrube... seit ich, anders ausgedrückt, zu ersticken glaubte, habe ich diese Träume... Albträume, besser gesagt, in denen ich ganz wörtlich in Stücke gerissen werde.« Seine Stimme verlor sich. »Und dann wird mein Kopf von einer Schlange gefressen. Schließlich werde ich selbst die Schlange.« Er begann zu schwitzen. »Es ist verrückt. Ich kann es eigentlich nicht beschreiben. Aber ich habe sie jede Nacht. Es ist so schlimm, dass ich nicht schlafen kann. Deshalb haben mich Ihre Brüder nicht erwischt, als sie letzte Nacht in mein Haus eingedrungen sind. Ich bekomme klaustrophobische Zustände, deshalb verlasse ich fast jede Nacht das Haupthaus und schlafe im Sommerhaus im Garten. Dort ist alles offen. Ich kann den Himmel sehen, ich kann atmen.«

»Sie meinen, die beiden sind in Ihr Haus gekommen, als Sie schon draußen waren? Im Gartenhäuschen?«

»Ja. Verrückt, nicht wahr? Ich habe sogar die hintere Tür offen gelassen. Später, als sie Licht im Haus machten, weil sie glaubten, ich sei ausgeflogen, gelang es mir, sie mit der leeren Schrotflinte meines Vaters zu übertölpeln.«

»Mit einer leeren Schrotflinte?« Calque fiel es offenbar schwer, sich den Vorfall in angemessen schauerlicher Weise auszumalen. »Sie haben die Zwillinge de Bale mit einer leeren Schrotflinte aufgehalten?«

»Niemand kann sagen, ob eine Schrotflinte leer ist oder nicht, verstehen Sie. Es ist nicht wie bei einem Revolver, wo man die Patronen sieht. Oder eben sieht, dass sie fehlen.«

»Danke, ich weiß, wie eine Schrotflinte gebaut ist, Sabir.«

»Jedenfalls sehe ich in diesem Traum auch eine Frau. Sie hat mir den Rücken zugewandt. Sie müssen sich vorstellen, dass ich inzwischen die Schlange bin, und ich nähere mich ihr. Mein Mund ist weit offen. Ich werde den Kopf dieser Frau in meinen Mund nehmen, so wie es die Schlange mit mir gemacht hat. Im allerletzten Moment dreht sich die Frau um, und sie hat Ihr Gesicht, Mademoiselle de Bale.«

»Sie meinen genauso? Mit der Verunstaltung?«

»Ja. Sie hat genauso eine Verunstaltung, wenn Sie es so nennen wollen, wie Sie. Erst hielt ich es für Blut. Eigentlich hielt ich es die ganze Zeit für Blut.«

»Und jetzt ist Ihnen klar, dass es keins ist?«

»Ja.« Sabir senkte den Blick. Er verstand nur zu gut, dass er die Frau verletzt hatte. Auf eine unsichtbare Weise beschädigt. Doch er war immer noch hin- und hergerissen zwischen dem Entsetzen darüber, dass sie Achor Bales Schwester war, und der faszinierenden Vorstellung, dass sie das Lager der de Bales anscheinend hinter sich gelassen und sich auf die Seite der Guten geschlagen hatte – also auf seine und Calques Seite.

»Und was wird aus dieser Frau, die zufällig so aussieht wie ich?«

Sabir schloss kurz die Augen. Dann öffnete er sie wieder und sah Lamia an. »Sie öffnet ihren Mund – sogar noch weiter, als die Schlange ihren Mund öffnen konnte – und dann verschlingt sie mich im Ganzen.«

9 »Saudi-Arabien? Das kann nicht Ihr Ernst sein.«

Sabir warf sich in seinem Sessel zurück. »Und ob das mein Ernst ist. Ich habe es unter allen Aspekten betrachtet, die in Frage kommen, und der Vierzeiler für 2009 scheint direkt dorthin zu deuten.«

»Wären Sie bereit, Ihre Schlussfolgerungen mit uns zu teilen?« Zweimal schon hatte Calque inzwischen nach seinen Zigaretten gegriffen und sie nach tadelnden Blicken des Hotelpersonals wieder weggesteckt.

Sabir sah Lamia an.

Sie bemerkte den Blick und machte Anstalten, aufzustehen. »Wäre es Ihnen lieber, wenn ich den Raum verlasse? Ich kann es absolut verstehen, wenn Sie mich trotz Hauptmann Calques Versicherungen noch immer nicht für vertrauenswürdig halten.«

Sabir bedeutete ihr mit einer Handbewegung, sich wieder zu setzen. »Bleiben Sie nur, wo Sie sind.« Er fing Calques Blick auf und zuckte mit den Achseln. »Sie können es nicht wissen, aber bevor ich Ihre Brüder überlistet habe, konnte ich ihre Unterhaltung belauschen. Einige Minuten lang. Und zusammen mit dem, was sie mir später erzählt haben, wurde mir schnell klar, dass sie glauben, Sie hätten sie verraten, Mademoiselle de Bale. Sie glauben sogar, dass Sie mich – mit Hilfe unseres Freundes Calque hier – direkt vor ihrem Kommen gewarnt haben. Und dafür lieben die beiden Sie, gelinde gesagt, nicht gerade.«

»Aber genau das hat sie getan.« Calque beugte sich in seinem Sitz vor. »Sie hat mir von der Mission ihrer Brüder erzählt, und zwar rechtzeitig genug, dass ich Sie hätte warnen können. Vorausgesetzt, Sie hätten sich die Mühe gemacht, ans Telefon zu gehen oder Ihre Nachrichten abzuhören.«

»*Touché*, Hauptmann.«

»Und ich habe Ihnen noch nicht erzählt, wie ich sie gefunden habe. Was ihre Familie mit ihr vorhatte.«

»Das brauchen Sie nicht. Die Worte ihrer Brüder genügen mir. Eine solche Einstellung kann man nicht vortäuschen. Mademoiselle de Bale ist eingeladen, an unserem Gespräch teilzunehmen, wenn sie es möchte.« Sabir war bewusst, dass ein Teil von ihm mittels bemühter Höflichkeit versuchte, seinen Fauxpas wegen des Gesichts der Frau und des verstörenden Inhalts seines Traums wiedergutzumachen. Ein anderer Teil von ihm erkannte, dass Calque sich offenbar irgendwie für sie verantwortlich fühlte – Teufel, hatte er vielleicht irgendwo eine auf Abwege geratene Tochter versteckt, an die sie ihn erinnerte? Und ihm war klar, dass er Calque immer noch etwas schuldig war.

»Warum haben Sie die Zwillinge gehen lassen? Warum haben Sie nicht die Polizei gerufen?«

Sabir schüttelte den Kopf. »Sie haben mit mir gespielt. Sie wussten, ich würde nicht schießen. Sie waren äußerst unverfroren und haben deutlich gemacht, dass keinerlei Einbruch stattgefunden habe. Nachdem sie dann zu ihrer Zufriedenheit ermittelt hatten, wie es mir gelungen war, ihrer kleinen Falle zu entgehen, sind sie einfach gegangen. Was hätte ich tun sollen? Mit der Flinte nach ihnen werfen? Wenn Sie mich fragen – sie werden erst einmal Ruhe geben, bis sie mich irgendwo ungestört in die Ecke treiben und alles aus mir herausquetschen können, was ich weiß. Vielleicht, wenn ich kein Gewehr in der Hand halte. Dann könnten sich die Dinge ein wenig anders entwickeln.«

10 »Sabir wurde gewarnt, Madame, dessen bin ich mir sicher. Der Amerikaner wusste, dass wir kommen. Er hat sich außerhalb seines Hauses mit einem Gewehr versteckt. Als wir Licht angemacht haben, weil wir dachten, er sei fort, wusste er genau, wo er uns findet.«

»Du glaubst, Lamia hat ihn gewarnt? Mittels Calque?«

»Ich bin überzeugt davon.«

»Warum hat er dann nicht die Polizei eingeschaltet?«

»Er hat sich nicht getraut, Madame. Wir hatten sein Haus durch eine offene Tür betreten. Es wäre ihm schwergefallen, uns eines Einbruchs zu bezichtigen, wenn man die Beziehung zwischen unseren Familien bedenkt. Ich würde sagen, man kann diese erste Runde als eine Art Patt werten.«

»Was wirst du jetzt unternehmen, Abiger?«

»Wir haben ihn aufgescheucht, Madame. Er wird wieder die Flucht ergreifen. Wir müssen ihm folgen.«

»Habt ihr seinen Wagen markiert?«

»Unmöglich, Madame. Er war sicher verschlossen. Und die Garage ist mit einer Alarmanlage gesichert. Wenn er aufbricht, wird er es schnell tun.«

»Und Lamia?«

»Sie ist mit dem Polizisten hier. Alle drei sitzen gerade in der Eingangshalle des Red Lion Inn. Unmöglich, auch nur in ihre Nähe zu gelangen.«

»Werdet ihr ihnen folgen können?«

»Selbstverständlich, Madame.«

»Abiger, du redest ausgesprochenen Unsinn. Zwei Männer können jemanden nicht rund um die Uhr verfolgen. Das ist eine Unmöglichkeit. Und wenn ihr ihn verliert, ist er für immer verloren. Ich schicke eure Brüder und Schwestern hinüber, damit sie euch helfen.«

»Aber Madame...«

»Schweig, Abiger. Ich will wissen, was er tut und warum er es tut. Es reicht nicht mehr, in der zuvor besprochenen Weise mit ihm zu verfahren. Jetzt geht es um mehr. Wir müssen uns auch um Calque kümmern. Alle elf von euch werden also eine umfassende Überwachung der drei organisieren. Wenn sie sich aufteilen, wird euch dennoch nichts entgehen. Wenn sie zusammenbleiben, umso besser. Ich will wissen, was sie tun, und ich will wissen, wohin sie gehen. Und *ich* werde entscheiden, wann der richtige Zeitpunkt gekommen ist, um zu-

zuschlagen, Abiger, nicht du. Habe ich mich deutlich ausgedrückt?«

»Aber ich leite diese Operation? Ich habe immer noch das Kommando?«

»Bis ich es anders entscheide, hast du es, ja, Abiger.«

11 Zunächst hattest du Glück. Du bist gut vorangekommen. Ein Mann, der Chayoten nach Veracruz hinunterbrachte, hat dich auf seinem Lastwagen mitgenommen. Durch Orizaba und Cordoba bis nach La Tinaja. Dort hat er dich abgesetzt, und du standest drei Stunden an der Straße nach Tierra Blanca und hofftest auf eine weitere Mitfahrgelegenheit. Aber niemand hielt. Alle fuhren in die andere Richtung. In Richtung Vulkan. Um eine kostenlose Show zu sehen, dachtest du.

Da fingst du dann an zu laufen. Du hattest Geld für Essen, aber nicht für Busse. Doch es gab ja keinen Grund zur Eile. Der Vulkan beruhigte sich bereits wieder. Niemand war ums Leben gekommen. Eine Reihe von Dörfern nahe am Gipfel waren beschädigt worden, einige durch Lava, andere durch Asche, aber die Leute hatten reichlich Zeit gehabt, sie zu verlassen, selbst zu Fuß. Jetzt hatte der Staat versprochen, ihre Häuser wiederaufzubauen. All das hattest du im Radio des LKW gehört.

Der Staat ist in der Tat eine mächtige Sache, sagtest du dir. Wenn alles schiefgeht, bringt es der Staat wieder in Ordnung. Du hast es nicht ganz verstanden, auch nicht, wie der Staat funktioniert, aber du hast angenommen, dass seine Wohltätigkeit gewissermaßen eingebaut ist. Dass es immer so gewesen ist.

Du hast den dünnen Baumwollbeutel, der den Kodex enthielt, an deine Brust gedrückt. Du warst hungrig. In der Aufregung über den Ausbruch und in dem Wissen, dass es eine Aufgabe zu erledigen galt, hattest du vergessen zu essen. Nun hieltest du an einer Straßenbude und kauftest Tacos. Du hast die Hälfte sofort gegessen und die andere in einem Stück rauem Papier für später aufgehoben. Du hattest den Verdacht, dass du vielleicht im Freien würdest schlafen müssen, und dafür brauchtest du Energie.

Du hast etwas Coca-Cola für deinen Magen getrunken und weil es bei deinem Volk manchmal als Geschenk in der Kirche angeboten wurde. Irgendwo in deinem Hinterkopf war die Frage, wovon du würdest leben sollen, wenn du dein Ziel erreicht hattest und dein weniges Geld aufgebraucht war. Du warst bisher noch nie außerhalb deiner Provinz gewesen. Was, wenn dich niemand empfangen würde? Wenn man dich nicht erwartete? Vielleicht solltest du dann den Staat um Hilfe bitten. Aber du wusstest nicht, wie man mit dem Staat Kontakt aufnimmt und wie man mit ihm spricht. Vielleicht würde er, da er allmächtig ist, versuchen, dir den Kodex wegzunehmen. Dann stündest du ohne Funktion da. Ohne Grund zu leben.

Nein. Du musstest dich vom Staat fernhalten. Etwas würde sich ergeben. Jemand würde dich erkennen. Der Schutz des Kodex hatte zu lange gedauert und sich über zu viele Generationen erstreckt, als dass er am Ende nichts bedeuten würde.

12

»Warum tun Sie das alles, Sabir? Wieso riskieren Sie immer noch so viel? Was schaut für Sie dabei heraus?«

Calque hatte eine nicht angezündete Zigarette im Mund hängen. Er hatte sich mit den Angestellten des Hauses widerstrebend darauf geeinigt, dass er sie unter keinen Umständen anzünden, sondern einfach wegen des Tabakgeschmacks daran saugen würde. Lamia hatte für ihn übersetzen müssen, denn Calques Beherrschung der englischen Sprache blieb geringfügig unter dem Niveau eines durchschnittlichen Erstklässlers.

»Aber ich dachte, das wüssten Sie. Ich mache es wegen des Geldes.«

»Blödsinn.«

»Schauen Sie, Calque, eines sollten Sie verstehen. Der einzige Grund, warum ich auf Samanas Anzeige im letzten Mai reagiert hatte, war, dass ich dachte, es könnte Material für ein Buch in der Sache stecken. Ich schreibe Bücher. Und ich lebe von dem Geld, das ich damit verdiene. Ich habe schon fast sechs Monate Arbeit in dieses Projekt gesteckt. Es hat mich die Fähigkeit gekostet, mehr als zwei Stunden am Stück zu schlafen. Es hat mich einen Teil meines Ohrs gekostet. Und es hat mich zum Mörder gemacht. Darüber hinaus wurde ich gejagt und eingeschüchtert, man hat auf mich geschossen und versucht, mich lebendig zu begraben. Man hat mir mit Kastration gedroht und Messer auf mich geworfen, und es gab den Versuch, mein Haus anzuzünden. Die französische Polizei – in Gestalt Ihrer selbst, Hauptmann Calque – hat mich sogar auf die Liste ihrer meistgesuchten Personen gesetzt. Ich denke, ich habe Anspruch darauf, dass nach all dem etwas an mich zurückfließt. Und langsam sehe ich einen Weg, wie ich es bekommen kann.«

»Saudi-Arabien, meinen Sie?«

»Hören Sie. Die Prophezeiung für 2009 spricht vom Ausbruch eines ›großen Vulkans‹. Ein Mann, ›Ahau Inchal Kabah‹, lebt im Land dieses Vulkans. Dieser Mann ist fähig, in die Zukunft zu schauen. Durch ihn wird die Welt erfahren, ob der 21. Dezember 2012 das gefürchtete Armageddon bringen wird oder den Beginn eines großen, neuen spirituellen Zeitalters.«

»Warum Saudi-Arabien?«

»Es klingt einfach. Aber ich habe Wochen gebraucht, um darauf zu kommen. Das Schlüsselwort ist ›Kabah‹. Das bezieht sich offenbar auf die Kaaba, das Haus Allahs – die heiligste Stätte des Islam. Ich meine, die Schreibweise ist so ziemlich die gleiche, oder? Die Kaaba ist mehr als zweitausend Jahre alt – was bedeutet, dass Nostradamus mit Sicherheit von ihr gewusst haben wird – und jeder Muslim, egal, wo in der Welt er sich aufhält, dreht sich zur Kaaba, wenn er betet. Als Nächstes haben wir ›Inchal‹. Die Moslems rufen traditionell den Willen Allahs an, Insha'Allah – ziemlich ähnlich, finden Sie nicht? Mit all dem in der Hand habe ich mich darangemacht, zu untersuchen, was Nostradamus mit dem ›Land des großen Vulkans‹ meint. Sofort habe ich eine weitere Verbindung zu Saudi-Arabien gefunden. Ich glaube jetzt, dass es sich bei dem großen Vulkan um den 1774 Meter hohen Harrat Rahat handelt, der zuletzt 1256 ausbrach und dessen Lava damals bis auf fünf Kilometer an die heilige Stadt Medina herangeflossen ist. Viele Leute glauben, dass der Vulkan der eigentliche Ort des Bergs Sinai ist. In Exodus 19,18 heißt es: ›Der ganze Berg Sinai aber rauchte, darum dass der Herr herab auf den Berg fuhr mit Feuer; und sein Rauch ging auf wie ein Rauch vom Ofen, dass der ganze Berg sehr bebte.‹«

Calque warf einen Blick zu Lamia. Dann sah er wieder Sabir an. »Ist dieser Vulkan kürzlich ausgebrochen?«

Sabir verzog das Gesicht. »Nein, in den letzten neunhundertfünfzig Jahren ist er nicht ausgebrochen. Das muss ich zugeben. Andererseits glauben manche Gelehrte, dass der Berg Sinai eigentlich der Mount Bedr – oder Hala'l Badr – ist.«

»Ich nehme an, der ist ausgebrochen?«

Sabir ließ langsam seine Gereiztheit erkennen. »Nein, ist er nicht. Noch nicht.«

»Aber Sie sind voller Erwartung?«

»Mit allem kann Nostradamus schließlich auch nicht richtig liegen, oder?«

»Und das Wort ›Ahau‹? Was ist mit dem?«

»Da finde ich keinen Ansatzpunkt. Es scheint überhaupt kein arabisches Wort zu sein.«

Calque blickte erneut zu Lamia. »Sollen wir es ihm sagen? Sollen wir unseren unerschrockenen Forscher aufklären, der sich offensichtlich nicht die Mühe macht, Nachrichten zu hören, so wie er sich nicht die Mühe macht, ans Telefon zu gehen?«

Lamia erwiderte Calques Blick. »Wozu es ihm sagen? Wir brauchen ihn nicht mehr. Wahrscheinlich ist es besser, wir lassen ihn nach Saudi-Arabien abschwirren, wie er es beabsichtigt. Auf diese Weise zieht er meine Brüder mit sich, und wir können uns unbehelligt nach Mexiko aufmachen.«

Sabir blickte von einem zum anderen, als hielte er sich für das Opfer eines kunstvoll ausgeheckten Streichs. »Mexiko? Wovon redet ihr beiden?«

»Im Ernst jetzt, Sabir. Sind Sie vollkommen technikfeindlich? Haben Sie wirklich in den letzten Tagen keine Nachrichten gehört oder gesehen?« Calque hatte seine Zigarette zu einem Brei gekaut und ersetzte sie nun durch einen neuen Sargnagel.

Der Angestellte am Empfang stutzte und vermied es dann angestrengt, in Calques Richtung zu blicken, wohl aus Angst, wie Sabir annahm, eine Konfrontation mit seinem einzigen nicht Englisch sprechenden Gast heraufzubeschwören.

Sabir spürte, dass er Gefahr lief, von Calque vorgeführt zu werden – er erinnerte sich an dessen intellektuelle Eitelkeit von ihrer letzten Begegnung und hatte keine Lust auf eine wiederholte Bloßstellung. »Wen zum Teufel nennen Sie hier technikfeindlich, Hauptmann? Mir ist, als erinnerte ich mich an mehr als eine Gelegenheit, bei der Sie sich sehr zum Frust Ihres Untergebenen weigerten, ein Handy zu benutzen.«

»Das ändert nichts an meiner Frage.«

Sabir warf die Arme in die Höhe. »Also gut, Sie haben recht. Ich habe in den letzten Tagen die Nachrichten nicht verfolgt. Ich war in einem ungünstigen Tagesrhythmus. Und ich habe schwer an meiner Saudi-Arabien-Theorie gearbeitet. Ich verstehe aber wirklich nicht, warum Sie beide sich so auf Mexiko einschießen, nur weil ›Ahau‹ ein Sonnengott der Maya ist. Und überhaupt heißt der Ahau-kin. Oder Kinich Ahau, je nach Kontext. Wie Sie sehen, habe ich meine Hausaufgaben ebenfalls gemacht.«

Calque lehnte sich zurück, die Zigarette baumelte aus seinem Mund, und er grinste von einem Ohr zum anderen.

»Wenn Sie Ihren Fernseher in den letzten vierundzwanzig Stunden nur für zwei Minuten eingeschaltet hätten, wäre Ihnen unmöglich entgangen, dass der Pico de Orizaba, auch bekannt als Volcán Citlaltépétl, gerade ausgebrochen ist. Wir haben die Berichte darüber auf unserem Flug hierher gesehen. Ich würde sagen, das ist Ihr Großer Vulkan, nicht der Harrat Rahat oder der Hala'l Badr. Meinen Sie nicht?«

»Popocatepetl und Iztaccihuatl sind aber doch wohl die beiden großen Vulkane Mexikos. Warum sollte dieser Orizaba plötzlich der Große Vulkan sein, nur weil er im passenden Moment ausbricht?«

»Warum?« Calque zog die Augenbrauen hoch. »Weil er die beiden anderen Vulkane an Höhe in den Schatten stellt, deshalb. Der Orizaba ist 5675 Meter hoch – mehr als dreihundert Meter höher als sein nächster Rivale. Und er sieht aus wie ein Vulkan, Mann. Er steht da wie der Fujiyama, genau wie ein großer Vulkan aussehen sollte – mit einer Kaldera eben, mit Schnee auf dem Gipfel und mit einem höhnischen Grinsen im Gesicht. Nur dass er über zweitausend Meter höher ist als der Fuji, und er ist ein Schichtvulkan, so wie der Mount Mahon, der Vesuv und der Stromboli.«

»Also gut, Calque. Ich bin beeindruckt. Sie haben sich Ihr Fleißbildchen verdient. Aber der Fujiyama ist ebenfalls ein Schichtvulkan, in diesem Punkt irren Sie sich.« Sabir war sich bewusst, dass Lamia ihn beobachtete, beinahe hungrig, als würde er einer Art undefinierbarem Test unterzogen. Plötzlich bedauerte er seine Klugscheißerei wegen des Schichtvulkans – er hatte billig auf Calques Kosten zu punkten versucht, um seine Verlegenheit wegen seines augenscheinlichen Irrtums zu überdecken, und jetzt hatte er Lamia auch noch seine Schuldgefühle offenbart. Es geht nichts über ein weibliches Publikum, wenn es darum geht, die öffentliche Demütigung eines Mannes zu zementieren. »Und was ist dann mit Inchal und Kabah?«

Lamia stand auf. »Geben Sie mir fünf Minuten.« Sie ging zum Empfangsschalter.

Sabir runzelte die Stirn. »Was soll das jetzt?«

Calque zuckte mit den Achseln. »Keine Ahnung.« Er zerdrückte seine ungerauchte Zigarette auf dem Tisch vor ihm und langte nach einer neuen.

13 Lamia setzte sich wieder zu den beiden Männern. Während ihrer Abwesenheit hatte Sabir Kaffee bestellt, und jetzt spielte sie eifrig Hausfrau, ein flüchtiges Lächeln im Gesicht.

»Wer möchte als Erster fragen?« Sabir war immer noch leicht übel bei dem Gedanken, dass er in diesem Augenblick vielleicht schon auf dem Weg nach Saudi-Arabien gewesen wäre, wenn Calque und Lamia nicht zufällig vorbeigekommen wären.

Calque und Lamia tranken schweigend ihren Kaffee.

»Also gut, ich gebe es zu. Ich habe Scheiße gebaut. Ich war total auf dem falschen Dampfer. Aber ich verstehe das mit ›Inchal‹ noch immer nicht. Oder warum sich ›Kabah‹ nicht auf die Kaaba anwenden lassen sollte.«

Lamia blickte auf. »Ich habe gerade die Internetverbindung des Hotels benutzt. Ich habe Kabah eingetippt, mit h, wie es in Nostradamus' Prophezeiung geschrieben wird. Als Nummer zwei auf der Trefferliste von Google, nach der Kaaba, kommt man direkt zu Kabah, einer Mayastätte in Yukatan. Kabah bedeutet ›starke Hand‹ oder, in seiner Originalform Kabahaucan, eine ›königliche Schlange in der Hand‹. Der Ort ist berühmt für den Codz Poop – den Palast der Masken –, in dem sich Hunderte von Steinmasken, die dem Regengott Chaac gewidmet sind, an einer mächtigen Steinfassade entlang reihen. Chaac, falls Sie es nicht wissen sollten, ist außerdem der Gott von Blitz und Donner und soll die Fähigkeit besitzen, mit Hilfe seiner Blitzaxt Vulkanausbrüche herbeizuführen.«

»Himmel.« Sabir wusste schon lange, dass er zu eingleisigem

Denken neigte, aber seine jüngste Unfähigkeit, in alle Richtungen offen zu bleiben, war nun selbst für ihn erschreckend.

»Das Wort ›Inchal‹ war schwieriger. Erst kam ich nur auf einen Ort in Indien, ohne jede Verbindung zu den Maya. Schließlich beschloss ich, ein wenig mit dem Wort herumzuspielen und kam auf ›Chilan‹.«

»Und was zum Teufel ist ein ›Chilan‹?«

»Ein Mayapriester. Das Wort bedeutet eigentlich ›Dolmetscher‹, ›Sprachrohr‹ oder ›Wahrsager‹. Die Chilan lehrten die Wissenschaften, riefen heilige Tage aus, behandelten die Kranken, brachten Opfer dar und handelten als Orakel Gottes.«

»Ach du Scheiße.«

»Und die Chilan trugen traditionell den ›Ahau‹, den Sonnengürtel der Maya. Das Wort bedeutet in der Sprache der Maya auch ›Herr‹. Nostradamus' Wendung ›Ahau Inchal Kabah‹ und seine Beteuerung, diese mit der Gabe der Prophezeiung gesegnete Person würde im Land des ›Großen Vulkans‹ leben, deutet also so wenig auf einen Ort in Saudi-Arabien hin, dass man fast nicht glauben mag, wie Sie derart katastrophal aufs falsche Gleis geraten konnten, Mr. Sabir.«

Calque konnte vor Schadenfreude kaum stillhalten. »Sagen Sie nichts, Sabir. Sie haben in letzter Zeit nicht geschlafen. Ihr Verstand funktioniert nicht ganz auf dem üblichen Niveau.« Es war unübersehbar, dass sich der Expolizist königlich amüsierte. Er benahm sich, als hätte er Lamia irgendwie aus der Jackentasche gezaubert und präsentierte sie nun einer heftig Beifall klatschenden Galerie.

»Reiten Sie nicht darauf herum, Calque. Sie klingen schon wie Svengali.«

Calque warf Lamia einen Blick zu. »Was meinen Sie? Sollen wir ihn mit uns reisen lassen? Wir haben alles an Material, was wir brauchen.«

»Ach, wirklich?« Sabir richtete sich auf. »Sie haben alles, was Sie brauchen?«

Calque zögerte einen Moment. »Ja, ich glaube, wir haben alles.«

Lamia verdrehte die Augen.

»Sie haben den vollständigen Text von Nostradamus' Vierzeiler, ja? Einschließlich des entscheidenden Hinweises darauf, wo Sie nach diesem Mann suchen sollen, wenn Sie in Kabah sind?«

Calque spielte mit seiner nicht angezündeten Zigarette.

»Nun, dann brauchen Sie mich ja nicht mehr.« Sabir stand auf. »Aber sollten Sie Ihre Meinung zufällig noch ändern, können Sie mich in der nächsten halben Stunde wahrscheinlich noch erwischen. Bei meinem Haus. Ein silberner Grand Cherokee. Danach bin ich weg, fort von hier. Kapiert, ihr Schlaumeier?«

14 Sabir zog seinen frustrierten Abgang nicht ganz durch. Er hatte es immerhin mit zwei Gefährten zu tun, für die Kompromisse – aus familiärer oder beruflicher Gewohnheit – fast so etwas wie eine Lebensgrundlage waren.

Während er sich rundweg weigerte, den Schlüsselteil des Vierzeilers auszuspucken, der sich auf den Aufenthaltsort des Ahau Inchal Kabah bezog, stimmte er doch zu, dass die drei zumindest ihre Ressourcen zusammenwerfen und gemeinsam reisen sollten. Es war ihm in den letzten Stunden nur allzu deutlich geworden, dass drei Köpfe entschieden effizienter waren als einer.

»Ich bin dafür, dass wir nach Cancun fliegen und dort einen Wagen mieten. Auf diese Weise sind wir in weniger als einem Tag am Ziel.«

Lamia und Calque wechselten einen Blick.

»Was ist? Was übersehe ich jetzt wieder?«

»Sie übersehen meine Brüder«, sagte Lamia und sah Calque an.

Der nickte zustimmend. »Ein Flughafen ist unsere schlechteste Wahl. Sie sind zu leicht zu überwachen. Flugpläne und Passagierlisten sind leicht zu beschaffen, wenn man das entsprechende Geld oder den nötigen Willen hat. Und Lamias Brüder haben beides. Außerdem haben Mietautos GPS-Navigation. Das heißt, sie können verfolgt und ihre jeweilige Position genau bestimmt werden. Die Autoverleiher schützen auf diese Weise ihre Investitionen.«

»Und was heißt das?«

»Dass wir Ihr Auto benutzen sollten. Und nach Mexiko hinunter fahren.«

»Die ganze Strecke? Du meine Güte! Wissen Sie, wie lange das dauern würde? Das sind fünftausend Kilometer – wenn das überhaupt reicht.«

»Und haben wir es eilig? Gibt es einen Termin, den wir einhalten müssen?«

Sabir zuckte mit den Achseln. »Nein. Vermutlich nicht.«

»Und wir werden uns zu dritt mit dem Fahren abwechseln können.«

Sabir nickte. »So weit, so gut. Aber es stößt mir sauer auf, dass wir unsere Pläne auf die Mätzchen von ein paar Oberschichtgangster gründen. Tut mir leid, Lamia. Aber Sie wissen, worauf ich hinauswill, oder?«

Calque griff ein, bevor Lamia antworten konnte. »Seit ich Sie kenne, Sabir, begehen Sie immer denselben fatalen Fehler, von dem Sie trotzdem nicht ablassen. Sie unterschätzen Ihre Gegner. Es ist fast eine Art Krankheit bei Ihnen. Ich weiß nichts über diese Jungs außer dem, was mir Lamia erzählt hat, aber das reicht auf alle Fälle aus, um mich nachdenklich zu machen. Es sind Achor Bales Brüder, Herrgott noch mal. Sie hatten dieselbe Kinderstube. Sie wurden an derselben diabolischen Brust gesäugt.« Calque kam in Fahrt. »Anders als Lamia hatten sie nie Zweifel an ihrer Berufung. Sie wissen, was sie wollen und was sie dafür zu tun bereit sind. Ich habe vor zwei Tagen mit der Comtesse gesprochen. Ich hatte sie leibhaftig vor mir, Sabir. Sie ist ohne Frage einer der schrecklichsten Menschen, die ich je kennenlernen musste. Sie ist schlimmer als ein Politiker; sie *weiß* nämlich, was sie tut – sie spielt nicht nur eine Rolle, sie *ist* die Rolle. Sie haben ihren Sohn getötet, Mann. Sie allein besitzen die Information, nach der sie und der Corpus maleficus suchen. Mein Wort darauf, Sabir – sie wird nicht zulassen, dass sich etwas schützend zwischen ihre Leute und Sie stellt.«

15 »Madame Mastigou hat die Flüge arrangiert, Abiger. Deine Brüder und Schwestern werden in acht Stunden am Flughafen JFK in New York eintreffen. Sie werden jeweils ein eigenes Mietauto zur Verfügung haben. Ihr haltet per Handy untereinander Kontakt. Ich werde die anderen anweisen, dass sie Prepaid-Karten benutzen, um Aufzeichnungen ihrer Anrufe zu vermeiden. Sie können sich vom Flughafen bei dir melden, und ihr könnt die Nummern austauschen. Dann müsst ihr eure eigenen Handys wegwerfen und neue kaufen.«

»Was, wenn unser Trio Richtung Norden fährt?«

»Dann fahrt ihr ihnen nach, und eure Geschwister können euch später einholen.«

»Ihr nehmt an, dass sie per Auto reisen?«

»Nein. Aber wenn sie ein Flugzeug nehmen, werden sie nicht von einem Flughafen in der Nähe starten. Calque ist kein Dummkopf. Er weiß, dass auf Flughäfen in punkto Sicherheit große Löcher klaffen. Sabir wird erst versuchen, euch abzuschütteln. Dann wird er zu einem Drehkreuz wie O'Hare, Baltimore oder Boston fahren, wo viel Verkehr ist und wo er in der Menge unterzugehen hofft.«

»Wäre es nicht besser, wenn wir sie gleich hier angreifen würden? Einen Hinterhalt in der Nähe legen? Ich glaube nicht, dass Sabir sein Gewehr im Wagen mitnimmt. Zu riskant. Wir könnten sie irgendwo in eine verlassene Scheune schaffen und die Informationen aus ihnen herausholen, die wir brauchen.«

»Nein. Dank deines Fehlers ist Sabir jetzt vorgewarnt. Er wird sich bereits abgesichert und alle schriftlichen Aufzeichnungen vernichtet haben. Nach dem, was ich aus gewissen bezahlten Quellen in Amerika erfahren habe, hat der Mann ein Gedächtnis wie ein Elefant.«

»Ach so. Verstehe.« Seine Mutter hatte ihn schon wieder auf dem falschen Fuß erwischt. Abiger spürte den Groll in seinem Innern nagen.

»Außerdem halte ich es für sehr unwahrscheinlich, dass er Lamia und Calque mehr erzählt hat, als sie aus seiner Sicht wissen müssen. Er ist immer noch unsere wichtigste Figur, was den Ort der Wiederkunft Christi und die mögliche Identität des dritten Antichrists betrifft. Der Mann bewahrt das alles im Kopf auf. Wenn er in die Enge getrieben wird, traue ich ihm zu, dass er sich für ein angenommenes größeres Gut opfert – er ist so ein schwärmerischer Typ. Weißt du noch, was er mit Rocha gemacht hat? Der Mann leidet unter tödlicher Klaustrophobie, und trotzdem hat er einen Weg gefunden, sich an Rocha zu rächen und ihn zu töten. Er wirkt weich, aber er hat einen stahlharten Kern. Nein, es ist mir lieber, er führt uns unwissentlich an sein Ziel. Das ist viel besser.«

»Wenn Ihr das sagt, Madame.«

»Ich sage es, Abiger.«

16

»Sind sie noch hinter uns?«

»Sie sind noch hinter uns. Und machen nicht den geringsten Versuch, sich zu verstecken.«

Das Trio hatte gerade Scranton hinter sich gelassen und fuhr nun Richtung Süden auf Harrisburg zu.

»Wie wäre es, wenn wir in Richtung Miami fahren würden und nicht wie vereinbart in Richtung Texas? Es muss doch sicher eine Art Fähre nach Campeche geben. Oder nach Veracruz. Oder sogar nach Cancun.« Calque war gereizt. Er hatte sich mit Lamia und Sabir darauf verständigt, dass er zu jeder vollen Stunde das Fenster einen Spalt öffnen und eine Zigarette rauchen durfte. Nun blickte er wiederholt auf die Uhr, um zu sehen, wann seine Stunde um war. »Es würde uns drei Tage Fahrt sparen.«

»Aber wir wären leichte Beute auf einer Fähre. Solange wir in Bewegung bleiben, sind wir sicher.« Sabir warf einen Blick über die Schulter. »Rauchen Sie Ihre verdammte Zigarette, Calque. Es ist Ihnen vielleicht nicht bewusst, aber Sie treten ungefähr achtzigmal pro Minute in meine Sitzlehne.«

»Oh, das tut mir leid.« Calque betätigte den Fensterheber. »Ich werde tatsächlich nervös, wenn ich Sachen durchdenke.« Er zündete die Zigarette an und nahm einen tiefen Zug. »Und ich bin gerade schwer am Überlegen. Was machen wir heute Abend?«

Sabir wandte sich an Lamia. »Sie sagen, Ihre Brüder werden nicht kampflos aufgeben.«

»Richtig.«

»Worauf, glauben Sie, warten die beiden dann noch? Warum schlagen sie nicht zu?«

»Genau wie Sie sagten. Solange wir in Bewegung sind, sind wir sicher. Aber in dem Moment, in dem wir stehen bleiben, sind wir verletzlich. Und besonders verletzlich sind wir nachts. Ich nehme an, Sie haben nicht vor, im Wagen zu schlafen?«

»Nein, natürlich nicht.«

»Dann haben wir nur eine Chance, wie es aussieht.«

»Nämlich?«

»Wir müssen sie abhängen, bevor wir ein Nachtquartier beziehen.«

Sabir schnaubte.

»Es ist fünfzehn Uhr. Bis heute Abend um neun sind wir ein gutes Stück hinter Harrisburg. Wenn wir nicht vorhaben, die ganze Nacht durchzufahren, muss uns vorher etwas einfallen.«

»Großartig. Und hat irgendwer eine Idee?«

Calque hatte seine Zigarette zu Ende geraucht und warf die

Kippe aus dem Fenster. Sein Gesicht sah entspannt und friedlich aus, als hätte er sich gerade rohes Opium reingezogen statt ein paar Zügen Virginiatabak. »Ich habe einen Plan.«

Sabir schaute in den Rückspiegel. Der Wagen der Zwillinge hielt unverändert seine Position etwa fünfhundert Meter hinter ihnen. »Okay. Schießen Sie los.«

»Ah, Ihre amerikanischen Ausdrücke. Wie unbeholfen sie in der französischen Übersetzung klingen.«

Sabir verstand nur zu gut, was Calque meinte. Die meisten amerikanischen Ausdrücke klangen schroff und wenig höflich, wenn man sie ins Französische übersetzte. Französisch war eine Sprache, in der Bitten und selbst Befehle üblicherweise in Samt verpackt wurden. »Geschätzter Hauptmann Calque. Mademoiselle Lamia und ich würden es sehr zu schätzen wissen, Ihre Vorschläge dahingehend zu erfahren, wie wir uns der unerwünschten Aufmerksamkeit von Mademoiselle Lamias Brüdern entledigen könnten. Außerdem wäre jedes Licht, das Sie eventuell auf mögliche Zukunftspläne der beiden werfen können, höchst willkommen. Es genügt wohl, wenn ich sage...«

»Sabir?«

»Ja?«

»Halten Sie den Mund.«

Im Wagen herrschte amüsiertes Schweigen, bis Calque sich gesammelt hatte. »Also gut. Mein Plan steht.«

»Ausgezeichnet. Wie sieht er aus?«

»Er beginnt damit, dass wir drei getrennte Motelzimmer nehmen. Eins für Sie, eins für mich und eins für Lamia.«

»Womit das Gebot der Sparsamkeit beim Teufel wäre.«

»Sie machen sich nicht gerade beliebt bei mir, Sabir, mit diesem losen Gerede.«

»Tut mir leid.«

»Wir nehmen drei Zimmer. Wir beziehen sie und lassen den Wagen davor stehen. Aber nicht für lange. Nach kurzer Zeit verlasse ich mein Zimmer und steige in den Wagen. Ich fahre davon. Da ich nicht wichtig für sie bin, werden die Zwillinge nun weiter die beiden verbliebenen Zimmer beobachten. Dann muss Sabir zu Lamias Tür gehen und klopfen. Sie muss ihn einlassen. Ihre Brüder werden die naheliegenden Schlussfolgerungen ziehen. Hab ich recht?«

»Nein, haben Sie nicht.« Lamia hatte die Füße in den Socken auf dem Vordersitz untergeschlagen. »Meine Brüder wissen sehr wohl, dass mein Liebesleben so gut wie nicht existiert. Sie ziehen mich endlos auf deswegen, auf ihre typische gewinnende Art. Die Vorstellung, dass ich binnen eines Tages nach unserem Kennenlernen eine Affäre mit Monsieur Sabir habe, würde ihnen so absurd erscheinen, dass sie wahrscheinlich aus purer Neugier einfach ins Zimmer geplatzt kämen.«

»Oh.« Calque wirkte ein wenig verdattert, als wäre eine seiner liebsten Illusionen eben geplatzt. »Sie haben wirklich kein nennenswertes Liebesleben? Das ist ein Skandal bei einer so schönen Frau, wie Sie es sind. Ich verstehe das nicht. Die Männer, denen Sie begegnen, müssen blind sein.«

Lamia langte hinter ihren Sitz und tastete nach seiner Hand. Calque führte ihre Finger sanft an seine Lippen.

»Und wie sollte es weitergehen, nachdem Lamia in mein Zimmer gekommen ist? Von dem vorgetäuschten Sex abgesehen, meine ich.«

»Ich wollte vorschlagen, dass Sie beide durch ein rückwärtiges Fenster aussteigen und das Licht brennen und die Tür verschlossen lassen. Mit einem ›Bitte nicht stören‹-Schild an der Tür. Dann kommen Sie zu einem vorher vereinbarten Treffpunkt – sagen wir ein paar Straßen weiter –, wo ich Sie abhole. Und die Zwillinge beobachten weiter ein paar leere Motelzimmer. Wir fahren noch einmal hundert Meilen oder so, natürlich auf Nebenstraßen, und erst dann halten wir für die Nacht.«

Sabir sah Lamia an. »Bis auf die Sex-Idee ist es nicht übel. Mir gefällt die Vorstellung, dass Calque im Wagen wegfährt und uns im Motel zurücklässt. Das klingt sinnvoll. Warum klettern wir nicht einfach jeder für sich aus dem Fenster und vergessen Calques gallische Idee von einer Liebesgeschichte.«

»Wir müssten ein altmodisches Motel mit Durchgangszimmer finden.«

Sabir sah sie an. »Durchgangszimmer?«

»Zimmer mit einem Fenster nach hinten raus. Die meisten modernen Motels sind nicht mehr so gebaut. Und sie haben ohnehin einen zentralen Parkplatz. Wir brauchen ein altmodisches Motel, wo man direkt vor seinem Zimmer parkt.«

Calque beugte sich vor. »Wir könnten eine Runde um die Anlage drehen, bevor wir einchecken. Uns alles ansehen. Das wäre nicht so ungewöhnlich, oder? Niemand würde erraten, wonach wir Ausschau halten.«

»Ich finde, es ist einen Versuch wert.« Sabir sah Lamia an. »Was denken Sie?«

»Ich denke, Hauptmann Calque ist das, was man früher einen ›geborenen Gentleman‹ nannte.«

17

Abiger de Bale sah auf die Uhr. »Es wird schon spät. Wie weit sind die anderen noch entfernt?«

Vaulderie zog sein Handy zu Rate. »Ich habe SMS von Athame, Berith und Oni, dass sie in unsere Richtung unterwegs sind. Unsere Wege sollten sich innerhalb der nächsten Stunde kreuzen. Die sechs anderen können nicht weit dahinter sein.«

»Gut. Drei genügen vollauf.«

»Wieso das?«

»Weil Sabir versuchen wird, uns zu entwischen, bevor es Nacht wird.«

»Wie kommst du darauf, Abi?«

Abi zuckte mit den Achseln. »Ich dachte, das liegt auf der Hand. Versetz dich in seine Lage. Sie können sich vernünftigerweise nicht ruhig schlafen legen, wenn sie wissen, dass wir draußen sind und sie beobachten. Sie werden Angst haben, wir beschädigen ihren Wagen oder montieren ein Ortungsgerät daran. Vielleicht fürchten sie sogar, wir brechen bei ihnen ein. Das ist ihre Schwachstelle.«

»Sie werden nicht alle in einem Zimmer schlafen?«

»Sie wären dumm, wenn sie es nicht täten. Und obendrein die Tür verbarrikadierten. Sobald sie sich aufteilen und einzeln weitermachen, sind sie auf jeden Fall schwächer. Dann können wir sie uns einen nach dem anderen holen.«

»Was machen wir also?«

»Nichts. Wir lassen sie entwischen.«

Vau seufzte. »Ich kapier es nicht.«

Abi sah zu seinem Bruder hinüber. »Bis sie sich für die Nacht einrichten, haben wir mindestens vier Autos hier, die ihnen folgen – und von denen sie drei nicht kennen. Wir beide bleiben ihnen also auf der Pelle. Geben uns sogar noch mehr zu erkennen als bisher schon. Und egal mit welchem Trick sie uns zu entkommen versuchen, wir werden sie glauben lassen, dass sie es geschafft haben. Athame, Berith und Oni können an allen Straßen Stellung beziehen, die von dem Motel wegführen. Wenn Sabir in seinem wundervoll sichtbaren Grand Cherokee an ihnen vorbeikommt, werden sie ihm folgen, nicht wir. Sie sagen uns dann Bescheid, wohin sie unterwegs sind, und wir schließen uns an. Nur dass wir bis dahin den Wagen gewechselt haben werden. Mit ein bisschen Glück sind wir inzwischen alle elf beisammen und folgen ihnen von da an abwechselnd, alle zwanzig Minuten oder so ist ein anderer hinter ihnen, sodass sie nie über längere Zeit dasselbe Fahrzeug sehen. Madame, unsere Mutter, hat deutlich zum Ausdruck gebracht, dass wir nicht eingreifen oder uns mit ihnen anlegen dürfen, bis sie ihr Ziel erreicht haben. Wenn sie ein Flugzeug nehmen, folgen wir ihnen. Wenn sie weiter mit dem Auto unterwegs sind, folgen wir ihnen ebenfalls.«

»Und was ist mit Lamia? Was, wenn sie uns erkennt?«

»Von jetzt an tragen wir alle Baseballkappen. Baseballkappen und Sonnenbrillen. Auf diese Weise werden wir echt amerikanisch aussehen. Oni kann sich die Haare unter der Kappe feststecken und Bräunungscreme verwenden – er wird seltsam aussehen, aber aus der Ferne wird man ihn nicht als Albino erkennen.«

»Und wir?«

»Wir zockeln weit hinterher. Sodass die drei uns nie mehr zu sehen bekommen. Mit den anderen halten wir über Handy Kontakt.«

»Bist du dir wirklich sicher, dass sie einen Ausreißversuch unternehmen werden, Abi?«

»Todsicher.«

18 Calque stieg wieder in Sabirs Grand Cherokee. Er brauchte ein wenig, bis er den Fahrersitz weiter nach vorn und höher gestellt hatte. Dann starrte er auf die Gangschaltung. Handschaltung. *Putain de merde*. Er musste eine Weile probieren, bis er herausgefunden hatte, mit welchem Trick Chrysler verhinderte, dass man versehentlich den Rückwärtsgang einlegte. Als er alles zu seiner Zufriedenheit beherrschte, setzte er vorsichtig rückwärts aus dem Parkplatz.

Beim nächsten Mal, dachte er, muss ich vorausdenken und den Wagen mit der Schnauze voran parken. Für eine schnelle Flucht, falls es darauf ankommt.

Kaum hatte der Gedanke Gestalt angenommen, schüttelte er wild den Kopf. Was sind das für Überlegungen? Was tue ich hier? Ich könnte jetzt in Frankreich sein und im *La Reine Margot* zu Abend essen – *Cassoulet*, gefolgt von einer *Tarte tatin*. Hinuntergespült mit einem halben Liter *Brouilly* und einem *Café/Calva* hinterher. Stattdessen sitze ich im Norden der Vereinigten Staaten in einem fremden Wagen, und alles, was ich in mir habe, ist die ferne Erinnerung an einen Hamburger und sogenannte French Fries, in einem Drive-in gekauft, damit wir

nicht länger als sechs Minuten statisch und angreifbar für die
De-Bale-Zwillinge sind.

Calque bog auf die Hauptstraße. Er schaute weder links
noch rechts und verließ sich darauf, dass er mit Hilfe seines
peripheren Sehvermögens den Wagen der Zwillinge oder die
Lichter etwaiger kreuzender Fahrzeuge erkennen würde. Ja. Da
waren sie. Sie standen auf der Straße gegenüber dem Motel,
wo sie die Ausfahrt und alle drei Zimmer gleichzeitig im Blick
hatten. Calque sagte sich, dass er und seine Freunde sich beim
nächsten Stopp auf drei verschiedene Orte würden aufteilen
müssen. Das war die nächstliegende Lösung.

Er schlug gereizt auf das Lenkrad. Nein. Das war nicht die
Antwort. Das war überhaupt keine schlaue Idee. Was sie tun
sollten, war, sich ein Zimmer zu teilen. Die größere Zahl bot
Sicherheit. Er fragte sich, was Lamia und Sabir davon halten
würden. Calque wusste, dass er bedauernswerterweise zum
Schnarchen neigte. Sein verstorbener Assistent Paul Macron
hatte ihn immer angestoßen, bis er wach war, wenn sie zusammen im Auto saßen, und das Problem auf diese Weise gelöst.
Vielleicht konnte er sich nun, da er allein war, eine Maske oder
etwas Ähnliches kaufen. Bestimmt hatten die Amerikaner etwas für sein Problem auf dem Markt. Das Letzte, was er wollte,
war, Lamia ständig daran zu erinnern, dass er in den späten
mittleren Jahren und mehr als nur ein wenig außer Form war.
Tagsüber konnte ein Mann auf seinen Witz und seine Intelligenz bauen, um eine Frau zu verführen, aber nachts war leider
ein wenig mehr Finesse – von Realitätssinn ganz zu schweigen – gefragt.

Nicht dass Calque beabsichtigt hätte, Lamia zu verführen –
er war weit entfernt davon. Sie war dreißig Jahre jünger als er
und fast genauso alt wie seine Tochter; die ganze Vorstellung
war absurd. Aber sie musste eindeutig vor Sabirs unaufhörlichen taktlosen Bemerkungen geschützt werden. Der Mann
war sich der Wirkung mancher seiner Aussagen nicht mehr

bewusst als ein Sechsjähriger. Etwa dieser Unsinn im Red Lion Inn. Kein Franzose hätte je so einen Bock geschossen und im ersten Augenblick ihres Kennenlernens die Aufmerksamkeit auf die Verunstaltung einer Frau gelenkt, wie er es getan hatte. Nein, dazu brauchte es einen Amerikaner.

Calque wusste, dass Sabir eine französische Mutter hatte, aber offenbar war sie sehr schnell amerikanisiert worden, wenn so ein *rustre* wie Sabir das Ergebnis ihres erzieherischen Einflusses in der Kindheit war. Letzten Endes war der Mann so amerikanisch wie Apple Pie. Sein französisches Blut mütterlicherseits war nichts weiter als ein Ausrutscher der Geschichte.

Als Calque schließlich aus seinen Träumereien auftauchte, stellte er fest, dass ihm die Zwillinge nicht folgten. Sie waren auf ihrem Posten vor dem Motel geblieben, wie er es vorausgesehen hatte.

Calque schaute auf die Uhr. Ja, es war an der Zeit. Er bog links ab und dann noch mal links, bis er in einer Parallelstraße zu der war, an der das Motel lag. Dann zählte er vier Blocks ab, worauf er ein weiteres Mal links abbog. Ja, da war sie. Das war die Straße, auf die sie sich geeinigt hatten, nachdem sie den von der Motelleitung freundlicherweise zur Verfügung gestellten Stadtplan zu Rate gezogen hatten. Lamia und Sabir würden etwa in dieser Minute aus ihren rückwärtigen Fenstern steigen. Er sollte ihnen zwanzig Minuten Zeit geben, um die vier Blocks bis zum Wagen zurückzulegen.

Er ließ den Motor laufen. Am besten, er war vorbereitet. Es bestand immer die Möglichkeit, dass die Zwillinge frühzeitig eingriffen. In diesem Fall musste er möglichst schnell zum Motel zurückeilen und tun, was er konnte, um die Situation zu retten. Die Polizei rufen, wenn nötig. Sich zwischen die Zwillinge und ihre Opfer schieben. Er legte das Handy, das er von Lamia geborgt hatte, vorsichtig auf den Beifahrersitz.

Dann schüttelte er den Kopf. Was bildete er sich eigentlich

ein? Er war nie ein Mann der Tat gewesen – er war einfach nicht dafür geschaffen. Tatsächlich war ihm jede körperliche Anstrengung äußerst zuwider. Während seiner gesamten Polizeilaufbahn hatte Calque nie seine Pistole aus dem Holster ziehen und noch viel weniger körperliche Gewalt anwenden müssen. Dafür hatte er immer eine Phalanx williger – und mehr oder weniger fähiger – Assistenten gehabt.

Ein Lancelot du Lac war er nicht.

19 »Was es auch ist, jetzt passiert es.« Vau berührte Abi an der Schulter.

Abi nutzte wie immer jede Gelegenheit, um zu schlafen. Seit ihrer Kindheit hatte er die Kunst beherrscht, unter den außergewöhnlichsten Umständen wegzudösen. Einmal war er sogar mitten in einem Einbruch eingeschlafen. Es war ein Testlauf gewesen, auf Betreiben von Madame, ihrer Mutter, von ihrem Mentor Joly Arthault eingefädelt. Vau hatte sich nach seinem Bruder umgesehen und ihn schlafend auf einem Sofa im Wohnzimmer des Hauses gefunden, das sie gerade ausraubten. Vau hatte bei dieser Gelegenheit seinem Bruder den Rücken freigehalten, so wie er es bei tausend anderen Gelegenheiten im Lauf ihrer Kindheit und Jugend getan hatte.

Die Zwillinge sahen, wie Calque in den Grand Cherokee stieg, den Sitz einstellte und dann rückwärts ausparkte.

»Schau ihn dir an, Vau. Der Mistkerl tut, als würden wir gar nicht existieren. Er hält den Kopf starr geradeaus und hat nicht einmal links und rechts geblickt, als er auf die Straße gefahren ist. Wenn wir nicht wüssten, dass er etwas plant, wüssten wir es jetzt mit Sicherheit. Ist dem Mann nicht klar, dass man sich möglichst normal benehmen sollte, wenn man etwas im Schilde führt? Und nicht wie ein Roboter. Man möchte meinen, ein Polizist hätte ein bisschen mehr Verstand.«

»Was hätten wir jetzt getan, wenn wir keine Unterstützung gehabt hätten?«

»Ich wäre ausgestiegen und hiergeblieben, und du wärst ihm mit dem Wagen gefolgt.«

Vau nickte. »Klar. Auf diese Weise hätten wir sie weiter alle unter Beobachtung gehabt.«

»Richtig. Aber jetzt bleiben wir einfach hier und lassen ihn in dem Glauben, dass sein kleiner Plan funktioniert. Ich habe vorhin von Rudra und Aldinach Meldung bekommen. Das bedeutet, dass wir jetzt fünf Leute im Einsatz haben, um sie zu hüten, wenn sie abzuhauen versuchen.«

»Was werden sie tun? Aus dem Fenster klettern?«

»Ja. Du hast ja mitbekommen, wie sie sich alles angesehen haben, als sie hier eintrafen. Sie haben sich vergewissert, dass es einen Hinterausgang gibt. In diesem Augenblick schaffen sie wahrscheinlich ihre Habseligkeiten hinten raus und huschen geduckt über den rückwärtigen Parkplatz. Wenn ich einen perversen Humor hätte, würde ich jetzt aus reiner Boshaftigkeit eine Runde um das Motel drehen. Dann könnten wir zwei Spuren unter einem Wagen hervorkommen sehen und wüssten mit Sicherheit, dass sie sich in die Hosen gemacht haben.«

20 Sabir ließ seine Reisetasche aus dem Fenster fallen und kletterte vorsichtig hinterher. Dann wartete er, bis Lamia dasselbe getan hatte. Er war versucht, ihr zu helfen, als sie sich aus dem Fenster mühte, aber etwas hielt ihn davon ab. Sein Fauxpas wegen ihres Gesichts schmerzte ihn immer noch, und er spürte, dass ihr nach wie vor nicht ganz wohl mit ihm war.

»Könnten Sie mir bitte helfen?«

Sabir eilte hinzu. Er legte eine Hand in Lamias Kreuz, um sie zu stützen, und hob sie dann aus dem Fenster. Sie berührte den Boden sehr leicht, fast als wäre sie aus seinen Armen geflogen.

Er blickte zu Boden, verstört von der plötzlichen körperlichen Nähe zu einer Frau. In dem Sekundenbruchteil, in dem er sie getragen hatte, waren ihm die Rundung ihrer Hüften und die ultraweibliche Kontur ihres Gesäßes unter der dünnen Hose mehr als ein wenig bewusst geworden. Jetzt ging sein Blick automatisch nach oben zu ihren Brüsten. Er spürte, wie sich Speichel in seinem Mund sammelte. Himmel. Ein Mann zu sein, war furchtbar. Als wäre man auf einen außer Kontrolle geratenen Rasenmäher geschnallt.

Lamia richtete sich auf und lächelte ihn an.

Er nahm das Lächeln irgendwo in der Gegend seiner Gesäßtasche wahr. Frauen, dachte er. Sie wissen immer, wie sie einen anmachen. Es ist eine Art eingebauter Instinkt. Ein »Schau mich an, ich bin hier«-Instinkt. Er lächelte unwillkürlich zurück, empfänglicher für das Weibliche, als er gern zugab. »Kommen Sie, wir verschwinden lieber von hier, bevor sie Wind davon kriegen, was wir vorhaben.«

Sabir griff nach Lamias Tasche und trug sie zusätzlich zu seiner. Jetzt trage ich ihre Tasche, sagte er sich. Ganz toll. Wie ein Schuljunge, der auf ein Abenteuer aus ist, die Schulbücher seiner Freundin trägt.

Sie liefen zur Grundstücksgrenze eines benachbarten Motels und duckten sich zwischen die geparkten Autos.

»Wir kürzen hier durch ab und dann einen Block hinunter, sodass sie keine Chance haben, uns zu sehen. Dann laufen wir drei Blocks quer und einen hinauf, und dort müsste Calque auf uns warten.«

»Meine Brüder sind nicht so dumm, wie Sie zu glauben scheinen, Monsieur Sabir.«

»Adam, bitte.«

»Adam.«

»Ich bin überzeugt, dass sie nicht dumm sind, Lamia. Aber was sollen sie machen? Wenn sie Calque nicht gefolgt sind, heißt das, sie warten weiter vor dem Motel. Und wenn sie ihm gefolgt sind, sind wir nicht schlechter dran als vorher. Es ist Jacke wie Hose.«

»Da haben Sie wohl recht.«
»Ich habe mit Sicherheit recht.«

21 Der Hermaphrodit Aldinach de Bale war der Erste, der den Grand Cherokee sah.

»Ich habe sie. Sie verlassen die Stadt in nördlicher Richtung.«

»Dann folge ihnen.«

»Bin schon dabei.«

Aldinach fädelte sich in den spätabendlichen Verkehr aus Carlisle, Pennsylvania, hinaus. Im allerletzten Moment schwenkte der Grand Cherokee quer über die Gegenfahrbahn und reihte sich in den Verkehr Richtung Süden ein.

»Sie fahren jetzt nach Süden. Sie haben auf dem Highway gewendet.«

»Folg ihnen um Himmels willen nicht. Oni wartet in der richtigen Richtung. Sie kommen zwangsläufig an ihm vorbei. Er kann dann übernehmen. Wir müssen sie in dem Glauben lassen, dass sie uns entwischt sind. Wir brauchen sie entspannt und locker.«

Aldinach fuhr weiter wie bisher. Erst nach etwa einer Meile, als der Cherokee längst außer Sicht war, wendete er und steuerte ebenfalls in Richtung Süden. Er hatte plötzlich ein amüsantes Bild im Kopf, wie man sie von Hubschrauberaufnahmen auf Privatsendern kennt – eine endlose Schlange von Autos, die einem noch völlig ahnungslosen silbernen Grand Cherokee folgen.

Er überlegte träge, zu welchem Reiseziel sie Sabir wohl folgen würden. Sah aus, als ginge es in den Süden. Aldinach mochte den Süden. Er mochte die Wärme und die Gelegenheit, sich als Frau zu kleiden. Im Norden blieb er bei seiner männlichen Identität, weil sie ihm angemessener erschien. Aber im Süden war er definitiv ein Mädchen.

22 »Geschafft. Wir haben sie abgehängt.« Calque konnte es kaum erwarten, Sabir ans Steuer zu lassen, aber er wusste nicht recht, wie er es einfädeln sollte. Er brauchte unbedingt eine Zigarette und hatte keine Lust darauf, ein Monster wie den Cherokee mit einer Hand zu steuern.

»Soll ich fahren?«

Calque grinste. »Das wäre ausgezeichnet. Und glauben Sie, wir könnten jetzt, da wir die Zwillinge los sind, irgendwo für ein richtiges Abendessen halten? Ich weiß nicht, wie es mit Ihnen steht, aber mein Magen erinnert mich pausenlos daran, dass er seit etwa vierzehn Uhr nichts mehr bekommen hat.«

»Sehr gut. Wir halten bei einem Wendy's.«

»Nein!« Es war fast ein Schrei. Kalter Schweiß war auf Calques Gesicht getreten. »Entschuldigung. Ich wollte nicht laut werden. Aber wir könnten doch sicher ein hübsches, kleines Familienrestaurant finden, wo man regionales, selbst gekochtes Essen serviert.«

Sabir sah Calque an, als hätte der nicht alle Tassen im Schrank. »Es ist dreiundzwanzig Uhr, Hauptmann. Und wir befinden uns in den Vereinigten Staaten. Hier isst man um sieben. Sie können von Glück reden, wenn Sie um diese Uhrzeit noch ein geöffnetes Diner finden.«

»Ein Diner. Dann also ein Diner.« In Calques Kopf tauchten eine ganze Reihe von Bildern aus Hollywoodfilmen der Vierzigerjahre auf, in denen Robert Mitchum oder Humphrey Bogart in einem dieser sogenannten Diner saßen, selbstgebackenen Kuchen aßen und Kaffee tranken.

»Okay. Ein Diner. Aber das bedeutet immer noch einen Burger und Pommes, das ist Ihnen klar, oder?« Sabir verstand Calques Sträuben nur zu gut, aber er hatte beschlossen, sich ein wenig auf Kosten des Franzosen zu amüsieren. Er hatte Calque noch nicht ganz verziehen, dass dieser ihn vor Lamia wegen deren Muttermal gedemütigt und so superschlau über seine Theorien vom Land des Großen Vulkans hergezogen hatte.

»Burger und Pommes? Das kann nicht Ihr Ernst sein. Das ist absurd.«

»Keine Sorge, Calque. Wenn wir erst mal in Mexiko sind, wird alles besser. Drei Tage mit typisch amerikanischer Ernährung werden Sie schon noch durchhalten, oder?«

Calque grinste angewidert. »Drei Tage von Burger und Fritten leben? Ich würde es ja vielleicht schaffen, aber meine Leber bestimmt nicht.«

23 Zuerst lief alles wie geölt. Zwei Mitfahrgelegenheiten in ebenso vielen Stunden. Die erste bis Loma Bonita, in einem Futtermittellastwagen, und die zweite bis nach Isla Juan. Dann riss es plötzlich ab.

In dieser Nacht schliefst du in einer Kaffeeplantage unter einem Bananenbaum. Du hast dich in den *Rebozo* deiner Mutter gewickelt, den du mangels einer anderen transportablen Schlafbedeckung mitgenommen hattest. Du behieltest die Hand am Griff deiner Machete, für den Fall, dass dir ein tollwütiger Hund, eine Schlange, Ratte oder Schwarze Witwe über den Weg lief.

Du schliefst trotz der Kälte gut. Als du am frühen Morgen aufgewacht bist, hattest du weder eine Ahnung, wo du warst, noch wie weit es genau bis zum Palast der Masken war. Jemand, den du fragtest, sagte sechs Tage. Aber auf deine Frage, ob das mit dem Bus, dem Auto oder per Pferd sei, hatte er keine Antwort. Du wusstest nur, dass du die ganze Zeit in Richtung Süden gehen musstest, mit der Küste immer zu deiner Linken. Wenn du in der Nähe von Campeche wärst, würde es Zeit sein, zu fragen. Irgendwer würde dir dann zweifellos den richtigen Weg weisen.

Du warst im Glauben an eine höhere Macht aufgewachsen – eine Macht, der du dientest und der du deshalb gehorchtest, wie es ein Diener tun sollte. Diese Macht würde dich beschützen, wenn sie es wollte, und sie würde dir erlauben, zu sterben, wenn das ihr Wille war. *Asi es la vida.* So ist das Leben. Sinnlos, dagegen anzukämpfen. Sinnlos, zu streiten.

Was du jetzt tatest, geschah auf Geheiß dieser Macht. Deine Familie war auserwählt worden, den Kodex zu beschützen. Dein Großvater hat dir erzählt, wie die ursprünglichen Wächter – jene, die den Kodex vor der rachsüchtigen Unwissenheit der spanischen Priester gerettet hatten – mit ihrem Leben dafür bezahlten. Er hat dir auch erzählt, wie sein Vater den Kodex aus der Hand eines Sterbenden bekommen hatte. Dass er diesem Mann unter Androhung ewiger Verdammnis hatte versprechen müssen, den Kodex zu schützen und ihn nicht den Spaniern zu überlassen. Die würden ihn gewiss verbrennen, wie sie es mit allen anderen großen Büchern der Mayapriester gemacht hatten.

»Aber ich bin kein Maya«, hatte dein Urgroßvater gesagt. »Ich bin halb Totonaca und halb Spanier. Ich verstehe nichts von alldem. Wir glauben nicht einmal an denselben Gott wie ihr.«

»Es gibt nur einen Gott«, sagte der Sterbende. »Und alle glauben an Ihn. Es sind nur die Namen, die sich unterscheiden und Streit verursachen.«

»Aber wem muss ich ihn bringen? Und wann?«

»Du oder dein Sohn oder dein Enkel oder sogar dessen Sohn, ihr müsst warten, bis der Große Vulkan erneut Feuer speit. Das wird euer Signal sein. Dann müsst ihr den Kodex aus seiner Höhle holen und nach Süden reisen, zum Palast der Masken. Dort werdet ihr ein Zeichen bekommen.«

»Aber wo ist dieser Palast?«

»In Kabah, in der Nähe von Campeche. Ich werde euch mit meinem Blut eine Karte zeichnen. Die werdet ihr zusammen mit dem Kodex auf eure Reise mitnehmen. Sie enthält ein Zeichen, siehst du es? Ich habe es hierhin gemalt. Es wird erkannt werden.«

Nun nahmst du die Karte und legtest sie vorsichtig vor dir auf die Erde. Du hattest deine restlichen Tacos längst aufgegessen, und dein leerer Magen fühlte sich an, als würde ein Wurm daran nagen.

Du saugtest an einem Stein, um deinen Speichel zu bewahren, und folgtest der Blutlinie mit dem Finger. Wie weit warst du jetzt auf dieser Linie vorangekommen? Einen Daumen? Zwei Daumen? Wenn du zwei Daumen weit warst, wie es dir am wahrscheinlichsten vorkam, hattest du noch acht Daumen zurückzulegen. Das hieß noch einmal vier Nächte am Straßenrand.

Du holtest deinen kleinen Beutel Pesos aus der Tasche. Du hattest viele Münzen, aber sie waren so gut wie wertlos. Ein paar zerknitterte Scheine. Du hast sie auf der Karte glatt gestreift. Dreihundert Pesos. Fünf Fünfziger, zwei Zwanziger und ein Zehner. Es würde einfach reichen müssen.

Du beugtest dich vor und hast das Zeichen betrachtet. Es war eine Schlange, ja, es musste eine Schlange sein. Ihr Mund war weit offen, und sie schien den Kopf eines Mannes zu verschlingen.

Welcher Mensch würde so etwas erkennen?

Zum ersten Mal, seit du deine Reise angetreten hattest, bekamst du Angst.

24

Sabir konnte nicht schlafen. Er warf einen Blick zu Lamias Bett hinüber. Dann zu Calques. Nichts zu hören. Sie schliefen beide fest.

Die drei waren schließlich übereingekommen, dass es besser war, sich nicht aufzuteilen und verwundbarer als nötig zu machen. Obwohl es Calques eigener Vorschlag war, schien er am Ende am wenigsten glücklich damit zu sein, während Lamia, die verständlicherweise Einwände dagegen gehabt haben könnte, mit zwei erwachsenen Männern ein Zimmer zu teilen, die ganze Sache keine Probleme zu bereiten schien.

Sabir hatte zwar ebenfalls eingesehen, dass es vernünftiger war, aber bald hatte er angefangen, sich Sorgen zu machen, er könnte, wie in den meisten Nächten, einen seiner Albträume haben und laut schreien oder aus seiner Campingliege fallen und so alle aufwecken. Dieser Gedanke nagte jetzt schon so lange an ihm, dass er gar nicht mehr einschlafen konnte.

Schließlich stand er auf und tappte ins Freie. Er setzte sich auf die Brüstung des Laubengangs vor ihrem Zimmer und lehnte sich an einen Pfeiler. Die Nacht war kalt, aber noch halbwegs erträglich. Er holte tief Luft und blickte zum Nachthimmel hinauf.

Sie hatten unfassbares Glück gehabt, dass sie den Zwillingen in Carlisle entwischt waren. Es war fast wie ein Wunder. Sabir konnte sich vorstellen, wie die beiden in der vergeblichen Hoffnung, sie wiederzuentdecken, inzwischen jedes Motel im Umkreis von fünfzig Meilen abklapperten. Aber das Trio war mehr als hundert Meilen nach Süden gefahren und hatte die Hauptdurchgangsroute in Richtung Harper's Ferry verlassen, um seine Spur noch mehr zu verwischen.

Sie hatten sich dann ein heruntergekommenes Motel gesucht, das von einer Familie aus dem Pandschab geführt wurde; die Leute hatten sich offenbar weder daran gestört, dass die drei um zwei Uhr morgens ankamen, noch an dem Umstand, dass zwei reife Männer und eine erheblich jüngere Frau sich ein Zimmer teilen wollten. Vielleicht war so etwas normal hier unten in West Virginia. Sie hatten einfach ein zusätzliches Kinderbett hervorgeholt und für Sabir unter dem Fenster aufgestellt.

Die Tür ging auf, und Lamia kam mit einer Decke um die Schultern heraus.

Sabir richtete sich auf. »Hallo. Können Sie auch nicht schlafen?«

Lamia bedeutete ihm, sitzen zu bleiben. Sie setzte sich neben ihn und wickelte sich fester in ihre Decke. »Calque hat zu schnarchen begonnen.«

»Oje.«

»Es ist wirklich ziemlich laut. Glauben Sie, er ist verheiratet?«

Sabir brach in Lachen aus. »Geschieden, soviel ich weiß. Vielleicht ist das der Grund.«

Sie verzog das Gesicht. »Ich habe mir überlegt, ihn anzustoßen, aber ich bin derart hellwach, dass auf diese Weise nur zwei von uns um ihren Schlaf gebracht würden statt einem. Dann habe ich gesehen, dass Ihr Bett leer ist.«

»Tja, Sie wissen ja Bescheid. Ich hatte Angst, dass ich schreiend aufwache und zu randalieren anfange.«

Sie lachte. »So toll sind wir noch nicht, was? Als Team, meine ich.«

»Ach, ich weiß nicht. Wir haben Ihre Brüder abgehängt, wir sind ein paar Hundert Meilen näher an unserem Ziel, und wir sind unter Freunden. Es könnte schlimmer sein.«

Sie sah ihn an. »Wir haben meine Brüder nur vorläufig abgehängt, das ist Ihnen klar, oder?«

Sabir nickte. »Ja.«

»Irgendwie finden sie uns.«

»Im Augenblick kann ich mir nicht vorstellen, wie. Aber ich gehe gern von dieser Vermutung aus. Das hilft uns wenigstens, dass wir nicht sorglos werden.«

Lamia schien sich zu entspannen, als hätte sie plötzlich beschlossen, sich von einer unerwünschten Last zu befreien. »Sie bringt nicht leicht etwas aus der Ruhe, Adam, hab ich recht?«

Sabir zuckte mit den Achseln. »Dass ich nicht schlafen kann, bringt mich aus der Ruhe. Diese Albträume. Und dass ich Sie gekränkt habe. Aber sonst nicht viel.«

»Wie meinen Sie das, mich gekränkt?«

Sabir wandte ihr den Kopf zu. »Mit dem, was ich sagte, als wir uns kennengelernt haben. Und wie ich es sagte. Dass ich die Aufmerksamkeit auf Ihr Gesicht gelenkt habe. Das wollte ich nicht. Es war einfach dumm von mir. Calque hatte recht, mich einen Trampel zu nennen.«

»Sie sind kein Trampel. Ich habe verstanden, was dahintersteckt. Warum Sie es getan haben.«

»Dann sind Sie ein besserer Mensch als ich, Gunga Din.«

»Wie bitte? Was heißt das denn? Wer ist Gunga Din?« Lamia neigte den Kopf zur Seite wie ein Hühnerhund, ein halbes Lächeln im Gesicht.

Sabir bemerkte einmal mehr, was für eine schöne Frau sie war. Trotz der Verunstaltung. Trotz ihres Wissens darum. Es gab Momente, und dies war einer davon, in denen sie ihr Gesicht völlig zu vergessen schien und sich von Mensch zu Mensch an ihn wandte, nicht als verletzte Frau an einen beschädigten Mann.

»Es ist ein Film. Ein Gedicht eigentlich, aber jeder kennt nur den Hollywoodfilm, der auf ihm basiert. Cary Grant spielt einen englischen Kolonialsoldaten, neben Douglas Fairbanks jr. und Victor McLaglen. Sie sind an der indischen Grenze und geraten in allerlei Schlamassel. Am Ende sind sie alle so gut wie tot, und ihr Wasserträger, der Niedrigste der Niedrigen, der Gunga Din heißt, rettet sie auf Kosten seines eigenen Lebens. Als Gunga Din sterbend daliegt, sagt Cary Grant zu ihm: ›Du bist ein besserer Mann als ich, Gunga Din.‹ Diese Zeile stammt direkt aus dem Gedicht von Kipling.«

»Sie sind ein seltsamer Mann. Lieben Sie Filme so sehr?«

Sabir schüttelte den Kopf. »Es ist mehr. Sie sind eine Leidenschaft für mich. Ich hatte wohl das, was man eine einsame Kindheit nennen könnte. Keine Geschwister. Einen intellektuellen Vater. Eine verrückte Mutter. Bücher und Filme traten bei mir anstelle einer normalen Zuwendung durch die Familie. Sie haben mein Leben bestimmt. Ich konnte die Flucht in sie antreten, wann immer ich wollte. Das Einzige, was mein Vater je mit mir unternommen hat, war, dass er mich mit ins Kino nahm. Er stand nicht auf Baseball oder andere Sportarten. Aber jede

Woche nahm er mich mit in den Lenox Club zur Filmmatinee. Die alten Knacker im Club fuhren eine Leinwand in den Saal. Dann bauten sie einen alten Projektor auf, mit riesigen Sechzehn-Millimeter-Spulen. Wir schauten *Henry V. Der Verrat des Surat Khan. Unter Piratenflagge. Robin Hood. Bengali.* Mann, diese alten Knacker waren englischer als die Engländer. Wenn man genau hinsah, konnte man ihre Harris-Tweed-Sakkos in der Nachmittagshitze dampfen sehen.«

»Sie sind verrückt, wissen Sie das, Adam?«

»Was? Verrückt, weil ich so mit Ihnen rede?«

Sie wandte abrupt den Kopf ab. »Das meinte ich nicht.« Dann gewährte sie ihm einen entschädigenden Blick. »Aber verrückt, weil Sie tun, was Sie tun. Weil Sie Ihr Leben auf diese Art riskieren. Sie könnten gemütlich im Haus Ihres Vaters sitzen und unbedeutende Bücher über das Kino schreiben. Alles, was Sie tun müssten, wäre, zu veröffentlichen, was Sie entdeckt haben. Auf diese Weise wären Sie außer Gefahr.«

»Tatsächlich? Meinen Sie wirklich, Ihre Familie würde mir glauben, dass ich alles veröffentlicht habe, was ich weiß?«

»Wieso denn nicht?«

»Weil sie *wissen*, dass ich gewisse Dinge weiß. Dinge, die ich niemandem sagen kann. Dinge, die ich nicht veröffentlichen kann.« Er hatte einen Moment lang den Verdacht, sie würde ihn auffordern, Klartext zu sprechen, die unerwartete Intimität, die plötzlich zwischen ihnen entstanden war, dazu nutzen, ihm Informationen zu entlocken. Weibliche Neugier und der ganze Quatsch. Aber sie tat es nicht.

Stattdessen sah sie ihm direkt in die Augen. »Sie wollen die Sache bis zum Ende durchziehen, hab ich recht?«

Er tat, als würde er über ihre Frage nachdenken, aber er kannte die Antwort bereits. »Ich habe keine andere Wahl. Diese Albträume. Sie haben etwas damit zu tun. Aber es ist nicht nur das. Ich verändere mich, Lamia. Ich verändere mich innerlich. Ich kann es nicht richtig beschreiben, aber etwas ist da unten in diesem Keller in der Camargue mit mir passiert. Etwas, das ich noch nicht verstehe. Ich fühle mich zum Beispiel plötzlich zu Dingen hingezogen. Fast als hätte ich sie vorher schon erlebt und müsste sie jetzt noch einmal durchleben, um ihre Bedeutung ganz zu verstehen.« Er schüttelte den Kopf. »Kein Wunder, dass Sie mich für verrückt halten.«

»Was Sie sagen, ergibt keinen Sinn, das ist richtig. Aber ich halte Sie nicht für verrückt. Es war falsch von mir, das zu sagen.«

»Und Sie? Warum ziehen Sie mit uns herum? Es kann nicht wegen des Schutzes sein. Denn was das angeht, sind Calque und ich wahrscheinlich weniger von Nutzen als, sagen wir, Laurel und Hardy.«

Lamia lachte. »Laurel und Hardy, das trifft es. Genau das sind Sie beide. Laurel und Hardy.«

»Danke. Vielen Dank auch.«

Lamias Miene wurde wieder ernst. »Warum haben Sie eigentlich keine Frau, Adam? Sie sind wie alt? Mitte dreißig? Und auf eine lässige Art à la Dean Martin sehen Sie sogar ganz gut aus.«

»Dean Martin? Ich sehe aus wie Dean Martin?«

»Ein bisschen, ja. Und wie noch jemand. Ein Schauspieler aus den 1930ern, dessen Name mir nicht einfällt. Aber das kommt noch, da bin ich mir sicher.«

»W. C. Fields?«

Sie boxte ihn leicht auf den Arm. »Aber ich meine es ernst, Adam. Die meisten Männer sind zu diesem Zeitpunkt zur Ruhe gekommen. Haben eine Familie gegründet. Doch Sie wohnen in einem weit größeren Haus, als Sie jemals nutzen könnten. Mit einem wunderschönen Garten. In einer bevorzugten Gegend Amerikas. Warum sind Sie nicht verheiratet? Was ist los mit Ihnen, Mr. Sabir?«

»Ich nehme an, jetzt fragen Sie mich gleich, ob ich schwul bin.«

»Nein. Ich weiß, dass Sie nicht schwul sind.«

»Ach ja? Und wie haben Sie das herausgefunden?«

»Durch die Art, wie Sie vorhin reagiert haben, als Sie mir halfen, aus dem Fenster zu klettern.«

Sabir spürte, wie er rot wurde. »Ach, kommen Sie. Ich habe Sie nur für einen winzigen Moment hochgehoben. Sie hätten ebenso gut ein Sack Weizen sein können.«

»Das glaube ich nicht. Französische Frauen kennen sich mit so etwas aus. Ich behaupte nicht, dass Sie sich zu mir hingezogen fühlen, glauben Sie das nicht. Aber eine Frau weiß, wann ein Mann sie als Frau wahrnimmt. Schwule Männer reagieren da anders. Sie sind auf jeden Fall hetero. Also antworten Sie auf meine Frage.«

Sabir lachte. Aber in Wirklichkeit war er zwischen Verlegenheit und Unbeholfenheit hin- und hergerissen. Er war es nicht gewöhnt, dass Frauen so mit ihm sprachen. Einem Teil von ihm gefiel es, ein anderer Teil wünschte sich Lichtjahre weg. »Es hat mit meiner Mutter zu tun, nehme ich an.«

»Wie meist bei Männern.«

Einmal mehr überraschte Sabir ihre Geradheit. »Es ist nicht, wie Sie glauben. Nicht das Übliche, meine ich. Während des größten Teils meines Heranwachsens und bis ich weit über zwanzig war, war meine Mutter ständig krank. Ich meine psychisch krank, nicht körperlich. Es wurde bisweilen so schlimm, dass sie in eine Klinik gebracht und über Wochen mit Medikamenten ruhiggestellt werden musste, damit sie nicht Selbstmord beging. Es hat das Leben meines Vaters zerstört. Und zum Teil wohl auch meines. Ich konnte nie jemanden mit nach Hause bringen, verstehen Sie? Und irgendwie fühlte es sich wie Verrat an, wenn ich mit Mädchen ausging, die meine Mutter nie kennenlernen würde. Sie wollte normal sein, Lamia. Sie wollte es verzweifelt. Aber etwas, eine Art Kurzschluss in ihrem Hirn, ließ es nicht zu. Ich besuchte das College wie alle anderen. Hatte einige kurze Affären. Kleinere Geschichten, die nichts bedeuteten. Aber ich konnte keine Frau halten. Etwas in mir war gleichgültig, war beschädigt. Als mein Vater vor drei Jahren starb, lebte ich als Zweiunddreißigjähriger noch immer die meiste Zeit des Jahres zu Hause.«

»Und Ihre Mutter?«

»Ach, ihr gelang endlich, was sie ihr halbes Leben lang versucht hatte. Ich war fünfundzwanzig, als sie ein Schlafmittel nahm und sich die Adern an den Handgelenken aufschnitt. Ich war derjenige, der sie gefunden hat. Sie hat es wie Seneca der Jüngere gemacht – in der Badewanne. Nur dass sie das Wasser laufen ließ. Das blutige Wasser kam die Treppe herunter wie ein Wasserfall. Eine Wahnsinnsart zu gehen. Wie immer hat sie uns alle teilhaben lassen.«

»Aber Sie haben sie geliebt?«

»Ich habe sie geliebt und gehasst. Beantwortet das Ihre Frage?«

Lamia streckte die Hand aus und drückte seinen Arm, aber Sabir zuckte unbewusst zurück, als hätte er Angst vor ihrer Berührung.

25 Das Trio fuhr den ganzen folgenden Tag, immer den Gebirgszug der Appalachen entlang, bis hinein nach Alabama. Sie wechselten sich mit dem Fahren ab, und sowohl Sabir als auch Lamia gelang es, ein wenig zu dösen, wenn sie mit einer Pause dran waren.

Calque hatte Sabir davon zu überzeugen versucht, dass sich zivilisierte Menschen nicht zur Frühstückszeit mit Eiern, Bacon und Waffeln vollstopften und sich dann durch den Tag knabberten, bis sie um sieben Uhr gegen den Steinwall eines mächtigen Abendessens liefen. Stattdessen fingen sie mit einem kontinentalen Frühstück an, unter der strikten Vorgabe, dass sie sich auf ein gutes Mittagessen freuen durften, während ein leichtes Abendessen alles zu einem zufriedenstellenden Abschluss brachte.

»Diesmal werde ich das Restaurant auswählen. Wir werden nicht verfolgt. Wir müssen kein Drive-in benutzen. Es ist nicht nötig, dass wir im Wagen sitzen und es mit falsch frittiertem Essen voll stinken.«

Weder Lamia noch Sabir hielten es für angebracht, Calque darauf hinzuweisen, dass er das Auto regelmäßiger denn je mit Zigaretten zustänkerte. Auch erwähnte Lamia sein Schnarchen nicht. Sie nahm eine gewisse unerwartete Empfindlichkeit an ihm wahr, die fast schon an Narzissmus grenzte, und sie wusste auch um seine Empfänglichkeit sowohl ihr selbst als auch den Ansichten ihres Geschlechts gegenüber.

Während des Mittagessens – für das Calque überraschenderweise ein von einer Familie geführtes Restaurant in der Nähe von Knoxville gefunden hatte, das auf wacholdergeräucherte Spanferkelrippen mit Maisbrot und Pintobohnen spezialisiert war (leider gab es keinen Wein) – fragte sie ihn nach seiner Frau und seiner Tochter aus.

Calque seufzte und starrte auf seinen Teller hinab, als enthielte dieser einen symbolischen Schlüssel zu den Bedingungen des Menschseins. »Meine Frau wünschte sich vom ersten Moment unseres Kennenlernens an, dass ich Geschäftsmann wäre und nicht Polizist. Es gelang ihr – übrigens ohne jeder Ermutigung meinerseits –, sich einzureden, ich würde ihren Wünschen früher oder später nachkommen und den Beruf wechseln. Wir hätten dann ein komfortables, bürgerliches Leben in einem angesehenen Vorort von Paris führen und unsere Ferien auf der Île de Ré verbringen können, wie es ihre Familie seit zwei Generationen tat. Ich habe sie in dieser Beziehung enttäuscht, so wie ich sie in jeder anderen Beziehung ebenfalls enttäuscht habe. Wir hatten eine Tochter. Zuerst schien diese Tochter begeistert von mir zu sein. Ich nahm sie mit auf den Blumenmarkt und in den Jardin du Luxembourg, wo sie ihr Segelboot fahren lassen konnte. Als meiner Frau klar wurde, wie gern ich diese Tochter hatte, begriff sie, dass ihre

Gelegenheit zur Rache endlich gekommen war. Sie hat fast zwanzig Jahre lang daran gearbeitet, mir diese Tochter in jeder Weise, die ihr einfiel, zu entfremden. Ich habe mich natürlich gewehrt, aber ein Mann, der Vollzeit arbeitet, mit manchmal langen Tagen in einem Beruf, der einen verrohen lässt, ist in seiner Verteidigung geschwächt. Meine Tochter hat schließlich geheiratet und ist von zu Hause ausgezogen. Wenn ich sie jetzt anrufe, spricht ihr Mann mit mir, aber nicht sie. Ohne die Anwesenheit meiner Tochter kam mir meine Ehe noch mehr wie eine Heuchelei vor als bisher schon. Ich ließ mich deshalb von meiner Frau scheiden, was mich praktisch ruinierte. Aber das ist nur gerecht. Wenn ein Mann ein Narr ist, verdient er es, wie ein Narr behandelt zu werden. Ich war und bin ein Narr. Aber jetzt, da ich älter bin, kann ich lächelnd auf meine Torheit zurückschauen. Früher konnte ich nur weinen.«

Sabir und Lamia starrten Calque sprachlos über den Tisch hinweg an. Niemals, seit ihn die beiden kannten, hatte er auch nur annähernd etwas von seinem Privatleben preisgegeben. Nach allem, was sie wussten, hätte er ebenso gut ein Laienbruder sein können. Jetzt hatte er seine ganze schmutzige Wäsche vor ihnen ausgebreitet, und sie wussten nicht recht, wie sie reagieren sollten.

»Ein Jammer, dass sie hier keinen Wein ausschenken«, sagte Sabir. »Ich könnte jetzt selbst ein, zwei Gläser vertragen.«

Lamia sah ihn an, als hätte er eben eine Saucenschale über ihr Kleid geschüttet.

Sabir schluckte und versuchte, seinen Fauxpas wiedergutzumachen. »Das ist ja schrecklich, Calque. Sie meinen, Ihre Tochter spricht nicht einmal mehr mit Ihnen?«

Diesmal trat ihm Lamia unter dem Tisch gegen das Schienbein.

Calque schien ihn jedoch gar nicht gehört zu haben. »Aber jetzt ist alles in Ordnung. Ich habe mich vorzeitig pensionieren lassen. Ich beschäftige mich zwanghaft mit den Nachwirkungen meines letzten Falls. Ich habe die letzten fünf Wochen in einem gut getarnten Versteck auf einem Hügel in Südfrankreich verbracht. Ich habe mich erneut ruiniert, indem ich einen Kriminellen dazu bestochen habe, in das Haus von Lamias Mutter einzubrechen und einen Kassettenrekorder wiederzuholen, auf dem nichts drauf ist. Ich bin nach Amerika gekommen, ein Land, von dem ich nichts weiß und noch weniger wissen will, ein Land, in dem Leute von frittiertem Essen und Imbissfraß leben, und ich habe es zu meinem eigenen gemacht. Ich bin von Verrückten verfolgt worden und ihnen entkommen. Ich bin von meinen Freunden umgeben.« Calque tunkte sein Maisbrot in die Spareribsauce und aß es scheinbar voller Genuss. »Das Leben meint es gut mit mir, anders ausgedrückt. Viel besser, als ich es verdient habe.«

Sabir setzte eine spöttische Miene auf und warf einen Seitenblick auf Lamia. »Macht er Witze? Oder meint er es ernst?«

Lamia lächelte. »Er meint es ernst. Er hat nur eine sehr französische Art, es auszudrücken.«

»Wie? So im Zickzack und hintenherum? Mit ein paar Umwegen und um die eine oder andere unübersichtliche Kurve?«

»Ja. Genau so.«

Calque widmete sich längst wieder seinem Essen, scheinbar unberührt vom Rest der Unterhaltung.

Es war, als habe er seine Karten genau wie vorbereitet auf den Tisch gelegt und überließe es jetzt allen anderen, was sie damit anfangen wollten.

26

Alles war gut gelaufen für den Corpus, bis ihre Karawane an einem für die Jahreszeit ungewöhnlich heißen Freitagabend gegen einundzwanzig Uhr in der Kleinstadt Wakulhatchee, südlich von Tuscaloosa, Alabama, eintraf.

Es war ein Tag mit langen Fahrzeiten für das auf zehn Fahrzeuge verteilte, elfköpfige Überwachungsteam gewesen. Ein Tag, dessen erschöpfende Wirkung noch verstärkt wurde von der anhaltenden Notwendigkeit zur Vorsicht und dem unvermeidlichen Verschleiß durch die Rotationen im Zwanzigminutentakt, auf denen Abi bestand, obwohl das Trio im Grand Cherokee nicht die leiseste Ahnung zu haben schien, dass es immer noch beobachtet wurde.

Selbst während der Mittagspause der drei – als das Überwachungsteam es vielleicht etwas lockerer hätte angehen lassen können – hatte Abi seinen Geschwistern nur Gelegenheit zu einem kleinen Imbiss eingeräumt. »Ihr könnt euch heute Abend entspannen. Wenn sie an Ort und Stelle bleiben. Dann reicht es, wenn zwei Leute sie beobachten. Der Rest kann losziehen und sich ein bisschen zerstreuen.«

»Welche beiden werden sie beobachten?«

Abi sah die Möglichkeit eines heraufziehenden Sturms. »Vau und ich werden die erste Vierstundenschicht übernehmen«, sagte er in beschwichtigendem Tonfall. »Wir sind am frischesten. Und wir hatten den ganzen Tag keinen Druck. Der Rest von euch kann losen, wie es weitergeht. Diese vier Stunden sollten euch genügen, um etwas zu essen und zu trinken und euch ein bisschen aufzuheitern. Sollte sich unser Trio entschließen, noch spät auszugehen, werden wir euch rufen und euch sagen, wo sie sich herumtreiben. Wir wollen nicht, dass ihr wie die Kegel alle übereinander fallt. Wenn Lamia einen von uns zu Gesicht bekommt, sind wir im Arsch. Dann werden sie wieder die Fliege machen, und diesmal werden sie sichergehen, dass sie nicht verfolgt werden. Nein. Wir müssen sie schön ahnungslos halten.«

Calque, Lamia und Sabir hatten ihrerseits ein weiteres altmodisches – sprich gründlich heruntergekommenes – Motel am äußersten Stadtrand entdeckt. Dieses wurde von einer polnischen Familie geführt – und auch sie zogen kaum die Augenbrauen hoch wegen des ungewöhnlichen nächtlichen Arrangements ihrer Gäste.

Nachdem sie beobachtet hatten, wie das Trio eincheckte,

richteten sich Abi und Vau in ihrem Wagen darauf ein, aus hundertfünfzig Metern Entfernung den Eingang des Motels zu beobachten. Sie fuhren ein anderes Mietauto als in Massachusetts, ein Fahrzeug, das den ganzen Tag lang nicht in Sichtweite des Cherokee gewesen war.

»Wie findest du, läuft es?«, fragte Vau.

»In einem Wort? Beschissen.«

Vau schwieg eine Weile. »Ich verstehe dich nicht«, sagte er schließlich. »Wir haben sie immer noch unter Überwachung. Die ganze Familie ist hier, um uns zu unterstützen. Worüber beschwerst du dich?«

»Tatenlosigkeit, darüber beschwere ich mich.«

Vau zog ungläubig die Augenbrauen hoch.

»Ach komm, Vau. Du weißt sehr gut, mit wem du es hier zu tun hast. Unsere Geschwister sind es gewohnt, alles zu bekommen, was sie wollen und wann sie es wollen. Entweder sie kaufen es oder sie nehmen es jemandem weg. Diese Art Freiheit wirkt wie ein eingebauter Dynamo. Jetzt verlangen wir von diesem Haufen Anarchisten, dass sie sich am Riemen reißen und endlos Zurückhaltung üben. Sabir könnte verdammt noch mal vorhaben, bis nach Brasilien zu fahren. Was in Ordnung ist für ihn – er hat sein eigenes Fahrzeug. Aber was tun wir? Wir müssen an jeder Grenze irgendwie unsere Mietfahrzeuge loswerden und uns neue besorgen, ohne dass wir unsere Ziele verlieren.«

»Aber warum sollten wir eine Grenze überqueren müssen? Sie könnten auf dem Weg nach Florida sein.«

»Florida? Hast du den ganzen Tag auf keine Karte geschaut? Wir sind immer die Appalachen entlanggefahren – wir sind auf dem Weg nach Texas.«

»Gut, dann eben Texas.«

»Und was kommt hinter Texas?«

Vau überlegte einen Moment. »Mexiko, würde ich sagen.«

»Glaubst du nicht, sie könnten dorthin unterwegs sein?«

»Warum?«

»Ist in den letzten Tagen irgendwas passiert dort?«

Vau dachte erneut nach. Dann schüttelte er den Kopf. »Nein. Nicht dass ich wüsste.«

Abi rutschte tiefer in seinen Sitz und schloss die Augen. »Allmächtiger.«

27 Der Laden hieß »Alabama Mama« und lag vom Motel des Trios aus gesehen am anderen Ende von Wakulhatchee. Im Wesentlichen war es ein Parkplatz mit einer Wellblechhütte in der Mitte. Das Wellblech war ursprünglich rostrot gestrichen gewesen, aber im Lauf der Jahre hatte sich die Patina verändert, und der Bau ähnelte nun einer Art auf den Kopf gestellter, schlecht glasierter Kaffeekanne.

Um zehn Uhr an einem Freitagabend war der Parkplatz noch größtenteils leer; deshalb erregte die Ankunft einer Phalanx in New York zugelassener Mietautos kein größeres Aufsehen. Ein paar verwunderte Blicke gingen zwar in Richtung des Corpus – sie waren immerhin ziemlich auffällig –, aber es kam zu keinen Widrigkeiten, und es deuteten sich auch keine an.

Von den neun Geschwistern, die an jenem Abend das »Alabama Mama« betraten, war Athame ein echter Zwerg, mit winzigen Händen und Füßen, Berith hatte eine Hasenscharte, Rudra humpelte extrovertiert wegen seines unbehandelten Klumpfußes, Alastor war dürr wie ein Gespenst infolge seiner Kachexie, Asson dagegen war ungeheuer dick, Dakini hatte Haar, das bis unter ihr Gesäß wuchs und ein Gesicht einrahmte, das zu einer Art bösartigem Grinsen erstarrt war, Nawal litt unter Hirsutismus, Oni war ein zwei Meter zehn großer Albino und Aldinach ein echter Hermaphrodit.

Von ihnen allen sah Aldinach am normalsten aus, da er/sie beschlossen hatte, heute Abend eine Sie zu sein – dank des subtropisch warmen Klimas, das die Temperatur selbst um einundzwanzig Uhr an einem Oktoberabend nicht unter dreißig Grad fallen ließ. Im Innern des Clubs, wo die langsam rotierenden Deckenventilatoren die überheizte Luft kaum aufwühlten, war es noch heißer.

Aldinach hatte deshalb beschlossen, ein dünnes Baumwollkleid zu tragen, tief ausgeschnitten, um ihre kleinen, aber perfekt geformten Brüste vorzuzeigen. Sie hatte rote Kunstlederschuhe mit fünfzehn Zentimeter hohen Absätzen an und die dünnsten Strümpfe, die sie finden konnte. Das Haar trug sie offen – wenn sie als Mann lebte, war es meist zu einem Pferdeschwanz gebunden –, und ihr Pony war einwärts gedreht und betonte die Augen mit den langen Wimpern. Aldinach weigerte sich, das Lokal zusammen mit ihren Brüdern und Schwestern zu betreten, kam getrennt von ihnen durch einen Seiteneingang und nahm allein an der Theke Platz.

Der Barkeeper sah zweimal hin und schüttelte erstaunt den Kopf. Trotz zwanzig Jahren Arbeit in Clubs, Bars und Absteigen aller Art erstaunte es ihn immer noch, was sich Frauen ausdenken konnten, wenn sie »im Jagdfieber« waren. Er stand einen Moment da, bewunderte den Anblick und überlegte, welcher seiner Stammgäste heute Abend der Glückliche sein würde. Denn einer würde es sein, so viel stand fest.

»Ich nehme eine Margarita.«

»Gefroren? Oder on the Rocks?«

»Gefroren.«

»Kluge Wahl. Wollen Sie Salz um den Rand?«

»Ja.«

Der Barkeeper beeilte sich, den Cocktail zu machen. »Sind Sie aus Louisiana?«

»Ja.«

»Ich wusste es. Ich habe Ihren Akzent sofort bemerkt. Lafayette?«

»Lake Charles.«

»Na, hol's der Teufel. Nah dran, oder?«

»Sie haben ein gutes Ohr, das muss man Ihnen lassen.«

Der Barkeeper legte eine Papierunterlage vor Aldinachs Platz und stellte die Margarita darauf. »So, jetzt probieren Sie mal, und dann sagen Sie mir, ob das nicht die beste Margarita auf dieser Seite der Sierra Madre ist.«

Aldinach trank einen Schluck. Dann legte sie den Kopf schief und lächelte.

»Was habe ich gesagt? Ich habe früher in den Osterferien in Cancun gearbeitet. Im Hotel Esmeralda.« Sein Gesichtsausdruck änderte sich abrupt. »Hören Sie. Sagen Sie, wenn ich falsch liege, aber Ihnen ist schon klar, was für eine Art Laden das hier ist?«

Aldinach zuckte mit den Achseln. »Ich kann es mir ungefähr vorstellen.«

Der Barkeeper warf einen Blick zum Haupteingang. »Es ist nicht das, was man vornehm nennen würde, wenn Sie verstehen, was ich meine.« Er zögerte. »Sie gefallen mir, Lady. Sie scheinen eine Klasse über den Puppen zu liegen, die sonst in dieser Bar verkehren. Außerdem haben Sie einen guten Geschmack, was Drinks angeht. An Ihrer Stelle würde ich austrinken und wieder gehen. Versuchen Sie es im ›Hummingbird‹, zwei Meilen die Straße rauf. Ich vertreibe höchst ungern einen Kunden, aber Sie haben die Sorte Gesindel, die hier verkehrt, nicht verdient. Schauen Sie sich bloß mal den Tisch Freaks da drüben an.« Er wies mit einem Kopfnicken zum Rand der Tanzfläche, wo Aldinachs Brüder und Schwestern drei Tische zusammengestellt hatten, um daraus einen großen zu machen. »Das gibt garantiert Ärger. Als würde man ein rotes Tuch vor einem Stier schwenken. Die Sorte Rednecks, die wir freitagabends hier haben, wird die bloße Existenz dieses Haufens als eine Beleidigung ihrer Männlichkeit auffassen. Unsere Kundschaft steht nicht so auf Integration Behinderter. Ich weiß nicht, wer die sind, vielleicht ein Ausflug der Beschützenden Werkstatt – oder vielleicht sind sie aus der Klapsmühle ausgebrochen – aber ich würde nicht hier sein wollen, wenn die Skunks sich die Bande vornehmen.«

»Die Skunks?«

»Sie wollen nicht wissen, wer das ist, Lady, glauben Sie mir.«

28 Skip Dearborn war seit nunmehr zwanzig Jahren Großmeister der Skunks genannten Ortsgruppe der Birmingham Hells Angels. In dieser Zeit war er vergewaltigend, tötend und folternd im größten Teil des südlichen Alabama aufgetreten, er hatte gestohlen, bestochen, abgesahnt, erpresst und Leute entführt, ohne jemals eine nennenswerte Strafe abzusitzen. Andere hatten an seiner Stelle gelitten. Und wenn man Skip fragte, war das nur gerecht so.

Er war der schlaueste und am fiesesten aussehende Hurensohn im Viertel – warum sollte er von seiner Schlauheit und Gemeinheit nicht profitieren? Der Tag würde kommen, an dem ihm jemand die Krone stahl, aber noch war es längst nicht so weit. Und in der Zwischenzeit übte Skip sein *droit de seigneur* über jede Frau aus, die dumm genug war, sich mit seiner Gruppe einzulassen, und pickte sich die Rosinen aus der Beute, egal ob es sich um Erpressungsgeld oder zufällig vorbeikommende Muschis handelte.

Er war wie ein Löwe, der seinem Rudel vorstand. Er hatte das glänzendste Motorrad, die meisten Aufnäher, das glatteste Leder und den übelsten Körpergeruch aller Männchen in seiner Truppe. Wer wollte mit ihm streiten? Wer würde ihm irgendwelchen Verdruss bereiten? Er hatte eine Stahlplatte im Schädel, eine Niete in einem Arm, eine punktierte Lunge, Narben an Rücken, Schulter und Hals, ein geplatztes Trommelfell und gelegentlichen Tinnitus, der ihn äußerst reizbar machte.

An diesem Abend war der Tinnitus wirklich sehr schlimm. Und das Einzige, was ihn halbwegs erträglich machen würde, war eine Schlägerei, eine Muschi oder beides. Das ließ ihn das

Zischen in seinem Ohr für ein, zwei angenehme Stunden vergessen.

An diesem speziellen Freitagabend war er von einem erlesenen Haufen Leute umgeben, die im Jargon der Hells Angels Herumlungerer oder Anwärter hießen. Möchtegerne, in anderen Worten, für so ziemlich alles zu haben, was ihnen Skip zufällig anbot. Viele der regulären Ortsgruppenmitglieder waren dazu übergegangen, Skips Gesellschaft an einem Freitagabend zu meiden, entweder weil sie zu alt oder zu bequem wurden oder weil sie nicht wollten, dass sich jemand anders als sie selbst an ihren Frauen verging. Das wiederum verärgerte Skip gewaltig, und er neigte dazu, sich mit überraschenden und kreativen Methoden zu rächen.

Sich die Möchtegerne zu unterwerfen, war einer seiner gemeinsten Tricks. Die meisten waren so versessen darauf, zu den Einprozentigen zu gehören (die übrigen neunundneunzig Prozent Motorradrocker wurden als gesetzestreu erachtet und von den Angels spöttisch als »Bürger« bezeichnet), dass Skip so ziemlich alles mit ihnen machen konnte. Einen Anwärter auf einen Haufen Bürger ansetzen und ihn dann von der Leine lassen – das war Skips Motto. Dann lehnte er sich zurück und beobachtete das Gemetzel. Hier und dort einen Schlag mit einem abgesägten Billardqueue landen, ein paar Messerhände zertrümmern – alles nur Spaß und Spiel. Niemand wurde getötet, niemand ernsthaft verletzt – es sei denn, man wollte ein paar ausgeschlagene Zähne und die eine oder andere gebrochene Nase oder angeknackste Rippe als Verletzung werten.

Skips neuester Trick bestand darin, Leute mit dreifach wirksamem Pfefferspray zu besprühen, wenn sie es am wenigsten erwarteten. Ein Spritzer ins Auge, und man konnte tun, was man wollte, ohne eine Reaktion zu riskieren. Heute Abend gehörten eine Dose Pfefferspray, ein abgesägter Queue, eine chinesische Kampfkette und ein Schnappmesser zu Skips Bewaffnung. Der Tinnitus wurde so schlimm, dass er mit den Zähnen mahlen musste, um dem Geräusch entgegenzuwirken – es war, als wäre er unter einem Wasserfall im Yellowstone Park festgebunden. Er brauchte dringend ein Ventil – eine Möglichkeit, sich von dem Rauschen in seinem Kopf abzulenken.

Er stieß die Tür zum »Alabama Mama« weit auf und marschierte, gefolgt von seinem kleinen Hofstaat aus Anwärtern, in den Club. Es war noch früh. Viel zu früh für echten Spaß. Deshalb beabsichtigte Skip, sich ein, zwei Stunden lang mit Mescal volllaufen zu lassen und dann zu nehmen, was durch die Tür kam. Was er nicht erwartet hatte, war, dass seine Abendunterhaltung bereits vor Ort sein würde.

Skip ließ seinen Blick träge über die Tanzfläche schweifen. Du lieber Himmel! Was war denn das für ein Haufen Freaks, der sich drüben auf der anderen Seite um einen Tisch drängte? Er war so überrascht von ihrem Anblick, dass er sogar einen Moment stehen blieb, um sie staunend anzusehen. Als wäre er Zeuge eines kleinen Wunders geworden. Dann erblickte er Aldinach an der Bar.

»Sie gehört mir«, sagte er zu dem Anwärter, der ihm am nächsten war. »Hol sie.«

Der Barkeeper kam herbeigeeilt. »Keinen Ärger heute Abend, Skip, hörst du? Das letzte Mal hätte es mich fast meinen Laden gekostet. Drinks aufs Haus, okay? Tequilas so viel ihr wollt. Was hältst du davon?«

»Mescal. Und Bier zum Runterspülen.«

»Natürlich, Skip. Alles, was du willst.«

Die Angels setzten sich. Skip beobachtete, wie sich der Anwärter an die Frau an der Bar anschlich. Was hatte das Arschloch vor? War er scharf auf ein Rasiermesser?

»Sie, Miss, hätten Sie Lust auf einen Drink mit uns?« Skips Stimme war laut – überlaut sogar. Als würde er Befehle in ein Funkgerät brüllen.

Aldinach stand auf. Sie schaute sich mit schiefgelegtem

Kopf um, als wäre sie sich nicht ganz sicher, dass das Geschrei wirklich von Skips Tisch gekommen war. »Das wäre sehr nett.«

Der Anwärter hatte sie eben erst erreicht. Jetzt wich er entsetzt zurück. Was fiel der Schlampe ein? War sie blind? Er hatte ein wenig Sträuben erwartet bei der Aufforderung, an den Tisch der Angels zu kommen. Ein deutliches Nein, vielleicht gefolgt von einem »Verpiss dich«. Er hatte dann vorgehabt, sie ein wenig zu umschmeicheln, worauf er mit untröstlicher Miene an den Tisch zurückgekehrt wäre und die ganze Sache Skip überlassen hätte. Sollte sich das Arschloch seine Pussy selber angeln.

Stattdessen nahm die Frau ihren Drink von der Theke und begleitete den Anwärter freiwillig über die Tanzfläche.

Der Barkeeper begegnete ihnen auf halbem Weg. Er zog die Augenbrauen dramatisch hoch, als er Aldinachs Blick auffing, und schüttelte dann den Kopf, als wollte er jede weitere Verantwortung für seinen früheren Gast von sich weisen. Er sagte allerdings nichts, da er keine Todessehnsucht verspürte.

Skip stand auf und bot Aldinach einen Stuhl an. Sein Betragen war bemüht höflich. Ganz wie ein Mann, der einen Begleiter in falscher Sicherheit wiegen will, ehe er ihm den Stuhl genau in dem Moment wegzieht, in dem der andere sich setzt.

Noch immer konnte er sein Glück kaum fassen. Was dachte sich die Schlampe eigentlich? War sie auf einen unvergesslichen Freitagabend aus? Na ja, was kümmerte es ihn?

»Wollen Sie einen Schluck Mescal?«

»Nein, ich möchte noch eine Margarita.«

»Schon unterwegs.« Skip brüllte quer durch den Raum zum Barkeeper, der zur Bestätigung müde winkte.

Aldinach warf einen Blick in die Runde. »Ihr seid alle gleich angezogen. Gehört ihr zu einer Art Verein?«

Skip grinste. »Könnte man sagen. Der Zu-gleichen-Teilen-Verein.«

»Tatsächlich? Von dem hab ich noch nie gehört.«

»Sind Sie Französin oder was?«

»Ich bin aus Louisiana. Lake Charles.«

»Hätte ich mir denken können.« Skip zögerte. »Wegen der Art, wie Sie angezogen sind.«

»Gefällt es Ihnen, wie ich angezogen bin?«

»Großer Gott. Ist das denn zu fassen?« Skip schaute in die Runde seiner Anwärter. Er begann, leicht ratlos auszusehen.

»Sie haben meine Frage nicht beantwortet.«

»Doch, natürlich. Ich mag es, wie Sie sich anziehen. Sehr.«

Aldinach stand auf. »Ich muss mal das Näschen pudern. Sie warten auf mich, ja? Sie gehen nicht weg?«

Skip wäre beinahe mit seinem Stuhl umgekippt. Er spürte seinen Tinnitus kaum noch. Um nichts in der Welt würde er sich diese Braut entgehen lassen. »Geh nur zu, Schätzchen. Wir sind alle noch da, wenn du wiederkommst.«

Aldinach schlängelte sich zwischen den Tischen durch. Als sie an ihren Geschwistern vorbeikam, lächelte sie und zog fragend eine Augenbraue in die Höhe. Oni warf einen raschen Blick zum Tisch der Hells Angels hinüber und zuckte mit den Achseln.

»Haben dich diese Freaks belästigt, Schwester?« Skip war aufgestanden. Er spürte plötzlich einen Knoten in seiner Magengrube.

»Ja.« Aldinach drehte sich um. »Er hat eine widerliche Bemerkung zu mir gemacht. Und er hat gesagt, dass ihr Angels Weicheier seid.«

Oni seufzte. Er sah zu seinen Brüdern und Schwestern. »Abi wird wütend auf uns sein, wenn wir das machen.«

Berith zuckte mit den Achseln. »Wen juckt es?«

Oni blickte der Reihe nach Rudra, Alastor und Asson an. »Seid ihr drei dabei?«

Nawal stieß ihn in die Seite. »Was ist mit uns Mädchen?«

Oni lächelte. »Ihr dürft hinter uns aufwischen.« Er stand auf und drehte sich zu den Angels um.

»He, Jungs«, sagte Skip. »Der verdammte Zirkus ist gerade in die Stadt gekommen.«

29

Es war ein ungleicher Kampf. Die Anwärter waren nicht mit vollem Herzen bei der Sache. Das Hauptproblem war, dass noch niemand dazu gekommen war, sich mit Bier, Mescal und fixen Ideen vollzupumpen. Ihnen fehlte die nötige Schärfe.

Der Dicke, der Dünne, der Typ mit der Hasenscharte und der Typ, der hinkte, bewegten sich alle in eine Richtung, und der riesige Albino kam einfach mitten zwischen den Tischen hindurch auf sie zu. Die Zecher liefen in alle Richtungen auseinander. Die weiblichen Freaks kreisten wie Barracudas um den Rand des Kampfplatzes und hielten nach einer Lücke Ausschau.

Jeder der Freaks zog einen Schlagstock aus dem Ärmel. Bei diesem Anblick begann einigen der Anwärter der Mut zu sinken.

Der Albino erreichte sie zuerst. Himmel, er war aber auch verdammt groß.

Zwei der Anwärter zogen Messer, um seine Kampfmoral gewissermaßen auszuhöhlen, aber er stürzte sich einfach mit seinem Schlagstock auf sie, zertrümmerte einem von ihnen den Schädel und schlug dem anderen die Zähne ein.

Inzwischen waren die vier anderen männlichen Freaks im Laufschritt eingetroffen. Schlagstöcke wirbelten zischend durch die Luft. Knochen krachten, Anwärter schrien.

Skip tauchte unter einen Tisch, in der Hoffnung, von dort jemanden in die Achillessehne schneiden zu können, aber zwei der weiblichen Freaks bekamen mit, was er trieb, und stapelten Tische und Stühle auf ihn, bis er vollkommen von einem Gitterwerk aus Aluminiumrohren zugedeckt war.

Aldinach stand an der Bar, ein Auge auf den Barkeeper, das andere auf den Kampf gerichtet.

»Gehören Sie zu diesen Leuten?«, fragte der Barkeeper.

»Bin ihnen noch nie im Leben begegnet.« Aldinach warf einen Blick in Richtung Eingang, wo die Gäste in Scharen flohen. »Glauben Sie, dass jemand die Polizei rufen wird?«

Der Barkeeper zuckte mit den Achseln. »Da bin ich auch nicht schlauer als Sie. Aber ich schätze, nicht. Unsere Gäste sind in der Regel keine großen Freunde der Polizei.«

»Werden *Sie* die Polizei rufen?«

»Wozu? Wie oft erlebe ich es schon, dass den Skunks das Fell gegerbt wird?«

Der Kampf ebbte inzwischen ab. Die meisten der Anwärter waren entweder geflohen, lagen flach auf dem Boden oder hingen über dem Mobiliar der Bar.

Aldinach schlenderte auf das Chaos zu. Die acht Corpus-Mitglieder drehten sich wie auf Kommando zu ihr um.

»Skip«, sagte sie mit hoher, mädchenhafter Stimme. »Bist du da unten?«

Oni räumte die Tische und Stühle beiseite, die sich über Skip Dearborns Gestalt türmten. Er hatte eine embryonale Haltung eingenommen, wie man es macht, wenn man von wilden Hunden angegriffen wird.

Skip kroch unter den Trümmern hervor und stand auf. Er hielt sein Schnappmesser und die Pfefferspraydose vor den Körper, als wären sie eine Art Zaubermittel – wie ein Kranz Knoblauch, mit dem man Vampire abwehrt. Er schaute sich um, was aus seiner fröhlichen Truppe geworden war. »Scheiße.«

»Hast du vor, das zu benutzen?« Aldinach trat näher zu ihm.

»Das war eine Art Falle, stimmt's? Ihr steckt alle mit drin. Du hast gewusst, dass das passieren würde, bevor wir überhaupt hier reinkamen. Ihr habt uns verarscht.« Skip hob das Pfefferspray.

Aldinach riss Nawal den Schlagstock aus der Hand. Ehe Skip reagieren konnte, ließ sie den Stock auf seine Messerhand sausen und zertrümmerte sie. Als er sich vorbeugte und sein Handgelenk umfasste, versetzte sie ihm einen Schlag ins Genick, entriss ihm das Pfefferspray und sprühte es ihm mitten ins Gesicht.

Skip sackte zusammen wie ein abgelegtes Hemd.

»Ein Wahnsinnsrendezvous«, sagte Aldinach, ehe sie und ihre Geschwister das Gebäude verließen.

30

Calque, der am Steuer saß und das Schweigen seiner Passagiere nicht genoss, stellte das Radio lauter. »Hört euch das an.«

Ein Sprecher beschrieb das Gemetzel der vergangenen Nacht im »Alabama Mama«.

Sabir, der nach einer weiteren unruhigen Nacht ein wenig zu schlafen versuchte, stöhnte. Lamia, die sich auf dem Rücksitz eingerollt hatte und eingeschlafen war, reagierte nicht.

»Da sehen Sie, was wir verpasst haben. Wir haben offenbar im falschen Teil der Stadt gewohnt. Eine Bandenschlägerei. Zwei Gruppen Hells Angels, die übereinander hergefallen sind. Vierzehn Leute mussten ins Krankenhaus. Ein Paradies für Rednecks.«

Sabir richtete sich auf. Er wusste, mit Schlaf war es von nun an vorbei. »Was wissen Sie über Rednecks, Calque?«

Calque stieß das Kinn vor. »Ich weiß eine Menge über Rednecks. Der Pole im Motel hat mir sogar zwei Redneck-Witze erzählt.«

»Aber Sie verstehen gar kein Englisch«, gab sich Sabir erstaunt. »Wie haben Sie sich mit ihm verständigt?«

»Ganz einfach. Er ist Pole, Europäer. Ein zivilisierter Mensch. Er spricht französisch.«

Sabir seufzte. »Wissen Sie sie noch? Die Witze, meine ich.«

Calque schien schwer nachzudenken. »Ich glaube, ja.«

»Dann erzählen Sie. Wenn ich schon nicht schlafen kann, will ich wenigstens unterhalten werden.«

Calque schürzte die Lippen und blinzelte in die Morgensonne. »Der erste geht so: Ein Redneck aus Alabama stirbt. Zum Glück hat er ein Testament hinterlassen. Darin vermacht er allen Besitz seiner Witwe. Der einzige Haken ist, dass sie das Erbe erst antreten darf, wenn sie vierzehn wird.«

Sabir sah ihn an. »Das war alles?«

Calque zuckte mit den Achseln. »Ich fand ihn komisch, als ihn mir der Pole erzählt hat. Aber der andere ist besser, viel besser.«

»Okay, schießen Sie los.«

»Schon wieder dieser idiotische Ausdruck. Warum sollte ich schießen? Es lässt sich einfach nicht ins Französische übersetzen. Wenn Sie Französisch sprechen, sollten Sie französische Redewendungen benutzen, nicht amerikanische.«

Sabir stellte das Radio leiser, aus dem immer noch Lokalnachrichten plärrten. »Ich würde sehr gern den zweiten Witz hören, Hauptmann Calque.«

Calque nickte. »Nun gut. Ich erzähle ihn. Er ist sogar noch komischer als der erste.«

Sabir schloss die Augen.

»Zwei Rednecks aus Alabama begegnen sich auf der Straße. Der eine trägt einen Sack voll Hühner. Sagt der andere: ›Wenn ich errate, wie viele Hühner in dem Sack sind, krieg ich sie dann?‹ Der erste Redneck denkt darüber nach. ›Gut, wenn du errätst, wie viele Hühner in dem Sack sind, kriegst du sie alle beide.‹ Der erste Redneck schaut angestrengt auf den Sack. ›Fünf?‹«

Lamia brüllte auf dem Rücksitz los, und selbst Sabir lachte anstandshalber.

»Sehen Sie«, sagte Calque. »Ich sagte doch, der zweite ist besser. In Frankreich erzählen wir solche Witze über euch Amis.«

»Das überrascht mich nicht im Geringsten«, sagte Sabir. »Wir Amis erzählen solche Witze über euch Franzosen. Ich habe Dutzende gelernt, als ich in der Nationalgarde war.«

Calque zeigte mit dem Finger auf Sabir. »Sie sind ein halber Franzose, vergessen Sie das nicht, Sabir. Sie sind Ihrem Heimatland mütterlicherseits etwas schuldig.« Er begann leicht nervös auszusehen.

»Wie könnte ich das vergessen? Ich war schließlich das Hauptangriffsziel dieser verdammten Franzosenwitze. Aber ich finde, wer nicht einen guten Witz erzählen kann, der gegen ihn selbst gerichtet ist, verdient es nicht, humorvoll genannt zu werden. Meinen Sie nicht?«

»Los«, sagte Lamia vom Rücksitz. »Erzählen Sie uns einen Franzosenwitz.«

»Wirklich?«

»Unbedingt.«

»Also gut. Wie viele Franzosen braucht es, um eine Glühbirne einzuschrauben?«

Schweigen im Wagen.

»Einen. Er hält sie fest, und der Rest Europas dreht sich um ihn.«

Calque nahm beide Hände vom Lenkrad und machte eine geringschätzige Geste. »Das ist keine Spur witzig.«

»Okay. Wie wäre es dann mit dem ...?« Sabir holte tief Luft. Er hatte das Gefühl, dass Unheil bevorstand, aber aus irgendeinem Grund konnte er nicht aufhören. »Wie stürzt man einen französischen Soldaten in Verwirrung?«

»Wie?«

»Man drückt ihm ein Gewehr in die Hand und befiehlt ihm, zu schießen.«

Calque schlug mit der Hand auf das Lenkrad. »Das ist empörend. Hat man wirklich solche Witze über uns erzählt, als Sie in der Armee waren?«

»Ich war nicht in der Armee. Ich war in der Nationalgarde.«

»Dann eben die Nationalgarde, was soll's.«

Sabir spürte eine Anspannung im Kiefer; die Position, in der er sich jetzt befand, gefiel ihm nicht. »Ja. Die ganze Zeit.

Das kommt davon, weil ich einen fremd klingenden Namen habe. Der eigentliche Witz dabei ist, dass mein Vater zu hundert Prozent Amerikaner war – meine Mutter war Französin.«

»Erzählen Sie mir noch einen Witz. Einen über Frauen diesmal.« Lamia setzte sich auf der Rückbank auf.

»Er geht aber auch über Soldaten. Ich kenne keine anderen.«

»In Ordnung.«

»Was benutzen weibliche Scharfschützen in Frankreich als Tarnung?«

Erneutes Schweigen.

»Ihre Achselhöhlen.«

»Ihre was?«

»Ihre Achselhöhlen.« Sabir wusste genau, dass er diesmal zu weit gegangen war.

»Was soll das heißen?« Lamia beugte sich auf dem Rücksitz vor. »Ich verstehe diesen Witz nicht. Wie kann eine Frau ihre Achselhöhlen als Tarnung benutzen? Und überhaupt haben wir keine weiblichen Scharfschützen in der französischen Armee. Frauen dürfen nicht im kämpfenden Teil der Truppe dienen.«

»Es ist ein Witz. Er ist nicht dazu gedacht, dass man ihn ernst nimmt. Wie Filme beruhen Witze darauf, dass man Zweifel freiwillig hintanstellt.«

Calque wandte den Kopf zu Lamia. »Sabir will uns sagen, dass die Amis glauben, französische Frauen würden sich nie die Achselhöhlen rasieren.«

Lamia riss entsetzt den Mund auf. »Wo haben Sie das gesehen, Sabir? Wo haben Sie gesehen, dass sich französische Frauen nicht rasieren?«

Sabir unterdrückte ein »O Mann«. »Das bin nicht ich, der das sagt, Lamia. Es ist der Witz. Es ist ein Klischee. Amis haben während des Kriegs einfach festgestellt, dass sich französische Frauen nicht rasierten.«

»Wie hätten sie sich während des Kriegs rasieren sollen? Es gab keine Rasierer.«

»Okay, gutes Argument. Damit wäre das dann beantwortet.«

»Aber es ist unfair. Wie kann man französischen Frauen vorwerfen, was im Krieg passiert ist, als es Versorgungsengpässe gab und es unmöglich war, sich zu rasieren?«

»Herrgott noch mal, Leute. Wir erzählen hier Witze. Die sind dazu gedacht, dass man lacht und sich amüsiert.«

»Aber Ihnen fehlt der nötige Ernst, Sabir. Damit ein Witz komisch ist, muss er auf Wahrheit beruhen.«

Sabir fasste sein Hemd am Kragen und zog es wie eine Kapuze über den Kopf. »Wenn der Corpus angreift, macht euch nicht die Mühe, mich zu rufen. Lasst mich einfach in Ruhe.«

31

»Seid ihr noch hinter ihnen?«

»Ja, Madame.«

»Weißt du, wohin sie fahren?«

»Ich glaube, nach Mexiko, Madame.«

»Wie kommst du darauf?«

»Wir sind in der Nähe von Houston, Texas. Wenn man eine gerade Linie von Stockbridge über Houston hinaus zieht, führt sie nach Mexiko. Konkret zum Grenzübergang Brownsville/Matamoros. Ich glaube, dass sie dort einreisen werden. Wenn Ihr mich fragt, hat der Ausbruch des mexikanischen Vulkans zu Sabirs Entscheidung geführt.«

»Ich glaube, du hast recht. Aber das bringt uns nicht viel weiter, oder? Dank deines Versäumnisses, Informationen aus Sabir herauszupressen, als sich dir die Chance dazu bot, haben wir keine Ahnung, was sie tun und warum sie es tun. Gab es irgendwelche Schwierigkeiten unterwegs?«

Abi riss die Augen auf. Er hatte diese Frage seit dem Beginn der Unterhaltung mit seiner Mutter gefürchtet.

»Abiger?«

»Ja, Madame.«

»Lüg mich nicht an. Ich merke es immer, wenn du lügst. Ich konnte es schon, als du noch ein kleiner Junge warst.«

Abi sah zu Vau hinüber, der sich entschlossen auf sein Fahren konzentrierte und so tat, als würde er nichts mitbekommen von der Unterhaltung, die laut und deutlich aus der Freisprechanlage des Mietautos drang.

»Ja, es gab Schwierigkeiten.«

»Wer hat sie verursacht?«

»Aldinach. Die hat ein bisschen der Hafer gestochen.«

»Und was ist dabei herausgekommen?«

»Vierzehn Leute im Krankenhaus. Hells Angels hauptsächlich.«

»Auch welche von unseren Leuten?«

»Natürlich nicht. Die Gegenseite hat sich ein wenig überschätzt. Sie hatten nicht den Willen, zu gewinnen. Ihnen war nicht klar, mit wem sie es zu tun hatten.«

»Wurde jemand getötet?«

»Nein.«

»Es wird also keine Probleme mit der Polizei geben?«

»Nein. Das garantiere ich.«

»Warst du bei dieser Rauferei dabei?«

Aha. Hier war sie, die knifflige Frage. Abi hatte gewusst, dass sie kommen würde, dennoch gefror ihm das Blut in den Adern. Eine falsche Antwort, und ihm würde das Fell gegerbt werden. »Natürlich nicht, Madame. Ich habe Ihre Befehle genauestens befolgt. Vau und ich haben Sabirs Motel beobachtet. Ich hatte den anderen freigegeben, damit sie essen und sich entspannen konnten. Ich hatte Aldinachs Anfall von Hirnfieber nicht vorausgesehen. Sie betrat den Laden schon mit dem Vorsatz, eine Massenschlägerei auszulösen.«

»Hast du sie bestraft?«

»Welchen Sinn hätte das? Es ist letztlich ja alles gut ausgegangen. Wir haben Sabir nicht aufgeschreckt. Die Polizei wurde erst später hinzugerufen, als wir uns schon in alle Winde zerstreut hatten. Es ist nichts passiert. Und alle konnten ein wenig Dampf ablassen.«

»Ich glaube, du musst einen Peilsender an Sabirs Wagen anbringen.«

Abi formte einen Fluch mit den Lippen. »Ist das klug, Madame? Wir haben Sabir, Lamia und den Polizisten sicher im Griff. Sie können noch nicht mal pfeifen, ohne dass wir es hören.«

»Wie weit habt ihr noch zu fahren, Abiger?«

»Keine Ahnung.«

»Genau. Und wie lange, bis wieder jemanden ›der Hafer sticht‹?«

Abi schluckte. »Das kann ich nicht sagen, Madame. Es kann jederzeit passieren. Oder nie.«

»Mexiko ist ein Land, in dem alles Mögliche passiert, Abiger. Die Polizei ist notorisch korrupt. An der Grenze toben Drogenkriege. Ich will nicht, dass uns Sabir entwischt, weil irgendein Verrückter Hummeln in der Hose hat.«

Abi schlug Vau auf den Arm, formte mit den Lippen »Hummeln in der Hose« und »Verrückter« und verdrehte die Augen. »Nein, Madame. Natürlich nicht, Madame.«

»Kann Vau in ihren Wagen einbrechen, ohne den Alarm auszulösen?«

»Vau kommt in jeden Wagen, das wisst Ihr doch, Madame. Ihr wart es schließlich, die ihn beim besten Autodieb weit und breit ausbilden ließ. Aber es ist heikel. Wenn etwas schiefgeht, besteht die Gefahr, dass sie in Panik fliehen.«

Die Comtesse seufzte dramatisch. »Das müssen wir dann eben riskieren, wenn wir dafür die Sicherheit haben, sie jederzeit wiederzufinden, meinst du nicht? Aber seid so freundlich und verratet euren Geschwistern nicht, dass ihr auf meine Bitte einen Peilsender installiert. Sie sollen nicht glauben, dass ich ihnen nicht traue. Hast du verstanden, was ich sage, Abiger?«

»Absolut, Madame.«

»Und – Abiger?«

»Ja, Madame?«

»Dieses eine Mal werde ich dich nicht persönlich für das verantwortlich machen, was vorgefallen ist.«

»Danke, Madame. Ihr seid sehr gütig.« Abi beendete das Gespräch mit einem Zeitlupenfinger. »Verdammte alte Kuh.«

Vau sah ihn an. »So darfst du nicht von Madame, unserer Mutter, sprechen.«

»Ach, wirklich? Was ist sie dann? Sie sitzt in ihrem Spinnennetz, dieser Hurensohn von Milouins und die duftende Madame Mastigou stehen ständig bereit, um sie vor der richtigen Welt zu beschützen, und sie glaubt immer noch, sie kann alle Fäden in der Hand halten. Warum kommt sie nicht selbst herüber, wenn sie so versessen darauf ist, alles unter Kontrolle zu haben?«

»Weil sie eine alte Frau ist. Und weil sie reich ist.«

Abi drehte den Kopf zu seinem Bruder. »Tatsächlich, Vau? Ist das so? Oder hältst du mich zum Narren?«

32 Während der nächsten zwei Tage deiner Reise hattest du drei Mitfahrgelegenheiten ergattert. Erst in einem Brauereilastwagen nach Minatitlan, dann, nach einer langen Wartezeit, mit einem Gringo in dessen Privatwagen.

Agua Dulce lag ein wenig abseits deiner Route, aber du hast die Mitfahrgelegenheit dennoch angenommen, weil du dachtest, alles, was nach Süden führt, sei gut und im Großen und Ganzen nützlich. Besser in Bewegung bleiben als stillzustehen, mit allen Gefahren, die Stillstand barg, wie etwa den Mut zu verlieren oder Geld auszugeben, das du nicht übrig hattest.

Doch der Ausflug nach Agua Dulce erwies sich in mehr als einer Hinsicht als glücklich, denn der Gringo sah dich am nächsten Tag wieder an der Straße stehen und nahm dich erneut mit, diesmal bis nach Villahermosa. Das Einzige, was du nicht verstanden hast, war, dass der Gringo dich viele Male fragte, ob du Sachen in deinem Garten ausgegraben hättest. Steinfiguren. Tonwaren. Alte Halsbänder. Messer aus Obsidian. Du versuchtest ihm zu erklären, dass du keinen Garten besitzt – dass du für den Casique in dessen Garten arbeitest und dass deshalb alles, was du ausgraben würdest, rechtlich ihm gehörte. Dass du jedoch selbst im Garten des Casique in deinem ganzen Leben nie etwas ausgegraben hättest.

Der Gringo schien darüber sehr enttäuscht zu sein. Dennoch nahm er dich mit bis Villahermosa und wollte dir ein Mittagessen an einer Bude am Straßenrand spendieren, was du wegen des seltsamen Verhaltens des Gringos ablehntest. Waren alle Gringos so? Plünderer? Wie die Spanier? Du hattest in deinem ganzen Leben nur zwei Gringos kennengelernt, aber sie hatten keinen Eindruck auf dich gemacht. Ein Mann sollte immer offen sagen, was er im Sinn hat. Nicht von der Seite auf sein Thema zusteuern. Oder von oben.

Von nun an, so dein Beschluss, würdest du Gringos aus dem Weg gehen und dich an Leute deiner Art halten. Kleinbauern. Indios. Mestizen. Leute, die sich vom Land ernährten, nicht durch Diebstahl.

33

Vau wartete bis morgens um halb drei, bis er sich an den Grand Cherokee heranmachte.

Er hatte seinen Satz Dietriche mitgebracht sowie einen Keil und eine biegsame Autoantenne für den Fall, dass er nicht auf die herkömmliche Weise hineinkam, sondern durch ein Seitenfenster würde einbrechen müssen. So oder so würde er keine Spuren hinterlassen. Sabirs Cherokee war zum Glück ein paar Jahre alt und besaß deshalb nicht das modernste System, bei dem Türöffner, Anlasser und Alarmanlage ohne Schlüssel über eine Fernbedienung gesteuert wurden. Das machte die Sache erheblich einfacher.

Dennoch ärgerte es Vau, dass er sich die Mühe machen

sollte, in den Wagen einzubrechen, obwohl er den Peilsender ebenso gut an einer geschützten Stelle des Unterbodens hätte anbringen können – die Angelegenheit wäre in zwei Minuten erledigt gewesen, ohne dass jemand etwas gemerkt hätte. Stattdessen verlangte man von ihm, sich an einem gut beleuchteten Ort in Gefahr zu bringen, wo plötzlich jemand auf der Suche nach der Eismaschine oder wegen einer Tüte Chips aus dem Automaten aus einem Zimmer kommen konnte.

Er kauerte sich neben die vom Motel abgewandte Fahrertür und machte sich an die Arbeit. Als er den fünften von vierzehn möglichen Schlüsseln ins Schloss steckte, ging Sabirs Zimmertür auf, und der Mann kam heraus.

Fluchend warf sich Vau neben dem Cherokee auf den Boden und streckte sich flach aus. Dann schob er sich auf Gesäß und Rücken unter die Karosserie.

Es dämmerte noch nicht einmal. Hoffentlich hat dieser Hurensohn nicht vor, eine Morgenrunde zu drehen, dachte Vau. Diese Sechzehn-Zoll-Reifen würden ihn zerdrücken wie eine faule Tomate.

34 Sabir setzte sich wie üblich auf die Veranda vor dem Motel. Die Temperatur am Stadtrand von Corpus Christi betrug um zwei Uhr vierzig morgens milde zwanzig Grad, und wenn er einatmete, konnte er deutlich den Geruch des Meeres wahrnehmen. In der Ferne hörte er die Brandung sanft an Padre Island schlagen und Seevögel kreischen.

Er saß lange da, lauschte dem Säuseln der Nacht und hoffte insgeheim, Lamia würde wie vor zwei Nächten wieder herauskommen und sich zu ihm setzen. Er hatte es bitter bereut, dass er damals vor ihr zurückgewichen war, als sie die Hand ausgestreckt hatte, um ihn zu trösten, und er hatte nach einer Gelegenheit gesucht, alles wieder ins Lot zu bringen mit ihr. Wenn Calque nur zu schnarchen anfangen würde. Doch als Sabir vorhin auf Zehenspitzen aus ihrem gemeinsamen Schlafzimmer geschlichen war, hatte der frühere Polizist geräuschlos wie ein gut gefüttertes Baby geschlafen.

Was die Reise anging, schien sich das Trio zum Glück einigermaßen eingespielt zu haben; sie erzählten sich Witze und spielten sogar Autospiele, die Calque im Allgemeinen gewann. Zu Sabirs gelinder Überraschung war Calque extrem ehrgeizig bei allem, was mit Verstandesaufgaben zu tun hatte, und nicht abgeneigt, die Regeln ein wenig zu beugen, wenn es ihm in den Kram passte. Sabir vermutete, dass dies mit Calques früherem Beruf als Polizist zusammenhing, aber er behielt den Gedanken für sich. Die Gelegenheit zu einem Gespräch mit Lamia, das über Banalitäten hinausging, war jedoch gleich null gewesen.

Sabir wollte gerade wieder ins Zimmer zurückkehren und ein wenig zu schlafen versuchen, als die Tür hinter ihm aufging und Lamia herauskam, die Augen wegen der grellen Flurbeleuchtung halb geschlossen. Sabir gab sich Mühe, seine Freude über ihr wundersames Erscheinen zu verbergen.

»Sagen Sie nichts. Calque hat wieder zu schnarchen begonnen?«

»Ja.«

»Wieso flüstern wir dann? Nichts wird durch diesen Radau dringen und ihn wecken.«

Lamia lachte und setzte sich neben ihn. Sie hatte wie beim letzten Mal eine Decke mit herausgebracht, die sie diesmal jedoch als unnötig zur Seite legte. Sie trug ein ziemlich altmodisches Nachthemd aus Flanell, und Sabir staunte einmal mehr darüber, wie gänzlich unbewusst ihr ihre eigene Attraktivität zu sein schien. Sie unterschied sich in dieser Hinsicht völlig von einer normalen Französin. Stattdessen hatte sie sich offenbar so erfolgreich eingeredet, nicht begehrenswert zu sein, dass ihr Modegeschmack – auch wenn sie darauf achtete, anständig angezogen zu sein – entwaffnend in Richtung einer grauen Unscheinbarkeit ging.

»Und, was gibt es Neues?« Sabir lächelte sie an und erwartete nicht ernsthaft eine Antwort auf seine Frage.

Lamia schüttelte den Kopf. »Ich habe es Calque noch nicht gesagt, aber als wir heute Nachmittag durch Houston gefahren sind, war ich überzeugt, meine Schwester Dakini in einem Wagen gesehen zu haben, der uns folgte.«

»Das ist nicht Ihr Ernst.«

»Ganz sicher bin ich mir nicht; sie hat eine dunkle Brille und eine Baseballmütze getragen.«

»Eine dunkle Brille und eine Baseballmütze?«

»Ja. Hört sich nicht nach ihr an, nicht wahr? Seitdem konnte ich mir halb einreden, dass ich mich geirrt habe. Aber Dakini hat ein Gesicht, das man nicht mehr vergisst, wenn man es einmal gesehen hat.« Sie errötete und wandte den Blick ab, als befürchtete sie, dass ihr eigenes Gesicht für manche Leute in dieselbe Kategorie fallen könnte.

»Wie meinen Sie das?«

»Na ja, außer dass sie sehr langes Haar hat, wirklich langes Haar, das weit bis unter ihre Taille fällt, leidet Dakini auch unter einer unseligen Gesichtsstarre, die ihr ein bösartiges Aussehen verleiht, so als wäre sie ständig wütend.« Lamia zögerte, als wüsste sie nicht, ob sie fortfahren sollte. »Manchmal wundere ich mich, dass Madame, unsere Mutter, endlos Kinder mit katastrophalen Macken oder Behinderungen adoptiert hat. Warum hat sie uns nie behandeln lassen? Chirurgisch, meine ich. Sie hätte Rudras Klumpfuß behandeln lassen können. Und Beriths Hasenscharte. Gut, Athames Zwergwuchs ist unheilbar, genau wie Alastors Kachexie und Aldinachs Zwitterstatus. Aber sie hätte Asson auf Diät setzen können, anstatt seine Völlerei noch zu fördern und zu finanzieren. Heutzutage heißt es doch, dass Übergewicht nicht genetisch bedingt sein muss, oder?«

»Und warum hat sie es nicht getan? Euch behandeln lassen, meine ich?«

Lamia stieß einen langen Seufzer aus. »Die Antwort liegt

auf der Hand, nicht wahr? Sie hat offenbar gewollt, dass wir so sind.«

Sabir schüttelte resigniert den Kopf. Er sah Lamia an, aber sie weigerte sich, seinen Blick zu erwidern. »Könnten Sie jetzt nicht etwas wegen Ihres Gesichts unternehmen? Seit Ihrer Kindheit hat es gewaltige Fortschritte in der Dermatologie gegeben. Da muss sich doch bestimmt etwas machen lassen.«

»Ich habe Angst davor. Hämangiome wie meines müssen frühzeitig behandelt werden. Je länger man damit wartet, desto größer das Risiko. Wenn sie einen als Baby erwischen, kann in manchen Fällen flüssiger Stickstoff verwendet werden. Das geht später jedoch nicht mehr. Da mein Hämangiom kein lebenswichtiges Organ bedroht hat, ließ man es einfach und hoffte, dass es von allein verschwinden würde. Was nicht der Fall war, wie Sie sehen. Jetzt müsste man mit Steroiden, Interferon oder einem Farbstofflaser arbeiten. Wegen der Größe müssten sie in meinem Fall vielleicht sogar operieren, mit allen damit verbundenen Risiken. Ich könnte am Ende schlimmer aussehen als jetzt.«

»Sie sehen nicht schlimm aus. Ich finde Sie sehr schön.«

»Danke, Adam. Aber ich bin zu alt, um noch an Märchen zu glauben.«

Sabir spürte, dass es Zeit war, das Thema zu wechseln. »Was ist mit den Zwillingen?«

Lamia zuckte mit den Achseln. »Wenigstens war Madame, meine Mutter, so anständig, sie operativ trennen zu lassen. Oder waren es vielleicht die Nonnen? Wenn ich darüber nachdenke... Jedenfalls habe ich die Narben an ihren Rümpfen gesehen. Sie müssen eine gemeinsame Niere oder etwas gehabt haben, als sie aus dem Leib ihrer Mutter kamen. Jetzt haben sie nur noch eine gemeinsame Haltung.«

Sabir lachte, auch wenn er die Zwillinge eigentlich alles andere als lustig fand. »Lieben Sie sie? Ich meine, irgendwen von ihnen? Ihre Mutter? Oder Ihre Geschwister?«

Lamia schien einen Moment nachzudenken. »Es gab eine Zeit, da war ich Athame nahe. Sie ist meine zwergwüchsige Schwester. Ich meine, sie ist kein richtiger Zwerg, aber sie ist wirklich sehr klein. Sie leidet unter dem Ellis-van-Creveld-Syndrom wie manche Ihrer Amish People hier. Außerdem ist sie polydaktyl.«

»Was ist das denn?«

»Sie hat zwölf Finger.«

»Himmel! Und die benutzt sie alle?«

»So gut wie jeder von uns die seinen.«

»Und sind Sie ihr noch nahe?«

»Wir haben uns wegen meiner Einstellung zum Corpus verkracht. Ich habe mich innerlich schon seit Jahren zurückgezogen. Niemand von den anderen schöpfte Verdacht, da sie mir nicht nahestanden – aber Athame hat es begriffen. Und sie konnte es mir schlicht nicht verzeihen. Sie hält die Comtesse, meine Mutter, für eine göttergleiche Gestalt. Sie verehrt sie, wie die Juden des Alten Testaments Götzenbilder verehrt haben – das goldene Kalb oder was immer. Sie sieht die Comtesse als eine Art Golem an. Und manchmal glaube ich, dass sie recht hat. Meine Mutter ist nicht gänzlich menschlich. Es ist gut vorstellbar, dass irgendeine Macht sie aus urzeitlichem Lehm geformt und ihr einfach das Gesicht und den Körper eines normalen Menschen gegeben hat. Um die Leute zu täuschen.«

»Zu täuschen? Inwiefern?«

Lamia sah Sabir zum ersten Mal direkt in die Augen. »Damit sie glauben, sie sei wie sie.«

35

Vau konnte jedes Wort verstehen in seiner liegenden Position auf dem zunehmend unangenehmer werdenden Betonboden des Motelparkplatzes.

Er begann die Kälte im Rücken zu spüren und stellte sich alle möglichen Szenarien vor, wie etwa, dass er niesen musste oder wegdöste, sich beim Aufwachen den Kopf am Unterboden des Cherokee stieß und einen Schrei unterdrücken musste. Das absolute Albtraumszenario war, dass die beiden plötzlich beschließen konnten, zu einem heimlichen Liebestreffen mit dem Wagen wegzufahren – denn Vau war nach dem Klang ihrer Stimmen und der vertraulichen Art ihres Gesprächs fest davon überzeugt, dass hier mehr vor sich ging als die pure Gelegenheitsfreundschaft von zwei zufälligen Reisegefährten.

Abi konnte sich so viel über Lamias Gesicht und ihre nahezu geschlechtslose Art der Kleidung lustig machen, wie er wollte, aber Vau wusste, dass es da draußen Männer gab, die Lamia attraktiv fanden. Dieser Trottel von Philippe zum Beispiel. Der Lakai. Er hatte Lamia hinterhergeschnüffelt, oder etwa nicht? Der Mann hatte es nur Madames, seiner Mutter, absolutem Mangel an Interesse für alles Sexuelle zu verdanken, dass er seinen Job behalten durfte. Und viel hatte es ihm nicht genützt. Er lag nun unter zwei Meter verstärktem Beton in einer von Madame subventionierten katholischen Mädchenschule im Convent des Abbesses de Platilly bei Cavalaire-sur-Mer. Nichts ging darüber, alles hübsch im eigenen Zuständigkeitsbereich zu halten.

Dennoch hatte Vau bereits so gut wie entschieden, dass er nach dieser jüngsten kleinen Panne auf keinen Fall noch einmal versuchen würde, in den Wagen einzubrechen. Er würde Abi einfach stur anlügen und behaupten, dass er den Peilsender in der Vertiefung für den Ersatzreifen installiert hatte. Stattdessen würde er ihn am Fahrgestellrahmen des Wagens befestigen und hoffen, dass alles gut ging. Er hatte die perfekte Stelle gefunden, während er rücklings unter dem Cherokee lag. Er würde es tun, sobald die beiden Turteltäubchen zu quasseln aufhörten und wieder auf ihr Zimmer gingen; zum Teufel mit den Konsequenzen.

36 Abi sah zu, wie sein Bruder wieder in ihr Mietauto stieg. »Du bist schmutzig. Was hast du die ganze Zeit gemacht? Dich auf einem Misthaufen gewälzt?«

»Nein. Ich sage dir, was ich gemacht habe. Ich hab unter Sabirs Wagen auf dem Parkplatz des Motels gelegen und mir seinen trauten nächtlichen Plausch mit Lamia angehört.«

»Das ist nicht dein Ernst. Machst du Witze?«

»Ich meine es todernst. Und außerdem hat sie Dakini heute erkannt, als wir Houston durchquert haben.«

»Großer Gott.«

»Alles in Ordnung. Sie hat sich erfolgreich eingeredet, dass sie sich getäuscht hat. Dein Trick mit der Baseballmütze und der Sonnenbrille hat super funktioniert. Es war so unwahrscheinlich, dass Lamia glaubt, es war nur ein Trugbild aus der Hölle, die Dakini für sie darstellt.«

»Sie ist potthässlich, was?«

»Das ist die Untertreibung des Jahres.«

Abi lachte. »Hast du den Peilsender installiert?«

Vau zuckte mit den Achseln. »Natürlich. Was denkst du denn?«

»Wo?«

»Wo? In der Ersatzreifenvertiefung natürlich. Wo ich sie immer unterbringe.«

»Mit welchem Schlüssel bist du in den Wagen gekommen?«

»Wieso willst du das wissen?«

»Weil ich nicht dumm bin, Vau. Du bist überrascht worden und musstest dich verstecken. Dann warst du gezwungen, dir eine halbe Stunde lang anzuhören, wie die beiden über Dakini gequasselt haben. Du liegst zu diesem Zeitpunkt unter dem Wagen und bist stinksauer. Erzähl mir nicht, dass dir nicht in den Sinn gekommen ist, eine Abkürzung zu nehmen.«

Vau zögerte und überlegte, ob er versuchen sollte, sein Vergehen zu vertuschen. Schließlich schlug er frustriert auf das

Handschuhfach. »Okay, Abi, okay. Du hast mich erwischt, wie immer. Ich hab das verdammte Ding unter der Karosserie versteckt, nicht unter dem Reserverad. Unter uns gesagt, wäre es mir nicht im Traum eingefallen, in den Wagen einzubrechen, während die beiden hellwach in ihrem Zimmer lagen und voneinander phantasierten.«

»Wovon redest du?«

»Ich habe Lamias Stimme gehört. Vergiss nicht, sie ist meine Schwester. Ich habe sie noch nie zuvor so mit einem Mann sprechen hören.«

»Wie?«

»Als wäre es ihr verdammt wichtig, was er von ihr hält.«

»Im Ernst?«

»Ich bin überzeugt, sie ist scharf auf Sabir.«

»Ich glaub es nicht.«

»Ja, es strapaziert die Phantasie ein bisschen. Wenn man sich vorstellt, wie viele Millionen Frauen ohne verunstaltetes Gesicht herumlaufen. Warum sich mit dem zweitbesten zufriedengeben, wenn es nicht sein muss? Jedenfalls, entweder sie macht sich etwas vor, oder Sabir muss einen Sehfehler haben.«

»Allerdings. Ist Sabir auch auf sie scharf?«

Vau verzog das Gesicht. »Er versteckt es besser, aber es würde mich nicht überraschen. Können wir dieses Wissen irgendwie nutzen?«

Abi zuckte die Achseln. »Ich weiß nicht. Vielleicht, vielleicht auch nicht. Aber ich werde auf jeden Fall darüber nachdenken.«

37 An diesem Vormittag überquerte das Trio den Rio Bravo bei Puente Nuevo und fuhr von Brownsville, Texas, nach Matamoros. Sie bezahlten ihre zweieinviertel Dollar Maut und besorgten sich ihre befristete Fahrzeugeinfuhrerlaubnis. Dann setzten sie ihren Weg auf dem Highway 101 in Richtung San Fernando fort.

Abi und Vau, die früher am Morgen zu Fuß die Grenze überquert und sich einen in Mexiko registrierten Mietwagen beschafft hatten, fingen das Signal des Cherokee etwa zwei Meilen außerhalb der Stadt auf. Der Peilsender funktionierte einwandfrei; deshalb konnten sie dem Jeep in einer Entfernung von gut einem Kilometer folgen, was eine überraschende Entdeckung unmöglich machte. Die restlichen neun Corpusmitglieder hatten Befehl bekommen, sich zwei Minibusse zu organisieren, einen für die Männer und einen für die Frauen, und per Handy mit Abi und Vau in Kontakt zu bleiben. Sie würden sich jeden Abend in der Nähe des jeweiligen Motels treffen, das sich das Trio für die Nacht genommen hatte.

Abi hatte sich dagegen entschieden, die Existenz des Peilsenders vor seinen Geschwistern zu verheimlichen, aus dem simplen Grund, dass es eine schlaue Art ist, sich Ärger einzufangen, wenn man einen Wagen eng beschattet, dem man eigentlich gar nicht in großer Nähe folgen muss. Und zum Teufel mit den Sorgen von Madame, seiner Mutter, ihre Kinder könnten glauben, sie traue ihnen nicht mehr. Falls die anderen es ihr nicht sagten und eine Szene auslösten, würde er es auf jeden Fall tun. Und wer, der bei Verstand war, traute überhaupt irgendwem?

Abi wusste: Noch mehr Pfusch, und die Comtesse würde ihn unter einem Vorwand ablösen. Himmel, vielleicht übertrug sie die Aufgabe sogar Vau, diesem Superhirn. Oder noch schlimmer, dem nächsten in der Altersreihenfolge, Mr. Hasenscharte persönlich. Berith. Dem größten Lügner der Welt.

Abi war klar, dass seine größten Chancen bei der Comtesse darin lagen, sie von Angesicht zu Angesicht zu bezirzen. Neben Oni und Athame war er fraglos ihr Liebling, aber über Handy mit ihr Kontakt halten zu müssen, war eine Katastrophe. Die Comtesse hasste Telefone und sprach nie ungezwungen. Sie begann aggressiv und blieb es die ganze Zeit. Und war es nicht immer sehr viel leichter, jemanden rauszuwerfen, wenn man ihm dabei nicht in die Augen sehen musste?

Abi beschloss, in den nächsten Tagen sehr vorsichtig aufzutreten. Wenn der richtige Moment gekommen war, über Sabir herzufallen, würde er bereit sein. Er würde nicht zweimal hintereinander alles vermasseln.

38 »Ich glaube, es ist an der Zeit, dass Sie uns ein wenig mehr über den Corpus maleficus verraten.« Calque lümmelte quer über der Rückbank des Cherokee, während Sabir fuhr und Lamia auf dem Beifahrersitz saß.

Die Klimaanlage lief auf Hochtouren, und Sabir spürte die infolgedessen verringerte Leistung des Wagens. Er behielt ein gleichmäßiges Tempo von 110 km/h bei, da er annahm, dass jeder Kontakt mit der mexikanischen Verkehrspolizei so nahe der Grenze nur zu Tränen führen konnte.

»Warum jetzt?« Lamia sah zu Calque nach hinten. Es war weniger ein misstrauischer Blick als ein altkluger. Ein Blick der Sorte: »Und erzähl mir besser keine Märchen, mein Freund.«

Calque setzte sich wieder auf. Seine Miene wurde mit einem Schlag geschäftsmäßig. »Wir sind zwei, höchstens drei Tage Fahrzeit von unserem Ziel entfernt. Sabir hat beschlossen, uns das Schlüsselelement des alles erklärenden Vierzeilers nicht mitzuteilen – auch wenn ich gedacht hätte, er sollte inzwischen gelernt haben, uns zu trauen. Ich habe mir überlegt, wenn Sie, Lamia, guten Willen zeigen, indem Sie die Leichen im Keller Ihrer Familie ausgraben, dann könnte sich der stets ausweichende Sabir geneigter zeigen, sich endlich seinen Freunden anzuvertrauen.«

Sabir verdrehte die Augen. »Kunstvoll, Calque, wirklich kunstvoll. Sie haben mit Ihrer kleinen Rede einen Seitenhieb auf so ziemlich alle anderen gelandet. Teufel noch eins, Sie müssen in einem früheren Leben mal Polizist gewesen sein.«

Ehe Calque antworten konnte, fixierte Lamia erst den einen und dann den anderen der beiden Männer. »Ich habe nicht das Geringste dagegen, wenn Sie mich ausfragen. Ich traue

Ihnen, auch wenn Sie mir nicht trauen. Ich bin hier, weil ich nicht weiß, wo ich sonst hin soll, so einfach ist das. Und weil ich nicht allein sein will, jetzt, da meine Familie mich exkommuniziert hat. Sie beide um mich zu haben, meine Ängste mit Ihnen teilen zu können, bedeutet mir sehr viel.«

Ein Punkt für die Frauenseite, dachte Sabir. Er musterte Calques Gesicht im Rückspiegel. Der Mann war rosa wie ein Shrimp. Beispiellos, das war das einzige Wort dafür. Er hatte bis dahin noch nie auch nur den leisesten Hauch von Röte bei Calque gesehen. Der Schweinehund hatte den Eindruck gemacht, als sei er immun gegen Gefühle wie schlechtes Gewissen oder Verlegenheit.

Sabir wurde plötzlich bewusst, dass er sich ebenfalls ziemlich schuldig fühlte. Es lag mittlerweile auf der Hand, dass sowohl er als auch Calque sich aufgrund eines fehlgeleiteten Überlebensinstinkts sehr geheimniskrämerisch gegenüber Lamia verhalten hatten. Vielleicht war jetzt der Zeitpunkt für ein wenig mehr Offenheit gekommen.

Sabir räusperte sich. »Also gut, Karten auf den Tisch. Ich fange an. Der Vierzeiler, der Sie beide so kränkt und erzürnt, lautet wie folgt:

>Im Land des Großen Vulkans wird Feuer sein.
Wenn der Stein abkühlt, wird Ahau Inchal Kabah,
der Weise,
einen aufklappbaren Schädel aus der zwanzigsten
Maske machen:
Der dreizehnte Kristall wird für den Gott des Blutes
singen.‹«

Im Wagen herrschte verblüfftes Schweigen. Calque durchbrach es als Erster. »Das war's? Das ist der Vierzeiler?«

Sabir nickte. »Mit allem Drum und Dran. So und nicht anders.«

»Mein Gott, das hilft uns nicht viel weiter, oder?« In Calques Augen brannte jedoch das Feuer der Spekulation – was seiner harten Antwort ein wenig von ihrer Wirkung nahm.

»Es führt uns immerhin zum Palast der Masken in Kabah.«

»Tatsächlich, Sabir? Wie kommen Sie darauf?«

»Na ja, wegen des Teils mit der ›zwanzigsten Maske‹. Das muss der Codz Poop sein. Oder wie er auf Ihrer Website hieß, Lamia. Es passt genau, sehen Sie das nicht? Deshalb kam ich mir ja so idiotisch vor, als Sie mich auf den Ausbruch des Orizaba aufmerksam machten. Wie allerdings Nostradamus darauf kam, ist mir ein völliges Rätsel. Vielleicht schickt er uns einfach alle posthum auf eine sinnlose Jagd rund um die Welt. Eine letzte Machtdemonstration von jenseits des Grabs.«

»Es war keine sinnlose Jagd in Frankreich. Alles, was er sagte, hat gestimmt.«

»Ja, aber das war in Frankreich. Dort kannte sich Nostradamus aus. Er hat mehr als sechzig Jahre dort gelebt. Aber was zum Teufel wusste er über die Neue Welt?«

»Eine ganze Menge, denke ich.« Calque hob gebieterisch die Hand. Er war wieder in seinem Element, vergessen alle Gedanken an frühere Stümpereien. »Der Mann kam 1503 zur Welt, müssen Sie bedenken, nur drei Jahre vor dem Tod des Christoph Kolumbus. Und Kolumbus hat die Neue Welt 1492 entdeckt. Siebenundzwanzig Jahre später, 1519, ist Hernán Cortés in Mexiko einmarschiert. Damit blieben Nostradamus siebenundvierzig Jahre Zeit, alles über die neuen spanischen Kolonien zu erfahren, was er wollte. Ohne Frage dürften ihm Cortés' *Cartas de Relacion* bekannt gewesen sein, die in den 1520er-Jahren im Druck erschienen. Und der persönlich verfasste Bericht des Konquistadors Bernal Diáz de Castillo. Auch die vernichtende Beschreibung von Bruder Bartolomé de las Casas über die *Zerstörung Westindiens*. Oder Bernardino de Sahagúns *Florentiner Kodex*. Denn wir wissen mit Sicherheit, dass Nostradamus Spanisch lesen und sprechen konnte, genau wie eine Reihe weiterer Sprachen einschließlich Latein, Griechisch, Italienisch und provenzalisches Französisch.«

»Um Gottes willen, Calque. Was haben Sie all die Jahre bei der Polizei getrieben? Sie sind der geborene Historiker, Mann.«

Calque brachte es fertig, gleichzeitig erfreut und verärgert auszusehen – als hätte man ihn in flagranti bei einem Seitensprung erwischt, dies aber mit einer besonders schönen Frau. »Ich habe in der Tat in den letzten Monaten meine Hausaufgaben gemacht. Die Wochen, in denen ich vergeblich Mademoiselle Lamias Familie ausspioniert habe, waren nicht gänzlich vergeudet. Ich habe Dutzende von Büchern gelesen in dieser Zeit – und alles, was ich über Nostradamus finden konnte.«

»Und...?«

»Und es gibt keinen Grund, warum Nostradamus nicht ein starkes Interesse an der Neuen Welt gezeigt haben sollte – der Kontinent und seine Reichtümer waren Gegenstand endloser Faszination für das gesamte gebildete Europa. Erinnern Sie sich an den Mythos von El Dorado? Und erinnern Sie sich daran, dass Nostradamus aus einer alten Familie assimilierter Juden kam? Genau wie die Zigeuner dürfte der gezwungenermaßen exjüdische Nostradamus genau gewusst haben, welche Bedrohung die Kräfte des spanischen Katholizismus, der Inquisition und des Autodafé für ein Land darstellten, das als heidnisch angesehen – und folglich verdammt – wurde.«

»Sie meinen, er wird sich den Maya verwandt gefühlt haben?«

»Genau. So wie er sich zuvor schon den Zigeunern verwandt gefühlt hatte. Vielleicht hat er sogar die umfassende Zerstörung der Mayakultur mit ähnlichen inquisitorischen Drohungen gegen die vier Ebenen der *Kabbalah* als auf einer Linie liegend gesehen. Wie immer wird er deshalb seine Vierzeiler durch versteckte Codes und Bedeutungen beschnitten haben, um sie vor neugierigen Augen zu schützen – Codes, die nur durch den Gebrauch von *Gematrie* herausgekitzelt werden können.«

»Du meine Güte, Calque. *Gematrie?* Wollen Sie uns weismachen, dass Sie in den fünf Minuten, in denen Ihnen jetzt der Vierzeiler bekannt ist, irgendwie schon eine ganze Reihe versteckter Codes abgeleitet haben?«

Calque warf sich in seinem Sitz zurück. »Nein, tut mir leid, da muss ich Sie enttäuschen. Ich habe noch keine versteckten Codes abgeleitet. Ich vermute nur, dass sie existieren könnten – nein, ich bin *sicher*, dass sie existieren *müssen*.«

39

Es war ein schlimmer Tag gewesen. Wahrscheinlich der schlimmste in deinem ganzen Leben.

In Villahermosa warst du ausgeraubt worden, als du auf dem Marktplatz geschlafen hast. Die Diebe hatten die zweihundert Pesos genommen, die du als Reserve in einem Hüftgürtel aufbewahrt hattest. Was aber noch viel schlimmer war: Sie hatten auch die Tasche mit dem Kodex darin mitgenommen. Du hattest diese Tasche als Kissen benutzt und warst davon aufgewacht, dass die Diebe sie unter deinem Kopf hervorzogen.

Du hattest die Diebe ausgemacht und warst ihnen nachgerannt. Aber du hattest seit Tagen nicht anständig gegessen und warst infolgedessen nicht voll bei Kräften. Aber du konntest immer noch schreien und die anderen Indios zu Hilfe rufen, die auf und um den Marktplatz schliefen.

Zuerst schien es, als würden die Diebe sicher entkommen, aber im letzten Moment gelang es zwei Indios, die nach einer durchzechten Nacht auf den Marktplatz kamen, sie aufzuhalten. Die Diebe hatten keine Macheten bei sich, aber die Indios, die gezecht hatten, führten ihre mit sich.

Rasch sammelte sich eine Menschenmenge um die Diebe, und man forderte dich auf, genau zu erklären, was passiert war.

Du hast von den Pesos erzählt und von deiner Tasche mit dem Buch, das du für einen Freund transportiertest.

Ein Polizist kam hinzu, um festzustellen, was zu dieser frühen Stunde vor Öffnung des Marktes vor sich ging.

Die Diebe stritten gegenüber dem Polizisten ihre Tat ab. Sie waren sehr überzeugend. Du widersprachst ihnen, aber der Polizist war nicht geneigt, dir zuzuhören, da du ein Fremder warst, der aus Veracruz kam. Nach einiger Zeit nahm der Polizist die beiden Diebe beiseite, und die drei standen eine Weile abseits und unterhielten sich. Die Diebe gaben dem Polizisten etwas, der Polizist nickte, und die Diebe eilten fort. Rasch verschwanden auch alle Indios um dich herum, wie sich Nebel über einem See auflöst.

Der Polizist kam zu dir zurück. Er hatte die Tasche mit dem Kodex darin in der Hand. »Gehört das dir?«

»Ja, Señor.«

»Es ist ohne Frage wertvoll, oder?« Der Polizist nahm den Kodex heraus und begann die gefalteten Seiten durchzublättern.

»Nein, es ist nicht wertvoll.«

»Dann hast du wohl nichts dagegen, wenn ich es konfisziere?«

Du hast den Kopf geschüttelt. Dein Herz war wie Eis in deiner Brust. »Dagegen hätte ich sehr wohl etwas. Dieses Ding gehört jemand anderem. Ich habe versprochen, es ihm zu bringen. Ich habe einen Eid geschworen.«

»Die Diebe haben mir zweihundert Pesos gegeben. Was gibst du mir?«

Du hast deine Hände vorgestreckt und nach oben gedreht. »Die zweihundert Pesos, die Ihnen die Diebe gegeben haben, gehörten mir. Es war das Geld, das sie mir gestohlen haben.«

»Das tut mir leid. Aber ich kann nichts machen. Wenn du dein Eigentum zurückhaben willst, musst du eine Gebühr zahlen. So ist das Gesetz.« Der Polizist öffnete sein Notizbuch auf einer bestimmten Seite und zeigte auf einen Text, den du natürlich nicht lesen konntest.

Du hast dich gebückt und einen deiner Schuhe ausgezogen. Darin steckten fünfzig von deinen verbliebenen hundert Pesos. Du hast den Fünfzig-Peso-Schein genommen und ihn in das Buch des Polizisten gelegt.

Der Polizist zuckte mit den Achseln. »Ist das alles, was du hast?«

»Die Diebe...« Du zucktest ebenfalls mit den Schultern. Aber im anderen Schuh hattest du immer noch die restlichen fünfzig Pesos versteckt. Du betetest zur Jungfrau von Guadalupe, dass er dich nicht auffordern würde, deinen zweiten Schuh zu zeigen. In diesem Fall wärst du verloren gewesen.

Der Polizist klappte sein Buch zu. »Nun denn.« Er ließ die Tasche mit dem Kodex wie aus Versehen fallen. »Du hast deine Gebühr bezahlt. Du kannst gehen.«

Du hast den Kodex rasch aufgehoben, dich vor dem Polizisten verbeugt und dich entfernt.

Jetzt war klar, dass du hungern würdest. Du hattest gerade noch fünfzig Pesos. Und du hattest immer noch Ciudad del Carmen, Champotón und Hopelchén vor dir, bevor du dein Ziel erreichen würdest, den Palast der Masken in Kabah.

Ein freundlicher Indio hatte dir erzählt, wenn du bis zum Ende des Markts warten würdest, bestünde vielleicht die Chance, dass dich ein Händler, bei dem es besonders gut gelaufen war, in seinem leeren Lieferwagen mitnahm. Viele kamen aus Ciudad del Carmen zum Markt nach Villahermosa – fast so viele wie nach Campeche fuhren. Wenn du Glück hattest und die Geduld, klaglos zu warten, konntest du so jemanden finden.

In der Zwischenzeit würdest du gezwungen sein, den ganzen Tag auf dem Marktplatz herumzulungern, zu beten, dass dir der Polizist nicht noch einmal über den Weg lief, und zu hoffen, dass einer der vielen Händler etwas von seinem verfaulenden Obst in den Rinnstein warf. In diesem Fall würdest du ein wenig essen und deinen Magen beruhigen können. Denn die fünfzig Pesos, die du noch in deinem Schuh hattest, würdest du ohne Frage in Kabah brauchen – als Schmiergeld vielleicht, falls der Mann am Haupttor dich nicht einlassen würde.

Wenn du an die Wartezeit dachtest, schmerzte dein Magen noch mehr als zuvor. Es war wie der Schmerz von einem Schlag – dein Bauch schien sich vor Schmerz gleichzeitig auszudehnen und zusammenzuziehen. Ursprünglich hattest du dir zum Frühstück heute Eier versprochen – in der Form von *Salsa de huevo* –, um deine Kraft zu bewahren. Aber wegen der Diebe wagtest du es jetzt nicht, dein restliches Geld für solchen Luxus zu verschwenden.

Es war wahrhaftig ein schlimmer Tag gewesen. Wahrscheinlich der schlimmste in deinem ganzen Leben.

40

»Trotz allem, was Sie sagen, ist Madame, meine Mutter, eine ehrenwerte Frau.«

Sabir schaute im Rückspiegel nach Calques Reaktion auf Lamias Aussage. Der Expolizist griff sich an den Kopf, als hätte ihn ein Fleischhammer an der Schläfe gestreift. Zum Glück für Calque schien es Lamia nicht zu bemerken.

»Was soll dieses ›Madame, meine Mutter‹ eigentlich immer? Das wollte ich Sie schon die ganze Zeit fragen.«

Es war nicht die schlauste Frage der Welt, aber Sabir musste Lamias Aufmerksamkeit unbedingt von Calque ablenken, der sich benahm, als wollte er einen Streit vom Zaun brechen. Wenn es um die Comtesse ging, kannte der Verstand des alten Verbrecherjägers nur eine Richtung.

»Es ist ein Ausdruck von Respekt. Wir Kinder benutzen ihn alle. Monsieur, meinen Vater, kannten wir nur als einen sehr alten Mann – eigentlich eher ein Großvater als ein Vater –, und es schien nur richtig, ihm Respekt zu erweisen. Die Gewohnheit ging dann auf Madame, meine Mutter, über. Und wir haben nie einen Grund gesehen, etwas daran zu ändern.«

»Sie respektieren sie also immer noch?«

»Natürlich. Aber ich bin auch entschieden anderer Ansicht als sie.«

Sabir fuhr in eine Parkbucht und stellte den Motor ab. Sie waren kurz vor Ciudad Madero und Tampico. Die Lkw und Pickups auf dem Highway 80/180 schüttelten den Grand Cherokee jedes Mal durch, wenn sie vorbeifuhren, und ließen das Fahrzeug auf seinen Federn schaukeln wie eine lahme alte Dame in ihrer Gehhilfe. »Tut mir leid. Ich kann unmöglich gleichzeitig fahren und mich auf eine solche Unterhaltung konzentrieren.« Er drehte sich zu Lamia um. »Nur damit ich Sie richtig verstehe: Sie respektieren nach wie vor die Frau, die Sie betäuben und fesseln ließ und die Sie wahrscheinlich hätte töten lassen, wenn Calques weißer Ritter Sie nicht gerettet hätte?«

»Madame, meine Mutter, hätte mich niemals töten lassen.«

»Tatsächlich? Sie hat immerhin Ihren Bruder Achor auf eine Gruppe vollkommen unschuldiger Zigeuner gehetzt, von denen er zwei getötet und einen zum Krüppel gemacht hat, ganz zu schweigen von einem Wachmann und dessen Schäferhund sowie Calques Assistent Macron, die als Kollateralschäden ebenfalls mit ihrem Leben bezahlten.«

»Rocha dachte, sie hätten Informationen, die wir brauchten.«

»Ach so. Dann geht es also in Ordnung?«

»Ich glaube nicht, dass Madame, meine Mutter, wusste, wie sehr Rocha außer Kontrolle geraten war. Ich glaube nicht, dass sie wollte, dass jemand getötet wird. Rocha hat seine eigenen Ziele verfolgt.«

Diesen Moment wählte Calque, um sich in das Gespräch einzuklinken. »Rocha, wie Sie ihn nennen – für mich hat er nur als Achor Bale existiert – hat definitiv nicht auf eigene Faust gearbeitet. Er war auf Betreiben Ihrer Mutter tätig und hat in allem getan, was sie wollte.«

»Können Sie das beweisen?«

»Natürlich nicht. Das war immer mein Problem. Deshalb ist die Comtesse mit ihren schmutzigen kleinen Machenschaften ungestraft davongekommen. In jeder halbwegs anständigen Gesellschaft wäre sie für mindestens fünf Jahre wegen Anstiftung zum Mord ins Gefängnis gegangen. Aber dafür hat sie viel zu gute Kontakte, nicht wahr? Mein Polizeichef hat es praktisch offen zugegeben im Gespräch mit mir. Was einer der Gründe ist, warum ich vorzeitig in den Ruhestand gegangen bin.«

»Vielleicht irren Sie sich. Vielleicht war sie die ganze Zeit unschuldig. Haben Sie daran einmal gedacht?«

Calque schnaubte durch die Nase wie ein irritiertes Pferd. »Ich wusste es damals und ich weiß es heute – sie ist so schuldig, wie man nur sein kann.«

Sabir drehte sich zu Lamia um. Er holte tief Luft. Einen Teil von ihm verlangte es danach, Lamia wegen ihrer Familie festzunageln – ein anderer Teil neigte dazu, sie ein wenig sanfter anzufassen. Der erste Teil gewann. »Und Ihre Zwillingsbrüder? Wollten die oben in Stockbridge nur ein bisschen freundlich mit mir plaudern? Habe ich ihre Absichten falsch verstanden? Vielleicht wollten sie mein Haus gar nicht niederbrennen. Vielleicht haben sie mich nur veräppelt.«

»Möglich.«

»Um Himmels willen, Lamia! Was ist in Sie gefahren? Bereuen Sie es, dass Sie mit uns gekommen sind? Wollen Sie Ihr Glück lieber wieder mit dem Corpus versuchen?«

Lamia sah ihn an. Die unversehrte Hälfte ihres Gesichts war kreidebleich geworden. »Nein, natürlich nicht. Aber ich will auch nicht, dass Sie meine Familie dämonisieren. Sie glauben wirklich an das, was sie tun. Sie glauben wirklich, dass die de Bales die Aufgabe übertragen bekommen haben, die Welt vor der tausendjährigen Rückkehr des Teufels zu beschützen. Wir tun es – nicht ohne Erfolg – seit fast achthundert Jahren.«

»Na, Gott sei Dank, dass sich jemand darum kümmert.« Sabirs Geduld war allmählich erschöpft. Wie konnte eine intelligente Frau wie Lamia so blind sein, wenn es um ihre Familie ging? Er hatte Lust, sie an den Schultern zu packen und zu schütteln.

»Wie haben Sie das geschafft?« Die Frage kam von Calque, der die vorübergehende Unaufmerksamkeit seiner Gefährten dazu genutzt hatte, sich eine Zigarette anzustecken. Während er sprach, blies er den Rauch eifrig aus dem offenen Fenster.

»Also gut. Ich nenne Ihnen ein Beispiel. Während der französischen Religionskriege hat der Corpus, als gute Katholiken, die Hugenotten aufs Korn genommen. Es war ein de Bale, der, neben den de Guises, König Karl IX. dazu überredet hat, dem Massaker der Bartholomäusnacht zuzustimmen. Es war auch ein Angehöriger des Corpus, der den Anschlag auf Admiral Gaspard de Coligny verübt hat. Dies geschah konkret, um das Massaker auszulösen. Auf diese Weise blieb Frankreich der größere Schrecken erspart, der später über die deutschen Fürstentümer hereinbrach.«

Sabir schüttelte in blankem Unverständnis den Kopf. »Dann war das Massaker an den Hugenotten also eine gute Sache, ja? Soweit ich unterrichtet bin, haben außer Kontrolle geratene französische Katholiken in der Folge der Bartholomäusnacht dreißigtausend unschuldige Männer, Frauen und Kinder abgeschlachtet. Es war ein Blutbad, Lamia. Aber jetzt behaupten Sie, es geschah eigentlich, um einen späteren Frieden zu garantieren. Habe ich das richtig verstanden?«

»Aber das waren Teufelsanbeter, Adam. Sektierer. Leute, die den Papst für den Antichristen hielten. Sie mussten sterben.«

»Das kann nicht Ihr Ernst sein.«

»Manchmal müssen Unschuldige sterben, um die Mehrheit zu beschützen.«

»Ach, sie waren also unschuldig?«

»In dem Sinn, dass sie fehlgeleitet waren, ja.«

Sabir wandte sich an Calque. »Sie sind ebenfalls Katholik, nehme ich an?«

Calque nickte unsicher. »Ja. Aber ich habe noch nie jemanden massakriert, also schauen Sie mich nicht so an.«

»Was halten Sie von dem, was Lamia sagt?«

Calque zögerte. »Ich glaube, die ganze Sache ist sehr viel komplizierter, als es aussieht.«

Sabir ließ sich in seinen Sitz zurückfallen. »Jetzt geben Sie ihr also recht? Dass der Corpus letzten Endes doch richtig gehandelt hat?«

Calque schüttelte den Kopf. »Nein, sie haben nicht richtig gehandelt. Es ist nie richtig, Menschen zu massakrieren, egal was man von ihrer Religion, ihrer Volkszugehörigkeit oder ihren Ansichten hält. Aber der Corpus dachte, er würde richtig handeln. Das ist der Punkt, auf den Lamia hinauswill. Und es ist der Punkt, den wir in Bezug auf ihre Mutter nicht berücksichtigt haben, wie mir nun klar wird.«

»Mann o Mann, Calque. Wenn Sie so weitermachen, fange ich noch an, Sie für unvoreingenommen zu halten.«

»Unvoreingenommen? Vergessen Sie es. Aber wir müssen tatsächlich verstehen, was den Corpus umtreibt, um ihn schließlich besiegen zu können. In meinen Augen hat Lamia ihre Situation soeben absolut klargemacht. Sie respektiert den Standpunkt ihrer Mutter, lehnt ihn aber für sich selbst ab.«

»Wollen Sie behaupten, wir sollten unsere Informationen mit dem Corpus teilen? Sie mit ins Boot holen?« Sabir barg den Kopf in den Händen und lächelte Calque matt an. »Vielleicht könnten Sie der Comtesse eine freundliche Umarmung anbieten, wenn Sie das nächste Mal am Cap Camarat vorbeikommen. Ich bin überzeugt, sie würde Sie mit offenen Armen aufnehmen, Hauptmann.«

Calque zuckte mit den Achseln. »Ich bin nicht verrückt, Sabir. Ich erinnere mich nur zu gut, wozu dieser wahnsinnige Achor Bale fähig war. Vergessen Sie nicht, er hat meinen Assistenten getötet. Einen Mann, der vielleicht besser hätte sein können, aber immerhin einen Mann mit einer Familie, einer Verlobten und einer Zukunft. Achor Bale hat das alles ausgelöscht, ohne auch nur einen Gedanken darauf zu verschwenden.«

»Was schlagen Sie also vor?«

»Ich meine, dass wir genau verstehen müssen, woher der Corpus kommt. Was er erreichen will. Lamia, Sie müssen sehr viel offener zu uns sein, wenn wir überhaupt eine Chance haben wollen im Kampf gegen dieses Ding. Zunächst einmal – hat der Corpus immer noch so viel Einfluss, wie er offenbar zu der Zeit ausübte, als Frankreich noch ein Königreich war?«

Lamia zögerte. Einen Moment lang befürchtete Sabir, sie wolle der Frage ausweichen. Dann schüttelte sie den Kopf. »Nein. Das endete alles mit dem Zweiten Weltkrieg.«

»Mit dem Zweiten Weltkrieg? Erklären Sie es uns.«

Lamia holte tief Luft. »Marschall Pétain, der Führer Vichy-Frankreichs, war ziemlich sicher ein Mitglied des Corpus. Er besuchte sowohl die Militärakademie St. Cyr als auch die École Supérieure de Guerre in Paris, die zum Ende des 19. Jahrhunderts beide Brutstätten von Aktivitäten des Corpus waren. Später wurde Pétain ein enger Freund des Comtes, meines Vaters. Er und mein Vater stritten jedoch heftig über die Appeasement-Politik des Marschalls gegenüber Deutschland. Mein Vater glaubte zum Beispiel nicht, dass Adolf Hitler der zweite Antichrist war. Er glaubte stattdessen, dass diese besondere Bezeichnung Josef Stalin zustand. Er stimmte auch nicht mit der Politik der Vichy-Regierung gegenüber den Juden überein. Wäre er bei einer der frühen deutschen Bombardierungen nicht schwer verletzt worden, hätte er all das noch viel weiter treiben, seinen Einfluss hinter den Kulissen irgendwie spürbar machen können.«

»Ist das Ihr Ernst?«

»Und wie! Er war zum Beispiel überzeugt, dass Frankreich

ein natürlicher Verbündeter Russlands und nicht Deutschlands sei und dass wir uns niemals aus taktischen Gründen mit den Nazis gegen Stalin hätten verbünden dürfen.«

»Er war also Kommunist?«

»Nein. Aber er war bereit, Kommunisten für seine Zwecke zu benutzen.«

»Eine nette Unterscheidung.«

»Durch die Verletzung meines Vaters verfolgte Frankreich diesen besonderen Weg nicht weiter – und so ebnete sie letzten Endes in gewisser Weise den Weg für die Auflösung des Corpus.« Lamia warf einen Blick zu Calque zurück. »Ein bisschen so, wie die Verletzung des Fischerkönigs die Macht des Runden Tischs auflöste. Sie verstehen die Parallelen, Hauptmann?«

Calque nickte. »Ja, durchaus. Ich verstehe Sie sehr gut.«

»Vor dieser Zeit waren wir in den Kadettenschulen, den Militärakademien und auch in der Zivilverwaltung stark gewesen. Wie eine Art Freimaurerloge eigentlich. Aber der Krieg änderte alles. Da mein Vater kampfunfähig war und aufgrund seines heftigen Widerwillens gegen das Hitlerregime – das er insgeheim als vom Teufel getrieben ansah – verlor der Corpus jeglichen Einfluss. Laval und Pétain hatten sich am Ende gerächt, verstehen Sie? Bis sich mein Vater von seinen körperlichen und psychischen Schäden erholt hatte, war Frankreich ein völlig anderes Land geworden, übersät von Schuldgefühlen und Verleugnung. Der Comte zog sich einfach aus dem öffentlichen Leben zurück, um dem Corpus ein würdiges Ende zu ermöglichen. Erst mit der Ankunft von Madame, meiner Mutter, dreißig Jahre später wurde er bis zu einem gewissen Grad erneuert.«

»In welcher Form?«

»In der Form, die Sie jetzt sehen. Der Comte gab seiner Frau die Erlaubnis, ihre dreizehn Kinder zu adoptieren, nur unter der strikten Auflage, dass sie unter der Schirmherrschaft seines immer noch einflussreichen Familiennamens aktiv versuchen würde, den Corpus wieder im öffentlichen Leben zu verankern. Auf sein Betreiben sollte sie alle ihre Kinder in die Welt hinausschicken, damit sie jeweils einen neuen Strang der Eidespflicht des Corpus begannen. Sie sollten innerhalb ihrer Klasse alle vier großen Faktoren verkörpern, die das aristokratische Ansehen bestimmen – *l'ancienneté, les alliances, les dignités* und *les illustrations*. Sie würden also alten Adel repräsentieren, neue Bündnisse zementieren, hohe Ämter bekleiden und große und noble Taten vollbringen. Aber nichts davon ist je geschehen. Die Gesellschaft hatte sich zu sehr verändert. Monsieur, mein Vater, hatte zu viele herausragende Persönlichkeiten des rechten Flügels mit seiner Reibung an Nazideutschland befremdet. Wir hatten noch ein gewisses Maß an Einfluss, aber es beruhte eher auf Nostalgie als auf echtem Zugang zu den Fluren der Macht.«

»Und wo steht der Corpus damit heute?«

»Er arbeitet nach einer anderen Logik. Was wir nicht stehlen können, kaufen wir. Und was wir auf legalem Weg nicht bekommen, nehmen wir uns. Mit uns ist das Gesetz des Dschungels in die ganze Sache eingezogen.« Lamia hob trotzig den Kopf. »Wenn Sie den Corpus besiegen wollen, werden Sie es nur können, indem Sie ebenfalls nach dem Gesetz des Dschungels agieren. Andernfalls wird der Corpus Sie schlucken und wieder ausspucken wie ein Stück faules Fleisch.«

Sabir drehte sich so in seinem Sitz, dass er sowohl Lamia als auch Calque im Blick hatte. »Damit kommen wir jetzt zur großen Preisfrage, Lamia: Warum verfolgen Ihre Leute uns immer noch? Was hoffen sie zu gewinnen? Was glauben sie, mit Hilfe der zweiundfünfzig verschollenen Prophezeiungen des Nostradamus zu bekommen?«

Lamia sah bestürzt aus. »Aber das ist doch wohl klar, Adam. Ich dachte, das wüssten Sie, ohne dass ich es Ihnen sagen muss. Es geht nur um Macht. Um das Wissen, was in möglicherweise nicht allzu ferner Zukunft geschehen wird. Und dazu brauchen sie drei Dinge.« Sie zählte an den Fingern ab. »Sie müssen die Identität und den Aufenthaltsort des dritten Antichrists kennen. Sie müssen wissen, wo und in welcher Gestalt Christus wiedergeboren wird. Und sie müssen wissen, ob der 21. Dezember 2012 tatsächlich das Ende der Welt bedeutet oder nur den Beginn der vorhergesagten tausendjährigen Wiederkehr des Teufels. Handelt es sich um Letzteres, wird der Corpus den Antichrist schützen und die *Parusie* töten – auf diese Weise wird er die Ankunft des Teufels erfolgreich verhindern und seine uralte Aufgabe erfüllen. Ist Ersteres der Fall, wird der Corpus kollektiven Selbstmord begehen und in den Himmel entrückt werden, um zur Rechten Gottes, des allmächtigen Vaters zu sitzen.«

Calque ließ seine nicht angezündete Zigarette aus der Hand fallen. »Jesus, Maria und Josef. Wie in der Entrückung oder was?«

»Ein bisschen in der Art.«

»Aber die Entrückung beruht auf der Wiederkunft des Messias, Lamia. Es geht nicht darum, ihn zu töten, verflixt noch mal.«

»Aber bei der Entrückung vor dem Zorn Gottes geht es darum. Das ist der Moment, in dem wir erfahren, dass sich die Sonne schwarz färbt und der Mond rot. Eine Ära von Kriegen, Hungersnöten, Erdbeben, Vulkanausbrüchen und Flutwellen – was in der Bibel als die ›Zeit der Großen Trübsal‹ bezeichnet wird. Gottes Zorn wird die Ungläubigen treffen, wenn das sechste Siegel aufgebrochen wird. Es wird eine lange Zeit der Trübsal vor der Wiederkunft des Messias geben.«

Lamia sah ihre Begleiter an. »Kommt Ihnen irgendetwas davon bekannt vor, meine Herren? Läuten da irgendwelche Glocken?«

Sabir war zumute, als wäre sein Gehirn durch eine Wäschemangel gedreht worden. »Sie meinen den Ausbruch des Orizaba? Das Erdbeben in L'Aquila? Die Erderwärmung? Den

Tsunami im Indischen Ozean? Das Schmelzen der Polkappen? Solche Dinge?«

Lamias Gesicht wirkte müde. »Ja. Und alles andere dazu.«

41 Abi hielt Ausschau und Vau saß am Steuer. Der Peilsender schien nicht ganz einwandfrei zu funktionieren, was dazu führte, dass die Zwillinge dummerweise an dem stehenden Grand Cherokee vorbeisausten, als sie es am wenigsten erwarteten.

»Himmel! Hast du sie gesehen? Hast du gesehen, was sie machen? Das waren sie, oder, Abi? Haben sie uns gesehen?«

»Beruhige dich, Vau. Es ist nichts passiert. Sie saßen nur im Wagen und haben sich unterhalten, wenigstens soweit ich feststellen konnte. Wir waren viel zu schnell, als wir an ihnen vorbeigefahren sind, außerdem haben wir ein neues Auto und wir tragen diese dämlichen amerikanischen Baseballmützen. Sie werden uns nicht erkannt haben.«

»Ich wünschte, wir hätten eine Wanze in ihren Wagen eingebaut, als wir die Chance hatten.«

»Ach ja? Und das sagt einer, der sich nicht die Mühe machen wollte, in ihren Wagen einzubrechen, als er die Gelegenheit auf dem Silbertablett präsentiert bekam, sondern seinen Peilsender einfach unter der Karosserie befestigt hat in der Hoffnung, dass er nicht runterfällt, wenn sie über die erste Bodenschwelle holpern.«

»Schon gut, Abi. Du brauchst nicht darauf herumzureiten.«

»Was glaubst du, worüber sie geredet haben? Vielleicht hast du ja auch dazu eine Eingebung.«

»Woher soll ich das wissen? Was denkst du?«

Abi schloss die Augen. Er rieb sich über das Gesicht und ließ den Kopf in die Nackenstütze fallen. Dann machte er Vau ein Zeichen, am Straßenrand zu halten. »Über uns wahrscheinlich.«

»Wie kommst du darauf, Abi? Sie wissen nicht einmal, dass wir ihnen noch immer folgen.«

»Wie bitte? Glaubst du vielleicht, sie haben uns einfach vergessen? Uns völlig aus ihrem Kopf verbannt?«

»Nein, das glaube ich nicht.«

»Und warum?«

Vaus Gesicht hellte sich auf. »Weil sie zu schlau sind. Lamia weiß, wir werden niemals aufgeben. Und sie wird es ihnen gesagt haben. Sie werden sich in die Hosen machen vor Angst, dass wir plötzlich aus dem Nichts auftauchen und sie uns schnappen.«

Abi rutschte noch tiefer in den Beifahrersitz für den Fall, dass der Cherokee sie wieder überholte. »Weißt du was, Vau? Ich glaube, du hast recht. Wir müssen die Sache ein bisschen beschleunigen. Wir müssen ihnen eine Heidenangst einjagen und sie zu ein paar gravierenden Fehlern zwingen. Mir steht dieses vorsichtige Auftreten bis zum Hals.«

»Aber Madame, unsere Mutter, hat dir befohlen, dich zurückzuhalten, Abi. Ich habe es selbst gehört. Sie sagte, wir sollen uns von ihnen an ihr Ziel führen lassen und uns nicht einmischen, bis sie es uns sagt.«

»Nun, wir wissen immerhin, dass ihr Ziel in Mexiko liegt. Und wahrscheinlich entweder in Veracruz oder Yukatan.«

»Woher wissen wir das, Abi?«

»Weil sie die Küstenstraße benutzen, Dummerchen. Wenn sie durchfahren wollten bis Guatemala, Honduras oder Panama, würden sie Kurs auf die Landesmitte nehmen, an Mexico City vorbei, oder nicht?«

»Vermutlich. Aber du musst mich nicht dauernd beschimpfen, um deinen Gedankengang zu verdeutlichen.«

»Doch, muss ich.« Abi gähnte. Es langweilte ihn allmählich, Vau aufzuziehen. »Wir kommen unserem Ziel also näher. Und sie wissen nicht, dass wir ihnen einen Peilsender untergejubelt haben. Deshalb schlage ich vor, wir erschrecken sie zu Tode und bringen sie dazu, dass sie doppelt so schnell fahren. Denn wenn wir in diesem Tempo weitermachen, sticht Aldinach bald wieder der Hafer und sie provoziert einen neuen Tumult. Oder Oni, dieser blöde Hund, legt sich mit der mexikanischen Polizei an. Hast du ihn gesehen? Er trägt neuerdings Hemden mit Blumenmuster. Der Idiot fällt auf wie eine Küchenschabe auf einem Teekuchen.«

Vau schlug auf das Lenkrad. »Hey, das ist witzig. Das gefällt mir. Eine Küchenschabe auf einem Teekuchen.«

Abi sah Vau mitleidvoll an. »Es ist nicht von mir. Ich habe die Idee von Raymond Chandler gestohlen. Nur dass es bei ihm ›eine Tarantel auf einem Biskuitkuchen‹ hieß.«

»Biskuitkuchen? Und Raymond wer hat das gesagt?«

»Vergiss es, Vau. Ist nicht wichtig.«

42

Sabir verließ die Veracruz Cuota und fuhr in das Dorf La Antigua, um dort Mittagspause zu machen. Das Trio hatte noch etwa zwei Tage Fahrt vor sich, bis sie Kabah erreichen würden, und Sabir dachte, eine kleine Belohnung würde jetzt guttun.

»Was ist das für ein Ort?«

»Das ist dort, wo der furchtlose Cortés seine Schiffe versenkte, damit seine Männer es nicht wagten, ihm davonzulaufen und nach Kuba zurückzukehren.«

»Der furchtlose Cortés?« Calque streckte beide Hände über den Kopf, als würde er nach einer Glühbirne greifen. Er sah zum Fluss hinunter, der sich wie ein schmutzigbraunes Band zum nahen Golf schlängelte. »Der Mann war ein Barbar. Er hat fast im Alleingang zwei große Reiche zerstört.«

Sabir warf den Kopf in den Nacken. »Ich erweise ihm keine Reverenz, Calque. Ich zitiere nur Keats' *On First Looking Into Chapman's Homer*.«

Calque quittierte Sabirs Argument mit einem Schulterzucken. »Und woher wissen Sie über diesen Ort Bescheid? Er liegt ein bisschen abseits der üblichen Touristenpfade, oder?«

»Von einem Urlaub. Mit meinen Eltern. Dem einzigen, den wir als Familie zusammen unternahmen.«

»Und wieso hier?«

Ein abwesender Blick trat in Sabirs Augen. »Ich war siebzehn. Meine Mutter hatte zur Abwechslung eine stabile Phase. Halb gesund wenigstens. Mein Dad spendierte uns eine Reise nach Mexiko, weil er glaubte, es würde ihr guttun. Wir kamen über Oaxaca und Monte Alban hierher, um die Ruinen von Zempola zu besichtigen. Es war ein Desaster. Meine Mutter musste unter Sedativen per Flugzeug in die Staaten zurückgeschafft werden. Aber La Antigua war der letzte Platz, an dem wir so etwas wie eine schöne Zeit hatten. Wir aßen *Langostinos al mojo de ajo*, gleich dort oben an der Straße, und tranken *Mojitos*, und mein Vater erzählte uns, was passierte, als Cortés mit seinen Männern hier landete. Wir fuhren sogar mit einem Boot bis zur Flussmündung und gingen auf der Landspitze spazieren.«

»Dann sprechen Sie ein bisschen Spanisch?«

»Kein Wort. Wie steht es mit Ihnen, Calque?«

»Mein Spanisch ist eine Idee besser als mein Englisch. Und Sie wissen, wie gut mein Englisch ist.«

»Ich habe mich schon gewundert, wieso Sie Lamia das Reden überließen, als wir in unsere *posada* eincheckten.«

»Allerdings konnte ich nicht umhin zu bemerken, dass Sie ebenfalls nicht viel gesagt haben.«

Lamia hatte sich bereits in Richtung Restaurant gewandt. »Dann werde ich wohl einfach für Sie übersetzen müssen, nicht wahr? Damit habe ich immerhin eine Rolle, denn zum Glück spreche ich fließend Spanisch. So wie Italienisch, Englisch, Deutsch und ein wenig Griechisch.«

»Angeberin.«

Sie drehte sich um und schenkte ihnen ihr gewinnendstes Lächeln.

43 Calque und Sabir wählten einen Tisch mit Blick auf den Fluss, während Lamia die Toilette aufsuchte. Es war das erste Mal, dass die beiden Männer allein waren, seit sie vor zwei Tagen die mexikanische Grenze überschritten hatten.

»Glauben Sie wirklich, wir können ihr trauen, Calque? Nach dem, was sie gestern in Tampico über den Corpus gesagt hat? Und dass sie die Comtesse noch immer respektiert?«

»Glauben Sie, sie wäre so brutal ehrlich, wenn sie uns hereinlegen wollte?«

»Vielleicht versucht sie einen doppelten Bluff.«

»Ja, und Gott ist Engländer. Hören Sie doch auf, Mann! Man braucht sie nur anzusehen, um zu wissen, dass sie ein anständiger Mensch ist. Ich empfinde es als Vorzug, mit ihr reisen zu dürfen. Überlegen Sie nur, wie es wäre, wenn wir beide allein hier wären. In welchem Zustand wir inzwischen wären. Zumindest sorgt sie dafür, dass wir bei der Sache bleiben. Ganz zu schweigen davon, dass sie uns zwingt, unsere Wäsche zu waschen.«

»Ja, es ist unübersehbar, dass Sie mächtig in sie verknallt sind, Calque. Sie umsorgen sie wie eine alte Glucke.«

Calque richtete sich in seinem Stuhl auf. »Und was ist mit Ihnen? Ist Ihnen nichts an sich und Ihrem Verhalten aufgefallen in letzter Zeit?«

Sabir tat, als würde er einige Fischer beobachten, die ihr Boot anließen. »Blödsinn.«

»Das ist kein Blödsinn. Ich weiß, dass ihr beide heimliche Treffen abhaltet. Ich bin eines Nachts aufgewacht und habe euch gehört.«

Sabir zuckte mit den Achseln. Er gab immer noch vor, die Fischer zu beobachten. »Das liegt daran, dass wir beide nicht schlafen können. Ich wegen meiner Albträume, und Lamia, weil Sie schnarchen. Wenn wir uns außerhalb des Zimmers treffen, dann nur per Zufall – nicht weil wir es verabredet hätten.«

»Ich schnarche nicht.«

»Ach, wirklich? Wann haben Sie zuletzt mit jemandem ein Zimmer geteilt, Calque? Anfang der 1950er-Jahre? Natürlich schnarchen Sie. Wie eine Dampflokomotive, die sich für die erste große Fahrt des Tages warmläuft.«

Calque warf beide Hände in die Luft, als versuchte er, ein flüchtiges Knäuel Strickwolle zu fangen. »Ich verwahre mich gegen Ihr Beispiel, Sabir. Sie übertreiben absichtlich. Vielleicht schnaufe ich ein wenig laut, aber nur, wenn ich versehentlich auf dem Rücken liege. Das kommt bei vielen Menschen vor.«

»Schnaufen. Schnarchen. Nennen Sie es, wie Sie wollen.«

»Sie weichen immer noch kunstvoll meiner Frage aus.«

»Die wie lautet?«

»Sie und Lamia.«

»Sind Sie ihr Daddy?«

Calque war verärgert. »Ich fühle mich tatsächlich ein wenig in *loco paternis*, ja. Ich habe sie unabsichtlich in diese Sache hineingezogen, deshalb bin ich für sie verantwortlich.«

»Geben Sie es zu. Sie hätten gern, dass sie Ihre Tochter wäre.«

»Sehen Sie? Sie wechseln schon wieder das Thema. Vielleicht sind Sie schlicht zu dumm, sich Ihre Gefühle für sie einzugestehen.«

Sabir gab es auf, so zu tun, als würde ihn das Fischerboot brennend interessieren. »Sie nennen mich dumm? Und das soll ich mir von einem Mann sagen lassen, der nicht mal merkt, dass er einen Ödipuskomplex hat?«

Calque schlug auf den Tisch. »Ich habe keinen Ödipuskomplex. Sie bringen Ihre Freud'schen Begriffe total durcheinander. Ein Ödipuskomplex ist, wenn ein Junge mit dem Vater um die Aufmerksamkeit der Mutter konkurriert. Also liegen Sie hier mit Sicherheit falsch. Meine Mutter hat weder mich noch meinen Vater beachtet, deshalb gab es hier nichts zu wetteifern. Und erzählen Sie mir nicht, ich hätte das Gegenteil von einem

Ödipuskomplex, denn das wäre ein Elektrakomplex, und den hat Lamia bestimmt nicht meinetwegen.«

»Ich rede nicht von ihr. Und ich rede nicht von Ihrer Mutter. Ich rede von Ihnen.«

»Ich leugne nicht, dass mich die verlorene Zuneigung meiner eigenen Tochter immer noch sehr schmerzt, wenngleich es mich überrascht und ein wenig enttäuscht, dass Sie das Thema wieder zur Sprache bringen. Ich habe Ihnen in einem schwachen Moment im Vertrauen davon erzählt, Sabir, und törichterweise angenommen, damit sei die Sache erledigt. Allerdings streite ich ebenfalls nicht ab, dass ich ein quasi elterliches Interesse an Lamia habe. Alles andere wäre unter diesen Umständen auch merkwürdig.«

Sabir schnippte mit den Fingern. »Ich hab's. Es ist mir wieder eingefallen. Man nennt es Learkomplex. Wenn ein Vater libidinös auf die Tochter fixiert ist.«

Calques Stimme erhob sich mühelos über den Lärm ringsum – ein Lärm, der dadurch verschlimmert wurde, dass sich das Haustrio des Restaurants an einer einzigartigen Version von *Besame Mucho* auf Marimbas versuchte. »Ich betone energisch, dass ich keinen Learkomplex habe, Sabir. Und ich möchte darauf hinweisen, dass Lamia nicht wirklich meine Tochter ist. Und dass es deshalb selbstverständlich auch nicht inzestuös wäre, selbst wenn ich zufällig ein sexuelles Verlangen nach ihr hätte. Es wäre noch nicht einmal unangemessen, was den Altersunterschied betrifft. Denn Sie haben es vielleicht nicht bemerkt, aber ich bin noch nicht senil, Sabir. Schließlich bin ich erst fünfundfünfzig.« Calque fummelte nach einer Zigarette in seiner Tasche. Er fand eine, zündete sie an und schnippte das Streichholz durch das offene Fenster neben sich. »Es ist jedoch nicht vorwiegend sexuelles Verlangen, das ich für Lamia empfinde, sondern vielmehr Bewunderung und Zuneigung. Außerdem empfinde ich einen merkwürdigen Drang, sie vor der Aufmerksamkeit jüngerer Männer wie Ihnen zu schützen.«

»Jüngere Männer wie ich? Und was genau verstehen Sie darunter?«

»Jüngere Männer, die gespielte Tapferkeit mit Erfahrung verwechseln. Jüngere Männer, denen es an Selbsterhaltungstrieb mangelt. Ich erinnere mich, wie Sie in Frankreich von einer Katastrophe in die nächste gestolpert sind, Sabir, ohne den geringsten Versuch der Selbstkontrolle. Es war ein absolutes Wunder, dass Sie und Ihre beiden Zigeunerfreunde die Freundlichkeiten des Augenmannes überlebt haben. In einer rationalen Welt wären Sie jetzt alle drei tot.«

»Und dann hätten Sie Lamia jetzt für sich? Wollen Sie das sagen?«

Calque stieß sich aus seinem Sessel hoch und stemmte die Hände auf den Tisch, Sabir tat es ihm gleich. Ein Kellner, der sie gerade nach ihrer Getränkebestellung fragen wollte, aber vielleicht ihr mangelndes Interesse an der Speisekarte spürte, schwenkte in Richtung eines anderen Tisches wie ein Ozeandampfer, der mitten auf dem Meer seinen Kurs ändert.

»Ich glaube es einfach nicht.« Lamia kam aus Richtung der Toiletten auf den Tisch zu. »Streitet ihr beiden schon wieder? Muss das jedes Mal sein, wenn ich weggehe? Das kann doch nicht wahr sein. Ich weiß, dass ihr euch mögt. Warum könnt ihr es nicht einfach zugeben und aufhören, die ganze Zeit zu wetteifern? Worum ging es denn diesmal?«

Calque machte ein einfältiges Gesicht und setzte sich wieder, um seine Zigarette zu Ende zu rauchen. Sabir zuckte mit den Achseln und gab vor, das Marimba-Trio zu beobachten.

»Habt ihr wegen mir gestritten? Ist es das?«

»Natürlich nicht. Warum sollten wir Ihretwegen streiten?«

Lamia setzte sich zu ihnen und machte dem flüchtigen Kellner ein Zeichen. »Ja, das frage ich mich auch.«

44 Abi wartete, bis sie ein gutes Stück hinter Veracruz waren, ehe er sein Vorhaben in die Tat umsetzte. Das Trio näherte sich dem Catemaco See, als er Dakini befahl, Baseballmütze und Sonnenbrille abzulegen, damit ihre Anwesenheit zu erkennen war. Athame, Nawal und Aldinach – die sich entschieden hatte, sich für die Dauer der Reise als Frau den übrigen weiblichen de Bales anzuschließen – duckten sich außer Sicht auf den Boden des Minibusses.

Lamia saß am Steuer des Cherokee, während Sabir auf dem Rücksitz schlief. Calque las in einem Buch.

Lamia schoss mit einem Ruck in die Höhe. »Ich wusste es. Es war doch Dakini, die ich damals in Houston gesehen habe. Ich habe sie gerade wieder gesehen. In einem anderen Wagen.«

Calque warf das Buch beiseite. »Wo?«

»Sie stand in der Raststelle, an der wir eben vorbeigefahren sind, und hat getankt.«

»War sie allein?«

»Sah so aus. Aber es war ein sehr großes Fahrzeug für eine Person.«

»Und Sie sind sich sicher, dass sie es war?«

»Denken Sie, ich erkenne meine eigene Schwester nicht?«

»Dann geben Sie Gas. Wir haben immer noch die Chance, sie abzuhängen. Sie kann nicht wegfahren, ohne zu bezahlen und dem Typ sein Trinkgeld zu geben.«

Lamia raste in die erste ernsthafte Kurve seit der Tankstelle. »Ich wusste, wir hätten von Veracruz aus die Küstenstraße nehmen sollen. Von hier führt nur ein Weg weiter. Sie werden einfach an der Kreuzung von Acayucán auf uns warten.«

»Geben Sie mir die Karte.«

»Sabir hat sie.«

Calque drehte sich um und stieß Sabir ans Bein.

Sabir öffnete ein Auge. »Was ist los? Warum wecken Sie mich? Und warum fährt Lamia wie eine Verrückte?«

»Wir haben Gesellschaft.«

Sabir fuhr hoch wie ein Klappmesser. »Wo?«

»Da hinten an der Tankstelle. Sie haben noch getankt. Mit ein bisschen Glück haben wir ein paar Kilometer Vorsprung.«

»Vergessen Sie es. Sie werden einfach in Acayucán auf uns warten.«

»Genau das hat Lamia auch gesagt. Aber ich erinnere mich von der Karte her an eine kleinere Straße. Eine Staubpiste, die durch die Berge auf Jaltipan zuführt. Wenn wir zu der Abzweigung kommen, bevor sie uns sehen, haben wir eine echte Chance, ihnen zu entwischen. Sie werden nie im Leben damit rechnen, dass wir so etwas Dummes tun.«

»Dumm, genau. Das haben Sie gesagt, Calque, nicht ich.« Sabir warf einen raschen Blick auf die Karte und reichte sie nach vorn. »Sie haben zwar recht mit Ihrer Staubpiste, aber die Sache gefällt mir nicht. Es ist eigentlich nur ein besserer Feldweg – sie ist sogar als gepunktete Linie auf der Karte dargestellt, was nie ein gutes Zeichen ist.« Er warf einen Blick auf die leere Straße hinter ihnen. »Wenn sie sehen, dass wir in diesen Weg einbiegen, sitzen wir hilflos in der Patsche.«

45

»Jawohl. Sie haben die Staubpiste genommen, genau wie du es erwartet hast.«

Abi klatschte in die Hände. »Sie werden viel Spaß haben bei der Überquerung der Cerro Santa Marta. Von Meereshöhe auf 1879 Meter in weniger als zwanzig Kilometern. Auf einer nicht geteerten Straße. Mit Abhängen links und rechts, in die man die eigene Großmutter nicht stürzen würde.«

»Sollen wir ihnen folgen?«

»Wozu? Sie werden in drei, vier Stunden in Jaltipan auftauchen. Völlig außer Atem wahrscheinlich. Dort können wir sie mit dem Peilsender mühelos wieder einfangen. Vorausgesetzt natürlich, sie brechen sich nicht den Hals, weil sie denken, wir verfolgen sie. Ich liebe es, so unerwartete Dinge zu tun.«

»So wie mit dem Eisenbahninspektor und seiner Frau? Wo du den Kinderporno heruntergeladen hast?«

»Genau. Es macht mich krank, Dinge direkt anzugehen. Es gibt immer einen anderen Weg – hintenherum –, der zum selben Ziel führt. Kannst du dich zum Beispiel noch an diesen Bastard de la Maigrerit de Gavillane erinnern?«

»Der Madame, unsere Mutter, wegen der Sitzordnung beleidigt hat, als ich mit dem Meniskusriss im Krankenhaus war?«

»Ja, der. Weil sie Witwe war und weil sie ohne Begleitung zu einem offiziellen Abendessen kam, platzierte er sie unterhalb dieser Emporkömmlinge mit dem napoleonischen Titel. Diese Prinz und Prinzessin von...« Abi zuckte mit den Achseln. »Sie sind so unbedeutend, dass ich nicht einmal mehr ihren Namen weiß.«

»Egal. Erzähl von de Gavillane.«

»Der Schweinehund wusste genau, was er tat. Sein Vater und Monsieur, unser Vater, hatten sich während des Kriegs wegen der Nazifrage entzweit. Du weißt, wie der Comte über Hitler dachte, und die de Gavillanes waren begeisterte Anhänger des Dritten Reichs. Nach dem Krieg wollten sie natürlich nichts mehr davon wissen und gaben sich als Widerstandshelden aus, aber niemand glaubte ihnen. Der Name de Gavillane tauchte sogar in Denunziationsschreiben an hochrangige Nazis und die Miliz auf, und sie betrafen immer Leute, deren Besitz zufällig an den der de Gavillanes grenzte. Zum Ende des Kriegs hatten sie einen zehntausend Hektar großen Park um ihr Schloss. So etwas vergessen die Leute nicht.«

»Was meinst du mit ›Leute‹?«

»Ich meine, wir waren nicht die einzigen, die die de Gavillanes bestraft sehen wollten.«

»Du meinst, diese anderen Leute haben dich bezahlt?«

»Wozu sollte ich eine Bezahlung brauchen, Vau? Wie die Dinge liegen, habe ich mehr als genug Geld. Sie haben es mir nur erleichtert, zu tun, was ich tun musste. Haben mir de Gavillanes Gewohnheiten verraten. Welchen Clubs er angehörte. Wo er sich herumtrieb. Am Ende lief es auf den Fitnessclub oder die Rennbahn hinaus. Aber die Rennbahn ist zu öffentlich. Der Fitnessclub war besser. Ich beobachtete de Gavillane, ohne dass er es bemerkte. Die Leute haben ihre Gewohnheiten, verstehst du? Und de Gavillane hatte eine, die mir besonders gefiel. Er hasste es, wenn die Leute ihre Plastikbecher mit Wasser in der Sauna stehen ließen. Immer wenn er einen sah, schüttete er das Wasser auf den Steinofen und warf den Plastikbecher in den Abfalleimer vor der Kabine. Hat sich endlos beim Personal darüber beschwert.«

»Ich verstehe nicht ganz, Abi. Wieso hat dir das so gut gefallen?«

»Weil es ein Tick war. Und Ticks machen Menschen verwundbar.«

»Verwundbar? Wofür?«

»Ich habe eines Tages drei volle Becher da drin stehen lassen. Unmittelbar, bevor er hereinkam.«

»Ja und?«

»Ich hatte sie mit Wodka gefüllt, Vau. Reinem bulgarischem Wodka, 88 Prozent Alkohol. Als de Gavillane sie auf die heißen Steine schüttete, erzeugte er einen Feuerball in der engen Saunakabine. Verbrennungen. Der Mann sah aus wie eine geschälte Tomate, als er herauskam. Blind. Keine Ohren, Lippen oder Augenlider. Sein Penis abgezogen wie eine Papaya. Fünfzig Operationen später ist er immer noch im Krankenhaus. Er ist so eingeschnürt von Narbengewebe, dass er sich nicht mal mehr am Hintern kratzen kann. Das meine ich mit hintenherum kommen, Vau.«

»Es ist perfekt, Abi. Und niemand kann dich verantwortlich machen.«

»Der Mann hat alles selbst getan. Alle Beweismittel verbrannten in der großen Stichflamme. Im Club redete man wochenlang über nichts anderes. Viele Leute hatte de Gavillanes selbstherrliches Benehmen angekotzt. Komisch, wie das Unglück anderer die Leute manchmal fröhlich stimmt.«

»Wieso erzählst du mir das alles, Abi? Dafür hast du normalerweise einen Grund.«

Abi legte den Kopf schief. »Du bist heute aber schwer auf Zack, kleiner Bruder. Was ich dir vermitteln wollte, ist, dass man Madame, unsere Mutter, manchmal vor sich selbst schützen muss. Sie ist inzwischen eine alte Frau. Sie ist nicht mehr so auf Draht wie früher. Wenn ich hin und wieder scheinbar gegen ihre Befehle handle, Vau, darfst du nicht überrascht sein.«

»Wie im Fall von de Gavillane?«

»Genau. Sie wusste nichts von der Sache. Aber als sie hörte, was ihm zugestoßen war, hat sie sich sehr gefreut. Sie hat mich nie gefragt, ob ich es war, aber wir wissen beide, dass sie Bescheid weiß.«

»Sie muss sehr stolz auf dich gewesen sein, Abi.« Vau holte tief Luft. »Ich würde gern wissen, wie sich das anfühlt.«

Abi boxte seinen Bruder gegen die Schulter. »Keine Sorge, Vau. Du wirst es früh genug erfahren.«

46 »Sieht aus, als hätten wir sie wieder abgehängt.« Sabir blickte auf die Karte. »Sollen wir die Küstenstraße nach Villahermosa nehmen oder riskieren wir die Cuota? Um ein bisschen Vorsprung zu gewinnen?«

»Was wir tun, ist auf der Stelle stehen bleiben und den Wagen nach einem Peilsender absuchen.«

»Ach kommen Sie, Calque. Die sind uns mit keinem Ortungsgerät gefolgt. Sie haben festgestellt, welche Richtung wir einschlagen und sich wie ein Schlagnetz ausgebreitet, damit wir in die Falle gehen. Lamia sagt, wahrscheinlich sind alle elf von ihnen hier, sodass sie mehr als genug Kräfte im Einsatz haben. Dakini hatte nur zufällig das Glück, uns in Catemaco zu sehen. Wahrscheinlich musste sie auf der Küstenstraße patrouillieren, während der Rest die Cuota beobachtete.«

»Ich finde, wir sollten trotzdem nach einem Peilsender suchen. Achor Bale hat einen benutzt, als er Sie und Ihre Freunde bei dieser Reise quer durch Frankreich verfolgt hat, und wir Amateure von der Police Nationale ebenfalls. Beim Corpus sind ohne Frage alle im Umgang mit so einem Ding ausgebildet.« Er sah Lamia an, aber die zog es vor, seine Suggestivfrage zu ignorieren.

Stattdessen steuerte sie den Wagen in eine Tankstelle und fuhr um den Shop herum, sodass er vom Highway aus nicht zu sehen war. »Ich muss mich waschen und frisch machen. Ich bin gerade von meiner eigenen Familie verfolgt drei Stunden lang über einen Viehpfad durch ein Gebirge gefahren, und ich bin müde und gereizt und rieche wahrscheinlich streng. Sie beide tun es jedenfalls. Wenn ihr Männer nach Peilsendern suchen wollt, bitte sehr. Aber ich würde es begrüßen, wenn Sie sich anschließend waschen und umziehen würden.« Sie stieg aus, schnappte sich ihre Reisetasche und verschwand in der Toilette.

Sabir fuchtelte mit der Hand. »Frauen. Wahrscheinlich hat sie ihre Periode.«

Calque sah ihn tadelnd an.

Sabir fing den Blick auf, zog es aber vor, ihn zu ignorieren. Es ärgerte ihn gewaltig, wenn Calque sich moralisch aufs hohe Ross setzte. Er beschloss, das Thema zu wechseln. »Dann kommen Sie, Chefinspektor. Schluss mit Ihrem nervigen Gequengel. Bringen wir es hinter uns.«

Calque stöhnte und rutschte vom Beifahrersitz. »Ich nehme den hinteren Teil. Dort wird er am wahrscheinlichsten sein. Sie suchen vorn.«

»Sie glauben ernsthaft, dass sie in unseren Wagen eingebrochen sind und einen Peilsender installiert haben? Und wir sollen nichts bemerkt oder gehört haben?«

Calque richtete sich von einer Dehnübung auf. »Ist Ihnen nie in den Sinn gekommen, dass sie uns damals in Carlisle fast ein wenig zu leicht entkommen ließen? Und dass sie uns viertausend Kilometer später ein wenig zu leicht wiedergefunden haben?«

»Wenn uns möglicherweise elf von ihnen folgen, wie Lamia schätzt? Nein. Das ist mir nicht als Erstes in den Sinn gekommen.«

Calque zog die Heckklappe auf und begann herumzutasten. Sabir tat dasselbe vorn.

Nach fünfzehn Minuten kam Lamia mit einem Becher Kaffee in der Hand wieder. Sie setzte sich auf die Stufe und beobachtete sie. »Und?«

Sabir richtete sich auf. »Hier drin ist kein Peilsender. Wenn sie einen versteckt haben, dann in der Struktur des Wagens selbst und wir kommen nie an ihn ran.«

Calque schüttelte den Kopf. »Nein, dafür hatten sie weder die Zeit noch die nötige Ausrüstung.«

»Und unter dem Auto?«

Calque verzog das Gesicht. »Man versteckt Bomben unter Autos, Sabir, aber keine Peilsender. Das wäre unprofessionell. Bei der ersten größeren Bodenwelle würde das Ding wahrscheinlich runterfliegen. Das Risiko ist einfach zu groß. Nein. Wenn, dann hätten sie ihn innen angebracht. Und ich bin jetzt überzeugt, dass es nicht der Fall ist. Ich glaube, wir sind sie wieder los. Fürs Erste jedenfalls.« Da er sah, dass Lamia sein Hemd musterte, schnupperte er in seinen Achselhöhlen und verdrehte dann die Augen, als würde ihn der Gestank überwältigen. »Aber sie werden ausschwärmen und versuchen, sich vor uns zu setzen. Alles, was sie tun müssen, ist, auf die Karte zu schauen, ein paar gerade Linien zu ziehen, und sie wissen, in welche Richtung wir unterwegs sind.« Er machte Anstalten, sich die Hände an der Hose abzuwischen, besann sich jedoch. »Wir hätten uns wahrscheinlich auf einem Zickzackkurs bewegen sollen, aber man kann nicht alles haben. Es hat uns ohnehin schon viel zu viel Zeit gekostet. Meiner Ansicht nach sollten wir die Nacht durchfahren und versuchen, bis morgen früh in Kabah zu sein. Lamia ist erschöpft. Ich übernehme die ersten vier Stunden, Sie die zweiten. Wer nicht fährt, versucht ein wenig zu schlafen.«

Sabir nickte. »Dann wollen wir mal gehen und uns waschen.« Er reckte einen Finger in Calques Richtung, dann zupfte er an seinem eigenen Hemd und setzte eine gespielt säuerliche Miene auf. »Lamia, würden Sie uns etwas zum Knabbern für unterwegs kaufen? Sie wissen ja, was Calque mag. Schokolade, Knusperriegel und Limonaden mit E-Zusätzen. Solches Zeug.«

Calque schauderte, als wäre ihm jemand mit einer kalten Hand über den Rücken gefahren. Er sah Lamia auf ihrem Weg zurück zur *tiendita* nach. Dann stieß er den Kopf in Richtung Sabir. »Haben Sie das bemerkt, Sabir? Sie trägt plötzlich Make-up. Und sie hat einen Rock und eine frische Bluse angezogen und die Schuhe mit den höchsten Absätzen, die ich bisher an ihr gesehen habe. Ich habe sie noch nie so weiblich gesehen, Mann.«

Sabir zuckte gleichgültig mit den Achseln. Er war recht geschickt darin geworden, aus Calques Fallen zu schlüpfen. »Hören Sie. Sie hatten verdammt recht, uns nach Peilsendern suchen zu lassen. Wir hätten wie die Vollidioten dagestanden, wenn es einen gegeben hätte. Tatsächlich waren Sie während der ganzen Fahrt ziemlich auf Draht. Es tut mir auch leid, was ich gestern zu Ihnen gesagt habe. Der ganze Mist über Learkomplexe und Tochterfixierung. Ich weiß nicht, was in mich gefahren ist. Ich lag weit daneben.« Er blickte mit wehmütiger Miene in Richtung *tiendita*. Er wusste genau, worauf das Ganze hinauslief – wie üblich hatte Calque seinen Gnadenstoß erfolgreich vorbereitet. »Aber Sie irren sich, was mich und Lamia betrifft, das verspreche ich Ihnen. Wir haben nicht heimlich etwas miteinander. Die meiste Zeit nimmt sie meine Existenz nicht einmal zur Kenntnis.«

Calque seufzte. »Manchmal glaube ich, ein junger Mann zu sein ist das geistige Äquivalent zu Schneeblindheit. Wie alt ist Lamia, Sabir?«

»Ich weiß nicht. Siebenundzwanzig, achtundzwanzig, höchstens.«

»Und wie alt sind Sie?«

»Vierunddreißig. Ich gehe auf die fünfunddreißig zu.«

»Immer noch jung genug, um ein Narr zu sein. Aber alt genug, um es besser zu wissen.«

»Wovon reden Sie, Calque?«

»Sie haben eine schöne Frau vor sich, die nicht weiß, dass sie schön ist, Sabir. Sie hat einen Schaden. Ihr ganzes Leben lang hat sie gesehen, wie die Leute sie anschauen, und einige Folgerungen daraus für sich gezogen. Und zwar folgende: Ich bin keine normale Frau und kann nie eine sein. Ich bin es nicht wert, begehrt zu werden. Wenn ein Mann mich begehrt, dann weil er Mitleid mit mir hat, und ich bin ein stolzer Mensch und kann das nicht tolerieren. Deshalb kapsle ich mich ab. Leugne meine Weiblichkeit. Arbeite an anderen Aspekten meiner selbst, für die ich Wertschätzung erfahre. Ich lerne Sprachen. Lese Bücher. Studiere wie besessen. Entwickle meinen Verstand. Ich löse den weiblichen Teil von mir und töte ihn einfach ab. Auf diese Weise bin ich nicht verletzlich, niemand kann mir wehtun.«

»Du meine Güte, Calque! Wie kommen Sie auf all das Zeug?«

»Ich habe gesehen, wie sie Sie ansieht, Sabir. Sie werden im Kopf behalten, was ich gesagt habe. Sie werden ihr nicht wehtun. Sie werden ihre Gefühle berücksichtigen. Es reicht nicht, einfach ein Mann zu sein und seinen Hormonen zu folgen, ohne groß nachzudenken. Wenn Sie sich nichts aus ihr machen, zeigen Sie es ihr. Wenn Sie sich etwas aus ihr machen, zeigen Sie es ebenfalls. Wenn nicht, werde ich sehr, sehr wütend auf Sie sein, und wir waren die längste Zeit Freunde.«

»Wir sind Freunde?«
»Hat Lamia das nicht gesagt?«
»Ich denke schon.«
»Dann sollten Sie vielleicht so klug sein und ihr glauben.«

47 Bis du durch Santa Elena gekommen warst, hattest du Halluzinationen vor Hunger. Zuerst hast du ein kleines Tier gesehen, das wie ein Hund aussah, aber kein Hund war. Es hatte einen gestutzten Schwanz und war ganz grau. Dieses Tier hat dich vom Straßenrand aus beobachtet, als du zu gehen anfingst. Dann folgte es dir durch das Gestrüpp am Rand des Highways. Irgendwann hast du deine Machete hervorgeholt und in Richtung des Tiers geschwenkt, aber es tauchte in ein Versteck, vielleicht weil es deine Feindseligkeit vorausgesehen hat.

Später dann hast du eine Schlange am Straßenrand gesehen. Sie war smaragdgrün. Vor deinen Augen hat sie sich zusammengerollt und versucht, sich in deine Richtung zu stoßen. Aber die Schlange kam nicht vorwärts dabei. Das war so merkwürdig, dass du vorsichtig näher gingst, um zu sehen, was mit dem Tier passiert war. Da hast du dann gesehen, dass ein Fahrzeug über den Schwanz der Schlange gerollt war, der auf diese Weise am Straßenrand klebte, sodass die Schlange frei und gleichzeitig nicht frei war. Sie konnte sich eindrehen und zuschlagen wie jede andere Schlange auch, aber das Blut war lange eingetrocknet und sie war auf dem Asphalt verankert, bis ein weiteres Fahrzeug vorbeikommen und beenden würde, was das erste begonnen hatte.

Diesmal hast du deine Machete geschickt eingesetzt, so wie du es beim Schneiden von Pampasgras vor dem Haus des Cacique tatest. Die Schlange fühlte mit Sicherheit keinen Schmerz. Dennoch tat ihr Tod dir leid.

Du warst bereits einige Meter weiter gegangen, als dir einfiel, dass das Geschöpf Fleisch enthielt. Und dass es nur dem etwas nützte, der es getötet hatte, da es nur frisch verzehrbar war.

Du hast die Schlange ins Buschwerk getragen, ein kleines Feuer gemacht und sie, auf einen Stock gespießt, über der heißen Glut gegrillt. Als du sie gegessen hast, schmeckte ihr Fleisch zart und weich wie Hühnchen. Du spürtest, wie das Fleisch durch deinen Körper rauschte, der es nicht bei sich behalten wollte. Du hast dich neben der Straße, von der du die Schlange genommen hattest, übergeben. Dein Magen spuckte das unerwartete Fleisch in Krämpfen wieder aus.

Du standest eine Weile da und hast dir den Bauch gehalten. Dann hast du die Fleischbrocken, die du erbrochen hattest, aufgehoben, sie vorsichtig gesäubert und ein zweites Mal gegessen. Diesmal gelang es dir, sie unten zu behalten. Denn du wusstest, ohne Nahrung im Leib würdest du schnell sterben. Und dann wären die Eide, die dein Vater, dein Großvater und dein Urgroßvater geschworen hatten, umsonst gewesen. Später, wenn die Virgencita Gericht über dich hielt, würdest du für nachlässig erklärt werden, und sie würde dich zum Fegefeuer verdammen und im Widerschein deiner Schmach schmoren lassen.

Nach diesem Gedanken hast du dich an den Straßenrand gesetzt und eine Weile den Autos zugeschaut, die vorbeiströmten. Es hat dir aber nichts genutzt, dass du die Schlange gegessen hattest. Und auch nicht, dass du erbrochen hast. Tatsächlich hattest du nicht mehr die Kraft, auch nur die Hand zu heben und um Hilfe zu bitten. Die Dämmerung brach an, und du hast immer noch am Straßenrand gesessen. Du warst siebzehn Kilometer von Kabah entfernt, und es hätten ebenso gut siebenhundert sein können.

Einmal ging ein Maya mit einem Gewehr in der Hand an dir vorbei. Du hast deinen Kopf gehoben. Er sah dich merkwürdig an. Diese Maya sehen sonderbar aus, dachtest du. Klein, mit runden Gesichtern und nach hinten abfallenden Ohren, krummen Nasen und nach vorn gewölbten Bäuchen. Nicht dünn und schlank wie die Mestizen aus Veracruz. Dieser Mann trug sein Haar kurz wie eine Scheuerbürste. Er nieste vor deinen Augen und schnäuzte sich dann auf den Boden.

»Jesus«, sagtest du und meintest es als Segen.

Der Mann lächelte und deutete auf sein Gewehr. »Ich werde einen Fasan schießen«, sagte er. »Oder wenn das nicht klappt, eine Echse.«

»Eine Echse?«

»Ja. Man kann sie sehr gut essen. Außer im August und September, wenn wir sie nicht töten dürfen.«

»Warum? Warum dürft ihr sie dann nicht töten?«

Der Maya lachte. »Weil sie sich in Schlangen verwandeln.«

»Madre de Dios.«

»Und nicht nur das«, sagte der Maya. »Wenn wir in dieser Zeit eine töten und dann heiraten, werden unsere Frauen zu Vipern.«

»Jetzt ist Oktober. Du darfst also eine töten?«

»Ja. Ja, das werde ich versuchen.« Der Maya wandte sich zum Gehen. Dann hielt er inne. »Ich habe einen Dreiradkarren. Wenn ich meine Echse getötet habe, werde ich wieder hier vorbeikommen. Wenn du müde bist, darfst du dich vorn draufsetzen, und ich werde dich fahren.«

»Warum wirst du das tun?«

»Warum nicht? Du bist müde. Du hast einen weiten Weg hinter dir. Ich sehe es in deinem Gesicht. Wenn ich mit Feuerholz und einem Leguan wiederkomme, wirst du mir erzählen, wohin du unterwegs bist, und dann werde ich mein Mahl mit dir teilen. Ich wohne zwei Zigarettenlängen die Straße hinauf. Du bist fremd hier. Du wirst mein Gast sein.«

Du hast den Kopf zwischen die Knie sinken lassen, während der Mann in den Wald hineinging. Die Virgencita hatte also dein Rufen tatsächlich gehört. Und sie hatte geantwortet.

Du warst gesegnet.

48 Es war ein Uhr morgens, und der Cherokee näherte sich den Außenbezirken von Campeche. Calque schlief nach seiner Vierstundenschicht am Steuer auf der Rückbank, und Lamia hatte sich auf dem Beifahrersitz eingerollt und beobachtete Sabir.

»Sie sind ein schöner Mann, wissen Sie das?«

Sabir drehte ihr den Kopf zu, einen spöttischen Ausdruck im Gesicht.

»Ihr Profil. Es ist sehr schön. Wie das von Gary Cooper. Das ist der Schauspieler, der mir nicht mehr eingefallen ist.«

Sabir schwieg, da er nicht wusste, was er sagen sollte.

Lamia blickte aus dem Fenster. Die Straßenlichter spielten über ihre Züge und tauchten sie abwechselnd alle fünfzig Meter in Hell und Dunkel.

»Ich habe mich noch nie von einem Mann küssen lassen. Wussten Sie das?«

Sabir schüttelte den Kopf, er wollte ihren Gedankengang nicht stören. Er wollte den Augenblick so lassen, wie er war.

Sie wandte ihm den Kopf zu. »Würden Sie mich gern küssen?«

Sabir nickte und hoffte halb, dass die Dunkelheit auf seiner Seite des Wagens verdeckte, wie bewegt er war.

»Dann würde ich Sie nicht wegstoßen, wenn Sie es wünschen.«

Sabir sah sie an. Ohne dass ihm bewusst war, was er tat, verlangsamte er den Wagen auf Kriechtempo.

Er streckte seinen rechten Arm aus, und sie schmiegte sich an ihn und legte den Kopf an seine Schulter. Er küsste ihr Haar und drückte sie an sich. Er war sprachlos. Unfähig, auch nur ein Wort herauszubringen. Seine Brust fühlte sich an, als würde sie jeden Moment zerspringen.

So fuhr er einige Zeit. Er nahm wahr, dass sie ihn beobachtete. Dass ihre Augen sein Gesicht abtasteten.

»Woher wusstest du es?«, fragte er schließlich.

Sie schüttelte den Kopf.

»Ich hätte nichts gesagt. Wusstest du das auch?«

Sie nickte. Dann wurde sie angespannt im Halbrund seines Arms. »Mein Gesicht – stößt es dich nicht ab?«

»Ich mag dein Gesicht.«

»Du weißt, was ich meine.«

Er hob die Hand, um sie zu berühren, aber sie wich vor ihm zurück.

»Du hast versprochen, du würdest mich nicht wegstoßen.«

Lamia seufzte schwer. Dann nickte sie und ließ sich von ihm berühren. Seine Hand auf ihr Gesicht legen.

»Ich werde jetzt den Wagen anhalten und dich küssen.«

Lamia warf einen Blick nach hinten. »Und Calque?«

»Scheiß auf Calque.«

Calque beobachtete sie vom Rücksitz mit einem halben Lächeln auf dem Gesicht.

49

Um drei Uhr morgens erreichten sie die Kreuzung von Hopelchén, von wo es noch knapp fünfzig Kilometer nach Kabah waren. Sabir fuhr immer noch, und Calque wählte diesen Augenblick, um so zu tun, als würde er aufwachen.

»Wissen Sie, was ich Sie schon lange fragen wollte, Lamia?«, fragte er. »Ihr Name stammt aus der griechischen Mythologie, nicht wahr?«

Lamia schloss die Augen, als hätte ihr das, was sie erklären wollte, schon viel Leid verursacht. »Ja. Lamia war die Tochter Poseidons und die Geliebte des Zeus. Eine seiner vielen Geliebten.« Sie öffnete die Augen und lachte, auch wenn dieses Lachen mehr Bedauern als echte Freude zu enthalten schien. »Das ist ihre einzige Bedeutung. Ich glaube, Zeus hat ihr die Gabe der Prophezeiung verliehen als Lohn für ihre Dienste im Bett, aber das ist alles, was ich weiß. Sie ist alles in allem eine unbedeutende Gestalt.«

Calque sah sie merkwürdig an – dann schüttelte er den Kopf, als versuchte er eine lästige Fliege loszuwerden. »Die archäologische Stätte in Kabah wird nicht vor acht Uhr öffnen. Wir könnten möglichst nahe bis dorthin fahren und uns dann in eine Seitenstraße verdrücken, um noch ein bisschen zu schlafen. Hat jemand einen besseren Vorschlag?«

Lamia und Sabir sahen einander an. Dann schüttelten beide den Kopf.

Calque warf sich im Sitz zurück. »Wie Sabir in seiner komischen amerikanischen Ausdrucksweise immer sagt: Dann fasse ich das als ein Ja auf, oder?«

50

Du hattest nicht erwartet, dass der Maya mit dem Gewehr wiederkommen würde. Vielleicht dachtest du, seine Jagd auf die Fasane würde ihn weit fortgeführt haben – zu weit vielleicht, um eine Rückkehr in Erwägung zu ziehen. Oder aber sein Leguan hatte sich als unerwartet schwer zu erwischen herausgestellt. Vielleicht hatte er kein Feuerholz gefunden. Dein Kopf sank noch tiefer auf deine Brust.

Du wusstest: Bald würdest du dich einfach an Ort und Stelle zusammenrollen und einschlafen. Die Strecke von Villahermosa bis hierher war besonders schwierig gewesen. Erst hattest du Glück gehabt. Ein Markthändler, dessen Lieferwagen leer war, hatte sich einverstanden erklärt, dich auf der Ladefläche mitzunehmen. Später hatte er, wie es sein Recht war, noch andere mitgenommen. Am Ende der Reise hingst du halb über der Straße und hattest Angst, du könntest von dem Gefährt fallen und dir den Schädel auf dem Highway aufschlagen. Aber irgendwie gelang es dir, dich festzuhalten, deine Finger waren wie Klauen.

Dann hattest du viele Stunden auf die nächste Mitfahrgelegenheit gewartet. Dafür hatte dieser Mann dich in seinem weißen Wagen mit Klimaanlage bis nach Campeche gebracht. Die Luft im Auto war so kalt gewesen, dass du zu frösteln begannst. Du hättest ihn sogar gebeten, dich aussteigen zu lassen, wenn du dir nicht so sicher gewesen wärst, dass nach ihm kein Fahrzeug mehr für dich halten würde. Dieser Mann war für sich genommen ein Wunder. Ein reicher Mann. Aus Sinaloa. Ein vermögender Mann.

Zuerst hattest du Angst, du könntest seinen Wagen beschmutzen, aber später erzählte er dir, sein Vater sei auch ein Campesino gewesen, weshalb er immer jeden mitnahm, der darum bat.

Campeche hatte kein Ende genommen. Du warst gegangen und gegangen. Nach langer Zeit hast du einen Sammelbus angehalten. Du wusstest, das war unklug, da du nur noch fünfzig Pesos übrig hattest, aber andernfalls wärst du zusammengebrochen, und sie hätten dich zum Cruz Rioja gebracht; dann hättest du deine Habseligkeiten verloren, wenn nicht deine Seele.

Als du aus deinen Gedanken aufblicktest, hat dich der Maya angesehen. Als er sich deiner Aufmerksamkeit sicher war, hielt er zwei Leguane in die Höhe. Zwei.

»Siehst du? Du hast mir Glück gebracht. Steig vorn auf mein *triciclo*. Ich bringe dich nach Hause. Kannst du kochen?«

Du hast den Kopf geschüttelt. Deine Mutter kochte immer noch für dich, und folglich hast du es nie gelernt, da dies eine Beleidigung für sie gewesen wäre.

»Kein Problem. Ich kann kochen. Kannst du wenigstens ein Feuer machen?«

Du nicktest.

»Dann rauf mit dir. Wir richten dir hier beim Feuerholz einen Platz.«

51 Calque und Sabir waren beide zu aufgedreht, um zu schlafen. Lamia kannte keine solchen Probleme. Sie rollte sich auf dem Rücksitz zusammen, wie sie es immer tat, und döste sofort weg. Diesmal benutzte sie allerdings Sabirs Jacke als Kopfkissen.

Die beiden Männer gaben den ungleichen Kampf auf den Vordersitzen schließlich auf. Ohne ein Wort darüber zu verlieren, stiegen sie aus, um den Sonnenaufgang zu beobachten.

»Wissen Sie, was ich am meisten auf der Welt liebe, Calque?«

Calque zog geräuschvoll die frische Luft ein. »Nein, aber ich habe den Verdacht, Sie werden es mir gleich sagen.«

Sabir schloss wonnig die Augen. »Den Hintern von Mädchen, wenn sie gehen.«

Calque zwickte sich den Nasenrücken mit Daumen und Zeigefinger, als hätte ihn plötzliches Kopfweh befallen. »*Putain*. Sie hat es wirklich schwer erwischt.«

»Dann waren Sie also doch wach? Ich dachte es mir fast. Nachdem Sie Polizist waren und alles. Darauf trainiert, Leute auszuspionieren.«

Calque zuckte mit den Achseln. »Was hätte ich tun sollen? Dazwischenreden und euch den Augenblick verderben? Außerdem müsste Ihnen klar gewesen sein, dass ich wach war, weil ich nicht geschnarcht habe. Wenigstens Ihrer eigenen Theorie nach.«

»Nein, Sie haben das schon richtig gemacht. Und ich danke Ihnen dafür. Sie haben es beim Namen genannt, aber ich war zu dumm, zu hören. Wenn Lamia nicht die Initiative ergriffen hätte, würde ich in zwanzig Jahren wahrscheinlich irgendwo in einer Bar sitzen und mich in Reue suhlen.«

»So wie ich, meinen Sie?«

»Das habe ich nicht gesagt.«

»Aber gedacht.«

»Haben Sie nie daran gedacht, wieder zu heiraten, Calque? Noch einmal eine Familie zu gründen? Wie Sie mir neulich sehr deutlich gemacht haben, sind Sie nicht zu alt, um neu zu beginnen. Noch ein Kind zu haben. Sie wären erst fünfundsiebzig, wenn sie sich mit einem serienmordenden LKW-Fahrer aus dem Staub macht.«

»Danke, das ermutigt mich sehr. Ich werde Ihren Vorschlag auf jeden Fall in Betracht ziehen. Haben Sie an eine bestimmte Frau gedacht? Lamia ausgenommen, natürlich?«

»Natürlich. Lassen Sie mir ein wenig Zeit, darüber nachzudenken. Bestimmt fällt mir etwas ein.«

»Ach, welche Freuden und welch plötzliche Stärkung des Selbstbewusstseins es doch mit sich bringen kann, unerwartet an eine Frau zu kommen. Sie haben sich verändert, Sabir. Binnen zwölf Stunden sind Sie wieder ein Mensch geworden.« Calques Gedanken gingen auf Wanderschaft. »Aber ... doch wohl keine Amerikanerin? Eine Amerikanerin würden Sie mir nicht als Frau vorschlagen, oder?«

»Nein, niemals. Ich bin ja kein Sadist. Nachdem Sie Franzose sind und alles.«

»Danke.«

Sabir schnippte mit den Fingern. »Wie wäre es mit einer Mexikanerin? Mexikanische Frauen schätzen Männer. Sie wissen, wie man sie richtig behandelt. Sie schneiden ihnen nicht die Eier ab und servieren sie einem dann mit Vanillesauce.«

Calque sah Sabir entgeistert an. »Da könnten Sie wirklich einen Punkt getroffen haben.« Er wirkte vorübergehend gedankenverloren, als würde er über eine große, aber noch wenig bekannte Wahrheit nachsinnen. »Ist Ihnen klar, Sabir, dass keine Frau in der Geschichte dieser Welt jemals wusste, was sie wollte? Sie wissen es immer erst, wenn sie es haben.«

Sabir setzte zu einer Antwort auf Calques Bonmot an, als Lamia vom Rücksitz des Cherokee kletterte und sich streckte.

»Worüber redet ihr beiden? Ihr habt mich aufgeweckt.« Sie sah die beiden Männer misstrauisch an und versuchte, ihre Stimmung abzuschätzen. »Wenigstens streitet ihr nicht wieder.«

Calque setzte sein unschuldigstes Lächeln auf. »Wir haben über Frauen geredet.«

Lamia wurde rot.

»Über keine bestimmten Frauen, wohlgemerkt. Einfach über Frauen im Allgemeinen. Allerdings über einen bestimmten Aspekt.«

»Und welcher wäre das?«

»Sabir sagt, ihm gefallen besonders eure Hintern beim Gehen.«

Sabir täuschte einen Klaps an Calques Hinterkopf an. »Verdammt, Calque. Was wollen Sie mir antun?«

»Hast du das wirklich gesagt, Adam?«

»Hat er.« Calque grinste von einem Ohr zum anderen.

»Und das gefällt dir? Dieser Teil von mir? Wie er sich bewegt?«

Sabir zögerte, da er eine Falle spürte. Doch dann schlug er alle Vorsicht in den Wind. »Ich liebe es.« Er sah sie an und wartete auf ihre Reaktion.

»Dann mag ich es, wenn du es sagst.«

»Wirklich?«

»Ja. Niemand hat je zuvor so mit mir geredet. Es gefällt mir.« Sie drehte sich, amüsiert über ihre offenen Münder, zum Wagen um. »Kommt ihr beiden? Wir könnten noch irgendwo für ein Frühstück halten, bevor sie in Kabah aufmachen.«

»Nein danke. Wir bleiben einfach hier sitzen und beobachten dich.«

Lamia bückte sich, hob einen Stock auf und fuchtelte damit in die Richtung der beiden. »So sehr gefällt es mir auch wieder nicht.«

»Okay, okay. Wir gehen voran. Ist dir das recht?«

»Nein, ich gehe zuerst. Ich glaube, ich habe gerade beschlossen, dass ich mich gern bewundern lasse.«

52

Acan Teul hatte alle Tage von früh bis spät in Kabah verbracht, seit die Nachricht vom Ausbruch des Pico de Orizaba den Halach Uinic erreicht hatte.

Er war in dieser Zeit viele Male versucht gewesen, auszubüxen und seine Freundin an ihrem Saftstand sechs Kilometer weiter die Straße hinunter zu besuchen, aber jedes Mal, wenn er an die Freude dachte, die sein Auftauchen zweifellos bei ihr hervorrufen würde, dachte er auch daran, was genau der Halach Uinic möglicherweise mit ihm anstellen würde, falls er seinen Posten verließ, und überlegte es sich anders. Es gab immer noch die Abende, auf die er sich freuen konnte, wenn die Ausgrabungsstätte von Kabah geschlossen war.

Das Problem war, dass Acan eigentlich nicht wusste, wonach er Ausschau hielt. Der Halach Uinic – der der wichtigste Mayapriester in ganz Yukatan war, wie man ihm erklärt hatte – hatte ihn nicht gerade mit Informationen bombardiert.

»Wir erwarten, dass in der Folge des Ausbruchs etwas in Kabah passiert. So ist es vorhergesagt. Aber wir wissen nicht, was es sein wird. Du warst früher Führer in Kabah, nicht wahr, Acan? Deshalb wirst du den ganzen Tag dort verbringen. Wenn irgendetwas Merkwürdiges geschieht, wirst du das Handy des Wachpostens benutzen und mich anrufen. Dein Bruder Naum wird während der Nacht Wache halten. Nach den ersten beiden Wochen bekommt ihr beide etwas Freizeit.«

»Zwei Wochen?«

»Ihr werdet aus dem Fonds bezahlt. Mehr als ihr mit Schuften im Steinbruch verdienen könnt. Ist es nicht besser, faul herumzuhängen und Coca-Cola zu trinken, als für einen betrügerischen Unternehmer Steine zu brechen?«

Wie immer hatte der Halach Uinic genau ins Schwarze getroffen.

»Ich werde tun, was du sagst.«

»Wenn dir etwas auffällt, egal was, rufst du mich an, ja?«

»Wird gemacht.«

Nun, acht Tage später, hockte Acan im Schatten eines Johannisbrotbaums, träumte von seiner Freundin und wünschte sich, in ihrer Fruchtbude zu sitzen und ihr in den Hintern zu zwicken. Er liebte ihr Kreischen, wenn er sie auf diese Weise überraschte. Manchmal schlug sie ihn sogar mit ihrem Handtuch, was ihm großes Vergnügen machte.

Gerade als er in der Morgensonne wegzudösen begann, erregte ein Fremder – ein Mestize, wie es schien – Acans Aufmerksamkeit. Der Mann saß auf dem Dreiradkarren von Acans Vetter Tepeu.

Woher kannte Tepeu, der seine ganze Zeit mit Jagen verbrachte, überhaupt einen Mestizen? Und, noch unwahrscheinlicher, wieso nahm er ihn auf seinem *Triciclo* mit? Acan rappelte sich auf und schirmte seine Augen ab. Tepeu und der Mestize verhandelten mit dem Mann am Tor. Vorübergehend wurde das Gespräch etwas lauter, dann übergab Tepeu einen toten Leguan, und der Torwächter winkte den Mestizen durch.

Acan sah, wie der Mestize zum Palast der Masken ging. Der Mann stand einige Zeit da, betrachtete die vielen geschnitzten Masken, die die Wand schmückten, und schüttelte dann den Kopf, als verwirrte ihn etwas. Nach einem weiteren Moment des Zögerns drehte er sich um und ging auf Acan zu. Zuerst dachte Acan, der Mann wollte ihn ansprechen, aber dann wählte der Mestize einen benachbarten Johannisbrotbaum etwa zwanzig Meter rechts von Acan und nahm in dessen Schatten Platz. Schließlich legte er sich mit seiner Tasche als Kopfkissen nieder und bereitete sich darauf vor, zu schlafen.

Acan blickte zum Häuschen des Torwächters hinüber, aber sein Vetter war bereits fortgeradelt. Acan zuckte die Achseln. Was hatte das alles mit ihm zu tun? Dass ein Mestize in Kabah auftauchte, war zwar selten, aber für sich genommen noch kein Ereignis. Und der Mann schlief jetzt eindeutig.

Acan ließ sich wieder auf den Boden sinken. Er trank von seiner Cola und dachte wieder an seine Freundin Rosillo und daran, was er am Samstagabend vielleicht mit ihr treiben würde, wenn er sie nur dazu würde überreden können, ein klein wenig von seinem Vorrat an *Aguardiente* zu trinken.

53 Acan erwachte kurz nach zehn Uhr vormittags aus seinem Dösen. Gringos kamen – er konnte das Dröhnen ihrer selbstbewussten Stimmen aus hundert Metern Entfernung hören.

Die Ankunft von Gringos war an und für sich ebenfalls nicht ungewöhnlich, da die Mehrzahl der wenigen Besucher in Kabah sowieso Gringos der einen oder anderen Art waren. Die meisten Touristen in Yukatan besuchten jedoch die wesentlich berühmteren Ziele Chichen Itza und Uxmal und ließen Kabah friedlich in seiner Abgeschiedenheit vor sich hin dümpeln.

Diese Gringos aber hatten einen in Amerika zugelassenen Wagen – Acan hatte sehr gute Augen, und er konnte das Nummernschild auf dem kargen Parkplatz der Ausgrabungsstätte sehen. Und das war allerdings merkwürdig. Es bedeutete, dass diese Gringos viele Tausend Kilometer gefahren waren, um hierherzugelangen. Es sei denn, natürlich, sie lebten einen Teil des Jahres in Mexiko, wie es manche Gringos taten, und fuhren den Wagen nur, weil es bequemer war.

Acan schüttelte den Kopf. Er blickte nach rechts. Der Mestize interessierte sich ebenfalls für die Gringos. Acan sah, wie er die Tasche nahm, die er als Kopfkissen benutzt hatte, und sie hinter dem Stamm des Johannisbrotbaums versteckte, als befürchtete er, die Gringos könnten sie stehlen. Und das war ebenfalls eine merkwürdige Geschichte. Wieso sollte der Mestize fürchten, die Gringos könnten ihn bestehlen? Eher war es doch wohl andersherum, oder? Mestizen waren furchtbare Diebe; jedenfalls hatte Acans Vater ihn einmal entsprechend gewarnt, als er sich in ein Mestizenmädchen verliebt hatte.

»Maya heiraten Maya«, hatte sein Vater gesagt. »Wenn Maya halbspanische Diebe heiraten, verlieren sie ihre Seelen.«

Acan hatte das Interesse an dem Mädchen ohnehin verloren, als er Rosillo das erste Mal in ihrem Saftstand hatte arbeiten sehen. Dieses Mädchen war wirklich ein Traum. Und eine

Maya dazu. Sein Vater würde es nicht wagen, *sie* eine Diebin zu nennen.

Acan beschloss, sich die Gringos genauer anzusehen. Er stand auf, streckte sich und schlenderte zu der Stelle, wo sie standen und den Palast der Masken bewunderten.

»Brauchen Sie einen Führer? Ich bin Experte für diese Stätte. Ich kann Ihnen alles erklären. Wenn Sie mich in Dollar statt in Pesos bezahlen, sogar noch ein bisschen mehr.«

Der jüngere Mann lachte und wandte sich der Frau zu, um ihre Meinung einzuholen. In diesem Augenblick sah Acan ihr Gesicht zum ersten Mal richtig. Ihm wurde plötzlich kalt, und er spürte eine Gänsehaut im Nacken und an den Armen.

Eine Seite ihres Gesichts war von einem Schleier aus Blut bedeckt.

Acan legte die Hände an die Schultern und zwang seine Daumen jeweils zwischen Zeige- und Mittelfinger hindurch. Diese phallische Geste, mit dem Daumen als Penis und den Fingern als Vagina, hatte ihm seine Mutter als Talisman gegen Flüche beigebracht.

Acan war kurz versucht, sich zusätzlich zu bekreuzigen, aber dann fiel ihm ein, was der Halach Uinic immer über christliche Sitten sagte und wie sie den wahren Glauben verwässerten – die wahre geistige Offenheit. Gott war Gott. Hunab Ka war Hunab Ka. Itzam Na war Itzam Na. Gott war Hunab Ka. Itzam Na war Gott. In anderen Worten: Gott war für alle derselbe Gott. Er gehörte einer Religion nicht mehr als jeder anderen. Man besaß Gott nicht, einfach indem man ihm einen Namen gab.

Die Frau sah ihn sonderbar an, und Acan merkte, dass er noch immer seine Schultern umfasst hielt wie ein junges Mädchen, das seine Brüste vor neugierigen Augen schützen will. Er ließ die Hände sinken und versuchte ein Lächeln.

Die Frau spürte jedoch seine Angst. Sie spürte, dass sein Mund trocken geworden war, dass er kaum schlucken konnte.

So viel wusste er. Hoffentlich hatte die Talismangeste des Daumens zwischen den beiden Fingern funktioniert, denn er wusste von seiner Mutter auch, dass diese Bewegung den ausgetrockneten und impotenten Penis symbolisierte, der durch die Feuchtigkeit der Vagina wieder zum Leben erweckt wurde. Nur auf diese Weise konnte dem bösen Blick durch die natürlichen Kräfte der Erde entgegengewirkt werden.

Acan schauderte und wandte sich an den älteren Mann der Gruppe. Vielleicht würde er eine Entscheidung für sie alle treffen. Acan wollte wieder unter seinen Baum zurück. Er wollte einen halben Liter Coca-Cola trinken, sehr schnell und sehr kalt. Dann wollte er Rosillo besuchen und ihr alles über die Gringa mit dem blutigen Gesicht erzählen. Vielleicht würde er Rosillo sogar dazu bringen, dass sie ein rohes Ei über ihn hinwegführte, es dann in eine Schale mit Wasser aufschlug und untersuchte. Auf diese Weise würde das *mal de ojo* von dem Ei absorbiert werden. Später würde Acan die Schale dann mit Stroh bedecken und sie beim Schlafen unter das Kissen stellen.

Der ältere Gringo räusperte sich. Er versuchte ein paar Worte auf Spanisch und schüttelte schließlich den Kopf, als ihm klar wurde, dass Acan ihn nicht verstehen konnte. Auch das Englisch des alten Gringos war sehr schlecht, aber zumindest verstand man in Grundzügen, was er meinte.

»Fünf Dollar also? Und Sie führen uns um die Ausgrabungsstätte und erklären uns alles?«

»Natürlich, das mache ich. Nur dass Sie mir am Ende geben, was Sie wollen. So viel ich Ihrer Ansicht nach verdient habe. Vielleicht weniger als fünf Dollar. Vielleicht mehr. Okay?«

Der ältere Mann lachte. »Okay.«

Acan sah aus dem Augenwinkel, dass der jüngere Mann den Arm um die Frau gelegt hatte und leise mit ihr sprach. Er wagte es nicht, sie direkt anzusehen. Er konnte sich selbst nicht trauen.

Er zeigte auf die großartige Maskenfassade vor ihnen. »Hier

sehen Sie den Codz Poop, auch bekannt als der Palast der Masken. Er ist Chaac gewidmet, dem Regengott der Maya. Er ist derjenige, der die Wolken mit seiner Blitzaxt teilt und die Cenotes während der Trockenzeit füllt.« Acans Stimme hatte den automatischen Singsang des professionellen Führers angenommen.

»Wissen Sie, wie viele Masken es sind? Oder zumindest waren?«

Acan kramte in seinem Gedächtnis – es war in der Tat lange her, seit er hier zuletzt jemanden geführt hatte. »Vor der Zerstörung waren es neunhundertzweiundvierzig Masken. Sagt man jedenfalls. Sie sehen, wo die zweite Reihe Masken gewesen war. Jetzt sind nur noch fünfhundert übrig. Die Zahl 942 hat eine besondere Bedeutung für die Maya.«

»Welche Bedeutung? Von der Zahl 942 habe ich nie etwas gehört.« Das war von dem jüngeren Gringo gekommen. Von dem Mann, der die Frau mit dem blutigen Gesicht im Arm hielt. »Wir wissen, dass 365 eine Schlüsselzahl für die Maya war, weil es die Zahl der Tage in ihrem Sonnenjahr war. Auch 260 als die ungefähre Spanne der Schwangerschaft. Aber 942? Das ergibt keinen Sinn.«

Acan fühlte sich verletzlich und in der Defensive nach seiner unwillkürlichen Reaktion auf das *mal de ojo* der Gringa. Warum setzte ihm dieser junge Gringo so zu? Was wollte er? War er immer noch wütend wegen Acans Reaktion auf seine Frau? »Das wissen wir nicht mehr. Das Geheimnis ist mit der Vernichtung beinahe aller bemalter Bücher verloren gegangen.«

»Der Codizes, meinen Sie?«

»Dieses Wort kenne ich nicht. Aber von allen Büchern sind nur drei und das Fragment eines vierten erhalten geblieben. Es ist der größte Kummer des Mayavolks. Diese Bücher enthielten unsere Geschichte. Und die spanischen Priester haben sie zerstört.«

Der ältere Mann mit dem sonderbaren Akzent sah ihn

stirnrunzelnd an. »Bischof Diego de Landa. Juli 1562. Er folterte und tötete alle Mayapriester und -adligen. Er zerstörte fünftausend Kultgegenstände und siebenundzwanzig Bücher. Von daher stammt die Schwarze Legende. *La Leyenda Negra*.«

Acan wandte den Blick ab. »Ich weiß von keiner solchen Schwarzen Legende, Señor. Alles, was ich weiß, ist, dass die spanischen Priester jeden gefoltert und getötet haben, von dem sie glaubten, er sei zum alten Denken zurückgekehrt. Und der Monsignor Bischof hat nicht siebenundzwanzig Bücher zerstört, sondern neunundneunzig mal siebenundzwanzig Bücher. Das hat mir der Halach Uinic erzählt, und er weiß Bescheid über solche Dinge. Später hat uns die katholische Kirche erklärt, dass der Monsignor Bischof in Wirklichkeit wohltätig uns gegenüber gewesen sei, als er die Geschichte unseres Volkes zerstört hat. Er hat uns vor uns selbst zu schützen versucht.«

Acan hatte keine Ahnung, warum er den Gringos das alles schilderte. War er verrückt geworden? Vor fünf Jahren, als er hier Führer gewesen war, war er nie auf solche Details eingegangen. Aber die Geschichten des Halach Uinic waren noch frisch in seinem Kopf, und der Anblick der Frau hatte ihn aus der Fassung gebracht. Wenn das so weiterging, würden ihm die Gringos einen Dollar geben, nicht fünf, und ihn obendrein mit einem Arschtritt verabschieden.

»Das ist schrecklich.«

Die Frau hatte zum ersten Mal gesprochen. Acan spürte, wie sich ihr Blick in seinen Nacken bohrte.

»*Asi es la vida*. Mein Großvater sagte immer, die Spanier als Freunde zu haben, war viel schlimmer, als sie zum Feind zu haben.« Acan zuckte mit den Achseln, aber er brachte kein Lachen zuwege. Ein Teil von ihm wusste, dass er etwas herunterspielte, was ihn wahrscheinlich überwältigen würde, falls er es je in seinem ganzen Ausmaß zur Kenntnis nehmen sollte.

Der jüngere Mann trat zu ihm und berührte ihn an der Schulter. Acan fuhr zusammen, als hätte ihn eine Schlange angezischt. Dann merkte er, dass es nicht die Frau gewesen war, die ihn berührt hatte, sondern der Mann.

»Nur damit ich Sie richtig verstehe: Sie sagten, es gab ursprünglich neunhundertzweiundvierzig Masken an der Wand des Tempels?«

»So habe ich es gehört, ja. So hat es der Halach Uinic zu mir gesagt.«

»Der Halach Uinic? Wer ist diese Person, von der Sie ständig sprechen?«

»Er ist der höchste Priester aller Maya. Er versteht viele Dinge.«

»Und Sie kennen diesen Mann?«

»Natürlich. Jeder kennt ihn.«

Der jüngere Mann wandte sich an seine Begleiter und sagte mit leiser Stimme etwas zu ihnen. Acan verstand es nur teilweise, aber es hatte mit der Zahl 942 zu tun, mit gewissen Prophezeiungen und auch mit dem Halach Uinic.

Acan kam zu dem Schluss, dass diese Gringos, abgesehen vom Gesicht der Frau, unwichtig waren. Sie waren genau wie alle anderen Gringos – hungrig nach Wissen, das sie bald wieder vergessen würden. Er beschloss, ihnen so viel Geld wie nur möglich abzuknöpfen und dann eine Zigarette mit dem Mestizen zu rauchen, um herauszufinden, was der Mann mit seinem Vetter Tepeu zu tun hatte.

Denn das war nun wirklich ein Rätsel.

54 Sabir saß auf einer umgedrehten Tonne in der kleinen Hütte, die der Torwächter in Kabah für seinen Getränkeverkauf errichtet hatte. Er war immer noch aufgebracht wegen der Reaktion des Mayaführers auf Lamias Gesicht. So etwas hatte er noch nie gesehen. Der Mann hatte einen Blick auf Lamia geworfen und reagiert, als hätte er einen Geist gesehen. Er hatte zu Tode erschrocken gewirkt.

Sabir beschloss einseitig, dass er nun, da Lamia und er – wie sollte man es nennen? – ein Paar waren, versuchen würde, sie zu überreden, in die Dermatologie des Massachusetts General Hospital in Boston zu gehen, wenn alles vorbei war. Er hatte einen Freund dort, einen hochrangigen Mediziner. Er hatte ihn zwar seit Jahren nicht gesehen, aber Freundschaften bewährten sich doch in der Not, wie die Redensart besagte. Er würde ihn zu Hause anrufen und seinen Rat hinsichtlich Lamias verunstalteter Gesichtshälfte und eventueller Behandlungsmöglichkeiten einholen.

Er würde sehr vorsichtig auftreten müssen dabei – Lamia war aus naheliegenden Gründen hypersensibel, was ihr Gesicht anging –, aber er konnte sich nicht vorstellen, dass sie allzu stark gegen seine Einmischung protestieren würde. Er musste nur sicherstellen, dass sie nicht glaubte, er tue es für sich selbst, weil er ihr Gesicht unbewusst vielleicht doch unappetitlich fand und es nach seinem Gusto geändert haben wollte. Sollte sie das je denken, könnte er einpacken.

Während Sabir an seinem Schlachtplan feilte, gesellten sich Calque und Lamia zu ihm unter die Plastikmarkise des Getränkestands. Sabir fragte sich, was sie da draußen in der Hitze zu bereden gehabt hatten. Vielleicht hatte Calque wieder seine Vater-Nummer abgezogen und Lamia wegen ihres Gesichts und der seltsamen Reaktion des Führers darauf getröstet. Vielleicht sollte er Calque wegen seiner Idee mit der dermatologischen Klinik zu Rate ziehen. Der Franzose konnte ein klugscheißerisches Arschloch sein, wenn er wollte, aber er kannte sich erstaunlich gut mit Frauen aus.

Sabir musste sich zu seinem Bedauern eingestehen, dass er für einen Mann Mitte dreißig schrecklich außer Übung war, was weibliche Psychologie anging. Dennoch: Wenn er Lamia ansah und daran dachte, wie sie in seinen Armen lag, machte sein Herz einen angenehmen kleinen Sprung in seiner Brust – so hatte er sich seit Jahren nicht mehr gefühlt, und er fand es in der Tat sehr befriedigend.

Calque trank einen Schluck aus seiner Sprite-Dose und ließ den Blick über Sabirs Gesicht spielen. »Sagen Sie den Vierzeiler noch mal auf.«

»Soll ich ihn für Sie aufschreiben?«

»Nein. Schreiben Sie nichts auf. Falls uns der Corpus doch erwischt, wären sie bestimmt mehr als glücklich, alles auf dem Silberteller präsentiert zu bekommen.«

»Okay. Er geht so:

›Im Land des Großen Vulkans wird Feuer sein.
Wenn der Stein abkühlt, wird Ahau Inchal Kabah,
der Weise,
einen aufklappbaren Schädel aus der zwanzigsten
Maske machen:
Der dreizehnte Kristall wird für den Gott des Blutes
singen.‹«

Calque zuckte mit den Achseln. »Und? Was halten Sie davon? Wir haben uns den Tempel der Masken angesehen. Durch reinen Dusel haben wir festgestellt, dass es ursprünglich neunhundertzweiundvierzig Masken gab, genau so viele wie Vierzeiler von Nostradamus. Meiner Ansicht nach handelt es sich bei dieser Zahlenübereinstimmung um einen absurden Zufall, auf den wir keine Zeit verschwenden sollten. Finden Sie nicht auch?«

»Ich persönlich? Nein.« Sabir warf einen Blick zu Lamia. Er spürte, dass sie nicht ganz bei der Sache war.

Er streckte die Hand unter den Tisch und ergriff ihre. Er küsste ihre Finger und drückte sie an seine Wange. Er sah die plötzliche Veränderung in ihrem Gesicht, die sein unerwartetes Handeln bewirkte – es war, als kehrte sie von einem weit entfernten Ort zurück. Wenn er ehrlich war, erstaunte ihn seine eigene Kühnheit. Aus welcher tiefen Quelle kam sie? Er hatte sich selbst immer als unbeholfen im Umgang mit Frauen gesehen, und hier agierte nun ein Teil seiner selbst, von dessen Existenz er bislang nichts gewusst hatte.

»Was soll das heißen, nein?«, fragte Calque. »Glauben Sie, es gibt eine Verbindung zwischen einer unbekannten archäologischen Stätte in Yukatan und einem französischen Wahrsager des 16. Jahrhunderts?«

»Aber Calque, wir wissen doch bereits, dass es diese Verbindung gibt. Sie haben den Vierzeiler gehört. Er ist eindeutig. Nostradamus hat sich das alles mit ›Ahau‹, ›Inchal‹ und ›Kabah‹ nicht einfach ausgedacht. Selbst die Schreibweise stimmt. Fast als hätte ihm jemand über die Schulter geschaut, als er den Vers aufschrieb, und dafür gesorgt, dass er ihn nicht vermurkste. Und vergessen Sie nicht, das Manuskript war mehr als vierhundert Jahre lang in einem mit Wachs versiegelten Bambusrohr im Fuß der Statue der heiligen Sara versteckt, bis wir es fanden. Niemand kann sich daran zu schaffen gemacht haben. Niemand konnte ohne Nostradamus' Hinweis auch nur gewusst haben, dass es sich dort befand. Und deshalb glaube ich, dass wir jede mögliche Verbindung zwischen Nostradamus und diesem Ort hier sehr ernst nehmen müssen.«

»Und wie gehen wir weiter vor?«

Sabir zuckte mit den Achseln. »Ich hätte gedacht, das liegt auf der Hand. Wir kommen heute Abend, wenn es dunkel ist, wieder und brechen die zwanzigste Maske mit Hilfe von ein paar Radeisen aus der Wand. Was bleibt uns unter diesen Umständen anderes übrig?«

55

»Sie sind an einem Ort namens Kabah, Madame. Das ist eine unbedeutende Mayastätte, weitab der üblichen Touristenpfade. Heute Morgen haben sie die Anlage besichtigt. Sie schienen sich besonders für den Palast der Masken zu interessieren.«

»Waren sie allein? Oder haben sie jemanden getroffen?«

»Sie waren allein. Bis auf einen einheimischen Führer, der

sich ihnen sofort aufgedrängt hat und den sie dann angeheuert haben.«

»Hast du mit ihm gesprochen?«

Abi zögerte, er wusste, dass es nun gefährlich wurde. »Nein. Das hielt ich nicht für nötig. Der Mann war offensichtlich ein Angestellter der Ausgrabungsstätte. Er lag schlafend im Schatten, bis Sabir und seine kleine Bande eintrafen.«

»Vielleicht hat er auf sie gewartet.«

»Nein, Madame, das glaube ich wirklich nicht.«

»Sprich trotzdem mit ihm. Hast du mich verstanden, Abiger?«

»Ja, Madame.«

»Wo ist unser Trio jetzt?«

»Sie sind zu einem Motel gefahren, zwanzig Kilometer von hier. Aber ich habe Euch noch etwas anderes zu sagen, Madame. Etwas von entscheidendem Interesse, glaube ich.«

»Und das wäre, Abiger?«

Abi räusperte sich. Er wusste nicht, wie die Comtesse die folgende Information aufnehmen würde. Dennoch. Er musste es ihr sagen, sonst würde ihm eines der Mädchen – Athame vielleicht, die Lamia immer schon nahestand – schlicht zuvorkommen.

»Während der ganzen Fahrt haben die drei sich ein Zimmer geteilt. Wahrscheinlich aus Angst, dass wir bei ihnen einbrechen.«

»Komm zum Punkt, Abiger.«

»Jetzt hat Calque, der Polizist, sich sein eigenes Zimmer genommen.«

»Und Lamia?«

»Sie ist bei dem Amerikaner.«

56 Lamia stand genau in der Mitte des kleinen Motelzimmers und wartete, bis Sabir den Ventilator zum Laufen brachte. Der Ventilator machte ein Hackgeräusch und fiel dank seiner ausgeleierten Kugellager dann in einen pfeifenden Rhythmus.

Sie warf einen Blick auf das Doppelbett. Die Tageshitze sickerte jetzt, am späten Vormittag, bereits durch die Fenster. Lamia spürte, wie sich die Feuchtigkeit in ihrem Kreuz sammelte und dann zwischen Unterhose und Steißbein nach unten tropfte.

»Willst du umziehen aus dieser Klitsche?« Sabir lief an den Wänden des Zimmers entlang, als versuchte er, es sich einzuprägen. »Die Fahrt nach Merida würde nur rund eine Stunde dauern. Wir könnten uns ein klimatisiertes Zimmer in einem modernen Hotel nehmen. Dort würdest du dich vielleicht wohler fühlen.«

»Ich will nicht mehr fahren.«

»Okay.« Sabir hörte auf, umherzurennen. »Bist du hungrig?«

»Es ist zu heiß zum Essen.« Sie drehte ihr Gesicht zum Ventilator. »Kannst du das Ding schneller laufen lassen?«

»Ich wage es kaum. Aber mal sehen.« Er schaltete an dem Gerät. »Himmel! Ich glaube, er hebt gleich ab.«

Sie lachte und lüftete ihr Kleid von der Haut, damit die Luft darunter zirkulieren konnte.

Sabir sah sich das Badezimmer an. »Da drin ist eine gefliester Dusche, in der du das ganze Footballteam der Pats unterbringen könntest. Und wir haben saubere Handtücher und Seife. Es ist nicht so schlimm, wie ich dachte. Soll ich uns kalte Drinks bestellen?«

»Das wäre nett, Adam. Aber wer sind die Pats? Und was sollten sie in unserem Bad zu suchen haben?«

Sabir schloss die Augen. »Das willst du nicht wirklich wissen. Vergiss, dass ich es gesagt habe.« Er öffnete die Augen wieder und richtete sie an die Decke. »Also gut. Vielleicht willst du es ja doch wissen. Die Pats sind die New England Patriots. Sie spielen American Football.« Er wusste, er redete zu viel, aber er konnte nicht aufhören. Er ging zum Telefon und schüttelte dabei den Kopf über seine eigene Dummheit. Er hob den Hörer ans Ohr und setzte ihn wieder ab. »Funktioniert nicht. Ich muss nach unten gehen und die Bestellung persönlich aufgeben. Was möchtest du?«

»Irgendwas Süßes. Ein Seven-up vielleicht.«

»Bist du dir sicher, dass du kein Bier willst?«

Lamia legte den Kopf schief und sah ihn an. »Ein Bier? Ja, das wäre schön.«

»Sol? Corona? Dos Equis? Pacifico?«

»Die Wahl überlasse ich dir, Adam.«

Er zögerte, dann ging er zur Tür. Als er an ihr vorbeikam, blieb er stehen. Er schien etwas sagen zu wollen, aber dann streckte er nur die Hand aus und berührte sie am Arm. Er holte seine Brieftasche aus der Jacke, die er aufgehängt hatte. »Ich bin gleich wieder da, ja?«

»Ich werde inzwischen duschen. Ohne die Pats.«

Er nickte geistesabwesend, ohne auf ihren Versuch eines Scherzes zu reagieren. »Und du willst bestimmt Bier?«

»Ja.«

»Ich bringe auch noch Chips mit. Und vielleicht ein paar Erdnüsse.«

Sie drehte sich zu ihm um. »Adam, es ist gut. Ich bin aus freien Stücken in dieses Zimmer gekommen. Ich bereue es nicht. Ich werde nicht weglaufen, wenn du mich zwei Minuten lang allein lässt.«

Sabir holte tief Luft. Er griff nach der Türklinke. Dann machte er kehrt und ging zu Lamia zurück.

Sie beugte sich vor und legte den Kopf an sein Schlüsselbein.

Sabir schloss sie in seine Arme und drückte sie an sich. »Ich liebe dich. Ich will es dir jetzt sagen. Bevor etwas anderes passiert.« Er schluckte, aber seine Kehle schien nicht wie gewohnt zu funktionieren. »Ich habe das noch nie zu einer Frau gesagt. Ich habe mich noch nie annähernd so gefühlt wie jetzt.« Er vergrub das Gesicht in der Mulde zwischen ihrem Hals und der Schulter und atmete ihren Duft ein.

»Ich liebe dich auch. Ich wollte es dir im Wagen sagen, heute früh, aber ich dachte, vielleicht magst du mich nicht auf diese Weise. Dass du dich vielleicht nur normal zu mir hingezogen fühlst, weil wir zusammen reisen. Es könnte immer noch so sein.« Sie sah zu ihm auf, eine flüchtige Unsicherheit im Blick. »Ich würde es verstehen. Du kannst mit mir schlafen und dann entscheiden, was du fühlst. Du kannst es mir nachher sagen.«

»Ich sage es dir jetzt.«

»Adam. Du musst nicht Bier holen gehen. Oder Kartoffelchips. Oder Erdnüsse.«

»Ich weiß. Ich gehe nicht. Ich weiß nicht, was mir eingefallen ist.« Er führte sie langsam zum Bett. Sie standen einander gegenüber. Alles war plötzlich wieder in Ordnung mit der Welt. Adam fühlte sich, als würde er eine Ladung Flugzeugpassagiere nach einer ungewöhnlich langen und unangenehmen Verzögerung auf der Rollbahn durch den Hauptausgang strömen sehen. »Es hat mir gefallen, wie du gestern dieses Kleid angezogen hast. Und hohe Schuhe. Und Make-up aufgelegt.«

»Wieso? Warum macht das so einen Unterschied?« Sie neckte ihn.

Er lachte. »Du weißt sehr gut, warum. Weil es weiblich ist. Weil es die Aufmerksamkeit auf Körperteile von dir lenkt, die mir besonders gut gefallen.«

»Welche zum Beispiel?«

Sabir schätzte ihre Stimmung ab. Dann drehte er sie herum, sodass sie ihm den Rücken zuwandte. Es gefiel ihm, wie sie ihn mit sich spielen ließ.

Er holte rasch Luft wie ein Chirurg, der es mit einer besonders heiklen Naht zu tun hat. »Dein Nacken, zum Beispiel.« Er legte ihr die Hände in den Nacken und genoss das Gefühl ihrer Haare auf seinen Handrücken. »Und deine Schultern. Und deine Oberarme.« Er berührte sie der Reihe nach.

»Welche anderen Teile meines Körpers gefallen dir noch?« In ihrer Stimme lag ein Lächeln.

»Hm. Lass mich nachdenken. Deine Ellbogen. Deine Unterarme.« Er berührte alle genannten Körperteile und freute sich an ihrem Gewicht an seinem Körper. Und er war sich des Betts vor ihnen sehr deutlich bewusst, hatte aber noch keine Eile, sich mit ihr darauf sinken zu lassen.

»Was noch? Was unterscheidet eine Frau noch von einem Mann?«

Sabir dachte einen Moment nach. »Ein Mann hat keine nennenswerten Hüften.« Er fuhr mit den Händen über Lamias Flanken. »Aber du hast welche. Ich mag es, wie sie sich aus der schmalen Taille wölben. Wie bei einer Geige. Ich mag es, wie ein Kleid das betont.« Er langte um sie herum und ließ seine Finger leicht über ihre Oberschenkel nach unten wandern, dann mit einem kräftigeren Schwung von den Kniekehlen wieder nach oben bis zum Gesäß. »Das ist ein Bereich, den ich besonders schätze.«

»Ach, wirklich?« Lamia stieß die Worte mit stockendem Atem hervor.

Er beugte ein Knie. »Und dann deine Waden.« Er fuhr an der Außenseite ihres Beins entlang. »Und diese Schuhe mit den hohen Absätzen, die du getragen hast. Es gefällt mir, wie sie deine Knöchel betonen.«

»Meine Knöchel?«

»Ja. Die hier.« Er wölbte eine Hand abwechselnd über beide Knöchel. »Aber das ist noch nicht alles.«

»Nein?«

Er drehte sie so, dass ihr Bauch parallel zu seinem Gesicht war. »Das ist dein Bauch. Wenn du einen Rock trägst, sieht man die kleine Wölbung, direkt über deiner Scham. Ich mag das. Es ist wie ein Versprechen.«

»Wölbung? Scham? Also wirklich, Adam. Du klingst wie ein Biologielehrer.« Sie zögerte und verschluckte, was sie noch hatte sagen wollen, um seine Stimmung nicht zu unterbrechen. »Ein Versprechen von was?«

»Von anderen Dingen.« Er lächelte und legte seinen Kopf an ihren Bauch. Er konnte ihre Wärme spüren. Fing ihren Duft auf – eine Mischung aus frischer Kleidung, Parfum und ihrer ganz eigenen Note, die ihm zum ersten Mal aufgefallen war, als er sie bei ihrer Flucht aus dem Motel in Carlisle für einen kurzen Moment in den Armen gehalten hatte.

Lamia strich ihm mit den Fingern sanft durchs Haar. »Du magst Frauen, hab ich recht?«

»Ja.«

»Aber du bist misstrauisch ihnen gegenüber?«

Er nickte.

»Warum?«

Sabir schloss die Augen. Er wollte nicht mehr reden, wollte den Augenblick nicht verderben. Aber etwas zwang ihn. Eine Erkenntnis, dass er Lamia um etwas betrügen würde, das sie sich rechtmäßig verdient hatte, wenn er seine Gefühle nicht genau erklärte – seine offizielle Anerkennung einer Gnade, die sie ihm gewährt hatte und die ihm keine andere Frau auch nur annähernd hatte bieten können. »Wegen meiner Mutter. Ich habe ihr dabei zugesehen, wie sie sich selbst zerstört hat und meinen Vater mit sich in den Abgrund riss. Es hat mich jeden Moment meines Lebens bis zu ihrem Selbstmord geschmerzt. Und danach noch mehr.«

»Schmerzt es immer noch?«

»Nicht, wenn ich dich im Arm halte.«

»So wie jetzt?«

»So wie jetzt. Ich kann an nichts anderes denken als an dich.«

Lamia kreuzte ihre Arme und zog ihr Kleid langsam über die Hüften, über die Rundung ihrer Brüste, über die Schultern. Dann streifte sie es über den Kopf und ließ es auf das Bett neben sich sinken.

Sabir stand auf. Sie berührten sich immer noch auf ihrer ganzen Körperlänge. Er öffnete Lamias BH und ließ ihn neben das abgelegte Kleid auf das Bett fallen.

Sie setzte sich auf das Bett. Dann ließ sie sich wie eine Stoffpuppe nach hinten fallen und blickte erwartungsvoll, mit einem Lachen in den Augen, zu ihm auf.

Er zog ihr das Höschen von den Hüften – sie musste ihm ein wenig helfen, indem sie sich hin und her drehte.

Sie lag nun nackt vor ihm. Deckte sich nicht zu. Sie war sich ihrer Schönheit bewusst und wollte, dass er sie bewunderte.

Er verschlang sie mit seinem Blick, und Lamia nahm es hin als etwas, das ihr zustand. Ohne die Augen von ihr zu nehmen, entledigte sich Sabir seiner eigenen Kleidung. Lamias Blick wanderte rasch über seinen Körper, während er sich auszog, und kehrte dann zu seinem Gesicht zurück.

Sabir legte sich neben sie auf das Bett.

Sie lagen mit einander zugewandten Gesichtern da und spürten den Takt des Ventilators auf ihrer Haut.

Es dauerte sehr lange, bis Sabir sich vorbeugte, um sie zu küssen.

57 Oni de Bale schlug nach dem Moskito, der genau über seinem rechten Auge schwebte. Dann sank er an den Baum zurück und schmierte sich noch mehr Mückenschutzmittel auf die Haut. Er fragte sich, ob die anderen ebenfalls bei lebendigem Leib aufgefressen wurden.

Sie hatten jetzt alle wieder ihre eigenen Wagen. Abi hatte Sabirs und Lamias Sex-Intermezzo am Vormittag ausgenutzt, um seine Geschwister nach Merida zu schicken, der nächstgelegenen Avis-Station.

Das war nun wirklich eine merkwürdige Sache. Nie im Leben hätte er gedacht, dass es Sabir und Lamia miteinander treiben würden. Vor allem bei dem Jungfräulichkeitskomplex von Madame, seiner Mutter. Wie ging dieser Schrott aus der Bibel gleich noch, den sie immer zitierte, damit sie – und vor allem Aldinach – sich benahmen?

»Sie sind es, die sich nicht mit Weibern befleckt haben; denn sie sind jungfräulich. Sie folgen dem Lamm, wohin es geht ... Denn in ihrem Mund fand sich keinerlei Lüge: Sie sind ohne Makel vor dem Throne Gottes.«

Natürlich hatte es Aldinach auf Männer und Frauen abgesehen – auf das jeweils entgegengesetzte Geschlecht dessen, für das sie sich selbst an diesem Tag entschieden hatte. Eigentlich praktisch, wenn man darüber nachdachte. Es verdoppelte das potenzielle Fanggebiet. Dabei war Aldinach wohlgemerkt nicht schwul, das musste Oni der kleinen Nymphomanin lassen. Sie trieb es nie mit ihrem eigenen Geschlecht. Es war auch eine Art von Moral, wenn man darüber nachdachte.

Viel hatten die Jungfräulichkeitsverwünschungen von Madame, ihrer Mutter, jedenfalls nicht genützt. Nur Rocha war auf ihre Linie eingeschwenkt, und was war aus ihm geworden? Aber er war der einzige außer Lamia gewesen – der Rest von ihnen rammelte wie die Karnickel, wenn sie konnten. Und nun hatte Lamia offenbar beschlossen, dass es mit siebenundzwanzig genug war, und hatte sich den guten alten Sabir ins Bett geholt. Oni konnte es ihr nicht verübeln, wenn er ehrlich war. Mit einem Gesicht wie ihrem musste man jede Gelegenheit nutzen.

Oni wusste, wovon er sprach. Bei seiner Größe ergriffen die meisten Frauen die Flucht aus Angst, er würde sie zerquetschen. Gut, er war kein abstoßend fettes Schwein wie Asson, den er einmal vier Riesenbecher Eiskrem auf einmal hatte verdrücken sehen, aber er war über zwei Meter zehn groß, und die meisten Frauen gingen ihm nur etwa bis zum Nabel. Als Folge davon war Oni dazu übergegangen, Prostituierte zu mieten, die sich von den – wie nannte Aldinach es? – überdimensionalen Aspekten seiner Persönlichkeit nicht abschrecken ließen.

Nun hatte sie Abi alle in den Wald abkommandiert, damit sie die Ruinen von Kabah beobachteten, und Oni mit seiner extra großen Körperoberfläche – waren es nicht die Katharer, die sagten, dass die Haut den Menschen mit dem Teufel verbindet? – diente einer besonders bösartigen Sorte Moskitos als Tagesgericht. Scheiße. Verdammte Scheiße.

Er rückte sein Nachtsichtgerät zurecht und stellte auf Sabirs Rücken scharf. Der Kerl zählte eifrig die Masken an der Fassade des Tempels. Jedes Mal, wenn er zu einer kam, die ihm gefiel, holte er ein Blatt Papier aus seinem Rucksack und klebte es über die Maske. Er hatte bereits fünf Abschnitte auf diese Weise bedeckt – nur der einzelne oberste Abschnitt blieb ihm noch. Das Papier leuchtete in der Tat sehr gut im Mondlicht – das musste Oni dem Hurensohn lassen.

Durch sorgfältiges Zählen gelangte Oni zu dem Schluss, dass Sabir die zwanzigste Maske in jedem Abschnitt auswählte. Das musste doch wohl etwas zu bedeuten haben, oder? Er tippte in sein Handy und gab die Information an Abi weiter.

Sabir hatte sich – wie von Abi vorausgesagt – vor weniger als einer halben Stunde auf das Gelände geschlichen. Er hatte einen Rucksack und zwei Radeisen bei sich und wurde von dem Polizeibeamten begleitet. Lamia war nicht dabei. Sie erholte sich wahrscheinlich draußen im Wagen von ihrer Orgie. Oni grinste. Bestimmt war sie wund. Sie würde wahrscheinlich tagelang o-beinig durch die Gegend laufen. Geschah dem Miststück recht, weil es sich so lange Zeit gelassen hatte.

Dieser Lakai, der überfahren worden war, Philippe – der hatte ihr seit einer Ewigkeit nachgestellt. Aber Lamia hatte ihn abgebürstet wie eine Spinnwebe. Und jetzt war er tot und stützte die Wände einer Mädchenschule in Cavalaire-sur-Mer. Hatte man in der Hölle noch Sex? Oni zuckte mit den Achseln. Es gab nur einen Weg, es herauszufinden. Aber diese kleine Aufgabe überließ er lieber Philippe.

Oni schwenkte sein Nachtsichtgerät herum und richtete es wieder auf den Indianer. Ja, der Mann versteckte sich immer noch hinter einem Baum und beobachtete jede von Sabirs Bewegungen. Als Nächstes schwenkte Oni zu dem Innenhof links vom Tempel der Masken weiter. Jawohl, dort lauerte der Nachtwächter immer noch und flüsterte in sein Handy wie ein Mann, der seiner Geliebten etwas aufregend Zärtliches ins Ohr flüsterte.

Es mutete fast unmöglich an, dass Sabir und der Polizist nicht bemerken sollten, dass sie von mindestens drei verschiedenen Parteien beobachtet wurden. Andererseits verfügten sie eben nicht über seinen Vorteil – das Nachtsichtgerät verwandelte die ganze Szenerie vor ihm in einen bleichen, mondbeschienenen Spielplatz, auf dem alles die surreale Gestalt einer der Traumlandschaften Salvador Dalís annahm.

Oni konnte es kaum erwarten, was passieren würde, wenn die vom Wachmann alarmierte Polizei (oder wer es auch immer war, den er anrief) wie die Siebte Kavallerie in einem Western von John Ford durch das Tor gestürmt kommen würde. Sabirs Gesichtsausdruck würde bestimmt allein das Eintrittsgeld wert sein.

Oni flüsterte erneut in sein Handy, um Abi auf den neuesten Stand zu bringen, und endete mit der Frage: »Was soll ich unternehmen?«

»Bleib, wo du bist. Beobachte. Und warte. Greif auf keinen Fall ein!«

Oni brummte und schlug nach einem dieser verfluchten Moskitos. Leichter gesagt als getan. Er schmierte sich noch eine dicke Lage Insekten-Abwehr-Mittel ins Gesicht. »Scheißbiester.«

58 Der Mut sank dir, als du die beiden Gringos beobachtetest. Was trieben sie hier mitten in der Nacht? Der jüngere von ihnen zählte die Masken in jedem Abschnitt und klebte dann Papier über die, die er ausgewählt hatte. Eine merkwürdige Prozedur. Und ohne Frage verboten. Warum würden sie sonst mitten in der Nacht hierherkommen und nicht bei Tag, wenn jeder sehen konnte, was sie taten?

Du erkanntest sie beide vom Vormittag wieder. Nur die Frau war jetzt nicht dabei, die mit dem blutgetränkten Gesicht, von der der Führer geglaubt hatte, sie habe das *mal de ojo* – o ja, du hattest gesehen, wie er zur Abwehr die phallische Geste mit seinen Händen gemacht hatte. Vielleicht billige sie, da sie eine Frau war, nicht, was diese Männer hier taten?

Früher am Abend hatte Tepeu dich zu überreden versucht, auf seinem *Triciclo* mit ihm nach Hause zu fahren. Tepeu war ein Mann, den es zu ehren galt. Du hattest ihm erklärt, dass du hier in der Nähe des Tempels bleiben musstest, und er hatte deine Gründe weder hinterfragt noch versucht, es dir auszureden. Stattdessen hatte er dir eine Decke besorgt und dir von der Frau des Torwächters einen Leguaneintopf bringen lassen.

Der Torwächter und seine Frau wohnten in einer Hütte etwa einen halben Kilometer von der Anlage entfernt. Um acht Uhr war Tepeu von dort hergeradelt, und ihr hattet den Eintopf zusammen gegessen und euch eine Flasche Bier geteilt. Du hattest ihm erklärt, dass du ihm seine Freundlichkeit nicht entgelten könntest, aber er hatte deine Entschuldigung beiseitegewischt wie ein lästiges Insekt.

Jetzt waren die Gringos da und du wusstest nicht, was du tun solltest. Wollten sie stehlen, wie es alle Gringos taten? Und warum würden sie die Masken stehlen? Was sollten sie mit ihnen anfangen? Verkaufen konnte man sie sicher nicht. Die Behörden würden davon erfahren, und dann würden sie im Gefängnis landen.

Du sahst, wie der jüngere Gringo ein Werkzeug aus dem Rucksack holte und den ersten Stein auszuhebeln begann. Der ältere Mann nahm ein ähnliches Werkzeug und machte sich von der anderen Seite her an dem Stein zu schaffen.

Du standest auf hinter deinem Baum, um eine bessere Sicht zu haben. Der Mond war beinahe voll, und die beiden Männer waren in das Licht getaucht, das von der weißen Fassade des Tempels reflektiert wurde.

Was solltest du tun? Mit ihnen reden? Laufen und Tepeu holen? Oder den Torwächter? Ja, das wäre unter diesen Umständen vielleicht das Richtige. Der Mann wohnte nur einen halben Kilometer entfernt, und du wusstest, dank Tepeus Beschreibung, wo seine Hütte stand.

Aus irgendeinem Grund hast du jedoch nichts getan und nur zugesehen, wie die Gringos sich abmühten, um die Masken herauszubrechen.

59 »Sind wir eigentlich verrückt? Wir stehen hier mitten in der Nacht in einem fremden Land, in einer geschützten archäologischen Stätte und zerstören eines ihrer uralten Denkmäler. Wenn sie uns erwischen, werfen sie uns ins Gefängnis.« Sabirs Gesicht hatte im Mondlicht eine bläuliche Farbe angenommen – er sah in der Tat halb verrückt aus.

»Wir setzen die Steine wieder an Ort und Stelle, Sabir. Niemand wird etwas merken.«

Calque und Sabir gingen zur dritten der markierten Masken weiter. Jedes Mal, wenn es ihnen gelang, eine der Masken teilweise aus ihrer Verankerung zu hebeln, hielt einer die Taschenlampe und der andere tastete in dem Hohlraum hinter der Maske herum, scheinbar ohne sich um Skorpione, Beißspinnen und Schlangen zu sorgen.

»Vielleicht gibt es in Mexiko keine Skorpione.«

»Natürlich gibt es welche. Aber sie sind ausschließlich nachtaktiv. Und sie werden nur wütend, wenn man sie stört.«

»Danke, Calque, vielen Dank auch.« Sabir tastete hinter der Maske umher. »Sie sind aber nicht tödlich, oder?«

»Nur die Arizona-Rindenskorpione. Der Rest ist kein Problem.«

Sabir zog seine Hand schnell aus dem Loch zurück. »Hier ist nichts.« Er schauderte, als wäre jemand über sein Grab spaziert. »Woher zum Teufel wissen Sie das alles, Calque? Informieren Sie sich nur zum Spaß, oder ist es ein nervöses Leiden?«

»Beides.«

»Dann machen Sie das nächste Loch.« Sabirs Handy läutete. Er schlug auf seine Tasche, als könnte auch dort ein Skorpion lauern. »Ja?« Er lauschte. Dann nickte er. »Okay. Danke. Hier ist alles in Ordnung. Kein Glück bisher. Noch drei, dann sind wir fertig und können Urlaub machen. Vorzugsweise in der Karibik. Ich habe bereits eine doppelte Hängematte und die Drinks vorbereiten lassen. Und dort gibt es keine Skorpione.« Sabir steckte das Handy ein. »Lamia sagt, die Straße ist in beide Richtungen frei. Sie wird weiter nach Störungen Ausschau halten, bis wir sie zurückrufen.«

»Die Karibik ist voller Skorpione. Sie haben wirklich von nichts eine Ahnung, Sabir.«

Sabir zeigte auf ihn. »Okay, was halten Sie dann davon? Die Maya schreiben von links nach rechts, genau wie wir. Nur ist bei ihnen alles immer paarweise. Blöcke von Schriftzeichen und dergleichen. Das haben Sie selbst gesagt, nicht wahr?«

Calque nickte vorsichtig.

»Was, wenn wir den nächsten Abschnitt auslassen und einfach am anderen Ende anfangen, wie wir es wahrscheinlich von Anfang an hätten tun sollen, statt unsere Zeit damit zu vergeuden, hier vorsichtig auf der rechten Seite herumzuprobieren? Wieso behandeln wir nicht überhaupt den ganzen Tempel, als wäre er das steinerne Äquivalent eines beschriebenen Papyrus?«

»Wieso werfen wir nicht einfach eine Münze?« Calque seufzte. »Wenn Ihre Theorie stimmt, Sabir, haben wir hinter den falschen Steinen nachgesehen. Wir haben die zwanzigste Maske von rechts in jedem dieser Abschnitte abgezählt. Wären wir der Praxis der Maya gefolgt, hätten wir den zwanzigsten Stein von links zählen müssen. Und mit dem zweiten Block anfangen. Meinten Sie das?«

»Genau das. Nur dass ich ein blöder Idiot bin, der nicht weiß, dass es in der Karibik von Skorpionen wimmelt.«

»Das war ein Scherz, Sabir. Wenn sich ein Mann seiner Intelligenz sicher ist, muss er nicht jedes Mal um sich schlagen, wenn ihn jemand aufzieht.«

Sabir war nur halb besänftigt. »Okay. Tut mir leid.«

»Mir tut es auch leid. Und noch mehr tut mir leid, dass Ihre Theorie, sosehr es mich schmerzt, nicht schlecht zu sein scheint. Lassen Sie uns direkt zur zwanzigsten Maske von links im zweiten Block gehen.«

»Was kriege ich, wenn ich recht habe?«

Calque seufzte. Er setzte die Miene eines Zeichentrickhunds auf, der einen wichtigtuerischen Welpen beruhigen muss. »Ich werde gut über Sie sprechen, wenn mich Lamia nach Ihnen ausfragt. Was sie zufällig fast die ganze Zeit tut. Was halten Sie davon? Bisher habe ich Sie aufgrund meiner sexuellen Eifersucht immer schlechtgemacht. Aber von nun an werde ich Sie in den Himmel loben. Wären Sie damit zufrieden?«

»Abgemacht.«

»Wenn wir nicht finden, wonach wir suchen, werde ich mir selbstverständlich die Freiheit nehmen, Ihnen weiter bei jeder Gelegenheit das Wasser abzugraben.«

Sabir schüttelte den Kopf. »Nur gut, dass Sie Franzose sind und kein Belgier, Calque. Sonst hätte ich vielleicht ernsthafte Probleme mit Ihrem Humor.«

60 »Sie sind dran, die Hand hineinzustecken, Calque. Haben Sie noch irgendwelche besonderen Wünsche? Ich werde dafür sorgen, dass Ihre Anweisungen nach Ihrem Ableben peinlich genau ausgeführt werden.«

Calque beachtete ihn nicht. Er tastete im ersten ihrer neuen Serie von Löchern herum. Dann schloss er plötzlich die Augen. »Hier ist etwas. Es ist glatt. Und kalt.«

»Sie machen Witze.«

»Nein. Ich kann es deutlich spüren. Es hat Zähne. Und eine Nase. Ich kann sogar die Augenhöhlen ertasten.«

»Großer Gott. Was ist es? Ich bringe Sie um, wenn Sie mich nur verarschen.«

»Ich verarsche Sie nicht.« Calque zog die Hand aus dem Loch. »Wir müssen die ganze Halterung herausnehmen. Ich kriege das Ding unmöglich durch das Loch, das wir bisher haben.«

Sabir steckte die Hand in die Öffnung und tastete herum. »Sie haben recht. Aber wir können es nicht riskieren, die ganze Maske herauszunehmen. Sie wird zu schwer sein. Wir kriegen sie nie wieder richtig hinein.«

»Dann müssen wir sie einfach auf dem Boden liegen lassen. Vielleicht glaubt man, sie ist aufgrund von Kondensation herausgefallen.«

»Ja, sehr plausibel. Gute Idee, Calque. Ich sehe den Kurator förmlich vor mir. ›He, Leute! Wir haben gerade wieder eine von diesen zwölfhundert Jahre alten Masken verloren. Das Scheißding muss wegen Kondenswasser rausgefallen sein.‹«

Beide Männer traten einen Schritt zurück und betrachteten die Halterung.

»Wir müssen einfach auf Teufel komm raus ziehen und dann zur Seite springen. Wahrscheinlich verliert das Ding seine Nase, wenn es auf den Boden knallt. Das wird unsere Verdienste als Grabräuber mächtig erhöhen. Eins kann ich

Ihnen sagen, Calque. Wenn wir das rätselhafte Ding haben, das hinter dieser Maske steckt, dann hält mich hier nichts mehr.«

»Mich auch nicht. Los, bringen wir's hinter uns.«

Die beiden Männer hebelten mit ihren Radeisen herum, bis die Maske am äußersten Rand ihrer Halterung schwankte.

»Sie wird gleich kippen. Vorsicht – Ihre Füße!« Sabir zog noch einmal an der Maske und sprang dann rasch zurück.

Die Maske fiel zu Boden und hüpfte weiter.

»Himmel! Sie rollt immer noch.« Die beiden Männer drehten sich um und sahen der Maske nach, die hinter ihnen die Treppe hinunterpolterte, sodass Steinsplitter in alle Richtungen davonflogen.

Erst jetzt sahen sie die acht Maya, die auf dem vom Mond beschienenen Vorplatz standen. Jeder der Männer hatte ein Gewehr in der Hand. Lamia stand neben einem von ihnen. Ihr Mund war mit einem Tuch zugebunden.

Sabir sah Calque an. »Noch irgendwelche Witze auf Lager?«, sagte er aus dem Mundwinkel.

Calque sog die Luft ein. »Nicht auf Anhieb.« Dann grinste er wie Burt Lancaster. »Warten Sie. Vielleicht sind diese Bewaffneten gar nicht wegen uns hier. Vielleicht ist das Ganze eine Nachtübung der mexikanischen Armee.«

»Ja, klar. Der war erstklassig, Calque. Gut, dass ich gefragt habe.«

61

Tepeu betrachtete die beiden Gringos mit einer Mischung aus Entsetzen und Faszination. Sie lächelten. Er hätte es nicht für möglich gehalten, aber es war so. Die beiden standen acht bewaffneten Männern gegenüber, Sekunden nachdem sie vom Halach Uinic auf frischer Tat bei der Plünderung des heiligen Tempels erwischt worden waren, und sie lächelten. Ahnten sie wirklich nicht, was ihnen möglicherweise bevorstand? Hatten sie keine Vorstellung von der Schwere ihres Vergehens?

Der jüngere Mann setzte sich auf die oberste Steinstufe und legte den Kopf in die Hände. Der ältere stand neben ihm und starrte zum Halach Uinic hinunter.

Der Halach Uinic trat vor und machte ein Zeichen, dass man Lamia den Knebel abnehmen sollte.

Es war Tepeu gewesen, der sie gefangen hatte. Darauf war er sehr stolz. Er hatte seinen Dreiradkarren mitten auf der Straße umgekippt und sich daneben gelegt, als hätte er einen Unfall gehabt.

Einen Moment lang hatte er gedacht, die Frau habe ihn nicht gesehen und würde ihn überfahren. Aber im letzten Moment war sie stehen geblieben und ausgestiegen – später erfuhr er, dass sie zu diesem Zeitpunkt telefoniert hatte.

Tepeu war aufgesprungen und hatte sie mit seinem Gewehr bedroht. Sein Vetter Acan hatte ihn wegen ihres *mal de ojo* gewarnt, aber Tepeu sah nur, dass die Frau ein Mal von der Geburt im Gesicht hatte. Das hatte er zuvor schon gesehen, in Merida, bei einem Mann auf dem Markt. Es war sicherlich kein *mal de ojo*, sondern etwas, das man bedauern musste. Wie musste es wohl sein, wenn man sein ganzes Leben lang von allen Leuten, die einem begegneten, angestarrt und bemitleidet wurde? Und die Frau war, von ihrer Verunstaltung abgesehen, noch dazu schön – zumindest für eine Gringa. Acan hatte das Ganze wie üblich viel zu dramatisch dargestellt. Der Bursche war kaum besser als ein *guero*. Endlos auf der Jagd nach Mädchen, Dollar und der großen Chance. Tepeu liebte seinen Vetter Acan, aber er respektierte seine Lebensweise nicht.

Jetzt hielt er vergeblich nach seinem neuen Freund Ausschau, dem Mestizen aus Veracruz. Er musste hier sein. Doch klugerweise versteckte er sich wohl. Tepeu mochte diesen Mann. Es war nicht seine Schuld, dass er gemischtrassig war. Aber er war ein ehrlicher Mann. Und bescheiden. Das sah man ihm von Weitem an.

Als Tepeu dem Mestizen zum ersten Mal begegnet war, hatte er sofort erkannt, dass der Mann kurz vor dem Verhungern war. Erst hatte er nicht gewusst, wie er die Sache handhaben sollte. Es war unter den Maya nicht üblich, die Privatsphäre eines Fremden zu verletzen, wenn man nicht ausdrücklich dazu aufgefordert wurde. Tepeu hatte beschlossen, Gott das Ergebnis zu überlassen. Er hatte zu dem Mann gesagt, er würde jagen gehen, aber wenn er zurückkam, würde er ihn mit zu sich nach Hause nehmen. Auf diese Weise hatten beide Seiten das Gesicht gewahrt: Wenn der Mann nicht wollte, dass Tepeu ihm zu essen gab, würde er fortgehen. Wenn er zu schwach war, um wegzugehen, würde Tepeu ihn unter seine Fittiche nehmen. Tepeu hatte immer Leute unter seine Fittiche genommen. Es war seine Natur. Das erste Tier, das den unsichtbaren Kreis durchbrochen hatte, den seine Mutter um sein Geburtsbett gezogen hatte, war eine Henne gewesen. Von diesem Moment an hatte Tepeu keine Wahl gehabt.

Jetzt stieg der Halach Uinic die Treppe zu den beiden Männern hinauf. Die Frau begleitete ihn, genau wie Acan und sein Bruder Naum. Tepeu schloss sich ihnen eilig an. Von dort oben würde er einen besseren Blick auf den umliegenden Wald haben. Wenn er den Mestizen sah, konnte er ihm vielleicht ein Zeichen geben, wegzugehen, ihm irgendwie signalisieren, dass er sich nicht einmischen sollte.

Der ältere der beiden Gringos sprach in gebrochenem Englisch mit dem Halach Uinic. Er zeigte zu dem Loch, wo sie die Maske herausgerissen hatten. Zeichnete eine Form mit den Händen nach.

Der Halach Uinic wedelte mit der Hand, und dieser ältere Gringo stieg nun die restlichen Stufen vor ihm hinauf. Die ganze Gruppe, Tepeu eingeschlossen, folgte dem Gringo, bis er vor der soeben geschaffenen Öffnung stehen blieb.

Der ältere Gringo trat nun vor und stieß die Hand in das Loch, das er und sein jüngerer Begleiter verursacht hatten.

Tepeu stockte der Atem.

Etwas würde geschehen.

Würde der Gringo eine Art Waffe zum Vorschein bringen? Und warum ließ ihn der Halach Uinic gewähren? Tepeu hatte das Englisch des Gringos nicht ganz verstanden. Vielleicht hatte der Ältere um sein Leben gefleht, und der Halach Uinic hatte versprochen, ihn zu verschonen, wenn er die Hand noch einmal in den Rachen des Regengottes steckte?

Der ältere Gringo zog einen Gegenstand aus der Öffnung. Dieser Gegenstand war bleich und rund und schien das Mondlicht auf seiner Fläche einzufangen.

Der Gringo hielt den Gegenstand hoch, sodass der Halach Uinic ihn sehen konnte.

Der Halach Uinic fiel auf die Knie. Acan und Naum fielen auf die Knie. Ohne zu wissen, warum, tat Tepeu es ihnen gleich. Hinter ihnen warfen sich die drei übrigen Männer, die sie begleitet hatten, der Länge nach auf den Boden.

Und genau diesen Moment suchte sich Tepeus Freund, der Mestize, aus, um hinter seinem Johannisbrotbaum hervorzukommen.

Tepeu verharrte wie erstarrt auf halbem Weg zwischen Knien und Liegen. In seinem Kopf war plötzlich ein Zischen wie von tausend Schlangen. Durch dieses Zischen hindurch hörte Tepeu die Stimme des Mestizen von den Mauern der umliegenden Gebäude hallen.

»Was ihr in der Hand haltet, ist hier in diesem Buch abgebildet«, sagte er. »In diesem Buch, das ich euch jetzt geben muss. Seht ihr? Ich halte es hier in meinen Händen. Ich habe dieses Buch den ganzen Weg von Veracruz hierhergebracht, aber es ist eine zu schwere Last, und ich kann sie nicht länger allein tragen. Mein Vater, mein Großvater und mein Urgroßvater haben dieses Buch vor mir für euch beschützt. Jetzt ist der große Vulkan Orizaba in Flammen ausgebrochen, und es ist Zeit, dass das Buch zu seinem eigenen Volk zurückkehrt. Dies hat man mir aufgetragen, euch zu sagen: Dass wir unser Versprechen gehalten haben.«

62
»Das wirst du nicht glauben, Abi.«

Abi blickte auf sein Handy. »Was werde ich nicht glauben? Warte, sag nichts. Es hat ein Verbrechen aus Leidenschaft gegeben. Calque hat Sabir ermordet, weil der ihm unsere Schwester weggeschnappt hat?« Er schüttelte den Kopf, halb überzeugt von seinem eigenen Hirngespinst. »Aber mal ganz im Ernst jetzt: Sabir muss was an den Augen haben. Oder vielleicht ist Lamia einfach irrsinnig heiß im Bett, und sie sind beide im vollen Liebeswahn.«

»Nein, nichts in der Art, Abi. Überhaupt nicht.« Oni war so aufgeregt, dass er weder ein Ohr für Abis üblichen Sarkasmus hatte noch eine neue Welle von Moskitoangriffen auf ihn wahrnahm. »Du lässt weiter alle Straßen, die von hier wegführen, überwachen, oder?«

»Komm zur Sache, Oni.«

»Zur Sache, ja. *Putain*. Zur Sache.« Oni schwitzte jetzt noch stärker – der Schweiß lief in Bächen an ihm hinunter und löste das Mückenschutzmittel so auf, dass es kaum noch half. »Du hättest dabei sein sollen, Abi. Es war wie in einem Indiana-Jones-Film. Stell dir das vor. Calque und Sabir stehen im Mondlicht, meißeln an einer der Tempelmasken herum und versuchen, etwas zu fassen zu kriegen, was hinter ihr feststeckt. Dann stürzt die Maske plötzlich aus ihrer Vertiefung und holpert die Treppe hinunter.« Oni schlug nach einem Moskito, der aus dem geschlossenen Verband ausgeschert war, der ihn umkreiste. »Sabir und Calque drehen sich also um wie die Idioten und schauen der Maske nach, als könnten sie sie damit aufhalten und an ihren Platz zurückzaubern. Und in diesem Moment tauchen aus dem Nichts acht Maya mit unserer Schwester im Schlepptau auf und richten Gewehre auf sie.«

»Was haben sie gefunden, Calque und Sabir?«

»Was? Aber ich habe dir gerade von den Bewaffneten erzählt.«

»Vergiss die Bewaffneten. Über die weiß ich schon Bescheid. Ob du es glaubst oder nicht, du bist nicht der Einzige da draußen. Jetzt erzähl mir, was sie gefunden haben.«

»Wer erzählt diese Geschichte, Abi? Du oder ich? Ich wollte gerade auf die Pointe zusteuern.«

Abi blickte so zornig auf sein Handy, als wollte er die Zähne in die Tastatur schlagen und es aufessen. »Dann sieh verdammt noch mal zu, dass du zu deiner Pointe kommst!«

»Du solltest nicht so viel fluchen, Abi. Madame, unsere Mutter, sagt, es ist ein Zeichen für einen Mangel an Phantasie.«

Abi riss sich bewusst zusammen. Was brachte es ihm, wenn er sich wegen nichts so aufregte? Er wusste, wie Oni war. Hatte es immer gewusst. Manchmal vergaß er, dass der Idiot erst achtzehn war.

Er hatte tatsächlich vor einiger Zeit Berichte über die Ankunft der Bewaffneten erhalten. Aus irgendeinem Grund hatte ihn die Nachricht nicht überrascht. Man verfolgt nicht tagelang drei Leute, ohne mit einer Art Rendite in Form von Gewalt zu rechnen.

Abi hatte den anderen sofort befohlen, abzuwarten und den Maya zu folgen, soweit es möglich war. Jetzt musste er diesen Riesentrottel von Oni nur noch zur Vernunft bringen, und er hatte alles wieder hübsch unter Kontrolle. »Tut mir leid, Oni. Fahr fort, wie du es für richtig hältst. Ich bin wie immer ganz Ohr.«

»Du brauchst nicht sarkastisch zu werden. Ich weiß, dass ich mich manchmal ein wenig davontragen lasse. Aber das war wirklich etwas Besonderes.«

»Ich höre.«

»Als die Maske endlich zum Stillstand gekommen war, gab es eine Art indianische Ratsversammlung mit viel Gestikulieren und Gewehrschütteln. Dann fiel offenbar eine Entscheidung, denn Calque macht plötzlich kehrt und führt alle zur Tempelfassade hinauf. Dort steht er dann wie ein Zauberer auf der Bühne – wie George Sanders als Svengali in diesem Film von...«

»Oni!«

»Bis er plötzlich die Hand in das Loch steckt, wo vorher die Maske war und etwas hervorzieht...« Oni hörte auf zu reden und grinste wie ein Schimpanse auf sein Handy.

»Was? Herrgott noch mal, Oni, sag mir, was er herausgezogen hat.«

»Einen Kristallschädel, Bruder. Einen gottverdammten Schädel aus Kristall. Ist das zu glauben? Er war mehr als dreißig Zentimeter hoch, mit einem aufklappbaren Kiefer wie bei einem richtigen Totenkopf. Und mit etwas Dunklem als Augen. Smaragde wahrscheinlich. Oder vielleicht Jade. Ich konnte es nicht erkennen. Die Arschlöcher mit den Waffen werfen jedenfalls einen Blick auf das Ding und fallen auf die Knie, als hätten sie gerade den Papst gesehen. Und was tun Calque und Sabir? Hauen sie ab? Von wegen. Statt zu ihrem Auto zu sprinten, stehen sie da, als erwarteten sie, dass man ihnen eine olympische Medaille für ihre Mühen umhängt. Als rechneten sie damit, dass man ihnen auf die Schultern klopft, statt ihnen eine Kugel in den Kopf zu schießen, was wahrscheinlich passieren wird, wenn diese Kerle mit den Gewehren wieder zu Sinnen kommen.«

»Wie ging es weiter, Oni?«

»Warte. Es wird noch besser. Viel besser. Was als Nächstes passiert, ist, dass dieser Bursche, den ich seit drei Stunden beobachtet habe – der hinter dem Johannisbrotbaum, von dem ich dir erzählt habe, Abi –, dieser Kerl spaziert also aus seinem Versteck heraus und schwenkt ein Buch. ›Hier steht alles aufgeschrieben‹, ruft er. ›Ich kann dieses Ding nicht länger herumschleppen. Der Vulkan hat gesprochen.‹ Oder irgend so einen Quatsch. Mein Spanisch ist nicht allzu gut.« Oni kam nun wirklich in Fahrt. »Darauf haben sich die Bewaffneten fast in die Hosen gemacht, das kann ich dir sagen. Sie sind umhergetorkelt und wussten nicht, wen sie in Schach halten oder erschießen sollten oder ob sie sich wieder auf die Knie werfen und Calque und Sabir als Götter anbeten sollten.«

»Und wie hat alles geendet?«

»Drei der Bewaffneten haben sich zusammengetan und die herausgebrochene Maske wieder an ihren Platz gehievt. Dann haben sie alle Steinsplitter weggefegt und alles tadellos wiederhergerichtet, als wäre nichts gewesen. Der Boss von ihnen hat erneut ein großes Palaver einberufen, und darauf sind sie in getrennten Fahrzeugen, einschließlich Sabirs Grand Cherokee, davongefahren.« Oni suchte verzweifelt nach einer passenden Abschlusswendung für seine Geschichte. »Jetzt ist niemand mehr da außer uns. Und ein paar blutrünstigen Moskitos, die uns auffressen. Kann ich jetzt nach Hause kommen, Abi?«

63 »Ich kenne dich. Du bist der Führer, nicht wahr? Der uns von den neunhundertzweiundvierzig Masken erzählt hat.« Sabir fuhr den Cherokee. Acan saß neben ihm, Calque und Lamia auf den Rücksitzen. »Du warst also die ganze Zeit auf dem Gelände und hast uns beobachtet? Wie das? Hast du uns erwartet? Aber das ist unmöglich.« Sabir wandte ihm mit einem Ruck den Kopf zu. »Du gehörst aber nicht zum Corpus, oder?«

Acan beobachtete weiter nervös die Frau und hoffte, sie würde ihn nicht direkt anschauen mit ihrem bösen Blick. Er hielt das Gewehr zwischen den Beinen umklammert, sodass er die richtige Abwehrgeste gegen den Fluch nicht machen konnte. »Der Corpus? Wer ist das?«

»Vergiss es. Nicht so wichtig.« Sabir sah Lamia im Rückspiegel an. »Pass auf. Musst du meine Freundin so anstarren? Es ist dir vielleicht nicht klar, aber das ist verdammt unangenehm. Was ist los mit euch? Reicht es nicht, uns zu entführen?«

Acan atmete geräuschvoll aus. Nun, da das Thema zur Sprache gekommen war, fühlte er sich besser. »Sie hat den bösen Blick.«

»Den was?«

Calque beugte sich vor. »Er glaubt, dass Lamia den bösen Blick hat. Wegen ihres Gesichts. Und dass er verflucht sein wird, wenn sie ihn ansieht.«

»Also wirklich, Herrgott noch mal...«

»Es ist ihm ernst, Sabir. Sie müssen es ihm erklären.«

Lamia schaltete sich ein. »Ich werde es ihm erklären. Ich spreche seine Sprache. Und es ist mein Gesicht, das ihm Angst macht, nicht deins.«

Calque ließ sich in seinen Sitz zurückfallen. Sabir konzentrierte sich wieder auf die Straße. Beide Männer waren höchst verlegen. Diesen jungen Maya zu beruhigen und ihn dazu zu bringen, dass er verstand, war plötzlich viel wichtiger geworden als alle unausgegorenen Ideen darüber, wie sie sich aus ihrer Lage befreien könnten.

Lamia beugte sich zu Acan. Sie sprach leise auf Spanisch mit ihm. Er begann widerstrebend zu nicken. Irgendwann nahm Lamia seine Hand und führte sie an ihr Gesicht. Acan riss sie los und bekreuzigte sich. Lamia sah ihn an; in ihrem Gesicht mischten sich Traurigkeit und der Wunsch, ihn verstehen zu lassen. Dann streckte Acan die Hand überraschend wieder aus. Diesmal versuchte Lamia nicht, sein Handeln zu beeinflussen.

Acans Finger zitterten. Er hatte sein Gewehr ganz vergessen.

Sabir spürte instinktiv, dass er in einer glänzenden Position war, Acan das Gewehr zu entreißen und die Lage in den Griff zu bekommen. Sicher, vor und hinter ihm fuhren zwei weitere Fahrzeuge mit Bewaffneten, aber er sah eine Abzweigung in einer halben Meile kommen. Er würde seinen Schachzug nur im richtigen Moment machen müssen.

Aber dann würde es keinen Kristallschädel geben. Kein Buch. Keine Antworten. Sabir zögerte einen Moment, und seine Haut kribbelte, denn eine innere Stimme flüsterte ihm zu: »Und keine Lamia mehr.« Sie würde ihm nie verzeihen, dass er ihr unausgesprochen gegebenes Wort missbraucht hatte.

Sabir tat also nichts. Zum ersten Mal seit dem Tod seiner Mutter stellte er Glück und Wohlergehen einer anderen Person über sein eigenes, wie er erkannte. Begann er tatsächlich aus einer zehn Jahre währenden emotionalen Blockade zu erwachen? Er warf einen besitzheischenden Blick auf Lamia im Rückspiegel.

Acan streckte die Hand aus und berührte Lamias Gesicht. Dabei veränderte sich etwas in seinen Augen. Die Angst verließ ihn. Er nickte, als wäre ihm etwas erfolgreich erklärt worden – ein Rätsel, in das er schon immer eingeweiht sein wollte.

Er wandte sich wieder nach vorn. »Alles ist gut jetzt. Es tut mir sehr leid.« Dann begann er zu weinen.

Sabir sah erst Lamia und dann Calque durchdringend an. »Wie ist das jetzt passiert?«

Lamia schüttelte den Kopf. »Es war nichts. Ich habe ihn an das Mal Kains erinnert. Ich sagte, Gott habe mir dieses Zeichen gegeben, weil ich aus einer Wiege des Bösen stamme. Und dass ich es als Zeichen verstanden habe, dem Bösen, das meine Familie darstellte, den Rücken zu kehren und auf eigenen Beinen zu stehen. Wie Hermann Hesses *Demian*.«

»Den er selbstverständlich gelesen hat.«

»Lach nicht, Adam. Ich habe ihm erklärt, dass der Gott Abraxas alles verkettet, was gut und böse ist auf dieser Erde, und dass jeder von uns eine Welt zerstören muss, wenn er wiedergeboren werden will. Ich habe ihm aus Hesses Buch zitiert. *Der Vogel kämpft sich aus dem Ei. Das Ei ist die Welt. Wer geboren werden will, muss eine Welt zerstören. Der Vogel fliegt zu Gott. Der Gott heißt Abraxas.*«

»Lamia, er weint, verdammt noch mal.«

»Es war mein Bild von dem Ei. Es bedeutet ihm etwas. Die Leute hier benutzen das Ei, um sich von bösen Gedanken zu befreien. Ich glaube, er weiß jetzt über mich Bescheid. Er glaubt nicht mehr, dass ich den bösen Blick habe.«

Sabir warf einen flüchtigen Blick auf Acan. Dann sah er Lamia an. Er spürte, wie sich Calques Augen in seinen Rücken brannten.

Sabir kam sich plötzlich primitiv und unzulänglich vor. Lamias Liebe nicht wert. Was tat er hier? Mit welchem Recht mischte er sich in das Leben all dieser Menschen ein und fungierte als eine Art unheiliger Katalysator, der Kräfte verband, die er kaum verstand, und der dafür Mittel einsetzte, die er selbst nicht zu kontrollieren vermochte?

»Tut mir leid wegen des Witzes über das Hesse-Buch. Manchmal verstehe ich mich selbst nicht. Ich war eifersüchtig, weil du mich nicht einbezogen hast in dein Gespräch mit ...« Er zögerte und nahm den Mann neben ihm eigentlich zum ersten Mal bewusst wahr. »Wie heißt du?«

»Acan.«

»Das ist Lamia. Lamia de Bale. Da hinten, das ist Calque. Joris Calque. Und ich bin Adam Sabir.«

Acan lächelte durch seine Tränen hindurch. »Ich heiße Acan Teul. Ich bin Maya. Aus dem Dorf Actuncóyotl. Mein Vater heißt Anthonasio – kurz Tonno. Und meine Mutter wird Ixtab gerufen.«

Lamia lächelte Sabir dankbar an. Dann wandte sie sich wieder Acan zu. »Ixtab. Das ist ein schöner Name.«

»Ja. Sie ist nach unserer Göttin des Selbstmords benannt. Bei den Maya Yukatans kann Selbstmord etwas Positives sein. Es kann eine ehrenvolle Art sein, sein Leben zu beenden. Ixtab ist die Göttin, die einen Menschen, der sich selbst getötet hat, ins Paradies begleitet und dafür sorgt, dass er dort willkommen geheißen wird und den Respekt erfährt, der ihm zusteht.«

Sabir sah ihn mit neu erwachtem Misstrauen an. »Selbstmord? Wieso redest du plötzlich von Selbstmord?«

Calque legte ihm beschwichtigend die Hand auf die Schulter. Ihrer aller Nerven waren angespannt und Sabirs am meisten. Calque wusste, dass er nicht geschlafen hatte. Während der letzten Tage war er immer erregter geworden, genau wie damals nach seiner Verwicklung mit Achor Bale. Es war, als fehlten Sabir drei oder vier der Schutzschichten, die normale Leute ohne ihr Zutun besitzen.

Zunächst hatte Calque sogar die nicht unbegründete Hoffnung gehegt, dass Sabirs frisch erwachte Beziehung zu Lamia ihn ein wenig ruhiger machen würde. Aber paradoxerweise schien die Liebesgeschichte genau den gegenteiligen Effekt zu haben und Sabir noch mehr zu einer Karikatur seiner selbst zu machen. Calque kam zu dem Schluss, dass er und Lamia sehr vorsichtig auftreten mussten, damit ihnen Sabir nicht zusammenbrach. Er wog seine Worte deshalb sorgsam ab wie ein Lehrer, der zu einem Raum voller Schulanfänger spricht.

»Er meint, dass die Göttin Ixtab als Psychopomp agiert, Sabir. Als spiritueller Führer, der die frisch Verstorbenen in das Leben nach dem Tod begleitet. Schamanen können diese Rolle ebenfalls ausfüllen, soviel ich weiß. Es ist eine ganz unschuldige Beschäftigung.«

»Ja, ja.« Acan schien dankbar über Calques Eingreifen zu sein. »Genau das macht meine Mutter. Sie ist eine Iyoma.«

»Iyoma?«

»Ein weiblicher Schamane. Eine Hebamme eigentlich. Sie ist es, die bei der Geburt eines Kindes feststellt, ob er ein Schamane werden wird oder nicht. Ob er mit einer getrennten Seele zur Welt kommt und seiner Mutter bei der Geburt viel Schmerzen bereitet. Das kann sehr schlimm für die Mutter sein. Manchmal sagt die Iyoma deshalb den Eltern gar nicht Bescheid über ihr Kind, sondern enthüllt erst später, was sie weiß.«

»Warum wurde deine Mutter nach der Göttin des Selbstmords benannt?« Sabir sah Acan immer noch an, als sei der junge Maya persönlich für den Tod seiner eigenen Mutter verantwortlich.

Selbst in einem Zustand erhöhter Emotionalität nahm Acan Sabirs Furcht wahr und fühlte sich davon nicht bedroht. Er machte mit einer Hand eine Abwärtsbewegung, als wolle er ein Kind beruhigen, und wischte mit der anderen die letzten Tränen fort.

»Die alte Iyoma damals in unserem Dorf hat meine Mutter bei der Geburt als eine Schamanin erkannt. Sie wusste instinktiv, dass meine Mutter über ihre Nabelschnur mit der Göttin Ixtab verbunden war. Ohne es meinen Eltern zu sagen, ging sie zu den Alten des Dorfs und schlug ihnen den Namen vor. In unserem Dorf respektieren wir die Alten. Wir tun, worum sie uns bitten. Also wurde meine Mutter Ixtab genannt. Sie hat viele Leute in das Leben nach dem Tod begleitet – und viele andere als Erdfrüchte auf die Welt gebracht. Sie ist eine sehr weise Frau.« Acan nickte, als verstünde sich das von allein. »Du wirst sie kennenlernen, Adam. Wir fahren nach Ek Balam. Das ist sehr nah bei meinem Dorf. Meine Mutter wird dort sein und auf dich warten.«

Acan sah Sabir komisch an. Denn plötzlich, ohne Vorwarnung, begann auch Sabir zu weinen.

64 Der Halach Uinic hatte so etwas noch nie erlebt. Wer hatte die Ereignisse der letzten Stunden diktiert? Hunab Ku? Itzam Na? Der Maisgott? Der Gott Ohne Namen? Und was bedeuteten sie?

Warum, zum Beispiel, hatte es Fremder bedurft, um die dreizehnte Kristallmaske zu finden – die Maske, ohne die die zwölf anderen nicht singen würden? Und warum war ein weiterer Fremder nötig gewesen – ein Mann aus Veracruz ausgerechnet –, um den Maya dieses unglaubliche Geschenk eines vierten vollständigen Codex' zu bringen, neben den Codizes von Dresden, Madrid und Paris, die den Maya alle von Abkömmlingen der Konquistadoren gestohlen worden waren? Der Halach Uinic begriff, dass man ihm etwas mitteilen wollte – dass Stimmen vom Wind herangetragen wurden und dass er unbedingt zuhören musste.

Der Halach Uinic wandte sich an den Mestizen, der ihm das Buch gebracht hatte. Sein Gesicht ließ in keiner Weise erkennen, was er dachte. »Wir können dieses Buch nicht von dir annehmen. Es war über viele Generationen im Besitz deiner Familie. Es gehört euch und nicht uns. Es wäre falsch von mir, dir nicht zu sagen, welchen Wert dieses Buch hat. Wenn du es außer Landes bringen würdest – in die Vereinigten Staaten zum Beispiel oder nach England –, würden die Gringos dich zu einem sehr reichen Mann machen. Du könntest Autos und Häuser kaufen und jeden Tag eine andere Frau lieben. Du könntest in Flugzeugen über den Himmel reisen und Dinge sehen, von denen die meisten von uns nichts wissen. Du darfst uns dieses Buch deshalb nicht geben. Es gehört dir. Du musst damit tun, was dir gefällt.«

Während der Halach Uinic diese Worte sprach, fühlte er einen Schmerz im unteren Rücken, als hätte sich ein Nierenstein gebildet, den es nach draußen drängte. Er wusste, dass er riskierte, das größte Geschenk zu verlieren, das sein Volk jemals erhalten hatte. Doch er wusste auch, dass er diese Worte sagen – und ernst meinen – musste, sonst wäre das Geschenk wertlos.

Der Mestize blickte geradeaus durch die Windschutzscheibe. Er schien sich auf das Fahrzeug vor ihm zu konzentrieren – das Fahrzeug, in dem die Gringos fuhren.

Er drehte sich halb zum Halach Uinic. »Und der Schädel? Den haben die Gringos gefunden, nicht du. Wirst du ihnen auch anbieten, dass sie ihn behalten können?«

Der Halach Uinic spürte, wie sich das Gewicht des Schicksals auf ihn herabsenkte wie ein Sargdeckel. Wie war es möglich, dass dieser Campesino Dinge mit solcher Klarheit sah? Dass er ihm solche Fragen stellte? Der Mann musste von Gott erwählt sein. Es gab keine andere Möglichkeit.

Ehe der Halach Uinic die Frage ansprechen konnte, wandte der Mestize den Kopf und sah ihn zum ersten Mal frontal an. »Du bist der Hohepriester, nicht wahr? Der, den sie Halach Uinic nennen?«

»Das behaupten alle. Ich bin allerdings nicht ganz ihrer Meinung bei diesem Thema.«

»Die anderen Priester...«

»Die Chilan und der Ah Kin?«

»Sie gehorchen dir?«

»Nein. Sie gehorchen ihren Geistern.«

»Dennoch. Sie hören auf dich?«

»Ich bin ein Sprachrohr. Ja, das ist so. So viel akzeptieren sie.«

»Wirst du den Gringos dann den Schädel anbieten?«

Der Halach Uinic schloss die Augen. Es war der dreizehnte Schädel, von dem sie hier sprachen. Der Schädel der Macht. Sein ganzes Leben lang hatte er Geschichten über diesen Schädel gehört. Wo er möglicherweise versteckt war. Von den Geheimnissen, zu denen er vielleicht den Schlüssel lieferte. Manche glaubten sogar, er könnte die Antwort auf die Frage enthalten, was nach der großen Zeitenwende geschehen würde – nach dem 21. Dezember 2012, der das Ende der Langen Zählung der Maya markierte.

Der Halach Uinic wusste: Nur wenn sich dieser Schädel an seinem Platz befand und die geeigneten Opfer gebracht waren, würden die anderen zwölf Schädel bereit sein, zu singen und den Chilan zu erzählen, was in der Zukunft möglicherweise geschehen würde – was geschehen würde, wenn alles gesagt und getan war.

Du benimmst dich wie ein *nicanic*, sagte der Halach Uinic

zu sich selbst – wie ein Einfaltspinsel. Die anderen Priester täten gut daran, dich zu verschnüren und kopfüber als Opfer für die Götter in den Cenote X'Canche zu werfen.

»Ich werde den Gringos den Schädel anbieten. So wie ich dir das Buch angeboten habe, das du uns gebracht hast. Stellt dich das zufrieden?«

»Ja. Und wann wirst du das tun? Jetzt?«

»Sobald wir Ek Balam erreicht haben. Ich werde befehlen, dass die Stätte für heute geschlossen wird. Wir werden die große Pyramide zusammen besteigen. Dort werde ich euch beiden das Angebot machen. Vor dem Ahau Kann Mai, den Chilan, dem Ah Kin und den Schamanen, die ich alle bitten werde, sich zu versammeln.«

Du nicktest. Was hatte dich veranlasst, diese Vereinbarung zu treffen? Warum hattest du auf diese Weise mit dem großen Mann gesprochen? Warst du plötzlich verrückt geworden? In deinem ganzen Leben hattest du nie einer Autorität widersprochen. Du hattest plötzlich eine Sphäre des Seins betreten, die deine wildesten Träume überstieg.

Dein Magen machte einen plötzlichen Ruck, und du stelltest dir deine Hütte vor und die Gestalt deiner Mutter, die am Ende des Tages im Eingang auf dich wartete. Du wünschtest, du wärst zu Hause in Veracruz, würdest müde, aber zufrieden von deiner Arbeit zurückkehren. Du wolltest, dass dir deine Mutter mit einem feuchten Tuch das Gesicht und den Rücken schrubbte. Dich aufzog, weil du noch immer keine Frau gefunden hattest, die diese Dinge für dich tat. Eine Schwiegertochter, die ihr im Haushalt half. Die ihr Enkelkinder schenkte.

Du hast die Augen geschlossen und an das viele Geld gedacht, das nach den Worten des Halach Uinic dir gehören würde, wenn du das Buch an die Gringos verkaufen würdest. Bestimmt konnte der Halach Uinic das Buch kopieren. Auf diese Weise könntest du das Geld guten Gewissens nehmen. Hatte er das nicht andeuten wollen?

Dann könntest du eine größere Hütte für dich und deine Mutter bauen. Dir eine Frau zum Heiraten suchen, die deine Mutter ehren und ihr Leben ein wenig leichter machen würde. Du könntest dir ein Stück Land kaufen. Kürbisse und Kaffeebohnen züchten. Sogar ein paar Kühe halten.

Du wusstest, der Halach Uinic beobachtete dich. Er hatte einen merkwürdigen Ausdruck im Gesicht. Als wüsste er, welche Gedanken dir durch den Kopf gingen, und als würde er sich weigern, sie an deiner Stelle zu beurteilen.

65 Alastor de Bale musterte den Mexikaner mit einer Miene, die als Interesse durchging. In Wahrheit war es viele Jahre her, dass sich Alastor für jemand anderen als sich selbst interessiert hatte.

Er hatte die Auszehrkrankheit Kachexie – in Alastors Fall nicht durch Krebs, Aids oder einen der anderen üblichen Verdächtigen ausgelöst, sondern aufgrund einer stoffwechselbedingten Acidose, die wiederum, wie die Ärzte erklärten, auf einer verringerten Proteinsynthese gepaart mit einem erhöhten Proteinabbau beruhte – all das verursacht durch fünf, sechs Generationen Inzucht.

Alastor hatte keine Ahnung, was es bedeutete, noch war er genügend an seinem Zustand interessiert, um es herauszufinden. Er wusste, in höchstens zwei, drei Jahren würde ihn die Kachexie dahinraffen, und alles, was ihn noch interessierte, war, sich einen regelmäßigen Adrenalinkick zu verschaffen – es war das Einzige, was seine krankheitsbedingte Lethargie und Müdigkeit vertrieb. Und wenn er die Zeichen richtig las, versprach der aufgeblasene Mexikaner, den er vor sich hatte, in dieser Beziehung ein Volltreffer zu werden.

»Ich kann Ihnen alles besorgen, was Sie wollen, Mann. Das heißt, wenn Sie bezahlen können. US-Dollar. Nur kleine Stückelung. Nichts über einen Zwanziger. Ich besorge Ihnen eine Uzi. Sogar eine Mini-Uzi. Ich habe eine vom Modell 12 Beretta. Eine Heckler & Koch MP5K. Sogar eine Stoner M63. Noch in der Originalverpackung. Nie benutzt. Der Typ, der sie bestellt hat, wurde unterwegs umgelegt, als er sie abholen wollte.«

»Handfeuerwaffen?«

»Was Sie wollen, Mann. Was Sie wollen. Ich hab Makarov. PSM. CZ.«

»Ich will nichts aus dem Ostblock.«

»Okay, okay. Ich hab eine Glock 18. Eine Walther P4. Eine Star 30M. Vielleicht kriege ich sogar eine MAB P15.«

»Ich will keine MAB P15.«

»Wie Sie meinen, Mann. Ich besorge Ihnen alles, was Sie sagen.«

»Hast du eine Beretta 92SB?«

»Was? Das Modell des US-Militärs?«

»Mit dem verlängerten Schlagbolzen, ja.«

»Auch die kann ich Ihnen besorgen.«

In diesem Moment wusste Alastor, dass er hereingelegt werden sollte. Manna vom Himmel war schön und gut, aber wie beim Gehen über Wasser musste man erst einmal daran glauben. »Wir brauchen insgesamt elf Waffen. Besorgen Sie mir alles, worüber wir gesprochen haben, außer der großen Uzi. Und keinen Ostblockschrott, wie gesagt.«

»Nein, nein. Ich bin nicht dumm. Der Kunde ist immer König bei mir.«

»Wie viel?«

Der Mexikaner sabberte beinahe. »Zehntausend Dollar.«

»Fick dich selber.«

»Ey, Mann, wozu? Dafür hab ich Mädchen. Aller Art. Sie wollen auch Mädchen? Ich besorge alles, was Sie wollen. Grün, schwarz, rot, weiß. Muschi schräg, Muschi gerade. Was Sie wollen.«

»Ich gebe dir fünftausend.«

»Jetzt verarschen Sie mich aber, Mann. Wissen Sie, wie schwer es ist, die Dinger ins Land zu bekommen?«

»Ungefähr so schwer, wie die Mädchen zu schmuggeln, von denen du erzählt hast. Ich weiß Bescheid über eure Tunnel unter Agua Prieta.«

»Nicht so laut, Mann. Sind Sie verrückt?« Der Mexikaner schien sich jedoch nicht allzu sehr an Alastors Bemerkungen zu stören – in seinen Augen leuchteten immer noch Dollarzeichen. »Okay. Neuntausend. Aber das ist mein letztes Angebot. Die Bundespolizei greift hart durch bei illegalen Waffen. Wir haben hier jetzt ernsthafte Probleme. Wir haben zusätzliche Ausgaben.«

»Sechstausend.«

»Nein, nein. Das ist unmöglich.«

Alastor genoss die Verlegenheit des Mexikaners. Der Kerl hatte zu entscheiden, wie entgegenkommend er sein durfte, um seinen Fang an Land zu ziehen. Zu entgegenkommend, und der Aal würde entschlüpfen. Nicht entgegenkommend genug, und das Gleiche würde passieren – Alastor würde einfach zwei Finger hochhalten und woanders hingehen. Es würde ein feines Urteilsvermögen erfordern.

Alastor saß also einfach da und beobachtete den Mexikaner. Er hatte gelernt, dass Warten fast immer Ergebnisse zeitigte.

»Sie müssen was essen, Mann. Sie sind echt dünn. Zu dünn.«

»Sechstausend.«

»Das geht nicht. Aber ich sage Ihnen was. Wir vergessen die Stoner, und ich kann es für glatte siebentausend machen.«

»Okay.«

»Okay?«

»Ich wollte die Stoner sowieso nicht. Zu groß. Zu laut. Zu leicht zurückzuverfolgen.«

»Genau meine Ansicht, Mann, genau meine Ansicht.« Der

Mexikaner schwitzte jetzt. Der Gedanke an die siebentausend Dollar fraß sich wie Salpetersäure in ihn. Vielleicht hätte er den Gringo sogar auf acht hinaufhandeln können?

»Wo hole ich mein Material ab?«

Der Mexikaner sah sich in der *cantina* um. Es war eine rein männliche Zapfstelle, so gut wie leer jetzt am frühen Nachmittag, da die meisten Stammgäste entweder Siesta hielten oder zu arbeiten vorgaben. »Sie kommen allein?«

»Ja. Ich habe einen Wagen. Das ganze Zeug lässt sich leicht hinten drin transportieren.«

»Haben Sie das schon einmal gemacht?«

»Nein.« Alastor lächelte. Die Falten in seinem Gesicht sahen aus wie Gletscherspalten. »Das ist alles neu für mich.«

Der Mexikaner grinste. Er wusste bereits, dass er es hier mit einer echten Null zu tun hatte. Das bewies es nun endgültig. Niemand gab in seiner Welt Unerfahrenheit zu. In seiner Welt hatte jeder alles schon tausendmal gemacht. »Wir treffen uns heute Abend um sechs. Es gibt einen Höhlenkomplex in der Nähe von Valladolid, er heißt Gruta de Balancanché. Wir treffen uns dort auf dem Parkplatz. Sie können es nicht verfehlen, Mann. Es liegt nur ein paar Kilometer südlich von Chichén Itzá.« Er sah Alastor stirnrunzelnd an. »Aber nicht vergessen – keine größeren Scheine als Zwanziger.«

»Siebentausend? Da sind wir uns einig?«

In diesem Moment hätte sich der Mexikaner fast verraten. Er hätte beinahe gelacht. Dieser Gringo war unbezahlbar. Man war versucht, ihn in die Hand zu nehmen und wie ein Lasso um seinen Kopf zu schwingen. »Ja, siebentausend. Sie kriegen die beste Artillerie von ganz Mexiko, das verspreche ich. Bei mir sind Sie genau richtig.«

»Das weiß ich, mein Freund, das weiß ich.«

66 Lamia ließ sich auf dem Boden nieder. Sie schlug die Beine seitlich unter, genau wie es die Mayafrauen taten, die sie überall sitzen sah und die alle woben, Mais stampften, kochten oder endlos Tortillas flach klopften – und so taten, als würden sie die Gringos und insbesondere die Gringa mit der beschädigten Wange nicht beobachten.

Lamia warf Sabir einen Blick zu. Auf ihrem Gesicht lag ein gehetzter Ausdruck, den er noch nie an ihr beobachtet hatte.

»Was, glaubst du, werden sie mit uns machen?«

Sabir kauerte sich neben sie und hielt den Blick auf die beiden Wachen gerichtet, die mit dem Gewehr im Anschlag am Rand der Lichtung standen. »Unter uns gesagt, haben sie freie Hand. Niemand weiß, dass wir hier sind. Niemand schert sich einen Deut um uns. Sie könnten uns töten und irgendwo in diesem endlosen Buschland verscharren, und niemand würde es je erfahren. Dann müssten sie nur noch den Cherokee ausschlachten und nach Guatemala verfrachten. Wir haben unsere Dollar auf der US-Seite der Grenze in Pesos eingetauscht, und wir haben auf dem Weg hier runter alles bar bezahlt – Essen, Benzin, Unterkunft. Das schien uns eine verdammt gute Idee zu sein. Aber als Folge davon gibt es seit Brownsville keinerlei Spur mehr von uns.«

»Ich glaube aber nicht, dass sie das tun werden. Acan ist ein netter Kerl. Er ist kein Mörder.«

»Ich glaube es auch nicht.«

Lamia seufzte schwer. Sie war erkennbar froh, dass Sabir ihrer Meinung war. »Was haben sie mit Calque gemacht?«

»Sie haben ihn auf die andere Seite der Lichtung hinübergeschafft. Wahrscheinlich isst er etwas. Oder vielleicht legen sich die Priester seine Haut wie einen Umhang um und essen *ihn*. Himmel, vielleicht habe ich überhaupt alles falsch verstanden, und wir sind als Nächste für den Kochtopf dran.«

Lamia warf eine Handvoll Erde nach ihm. Sie lachte, als er

bei seinem Ausweichversuch die Balance verlor und der Länge nach hinfiel.

Sabir stand auf und machte ein großes Theater darum, sein Hemd auszuschütteln. »Ich schätze, das habe ich verdient. Mir war gar nicht klar, dass du eine so gefährliche und impulsive Frau bist.« Er grinste und hockte sich wieder hin, froh, dass er zur Verbesserung ihrer Stimmung hatte beitragen können.

»Hast du eine Ahnung, wo wir sind?«

»Ja, sonderbarerweise habe ich die. Auf dem Weg hierher habe ich ein Schild nach Ek Balam gesehen. Und dort drüben ist eine Pyramide. Siehst du sie? Sie schaut gerade noch durch die Bäume. Es scheint also, als wären wir in der Nähe dieser Stätte, die, wenn ich mich recht erinnere, einige Meilen nördlich der Hauptstraße nach Cancun liegt, direkt oberhalb von Valladolid. Offenbar ist es ihnen egal, ob wir wissen, wo wir uns befinden.«

»Das könnte daran liegen, dass sie ohnehin vorhaben, uns zu töten. Vielleicht hattest du doch recht.«

»Ja. Und vielleicht ist das Glas immer halb leer und nie halb voll. Nein, Lamia, ich glaube, wir haben sie vor ein Problem gestellt, das sie erst einmal für sich lösen müssen. Du hast ihre Reaktion auf den Kristallschädel gesehen? Und jetzt müssen sie sich auch noch um diesen Mann mit dem Buch kümmern. Das ist mehr als genug für einen Tag. Ich bin überzeugt, diese Burschen sind aufrichtige Maya, und sie hielten uns wirklich für Grabräuber oder so und wollten nur ihre Heiligtümer beschützen. Ich vertraue darauf, dass Calque sie in dieser Hinsicht auf den richtigen Weg bringt. Er ist gut in solchen Dingen.«

»Und meine Brüder und Schwestern?«

Sabir warf den Kopf zurück, als wäre er geohrfeigt worden. »Hoffen wir, dass wir sie damals bei Jaltipan tatsächlich abgehängt haben.«

»Hast du Gründe, etwas anderes zu vermuten?«

»Nein, überhaupt keine. Aber ich stelle mir nur ungern vor, wie weit sie gehen würden, um den Schädel und das Buch in die Hände zu bekommen. In dem Moment, in dem du Feuerwaffen in eine Gleichung einführst, wie sie diese Maya haben, ist es mit jedem vernünftigen Urteilsvermögen vorbei. Die Leute benehmen sich wie die Tiere. Und eines ist klar: Sollte es zu einem Feuergefecht zwischen diesen Leuten und dem Corpus kommen, gewinnt der Corpus spielend. Oder wie siehst du das?«

Lamia nickte. Ihre Augen waren wie dunkle Brunnen im helleren Rahmen ihres Gesichts.

67 Es war später Nachmittag, bis es dem Halach Uinic gelungen war, alle Leute zu versammeln, die er für die Zeremonie des Hautabziehens brauchte. Denn genau das war seiner Ansicht nach jetzt nötig, wenn der Entschluss, zu dem er am Morgen im Auto gekommen war, in die Tat umgesetzt werden sollte.

Nach stillem Gebet und einem längeren inneren Widerstreit hatte der Halach Uinic entschieden, dass er sich selbst als Opfer anbieten musste, um die Götter geneigt zu stimmen und durch sie den zusammengesetzten, alchimistischen Gott Hunab Ku – den einen monotheistischen Gott, der sowohl Quetzalcoatl als auch Kukulcan einschloss und miteinander verknüpfte.

Der Halach Uinic hatte selbstverständlich nicht die Absicht, sich in einem irgendwie gearteten körperlichen Sinn zu opfern. Das Verfallsdatum für solche Dinge war längst abgelaufen. Die spanischen Kolonialherren hatten recht daran getan, Menschenopfer zu verbieten – es gab für alles eine Zeit und einen Ort, und zu Beginn des 21. Jahrhunderts war überflüssiges Sterben, selbst wenn ihm eine unvermeidliche Wiedergeburt folgen sollte, höchst unangemessen.

Nein, das Opfer, das der Halach Uinic zu bringen gedachte,

war ein schwereres, als einfach sein Leben hinzugeben. Das Angebot, den Findern des Schädels und des Buches selbige Gegenstände zu überlassen, hatte einen Preis. Und er, als der oberste Vertreter aller Priester, war derjenige, der ihn würde bezahlen müssen.

Er blickte zum Haupttempel hinüber. Alles war bereit. Die Priester und die Schamanen standen auf ihrem Platz. Die Stufen zur Spitze der Pyramide hinauf waren mit Wasserlilien, Pitahayablüten und Wedeln der Corozopalme geschmückt. Ritualgegenstände und Opfer aller Art waren auf den Stufen aufgereiht, darunter Zigarren, Orchideen, Schokolade, Bonbons, Aguardiente, brennende Schalen mit dem Harz des Cupania-Baums und viele Kerzen. Gebete waren gesprochen worden und Feuer angezündet. Die Lilien waren richtigerweise zum Feuer hin aufgestellt worden, da sie eine symbolische Bereitschaft zeigten, sich den Flammen entgegenzustellen. Der Kalender der Tage war von einem der Priester formell aufgezählt worden, und weißer *Copal*-Weihrauch aus dem Norden Mexikos wurde als Verbeugung vor einer breiter gefassten Gemeinschaft verbrannt. Auf alle Stufen, die zur Spitze der Pyramide hinaufführten, hatte man Kreuze aus Honig gemalt; sie spiegelten die vier Himmelsrichtungen wider, die jeweils mit Gewürzen in ihrer Farbe dargestellt waren. Der Osten war rot, der Norden weiß, der Westen schwarz und der Süden gelb.

Die Schamanen und die *Iyoma* – zusammen als *ajcuna* oder Geisteranwälte bekannt – standen mit ihren Taschen voll persönlicher Kultgegenstände auf ihrer jeweiligen Ebene die gesamte Länge der Treppe hinauf. Einige von ihnen trugen kunstvolle Halsketten aus Klappmuschelschalen und Kopfschmuck aus Federn von Quetzal, Ibis, Flamingo und Papageien. Jede Person war anders gekleidet, denn es gab eine geheime Kleidersprache unter den Maya, und wer sie sprach, konnte allein schon aus dem, was ein Mann oder eine Frau an einem bestimmten Tag anhatte, viele Dinge erfahren – über Alter, Rang,

Status in der Gemeinschaft, selbst über das Maß hellseherischer Fähigkeiten, die man der betreffenden Person zutraute.

Der Halach Uinic erkannte Acans Mutter Ixtab auf halber Höhe der Treppe. Von allen Iyoma, die er im Lauf seines Lebens gekannt hatte, war Ixtab die scharfsichtigste. Er freute sich, dass sie ihre üblichen Pflichten hintangestellt hatte und seinem Ruf gefolgt war. Er wollte, dass sie die Gringos sah. Er wollte ihre Meinung hören.

Er schloss die Augen, konzentrierte sich einige Minuten lang und hoffte, dass bei all der Aufregung und der Vorfreude auf die Zeremonie seine üblichen Kommunikationskanäle mit ihr noch offen waren. Denn der Halach Uinic und Ixtab trafen sich regelmäßig in ihren Träumen. Die Verbindung zwischen ihnen mochte eine unausgesprochene sein, doch der Halach Uinic wusste zweifelsfrei, dass sein *nagual* Ixtab als seine Schattenführerin ausgewählt hatte. Dass sie es war, die dazu bestimmt war, ihn vor den Fehlern zu schützen, zu denen Prahlerei – und die unvermeidliche Eitelkeit von Männern – ihn sonst vielleicht verleiten würden. Sie war seine Beschützerin und sein Gewissen. Sein Geisterarzt und seine Gefährtin im Netz des Lebens.

Der Halach Uinic blickte nach oben. Ixtab sah zu ihm hinunter, das Gesicht blass unter ihrem Kopfschmuck. In einer heimlichen Geste hob der Halach Uinic die Hände und öffnete sie mit den Handflächen nach oben, als wären größere Kräfte als er selbst um ihn herum am Werk. Ixtab drehte in einer ebenfalls versteckten Geste die Handflächen nach unten und vollführte eine abwärts gerichtete Bewegung, als würde sie Teig kneten. Männlich, aufwärts und in der Luft, weiblich, abwärts und geerdet.

Der Halach Uinic verstand, was sie ihm sagen wollte. Wenige Leute wussten, dass diese kaum bekannte Stätte in Ek Balam das wahre spirituelle Zentrum des Mayaglaubens war. Ein Ort, an den Mayapriester seit unzähligen Generationen in der Gewissheit kamen, dass immer ein dort lebender Wächter zur Hand sein würde, der sie begrüßte und sie durch den rituellen Steinbogen, der nach wie vor den Eingang der Stätte bewachte und als Tempel der Betenden Hände bekannt war, führen würde. Der ansässige Wächter würde dann Knie, Füße und Hände des zu Besuch kommenden Priesters waschen, ehe er ihm einen Platz in einem der wenigen noch nicht ausgegrabenen kleinen Steinräume zuwies. Der besuchende Priester gewann dann mit Hilfe des steinernen Raums frische Energie und verband sich neu mit der Natur.

Für die meisten aufgeklärten Maya waren Chichen Itza, Tulum, Palenque und viele andere große Stätten der früheren Mayaherrscher lediglich eine traurige Mahnung an verloren gegangene Größe. Sie hatten sonst nichts zu bieten. Was an Energie in ihnen verblieben war, lag so tief im Erdboden verborgen, dass es nur durch ein extremes und gründliches Ritual zugänglich war. In Ek Balam jedoch sprudelte die Energie immer noch aus dem Boden wie ein Brunnen.

Außerdem war Ek Balam, oder der »schwarze Jaguar«, die einzige Mayastätte in Mexiko, Guatemala und Belize, die immer noch alle drei wesentlichen Elemente und Energiezentren einschloss – Himmel, Erde und Unterwelt. Die abwärts gerichtete Bewegung von Ixtabs Händen war deshalb eine Anerkennung dieser Tatsache gewesen – eine Mahnung an den Halach Uinic, dass er sich unterwerfen und vertrauen musste und nicht versuchen durfte, zu dominieren.

Der Halach Uinic nahm Ixtabs Warnung mit einer Neigung des Kopfs zur Kenntnis. Dann machte er Acan, Naum und Tepeu ein Zeichen, die drei Gringos und den Mestizen aus Veracruz nach vorn zu führen.

Der Halach Uinic spürte, welch gewaltiges Interesse das Erscheinen der Fremden auslöste. Er ließ die kollektive Gefühlsregung der Menge tief in seinen Körper eindringen, bis er jede einzelne Reaktion fühlte, als wäre es seine eigene.

Erst als er sich randvoll davon fühlte, erst als ihm zumute war, als trüge er alle Wünsche und Hoffnungen der Menge in sich selbst, begann er, die steinerne Treppe hinaufzusteigen.

68 Sabir fühlte sich im Frieden mit der Welt. Er verstand nicht ganz, warum dem so war, aber er verspürte auch kein besonderes Verlangen, diesen neu gewonnenen Zustand zu hinterfragen. Er war es zufrieden, in der ungewohnten Harmonie zu schwelgen und den lang erwarteten Heilungsprozess einsetzen zu lassen.

Nach rund einer halben Stunde fast völliger Losgelöstheit riss ihn irgendetwas aus seiner Träumerei. Er begann die Vorbereitungen des Halach Uinic mit mehr als dem üblichen Maß an Interesse zu verfolgen. Zunächst verstand er nicht, was diese starke Neugier ausgelöst hatte, aber dann erkannte er, dass der Hohepriester auf eine quasi-telepathische Weise mit einer Frau mittleren Alters kommunizierte, die auf halber Höhe der Pyramidentreppe stand. Das war es gewesen, was seine Aufmerksamkeit erregt hatte.

Sabir war es ein Rätsel, wie er zu dieser Einsicht gelangt war, aber er konnte definitiv die Energie spüren, die zwischen den beiden hin und her ging. Es erinnerte an das plötzliche Schlagen eines Vorhangs im Wind oder an das unerwartete Straffen eines Segels im Vorfeld einer Bö. Der Eindruck war so überwältigend, dass Sabir augenblicklich überzeugt war, er könnte sich in den Dialog der beiden einschalten, wenn er es wünschte, und ihn in so etwas wie eine Diskussion am runden Tisch verwandeln – aber dass man es wahrscheinlich als den Gipfel der Unhöflichkeit erachten würde, wenn er es täte.

Er sah Calque zu seiner Linken an, dann Lamia zu seiner Rechten. Beide verfolgten aufmerksam die Vorbereitungen für die Zeremonie.

War er komplett verrückt geworden? Es war offensichtlich, dass seine Begleiter nicht die entfernteste Ahnung hatten, was in seinem Kopf vorging – und sie empfingen selbst auch keine ähnlichen Signale. Vielmehr verfolgten sie die Vorbereitungen ringsum mit dem natürlichen Interesse des Außenstehenden.

Rächten sich jetzt seine unzähligen schlaflosen Nächte? Halluzinierte er? Sabir schüttelte sich wie ein Hund und konzentrierte sich wieder auf das Schauspiel ringsum. Sieh zu, dass du wieder in der Realität landest, Mann. Schluss mit dem überspannten Unsinn. Als Nächstes träumst du noch von Elfen.

Das Erste, was Sabir bei seinem Realitätscheck auffiel, war, dass die Maya insgesamt noch kleiner waren, als er sie sich vorgestellt hatte – viel kleiner, als es eine ähnliche Zufallsgruppe von Menschen aus dem Westen oder selbst von Latinos gewesen wäre. Männer wie Frauen hatten runde Gesichter und breite Wangenknochen – sie lächelten viel und waren schnell zu erheitern. Die meisten Frauen, die in einer nahen Gruppe standen, waren von gedrungenem Aussehen, schienen einen tiefen Körperschwerpunkt zu haben. Manche hatten beinahe asiatisch anmutende Züge. Die älteren Frauen waren untersetzt, mit massiven Bäuchen und ausladenden Gesäßen; vor allem aber waren einige der jüngeren Frauen sehr schön, mit einem Zug ins Düstere – sie hatten gebogene Nasen, Mandelaugen, dunkles, feines Haar und einen ausdrucksstarken, sinnlichen Mund. Ihre Hautfarbe variierte von heller Schokolade bis zu einem dunkleren Macadamiaton. Nur wenige Frauen hatten schwere Brüste; die jungen Mädchen schienen ihre flache Brust bis weit ins Jugendalter hinein zu behalten. Die meisten Frauen, die Sabir sah, hatten langes Haar, Pferdeschwänze waren sehr beliebt, während einige der Männer einen Bürstenschnitt trugen.

Sabir bemerkte auch, dass die Maya eher schlenderten als schritten – sie hüpften beinahe dahin und schnäuzten auf den Boden, wann immer ihnen danach war. Die älteren Frauen kleideten sich in weiße Gewänder mit Borten in Blumenmustern, sichtbaren Unterröcken und gelegentlich einem *rebozo*, wie einen Schal über die Schulter geworfen. Die jüngeren Frauen trugen Ohrreifen – Sabir fiel auf, dass die Ohren von Männern und Frauen nach hinten zeigten, genau wie bei den Skulpturen.

»Kommen Sie, Sabir. Aufwachen. Es geht los.«

»Was?«

Calque sah den Amerikaner an, als hätte der den Verstand verloren. »Die Zeremonie. Die, auf die sich alle seit zwei Stunden vor Ihren Augen vorbereiten. Erzählen Sie mir nicht, Sie haben das ganze Scheppern und Schlagen hier nicht mitbekommen.« Er wandte sich an Lamia. »Glauben Sie, eine außerirdische Lebensform hat sich unseres Freunds hier bemächtigt?«

»Ja.«

»Ich glaube es auch.« Calque drehte sich wieder zu Sabir um. »O Außerirdischer! Gib uns unseren Freund zurück. Du hast alle seine Geheimnisse geraubt. Du weißt, dass er nichts als ein leeres Gefäß ohne allen Inhalt ist. Gib dich damit zufrieden. Wir Erdlinge sind keine Bedrohung für euch.«

»Ja, sehr komisch. Für einen guten Witz bin ich immer zu haben. Vielleicht sollten Sie sich als Comedian versuchen, wenn Sie wieder in Frankreich sind, Calque. Sie könnten sich *Flic-Flaque* nennen. Auch bekannt als ›der nasse Polizist‹.«

Calque sah Lamia ungläubig an. »Mein Gott, er ist tatsächlich ein Außerirdischer. Das war ein halbwegs gelungenes französisches Wortspiel.«

Calques Weckruf an Sabir war erfolgt, weil sich Acan, Naum und Tepeu aus der Richtung der Pyramide näherten. Keiner der drei trug ein Gewehr, und sie hatten ihre Arbeitskleidung gegen schlichte weiße Gewänder getauscht.

Acan löste sich und kam auf Sabir zu. Naum war eindeutig für Calque eingeteilt, während Tepeu zu Lamia ging und sie und den Mestizen einlud, mitzukommen.

Sabir fühlte sich nach seiner unbeabsichtigten Loslösung

von seinen Gefährten noch immer befangen. Selbst Lamia sah ihn an, als hätte er sich vor Kurzem einer katastrophal danebengegangenen Schönheitsoperation unterzogen. Er beschloss, ihr brüchiges Band mit ein wenig erzwungener Jovialität zu flicken. »Alles ist jetzt freundlich und nett. Seht ihr – sie haben sogar ihre Gewehre weggelegt.«

Calque schüttelte den Kopf in milder Verzweiflung. »Sie haben es wahrscheinlich nicht bemerkt, Sabir, aber in diesem Augenblick sind wir von vielleicht tausend Maya umringt. Wer zum Teufel braucht da ein Gewehr?«

69 Alastor de Bale saß in seinem Wagen auf dem Parkplatz der Höhlen von Balancanché. Es war sechs Uhr abends. Er war seit vier Uhr hier. Um fünf hatte das gesamte Personal Feierabend gemacht und war gegangen. Nur der ältere Wagenwäscher war in der Hoffnung auf einen weiteren Auftrag geblieben. Alastor hatte ihm hundert Pesos gegeben und ihn angewiesen, zu verduften.

Der Mann hatte sich noch zehn Minuten lang am Rand des Parkplatzes herumgedrückt, bis Alastor die Geste des Kehledurchschneidens in seine Richtung gemacht hatte. Dann war er geflohen. Der Autowäscher hatte noch nie hundert Pesos für nichts bekommen, und er war geblieben, um sich zu vergewissern, ob der skelettartig dürre Gringo echt war und nicht nur der Dämon Paqok, der nachts herauskam, um sich an glücklosen Männern und Frauen gütlich zu tun, die er zuvor in falscher Sicherheit gewiegt hatte.

Alastor sah zur Einfahrt des Parkplatzes. Der mexikanische Waffenschieber war nicht dumm. Es gab nur eine Straße, die hierherführte, und die war auf beiden Seiten von undurchdringlichem Buschwerk gesäumt. Hinter ihm waren die Höhlen – sie waren nun, da die Touristen fort waren, verschlossen. Es gab keinen Wächter. Wozu auch – da war nichts, was man stehlen konnte.

Rudra und Oni hatten vor einer halben Stunde ihre Stellungen bezogen, nachdem ihnen Alastor durchgegeben hatte, dass die Luft rein war. Zur selben Zeit hatten sich Berith und Asson im Kofferraum des Hyundai versteckt. Es war heiß und stickig da drin, aber die beiden Männer waren es gewohnt, zu warten – sie schalteten ihr Gehirn einfach auf Autopilot und ihre Lungen auf flache Yogiatmung. Die Zeit verging schnell, wie immer, wenn Action bevorstand.

Um genau 18.15 Uhr kam ein weißer Suzuki mit Allradantrieb den Weg zu den Höhlen entlang. Er hielt am Eingang des Parkplatzes, während sich der Fahrer umsah. Dann wendete er, bis er die Zufahrt zum Parkplatz vollständig blockierte, und blieb mit der Nase in Richtung Hauptstraße stehen.

Alastor lächelte.

Drei Männer stiegen aus dem Fahrzeug. Der Mexikaner, den er in der *cantina* getroffen hatte, wurde von zwei Landsleuten mit Mini-Uzis in der Hand begleitet. Der erste Mexikaner trug eine Glock 18, wie es schien; die Mündung zeigte zum Boden.

Jetzt grinste Alastor. Drei Waffen beschafft – blieben noch acht.

Er stieg mit erhobenen Händen aus dem Wagen. »Wollt ihr mich erschießen oder was?«

»Nicht, wenn du uns das Geld gibst.«

»Habt ihr die Waffen, von denen wir gesprochen haben?«

»Wir haben die hier. Wird das reichen?« Die drei Männer kamen nebeneinander langsam auf Alastor zu, wobei sich die beiden, die außen gingen, ständig umblickten, so wie sie es in Filmen gesehen hatten.

»Das sind drei. Ich habe um elf gebeten.«

»Tja, Mann – zu blöd auch. Den Rest muss ich wohl vergessen haben.«

Alastor zog die Schultern hoch. »Also gut dann. Drei sind besser als nichts. Aber wir müssen den Preis neu verhandeln.«

»Was müssen wir?« Der erste Mexikaner legte mit der Glock auf Alastor an. Er war zehn Meter entfernt.

»Ah, verdammt. Ich verstehe. Vielleicht bleiben wir doch bei der ursprünglichen Abmachung.«

»Genauso machen wir es. Wo ist das Geld?«

»Im Kofferraum. Soll ich ihn aufmachen?«

»Nein. Wir machen ihn auf. Du gehst zur Seite.«

»Okay. Hier ist der Schlüssel. Du drückst auf den mittleren Knopf, wo der offene Kofferraum aufgemalt ist. Das Geld ist in einem Pappkarton.«

»Hältst du mich für blöd oder was?«

»Wie meinst du das?« Einen unbehaglichen Moment lang befürchtete Alastor, der Mexikaner habe es sich anders überlegt, was das Öffnen des Kofferraums anging.

»Glaubst du, ich weiß nicht, welchen Knopf man auf einem Automatikschlüssel drückt?«

»Teufel, nein, Mann. Ich wollte es dir nur leichter machen.« Nun, da die Mexikaner nurmehr rund zwei Meter entfernt waren, roch Alastor den Schnaps in ihrem Atem. Vielleicht hatten sie sich Mut antrinken müssen, um ihn umzubringen. Jedenfalls würde der Alkohol ihre Reaktionszeit erhöhen.

Die beiden Männer mit den Mini-Uzis flankierten jetzt Alastor, während der erste Mexikaner an den Kofferraum des Wagens trat.

Alastor ließ die Schlagstöcke gefühlvoll in den Ärmeln nach vorn gleiten, einen in jede Hand. Dann überkreuzte er die Hände vor dem Körper, als wäre er mit Handschellen gefesselt – oder wie um seine Eier vor einem Freistoß beim Fußball zu schützen. Er spürte das Adrenalin in seine Adern strömen. Zwei auf einmal. Himmel! Konnte er das? Würde er das schaffen?

Der erste Mexikaner drückte auf den Knopf. Der Kofferraumdeckel ging auf und mit ihm erhoben sich Berith und Asson. Oni und Rudra brachen in einer Staubwolke aus ihren mit Planen und Sand bedeckten Erdlöchern links und rechts des Wagens.

Alastor schwang die voll ausgefahrenen Schlagstöcke in zwei weiten Bögen und spürte zu seiner Zufriedenheit, wie Knochen und Zähne brachen.

Er blickte hinter sich. Beide Männer lagen flach auf dem Boden. Vor ihm war der erste Mexikaner, der nicht wusste, wohin er zuerst schauen sollte, zusammengebrochen, zunächst durch einen Schlag Rudras in die Kniekehle, dann durch einen Stoß von Asson gegen das Brustbein. Er keuchte und rang nach Atem.

Alastor bedeutete Oni und Rudra, die Mini-Uzis aufzuheben. »Kontrolliert den Wagen. Und schaut hinten an der Hauptstraße nach. Vielleicht haben sie Unterstützung.«

Die beiden Männer trabten in Richtung Highway davon.

»Du.« Alastor zeigte auf den ersten Mexikaner. »Bist du Rechts- oder Linkshänder?«

Der Mann hatte immer noch Mühe, Luft zu bekommen. Er schüttelte den Kopf, unfähig, ein Wort herauszubringen.

»Okay. Du hast die Glock in der rechten Hand gehalten. Ich nehme an, das ist deine Haupthand. Berith, schneid sie ihm ab; am besten direkt unterhalb des Ellbogens.«

Der Mexikaner begann zu schreien.

Berith zog eine Machete aus dem Kofferraum des Wagens. »Ich habe dieses Scheißding den ganzen Nachmittag lang geschärft, und trotzdem bekomme ich keine vernünftige Schneide hin. Warum können sie die Dinger nicht vorgeschärft verkaufen? Es wäre nicht viel dabei.«

»Was willst du damit sagen?«

»Ich will sagen, dass ich mir nicht sicher bin, ob ich es mit einem Schlag hinkriege. Ich werde vielleicht ein paar Mal hacken müssen. Dreimal vielleicht. Anders schaffe ich es nicht durch den Knochen. Tut mir leid, mein Freund«, sagte er an den Mexikaner gewandt. »Aber du verstehst mein Problem, oder?«

Der Mexikaner, der in einem Bein wegen des Schlags mit dem Stock noch immer nichts spürte, versuchte sich unter den Wagen zu schieben.

Asson packte ihn an beiden Beinen und zerrte ihn wieder hervor. Dann schlenderte er zu einem der von Alastor gefällten Männer, der sich gerade auf die Beine mühte, und schlug ihm mit einem gewaltigen Schlag den Schädel ein. Er untersuchte den anderen. »Den hier hast du sauber erledigt, Ali. Ein Wahnsinnsschlag. Hast du sie wirklich beide gleichzeitig erwischt? Oder einen nach dem anderen? Sei jetzt ehrlich.«

»Links und rechts zugleich. Wie ein paar Fasane. Es sollte einen Club für Leute wie mich geben. Dinner einmal im Jahr. Designerblazers mit gekreuzten Schlagstöcken auf der Brusttasche. Zwei Zeugen, oder man kommt nicht rein. In London gibt es angeblich so einen Club – nur dass es um Treffer mit links und rechts bei der Schnepfenjagd geht. Ich werde ihnen vorschlagen, ihr Spektrum zu erweitern.«

»Was wollt ihr von mir?« Der Mexikaner war jetzt ruhiger. Da die beiden Freaks – der mit der Hasenscharte und der Dürre – untereinander redeten, begann die Hoffnung in ihm zu keimen, dass er seinen Arm noch würde retten können.

»Das sagen wir dir nach der Amputation. Los, mach, Berith.«

»Nein, nein, nein. Ich sage euch, wo alles ist.«

»Wie? Du meinst den Rest unserer Bestellung?«

»Ja, ja. Wir wollten ja alles liefern. Wir wollten uns nur überzeugen, dass du nicht bewaffnet gekommen bist.«

»Du meinst, wie ihr drei, oder was?« Alastor tat, als würde er nachdenken. »Wie sollten wir bewaffnet kommen? Wir sind hier, um Waffen zu kaufen, nicht um sie abzufeuern, du Holzkopf. Schneid ihm den Arm ab, Berith.«

Der Mexikaner steckte beide Hände in die Achselhöhlen wie ein Kind bei einem Tobsuchtsanfall. »Nein. Hört mir zu. Wir haben ein Lagerhaus. Es wird nur von einem Mann bewacht. Keine Alarmanlage. Ich bringe euch hin.«

»Du bringst uns nirgendwohin. Du wirst hier verbluten.«

»Es ist nur zehn Kilometer von hier. In Xbolom. Ihr nehmt die Abzweigung von Chandok. Da ist ein Schild *Agave Azul – El futuro de Yucatan*. Da fahrt ihr hinein. Die Scheune liegt zweihundert Meter rechts. Wellblech mit einem Dach aus Juano-Palmen.«

»Stimmt das auch alles? Wenn du lügst, schneide ich dir beide Hände ab.«

»Nein, nein. Ich lüge nicht. Fahrt hin und schaut nach. Nehmt euch, was ihr wollt.«

Alastor hob die Glock auf und schoss dem Mexikaner in den Kopf. »Keine Angst. Das werden wir.«

70

»Das ist perfekt hier.« Abi schaute sich um. Das Lagerhaus stand ganz allein am Ende eines unbefestigten Wegs, umgeben von einem Feld blauer Agaven. Kisten mit Gewehren, Flinten, Pistolen und Munition standen kreuz und quer im Gebäude herum. »Niemand hört, was hier drin vor sich geht. Wenn wir unsere drei kleinen Schweinchen erwischt haben, können wir uns alle Zeit der Welt mit ihnen lassen. Was habt ihr mit den Leichen gemacht?«

»Die sind im Wagen.«

»Und der Wachmann?«

»Er ist draußen. Sein Kiefer ist gebrochen, aber er kann noch reden.«

»Hol ihn herein.«

Oni holte den Wachmann. Er blutete aus dem Mund.

»Gibt es einen *Cenote* hier in der Gegend? Ihr müsst irgendwoher Wasser bekommen.«

Der Mann zog den Kopf ein, als könnte er nicht glauben, was man ihn fragte.

»Schlag ihn, Oni.«

Oni hob eine Hand, aber der Mann entwand sich seinem Griff und versuchte davonzulaufen.

Abi hob die Glock und schoss ihn ins Bein. »Oni, geh nach draußen und frag Berith, ob er den Schuss gehört hat.«

»Okay.«

Abi wartete. Der Wachmann wand sich auf dem Boden des Lagerhauses. Tiefrotes, dickes Blut floss aus seinem Bein und bildete eine Lache.

Oni kam zurück. »Nein, man hört nichts da draußen.«

»Gut.« Abi schoss dem Mann in das andere Bein. »Jetzt pass auf, mein Freund. Es ist klar, dass du mit zwei kaputten Beinen so schnell nirgendwohin gehst. Ich werde dir als Nächstes in den Arm schießen. Dann in den Bauch. Jedes Mal, wenn du eine Frage nicht beantwortest, schieße ich dir woanders hin. Verstehst du mein Spanisch?«

Der Wachmann nickte. Sein Gesicht war blass und seine Augenlider flatterten. Er stand erkennbar kurz davor, wegzutreten.

»Der *Cenote* – wo ist er?«

Der Wächter zeigte mit einem Kopfnicken. »Nach Norden, durch den Wald. Etwa sechshundert Meter.«

»Wer weiß noch von ihm?«

»Niemand kommt hierher, falls Sie das meinen.« Der Mann brachte die Worte mit seinem gebrochenen Kiefer kaum heraus. »Niemand traut sich. Das Lager hier gehört bösen Menschen.«

»Ja. Und jetzt sind sie tot.«

Der Wächter schüttelte den Kopf. »Nein. Da sind noch mehr. Die kommen und kriegen euch. Ihr werdet alle sterben.«

»Wie viele noch?«

Der Mann zögerte.

Abi hob die Glock.

»Sechs. Vielleicht acht. Ich weiß es nicht genau.«

»Wo sind sie jetzt?«

Der Mann seufzte. Es war, als wüsste er, dass sich sein Leben dem Ende zuneigte. »Werdet ihr mich töten?«

»Wo sind sie jetzt?«

»Oben an der US-Grenze. Sie erwarten eine große Waffenlieferung. Sie werden vielleicht für sechs Tage fort sein. Pepito hat nur ein bisschen auf eigene Rechnung gearbeitet, als er den Handel mit euch gemacht hat. Der Boss hat uns hier zurückgelassen, damit wir den Laden bewachen. Pepito hätte mich nicht allein lassen dürfen. Aber er hat gesagt, er gibt mir hundert Dollar, wenn ich ein, zwei Stunden auf das Lager aufpasse.« Der Wachmann begann das Bewusstsein zu verlieren. Seine Stimme versiegte. »Werdet ihr mich töten?«

»Brich ihm das Genick, Oni.«

»Das Genick brechen? Wieso? Es ist schwer, jemandem das Genick zu brechen. Warum erschießt du ihn nicht einfach?«

»Weil ich will, dass du in Übung bleibst, deshalb. Okay?«

Oni lächelte.

Der Wachmann schloss die Augen. Er war jetzt froh, dass er den Gringo angelogen hatte. Froh, dass er ihm nicht die Wahrheit über den Boss und die Lieferung gesagt hatte, darüber, wie viele Leute der Boss hatte und wie viele Tage sie wegbleiben würden.

Als ihm Oni das Genick brach, war er fast erleichtert.

71 Abi blickte in den Cenote hinunter. Man erreichte ihn durch dichtes Pampasgras. Das kreisrunde Loch mochte einen Durchmesser von zwanzig Metern haben, das Wasser eine Tiefe von fünfzehn Metern. Rundherum glatte, senkrechte Wände. Bäume wuchsen aus dem Sockel des Cenote, ihre Wedel hingen ins Wasser, aber nirgendwo erreichten sie auch nur annähernd den Rand. Gegen Mittag lag das Wasserloch wahrscheinlich im prallen Sonnenlicht, aber nun, da es fast zwanzig Uhr war, sah es wie der Eingang zur Hölle aus.

Auf einer Seite hatte man ein Rohr in den Cenote gesenkt, das über eine Reihe von Pumpen das Lagerhaus mit Wasser versorgte. Abgesehen von dem Rohr gab es keinen Weg aus dem Loch heraus. Was hineinfiel, blieb drin.

»Zieht die vier Leichen aus und verbrennt ihre Kleidung. Dann setzt sie in den Suzuki. Öffnet das Fenster einen Spalt – genug, damit Wasser eindringt, aber nicht so weit, dass etwas aus dem Wagen heraus kann. Dann fahrt ihn hierher und werft ihn hinein. Versucht, nicht zu viele Spuren im Gras zu hinterlassen.«

»Aber die Leichen werden das Wasser unbrauchbar machen, Abi.«

»Wir trinken Wasser aus Flaschen, solange wir hier sind, Vau. Und wir werden nicht lange genug bleiben, um ein Bad nötig zu haben.«

»Okay, du bist der Boss.« Vau zögerte. »Hast du vor, Sabir, Lamia und Calque zum Lagerhaus zu bringen?«

»Ja. Wir werden früh genug alles aus ihnen herausquetschen. Sabir bricht garantiert in dem Moment zusammen, in dem wir uns Lamia vorknöpfen. Das bewirkt wahre Liebe, Vau. Sie macht einen verletzlich. Manche Leute bewundern das daran. Ich finde es grässlich.«

Abi sah Vau nach, als der durch das Pampasgras und den Fahrweg am Rand des Agavenfelds zum Lager zurückging. Er schüttelte den Kopf. Besser hätte es nicht laufen können. Sie waren durch reines Glück auf den perfekten Stützpunkt gestoßen. Sie hatten mehr Waffen als CRS und Fremdenlegion zusammen. Und sie hatten das feuchte Gegenstück eines Verbrennungsofens, um sich aller Kadaver zu entledigen, die widrigerweise als Kollateralschaden anfallen sollten.

»Kollateralschaden.« Wie das von der Zunge ging. Abi liebte amerikanische Euphemismen. Wenn er sich langweilte, erfand er selbst welche, wie etwa »unfreiwillige Blutspender«, aber »Kollateralschaden« blieb unerreicht.

Alles, was Abi jetzt noch zu seinem Glück fehlte, war das Okay von Madame, seiner Mutter, sich Lamia, Sabir und Calque zu schnappen, und dazu das Buch des Mestizen und den Kristallschädel. Was angesichts der Verfassung, in der sich die Comtesse zuletzt befunden hatte, allerdings leichter gesagt als getan war.

Abi rief Athame auf deren Handy an. Er wusste, dass sie ihre Position verraten könnte, wenn sie den Anruf im falschen Moment entgegennahm; deshalb ließ er es nur zweimal läuten und legte dann auf. Sie würde das Vibrieren bemerken und wissen, dass er sie sprechen wollte.

Er setzte sich an den Rand des Cenote, blickte auf das Wasser hinunter und wartete.

Als sein Handy endlich läutete, brauchte er einen Moment, bis er reagierte. Die Dämmerung hatte eingesetzt. Ringsum huschten Tiere durch den Wald.

»Kannst du reden?«

»Kein Problem. Vom Tempel kommt so viel Getöse herüber, dass ich brüllen könnte wie ein Stier, und niemand würde mich hören.«

Abi lächelte. Der Gedanke, dass die zwergengleiche Athame wie ein Stier brüllte, reizte seinen Sinn für das Absurde. »Was tut sich?«

»Sie halten eine Art Zeremonie ab.«

»Kannst du erkennen, worum es geht?«

»Ich komme nicht nahe genug ran. Versuch es mal bei Aldinach. Sie sitzt drüben auf der anderen Seite auf einem Baum. Vielleicht hat sie eine bessere Sicht. Wo sich Dakini und Nawal verstecken, weiß ich nicht. Es war eine glänzende Idee, uns Mädchen einzusetzen. Wenn sie uns entdecken, werden sie uns für ein paar esoterisch angehauchte Gringas halten, die einen Blick auf ihre Feierlichkeit zu erhaschen versuchen.«

»Was denkst du denn, was passiert?«

»Ich glaube, sie bereden, was mit dem Schädel und dem Buch geschehen soll. Sie haben unsere Schwester und ihre zwei Freunde mit hinauf zur Spitze der Pyramide genommen. Vielleicht schneiden sie ihnen das Herz heraus, wenn sie sich entschieden haben, und opfern es dem Jaguargott. Dann kann noch jemand in ihre Haut schlüpfen und um das Heiligtum herumhüpfen wie in der guten alten Zeit. Das würde uns eine Menge Mühe ersparen.«

»Wer schmeißt den Laden?«

»Der Hohepriester. Wenn wir ihn im Auge behalten, wissen wir, wo wir das Buch und den Schädel zu suchen haben.«

»Bleib, wo du bist. Ich komme mit Vau, Asson, Alastor und Rudra zu dir hinüber. Oni und Berith lasse ich zur Bewachung des Lagerhauses hier.«

»Welches Lagerhaus?«

»Das erzähl ich dir später. Aber wir haben alle Waffen, die wir brauchen. Du kannst dir eine aussuchen. Glock, Beretta, Heckler & Koch, Walther, Smith & Wesson.«

»Ich nehme die Walther.«

»Nette Wahl. Es ist eine P4. Ich bringe sie dir persönlich.«

»Und dann?«

»Das werde ich in Kürze herausfinden. Ich rufe unsere Mutter an.«

72 Sabir folgte dem Halach Uinic die Pyramidenstufen hinauf. Er wusste, dass aller Augen auf ihn und seine Begleiter gerichtet waren. Die Menge war im Wesentlichen verstummt, aber es blieb ein Murmeln wie von einem fernen Bienenschwarm in der Luft.

Die Dämmerung senkte sich nur langsam herab, aber ihre Wirkung wurde verstärkt vom Schein der Kerzen, der Lagerfeuer und der Schalen mit brennendem Weihrauch. Je höher Sabir auf der Pyramide stieg, desto mehr sah er von dem endlosen Waldteppich, der sich in alle Richtungen erstreckte. Er war wie ein großer, düsterer Ozean, aus dessen Mitte die Pyramide als zerbrechliche Lichtinsel ragte.

Der Wind zerrte an seiner Kleidung, während er die endlose Treppe emporstieg. Er wandte den Kopf kurz nach Westen, um die kühlere Luft zu genießen. War das der Grund, warum die alten Maya Pyramiden gebaut hatten und keine Langhäuser? Der verständliche Wunsch, einen Ausgleich für die fürchterliche Hitze eines Sommers in Yukatan zu schaffen? Wahrscheinlich war das Ganze so einfach und naheliegend. All die Rituale und Erfindungen mussten später hinzugekommen sein. Wie ein Schnaps zu einem Glas Bier.

Sabir lächelte für sich, erfreut über seine Fähigkeit zu unkonventionellem Denken. Immerhin gab es auf der ganzen Halbinsel keinen einzigen Berg, keinen Vulkan, nicht einmal einen Hügel, der den Namen verdient hätte. Sicherlich hatten die Maya eine kollektive Erinnerung an ihre Reise durch die Hochgebirgslandschaften Nordamerikas gehabt, ehe sie sich hier niedergelassen hatten. Vielleicht wollten sie diese Erinnerungen in Stein nachbauen. Oder vielleicht wollten sie einfach den Göttern ebenbürtig sein. Wer konnte es wissen?

Sabir war bei seinem Aufstieg auf halber Höhe angekommen. Instinktiv wandte er den Kopf nach links und stellte fest, dass er genau auf der Höhe der Frau war, deren telepathische Kommunikation mit dem Halach Uinic er vorhin wahrgenommen hatte. Er machte einen Schritt auf sie zu.

Acan streckte die Hand aus, um ihn zurückzuhalten. »Adam«, flüsterte er. »Das ist Ixtab, meine Mutter. Ich habe dir von ihr erzählt. Aber wir werden sie später treffen. Jetzt musst du mit mir kommen. Du darfst nicht hier warten. Hinter uns kommen die Chilan. Sie werden sehr wütend werden, wenn du die Zeremonie störst.«

Sabir schüttelte Acans Hand ab. Er brach aus der Reihe der nach oben steigenden Priester aus und bahnte sich einen Weg zu Ixtab hinüber, die Stirn gerunzelt, als hätte ihm jemand ein unerwartetes Rätsel zu lösen aufgegeben. Halb nahm er wahr, dass der Halach Uinic und sein Gefolge ihren Aufstieg unterbrochen hatten und ihn beobachteten, aber es kümmerte ihn nicht. Plötzlich wusste er genau, was er zu tun hatte.

Er streckte Ixtab beide Hände entgegen.

Ixtab lächelte und nahm sie. Sie nickte mehrere Male, als habe sich etwas, was sie bislang nur vermutet hatte, als bewiesen herausgestellt. »Willkommen, Schamane. Ich habe dich erwartet.«

Eine furchteinflößende Energie schien sich von ihren Händen auf seine zu übertragen.

»Schamane?« Die Energie, die zwischen ihren Händen floss, schien nun direkt aus Sabirs zu entspringen.

»Warum bist du überrascht? Du kämpfst seit vielen Jahren dagegen an. Hat man es dir nicht gesagt?«

Sabir schloss die Augen. »Ein *Curandero* der Zigeuner in Südfrankreich – er hat es mir gesagt. Erst in diesem Frühjahr. In gewisser Weise hat er sogar mein Leben gerettet.«

»Da. Ich wusste es. Er war dein Bote. Er hat dich hierher zu uns geschickt. Wärst du hier unter uns zur Welt gekommen, wäre ich diejenige gewesen, die es dir gesagt hätte.« Sie sah ihm lange in die Augen. »Deine Mutter. Sie war ebenfalls eine Schamanin.«

Sabir hob abrupt den Kopf. »Was redest du da? Meine Mutter hat sich selbst getötet. Sie war geistig verwirrt.«

Ixtab schüttelte den Kopf. »Nein. Sie lebte nur unerkannt. Sie lebte unter Menschen, die ihre wahre Funktion nicht verstanden. Sie hat sich selbst verzehrt. Das kommt vor. Du darfst nicht dasselbe tun.«

Acan war hinter ihnen aufgetaucht. Er blickte misstrauisch von einem zum anderen. Die Dinge liefen nicht ganz wie geplant.

Sabir schüttelte den Kopf, als könnte er damit unerwünschte Gedanken abschrecken. »Das ist unmöglich.«

»Aber du weißt, dass es wahr ist.«

Sabir ließ den Blick über Ixtabs Gesicht wandern. Da war kein Raum für Zweifel. Diese Frau glaubte, was sie sagte. Und er glaubte es auch. »Ich hatte keine Ahnung. Ihre Verfassung war bereits zu schlecht, als ich alt genug war, um zu begreifen.«

»Sie wusste es selbst nicht. Dir ist kein Vorwurf zu machen. Dein Vater hat sie zu sehr geliebt. Dadurch wurde sie beeinflusst. Sie hätte nie heiraten dürfen. Schamanen sollten ledig bleiben. Sie sind mit der Wahrheit verheiratet.«

»Aber du? Du bist verheiratet. Du hast einen Sohn.«

»Zwei Söhne. Und drei Töchter. Aber ich bin keine Schamanin. Ich bin eine Iyoma. Meine Aufgabe besteht lediglich darin, jene zu erkennen, die von den Göttern auserwählt sind, und die zu führen, die sich verirrt haben.«

»Hättest du meine Mutter geführt?«

»Wenn sie zu mir gekommen wäre. Nur dann. Aber ich kann niemanden aufspüren. Das übersteigt meine Macht. Niemand kann das außer Hunab Ku.« Ixtab sah zum Halach Uinic hinauf. Er nickte. Sie nickte zurück.

Sabir drehte sich zum Halach Uinic um. Der Halach Uinic streckte die Hand aus und bedeutete Sabir und Ixtab, ihm zu folgen. Sabir wandte sich Lamia zu. Sie sah ihn mit einem spöttischen Gesichtsausdruck an. Er machte ihr ein Zeichen, aber sie schüttelte den Kopf und reihte sich wieder hinter Calque und dem Mestizen aus Veracruz ein.

Sabir fühlte sich von einer plötzlichen Kälte durchströmt. Die Empfindung war so stark, als hätte ihn der Schatten seines eigenen Todes berührt.

Er drehte sich zu Ixtab um. Sie drängte ihn mental, die restlichen Stufen hinaufzusteigen. Diese Tatsache war so deutlich in Sabirs Kopf, dass es ihm nicht einmal einfiel, daran zu zweifeln. Gehorsam begann er zu steigen. Er hatte keine Ahnung, was mit ihm geschah oder warum er sich so merkwürdig benahm. Wer war diese Frau? Und warum fühlte er sich ihr so verbunden? Wieso hatte Lamia sich geweigert, sie zu begleiten? Und welche Bedeutung hatte das unsichtbare Dreieck, das nun zwischen ihm, Ixtab und dem Halach Uinic zu bestehen schien?

Plötzlich tauchten, genau wie in einem Traum, drei Bilder

in seinem Kopf auf. Zusammen erklärten sie alle seine Fragen.

Darin war der Halach Uinic der Himmel, Ixtab war die Erde, und er, Sabir, stellte die Unterwelt dar.

73 »Wir sollen nichts tun.«

»Wie meinst du das?«

»Genau wie ich es sage. Madame, unsere Mutter, sagt, wir sollen nichts tun. Wir sollen beobachten und warten.«

Vau, Asson, Alastor und Rudra saßen bei Abi im Wagen. Alle hatten sie ihre gewählten Waffen zerlegt, geölt und ausprobiert. Rudra hatte ein paar alte Weinkorken im Lagerhaus gefunden und sie angesengt, um einen Ersatz für Holzkohle herzustellen. Alle Brüder hatten sich Gesicht, Arme und Unterarme angemalt, damit keine helle Haut zu sehen war.

Alastor war immer noch aufgedreht von den Geschehnissen bei der Höhle. Er spürte, dass seine Brüder in ähnlicher physischer Hochstimmung waren. Dafür waren sie ausgebildet worden. Dafür lebten sie. Es hatte wenig Sinn, etwas anderes zu tun. »Aber wir beobachten und warten seit mehr als einer Woche.«

»Genau. Und jetzt tun wir es noch ein bisschen länger.«

Die Brüder sahen einander an.

Abi saß am Steuer und fuhr, deshalb konnte er nicht auf Anhieb feststellen, was ihre Blicke bedeuteten. Aber er wusste genau, was alle dachten. Und er wusste: Wenn es einen geeigneten Augenblick für einen Putsch gegen den Führungsanspruch von Madame, seiner Mutter, gab, dann war er jetzt gekommen. »Seid ihr alle zufrieden damit? Wenigstens dürft ihr zur Party gehen. Asson, hast du die Waffen für die Mädchen?«

»Eine Walther P4 für Athame, Berettas für Dakini und Nawal und die Heckler & Koch für Aldinach. Ich habe doch alles richtig verstanden, oder? Und übersehen habe ich hoffentlich auch nichts. Ich frage mich nur, wozu wir verdammt noch mal

Waffen brauchen, wenn wir nichts weiter tun, als diese Scheißzeremonie zu beobachten.«

»Du hast recht, Asson. Wir lassen sie besser im Wagen.« Abi genoss es, sie auf Touren zu bringen.

»Einen Teufel werde ich tun.« Das war Alastor. Die ausgezehrten Flächen seines Gesichts wurden durch die Tarnfarbe drastisch übertrieben. »Ich lege das Ding hier nicht mehr aus der Hand. Ich habe mich den ganzen Weg durch die Staaten und Mexiko nackt gefühlt ohne Pistole. Jetzt, da ich die Glock habe, behalte ich sie auch. Siebzehn Schuss Neun-Millimeter-Parabellum. 600 km/h Mündungsgeschwindigkeit. Fünfunddreißig Meter effektive Reichweite. Und ich kann damit anfangen, was ich will.«

»Und das sagt einer, der zwei Mexikaner auf einen Streich mit versteckten Schlagstöcken erledigt hat.« Asson grinste. »Alastor sieht vielleicht nicht nach viel aus, aber er hat eine fiese Rückhand.« Assons Grinsen verflog. »Ist das dein Ernst, Abi? Sie will wirklich, dass wir warten? Aber was haben wir dann die ganze Woche getan? Gegen den Wind gepisst?«

»Ist dein Gesicht nass?«

»Es läuft nur so.«

»Dann hast du die Frage gerade selbst beantwortet.«

Sie schwiegen eine Weile, während sie sich Ek Balam näherten. In der Ferne sahen sie die Pyramide leuchten. Sie sah aus wie ein Weihnachtskuchen mit tausend Kerzen.

»Ich lasse den Wagen hier unten in diesem kleinen Weg. Den Rest gehen wir zu Fuß.«

»Wozu?«

»Weil wir warten werden, bis sich die Menge zerstreut und alle schön in die Heia gehen. Dann schlagen wir zu. Athame sagt, die Maya tragen keine Waffen mehr. Ich vermute, Sabir und Co. haben irgendwie Gnade bei dem Hohepriester gefunden und werden nicht mehr als Gefangene betrachtet. Wir schnappen uns also die drei und das Buch und den Schädel obendrein und verschwinden von hier. Keine Toten. Kein Lärm. Die mexikanische Polizei auf den Fersen können wir nicht gebrauchen. Diese Jungs fackeln nicht lange, was Schusswaffen angeht. Die nieten dich so schnell um, wie sie dich ansehen.«

Vau sah seinen Bruder an. »Aber Madame, unsere Mutter, hat gesagt, wir sollen warten.«

»Was Madame, unsere Mutter, nicht weiß, macht sie nicht heiß. Sind wir uns da einig?«

Es herrschte Schweigen im Wagen.

»Passt auf. Wir erledigen diese Geschichte und stellen sie anschließend vor vollendete Tatsachen. Sie ist nicht hier vor Ort. Sie verfügt nicht über die nötigen Informationen, um eine begründete Entscheidung zu treffen. Außerdem weiß sie nichts von dem Lagerhaus.«

»Warum nicht?«

»Weil ich nicht vorhabe, über ein ungesichertes Telefon darüber zu sprechen. Sehe ich aus wie ein Dummkopf? Je weniger Leute davon wissen, desto besser. Wenn wir hier fertig sind, werden sieben Leichen in dem Cenote liegen. Und ich will, dass sie dort bleiben. Für immer. Wenn die Typen, die sich einbilden, dass ihnen der Laden gehört, in sechs Tagen wiederkommen, will ich nicht, dass sie um den Cenote herumschnüffeln. Er muss normal aussehen. Unberührt. Wir werden nämlich den größten Teil der restlichen Waffen ebenfalls hineinkippen.«

»Wieso das, Abi?«

»Weil der große Boss denken soll, dass der gute alte Pepito und seine drei Schläger mit seinem ganzen Zeug abgehauen sind. Und in Wirklichkeit wird er sich die nächsten zehn Jahre die Zähne mit einer Mixtur aus Leichenwasser und Rost putzen.«

»Wird er nicht anrufen von dort, wo er jetzt ist? Und jemanden zum Nachsehen herunterschicken, wenn sich niemand meldet?«

»Er ist oben an der US-Grenze, Herrgott noch mal. Und er wird nicht mitten in der Nacht anrufen, um zu überprüfen, ob seine Wachen noch im Dienst sind – dafür bezahlt er sie schließlich. Denkst du, er rechnet vielleicht damit, dass eine Bande Franzosen sein Lager besetzt? Bis er jemanden in ein Flugzeug setzt, vielleicht morgen Nachmittag oder später, sind wir längst weg. Und für alle Fälle habe ich Oni und Berith befohlen, die Stoner und diese AAT, die wir gefunden haben, so aufzubauen, dass sie die Zufahrtsstraße ins Kreuzfeuer nehmen können. Alles, was von dort unangemeldet daherkommt, können wir in hunderttausend Stücke schießen. Beantwortet das deine Frage?«

»Mehr oder weniger.«

»Genug, damit euch die Eier wieder wachsen?«

»Du meinst, ob wir deinen Befehlen folgen und nicht denen von Madame, unserer Mutter?«

»Richtig.«

Alastor blickte in die Runde seiner Brüder. »Ich weiß nicht, wie es euch geht, aber es hat sich gut angefühlt, diese Typen heute Abend umzulegen. Es war, als würden wir endlich Nägel mit Köpfen machen. Ich will diesen Kick nicht verlieren. Im Moment habe ich ihn. Aber wenn wir die nächsten sieben Tage nur herumsitzen, Leute beobachten und uns bei lebendigem Leib von Moskitos fressen lassen, fahre ich in die Stadt und raube nur zur Abwechslung eine Bank aus.«

Rudra sah Abi an. »Und du sagst, das Lagerhaus steht uns nur für kurze Zeit zur Verfügung?«

»Nach dem, was der Wachmann gesagt hat, sechs Tage. Aber daraus werden wahrscheinlich vierundzwanzig Stunden, wenn der große Boss morgen anruft und folgert, dass seine eigenen Leute wohl mit seiner Investition verschwunden sind.«

»Dann bin ich dafür, wir folgen Abis Vorschlag. Wenn wir alle zusammenhalten, können wir mit Madame, unserer Mutter, später alles regeln.«

Abi langte nach hinten und klopfte ihm auf die Schulter. »So ist es richtig. Grenzen sind dazu da, überwunden zu werden.«

74 Sabir stand auf der Spitze der Pyramide und blickte auf Yukatan hinaus. Es war inzwischen fast dunkel, aber das wenige Restlicht am Abendhimmel genügte, um die unermessliche Weite der Landschaft unter ihm erahnen zu lassen.

»Was siehst du?« Der Halach Uinic stand neben ihm.

»Was ich sehe? Ich sehe Wald. Und dann noch mehr Wald.«

»Nein, nicht so weit entfernt. Auf der anderen Seite des Wegs dort.« Der Halach Uinic deutete zu einer zweiten Pyramide, die vierhundert Meter entfernt in der bewaldeten Ebene stand. Er bewegte die Hand in einem eleganten Bogen, um die noch kleineren Pyramiden um sie herum einzuschließen.

Sabir schüttelte den Kopf, als wäre ihm ein abwegiger Gedanke in den Sinn gekommen. Als er sprach, war sein Tonfall sachlich. »Ich sehe eine Familie.«

Der Halach Uinic machte einen Schritt zurück. »Du siehst was?«

»Ich sehe eine Familie. Wir stehen auf der Vater-Pyramide. Er repräsentiert wahrscheinlich die Sonne. Und dort drüben ist die Mutter-Pyramide. Sie ist wahrscheinlich der Mond.«

»Warum nennst du sie Mutter?«

»Schau. Man sieht an der Art, wie eure Vorfahren sie gebaut haben, dass sie eine Frau ist. Zu beiden Seiten ragen zwei Gebäude hoch auf, das sind ihre Brüste. Weiter unten dann, wo ihre Beine wären, sieht man in der Mitte einen Schlitz. Das ist ihre Vagina. Und die beiden gleichen Pyramiden links von ihr – das sind ihre Zwillinge. Die kleineren Pyramiden sind ihre anderen Kinder. Sie alle stehen im Schatten des Vaters, der sie überblickt. Himmel, sie haben sogar Augen.« Er wandte sich an den Halach Uinic. »Es ist alles da. Man muss nur schauen.«

Der Halach Uinic war blass geworden. »Wo hast du das gehört?«

»Gehört? Wo hätte ich es hören sollen? Ich wusste nicht einmal, dass dieser Ort existiert, außer dass ich ihn als Punkt auf der Karte gesehen habe. Aber es ist offensichtlich. Jeder kann es sehen.«

»Für dich vielleicht. Aber in meinem ganzen Leben hat mir gegenüber niemand etwas Ähnliches gesagt. Nie. Es erscheint in keinem Buch. Es steht in keinen wissenschaftlichen Arbeiten. Nicht einmal die Priester sprechen in dieser Weise von der Stätte.«

»Nun, dann irre ich mich wahrscheinlich. Aber du hast mich gefragt, was ich sehe. Und ich sehe es eindeutig so. Die Gebäude erscheinen mir lebendig. Fast als würden sie atmen.«

Ixtab, die hinter den beiden Männern gestanden hatte und ihrem Gespräch gefolgt war, schob sich nach vorn. Sie sah den Halach Uinic an und legte eine Hand auf ihr Herz. »Du musst es ihm sagen.«

Der Halach Uinic erwiderte ihren Blick.

»Er ist es. Du musst es ihm sagen.«

»Bist du dir sicher?«

»Du nicht?«

»Doch.«

»Dann sprich.«

75 »Ich habe eine Geschichte zu erzählen.«

Der Halach Uinic stand genau vor dir, auf der Spitze der großen Pyramide. Als er sprach, wurde seine Stimme weit zu der wartenden Menge hinausgetragen.

Vorhin, als der Halach Uinic mit einem der Gringos beschäftigt gewesen war, hatte Tepeu dich am Arm berührt. Als du das Ohr zu ihm neigtest, hat er flüsternd viele Dinge über die Pyramide und den Halach Uinic erzählt. Er hat dir zum Beispiel erklärt, dass die Pyramide als ein Sprachrohr für die

Priester erbaut worden war und dass die Priester von Geburt an dazu auserkoren waren, das Sprachrohr der Götter zu sein. Dass der Halach Uinic sowohl ihr weltlicher Führer – der sogenannte »wahrhaftige Mann« – als auch ihr geistiger Führer, der Ah Kin Mai oder »Höchster der Sonne« sei. Nie zuvor habe eine Person beide Titel zugleich getragen, erklärte Tepeu. Es sei ein Maß für den Ernst der bevorstehenden Zeiten. Alles müsse in einem Gefäß konzentriert werden.

Du hattest keine Ahnung, wovon Tepeu sprach, aber das sagtest du ihm nicht. Du wolltest sein Vertrauen in dich nicht enttäuschen. Deshalb hast du zu allem genickt, was er sagte, und ihn zum Weiterreden ermuntert.

Dann machte dir der Halach Uinic überraschend ein Zeichen, zu ihm zu kommen. Du gingst ohne Zögern zu ihm. Doch unterwegs stelltest du dir bereits Fragen.

Was hattest du hier eigentlich verloren, hoch über der Menge, als wärst du eine wichtige Person? Du warst nur ein *campesino*, ohne Land, ohne Geld, ohne Bildung, der nichts wusste, außer wie man ein Gemüsebeet pflegt und ein Feld voll Chayote erntet. Was war in dich gefahren, dass du den Halach Uinic während der Fahrt im Auto bedrängt hast? Hättest du nicht darauf bestanden, dass er auch den Gringos den Kristallschädel anbot, wenn er dir das Buch anbot, wäre nichts von all dem geschehen. Es hätte keine Versammlung gegeben, keine Zeremonie. Es hätte dir freigestanden, nach Veracruz und zu deiner Mutter zurückzukehren – vorausgesetzt, du hättest es bis nach Hause geschafft, ohne Essen, Geld und Transportmittel und ohne dich in der Geografie deines eigenen Landes wirklich auszukennen.

Nun sprach der Halach Uinic auf Spanisch, nicht in der Sprache der Maya. Das war gut. Du hattest versucht, Maya zu verstehen, als Tepeu es dir vorgesagt hatte, aber du warst komplett gescheitert. Kein einziges Wort hatte sich dir offenbart. Du blicktest über die Schulter und sahst, dass die Frau mit dem beschädigten Gesicht für die beiden anderen Gringos übersetzte, und das war ebenfalls gut, da auch die Gringos verstehen mussten, was der Halach Uinic ihnen anbot. Sie mussten wie du frei entscheiden können, ob sie sein Angebot ablehnen oder annehmen wollten. So viel war dir klar.

Plötzlich hielt der Halach Uinic dein Buch in die Höhe. Er begann davon zu erzählen, wie deine Familie über viele Generationen das Buch beschützt und bewahrt hatte. Er erklärte, dass einer seiner Priester, der in der Sprache der alten Maya kundig war, das Buch gelesen habe und dass es eine Geschichte enthielt, die jeder hören sollte. Doch der Priester konnte diese Geschichte nur mit deiner Erlaubnis erzählen. Denn das Buch gehöre dir, nicht ihnen, sagte er. Du seiest dazu auserwählt worden, es zu beschützen, nicht ein Maya. So wie die Götter auch einen Gringo dazu auserwählt hatten, den dreizehnten Kristallschädel zu entdecken.

Diese Entscheidungen der Götter enthielten eine Botschaft, fuhr der Halach Uinic fort – eine Botschaft mit zwei Reden. Die erste besagte, dass die Maya in keiner Weise besonders seien. Sie seien nicht bevorzugt gegenüber anderen. Sie stünden in keiner Hierarchie oben. Sie seien kein »auserwähltes Volk«. Wie bei einem Priester bestünde ihre Funktion lediglich darin, das Sprachrohr der Götter und durch sie des einen Gotts Hunab Ku für alles zu sein, was sie der Welt zu sagen hatten.

Die zweite Rede bezog sich auf das Ende dessen, was der Halach Uinic die »Lange Zählung« nannte und die er als das Ende des letzten großen Zweiundfünfzig-Jahre-Zyklus der Schlangenweisheit beschrieb – die letzte »Garbe von Jahren«. Dies, sagte er, sei das erste Mal, dass der erste Tag des Dreihundertfünfundsechzig-Tage-Kalenders und der erste Tag des Zweihundertsechzig-Tage-Kalenders sich während der zweiundfünfzig Jahre der Kalenderrunde überschnitten. Es markierte das Ende des Fünften Großen Zyklus. Das Ende der Fünften Sonne.

Zu diesem Zeitpunkt begann sich in deinem Kopf alles zu drehen. Warum konzentrierte sich der Halach Uinic auf diese Dinge? Was bedeuteten sie?

Als Nächstes erzählte er, wie der erste der Fünf Großen Zirkel mit der Geburt der Venus begonnen hatte, am 4. Ahua, 8. Cumku. An diesem Punkt wandte er sich den Gringos zu und erklärte, in ihrem Kalender – den er den gregorianischen nannte – würde die Geburt der Venus auf den 11. August 3114 v. Chr. fallen. Der Fünfte Große Zyklus ende am 21. Dezember 2012, nicht mit dem Tod der Venus, sondern mit einer möglichen Zerstörung der Erde. Dies sei nicht das erste Mal, dass sich die Erde einer solchen Krise gegenübersehe, fügte er hinzu. Denn während des vorangegangenen Zeitraums von 5126 Jahren sei die Erde fünfmal neu erschaffen und bei vier verschiedenen Gelegenheiten zerstört worden.

Der Halach Uinic erzählte nun eine Geschichte, um zu illustrieren, was er meinte – so wie es der Priester in deiner Kirche in Coscohuatepec tat, wenn er die Gleichnisse von Jesus Christus nacherzählte. Die Geschichte ging folgendermaßen:

Als der Halach Uinic noch ein junger Mann und unsicher bezüglich seiner Bestimmung gewesen war, reiste er nach Palenque, um zu Füßen des großen Schamanen und Älteren Chan K'in zu sitzen. Zu dieser Zeit war Chan K'in bereits über hundert Jahre alt und hatte viele Dinge gesehen. Der Halach Uinic hatte Chan K'in auf die große Zeitenwende angesprochen, ihm von seinen Ängsten und seiner Unwissenheit in Bezug auf das Ereignis erzählt.

Zuerst hatte Chan K'in, der, wie es seine Gewohnheit war, an einer dicken Zigarre kaute, nur negativ geantwortet. »Das Land ist müde und muss zerstört werden, ehe Hachäkyum, der Schöpfer, es wiederbeleben kann. Der Vogel Quetzal fliegt nicht mehr. Die Menschen roden die Wälder und respektieren die Natur nicht mehr. Der Gott Mensabak spricht nicht mehr mit mir.«

Der junge Halach Uinic hatte sich geweigert, diese negative Haltung als Chan K'ins letztes Wort zu akzeptieren, und den Alten wegen weiterer Einzelheiten bedrängt.

Nach einigem Zögern hatte Chan K'in dem Halach Uinic schließlich verraten, dass, falls man sich diesem umwälzenden Ereignis in der richtigen Weise nähere – etwa durch ein Sühneritual –, die große Zeitenwende möglicherweise nicht so verheerend ausfallen würde, wie er es zunächst dargestellt hatte, sondern stattdessen den Beginn eines neuen großen Zeitzyklus anstoßen könnte. Bei einer falschen Herangehensweise jedoch – durch Zorn, Gier oder gar Ruhmsucht – wäre die endgültige Zerstörung der Welt besiegelt. Es werde deshalb ein Ereignis sein, das alle Menschen auf der Welt betreffe und nicht nur die Maya. Diesen Umstand, hatte Chan K'in gesagt, gelte es zu berücksichtigen.

Der Halach Uinic richtete sich nun auf und sprach mit lauterer Stimme als sonst zu der Versammlung. »Aus diesem Grund beabsichtige ich, von meiner Stellung als Halach Uinic und als Ah Kin Mai zurückzutreten und Platz für jemanden zu machen, der besser geeignet ist, das Wort Hunab Kus weiterzugeben. Ein Nicht-Maya vielleicht. Jemand, der kompetenter ist, jenseits unserer Grenzen zu sprechen. Dies ist meine Entscheidung.«

76

Ein Zischen ertönte aus der Menge; es klang wie ein ungeheures Ausatmen.

Der Halach Uinic wandte seinem Volk den Rücken zu und tat, als wollte er sich unter den übrigen Priestern verbergen. Doch die Priester drängten, ohne ein Wort zu sprechen, geschlossen vor, sodass dem Halach Uinic nichts anderes übrig blieb, als seinen Platz an der Spitze der Versammlung wieder einzunehmen. Er senkte den Kopf und nickte, als wäre ihm eine Last auf die Schultern geladen und ein Traggurt über die Stirn gelegt worden, mit dem er sie tragen konnte.

Ohne nachzudenken, wähltest du genau diesen Moment, um direkt an die vordere Kante der Pyramide zu treten. Du standest neben dem Halach Uinic und blicktest über die Menge.

Diese Maya waren nicht dein Volk, aber du fühltest eine Verwandtschaft mit ihnen. Die Bewachung ihres Buches hatte dieses Gefühl in dir entstehen lassen. Als enthielte das Buch, das du nicht lesen konntest, die Essenz der Menschen, die du unter dir sahst.

»Der Halach Uinic sagt, dieses Buch gehört mir. Und dass ich damit tun kann, was ich will. Dass es den Gringos im Norden große Geldsummen wert sei und dass ich ein reicher Mann sein werde, wenn ich es verkaufe. Ich verstehe, warum er das tut – warum er mir dieses Angebot macht. Aber was der Halach Uinic über die Eigentümerschaft des Buches sagt, stimmt nicht. Ich kann dieses Buch nicht verschenken. Denn es gehört euch bereits.« Du hast dich furchtsam umgeblickt, ob du die Priester verärgert hattest, indem du dich ohne Grund in den Vordergrund schobst.

Der Halach Uinic öffnete eine Hand als Zeichen der Ermutigung. Dann beschrieb er mit dieser Hand einen Halbkreis, um die Leute unter ihm mit einzuschließen.

Du nicktest. Die Absicht des Halach Uinic war klar. Er wollte, dass du zu seinem Volk sprachst.

»Nun muss auch ich euch eine Geschichte erzählen.« Deine Ohren schmerzten vor Anspannung. Nie zuvor in deinem Leben hattest du zu so vielen Leuten gleichzeitig gesprochen. Tatsächlich hattest du nie zu einer Versammlung gesprochen, die über vier Personen hinausging. »Vor vielen, vielen Jahren entkam einer aus eurem Volk schlimmen Geschehnissen hier unten. Welche Geschehnisse das waren, weiß ich nicht.« Du zögertest, unsicher, wie du fortfahren solltest.

Der Halach Uinic kam dir zu Hilfe. »Es war zur Zeit des Kastenkriegs. Des Kriegs zwischen den eingeborenen Maya und den Yucatecos. Dieser Krieg fand zwischen 1847 und 1901 statt. Der Chilan, der dieses Buch beschützte, war der *Ak k'u hun* – der ›Wächter der heiligen Bücher‹. Er geriet in den Aufstand von Valladolid, dem die große Mayarevolte vom Frühjahr 1848 folgte. Er schreibt all das auf das hintere Deckblatt des Buches. Hier seht ihr es.«

Der Halach Uinic war erregt – man sah die Anspannung in seinem Gesicht. Er war außerdem erkennbar bewegt von dem Vertrauen, das die anderen Priester in ihn setzten. Er war bereit gewesen, seine eigene Stellung zu opfern, um dir die Freiheit zu geben, zu handeln, wie du es für richtig hieltest. Aus diesem Grund, so erkanntest du, oblag es dir, mit der Geschichte fortzufahren, auch wenn es dir schwerfiel. Es oblag dir, alle Anwesenden zu überzeugen, dass das Buch in der Tat rechtmäßig ihnen gehörte – und das war, als was es der Halach Uinic hinstellte.

»Dieser Chilan wurde von jenen verfolgt, die das wertvolle Buch in seiner Obhut stehlen wollten. Er floh bis nach Veracruz hinauf. Dort holten ihn seine Feinde ein und verwundeten ihn – verwundeten ihn so schwer, dass er wusste, er würde bald sterben. Er entdeckte meinen Vorfahr, der auf einer Lichtung arbeitete. Mit letzter Kraft näherte er sich ihm. Der Vater meines Vaters Vater sah, was die Feinde des Chilan mit ihm gemacht hatten, und er hatte Mitleid mit dem Mann und versteckte ihn in seiner Hütte. Er riskierte sein Leben für diesen Mann. Er war ein guter Katholik. Er kannte das Gleichnis vom barmherzigen Samariter. Als der Chilan dem Tod nahe war und keine Hoffnung auf Überleben mehr bestand, erzählte er meinem Vorfahr von diesem Buch. Von dessen Bedeutung für die Maya. Er fragte meinen Urgroßvater, ob er schwören würde, dieses Buch zu beschützen, bis zu der Zeit, da unser großer Vulkan, der Pico de Orizaba, erneut zum Leben erwachen würde. Dann müssten er oder seine Nachkommen dieses Buch zu einem bestimmten Ort bringen und jenen geben, die sie dort antrafen. Mein Urahn wollte dies nicht tun. Er konnte nicht lesen. Er wusste nicht, was das Buch möglicherweise enthielt. Es hätte böse sein können. Es hätte Zauberei enthalten können. Aber der Chilan forderte ihn auf, die Wünsche eines Sterbenden zu ehren. Dies musste mein Urgroßvater gemäß den Sitten meines Volks tun. Und der Chilan schien ein braver Mann zu sein. Als er hörte, dass mein Urahn den Eid schwor, stach der Chilan mit einem Dorn in seine Zunge und in die Lippe und schrieb mit seinem eigenen Blut auf die leeren Seiten des Buches und auf ein gesondertes Blatt, das er bei sich hatte. Dieses Blatt war eine Karte.« Du hieltest sie in die Höhe. »Und diese Karte hat mich zu euch geführt. Ihr seht also, ich habe kein Recht auf das Buch. Es gehört wahrhaftig euch. Nun, da meine Aufgabe erfüllt ist, müsst ihr mich nach Hause zurückkehren lassen, zu meiner Mutter und meiner Arbeit. Ich war viel zu lange fort.«

77

»Na, sieh mal an – da haben wir es wohl mit einem waschechten Menschenfreund in zerlumpten Hosen zu tun.«

Abi kauerte im Schutz einer der weiter außen gelegenen Ruinen. Sie befand sich außerhalb des für Touristen zugänglichen Bereichs von Ek Balam, auf einem kleinen, runden Hügel, der mit antiken Funden übersät war. Athame stand neben ihm. Die Glock steckte hinten in seinem Hosenbund, verdeckt von einem Guayabera-Hemd, das er eigens zu diesem Zweck in Veracruz gekauft hatte. Athame hatte ihre Walther P4 in dem Rucksack, den sie stets bei sich trug. Angesichts ihrer geringen Größe ließ sie der Rucksack wie Droopy in Walt Disneys *Schneewittchen* aussehen.

»Ich finde, du solltest das nicht tun.«

»Was nicht tun?«

»Die Wünsche von Madame, unserer Mutter, missachten.«

»Was sie nicht weiß, macht sie nicht heiß, Athame. Und ich habe ja nicht vor, aus allen Rohren feuernd in diese Menge dort zu stürmen. Mir schwebt eine subtilere Vorgehensweise vor.«

»Sie könnte uns schlicht fallenlassen, dann stünden wir ohne einen Cent in der Tasche da.«

»Na und? Wir können immer noch stehlen. Wir wurden fünfzehn Jahre lang für jede der Menschheit bekannte Schurkerei ausgebildet, und wozu? Um Babysitter für den Mann zu spielen, der unseren Bruder getötet hat und für den Polizisten, der ihn zu Tode gehetzt hat? Sabir und Calque werden Mexiko nicht lebend verlassen, so viel kann ich dir garantieren. Und wenn ich sie persönlich erledigen muss.«

»Und Lamia?«

»Ich weiß, du hattest immer eine Schwäche für sie, Athame, aber sie steckt jetzt mit Sabir unter einer Decke. Sie hat sich ihm hingegeben. Und sie ist nicht der Typ, der halbe Sachen macht. Sie hat alle Brücken hinter sich abgebrochen mit ihrer Flucht aus dem Château, und was mich angeht, ist sie damit aus dem Rennen um den Titel als Schätzchen des Jahres. Wenn ich sie in die Finger kriege, werde ich sie dazu benutzen, so viel wie möglich aus Sabir herauszuquetschen. Und wenn ich mit ihr fertig bin, stirbt sie und landet mit dem ganzen Rest im Cenote. Himmel, sie wird sechs Männer für sich allein haben da unten.«

»Du bist krank, Abi. Weißt du das?«

»Wirst du dich mir in den Weg stellen, wenn es so weit ist?«

Athame schüttelte den Kopf. »Nein. Sie hat alle Brücken hinter sich abgebrochen, wie du sagst. Aber ich werde nicht zulassen, dass du sie folterst. Du kannst sie benutzen, in Ordnung. Sabir drohen, so viel du willst. Aber ich werde nicht dulden, dass ihr unnötig wehgetan wird. Wir waren einmal Schwestern, vergiss das nicht.«

»Glaubst du, sie weiß das noch? Denkt sie so freundlich über dich wie du über sie? Ich bezweifle es.«

Oben auf der Pyramide machte der Halach Uinic einem der anderen Priester Platz.

»Sieht aus, als bekämen wir direkt den Quatsch aus dem

Buch des Mestizen zu hören. Das verdammte Ding selbst interessiert mich allerdings. Überleg nur mal, was es wert ist, Athame. Einer von nur vier noch existierenden Codizes der Maya...«

»Hör zu, Abi. Der Priester fängt an, aus dem Buch zu lesen.«

»Ich kann es kaum erwarten. Ich liebe Gutenachtgeschichten.«

78 »Ich, Akbal Coatl – was die Spanier als ›Nachtschlange‹ übersetzen würden –, Chilan und *Ak k'u hun* – Priester und oberster Hüter der heiligen Bücher – schreibe dies am Abend des 12. Juli im Jahr des Herrn 1562, dem schlimmsten Tag, den ich je erlebt habe. Ich schreibe dies, um Zeugnis abzulegen gegen den Mönch Diego de Landa, denn solches muss geschehen. Ich schreibe es in das letzte verbliebene heilige Buch der Maya, auf die Rückseite der heiligen Blätter, und möge mich Kukulcan, welcher der wahre Gott ist, trotz dieser Gotteslästerung verschonen.

Seit nunmehr drei Monaten reist Fray de Landa durch unser Land, einige Tage hinter seinen Soldaten, die die Befehle der Franziskanermönche gewaltsam durchsetzen. Als Provinzial des Franziskanerordens in Yukatan genießt Diego de Landa die volle Unterstützung des Hohen Richters von Guatemala und Yukatan, Tomás Lopéz. Hier muss angefügt werden, dass Richter Lopéz ebenfalls Franziskanermönch ist und in seiner Eigenschaft als Richter angeordnet hat, dass sämtliche außerhalb der Zuständigkeit der Franziskaner verbliebenen Städte unverzüglich in ihre Hände übergeben werden.

Zusätzlich hat Richter Lopéz dem Mönch Fray de Landa aufgrund der päpstlichen Bulle *Exponi nobis* volle kaiserliche Gewalt bezüglich dessen verliehen, was als ›Reglementierung des Alltags- und Gesellschaftslebens‹ bezeichnet wird. Richter Lopéz bestimmte außerdem, dass alle Übertretungen der

Anordnungen de Landas und alle in fehlgeleiteter Unterstützung ihrer früheren Gesetze erfolgten Verstöße durch die Indios ›nach Inquisitionsrecht geahndet werden sollen‹.

Ich kann euch dies berichten, da ich Fray de Landas Privatsekretär bin, beauftragt mit Übersetzung, Niederschrift und Dokumentation der Gesetze der Kirche – in dieser Eigenschaft arbeite ich neben dem offiziellen Notar de Landas, Francisco de Orozco, als sein Stellvertreter, der sein Vertrauen genießt. Warum, so wird man fragen, lege ich dann Zeugnis gegen de Landas Heimtücke ab, wenn ich im Grunde ein wesentlicher Teil seines Gefolges bin, ein Ehrenmitglied des Franziskanerordens und de Landas persönlicher Repräsentant unter den Maya? Dies will ich euch nun erklären.

Als ich ein kleines Kind war, wurde beschlossen, dass ich als zweiter Sohn des vornehmen Haushalts des Ah Maxam in den Pflichten eines königlichen Schreibers ausgebildet werden sollte, damit ich königliche Zeremonien arrangieren, königliche Eheschließungen überwachen, die Familienstammbäume führen und alle von den abhängigen Staaten gezahlten Tribute und Opfergaben aufzeichnen könne. Als *Ah ts'ib* – ›der des Schreibens Mächtige‹ – war ich ein geehrtes und geschätztes Mitglied des königlichen Haushalts.

Als die Spanier kamen und unsere Stadt einnahmen, beschlossen mein Vater und die wenigen überlebenden Priester, dass ich eins mit den Spaniern werden müsse – ihre Gebräuche annehmen, ihre Sprache erlernen, Latein studieren, ihren Aufstieg verfolgen –, sodass wenigstens einer von uns den Schrecken, der erkennbar bald auf unser Volk fallen würde, in allen seinen Auswirkungen verstehen könne. Ich willigte ein, dies zu tun.

Zu diesem Zweck studierte ich eifrig und machte mich den Mönchen in jeglicher Hinsicht nützlich, bis ich eine so hohe Position einnahm, wie es jemandem mit Maya-Abstammung nur möglich war. Dank dieser Stellung und mit Hilfe von

Listen konnte ich mein Volk auch vor bevorstehenden Problemen warnen, beleidigende Dokumente vernichten und Fray de Landa so weit wie möglich beeinflussen; meine Hoffnung war, dass er als jemand, der sich für unsere Kultur und Geschichte interessierte, zumindest die Sporen nicht einsetzen würde, wenn er auf dem Rücken unseres Volkes ritt.

So war die Situation bis vor drei Monaten. Einige Jahre zuvor hatte Nachi Cocom, der letzte große Herrscher der Cocom-Linie, der sich für de Landas Freund hielt und diesen für toleranter, als er war, dem Mönch die geheime Bibliothek der Mayaschriften gezeigt, die zweitausendsechshundertdreiundsiebzig Bücher und Codizes umfasste, fünftausend heilige Bilder und Idole und dreizehn große Altarsteine, die wir als *kanal acantum* kennen. Zusammen mit zweiundzwanzig kleineren Steinen sowie hundertsiebenundzwanzig Vasen und Urnen mit den Gebeinen von Priestern, Adligen und Königen bildeten diese das gesamte Geschichtsarchiv unseres Volkes vom Beginn des ersten großen Weltzeitalters an.

Cocom zeigte Fray de Landa diese Dinge unter der Voraussetzung, dass sie nicht länger benutzt, sondern lediglich als Zeugnisse der Mayageschichte aufbewahrt würden, und im Vertrauen darauf, dass de Landa als sein Freund und ein Mann Gottes sein Wissen nicht missbrauchen würde. De Landa schien zunächst auf diese Vereinbarung einzugehen und brachte Nachi Cocom dazu, ihm von unserem Glauben an Los Aluxes zu erzählen. Dieser Glaube geht davon aus, dass eine bestimmte Anzahl erleuchteter Wesen von den Göttern auf der Erde zurückgelassen wurden, um die magnetischen spirituellen Orte und Objekte der Erde zu bewachen, und dass die Zukunft der Welt nur durch die Fürsprache dieser spirituellen Wächter gesichert werden kann. Törichterweise glaubte Cocom, dass Diego de Landa mit all seinem behaupteten Interesse an der Mayakultur ein solcher Mensch sei.

Als Nachi Cocom starb, vergalt ihm Fray de Landa sein

Vertrauen, indem er die Bibliothek und deren gesamten Inhalt an sich riss und den Häuptling nachträglich der Götzendienerei beschuldigte; er ließ seinen Leichnam ausgraben, seine Überreste verbrennen und seine Asche über die Felder verstreuen. Man muss wissen, dass für einen König und geistigen Führer der Maya die Art seines Todes und Begräbnisses von äußerster Wichtigkeit ist. Ein guter Tod wird in unserem Volk als ein Segen angesehen. In Cocoms Mund wird man Mais gesteckt haben, und man wird ihm Jade und Steinperlen als Währung mitgegeben haben, damit er die Reise seiner Seele durch die Unterwelt bezahlen konnte. Sein Leichnam wird in Baumwolle gewickelt worden sein und sowohl seinen Körper als auch sein Grab wird man mit zinnoberroter Farbe bedeckt haben, da Rot bei uns als die Farbe von Tod und Wiedergeburt gilt. Indem er Nachi Cocoms Leiche ausgraben ließ, trachtete Diego de Landa danach, seine Seele ihrer ewigen Ruhe zu berauben, und indem er die Bibliothek beschlagnahmte, wollte er seine eigene Dominanz und die seiner Kirche über unsere traditionellen geistigen Führer als unwiderruflich erscheinen lassen.

In jüngerer Zeit dann erhielt Fray de Landa weitere Informationen über den anhaltenden Einfluss der Mayareligion von dem Verräter Antonio Gaspar Xiu, Abkömmling des Tutul Xiu, des großen Häuptlings des Xiu-Clans, der traditionell mit den Cocoms verfeindet ist. Dank dieser Informationen und des Wissens, das er aus unseren heiligen Büchern gewonnen hatte, kam de Landa zu der Überzeugung, dass diejenigen, die sich von den Franziskanern hatten taufen lassen, insgeheim weiter den Glauben ihrer Vorväter praktizierten. Ich versuchte ihm zu erklären, dass in Wirklichkeit eine natürliche, alchimistische Vermischung zweier Religionen stattfinde, genau wie es im alten Rom nach dem Einzug des Christentums geschehen sei – eine Vermischung, die durch de Landas Verwandlung der großen Maya-Pyramide von Izamál in die katholische Kirche

San Antonio symbolisiert werde. Ich sagte zu ihm, die Leute seien lediglich bestürzt und verwirrt durch die Menge der widersprüchlichen Botschaften, die sie erhielten.

›Dann werden wir ihrer Verwirrung abhelfen müssen‹, sagte de Landa.«

79 »So kam Fray Diego de Landa, Geißel und Nemesis der Maya, in die Welt. Aber der Franziskaner achtete darauf, dass nicht zu viel von der Verantwortung für die Gräueltaten, die er im Begriff war zu verüben, auf ihn fiel, denn er wollte seine Herren in Rom nicht befremden. Stattdessen schickte er die Armee voraus. Dann folgte er mit einigen Tagen Verzögerung, um aufzulegen, was die Soldaten übrig gelassen hatten. Er nahm mich als Adjutant, Sekretär und Übersetzer mit; deshalb kann ich bezeugen, was als Nächstes geschah.

In der Stadt Cupul beschloss die Armee, den Häuptling und seine Berater bei lebendigem Leib zu verbrennen. Zu diesem Zweck kreuzigten sie sie und stellten Kohlepfannen unter ihre Füße. Dann zündeten sie die Pfannen an und zwangen die Bevölkerung der Stadt, das Schauspiel mit anzusehen. Wen sie nicht verbrannten, hängten sie.

Später rückten die Spanier gegen die Stadt Chels vor. Dort spannten sie alle führenden Männer in den Stock und schlugen sie. Dann sperrten sie die Männer, noch immer im Stock, in ein Haus, das sie anschließend niederbrannten. Dies war ein anderes Vorgehen als das in Cupul gewählte.

Als Nächstes trieben sie die Frauen und Kinder aus dem Ort. Da er fand, dass er sein Anliegen gegenüber den Bewohnern der umliegenden Dörfer noch nicht deutlich genug gemacht hatte, befahl der Hauptmann der Spanier sodann, die Frauen an den Ästen eines mächtigen Baums aufzuknüpfen, während man ihre Kinder wie Früchte unter ihnen baumeln ließ. Dies geschah meiner Meinung nach, um den Mayaglauben an den Großen Weltenbaum zu erschüttern, der für uns alles

Leben trägt. Dieser besondere Mayabaum, so sollten wir wohl feststellen, trug nur den Tod.

In Verey, der nächsten Stadt, befand der Hauptmann der Spanier, einige der Frauen seien zu schön und könnten deshalb die Soldaten zu unheiligen Taten anregen; er befahl daher, dass man ihnen die Brüste abschnitt und sie dann vor aller Augen im Dorf aufhängte, um unseren Leuten zu beweisen, dass die Spanier gleichgültig gegenüber unseren Frauen waren. Auch diese Frauen starben.

De Landa und sein Gefolge, zu dem ich gehörte, trafen zwei, drei Tage nach dem Durchzug der Soldaten in diesen Städten ein. Die Leute hatten es aus Furcht vor Repressalien nicht gewagt, die Leichen abzuschneiden, die stanken und in der Mittsommerhitze verwesten. De Landa, der nach den Gräueln der Soldaten als Wohltäter erscheinen wollte, erlaubte den Bewohnern, die Opfer seiner Säuberung abzunehmen – ihre Leichen durften jedoch nicht begraben werden, sondern mussten verbrannt und wie die Asche Nachi Cocoms auf den Feldern verstreut werden. Dies ordnete der Franziskaner an.

Als Nächstes zog unser Gefolge in die Provinzen Cochuah und Chetumal. Hier erhoben sich unsere Leute gegen die Spanier, da sie gehört hatten, was sie ihren Brüdern und Schwestern angetan hatten. Doch ohne richtige Waffen, Kampfhunde und Pferde waren sie machtlos. Wer gefangen wurde, dem schnitt man Nase, Arme und Beine ab, den Frauen dazu ihre Brüste und den Männern die Genitalien. Dann wurden alle, ob tot oder lebendig, zu dem Cenote gebracht, aus dem die Leute ihr Wasser schöpften, und mit Kürbissen an den Füßen oder an dem, was von ihrem Rumpf übrig war, in die Tiefe geworfen. Dies hörten wir von den Überlebenden, von denen es nur wenige gab und die größtenteils von den Spaniern als Sklaven in ihre Dienste genommen wurden.

Diego de Landa zeigte sich empört über die Geschehnisse. Er hielt offizielle Trauerfeiern für die Toten ab und segnete die

Überlebenden. Ich beteiligte mich an diesen Feiern und lobte die Klugheit von de Landas Handeln, denn meine Pflicht war es, immer an seiner Seite zu bleiben und unser Volk zu vertreten – denn so verlangte es der Eid, den ich vor den versammelten Chilan abgelegt hatte. Ein Eid, der mich zwang, als etwas zu erscheinen, was ich nicht war. Ein Eid, der mich zwang, die Gräuel zu beobachten und zu vermerken, die gegen jene vom selben Blut wie ich verübt wurden – gegen jene, die dieselben Götter wie ich anbeteten und aus derselben Erde stammten.

Dies erzähle ich euch im Voraus, damit ihr besser verstehen mögt, warum ich das letzte unserer heiligen Bücher mit meiner Niederschrift entweihe. Denn nun werde ich berichten, was heute in Mani unter der unmittelbaren Aufsicht de Landas geschehen ist und alles vorher Erlebte wie die Tändeleien eines elternlosen Kindes erscheinen lässt.«

80 Sabir konzentrierte sich ganz auf Lamias Übersetzung der Worte des Chilan. An irgendeinem Punkt nahm er ihre Hand in seine; ob er es tat, um Trost zu spenden oder um Trost zu erhalten, hätte er nicht sagen können. Sie ließ ihre Hand kurz in seiner liegen und zog sie dann wieder zurück, als wäre ihr eine solche Aufteilung ihrer Konzentration unangenehm.

Calque stand mit abgewandtem Kopf neben ihnen, fast als weigerte er sich, die Geschichte über de Landa anzuhören. Aber Sabir kannte ihn inzwischen gut genug. Er merkte an Calques Körperhaltung – dem durchgedrückten Rücken und dem zur Seite geneigten Kopf –, dass er jedes Wort, das Lamia für ihn übersetzte, aufmerksam zur Kenntnis nahm.

Der Chilan hielt in seiner Lesung inne. Er war schweißnass, und seine Stimme wurde immer heiserer. Seine Hände zitterten, als er das Buch hielt, und er schien niemanden ansehen zu können. Es war, als bildeten die entsetzlichen Dinge, die er vorlas, einen unmittelbaren Teil seiner eigenen Erfahrung und seien nicht nur eine von jemand anderem verfasste Geschichte, die er einem zum Teil aus Analphabeten bestehenden Publikum berichtete.

Acans Mutter Ixtab eilte an seine Seite. Sie hakte ihren Rebozo auf und wischte Stirn und Gesicht des Priesters ab. Er nickte ihr dankbar zu, war aber unfähig, ein Lächeln zustande zu bringen. Der Halach Uinic stand ein Stück abseits, das Gesicht in den Händen vergraben. Aus der Menge am Fuß der Pyramide war nicht ein Laut zu vernehmen.

Der Chilan seufzte schwer und widmete sich erneut dem Buch vor ihm.

81 »Das Autodafé begann heute, am zwölften Tag des Juli 1562, in den frühen Morgenstunden. Was geschah, war eine Erfüllung des ersten Teils der Prophezeiungen aus dem Zyklus der neun Höllen, dessen erster Zweiundfünfzig-Jahre-Zyklus mit der Ankunft der Franziskaner unter Luis de Villalpando in Yukatan 1522 begann, und dessen letzter Zyklus im Jahr 2012 enden wird, womit neun mal zweiundfünfzig Jahre, vierhundertachtundsechzig insgesamt, zwischen dem Beginn des Zyklus und seinem Ende liegen werden.

Im Morgengrauen befahl Fray de Landa, dass der große Platz von Mani von Menschen geräumt werde. Dann ließ er seine Gefangenen, die sogenannten *indios rebeldes*, aus ihrem Kerker, wo sie acht Stunden lang als Vorspiel zu ihrer Folter hatten fasten müssen, auf den Platz bringen. Unter diesen Gefangenen waren alle verbliebenen großen Adligen und ihre Familien – die Pat, die Xiu, die Canuls, die Chikin-Chels, die Cocoms, die Cupuls, die Cochua und viele andere. Ihre Namen waren von ihren Kindern verraten worden, die die Franziskaner aus den Familien gerissen, indoktriniert und gezwungen hatten, sich dem christlichen Katechismus zu unterwerfen. Auf diese Weise wurden die Kinder unwissentlich zu den Henkern der eigenen Eltern.

Ich, Akbal Coatl, die ›Nachtschlange‹, den die Spanier Salvador Emmanuel nennen, war in die Entführung dieser Leute nicht eingeweiht gewesen und sah deshalb mit Entsetzen, dass viele der verbliebenen Angehörigen meiner eigenen Familie unter ihnen waren. Zuerst dachte ich daran, mich ihnen anzuschließen. Mich in ihre Mitte zu werfen und mit meinen Leuten zu sterben. Aber der Mann, den ich als den Halach Uinic kannte – den Hohepriester und Führer aller Maya, dessen Identität wir selbst vor den Mönchen geheim gehalten hatten –, machte mir ein Zeichen, mich weder durch Worte noch durch Gesten gegenüber den Spaniern zu erkennen zu geben. Er machte auch das Zeichen der Schriftrolle in meine Richtung, um anzuzeigen, dass aufgeschrieben werden müsse, was ich sah. Ich glaube jetzt, dass man ihm gesagt oder prophezeit hatte, was in der Folge geschehen würde.

Ich fügte mich in mein Schicksal und zwang mich, de Landas Anforderungen an mich nachzukommen, wozu die offizielle Niederschrift der Namen und Beschreibungen aller Anwesenden gehörten, ihres Platzes in unserer gesellschaftlichen Hierarchie und der Verbrechen – hauptsächlich des Götzendienstes –, die man ihnen zur Last legte.

Dann begannen die Verhöre. Zuerst machte Fray Diego de Landa deutlich, dass auch diejenigen, die ihre Verbrechen gestanden und ihre Sünden bereuten, nicht ungestraft davonkommen würden. Vielmehr würde man sie zwingen, in aller Öffentlichkeit mit einem Götzenbild in der einen Hand, einer Kerze in der anderen und einem Strick um den Hals dazustehen. Zusätzlich mussten sie den hohen, spitzen Schandhut und das Bußgewand tragen, einer vollständigen Messe samt Predigt beiwohnen und sich den Kopf rasieren lassen, ehe man sie in den Stock spannen und mit einer vorgeschriebenen Anzahl von Schlägen auspeitschen würde.

Trotz dieser Warnungen wählten viele unter den Anwesenden diesen Weg, da sie gehört hatten – oder vielleicht nur vermuteten –, was den Unbußfertigen oder vielleicht gänzlich Unschuldigen bevorstand.

Die Bußfertigen wurden dann fortgeführt, damit sie ihre Strafe erhielten. Der Rest wurde in Reihen aufgestellt.

Nun begann die Folter und Verstümmelung unseres Volks erst richtig. Die ersten Häuptlinge wurden nach vorn geführt und an die Winde gebunden, die bei den Spaniern *garrucha* heißt. Dadurch wurden ihnen die Arme nach hinten gezogen, worauf man sie von den Beinen hob und wiederholt fallen ließ, während sie die ganze Zeit Fragen der Mönche ausgesetzt waren. Wenn die Befragung keine Früchte trug, ließ ihnen de Landa schwere Steingewichte an die Füße binden, damit ihre Glieder wirkungsvoller ausgerenkt wurden. Zwischen dem wiederholten Fallenlassen ließ man Zeit verstreichen, um den Schmerz zu erhöhen und die Opfer anzuweisen, ›um der Liebe Gottes willen‹ die Wahrheit zu sagen. Während dieser Phasen falscher Erleichterung mussten all jene, die gerade nicht verhört wurden, das Miserere singen. Wenn abzusehen war, dass diese Methode scheiterte, peitschte man den entsprechenden Häuptling zunächst aus und spritzte ihm dann heißes Wachs auf Gesicht, Rumpf und Rücken.

Den Frauen wurde auf Befehl von Diego de Landa ein besonderer Dispens gewährt, und man folterte sie nur mittels der Garrotte, das heißt, sie wurden auf einen Stuhl gesetzt, dann wurden einschneidende Schnüre, als *cordeles* bekannt, je zwei an jedem Arm und jedem Bein, mit Hilfe eines kurzen Hebels zusammengedreht. Verfehlte eine dieser Foltern ihren Zweck, wurde die Wasserfolter eingesetzt, bei der das Opfer auf einen Bock gesetzt wurde, worauf man ihm eine eiserne Zange in den Mund schob, durch die man einen Leinenstreifen in den Rachen schob, um den Fluss des Wassers zu lenken. Je nach Anzahl der geschluckten Wassermenge blähte sich der Leib der gefolterten Person auf und drückte das Fleisch gegen die bereits angelegten acht *garrottes*. Nur wenige widerstanden dieser Technik, und man erreichte viele ›spontane Widerrufungen‹.

Viele Leute wurden im Lauf des Tages gefoltert. Manche bereuten. Viele starben. Vielen wurden die Gelenke aus den Muskelbetten gerissen. Ein großer Häuptling, dessen Namen ich hier nicht nennen werde, da er mit meiner Familie verbunden ist, und von dem ich als Kind besondere Freundlichkeit erfahren habe, wurde angeklagt, ein Menschenopfer durchgeführt zu haben. Man legte ihm die Garrotte um den Kopf und drehte siebenmal, was seine Augen aus ihren Höhlen springen ließ. Danach ließ man ihn auf Geheiß von Fray de Landa als Warnung für seine Leute am Leben.

Am späten Nachmittag war der Platz in Mani übersät von totem Fleisch und geronnenem Blut, obwohl de Landa ihn mehrere Male fegen und wischen ließ. Zu diesem Zeitpunkt wurde die Sonne kurz von einer *chibil* oder Sonnenfinsternis verschluckt. Einige der unfreiwilligen Zuschauer, die de Landa nun auf den Platz führen ließ, flüsterten untereinander, die Ameisen *Xulabs* seien über den Himmel geschwärmt, um die Sonne zu beschützen, aus Scham, dass sie solche Gräuel in seinem Reich sehen müsse.

Zu dieser Zeit erschien auch der Mond, unsere Großmutter, am Himmel, was für jene von uns, die mit dem Tun-uc oder Mondkalender vertraut waren, keine Überraschung darstellte, da der Mond immer große Katastrophen und gewalttätige Hinterlist begleitet. Die Mondgöttin Tlacolteotl hatte offenbar gehört, dass Angehörige ihrer eigenen Priesterschaft, der Nahau Pech, gefoltert wurden, und sie war gekommen, um ihren Tod zu überwachen. Dies war nur recht so, denn die Nahau Pech wussten, wie wir alle, dass der unberechenbare Mond von vielen unserer Leute stellvertretend für den Aufstieg der Spanier und das endgültige Ende der alten Ordnung stand. Sonne und Mond hatten sich in diesem Sinn immer im Konflikt miteinander befunden, und man sah nun, dass der Mond schließlich gewonnen hatte.

Die Zeit der Dunkelheit zog auf.

Wir verstanden, dass es keine Harmonie zwischen Sonne und Mond mehr geben konnte, bis der Zyklus der neun Höllen abgeschlossen sein würde.«

82 »Als Diego de Landa fand, dass genug gefoltert worden war und dass er die Autorität der Kirche über ihre verirrte Herde in ausreichendem Maße wiederhergestellt hatte, rief er mich zu sich. Er fragte mich, ob es noch Menschen gebe, die die alten Schriften lesen konnten, die er sich angeeignet hatte. Und ich sollte sie unverzüglich zu ihm bringen, falls es noch welche gab.

Ich gestehe nun, dass ich um meine eigene Sicherheit fürchtete.

Ich drehte mich zum Platz um und zeigte auf die Toten, die über seine weite Fläche verstreut lagen. ›Die alle hier konnten die alten Schriften lesen. Und auch der Häuptling, dessen Augen ihr mit eurer Garrotte aus dem Schädel getrieben habt. Sie sind jetzt tot, und er ist blind. Also sind auch die Bücher blind. Niemand ist mehr da, um sie aufzurufen.‹

Fray de Landa sah mich eine Weile an. Mir war zumute, als ergründete er meine Seele wie Ein Tod und Sieben Tod, die Herren Xibalbas, am Ort der Angst – als würden seine Augen durch mich hindurch zu den fünf Ebenen der Schöpfung dringen, aus denen ich bestand. Zu der ersten Ebene aus Stein und Feuer, die meine Knochen, mein Herz und meine Galle bildeten. Der zweiten Ebene aus Pflanzen, Blumen und Bäumen, die mein Fleisch bildeten. Der dritten Ebene aus Wasser, aus Flüssen und Seen, die mein Blut, meine Nerven und meine Körperflüssigkeiten bildeten. Der vierten Ebene aus Wind und Tieren, aus der mein Atem und mein Sehvermögen bestanden. Bis hinunter zur fünften und letzten Ebene, die mich zu einer ›Frucht der Erde‹ machte. Zu einem menschlichen Wesen, genau wie er eins war.

›Und du?‹, sagte er. ›Kannst du diese Bücher lesen und diese Schrift schreiben? Ich beschwöre dich bei deinem christlichen Eid, die Wahrheit zu sagen.‹

In diesem Moment kam der Geist des Lak'ech über mich. Der Geist des Ehrenkodex der Maya. Der Halach Uinic hatte mich aufgefordert, mich pari passu nach den Spaniern zu formen. Unser Volk aus dieser Tarnung heraus zu verteidigen. Zu diesem Zweck gab es eine Redewendung bei uns: ›Ich bin ein zweites Mal du selbst.‹ Bis zu diesem Tag hatte ich versucht, dies in die Praxis umzusetzen. Ich hatte versucht, Diego de Landa zu verstehen – als sein Schatten zu fungieren und sein Handeln, soweit es mir möglich war, zu verstehen. Die Zeit des Verstehens war nun vorüber.

›Bei meinem christlichen Eid, ich kann es nicht.‹

›Und der dreizehnte Kristallschädel? Der sogenannte singende Schädel? Der Schädel, von dem die leichtgläubigsten unter deinen Leuten glauben, er aktiviere die zwölf Schädel, die aus Nachi Cocoms geheimer Bibliothek gestohlen wurden? Meine Soldaten und Mönche haben überall gesucht und viele Personen verhört, und bis jetzt haben sie nicht einen einzigen von den dreizehn gefunden. Ich weiß, dass diese Schädel existieren, denn ich habe sie gesehen. Wer hat sie jetzt?‹

Ich zeigte auf den größten der toten Häuptlinge. ›Er hat sie. Er war der Wächter der Schädel.‹

Fray de Landa lächelte, und sein Lächeln war schrecklich. ›Soll ich dich ebenfalls einem Verhör unterziehen, Salvador, mein Sohn?‹ Er benutzte den Namen, den mir die Spanier gegeben hatten. Meinen so genannten Taufnamen. Den Namen, unter dem ich allen außer den Toten bekannt war.

›Ich bin Euer treuer Diener und ein treuer Diener der Kirche. Ich werde alle Eure Fragen beantworten, ganz gleich, in welcher Weise sie mir gestellt werden.‹

Jetzt lachte der Franziskaner. Und wie er lachte! Er klatschte in die Hände und tänzelte umher, dass seine Röcke im Staub schwangen. Er rief seinen Soldaten mit einer Stimme wie ein Ara zu: ›Bringt mir ihre Bücher. Bringt mir ihre Götzen. Bringt mir ihre Altarsteine.‹

Die spanischen Soldaten trieben unsere Leute, die ihre Sklaven waren, vor sich her. Unsere Leute wankten unter der Last unseres Erbes. Dann wurden die heiligen Bücher, die Nachi Cocom de Landa gezeigt hatte, wie Reihen von Mais auf dem Platz ausgelegt. Ebenso die Kultgegenstände. Ebenso die heiligen Altarsteine. Holzstangen wurden über ihnen aufgetürmt und mit dürrem Gestrüpp bedeckt. Weihrauch wurde zwischen die Äste geschoben und Kreuze aus Weidenruten auf die Umgrenzung des Haufens gesteckt. Bald kam das Skelett eines großen Scheiterhaufens zum Vorschein, sieben Meter hoch und mit dreißig Metern Durchmesser, geformt wie ein Vulkan.

Die Nacht brach herein. Ich, Akbal Coatl, die ›Nachtschlange‹, den die Spanier Salvador Emmanuel nennen, hatte die Nacht nie gefürchtet. Jetzt fürchtete ich sie.

Unsere Leute standen in Reihen um das noch nicht entzündete Feuer. Einige übergaben sich. Andere griffen zu Messern und schlitzten sich selbst die Kehle auf.

Ich stand neben meinem Herrn, Fray de Landa. Ich hob meinen Stift und schrieb, was er diktierte. Die Mönche hatten mir ein Pult zu meiner Bequemlichkeit zur Verfügung gestellt. Sie brachten mir auch Wasser zum Trinken, aus derselben Quelle, aus der sie die Kehlen ihrer Opfer bei der Wasserfolter gefüllt hatten. Ich schlug es aus. Meine Kehle war ausgedörrt. Meine Augen flossen über. Ich konnte das Pergament, auf das ich schrieb, kaum sehen vor Tränen.

Ein Soldat brachte dem Mönch einen brennenden Ast, der mit spiritusgetränkter Baumwolle umwickelt war. Die Flammen spielten über das Gesicht des Franziskaners.

Ich dachte an unseren Ehrenkodex, den Lak'ech. Ich dachte an unsere Redewendung ›Ich bin ein zweites Mal du selbst‹. Und ich wusste, dass dieser Mönch kein Teil von mir war, kein

Teil von etwas, das ich repräsentierte oder woran ich glaubte. Ich war froh, dass mir der dreizehnte Schädel anvertraut worden war. Froh, dass ich den Aufbewahrungsort der größten unserer heiligen Bücher kannte. Denn durch mich würde die Zukunft des Mayavolks vielleicht gesichert werden. Durch mich würden unsere Sitten und Anschauungen nicht verloren gehen, wenn der Schädel und die Bücher am Ende des Zeitabschnitts, der als der Zyklus der neun Höllen bekannt ist, wieder vereint sein werden.

Denn war ich nicht Chilan und *ak k'u hun* – Priester und oberster Hüter der heiligen Bücher? War ich nicht der Freund und treue Diener der Franziskaner? Ihres Vertrauens teilhaftig und bevorzugter Zeuge ihrer Freveltaten? War ich nicht dazu bestimmt, mit Diego de Landa nach Spanien zurückzureisen und die Klöster und Bibliotheken unseres Ordens zu besuchen, wenn die Zeit der Abrechnung kam? Hatte ich mich nicht genügend geopfert, um die Götter zu besänftigen?

Diego de Landa drehte sich zu mir um. Er zeigte auf das Gerüst des mächtigen Scheiterhaufens. Er schlug das Kreuzzeichen über mir und lächelte. ›Hier.‹ Er gab mir den brennenden Ast. ›Du zündest es an.‹«

83

»Genug. Die Strecke der Worte muss hier enden.«

Die Stimme des Halach Uinic hallte über die Versammlung. Das Licht der flackernden Kerzen spiegelte sich in seinem leichenblassen Gesicht.

Der Chilan, der aus dem Codex gelesen hatte, gab dem Halach Uinic das Buch. Dieser hielt es von sich gestreckt, als befürchtete er, es könnte plötzlich in Flammen aufgehen und ihn verzehren. Von seiner Last befreit, taumelte der Chilan und wäre beinahe gestürzt. Einige der jüngeren Priester eilten ihm zu Hilfe und führten ihn fort.

Der Halach Uinic schloss die Augen. »Bringt den dreizehnten Kristallschädel.«

Ein Raunen ging durch die Menge.

Acan trat vor. Er wickelte den Kristallschädel aus und hielt ihn dem Halach Uinic hin.

»Gib ihn dem Schamanen.«

Acan zögerte. Er wusste erkennbar nicht, welchen Schamanen der Halach Uinic meinte.

Ixtab nahm ihrem Sohn den Schädel ab und gab ihn Sabir. Ihre Bewegungen waren so entschlossen, dass Sabir keine andere Wahl hatte, als ihn anzunehmen.

»Warum gibst du ihn mir? Ich bin kein Schamane. Ich verfüge über keine verborgenen Kräfte außer dem, was der *Curandero* sagte. Und der Schädel gehört ohnehin euch.« Er versuchte ihn zurückzugeben, aber Ixtab schüttelte den Kopf. »Wir hatten keine Ahnung, dass wir so etwas finden würden, als wir hierherkamen«, fuhr Sabir fort und sah Calque und Lamia flehentlich an, als könnten sie sich irgendwie für ihn einsetzen. »Ich verstehe nicht, was hier vor sich geht.« Seine Stimme brach unentschlossen ab.

Der Halach Uinic senkte die Stimme, sodass ihn nur noch seine unmittelbare Umgebung hören konnte. »Selbstverständlich bist du hierhergeschickt worden, um diesen Schädel zu finden. In diesem Buch steht mehr, als der Chilan vorgelesen hat. Sehr viel mehr. Ich muss dir einige drängende Fragen stellen. Fragen, auf die du bewusst vielleicht keine Antwort hast. Ein Geheimnis, das kein Geheimnis ist. Aber dazu brauchen wir ein *touj*.«

»Ein was?«

»Später, ich werde dir alles später erklären.« Der Halach Uinic wandte sich wieder seinen Leuten zu. Er hielt den Codex in der erhobenen linken Hand und wartete.

Sabir riss die Augen auf. Ihm dämmerte mit einem Mal, dass die gesamte Versammlung, einschließlich des Halach Uinic, darauf wartete, dass er etwas tat.

Er sah sich in kaum verhohlener Panik um. Da hatte er nun

eine Woche lang versucht, den elf Geschwistern eines Mannes zu entkommen, den er versehentlich – oder, der Überzeugung des Corpus maleficus nach, sehr wohl absichtlich – getötet hatte, und ihm fiel nichts Besseres ein, als sich vor tausend Menschen, die jede seiner Bewegungen gierig verfolgten, auf die Spitze einer Pyramide in Yukatan zu stellen und einen Kristallschädel über dem Kopf zu schwenken. War das bescheuert oder nicht?

Kaum war der absurde Gedanke aufgeblitzt, wurde Sabir von einem Gefühl außerordentlichen Wohlbefindens durchströmt, so als spürte er vorübergehend, dass er mehr war als die bloße Summe seiner Teile. Er sah Ixtab an, weil er überzeugt war, dass die Unterstützung, die er spürte, von ihr kam.

Sie lächelte ihn an und nickte.

Plötzlich wusste Sabir genau, was er zu tun hatte. Er ging auf den Halach Uinic zu und hielt den Kristallschädel in die Höhe, sodass die Menge unten ihn sehen konnte. Er verbeugte sich vor dem Oberpriester und streckte den Schädel dann so vor, als wollte er ihn die Treppe der Pyramide hinunterwerfen. Dann machte er Lamia mit dem Kopf ein Zeichen.

Sie zögerte und trat dann zu ihm.

»Ich möchte, dass du für mich übersetzt. Mein Spanisch ist zu schlecht. Es bedeutet aber, dass du so laut du kannst zu allen diesen Menschen da unten rufen musst. Traust du dir das zu?«

Lamia zögerte wieder. Dann neigte sie den Kopf.

Er formte ein »Ich liebe dich« mit den Lippen.

Sie erwiderte seinen Blick und formte dieselben Worte.

»Sag ihnen, dass ein großer Mann, der fast auf den Tag genau vier Jahre nach den Ereignissen, von denen sie eben gehört haben, gestorben ist, uns gezeigt hat, wo der Schädel zu finden ist.«

Lamia runzelte die Stirn. Aber dann hellte sich ihr Gesicht in plötzlichem Begreifen auf, und sie begann seine Worte zu übersetzen.

»Dieser Mann hat den Schädel als ein Geschenk an das Volk der Maya gesehen. Ein Geschenk, das ihnen schon einmal gehörte und das ihnen nun wieder gehören muss.« Er hielt inne und wartete, bis Lamia seine Worte übersetzt hatte. »Sag ihnen, wir sind über das Meer gereist, um sie zu bitten, dieses Geschenk in demselben Geist anzunehmen, in dem unser Freund aus Veracruz ihnen die Rückgabe ihres heiligen Buches angeboten hat.« Sabir blickte sich auf der Suche nach Inspiration um. Die neuen Worte kamen in einem Schwall, als wären sie hinter den anderen angestaut gewesen und hätten nur darauf gewartet, hervorzuströmen. »Sag ihnen, wir Fremden sind stolz darauf, die unwissentlichen Hüter ihrer Schätze gewesen zu sein – der einzigen beiden Gegenstände, die vor Diego de Landas Pogrom gerettet wurden.«

Sabir wusste, es waren nicht seine eigenen Worte, die er hier sprach, sondern die Worte, die er nach dem Wunsch Ixtabs und des Halach Uinic sprechen sollte und die sie durch ihn zum Ausdruck brachten. Der rationale Teil von ihm wehrte sich immer noch gegen die Möglichkeit, man könne Worte mittels der Gedanken anderer eingeflößt bekommen.

Der Halach Uinic nahm Sabirs Angebot des Schädels an. Er hielt Buch und Kristallschädel kurz für die Versammlung in die Höhe, ehe er sie an die umstehenden Priester weiterreichte. »Dieses Buch wird übersetzt und kopiert werden. Sobald diese Arbeit abgeschlossen ist, wird sein Inhalt allen zugänglich sein.« Er wartete, bis das Murmeln der Menge erstarb. »Der Schädel darf erst am letzten Tag des Zyklus der neun Höllen, der auf den 21. Dezember 2012 fällt, mit den übrigen zwölf Schädeln vereint werden. Erst dann werden wir erfahren, was uns der dreizehnte Schädel zu sagen hat. Ist das annehmbar für euch? Werdet ihr mir erlauben, euch in dieser Angelegenheit zu vertreten? Wenn nicht, werde ich zurücktreten und einem anderen Platz machen.«

Ein großes Scheppern und Schlagen ertönte von unten.

Sabir spähte mit zusammengekniffenen Augen in das Halbdunkel und schüttelte verwundert den Kopf. Die Mayafrauen hatten ihre Kochutensilien in Vorbereitung auf das anstehende Festmahl mitgebracht und schlugen nun ihre Pfannen über dem Kopf zusammen, während ihre Männer die Macheten kreisen ließen und wie bei einem Säbeltanz klirrend kreuzten.

Sabir setzte sich auf die oberste Stufe der Pyramide und stützte den Kopf in die Hände. Er fühlte sich ausgelaugt. Unwissend. Handlungsunfähig. Lamia kauerte sich neben ihn und legte ihren Kopf an seinen.

»Du hast alles richtig gemacht. Was du gesagt hast, war wunderschön. Woher wusstest du so genau, worauf es ankam?«

Sabir beugte sich zu ihr und küsste sie sanft auf den Mund. Dann legte er den Kopf zurück, sah sie nachdenklich an und küsste sie noch einmal. »Du würdest es mir nicht glauben, wenn ich es dir sagen würde.«

84

Abi presste das Handy an sein Ohr. Mit der freien Hand hielt er sich das andere Ohr zu, um den Radau auszusperren. Bei all dem Getöse ringsum schien die Gelegenheit günstig, seine Telefonate zu erledigen. »Alles in Ordnung beim Lagerhaus? Keine unerwünschten Besucher?«

»Hier ist es still wie im Grab. Ich habe Berith gesagt, er soll ein wenig schlafen, so lange er kann.« Oni reckte den Kopf. »Was ist das für ein Geklopfe bei euch?«

»Sabir hat die Menge begeistert. Und unsere Schwester hat für ihn übersetzt. Ging ab wie ein Orkan. Wie aus *Quatermain*.«

»Wie was?«

Abi zuckte mit den Achseln. Sinnlos, es zu erklären. »Athame versucht herauszufinden, wohin sie den Schädel und das Buch bringen. Der Rest von uns versteckt sich um das Lager herum. Wenn die große Masse der Maya gegessen hat und sich entweder schlafen gelegt hat oder nach Hause gegangen ist, schlagen wir zu. Wir drehen es so, dass sie glauben werden, Sabir und Calque hätten es sich anders überlegt und seien mit ihren heiligen Reliquien abgehauen. Gierige Gringos, die ihre große Chance gesehen haben – etwas in dieser Art. Das Klischee bedienen, hätte Monsieur, unser Vater, gesagt. Das dürfte zu gewaltigem Verdruss führen, und wir bleiben hübsch unbehelligt. Schließlich wollen wir keinen Ärger am Flughafen von Cancun, wenn wir das Land verlassen. Man kann nie wissen bei diesen Leuten.«

»Ich wünschte, ich wäre bei euch.«

»Nein, das wünschst du dir nicht. Hier ist es total langweilig. Das kann sich noch stundenlang hinziehen. Ich wünsche mir langsam, wir hätten ein paar Sandwiches mitgebracht.«

»Ich habe Sandwiches hier. *Chorizo. Lomo.* Käse. Hühnchen. *Aguacate...*«

»Leck mich, Oni.«

85 Der Halach Uinic forderte Calque, Sabir und Lamia mit einem Handzeichen auf, die Schwitzhütte vor ihm zu betreten. »Dies ist das *touj*, von dem ich vorher gesprochen habe. Was man in anderen Teilen Mexikos als *temazcal* bezeichnet. Bitte tragt kein Metall oder anderen Schmuck am Körper. Solche Gegenstände wird man für euch aufbewahren, solange die Zeremonie dauert.«

Ixtab stand neben ihm, genau wie der Chilan, der aus dem Codex gelesen hatte. Der Mestize aus Veracruz stand ein Stück dahinter und schaute ängstlich drein. Die Ereignisse des Abends hatten allen sichtbar zugesetzt; dies schien besonders bei Sabir der Fall zu sein, denn er stand da, starrte auf die Schwitzhütte und schüttelte den Kopf wie ein von Fliegen belästigtes Pferd.

Der Halach Uinic sah Ixtab an und neigte den Kopf dann leicht in Richtung Lamia.

Ixtab trat auf Lamia zu und sagte mit gesenkter Stimme:

»Bitte verzeihen Sie mir, Señorita, aber ich muss Sie das fragen. Haben Sie gerade Ihre Menstruation? Denn dann ist es nicht erlaubt, das *touj* zu betreten. Es ist nicht gut für den Leib.«

»Nein, ich habe sie nicht.«

Der Halach Uinic nickte und räusperte sich. »An diesem Ort können wir uns ungestört unterhalten. Niemand kann uns hören. Ich habe vier Substanzen vorbereitet. Erstens Peyote aus den Huicholes, das wir *aguacolla* nennen. Zweitens *k'aizalah okax*, was bei Ihnen als ›Magic Mushroom‹ bekannt ist. Außerdem Samen des *quiebracajete*, der bei Ihnen Purpurwinde heißt und den wir mit dem *balché* mischen werden, unserem heiligen Saft, dessen Herstellung uns die Spanier verboten haben. Und schließlich das Gift der Riesenkröte, das wir mit aus Wasserlilien hergestelltem Tabak mischen werden. Diese Substanzen werden uns klarsehen lassen; sie werden dafür sorgen, dass sich unsere Körper und Seelen vereinen, wie es sein soll, und die Lebenskraft fließen kann. Ixtab wird euer Inneres erforschen und entscheiden, welche Vorbereitungen in Einklang mit eurer Natur sind, denn sie dürfen nicht vermischt werden. Seid ihr bereit dazu?«

»Ich gehe da nicht hinein.« Sabirs Kopf stand jetzt still, aber sein Gesicht war kreidebleich. »Ich leide nämlich unter Klaustrophobie.«

»Aber ...«

»Ich meine nicht, dass ich kleine Räume nicht mag, sondern dass ich ernsthaft unter Klaustrophobie leide. Sodass ich schreien muss. Dass ich sabbere und darum flehe, hinausgelassen zu werden. Auf dem Boden herumkrieche und wimmere und mir die Fingernägel ins Fleisch bohre. Mit dem Kopf an die Wand schlage. Habe ich mich einigermaßen deutlich ausgedrückt?«

Ringsum herrschte betretenes Schweigen.

»Ich habe schon von diesen Hütten gehört. Man wird mit einem Haufen rot glühender Vulkansteine eingesperrt. Dann jagen sie die Temperatur auf hundert Grad. Man sieht nichts, es ist stockdunkel.« Sabir schauderte unwillkürlich. »Ich kann es nicht, Drogen hin oder her.« Er schüttelte den Kopf. »Was heißt da, ich kann es nicht? Ich werde es nicht tun, basta.«

Der Halach Uinic legte eine Hand auf Sabirs Arm. »Ixtab hat mich vor Ihren Ängsten gewarnt. Sie hat eine Schale *chocah* vorbereitet. Es besteht hauptsächlich aus Schokolade, die wir *xocolatl* nennen, und aus Pfeffer, Honig und Tabaksaft. Das wird Sie beruhigen, bevor Sie hineingehen.«

»Woher um alles in der Welt wusste Ixtab, dass ich Klaustrophobie habe? Wer hat es ihr gesagt?« Sabir sah Calque und Lamia zornig an.

Beide schüttelten den Kopf.

Sabirs Stimme wurde nach dem ersten Ausfall ein wenig ruhiger. Er gewöhnte sich allmählich an Ixtabs unheimliche Einblicke in seine Seele. »Ihr versteht das nicht annähernd. Vor sechs Monaten hatte ich ein verrücktes Erlebnis. Es war, als wäre ich der Hölle ausgeliefert, nur dass alle Alltagsfähigkeiten noch intakt waren. Ich starb gewissermaßen und kehrte dann ins Leben zurück.« Er sah Lamia an und hoffte, sie verzieh ihm, dass er Erinnerungen an den Tod ihres Bruders wieder wachrief, und auch, dass er ihr stillschweigend vorgeworfen hatte, sie habe Ixtab von seiner Klaustrophobie erzählt. »Es hat eine ähnliche Erfahrung widergespiegelt wie die, die ich als Kind in einem Kofferraum hatte. Und die ich auf keinen Fall noch einmal machen möchte. Ich kann da nicht hinein. Und ich wüsste auch nicht, warum ich es tun sollte.«

Der Halach Uinic hob beide Hände. »Wir werden Sie nicht zwingen, Mr. Sabir. Bitte bleiben Sie draußen, wenn Sie es wünschen. Es wäre jedoch eine Tragödie für uns, da ich überzeugt bin, Sie haben eine weitere Gabe an uns weiterzugeben. Eine geheime Gabe, von der Akbal Coatl schreibt, Sie hätten sie von dem Propheten Nostradamus erhalten.«

Sabir riss die Augen auf. »Das ist doch nicht zu glauben.« Er trat einen Schritt zurück. »Calque, haben Sie ihm von Nostradamus erzählt?«

Calque schüttelte den Kopf. Er sah nicht weniger verblüfft aus als Sabir. »Ich habe nie ein Wort von Nostradamus zu den Leuten hier gesagt. Und auch nichts von Ihrer Klaustrophobie, wenn wir schon dabei sind. Wozu hätte das gut sein sollen? Und ich weiß auch nichts von geheimen Gaben. Insbesondere nicht in Ihrem Fall, Sabir.«

Sabir wandte sich wieder an den Halach Uinic. »Wollen Sie mir ernsthaft weismachen, dieser Akbal Soundso hat mich in seinen Schriften erwähnt? Und eine Verbindung zwischen mir und Nostradamus hergestellt? Das kann nicht Ihr Ernst sein.«

»Nicht namentlich, natürlich. Unser Bruder war kein Prophet – er war ein Schreiber. Er sagte nur, dass ein Bote, geführt von den Schriften, die er und Nostradamus sich ausgedacht hatten, nach dem Ausbruch des großen Vulkans von Orizaba erscheinen werde, um den dreizehnten Schädel seinen rechtmäßigen Eigentümern zurückzugeben. So wie er schrieb, dass ein Wächter – ein erwählter *ak k'u hun*, ein erwählter Hüter der heiligen Bücher – uns den heiligen Code zur rechten Zeit zurückbringen werde. Hier ist der Wächter.« Er zeigte auf den Mestizen. »Und hier sind Sie.« Der Halach Uinic konnte seine Befriedigung über den Verlauf der Dinge nicht verbergen.

»Sie wissen nicht einmal den Namen des Mannes, Herrgott noch mal. Oder falls doch, machen Sie sich nicht die Mühe, ihn zu benutzen.« Sabir zeigte auf den Mestizen und vergaß kurz, dass er selbst ebenfalls noch nicht dazu gekommen war, den Namen des Mannes zu erfragen. »Und doch sind Sie eifrig bemüht, mir einzureden, dass sein Erscheinen irgendwie vorherbestimmt war. Was ist nur los mit euch? Das ergibt alles keinen Sinn.«

Der Halach Uinic sah zuerst den Chilan an und dann Ixtab, als suchte er verzweifelt nach moralischer Unterstützung. Es schien ihm nicht klar zu sein, dass nicht alle Anwesenden bis ins Detail mit den religiösen Gebräuchen der Maya vertraut waren. »Aber wir brauchen seinen Namen nicht zu wissen, verstehen Sie. Für uns wird er immer der ›Wächter‹ sein. So wie ein Schamane seinen Namen verliert und einen anderen erbt, wenn eine dritte Partei von ihm träumt – denn erst dann kann er zu heilen beginnen. Als der ›Wächter‹ uns das Buch brachte, haben wir sofort erkannt, wer er war. Sowohl Ixtab als auch ich hatten in der Nacht nach dem Ausbruch des Pico de Orizaba von seiner Ankunft geträumt. Es steht seit langer Zeit geschrieben, dass uns in Kabah eine Offenbarung zuteilwerden würde. Aber ich wagte nicht zu glauben, dass mein Traum real war.« Er hob die Arme in einer schuldbewussten Geste. »Ixtab überzeugte mich jedoch von der Wahrheit meines Traums, indem sie ihn mir bis in alle Einzelheiten erzählte, ohne dass ich ihr etwas davon gesagt hatte. Da beschloss ich dann, Tag und Nacht einen Mann in Kabah aufpassen zu lassen. Und nur aus diesem Grund waren wir so geschwind zur Stelle, als Sie und Ihr Begleiter den Kristallschädel entdeckten. Dass wir den ›Wächter‹ ebenfalls dort antrafen, bekräftigte den Wahrheitsgehalt des Traums für uns. Deshalb konnten wir die Zeremonie so rasch abhalten. Wir hatten uns längst darauf vorbereitet, verstehen Sie?«

»Ich bin der Wächter?« Der Mestize trat als Reaktion auf Ixtabs Simultanübersetzung des Halach Uinic vor. »So nennt ihr mich?«

Der Halach Uinic wandte sich ihm zu. »Du bist der Wächter, ja. Du wirst außerdem für alle Zeiten in unserem Volk als der ›Überbringer des Buches‹ bekannt sein. Was immer du brauchst, du bekommst es von uns. Wir haben bereits eine Sammlung für dich gemacht. Jeder hat gegeben, was ihm möglich war. Tepeu hat uns erzählt, dass du keine Frau hast. Dass deine Mutter allein in ihrer Hütte wohnt. Das ist nicht richtig. Hättest du das Buch verkauft, wie es dein Recht gewesen wäre, hättest du ungeahnte Summen von den Gringos bekommen.

Aber du hast dich anders entschieden. Wir können dir keinen Ersatz für all dieses Geld bieten, wie es gerecht wäre. Aber wir können dir genug bieten, dass du eine zweite Hütte neben der deiner Mutter bauen und dir eine Frau leisten kannst, die deine Mutter mit Enkeln erfreut. Das können wir für dich tun. Das musst du annehmen.«

»Ich kann es nicht annehmen.«

»Du musst. Oder wir müssen dir das Buch zurückgeben.«

Der Mestize starrte den Halach Uinic an. Dann wandte er den Kopf zu Ixtab. Dann zu dem Chilan, der aus dem Buch gelesen hatte. Alle warteten auf seine Antwort. Alle drängten ihn mit ihren Blicken, den Halach Uinic nicht zu enttäuschen. Sein Angebot nicht zurückzuweisen.

Der Mestize nickte. »Ich nehme an. Meine Mutter wird zufrieden mit mir sein. Sie ist schon an meinem Junggesellendasein verzweifelt. Es gibt da eine Witwe, sie heißt Lorena. Sie wohnt im Nachbardorf. Wenn ich ihr ein Haus bauen würde, würde sie kommen und als meine Frau bei mir wohnen. Das hat sie mir gesagt. Ich habe ihr erklärt, dass ich ihr kein Haus bauen kann. Ich habe ihr gesagt, sie muss sich einen anderen Mann suchen. Einen Mann, der ihren Bedürfnissen besser entspricht.«

»Jetzt kannst du es.«

»Ja. Jetzt kann ich es. Jetzt kann ich ihr ein Haus bauen.«

86 Athame de Bale beobachtete die Gruppe vor dem Schwitzhaus. Wenn sie die Hände hinter die Ohren legte, konnte sie ungefähr jedes dritte Wort verstehen, das gesprochen wurde. Deutlich hörte sie den Namen »Nostradamus«, eingeleitet von »geheim« und dann »Gabe« – alles versteckt unter einem Haufen sonstigem Zeug.

Sie spürte, wie sich ihr Magen triumphierend hob. Was zu dem Mestizen gesagt wurde, interessierte sie nicht. Sie interessierte sich nur für Sabir. Würde er den Mumm haben, das

Schwitzhaus zu betreten oder nicht? Sollte sie eine Vermutung wagen? So oder so würde sie nur ein winziges Zeitfenster haben, um zu tun, was sie tun musste.

Fürs Erste schien die Gruppe vollauf damit beschäftigt zu sein, den Mestizen zu umschmeicheln und Sabir zu überreden, dass er tatsächlich – doch, tatsächlich, trotz seiner hysterischen Beteuerungen des Gegenteils – von der Erfahrung der Schwitzhütte profitieren würde.

Athame sprach ein lautloses Gebet. Wenn nur die Mayafrau mit dem Muschelhalsband woandershin gehen würde, hätte sie freie Bahn. Lamia und der Expolizist hatten ihr beide den Rücken zugewandt, genau wie der Halach Uinic und der Priester, der aus dem Buch gelesen hatte. Sabir war zu sehr mit seinen eigenen Problemen beschäftigt, um irgendwen zu bemerken, und der Mestize machte sich nass vor Freude beim Gedanken an seine bevorstehende Heirat und sah niemanden an außer dem großen Häuptling.

Wie auf Befehl machte Sabir abrupt auf dem Absatz kehrt und begann in Richtung Pyramide zurückzustelzen. Die Mayafrau mit dem Halsband machte eine beschwichtigende Geste zum Halach Uinic und eilte Sabir nach. Für einen kurzen Moment achteten alle auf dessen Kindereien und nicht auf das Schwitzhaus.

Athame spurtete über die offene Fläche zwischen ihrem Versteck und der Schwitzhütte. Sie schlüpfte durch den Eingang und wagte es nicht, sich dabei umzusehen. Die schmale Öffnung war kein Problem für jemanden von ihrer geringen Größe, und sie war schnell außer Sicht der Versammlung. Hektisch blickte sie sich nach einem Versteck um, wobei sie immer noch nicht wusste, ob sie vielleicht jemand aus dem Augenwinkel beobachtet hatte.

Dank der relativen Dunkelheit auf der Lichtung draußen gewöhnten sich ihre Augen schnell an die Düsternis in der Hütte. Ein kleiner Ring aus Felsblöcken war in deren Mitte aufgebaut, um die erhitzten Steine aufzunehmen. Um ihn herum lagen rund ein Dutzend Stoffkissen. Die Schwitzhütte war wie ein Iglu gebaut, mit einem Innendurchmesser von vielleicht zehn Metern und einer Lücke von knapp drei Metern zwischen dem Kissenkreis und der Wand. Es gab keinerlei Beleuchtung in der Hütte, aber dank des minimalen Lichteinfalls von einem Dutzend Feuerstellen zum Kochen und des größeren Feuers zum Erhitzen der Steine konnte Athame die Umrisse der Kissen so gerade noch erkennen.

Sie schnappte sich zwei Kissen aus dem Kreis, kroch in die hinterste Ecke der Hütte und richtete die Kissen so, dass sie ihre gesamten einen Meter vierzig große Gestalt abdeckten. Sie spürte, wie die scharfen Kanten der Walther P4 sich durch den Rucksack in ihre Rippen bohrten. War das vielleicht eine Botschaft?

Sie langte hinter sich und befreite die Walther. Mit mehr als zwanzig Zentimetern Länge war es eine sehr große Waffe für eine sehr kleine Frau. Eine P5 Compact wäre um einiges passender gewesen. Aber Athame war zufrieden mit dem, was sie hatte, auch wenn ihre winzige, sechsfingrige Hand kaum den Hahn spannen konnte. Zweihändig jedoch kam sie wunderbar mit der Waffe zurecht.

Sie entsicherte die Waffe, drückte sie dann an ihre Brust und wartete.

87

Ixtab holte Sabir ein, als dessen Frust allmählich nachzulassen begann. Er lehnte an einem Baum, atmete die Nachtluft in tiefen Zügen ein und starrte auf die Pyramiden in der Ferne, als argwöhnte er, sie könnten ihm große Weisheiten mitzuteilen haben.

Rund dreißig Freiwillige bildeten eine Eimerkette auf der großen, der Vater-Pyramide. Zuerst spritzten sie die Treppe ab. Dann fegten sie den ganzen Müll von ihrer Zeremonie zusammen; Sabir nahm an, es geschah in Vorbereitung auf das Tourismusgeschäft am nächsten Morgen.

Ixtab blieb hinter ihm stehen. Sabir wusste, dass sie da war, aber er weigerte sich, sie zur Kenntnis zu nehmen.

»Wir haben viele Jahre auf deine Ankunft gewartet. Das weißt du.«

»Blödsinn.«

»Doch. Du weißt, dass es wahr ist.«

Sabir blies die Wangen auf und stieß die Luft durch sie heraus wie ein Kind. »Wenn du gekommen bist, um mich zu überreden, dass ich in eure verdammte Hütte gehe, verschwendest du deine Zeit.«

»Trink das trotzdem. Ich habe es für dich zubereitet. Es wird dich beruhigen.«

»Ich nehme an, du hast es mit einem der Zaubertränke des Halach Uinic versetzt, oder?«

Ixtab nahm die Kränkung kaum zur Kenntnis. »Nein. Das würde ich nie tun. Alles darin ist natürlich. Es enthält keine Halluzinogene. Bei den Gebräuen des Halach Uinic kommt es einzig darauf an, dass die Leute sie freiwillig nehmen, in der richtigen Geistesverfassung und zu einem spirituellen Zweck. Sie sind keine Spielzeuge für Gringos. Und du bist im Moment nicht in der Geistesverfassung, irgendetwas einzunehmen.«

Sabir nahm die Kürbisschale widerwillig entgegen. Er zögerte kurz und trank dann einen tiefen Zug, sein plötzlicher Durst überraschte ihn. Er fühlte sich ungehobelt und undankbar, wütend und klein zugleich. »Danke. Ich wollte niemanden beleidigen, das verstehst du?«

Sie nickte. »Wir hätten dich vorbereiten sollen. Dir den Zweck der Zeremonie erst erklären. Aber der Halach Uinic hat das Zweite Gesicht. Er ist sehr fortgeschritten in diesen Dingen. Sein Instinkt sagte ihm, dass wir unverzüglich fortfahren sollten. Er spürt, dass sich etwas Böses nähert. Es gibt ihm zufolge einen Zeitplan, den wir einhalten müssen, sonst ist alles verloren. Ich habe nie erlebt, dass er sich in solchen Dingen geirrt hätte.«

»Und du? Irrst du dich manchmal?«

Ixtab legte die Hand aufs Herz. »Ich habe mich in Bezug auf dich geirrt. Ich dachte, du würdest die Zeremonie begrüßen. Ich habe deine Angst nicht gesehen. Deine berechtigte Angst. Das ist unverzeihlich.«

Sabir nickte, ihre erkennbare Sorge rührte ihn mehr, als er zugeben wollte. »Ich will kein Schamane sein. Ich kenne keine Geheimnisse. Ich habe gerade die Frau meines Lebens kennengelernt. Alles, was ich im Moment will, ist, sie mit zu mir nach Hause nehmen und sehen, ob ich zwanzig Jahre abschütteln kann, in denen ich mich für introvertiert, für eine Art Einsiedler hielt – in denen ich dachte, ich tauge zu nichts.«

Ixtab sagte nichts. Sie sah ihn nur an.

Sabir fand ihr Schweigen bedrückend, was ihre Absicht gewesen war. Er beeilte sich, es auszufüllen. »Das alles ist gewaltig aus dem Ruder gelaufen, verstehst du? Wenn ich ehrlich bin, fing ich rein wegen des Geldes damit an. Ich wollte der Mann sein, der Nostradamus' verschollene Prophezeiungen veröffentlicht. Ich wollte berühmt werden damit. Wenn alles so gelaufen wäre wie geplant, wäre ich in unzähligen Fernsehsendungen erschienen, hätte ein paar Autogrammstunden gegeben, vielleicht sogar die Filmrechte verkauft. Einen Haufen Kohle gemacht, mit anderen Worten. Stattdessen hat sich alles hässlich entwickelt. Meine Zigeunerfreunde und ich hatten das Pech, an Lamias verrückte Mutter und ihre Familie von irren Teufelsschützern zu geraten – ohne es zu merken, kam ich persönlich dem Oberfreak Achor Bale in die Quere. Das alles wuchs mir gewaltig über den Kopf. Letzten Mai wäre ich um ein Haar getötet worden. In der vergangenen Woche bin ich wieder vor dem aufziehenden Sturm geflohen, und ich habe es satt. Ich will nur noch nach Hause.«

Er spürte, wie ihn Ixtabs *Chocah*-Getränk beruhigte. Paradoxerweise machte es ihn aber auch redseliger, als er sein wollte.

»Und Lamia? Wie kommt sie damit zurecht? Sie scheint sich nicht wohl zu fühlen.«

Sabir zuckte mit den Achseln. »Sie weiß nicht, was sie denken soll. Sie weiß nicht, was sie tun soll. Sie ist wie wir alle. Wir nehmen jeden Tag, wie er kommt.«

»Bist du dir sicher?«

Sabir nickte in Zeitlupe. Er fühlte sich sehr schläfrig und entspannt. Er wurde von einem plötzlichen Selbstvertrauen überflutet, das ihn in seiner Vehemenz überraschte. »Natürlich bin ich mir sicher. Ich kenne sie. Sie leidet. Deshalb hat sie sich in sich selbst zurückgezogen. Sie ließ sich ihre Jungfräulichkeit von mir rauben, nachdem sie zwanzig Jahre damit gewartet hatte, und das wird sie zusätzlich aus der Bahn geworfen haben. Das Ganze ist kaum überraschend.« Er verstummte abrupt, erstaunt über seine Indiskretion. Erstaunt, was da aus seinem Mund kam. »Ich weiß nicht, warum ich dir das erzählt habe.« Er schüttelte ungläubig den Kopf. »Es war nicht meine Absicht, als ich zu reden anfing.« Er blickte misstrauisch auf den leeren Kürbis in seiner Hand und gab ihn Ixtab zurück.

Sie schüttelte den Kopf, um ihm noch einmal zu versichern, dass der Trank nichts Anstößiges enthalten hatte.

Nun, da er die Katze so spektakulär taktlos aus dem Sack gelassen hatte, fand Sabir, konnte er die Dinge auch gleich beim Namen nennen. »Ihr ganzes Leben lang hat Lamia nie einen Mann an sich herangelassen, weil sie wegen ihres Gesichts befangen war. Das kannst du dir wohl vorstellen, oder? Aber mich hat sie gelassen. Und dann werde ich mit einem Schlag verrückt. Kein Wunder, dass sie sich ein bisschen verletzlich fühlt.«

»Meinst du nicht, du bist es ihr schuldig, all das zu begraben?«

Sabir lachte. »War das eine Art Freud'scher Versprecher? Oder fängst du wieder damit an, dass ich in eure verdammte Schwitzhütte gehen soll?«

Ixtab ignorierte seine aufgesetzte Leichtigkeit. »Du trägst

etwas in dir, Adam. Ein Geheimnis. Etwas, womit du nichts anzufangen weißt.« Ixtab fixierte ihn mit den Augen. »Das ist dir eine Last. Es ist der Grund, warum du nicht schläfst. Nicht das andere. Nicht die Klaustrophobie. Nicht die Erinnerungen.«

»Woher weißt du, dass ich nicht schlafe?«

Ixtab seufzte. »Muss ich es erklären?«

Sabir schüttelte den Kopf. »Nein, ich glaube nicht. Ich weiß es irgendwie.«

»Nur irgendwie?«

»Ich weiß es.«

»Dann hast du den ersten Schritt geschafft. Jetzt musst du den zweiten machen.«

»Ach ja? Und der wäre?«

»Herausfinden, was du *nicht* weißt.«

Sabir brach in Lachen aus. »Na, das ist ja reizend. Das trifft den Nagel auf den Kopf.«

»Nagel auf den Kopf?«

Sabir seufzte. »Vergiss es.« Er lächelte schief. Langsam begann er sich wieder wie ein Mann zu fühlen – die Sorte Mann, in die sich eine Frau wie Lamia hatte verlieben können. Er sah Ixtab an. Er traute ihr – daran bestand kein Zweifel. Er fühlte es instinktiv in seinem Innern. Diese Frau würde immer den richtigen Weg wählen. Sie würde einen immer in die Richtung lenken, die man einschlagen musste. »Ich weiß nicht, was in deinem verdammten Gebräu war, aber ich bin bereit, noch einen Versuch mit eurem Schwitzbad zu wagen. Wenn ich es jetzt nicht schaffe, werde ich es nie schaffen.«

»Bist du dir sicher?«

»Ich bin mir natürlich nicht sicher. Deshalb behalte ich mir das Recht vor, jederzeit wieder die Flucht zu ergreifen, bevor ich in die Hütte gehe. Aber dann darfst du mir nicht wieder folgen. Abgemacht?«

Ixtab lächelte. »Wenn du fliehst, werde ich dir nicht folgen.

Aber du wirst nicht fliehen, Adam. Und später wirst du schlafen.«

88 Der Halach Uinic schüttelte den Kopf. »Engelstrompete? Nein. Ausgeschlossen. Ich kann es vielleicht nehmen, oder du, Ixtab, weil wir wissen, wie giftig es ist, und weil wir auch wissen, wie es gezüchtet wurde und welche Witterungsbedingungen sein Wachstum begleitet haben. Aber für einen Gringo ist es gefährlich. Die Nebenwirkungen können extrem unangenehm sein und lange anhalten.«

Ixtab schüttelte den Kopf. »Keins der anderen Mittel wird genügen. Wir drei müssen es zusammen nehmen. Wir müssen auf der anderen Seite kommunizieren. Wir müssen die Traumschlange wecken.«

Sabir schaute verwirrt drein. Die Wirkung des *chocah* ließ langsam nach.

Der Halach Uinic wandte sich an Calque und Lamia. »Hier. Kaut dieses Peyote. Kaut es lange. Wenn ihr es zu schnell schluckt, wird euch sehr schlecht werden. Macht euch keine Sorgen wegen des bitteren Geschmacks – das ist normal.«

»Warum sollen wir es nehmen?«

»Weil es Transzendenz ermöglicht. Es wird uns erlauben, uns zu vereinen. Auf eine gemeinsame Reise zu gehen. Ixtab hat in eure Herzen geblickt. Sie fühlt, dass diese besondere Substanz für euch beide geeignet ist. Später, im Lauf der Zeremonie, werdet ihr noch ein Stück bekommen. Der Chilan wird von der Riesenkrötenmixtur trinken – das hat er immer getan; deshalb ist er an die Wirkung gewöhnt. Der Wächter, da er nur zum Teil Indio ist, wird die zerstoßenen Samen der Purpurwinde vermischt mit Balché trinken. Er hat uns erzählt, dass er an Markttagen in Veracruz regelmäßig *pulque* trinkt – es wird also keine schädlichen Folgen für ihn haben.«

»Und warum nehmt ihr drei etwas anderes als wir?«

Der Halach Uinic schüttelte den Kopf. »Das kann ich euch

nicht sagen, weil ich es nicht weiß.« Er gestikulierte in Richtung Ixtab. »Ixtab ist die Hebamme unserer Reise. Wir sind in guten Händen. Sie hat viele Menschen durch die Unterwelt geführt. Falls es jemand nötig hat, wird sie euch Sirup aus der *Ipecacuanha*-Pflanze geben, damit ihr erbrecht, was noch im Magen ist.«

»Großartig. Ausgezeichnet. Wir werden alle zu Bulimiekranken werden. Darauf arbeite ich schon seit Jahren hin.« Calque schüttelte den Kopf, als hätte er es mit einem Haufen Irrer zu tun. Er reckte das Kinn in Richtung Sabir. »Sind Sie sich absolut sicher, dass Sie das durchziehen wollen?«

»Was glauben Sie denn, Calque? Natürlich bin ich mir nicht sicher. Aber wenn ich noch länger darüber nachdenke, nehme ich wieder Reißaus. Also los.« Er warf Lamia einen raschen Blick zu. Dann streckte er dem Halach Uinic die Hände entgegen.

Der Halach Uinic legte ihm fünfzehn Samen in die Handfläche.

»Das ist alles?«

»Mehr wäre gefährlich. Und unnötig. Wenn Gringo-Jugendliche mehr nehmen, enden sie mit Schizophrenie. Ihre Pupillen sind tagelang erweitert, und sie leiden an Lichtangst. Manche verlieren das Gedächtnis. Sie sind töricht. Sie sind nur auf irgendeine positive Wirkung aus und glauben, sie müssten nichts wissen.«

»Und uns wird das nicht passieren?«

»Nein. Nicht, wenn man die Samen gut kaut. Nicht, wenn man die richtigen Fragen stellt.«

Sabir schüttete sich die Samen in den Mund. Der Halach Uinic und Ixtab taten dasselbe. Sabir sah, wie der Wächter seine Mixtur trank, genau wie der Chilan.

Calque zuckte mit den Achseln und steckte das Peyote in den Mund. Er begann den Brei zu kauen, mit einem angewiderten Gesichtsausdruck, als würde man ihn zwingen, einen Esslöffel Rizinusöl zu schlucken.

Lamia war die Letzte, die sich entschloss. Sie wandte sich ab und blickte lange in die Dunkelheit. Dann legte sie mit einem Schaudern das Peyote auf ihre Zunge.

89 Zunächst merkte Sabir sehr wenig. Es war fast, als würde die Engelstrompete nicht wirken. Vielleicht hatten sie ihm aus Versehen eine Handvoll Sonnenblumenkerne gegeben. Ab und zu streckte er die Hand aus, als würde er nach einer Zigarette greifen. Aber er hatte nie geraucht. Das kam ihm seltsam vor.

Die Stimme des Halach Uinic leierte immer weiter. Er und der Chilan beteten nun schon seit einer Stunde, und es war zu einer Art Klangtapete geworden, hinter der Sabir undeutlich die Anwesenheit anderer Menschen wahrnahm. Aber der Raum war vollkommen dunkel – nicht der kleinste Lichtstrahl drang in ihn. Selbst die Steine, die die Luft erhitzten, waren dunkel. Sabir hatte aus unerfindlichen Gründen angenommen, sie würden glühen wie Haushaltskohle.

Dank der Hitze, die von den heißen Steinen abstrahlte, schwitzte er inzwischen hemmungslos. Er begann sich selbst als eine kalte Flasche Bier an einem Sommertag zu sehen. Bei dem Gedanken an das Bier wollte ihm das Wasser im Munde zusammenlaufen, aber er stellte fest, dass er keinen Speichel produzieren konnte. Er dachte daran, um ein Glas Wasser zu bitten, entschied sich aber dagegen. Die Vorstellung, dass sie hier zu siebt dicht um die Steine gedrängt saßen und einander doch nicht sehen konnten, erschien ihm plötzlich äußerst lächerlich.

Hin und wieder war ein leises Klappern und Schlagen zu hören – Dinge wurden verschoben, Flüssigkeiten eingegossen. Sabir nahm an, die Geräusche kamen vom Halach Uinic, von Ixtab und dem Chilan, die im Dunkeln ihre Opfergaben ordneten. Alle drei hatten verschiedene Gefäße mit Hirschblut, Harz des Sacpombaums und andere Ausrüstung mitgebracht, und Ixtab hatte außerdem wie üblich ihre Schamanentasche voller Wunderdinge bei sich.

Sabir begann darüber zu spekulieren, was wohl in Ixtabs Tasche versteckt sein mochte. Eine Puderdose? Ein Lippenstift? Ein Handy? Er begann zu kichern bei der Vorstellung von Ixtab als einer Art großstädtischer Mayaprinzessin. Die Idee war so absurd, dass er einen unwiderstehlichen Drang verspürte, es der ganzen Versammlung mitzuteilen, damit die anderen sich ebenfalls darüber amüsieren konnten. Aber aus irgendeinem Grund war er unfähig, zu sprechen.

Langsam begann Sabir das ganze ungeheuere Ausmaß dessen zu begreifen, was mit ihm vor sich ging. Da war keine Spur mehr von seiner Klaustrophobie; das angsteinflößende Gefühl von Eingeschlossenheit hatte er zu keinem Zeitpunkt gehabt, seit er die Schwitzhütte betreten hatte. Diese Tatsache kam ihm so grotesk unwahrscheinlich vor, dass er vergeblich in seinem Kopf nach den so bequem eingebrannten Angstgefühlen forschte, die ihm nun abhandengekommen waren. Aber sosehr er sich auch mühte, er konnte keine Verbindung mehr zu ihnen herstellen. War es dann also jemand anders gewesen, der unter Klaustrophobie gelitten hatte, und nicht er?

Er tastete umher, weil er unbedingt wissen wollte, wer neben ihm saß. Dies gestaltete sich jedoch schwierig, da er niemandes Privatsphäre verletzen wollte. Mit Hilfe einer Art von Ausschlussverfahren ermittelte er, dass der Halach Uinic ihm genau gegenüber saß und von dem Chilan und Ixtab eingerahmt wurde – das Beten erklang von dort. Damit blieben der Wächter, Lamia und Calque als seine potenziellen direkten Nachbarn übrig.

Sabir senkte die Nase und begann zu schnuppern. Aus irgendeinem Grund glaubte er, er müsste schlicht am Geruch feststellen können, wer neben ihm saß. Das erschien ihm vollkommen einleuchtend, und er wunderte sich, dass nicht mehr

Leute im Alltag so vorgingen. Er hatte plötzlich ein klares Bild vor Augen, wie er sich Menschen auf der Straße näherte und sie beschnupperte. Wie er ihre Geheimnisse auf diese Weise entdeckte. Feststellte, ob sie in den Wechseljahren waren, ob sie erhitzt, voll Testosteron, wütend, verliebt und so weiter waren. Irgendwer hatte diese Idee bereits gehabt, aber ihm fiel nicht mehr ein, wer und wann.

»Die Hunde!«, schrie er plötzlich und überraschte sich selbst mit dem Klang seiner Stimme.

Der Halach Uinic und der Chilan unterbrachen ihren Sprechgesang.

»Ich wusste es. Hunde laufen herum und beschnuppern alles.« Sabir hob die Hand in einer weiteren Rauchergeste zum Gesicht. Er vollführte eine ausladende Handbewegung wie ein überchargierender Schauspieler; dann hielt er abrupt inne, als er einen Widerstand spürte. Der Widerstand war jedoch nicht physikalischer Natur. Sabir hatte nur den Eindruck, dass da einer sein musste. »Das sind Sie, nicht wahr?« Er hatte vergessen, den Namen der Person zu benutzen, aber er nahm an, dass es Calque war.

»Ja, das bin ich.«

»Ich wusste es. Ich hätte Sie beinahe getroffen.«

»Sie waren weit weg. Sie waren nicht einmal in der Nähe.«

»Tatsächlich?« Sabir ließ sich nach hinten umfallen. Er lag da und blickte in die Richtung, in der das Dach sein musste, aber es hätte ebenso gut der Boden sein können, da nichts davon zu sehen war. »Kann mir jemand sagen, warum ich hier bin?«

Der Chilan und der Halach Uinic begannen ihre Gesänge wieder.

Sabir beschloss, zu schlafen.

90 Athame lag seit fast drei Stunden da, ohne sich zu bewegen. Während dieser ganzen Zeit hatten der Halach Uinic und der Chilan nur einmal ihren Singsang unterbrochen, als irgendwer – vermutlich Sabir – etwas von Hunden gerufen hatte.

Sie hatte angefangen, der Reihe nach immer einen Teil ihres Körpers zu trainieren. Winzige Bewegungen. Beugen und Strecken. Kleine Muskelkontraktionen, damit das Blut kreisen konnte und sie keinen Krampf bekam. Sie fragte sich, wie lange sie diese Tortur wohl noch würde durchstehen müssen – und wofür. Bisher hatte niemand etwas gesagt, wofür es sich gelohnt hätte, das Abendessen zu verpassen.

Irgendwann fing ihr Handy an zu vibrieren. Zum Glück für sie übertönten das Bass/Bariton-Geleier des Chilan und des Halach Uinic das Handygeräusch spielend, und Athame konnte es mit der Hand abdämpfen, bis es sich ausschaltete. Sie hatte mit Abi vereinbart, dass er es nicht öfter als zweimal läuten lassen würde – wenn sie sich dann nicht meldete, war sie anderweitig beschäftigt. Diese Vorsichtsmaßnahme ersparte ihr nun die Peinlichkeit einer vorzeitigen Entdeckung – was sie wiederum dazu gezwungen hätte, genau entgegengesetzt den Wünschen ihrer Mutter zu handeln. Athame war klug genug, um zu wissen, dass Abi sie unter diesen Umständen freudig den Wölfen zum Fraß vorgeworfen und alle Verantwortung für seine eigenen eigenmächtigen Aktionen auf sie abgewälzt hätte.

Einmal, als der Gesang besonders rau geworden war, hatte Athame eine teilweise Änderung ihrer Lage zustande gebracht und sich nach außen gedreht. Was ging im Kopf dieser Leute vor? Warum saßen sie alle hier in einem stockdunklen Raum und sangen irgendwelchen Unsinn? Allmählich bereute sie ihre superschlaue Idee, sich in die Hütte zu schleichen. Nun aber blieb ihr angesichts der unmöglichen Situation, in die sie sich gebracht hatte, nichts anderes übrig, als das Ganze bis zum bitteren Ende durchzustehen.

Sie betete stumm, dass Abi irgendwie erriet, was aus ihr geworden war, und jemand anderen auf den Schädel und das Buch ansetzte.

91 In dem temporären Lager war es still geworden. Die Leute hatten sich entweder auf dem Boden zusammengerollt oder schliefen in Hängematten, die sie zwischen Bäume gespannt hatten. Manche hatten versucht, Biwaks aus Palmwedeln und Plastikplanen zu bauen, aber die meisten begnügten sich damit, unter freiem Himmel zu liegen.

Abi hatte das ganze Gelände unter Kontrolle. Nachdem Oni und Berith am Lagerhaus wachten, blieben ihm immer noch Vau, Rudra, Aldinach, Alastor, Athame, Asson, Dakini und Nawal, um das Lager zu beaufsichtigen. Alle standen per Handy mit ihm in Kontakt, und jeder von ihnen deckte einen bestimmten Abschnitt des Lagers ab.

Dank Aldinach – die im Augenblick aus Gründen, die sie selbst am besten kannte, voll im weiblichen Betriebssystem lief – wusste er auf den Zentimeter genau, wo sich der Schädel und der Codex befanden. Und dank Aldinachs intuitivem Auge auf Abschnitte, für die sie nicht direkt verantwortlich war, wusste er auch, dass Athame sich in der Schwitzhütte versteckt hielt, dicht bei allen Hauptfiguren.

Zuerst hatte er Athames Spontanität verflucht – was fiel ihr ein, sich so in unmittelbare Gefahr der Entdeckung zu begeben? Aber nachdem er sich beruhigt hatte und vernünftig darüber nachdachte, ging es ihm schon wieder besser. Er hatte einmal versucht, sie auf ihrem Handy zu erreichen, kurz bevor Aldinach ihm erzählt hatte, wo sie sich versteckt hielt, und wenn das ihre Position nicht verraten hatte, würde es wohl auch sonst nichts tun.

Madame, seine Mutter, hatte vorhin ebenfalls angerufen. Da

sie spürte, dass die ganze Sache in ihre entscheidende Phase trat, hatte sie sich angewöhnt, ihn jede volle Stunde anzurufen. Abi fand es deshalb sehr befriedigend, dass er in der Lage gewesen war, ihr so ziemlich die volle Wahrheit über ihre Situation zu sagen. Sie taten immerhin genau das, was sie von ihnen verlangt hatte – sie überwachten alles, ohne direkt einzugreifen. Niemand – außer Athame – hatte einen aktiven Schritt unternommen. Niemand verstieß gegen ihre Wünsche. Bisher war es jedenfalls so gewesen.

Abi wusste, dass die Comtesse unheimlich geschickt darin war, Lügen zu entdecken. Er war deshalb strikt bei der Wahrheit geblieben, um den Tag, an dem er alles würde beichten müssen, noch hinauszuschieben. Er wollte ihr den totalen Erfolg berichten können: Sicherstellen des dreizehnten Kristallschädels und des Maya-Codex, Identität und Ort der Wiederkunft Christi und des dritten Antichrists und die grausam in die Länge gezogene Ermordung von Adam Sabir, für die er bereits Aldinach und ihr Wunderskalpell vorgemerkt hatte – dann und nur dann würde er möglicherweise Vergebung erwarten können. Der nicht ganz zufällige Tod von Joris Calque und Lamia würde nur noch das Sahnehäubchen auf allem darstellen.

Er las die Uhrzeit auf seinem Handy ab. Halb drei am Morgen. Er sollte sich lieber beeilen. Die Leute standen früh auf hier, und er nahm an, dass ab vier die Ersten vorbeikommen konnten, wenn sie einen weiten Weg zur Arbeit hatten.

Er begann mit der Runde der Anrufe, die er machen musste.

92

Die Schlange näherte sich ihm wieder. Dieselbe Schlange, die er gesehen hatte, als er in der Senkgrube unter dem Haus in der Camargue eingeschlossen gewesen war und auf Achor Bales Rückkehr gewartet hatte.

Diesmal glitt die Schlange an ihm vorbei. Er spürte, wie ihre raue Haut an seiner entlangstreifte.

Sabir versuchte den Kopf zu drehen, um der Schlange nachzublicken, aber er war zu keiner Bewegung fähig. Erst da bemerkte er, dass sein Kopf in einem Schraubstock festgehalten wurde.

Er korrigierte seine Blickrichtung und schaute geradeaus. Sofort wusste er, was er vor sich sah. Es war exakt die Szene in Mani, die Akbal Coatl, der oberste Hüter der heiligen Bücher, beschrieben hatte, kurz bevor die Reliquien der Maya verbrannt wurden.

Sabir versuchte zu schreien. Er versuchte, aus der Wirklichkeit auszubrechen, in der er sich nun befand, und in die zurückzukehren, in die er seiner Meinung nach gehörte. Aber seine Worte wurden verschluckt – kein Laut kam aus seinem Mund.

Dann fiel ihm ein, dass die Zeit eine Spirale war. War es nicht das, woran sowohl die Maya als auch Nostradamus glaubten? Dass man unter den richtigen Bedingungen zu jedem beliebigen Zeitpunkt in der Gegenwart der Vergangenheit und sogar der Zukunft begegnen konnte? Der Dichter T.S. Eliot hatte die Idee in seinen *Vier Quartetten* aufgegriffen: »Gegenwart und Vergangenheit sind vielleicht in der Zukunft enthalten / Und im Gewesenen das Künftige. / Ist aber jegliche Zeit stets Gegenwart, wird alle Zeit unwiderrufbar.«

Die Worte wiederholten sich unablässig in deinem Kopf.

Du warst eindeutig dabei, verrückt zu werden. Ein spanischer Soldat näherte sich dir. Er hielt eine Garrotte in den Händen.

Der Soldat wandte den Kopf zu einem Mönch im dunkelbraunen Gewand der Franziskaner. Fray de Landa. Es konnte niemand anderes sein. Das Gesicht des Mannes war glatt und makellos – das Gesicht eines Mannes, der weiß, dass alles, was er tut, egal welche Gräueltat er begeht, aufgrund göttlichen Wirkens richtig ist. Neben ihm schrieb ein Mann, den du ebenfalls kanntest, fleißig auf ein Blatt Pergament, das auf einem Pult lag. Du kanntest diesen Mann gut – er gehörte zu deiner Familie. Einen Moment lang warst du zornig auf ihn. Wie kam er dazu, mit den Spaniern gemeinsame Sache zu machen? Er sollte hier draußen sein bei dir und für seine Überzeugungen leiden.

Dann fiel es dir wieder ein. Er hatte einen Eid geschworen. Du selbst hattest ihm den Eid abgenommen. Darin hatte er sich verpflichtet, zwei heilige Gegenstände zu schützen – die letzte verbliebene Kopie des heiligen Codex, die letzte Hoffnung, nachdem Nachi Cocom die Torheit begangen hatte, Fray de Landa die Bibliothek zu zeigen – und den dreizehnten Kristallschädel, den sogenannten singenden Schädel, ohne den die zwölf übrigen Schädel der Weisheit vielleicht nicht sprechen würden. Um diese Aufgabe zu erfüllen, hatte sich Akbal Coatl bereit erklärt, die Spanier versöhnlich zu stimmen, sogar eins mit ihnen zu werden. Dies tat er offenbar nach besten Kräften.

Der spanische Soldat befestigte die Garrotte an deiner Stirn. Die Schlange war ebenfalls dicht hinter dir. Sie flüsterte dir ins Ohr.

Du wusstest, dass es die Traumschlange war. Die Schlange, die nur jenen erschien, deren Augen nicht mehr scharf genug waren, die Realität zu sehen, die sie umgab.

Die erste Umdrehung der Garrotte erfolgte. Du kreischtest vor Schmerz. Du spürtest, wie das Blut über deine Stirn lief.

Die Traumschlange flüsterte dir das erste der sieben Geheimnisse zu.

Dann kam die zweite Umdrehung. Deine Augen trübten sich. Deine Ohren begannen vom Druck der *cordeles* zu surren. Vier Umdrehungen. Das war das Maximum, was deines Wissens je angewandt worden war. So viel würdest du aushalten können. Du warst stark. Du würdest gezeichnet sein, sicher. Übel gezeichnet. Aber du würdest es überleben.

Die Traumschlange flüsterte dir das zweite der sieben Geheimnisse zu.

Als sie die Garrotte zum fünften Mal zuzogen, wusstest du nicht mehr, was sie von dir hören wollten, und es kümmerte dich nicht mehr. Du spürtest, wie sich die *cordeles* in deine Schädelknochen fraßen. Blut trübte deine Sicht. Schmerz war deine einzige Realität. Du spürtest, wie die Zähne in deinem Mund brachen, weil du die Kiefer im vergeblichen Versuch, den Druck zu lindern, aufeinander presstest.

Die Traumschlange flüsterte dir das fünfte Geheimnis zu.

Bei der siebten Umdrehung platzten deine Augen aus ihren Höhlen und fielen auf deine Wangen. Du konntest es sehen, denn du sahst durch die Augen der Traumschlange. Du warst tot und am Leben zugleich. Dein Schädel brach unter dem Druck der Garrotte. Dein Gehirn wurde zwischen den *cordeles* zusammengedrückt, die es wie in einem Schraubstock einschnürten.

Du warst tot. Niemand konnte sieben Umdrehungen der Garrotte überleben.

Die Traumschlange flüsterte dir das siebte der sieben Geheimnisse zu.

»Er lebt immer noch, Herr. Sollen wir die Garrotte noch einmal zuziehen, damit sein Schädel entzweibricht?«

»Nein, lasst ihn am Leben. Als eine Lektion für die anderen Häuptlinge.«

Als sie die Garrotte aufmachten, war es zunächst unmöglich, sie aus deinem Kopf zu lösen. Die *cordeles* hatten sich so tief hineingefressen, dass sie eins mit deinem Schädel waren.

Du warst tot. Du fühltest nichts.

Du konntest dennoch die Soldaten sehen, aber nur durch die Augen der Traumschlange. Ein Soldat durchschnitt die Membranen, die den Rest deiner herausgeplatzten Augen hielten. Ein zweiter schnitt die *cordeles* durch und riss sie aus deiner Stirn, wie man einen verkrusteten Verband von einer infizierten Wunde reißen würde.

Du wurdest hochgehoben. Das konntest du deutlich sehen. Von vier Männern und einer Frau. Du konntest das Blut aus deinen Wunden strömen sehen.

Du warst tot. Niemand konnte überleben, was du durchgemacht hattest.

Dann kam der Schmerz. Und mit ihm das letzte Flüstern der Traumschlange. Ein letztes Mal sahst du dich selbst durch ihre Augen.

93 Sabir öffnete die Augen. Er war blind. Er schloss sie wieder.

Also war alles wahr gewesen. Sie hatten ihm seine Augen genommen. Er fühlte sich von der Dunkelheit verzehrt. Er schrie.

Hände hielten seinen Körper fest. Er wurde aus dem Schwitzhaus an die frische Luft getragen.

Sabir legte die Unterarme über das Gesicht. Alles war dunkel. Er ertrug es nicht, sich seine Blindheit einzugestehen.

Ixtab beugte sich vor und legte ihre Hände auf seine. »Versuche die Augen wieder zu öffnen«, sagte sie. »Du wirst sehen. Du bist nicht blind. Vertrau mir.«

»Nein, nein. Ich kann nicht.«

»Öffne die Augen.«

Sabir wurde sanft auf den Boden gelegt. Er konnte den Staub riechen. Die Körper der Menschen um ihn. Er konnte jeden einzelnen an seinem Geruch erkennen.

»Wo ist Lamia? Ich brauche sie.«

»Öffne deine Augen, Adam.«

Sabir öffnete die Augen. Es war immer noch dunkel, aber er konnte gerade so die Gesichter der Umstehenden in der ersten Andeutung des Morgengrauens sehen.

In diesem Moment begriff er, dass er nicht blind war. Dass er lediglich eine nachahmende Vision gehabt hatte. Er wurde von heftigem Weinen geschüttelt. In einem Schwall der Erkenntnis kam die Erinnerung daran zurück, wie er die Engelstrompete genommen hatte. Er erinnerte sich an die Zeremonie. Er erinnerte sich daran, wie er eingeschlafen war. Als er sich so weit erholt hatte, dass er sprechen konnte, packte er Ixtab am Arm. »Was habe ich getan? Was habe ich gesagt?«

»Du hast uns viele Dinge erzählt.«

»Habe ich euch die sieben Geheimnisse erzählt?«

»Die sieben Geheimnisse?«

»Ja. Die sieben Geheimnisse, die mir die Traumschlange verraten hat.«

Ein schweres Schweigen senkte sich herab. Sabir konnte die Erregung, die von seinen Begleitern ausstrahlte, beinahe riechen.

»Nein. Wie lauten diese Geheimnisse?«

Sabir setzte sich auf. »Was habe ich euch erzählt?«

Calque kam näher heran und kauerte sich neben Sabir. »Sie haben uns erzählt, dass der dritte Antichrist bereits unter uns lebt. Dass Sie seinen Namen und seine Erscheinungsform kennen würden, dass dies aber niemand sonst wissen dürfe. Weil der Corpus maleficus nämlich jedem diese Information entreißen würde, um den Antichrist zu stützen und die Rückkehr des Teufels zu verzögern.«

»Großer Gott. Das war es? Das habe ich euch erzählt?«

»Ja. Sie haben uns auch aus der Offenbarung zitiert: ›Wenn die tausend Jahre vollendet sind, wird der Satan aus seinem Gefängnis freigelassen werden. Er wird ausziehen, um die Völker an den vier Ecken der Erde, den Gog und den Magog, zu verführen und sie zusammenzuholen für den Kampf; sie sind so zahlreich wie die Sandkörner am Meer.‹«

»Ja, ja. Genau das hat Achor Bale zu mir gesagt, als er mich in der Senkgrube eingeschlossen hatte. ›Und danach muss er für eine Weile freigelassen werden.‹ Der Wahnsinnige glaubte, er würde uns immer noch alle vor dem Teufel beschützen, so wie es die de Bales für die Könige von Frankreich getan hatten.«

»Sie haben auch von Ihrer Blutsschwester gesprochen, Yola Samana. Sie haben uns erzählt, dass sie von ihrem Mann Alexi Dufontaine an einem Strand auf der Insel Korsika geschwängert worden sei, dass ihr Kind aber kein normales Kind sei, sondern das Kind, das Nostradamus in seinen verschollenen Prophezeiungen vorausgesagt hatte – die Sie gelesen und dann verbrannt haben, damit sie Achor Bale und dem Corpus maleficus nicht in die Hände fielen. Dass dieses Kind tatsächlich der wiedergeborene Christus sei. Dass es wegen seiner Herkunft und des verfluchten Nomadenstamms, aus dem es entsprang, als Erwachsener ein Vertreter aller religiösen und nicht religiösen Weltanschauungen sein werde – aller Menschen, aller Rassen. Dass Gott mit der Geburt dieses Kindes seine Absicht kundtat, alle Völker der Welt zusammenzubringen und nicht zu trennen, genau wie in der Offenbarung vorhergesagt. ›Zwischen der Straße der Stadt und dem Strom, hüben und drüben, stehen Bäume des Lebens. Zwölfmal tragen sie Früchte, jeden Monat einmal; und die Blätter der Bäume dienen zur Heilung der Völker.‹«

»O Gott. Das habe ich alles erzählt? Aber ich habe geschworen, nichts preiszugeben.«

»Wem haben Sie das geschworen?«

Sabir schüttelte unsicher den Kopf. »Das weiß ich nicht. Ich kann mich nicht erinnern. Mir selbst, nehme ich an. Wem ich es in meinem Delirium geschworen habe, tut nichts zur Sache. Ich habe die Pflicht, Yola zu beschützen. Sie ist meine Blutsschwester. Es gibt Gelübde, die ich vor ihrem Stamm abgelegt habe. Je mehr Leute davon wissen, desto größer ist die Gefahr für sie.«

Der Halach Uinic lächelte. »Dann ist alles gut. Niemand hier wird dein Vertrauen missbrauchen. Du hast es uns erzählt, weil du die Botschaft weitergeben musstest. Die Traumschlange hat dich dazu veranlasst. Der Kult der Wiederkunft Christi wird hier beginnen. Wenn die Zeit reif ist, werden wir seinen Namen bekanntgeben. Und das wird am 21. Dezember 2012 der Fall sein. Genau am Ende des Zyklus der neun Höllen.«

»Dann werdet ihr das Todesurteil für das Kind unterschreiben. Ich hätte nichts sagen dürfen. Es war falsch von euch, mir die Engelstrompete zu geben. Ich habe meine Blutsschwester verraten.«

»Nein, Adam. Du hast es uns erzählt, weil dein Unterbewusstsein gespürt hat, dass du das Geheimnis, über das du gestolpert bist, teilen musst. Dass man es nur dann glauben wird, wenn es unter solchen Umständen ans Licht kommt. Ein solches Geheimnis ist eine zu große Last für einen einzigen Mann.«

Sabir schüttelte den Kopf. »Falsch. Ich habe es euch erzählt, weil ich glaubte, ich sei der Häuptling, dem die Spanier mit der Garrotte die Augen aus dem Kopf trieben – ich dachte, anders ausgedrückt, ich müsste sterben und würde mein Geheimnis mit ins Grab nehmen. Ich träumte, ich sei mit Diego de Landa auf dem Platz von Mani. Ich sah Akbal Coatl sein Pergament beschreiben. Ich sah die zerschmetterten Körper jener, die der Mönch bereits gefoltert hatte. Als ich geblendet wurde, lieh mir die Traumschlange vorübergehend ihre Augen, damit ich Zeuge des Geschehens werden konnte.« Sabir bohrte sich die Handballen in die Augenhöhlen. »Das ist natürlich alles Unsinn. Ich war nicht dort. Es war schlicht die Wirkung der Droge. Ich war auf einem Scheißtrip, das ist alles. Und mein Unterbewusstsein hat sich an das Erste gehalten, was mir in den Sinn kam, und das war zufällig die Geschichte von de Landa. Unter anderen Umständen hätte es sich genauso leicht an ein Buch hängen können, das ich gerade gelesen hatte. Oder an einen Film. Oder an irgendetwas, das mir an diesem Tag auf der Straße passiert war.«

»Du warst dieser Häuptling. Du hast die Traumschlange tatsächlich gesehen.« Der Halach Uinic beugte sich vor. Er drängte Sabir mit seinen Augen, ihm zu glauben.

»Blödsinn. Wie könnte das möglich sein?«

»Weil wir alle bei dir waren, Adam. Wir waren Zeugen dessen, was mit dir geschehen ist. Ixtab gehörte zu denen, die dich vom Platz getragen haben. Genau wie ich. Genau wie der Wächter, der Chilan und Calque. Wir alle haben dich von dort weggetragen. Wir waren dazu erwählt, deine Vision zu teilen. Es war eine gemeinsame Vision. Als anerkannte Hebamme bekam Ixtab sogar den Auftrag von den Franziskanern, sich um deine Wunden zu kümmern, damit du nicht stirbst. Damit deine Qualen als Beispiel für die anderen Häuptlinge dienen können.«

Sabir sah den Halach Uinic unsicher an. Dann lachte er bitter. »Das ist lauter verrücktes Zeug. Ihr alle habt mich vor einer Minute aus der Schwitzhütte getragen. Nicht vor vierhundertfünfzig Jahren von dem Platz in Mani. Ich glaube kein Wort davon. Wo war Lamia bei alldem? Ich muss mit ihr sprechen. Ich muss sie etwas fragen.«

Der Halach Uinic stand auf. Er sah sich in der Dunkelheit um. »Das ist nicht möglich, fürchte ich. Lamia ist verschwunden.«

94

Calque zuckte mit den Achseln. »Vor ein paar Minuten war sie definitiv noch da. Ich habe sie gesehen. Wir waren mehr als vier Stunden da drin. Ich vermute, sie musste sich mal rasch in die Büsche verdrücken. Das war wohl nichts, was sie uns unbedingt mitteilen wollte, während wir ihren ohnmächtigen Freund aus der Hütte getragen haben.«

Sabir verzog das Gesicht. »Ich bin müde. Ich will nicht mehr über das alles reden. Einverstanden, wenn wir es auf den Morgen verschieben? Ich gehe zu unserem Unterstand zurück. Lamia wird bestimmt dort warten.«

»Sie finden hin?«

»Ja, es fängt an, hell zu werden. Schaut.« Sabir deutete zu einem vagen Lichtschein am östlichen Horizont. »Wir sind direkt neben dem höchsten Baum am Platz. Es ist praktisch nicht zu verfehlen.«

»Ich komme mit Ihnen.« Calque trat rasch neben Sabir.

»Wozu? Um meine Hand zu halten? Um sicherzustellen, dass ich mich nicht im Dunkeln verlaufe?«

»Ich will mich überzeugen, dass mit Lamia alles in Ordnung ist. Das war kein sehr angenehmes Erlebnis da drin. Sie haben geschrien, Sabir. Als würde man Ihnen tatsächlich die Augen aus dem Kopf treiben.«

»So war es.«

»Aber eben haben Sie noch alles für Quatsch erklärt. Entscheiden Sie sich mal, Mann.«

Im schwachen Licht der ersten Morgendämmerung erkannte Sabir gerade noch, dass Calque den Kopf schief gelegt hatte, als würde er zu einer Person mit besonders niedrigem IQ sprechen. Das war eine Spezialität Calques. Etwas, das er eindeutig perfektioniert hatte in dreißig Jahren Vernehmungen von widerspenstigen – und häufig nicht allzu hellen – Verdächtigen.

Sabir gefiel es kein bisschen, mit diesem Blick bedacht zu werden. Vor allem nun, da er sich mehr als nur ein wenig zerbrechlich fühlte. »Nun, vielleicht habe ich mich geirrt. Ich habe immer noch Schmerzen, Herrgott noch mal. Als hätte mir jemand eine Autotür an den Kopf geknallt. Und sie dann zugezogen und mir noch einmal an den Kopf geknallt.«

Calque seufzte. »Das mit der Autotür muss schon vor Jahren passiert sein, Sabir. So viel ist mir seit langer Zeit klar. Irgendeine rationale Erklärung für Ihr Verhalten muss es ja geben.«

Der Halach Uinic hatte beschwichtigend die Hand gehoben. Er hatte es plötzlich eilig, sich möglichst weit von dem schlau daherredenden Expolizisten zu entfernen. »Wir haben alle ein wenig Schlaf nötig. Wir treffen uns am Morgen wieder. Zum Frühstück. Ich bin überzeugt, vieles wird sich bis dahin von allein geklärt haben. Und Ixtab wird euch den Rest erklären können. Wie die Engelstrompete wirkt. Über kollektive Visionen und solche Dinge.«

»Da bin ich aber froh, dass es jemand erklären kann.« Sabirs Kopf fühlte sich an, als würde er gleich zerspringen. Er wollte nur noch drei Kopfschmerztabletten nehmen, einen Liter kaltes Wasser trinken und in Lamias Arme sinken. Mit beträchtlicher Erleichterung sah er die Gestalten der drei Maya und des Mestizen in der Düsternis verschwinden.

Kaum waren sie fort, packte Calque Sabir an der Schulter und begann ihn in die Richtung ihres Unterstands zu schieben.

»Was zum Teufel ist los, Calque? Warum haben wir es so eilig? Sie benehmen sich plötzlich reichlich sonderbar.«

Calque drängte ihn auf den großen Baum zu. »Wahrscheinlich bin ich gerade dabei, den größten Fehler meines Lebens zu machen. Aber haben Sie einfach Geduld mit mir, Sabir. Wenn Sie je auch nur ein Jota Freundschaft für mich empfunden haben, dann ist jetzt der Zeitpunkt gekommen, es zu beweisen.«

95
Lamia wartete nicht beim Unterstand auf sie.

Sabir nahm den Kopf in beide Hände in dem Bemühen, seine Migräne zu lindern. »Sie hat sich verlaufen. Es ist immer noch wahnsinnig dunkel. Und alle schlafen. Niemand, den man nach dem Weg fragen kann. Sie wollte sicher niemanden stören.«

»Das ist Quatsch, und Sie wissen es.«

»Ich weiß es nicht. Was wollen Sie mir sagen, Calque? Was hat es mit dieser großen Herausforderung für unsere Freundschaft auf sich? Sie werden mir hoffentlich nicht erzählen, dass Lamia nicht länger Ihr Liebling ist, sondern jetzt zum Feind gehört.«

»Das ist genau das, was ich Ihnen sagen will. Wo sind Ihre Wagenschlüssel?«

Sabir tastete seine Taschen ab. Dann schaute er ratlos drein.
»Sie waren hier drin.«

»Aber sie hat sie für etwas gebraucht, oder?«

Sabir nickte langsam. »Ja. Sie wollte sich vor der Zeremonie umziehen, brauchte ihre Zahnbürste, solche Sachen. Aber das heißt noch lange nicht, dass sie wieder im Lager des Corpus ist. Kommen Sie, Mann. Wo denken Sie hin? Dass Lamia immer noch loyal zu ihnen ist, nach allem, was sie ihr angetan haben?«

»Aber was haben sie ihr denn angetan?«

»Das fragen Sie? Sie haben sie gefunden. Sie waren derjenige, der sie auf diese Reise mitgenommen hat. Sie waren es, der mir den Hinweis gegeben hat, dass sie sich zu mir hingezogen fühlt. Himmel, Calque! Sie sind der beste Freund, den sie in dieser Welt hat. Sie werden sich vorkommen wie das letzte Arschloch, wenn sie jetzt gleich von irgendwoher angehüpft kommt. Aber ich werde Ihnen dann einen echten Gefallen tun. Einen echten Beweis unserer Freundschaft liefern. Ich werde ihr nämlich nicht erzählen, welchen Verdacht Sie hatten.«

Calque sah zu dem allmälich heller werdenden Himmel hinauf. »Sie haben sie gefesselt, auf einen Tisch gesetzt und ihr ein Beruhigungsmittel gegeben. Das war alles, was sie ihr angetan haben.«

»Den meisten Leuten würde es genügen.«

»Da ist noch etwas.«

»Nämlich?«

»Ihr Name.«

»Ihr Name?«

»Sie hat uns wegen ihres Namens angelogen.«

»Ach, Herrgott noch mal.«

»Sie hat uns erzählt, Lamia sei die Tochter Poseidons und die Geliebte des Zeus. Das sei ihre einzige Bedeutung. Dass Zeus ihr die Gabe der Prophezeiung als Lohn für ihre Liebesdienste verliehen habe und dass sie im Großen und Ganzen unbedeutend sei.«

»Und?«

»Ich habe darüber nachgedacht. Und als Sie beide in diesem Motel in Ticul oben in Ihrem Zimmer waren, habe ich einen alten Freund von mir in Frankreich angerufen und ihn in Lemprières Wörterbuch der Klassik nachschlagen lassen. Und in ein, zwei anderen Büchern, die er zufällig zur Hand hatte.«

»Sagen Sie nichts. Lamia war die Handlangerin des Teufels, Codename 666. Oder vielleicht hat ihr die Comtesse den Namen einer berühmten Serienmörderin gegeben. Der Gräfin Báthory vielleicht?«

»Nichts dergleichen. Die Gräfin Báthory hieß mit Vornamen Erzsébet – Elisabeth für Sie.«

»Kommen Sie, Calque. Spannen Sie mich nicht so auf die Folter. Wir reden hier von Lamia – der Frau, die ich zufällig liebe.«

»Das macht es mir ja so schwer.«

»Dann unternehmen Sie eine übermenschliche Anstrengung und bringen es hinter sich.« Sabirs Gesicht wirkte fahl und gequält im gebrochenen Licht der frühen Dämmerung. Er sah aus, als würde er Calque am liebsten mit bloßen Händen in Stücke reißen.

Calque räusperte sich. »Lamia war tatsächlich Zeus' Geliebte. Aber sie war nicht unwichtig. Weit entfernt davon. Tatsächlich wurde Zeus' Gemahlin Hera so eifersüchtig auf Lamias Macht über ihren Gatten, dass sie alle Kinder Lamias tötete und sie selbst verunstaltete.«

»Verunstaltete? Inwiefern?«

»Sie verwandelte sie in ein Geschöpf, das halb Frau, halb Schlange war. Sie wurde zu einem kindermordenden Dämon. Ihr Name bedeutet im Altgriechischen ›Gurgel‹. Sie tötete die Kinder anderer Leute als Rache für ihre eigenen, dann saugte sie ihnen das Blut aus und aß sie. Zeus versuchte sie zu beschwichtigen, indem er ihr die Gabe der Weissagung schenkte. Er verlieh ihr sogar die Fähigkeit, ihre eigenen Augen herauszunehmen, um besser in die Zukunft sehen zu können – erinnert ein bisschen an Ihre Traumschlange, nicht wahr?«

»Das ist noch nicht alles, oder? Ich rieche es förmlich an Ihnen. Das Ganze macht Ihnen Spaß, nicht wahr?«

»Es macht mir überhaupt keinen Spaß, Sabir. Mir wird schlecht davon.«

Sabir hob rasch den Blick. Sein Gesichtsausdruck veränderte sich kurz, als wäre ein Suchscheinwerfer über ihn gestrichen. »Es tut mir leid, Calque. Ich bin wohl ein bisschen durch den Wind. Das war unfair gerade. Ich weiß, wie sehr Sie sie mögen. Ich verspreche, nicht den Überbringer der Botschaft zu töten.«

Calque zuckte mit den Achseln, aber er war eindeutig bewegt von Sabirs Gesinnungswandel. »Manche Gelehrte bringen sie sogar mit Lilith, der ersten Frau Adams, in Verbindung und glauben, es handele sich um ein und dieselbe Person. Hieronymus übersetzt in seiner Vulgata aus dem 4. Jahrhundert – in Jesaja 34,14, um genau zu sein – Lilith sogar mit Lamia. Seine Version der Lamia empfing eine Brut von Ungeheuern mit Adam und wurde später zu der Sorte Schreckgespenst umgemodelt, mit dem Kindermädchen ihren Schutzbefohlenen drohten.«

»Mein Name ist ebenfalls Adam. Wie der von Liliths Mann. Das ist Ihnen vielleicht nicht aufgefallen.«

»Doch. Und Lamia sicherlich auch. Sie hat Sie absichtlich verführt, Mann. Weil sie die entsprechende Anweisung hatte. In Apuleius' Zeit benutzte man Lamia als Namen für Verführerinnen und Huren. John Keats schreibt: ›Schlangengleich ihr Rachen, doch die Worte, die sie sprach, erzählten honigsüß von Liebe...‹«

»Also gut, das genügt. Ich verstehe, warum dieser arme Macron Sie so ungemein nervtötend fand.« Sabir verbarg es gut, aber die Übelkeit, die in seinem Magen aufstieg, verdrängte rasch den Kopfschmerz. »Ich glaube, mir wird gleich schlecht.«

Er stieß Calque beiseite, dann beugte er sich vor und übergab sich.

Als sich Sabir schließlich wieder aufrichtete, bemerkte er, dass sich zwei neue Gestalten zu Calque gesellt hatten – sie standen links und rechts von ihm. Die eine, die von fast zwergenhaftem Wuchs war, richtete mit ausgestreckten Armen eine sehr große Pistole auf ihn. Obwohl ihre Hände den Griff kaum umfassen konnten, hielt sie die Pistole vollkommen ruhig.

Die zweite Person, ebenfalls eine Frau, aber von normaler Größe, hatte den Kopf schief gelegt, als amüsierte sie sich insgeheim über Sabirs vorübergehende Unpässlichkeit. »Sind sie das?«

Die kleinere Frau nickte. »Ja.«

»Viel machen sie nicht her. Ich schlage vor, wir töten sie auf der Stelle und fertig. Das meiste von dem, was wir brauchen, haben wir bereits.«

»Willst du das ganze Lager aufwecken?«

»Ich könnte ihnen mit meinem Skalpell die Kehle aufschlitzen. Das würde niemand hören. Das Schlagen der Füße würde in dem ganzen Schnarchen hier untergehen.«

Sabir würgte immer noch trocken. Er kniff die Nase mit zwei Fingern zu und spuckte die letzten Reste seines Mageninhalts auf den Boden. »Seid ihr beiden das, wofür ich euch halte? Nein, sagt nichts.« Er langte in seine Tasche. »Wie zum Teufel habt ihr uns wiedergefunden?«

»Behalt die Hände dort, wo wir sie sehen.«

»Ich brauche nur mein Taschentuch.«

»Ein bisschen Kotze hat noch niemanden umgebracht.«

Sabir holte sein Taschentuch trotzdem hervor. »Dann schieß doch, nur zu.« Einem Teil von ihm war es egal, ob sie ihn töteten oder nicht. Er ging zu dem Wassereimer, den er und Lamia sich geteilt hatten, und begann sich das Gesicht zu waschen. Aldinach begleitete ihn, die Pistole lässig auf Hüfthöhe.

Sabirs verrückte Mischung aus starker Überempfindlichkeit

und irrationaler, großspuriger Tapferkeit erstaunte Calque stets aufs Neue. Da er spürte, dass Aldinach im Begriff war, seinem Freund die Pistole über den Schädel zu ziehen, hob er seine Stimme, um sie abzulenken. »Es sind die, wofür Sie sie halten, Sabir. Ich habe sie schon einmal gesehen. Beim Haus der Comtesse. Die Kleinere ist Athame. Die Größere ist ...« Er zögerte und hoffte, dass sein Timing stimmte.

Aldinach hielt inne und drehte sich zu Calque um. »Aldinach. Ich bin Aldinach. Der Hermaphrodit. Sie erinnern sich? Halb Mann, halb Frau. Aber heute bin ich nur Frau.« Aldinach vollführte eine ironische kleine Pirouette, um ihre Figur zu zeigen.

»Wo ist Lamia? Habt ihr sie entführt?«

»Ach, unsere schwer fassbare ältere Schwester. Weißt du, wo sie ist, Athame?«

»Sie ist abgehauen. Ich glaube, sie hat am Ende geahnt, dass ich in der Schwitzhütte war. Ich musste mich in einem Sekundenbruchteil entscheiden. Und ich habe diese beiden genommen.«

»Gute Wahl.«

»Du warst in der Schwitzhütte? Unmöglich.« Sabir sank neben dem Eimer auf die Knie. Er hatte immer noch Magenkrämpfe von der Engelstrompete. »Wir hätten dich gehört.«

»Ihr wart alle high wie sonst was. Du hast dauernd geschrien, dass man dir die Augen herausreißt, und die anderen Idioten haben Sprechgesänge vor sich hin geleiert wie eine Schar Hare Krishnas. Keiner von euch hätte eine Sirene in einem Schneesturm gehört.«

Sabir beugte sich in einem neuen Krampf vornüber.

»Interessante Sache aber, was die Identität des wiedergeborenen Heilands angeht. Ich glaube, in Kürze wird ein Besuch in Samois anstehen, denn dort wohnt deine Yola Samana, wie uns unser Bruder Rocha erzählt hat. Ein Jammer, dass du anschließend nichts über den dritten Antichrist hast verlauten lassen.

Es wird alles schwerer für dich machen. Mein Bruder Abi ist immer noch sehr unglücklich über Rochas Tod. Wenn er herausfindet, dass du uns etwas verheimlichst...« Athame hielt inne. »Was meinst du, Aldinach?«

»Ich denke, ihr beiden Jungs werdet dankbar sein, dass wir beschlossen haben, euch fürs Erste nicht zu töten.« Aldinach fuchtelte mit der Pistole in Richtung der Männer. »Avanti. Und verhaltet euch still, wenn wir durch das Lager gehen. Wen ihr aufweckt, den bringen wir um.«

96 Abi setzte ein halbes Lächeln auf, als er sah, wie die vier Gestalten sich näherten.

Alles war viel reibungsloser gegangen, als er erwartet hatte. Vau, Rudra und Alastor hatten den Codex und den dreizehnten Kristallschädel problemlos an sich gebracht. Der Priester und die drei Maya, die der Halach Uinic offenbar zur Wache eingeteilt hatte, hatten fest geschlafen; die beiden Gegenstände lagen in Kattun eingewickelt in der Mitte ihres Schlafplatzes wie Geschenke, die der Weihnachtsmann gebracht hatte.

Nun schlurften ihm Sabir und Calque flankiert von Athame und Aldinach entgegen und sahen vor Angst schlechter denn je aus.

Abi stieß das Kinn in Richtung Aldinach. »Wo ist Lamia? Du hast sie nicht etwa umgebracht, oder?«

Athame ging zu ihm und flüsterte ihm ins Ohr. Abi ging in die Hocke und nickte.

»Gut. Ich möchte, dass du und Aldinach das schnellste Auto nehmt, das wir haben. Sie kann nur in eine Richtung gefahren sein, nämlich zurück zur Mautstraße nach Cancun. Wenn sie auch nur einen Funken Verstand hat, verlässt sie so schnell wie möglich das Land. Wenn ihr Gas gebt, sollte es euch gelingen, das Signal des Peilsenders nach zwanzig, dreißig Kilometern aufzufangen. Das ganze Land hier ist flach wie ein Friedhof.«

»Aber ich dachte, ich soll Sabir verhören?« Aldinach schaute geknickt drein wie ein Kind, das überraschend um seinen Anteil an der Geburtstagstorte gebracht wird.

»Das schaffen wir schon allein. Du und Athame seid mit Abstand am wenigsten auffällig von uns. Ich möchte, dass ihr Lamia folgt, wohin immer sie geht. Wenn sie das Land verlässt, geht mit ihr. Wenn ihr sie verliert, begebt euch direkt zu dem Zigeunerlager in Samois. Ich vermute, dass ihr sie dort wiedertreffen werdet. Da steckt noch mehr dahinter, als man auf den ersten Blick sieht. Aber immer der Reihe nach. Calque und Sabir werden einen kleinen Ausflug mit uns machen. Sperrt sie in den Kofferraum des Hyundai.«

»Sie hatten also tatsächlich einen Peilsender in unserem Wagen?« Calque drängelte ein Stück näher zu Abi. Seinem Temperament nach kam er Leuten, die er für seine Feinde hielt, nicht unbedingt näher als nötig, aber diesmal gewann seine Neugier die Oberhand. »Wo war er? Wir haben das ganze Fahrzeug auf den Kopf gestellt. Ich hätte schwören mögen, dass nichts darin versteckt war.«

»Mein Bruder Vau ist ein elektronisches Genie. Hast du das gehört, Vau? Ich mache dir ein Kompliment.« Er wandte sich wieder Calque zu. »Er hat ihn unter der Karosserie versteckt.«

»Unter der Karosserie?« Calque sah enttäuscht aus. »Aber auf diese Weise geht man doch das Risiko ein, dass er bei der ersten Bodenschwelle herunterfällt. Oder bei schwerem Regen. Oder wenn man durch eine Wiese fährt. Wir haben Tausende von Kilometern in diesem Auto zurückgelegt. Ihr müsst ein verdammtes Glück gehabt haben.«

Abi lachte. »Ich sagte, Vau ist ein elektronisches Genie. Ich habe nie behauptet, dass er klug ist.«

Immer noch kopfschüttelnd ließ sich Calque in den engen Kofferraum verfrachten. Sabir wurde ohne großes Aufheben neben ihn gesteckt.

»Nanu? Keine Anfälle, Mr. Sabir? Rocha hat meiner Mutter

erzählt, Sie litten unter tödlicher Klaustrophobie. Er hat gesehen, wie man Sie in Samois in eine Holzkiste gesperrt hat, und Sie seien halb von Sinnen gewesen, als man Sie wieder herausließ. Und soviel ich weiß, ereignete sich etwas Ähnliches etwa zu der Zeit, als Sie ihn ermordet haben. In einer Senkgrube, nicht wahr?« Abi sprach im Plauderton, aber seine Augen waren kalt und ausdruckslos.

»Ich leide nicht mehr unter Klaustrophobie. Etwas ist in der Schwitzhütte passiert. Sie können mich so lange hier drin einsperren, wie Sie wollen. Es interessiert mich nicht.« Sabir bemühte sich, so viel Überzeugungskraft wie möglich in seine Worte zu legen. In Wahrheit hatte er entsetzliche Angst, dass sie ihn in einen noch engeren Raum als zuvor sperren könnten. Und vielleicht die Wasserfolter anwendeten.

»Ach, keine Angst. Wir werden uns etwas anderes für Sie ausdenken. Wir haben mehr als genug Zeit für alles.« Abi schlug den Kofferraumdeckel zu.

97

Abi stieg sechzig Meter vor dem Lagerhaus aus dem Wagen. Er tippte Onis Nummer in sein Handy, dann streckte er beide Hände über den Kopf. Die Dämmerung war inzwischen schon fortgeschritten, und die Sicht wurde mit jeder Minute besser. Nach zehn Sekunden unterbrach er die Verbindung mit einer Daumenbewegung.

Er wusste Bescheid über Onis nervösen Abzugfinger. Und er wusste auch, dass zwei schwere Maschinengewehre – die Stoner M63 und die notorisch unzuverlässige AAT – auf die Zufahrtsstraße gerichtet waren. Er wollte nicht, dass Oni und Berith glaubten, die mexikanischen Besitzer des Lagerhauses seien früher als geplant von ihrem Ausflug an die Grenze zurückgekehrt, und zu feuern begannen. Und ebenso wenig wollte er in eine Falle stolpern.

Das Handy piepte. Abi hielt es ans Ohr. »Seht ihr uns?«
»Ich hab dich.«

»Irgendwelche Probleme?«

»Nö.«

»Dann kommen wir rein.«

»Ja, kommt. Ihr seid ein verlockendes Ziel da draußen. Fast hätte ich einfach nur so losgeballert.«

Abi stieg wieder in den Wagen und machte Alastor hinter ihm ein Zeichen. Der Konvoi setzte sich in Bewegung. »Wir fahren direkt zum Lagerhaus und bringen das Ganze hinter uns. Ich will mich hier nicht länger aufhalten als nötig.«

»Glaubst du, die Mexikaner sind bereits auf dem Rückweg?«

»Wärst du das nicht?«

Abi stellte den Hyundai mit dem Heck zum Lagerhaus ab und stieg aus. Er warf sich den Rucksack mit dem Codex und dem Kristallschädel über die Schultern. »Holt die beiden aus dem Kofferraum. Besonders zartfühlend braucht ihr nicht zu sein; sie sind beide so oder so für den Cenote bestimmt. Es spielt keine Rolle, in welchem Zustand sie dann sein werden. Niemand wird sie je finden. Ich bezweifle, dass die Typen, denen der Laden gehört, begeisterte Taucher sind.«

Rudra und Asson zerrten Sabir und Calque aus dem Kofferraum des Wagens.

»Vau, du und Alastor nehmt den Platz von Oni und Berith an den Maschinengewehren ein. Die beiden werden inzwischen ermüdet sein; das ist für die Aufmerksamkeit nicht gerade förderlich. Ich lasse sie zum Ausgleich auf die Gefangenen los. Ein bisschen Unterhaltung, damit sie auf andere Gedanken kommen.«

»Okay. Aber glaubst du wirklich, wir könnten Ärger bekommen?«

»In den nächsten paar Stunden eher nicht. Außer natürlich, sie hätten einen Hubschrauber. Vielleicht haben die Besitzer des Ladens noch nicht einmal hier angerufen. Warum sollten sie auch? Wer, der bei Verstand ist, greift ein Waffenarsenal an? Aber irgendwann werden sie sich melden. Und dann werden sie sehr, sehr wütend sein. Niemand mag einen Kuckuck in seinem Nest.«

Abi ging zu den anderen in das Lagerhaus. Er warf den Rucksack achtlos auf eine Arbeitsfläche, als bedeutete ihm sein Inhalt nicht das Geringste. »Ein Jammer, dass wir Lamia nicht haben – das hätte wirklich amüsant werden können. Wir hätten schnell herausgefunden, ob Mr. Sabir der Gentleman ist, für den er sich hält.« Er musterte seine beiden Gefangenen eine Weile. »Hängt den Polizisten zuerst auf. Nach Art der Wippe, die Arme auf dem Rücken. Von mir aus könnt ihr ihm die Schultern auskugeln. Mal sehen, ob es Mr. Sabir Spaß macht, seinen Freund vor Schmerzen wimmern zu sehen.«

Oni winkte ihm aus einer Ecke des Lagerhauses. »Hast du einen Moment Zeit, Abi?«

»Siehst du nicht, dass ich beschäftigt bin?«

»Im Ernst. Ich denke, du solltest kommen und dir das ansehen.« Oni deutete auf eine Falltür, die jetzt nur noch teilweise von bereits geplünderten Transportkisten zugestellt war. »Die habe ich vor rund einer Stunde entdeckt, als ich auf einen Kaffee hereingekommen bin. Da hatte ich keine Zeit, nachzusehen, weil Berith und ich allein hier waren. Meinst du nicht, wir sollten mal einen Blick da runter werfen? Könnte sein, dass wir etwas Interessantes finden.«

Abi sah zu Calque hinüber. Rudra war gerade damit fertig geworden, ihn an einen der Flaschenzüge zu binden. Sabir saß zwischen Calques Beinen – seine Arme waren an den Handgelenken und den Oberarmen auf den Rücken gefesselt.

Asson grinste, als er sah, wohin Abi blickte. »Auf diese Weise pinkelt der Polizist auf Sabirs Kopf, wenn es zu schlimm wird.«

»Warte einen Moment. Ich will erst nachsehen, was hinter dieser Falltür ist. Du kannst in der Zwischenzeit schon mal einen Kessel Wasser zum Kochen bringen. Und schneid dem Polizisten das Hemd vom Leib. Wir haben keine Zeit für

Finessen. Mal sehen, was Mr. Sabir von gekochtem Bullen hält.«

Oni schob die Transportkisten beiseite. Er zog an der Falltür. Sie knarrte ein bisschen, aber sie ging nicht auf. »Gib mir die Mini-Uzi. Und jetzt geht alle zur Seite, wenn ihr eure Zähne behalten wollt.«

Abi hielt sich die Ohren zu. Er hatte unmäßig Angst davor, das Gehör zu verlieren.

Oni ballerte los. Holz- und Metallsplitter spritzten von der Falltür. Oni trat probeweise mit dem Fuß dagegen. »Noch einmal.« Diesmal riss die Neun-Millimeter-Parabellum-Munition ein Loch von der Größe eines Menschenkopfs in das Holz. »Okay. Wir sind durch.«

Abi ließ die Hände sinken. Er sah zu, wie Oni die Reste der Falltür auf den Boden des Lagerhauses wuchtete. »Geh schon mal runter. Ich komme gleich.« Er trat rasch zu der Werkbank und schnappte sich eine Taschenlampe.

»Jesus und Maria!«

Abi eilte Oni nach. »Was ist? Was hast du gefunden?«

»Komm hier runter und sieh dir das an.« Oni hatte einen Lichtschalter entdeckt. Der ganze Kellerbereich war nun in Neonbeleuchtung getaucht.

Abi verschwand in der Falltüröffnung. Er richtete sich auf und warf die nicht benötigte Taschenlampe auf einen Tisch. »Ach du Scheiße.«

Dreißig riesige Fässer nahmen ein volles Drittel des verfügbaren Kellerraums ein. Ein weiteres Drittel wurde von einem fünfzehn Meter langen und drei Meter breiten Stoß aus in Folie verpackten Kunststoffziegeln eingenommen – manche in leuchtend grüner Folie, manche in weißer, manche in blauer. Das restliche Drittel beanspruchten ein gepanzerter Hummer H1 und eine schwere Vitrine, die eine Reihe goldbeschlagener Automatikwaffen, mit Diamanten und Smaragden verzierter Pistolen und rund tausend Schuss Munition mit Platinummantelung enthielt. Bei einigen der Pistolen war ein Bild der Jungfrau Maria in den Griff gearbeitet, während andere falsche Versace-Logos trugen.

»Das ist kein Waffenlager, Abi. Das ist ein Crystal-Meth-Labor.« Oni kauerte vor einem der in Polyäthylen verpackten Ziegel – er hatte sein Messer hervorgeholt und kostete von dem Pulver. »Das ist erstklassiges, pures Ice.« Er schauderte, als wäre gerade jemand über sein Grab spaziert. »Das müssen anderthalb Tonnen von dem Zeug sein hier. Auf der Straße vielleicht fünf Millionen Dollar wert.« Er stand auf. »Der Klunker in der Vitrine ist wahrscheinlich noch mal eine halbe Million wert. Und wie zum Teufel haben sie den Hummer hier runtergebracht? Es muss einen Schalter geben, der den Keller mit der Oberfläche verbindet. Kann nicht anders sein.« Er begann herumzustöbern wie ein Kind, das Ostereier sucht. »Jawohl. Hier, schau.« Er drückte auf den Schalter. Ein Teil der Decke begann sich wie ein Fächer zu öffnen – und eine befahrbare Rampe enrollte sich und kam mit ihren Gummistoßdämpfern auf dem Betonboden zu liegen. Von draußen strömte Tageslicht herein. »Das ist mal cool. Das ist echt cool.« Oni streichelte die eingebaute Hydraulikbedienung, als wäre sie eine Frau. »Das ist besser als eine Tausend-Dollar-Hure, Abi. Wir können das ganze Zeug in dem Hummer fortschaffen und lagern, wo wir wollen. Wir sind auf eine Goldader gestoßen.«

Abi schüttelte den Kopf. »Sind wir nicht. Der Wachmann, den du getötet hast, hat uns angelogen. Der Schweinehund muss von all dem gewusst haben. Seine Bosse waren nie wegen eines Waffengeschäfts oben an der Grenze – sie haben eine große Methamphetaminlieferung vorbereitet. Sieh dir das an.« Er zeigte auf eine goldene Plakette, die an die Wand geschraubt war. »Hör zu, was hier steht. ›Es ist besser, im Kampf zu sterben als gedemütigt und auf den Knien; es ist besser, ein lebender Hund zu sein als ein toter Löwe. Wir töten nicht für Geld. Wir töten keine Frauen. Wir töten keine Kinder. Wir töten keine Unschuldigen – nur solche, die es verdient haben zu sterben. Wisset, dass dies göttliche Gerechtigkeit ist.‹ Schau. Sie haben sich sogar eine eigene Version der Bibel ausgedacht, mit zusätzlichen Seiten darin – und das Leder, in das sie gebunden ist, gefällt mir gar nicht.«

»Wie? Du meinst, es könnte Menschenhaut sein?«

»Vielleicht auch Schwein, aber ich würde nicht darauf wetten. Die Hurensöhne, die das hier veranstalten, wachen jetzt wahrscheinlich gerade auf, nachdem sie eine Nacht in Cancun auf den Putz gehauen haben. Ein vergeblicher Anruf bei unserem Freund Pepito, und sie fallen hier ein wie ein Rudel hungriger Wölfe. Wir verschwinden von hier, Oni. Und zwar auf der Stelle.«

»Was – und das lassen wir alles hier?«

»Du kannst dir ein Stück zum persönlichen Gebrauch mitnehmen, was hältst du davon? Aber der Rest bleibt hier. Was hast du vor? Willst du, dass dir die Zähne aus dem Maul faulen?«

98

Die schweren Maschinengewehre eröffneten das Feuer genau in dem Moment, in dem Abi das obere Ende der Treppe erreichte. Er quittierte den veränderten Status quo mit einem Kopfnicken.

Asson richtete sich von der Untersuchung des Flaschenzugsystems auf. Er hatte Calque bereits die Arme hinter den Rücken gestreckt und begonnen, ihn ein Stück hochzuziehen.

»Lass den Bastard hängen, Asson. Wir haben Ärger. Da unten liegt genug Crystal Meth, um ein Raumschiff ins All zu schießen. Berith, Rudra, Oni, ihr drei geht mit Asson und bewaffnet euch. Dakini, Nawal, das wird jetzt ziemlich ungemütlich hier. Wenn ihr verduften wollt, tut es sofort. Kriecht durch die Agaven, wenn es sein muss. Seht zu, dass ihr euch auf schnellstem Weg zum Flughafen durchschlagt. Nehmt den Codex und den Schädel mit. Wartet nicht auf uns und schaut nicht zurück. Niemand wird es euch übel nehmen. Wir bleiben über Handy in Kontakt.«

»Wir bleiben und kämpfen mit euch. Ihr werdet die zusätzlichen Waffen gebrauchen können.«

Abi sah seine Schwestern an. Dann nickte er. »Also gut. Wir klären den Rest dieser ganzen Scheiße später. Ihr braucht alle Granaten, Maschinenpistolen und Pumpguns. Pistolen sind überflüssig. Wenn sie uns so nahe kommen, dass wir sie benutzen könnten, sind wir sowieso tot. Wenn wir das Gebäude verlassen, gehen wir sofort zum Angriff über und feuern mit allem, was wir haben. Vau und Alastor werden uns mit den Maschinengewehren Feuerschutz geben. Falls es zu einer Belagerung kommt, sind wir erledigt. Sie können jederzeit Verstärkung anfordern und uns überrennen. Wir müssen sie also sofort fertigmachen – bevor sie merken, mit wie wenig Leuten sie es zu tun haben.«

99

Sobald der Corpus seinen Ausfall aus dem Lagerhaus machte, kroch Sabir direkt unter Calque, damit der Franzose die Füße auf seine Schultern stellen konnte.

»Großer Gott. Lange hätte ich diese Position nicht mehr ausgehalten. Meine Schultern waren kurz davor, auszukugeln.«

»Sie werden es noch einmal kurz aushalten müssen. Ich habe vor, Ihnen diesen Stuhl dort zu holen. Dann müssen wir uns losschneiden. Ich habe das komische Gefühl, dass uns hier jeden Moment die Kugeln um die Ohren pfeifen werden.«

»Sie wollen mich doch nicht wieder hängen lassen, Sabir?«

»Ich habe keine Wahl, wenn wir hier raus wollen. Jetzt spannen Sie Ihre Muskeln an. Halten Sie die Arme so nahe wie möglich am Rücken. Wenn Sie lockerlassen, werden Ihre Schultern wie Stabpuppen aus der Gelenkpfanne springen.«

»*Oh putain!*«

Sabir entfernte sich vorsichtig von Calque. Er musste aufstehen. Er schaukelte auf die Knie und warf sich dann nach vorn wie ein Sprinter beim Start eines Rennens. Beim dritten Schritt geriet er ins Stolpern und fiel der Länge nach hin. Da seine Arme gefesselt waren, konnte er sich nicht abfangen. Im letzten Moment drehte er den Kopf noch nach links, sodass nur eine Wange und das Ohr auf den Beton krachten. Es fühlte sich trotzdem an, als hätte ihn ein Dampfbügeleisen getroffen.

»Holen Sie den Stuhl, Sie Trottel. Meine Arme geben nach.«

Sabir rollte sich bis zu dem Stuhl. Er setzte beide Beine wie eine Sichel ein und gab ihm einen heftigen Stoß. Der Stuhl kam kurz vor Calques schaukelndem Körper zum Stehen.

»Schnell, verdammt.«

Sabir rollte den ganzen Weg zurück. Er schob den Stuhl das restliche Stück.

Calque angelte ihn sich mit einem Fuß und zog ihn zu sich. Er schwankte einen Moment, als wollte er umkippen, dann kam er irgendwie wieder ins Gleichgewicht. »O Gott, o Gott. Ich glaube, meine rechte Schulter ist herausgesprungen.«

Sabir wälzte sich auf die Knie. Diesmal sammelte er sich einen Augenblick, ehe er aufzustehen versuchte. Schließlich stand er und schaukelte an Ort und Stelle wie ein Schachtelteufel.

»Sehr lange kann ich diese Stellung nicht halten«, schrie Calque, um das Gewehrfeuer von draußen zu übertönen.

Der Schlachtenlärm hatte sich an Intensität verdoppelt. Verirrte Kugeln begannen in das Lagerhaus einzuschlagen. Diejenigen, die ihren Weg durch die Fenster fanden, zischten pfeifend durch das Innere des Gebäudes.

Sabir machte sich auf die Suche nach einem Messer. Er versuchte es zuerst in der Küche. Eine Kugel durchschlug das Fenster vor ihm und ließ Glas auf ihn herunterregnen.

Er drehte sich mit dem Rücken zu dem Schubladenschränkchen und begann herumzutasten. Bei der dritten Schublade von oben hatte er Glück. Er bekam ein gezacktes Messer mit einigermaßen scharfer Schneide in die Hand. Er eilte zu Calque zurück.

»Hier. Halten Sie das zwischen den Knien.«

»Schneiden Sie mich los, Sie Schwachkopf.«

»Das geht nicht mit dem Rücken zu Ihnen. Ich kann nicht so weit hinauflangen. Tun Sie, was ich sage.«

Calque schloss die Knie scherenförmig über dem Heft des Messers.

»Jetzt halten Sie es fest.«

»Was glauben Sie denn, was ich mache? Ich wünschte, ich hätte Ihnen auf den Kopf gepinkelt, als ich die Gelegenheit hatte.«

»Passen Sie auf, was Sie sagen, oder ich lasse Sie hängen.«

»Ja, das würden Sie tun, Sabir. Das würde Ihnen ähnlich sehen.« In Calques Stimme lag ein Anflug von rauem Humor.

Sabir bewegte die Handgelenke gegen das Brotmesser. Das Messer flutschte zwischen Calques Knien heraus und fiel klirrend auf den Boden.

»Das kann doch nicht wahr sein.« Sabir sank auf die Knie und tastete hinter seinem Rücken nach dem heruntergefallenen Messer.

»Ich habe gerade gespürt, wie eine Kugel mein Hemd gestreift hat.«

»Dann halten Sie das Messer fester. Stellen Sie sich vor, Sie haben Durchfall und versuchen es zu halten. Wenn Sie die Arschbacken zusammenkneifen, bleiben die Knie auch beieinander.«

»Sehr komisch. Ich habe eine ausgekugelte Schulter, Sie Schweinehund. Versuchen Sie mal, die Arschbacken mit einer ausgekugelten Schulter zusammenzukneifen.«

Sabir achtete nicht auf ihn und begann ein zweites Mal an seinen Fesseln zu sägen. »Ich schiebe Ihnen das verdammte Ding in den Arsch, wenn Sie es noch mal fallen lassen. Haben Sie mich verstanden, Calque?«

»Ich habe Sie verstanden. Falls wir je hier rauskommen,

erinnern Sie mich daran, dass ich Ihnen nie den Rücken zukehre.«

Beide Männer begannen zu lachen.

»Verdammt!«, entfuhr es Sabir.

»Was ist?«

»Ich glaube, ich bin gerade von einer Kugel getroffen worden.«

»Wo?«

»Das kann ich nicht sagen. Irgendwo in meiner Mitte. Es hat sich angefühlt wie ein heftiger Schlag.« Sabir hatte seine Hände jetzt frei. An den Oberarmen war er noch gefesselt, aber er konnte eine Hand wie eine Klaue nach außen biegen. »Ich muss mich auf Ihren Stuhl stellen. Anders komme ich nicht zu Ihnen hinauf.«

»Nein, ich halte das nicht noch mal aus. Ich kann meinen Arm nicht belasten.«

»Ich mache es trotzdem. Es ist unsere einzige Chance. Ich spüre etwas Nasses vorn auf meiner Hose. Wir haben vielleicht nicht mehr viel Zeit.«

»Sie haben sich wahrscheinlich vollgepisst. Aaahhhh!«

Sabir zog den Stuhl mit dem Knie vorsichtig heraus und stellte ihn hinter Calque. Dann stieg er mühsam und um Gleichgewicht ringend hinauf. Er drehte sich zur Seite, streckte einen Unterarm vor und begann zu schneiden.

100 Abi wusste im selben Moment, in dem sie das Gebäude verließen, dass sie in wirklich großen Schwierigkeiten steckten.

Beinahe augenblicklich riss es Berith nach hinten, und er stürzte zu Boden. Die anderen begannen im Zickzack zu laufen und dabei zu feuern.

Die beiden schweren Maschinengewehre gaben ihnen immer noch Feuerschutz. Doch dann hörte eins von ihnen abrupt auf zu schießen.

Abi konnte zwei und zwei zusammenzählen. »Sie haben

Scharfschützen. Verteilt euch. Geht in Deckung. Hier im freien Gelände haben wir keine Chance. Verschwindet, wohin ihr könnt. Jeder kämpft für sich.« Er packte Dakini mit seiner freien Hand und zerrte sie in Richtung des Agavenfelds. Er sah, wie Rudra dasselbe mit Nawal machte.

Asson schien ins Stolpern zu geraten, sich wieder zu fangen und erneut zu stolpern, ehe er der Länge nach auf den Boden schlug. Er lag eine Weile flach da, als wäre ihm die Luft weggeblieben, und dann explodierte sein Kopf in einem Wirbel aus Blut, Gehirnmasse und Knochensplittern.

Erstschuss und Folgeschuss – die Schweinehunde hatten Halbautomatikwaffen.

Abi erkannte, dass die Scharfschützen in den Bäumen sitzen mussten, mit Blick auf das Lagerhaus. Vielleicht hatten sie dort oben sogar Hochsitze für einen Fall wie diesen angebracht. Abi verfluchte sich, weil er nicht mehr Sorgfalt darauf verwendet hatte, das Gebäude und seine Umgebung zu erkunden. Er hatte einfach angenommen, dass es genau das war, wonach es aussah, und es dabei belassen. Jetzt bezahlten er und seine Geschwister für seine Schludrigkeit.

»Wir schlagen uns zum Cenote durch. So weit reicht ihr Feuer nicht. Dort können wir uns neu formieren.«

Das zweite schwere Maschinengewehr hörte auf zu feuern.

Abi überkam allmählich ein sehr schlechtes Gefühl.

101 Sabir stellte seinen rechten Fuß in Calques linke Achselhöhle und packte das Handgelenk des Franzosen. »Sind Sie sicher, dass Sie das aushalten?«

»Natürlich bin ich mir ...«

Sabir riss Calques Arm mit einem Ruck zu sich, ehe der seinen Satz vollenden konnte.

Calques Gesicht wurde plötzlich weiß. Dann presste er eine Reihe von Flüchen zwischen den Zähnen hervor. Er hielt sich den linken Oberarm mit der rechten Hand an den Körper.

»Hat es geklappt?«

Calque atmete aus. »Ja.«

Beide Männer blieben flach auf dem Boden liegen, um weitere Querschläger zu vermeiden.

»Lassen Sie mich Ihren Bauch sehen.«

Sabir hob sein Hemd.

»Ein Streifschuss, wie ich dachte. Sie hatten Glück. Wenn die Kugel Sie im Gesicht getroffen hätte, könnten Sie sich um eine Hauptrolle in *Der Mann, der lacht* bewerben.« Calque sah sich um. »Da drüben steht Tequila. Wir müssen Ihre Wunde damit säubern, und dann müssen wir von hier verschwinden.«

»Wir schaffen es nie zur Vordertür hinaus.«

»Dann gehen wir nach unten. Zu dem Methamphetaminlabor, von dem die Corpusleute gesprochen haben. Notfalls können wir uns in einem der Fässer verstecken. Später, wenn sich alles beruhigt hat, können wir uns dann aus dem Staub machen.«

Calque kroch zu der Anrichte und langte mit der gesunden Hand nach der Flasche. Die Schießerei draußen war ein wenig abgeflaut, man hörte nur noch gelegentlich einen Schuss. »Wie fühlen Sie sich, Sabir?«

»Na ja. Irgendwer hat es auf meinen Magen abgesehen. Erst die Engelstrompete und jetzt dieser Querschläger. Glauben Sie, die Kugel ist noch drin?«

»Die war nie drin, Sie Trottel. Der Querschläger hat Sie nur ein bisschen angekratzt.« Calque drückte Sabirs Oberkörper zurück und hob das Hemd an. »Das wird jetzt nicht sehr angenehm.«

»Ich vermute, das ist die Rache für Ihren Arm?«

»Sie vermuten richtig.« Calque drehte die Flasche um.

»O mein Gott, o mein Gott.«

Calque nahm einen Schluck aus der Pulle und gab sie dann Sabir.

Sabir trank einen tiefen Zug und schüttelte den Kopf. »Kommen Sie. Wir können nicht ewig hier herumliegen. Irgendwer wird hereinkommen und uns finden. Ich weiß nicht, wen ich mehr fürchte. Den Corpus oder die Drogenbande.«

Calque stand auf. »Wenn wir jetzt getroffen werden, war es Schicksal.«

»Moment. Schauen Sie – sie haben den Rucksack mit dem Codex und dem Kristallschädel zurückgelassen. Ich nehme ihn mit.«

»Okay. Warum nicht? Wir können ebenso gut als reiche Männer sterben.«

102 Abi wusste, sie waren in der Nähe des Cenote. Aber wie nahe, konnte er nicht sagen. Dakini war ein, zwei Meter hinter ihm. Ebenfalls flach auf dem Boden. In zwanzig Metern Entfernung sah er Nawal und Rudra. Oni hatte er vor vielleicht zwei Minuten aus den Augen verloren. Er war wahrscheinlich ebenfalls tot. Der Kerl war so groß, dass er ein natürliches Ziel für die Scharfschützen abgab.

»Wir werden uns beim Cenote verschanzen müssen. Solange wir ihn im Rücken haben, kann uns niemand von hinten angreifen. Sie müssen von vorn kommen. Habt ihr noch alle eure Waffen?«

Die anderen nickten.

»Okay. Dann laufen wir los.«

Er stand auf und nahm Dakini wieder an der Hand. Sie hatte ihm nie besonders am Herzen gelegen, aber jetzt verspürte er einen plötzlichen Beschützerdrang ihr gegenüber. Es musste hart sein, wenn man so verdammt hässlich war, dass die Leute die Straßenseite wechselten, um einen nicht ansehen zu müssen.

Sie liefen, so schnell sie konnten. Aus irgendeinem Grund hatte die Schießerei hinter ihnen aufgehört. Doch dann setzte sie mit doppelter Heftigkeit wieder ein, nur merkwürdigerweise nicht in ihre Richtung. Machte Oni einen Ausfall? Lebten Vau und Alastor noch?

Abi war es egal. Er brauchte den Cenote. Wenn sie es bis dorthin schafften, konnten sie ihren nächsten Schritt planen.

Er warf einen Blick zurück. Nawal und Rudra holten auf. Er hatte also vier Waffen.

Nicht sehr viel. Aber es würde reichen müssen.

103 Sabir musste Calque die Kellertreppe hinunterhelfen. Calques linker Arm hing unbrauchbar am Körper hinab, und er war gezwungen, die Stufen seitwärts wie ein Krebs hinunterzusteigen.

Als sie unten angekommen waren, stieß Calque einen leisen Pfiff aus. »Ich glaube, wir haben gerade unser Fluchtmittel entdeckt.«

Mit seinem Radstand von drei Meter dreißig sah der gepanzerte Hummer H1 wie ein tief geducktes Tier aus, bereit, seine Beute anzuspringen.

»Schauen Sie sich das an, Mann. Goldverkleidete MPs. Und wie wäre es mit diesen Pistolen? Wer zum Teufel vergoldet seine Pistolen?«

»Sie sollten lieber nach den Schlüsseln für den Hummer suchen. Die Schießerei hat aufgehört. Bald wird jemand hereinkommen. Und hier unten werden sie als Erstes nachsehen.« Calque starrte auf die Crystal-Meth-Pakete. »Haben Sie so etwas schon einmal gesehen? Vor Ihnen liegen zehntausend ruinierte Leben.«

»Die Schlüssel, Calque.«

Beide Männer begannen fieberhaft die Vitrine zu durchsuchen. Sabir kam seine Reservistenausbildung in den Sinn, und er wählte zwei Heckler & Koch MP5K, weil er wusste, wie man sie benutzte, und außerdem zwei goldverkleidete Smith & Wesson 469. Bei einer war ein mexikanischer Adler in den Griff eingraviert, bei der anderen ein Rottweiler.

»Ich habe sie.« Calque angelte einen Schlüsselbund von einem Haken in der Vitrine.

»Probieren Sie sie aus.«

Calque richtete den Schlüssel auf den Hummer und erhielt ein Klicken als Antwort. »Wir sind im Geschäft, Sabir. Ich spreche ungern aus, was ohnehin klar ist, aber: Es ist wohl besser, wenn Sie fahren.«

Sabir warf die Waffen sowie den Rucksack mit dem Codex und dem Schädel auf die Rückbank. Dann half er Calque auf seinen Sitz und schnallte ihn an.

»Warten Sie. Lassen Sie mich noch mal raus.«

»Sind Sie verrückt? Wir haben nicht mehr viel Zeit.«

»Lassen Sie mich raus, sage ich.«

Sabir löste Calques Sicherheitsgurt und half ihm aus dem Wagen.

»Suchen Sie etwas Brennbares.«

»Um Himmels willen! Sie wollen den Laden doch nicht etwa in Brand stecken?«

»Ich bin Polizist, Sabir. Bin es mein ganzes Leben lang gewesen. Ich kann nicht zulassen, dass dieser Dreck auf die Straße kommt. Wenn Sie mir nicht helfen wollen, fahren Sie. Aber ich muss es tun. Ich muss es einfach.«

Sabir seufzte lange. »Sie haben recht. Ich hätte natürlich selbst daran denken sollen. Aber ich war zu sehr damit beschäftigt, meine und Ihre Haut zu retten, um an zehntausend wildfremde Leute zu denken.«

Beide Männer begannen in dem Schutt rund um die Industriefässer zu stöbern.

Calque richtete sich plötzlich auf. »Haben wir nicht vorhin Handgranaten gesehen?«

»Mit Gold verkleidete, ja. Wahrscheinlich sind es Attrappen. Niemand, der alle Tassen im Schrank hat, vergoldet scharfe Handgranaten. Aber wir müssten anhand des Gewichts feststellen können, ob sie echt sind.«

»Dann ist es einen Versuch wert. Crystal Meth erzeugt einen sehr leicht entflammbaren Dampf. Der kleinste Funke genügt. Werfen Sie eine Granate in eins dieser Fässer, und der ganze Laden fliegt in die Luft.«

»Ja. Und wir mit ihm.«

»Wir haben acht Sekunden. Stimmt doch, oder? Vor allem, wenn Sie den Hummer mit dem Heck genau vor die Fässer stellen.«

»Fünf Sekunden, nicht acht. Wann haben Sie denn Ihren Militärdienst abgeleistet, Calque? Im französisch-preußischen Krieg? Sie leben gern gefährlich, nicht wahr?«

»Das sagt der Richtige. Machen wir es nun oder nicht?«

»Sie nehmen ein Fass und ich übernehme ein zweites. Aber ich werde keine Zeit haben, Sie wieder anzuschnallen. Sie werden es darauf ankommen lassen müssen und sich aus dem Fenster beugen. Wenn Sie hinausfallen, lasse ich Sie liegen. Okay?«

»Wen haben sie gefoltert, Sabir, Sie oder mich?«

»Sie, Gott sei Dank.«

»Haben Sie mich da im Stich gelassen?«

»Dummerweise nein.«

»Dann lassen Sie mich jetzt auch nicht im Stich.«

Sabir setzte den Hummer rückwärts an das nächstgelegene Fass.

Beide Männer lösten die Sicherungsstifte von den Granaten und hielten die Bügel fest nach unten gedrückt.

»Sind Sie so weit, Calque?«

»Ja.«

»Dann auf mein Kommando, okay? Ich zähle bis drei.«

»Okay.«

Calque hing halb aus dem Seitenfenster des Hummers. Er musste zwei Meter weit bis zum nächsten Fass werfen. Bei Sabir betrug der Abstand drei Meter. Der Motor des Hummers pulsierte ruhig unter ihnen.

»Eins, zwei, drei. Feuer im Karton!«

Beide Männer warfen ihre Granaten.

Sabir warf sich wieder auf den Sitz und packte Calque dabei am Hemd.

Er legte den Automatikhebel des Hummers ein und steuerte ihn auf die Rampe zu.

Dann begann er zu beten.

104 Emiliano Graciano Mateos-Corrientes ließ seine Scharfschützen das Feuer einstellen. Er hatte das gesamte achtzehn Hektar große Gelände des Lagerhauses mit seinen Männern umstellt. Niemand konnte entkommen. Diejenigen, die schießend aus dem Gebäude gerannt waren, wurden in Richtung des Cenote getrieben – das war der Fluchtweg, der sich ihnen anbot. Die Übrigen waren tot.

Es war Emiliano noch immer unbegreiflich, wieso eine Bande Gringos den ganzen weiten Weg bis Yukatan zurücklegte, nur um seine Crystal-Meth-Fabrik zu übernehmen. Waren die wahnsinnig? Wussten sie nicht, dass er fünfzig Soldaten unter Befehl hatte, ausgerüstet mit den neuesten Waffen? Scharfschützen, die einem Dreijährigen die Brustwarzen wegschießen könnten?

Verrückt, verrückt.

Er sprach kurz in sein Funkgerät.

Was ihn am meisten ärgerte, war, dass die Gringos genau den richtigen Zeitpunkt für ihr Eindringen gewählt hatten. Normalerweise bewachten mindestens fünfzehn Männer die Fabrik. Aber irgendwer – dieser Scheißkerl von Pepito wahrscheinlich – musste ihnen gesteckt haben, dass Emiliano nun, da die Lieferung fertig war, seine Soldaten mit den besten Huren und Spirituosen verwöhnte, die sein Bordell in Merida aufzubieten hatte. Es war das Fest der Toten, verdammt. Seine Männer erwarteten, dass sie hin und wieder die Sau rauslassen durften. Und er hatte die örtliche Polizei und die meisten

Politiker in der Tasche. Was hatte er also zu befürchten? Dass eine Bande Gringos in sein Territorium eindringen würde? Himmel!

Der Hummer brach aus dem Kellerbereich von Emilianos Lagerhaus und schoss die Fluchtrampe hinauf. Das Fahrzeug schien kurz zu zögern und raste dann direkt auf sein Kommandofahrzeug zu. Emiliano sah zwei Männer auf den Vordersitzen.

Sein Kiefer klappte nach unten.

Während er noch staunend zusah, hörte er zwei Explosionen tief im Bauch seines Lagerhauses. Nach kurzer Stille folgte etwas wie ein gewaltiges Atemholen, als die Meth-Fässer in Brand gerieten. Dann wurde das Lagerhaus buchstäblich aus seiner Verankerung gerissen, und das Wellblechdach erhob sich auf einem Kamm überhitzter Luft. Als das Dach etwa dreißig Meter hoch gestiegen war, kippte es zur Seite, als hätte es ein plötzlicher Windstoß erfasst.

Emiliano zog neben seinem Toyota Sequoia instinktiv den Kopf ein. Gleichzeitig bemerkte er, wie das Heck des sich nähernden Hummers von der Druckwelle angehoben wurde und dann wieder nach unten krachte.

Der Hummer kam direkt auf seinen Wagen zu.

Er warf sich kreischend zur Seite.

Der Hummer schnitt im Vorbeifahren Emilianos Fuß ab, zermalmte den Knochen und drehte den Fuß dreimal um das, was an Haut und Knorpel noch verblieben war. Emiliano stürzte zu Boden und rollte sich zu einer Kugel zusammen. Er wusste, dass ihm etwas Furchtbares zugestoßen war, aber er wusste nicht genau, was.

Als er aufzustehen versuchte, gab sein Bein unter ihm nach, und er erhaschte einen ersten Blick auf das, was einmal sein Fuß gewesen war.

Jetzt begann er richtig zu schreien und nach seiner Mutter zu rufen.

105 Abi, Dakini, Nawal und Rudra lagen fächerförmig im Kies am Rand des Cenote und lauschten. Waren ihnen die Verfolger auf den Fersen? Ihre Waffen deckten einen 180-Grad-Radius ab, und der Cenote hinter ihnen schloss den Kreis ab.

»Habt ihr gesehen, was aus Oni geworden ist?«

»Nein. Er ist einfach verschwunden. Ich glaube, er ist in die entgegengesetzte Richtung von uns gegangen.«

»Typisch.«

Alle lachten. Ihre Gesichter waren von Staub und Schweiß verschmiert, und Rudra war über und über voll von Beriths Blut.

»Ich schaue mal um den Cenote herum. Vielleicht entdecke ich einen Ausweg. Wenn ich pfeife, dann kommt ihr.«

Abi stand auf und begann geduckt im Zickzack um den Cenote herum zu laufen. Eine Salve Automatikfeuer ertönte, und er warf sich flach auf den Boden. Dann kroch er zurück in Deckung.

»Das dachte ich mir. Sie haben uns umstellt. Sie können uns dank der Steilwand nicht von hinten unter Beschuss nehmen, also werden sie von vorn angreifen müssen.«

»Gibt es von dort unten einen Weg hinaus?«

Abi kroch zum Rand des Cenote und spähte hinunter. »Nein. Keine Höhlen, kein Steg. Es geht einfach gerade nach unten wie in einem Kamin. Aber wenigstens verdursten wir nicht. Ich hoffe bei Gott, sie setzen keine Mörsergranaten ein. Den Kerlen traue ich alles zu.«

»Wie viele, glaubst du, sind es?«

»Zu viele.«

Vom Lagerhaus war eine Explosion zu vernehmen. Das Wellblechdach tauchte kurz in seinem Zeitlupenflug über den Bäumen auf, kippte zur Seite und verschwand.

»Was zum Teufel war das?«

»Crystal Meth im Wert von fünf Millionen Dollar, das in

Rauch aufgeht. Von dem Schmuck für eine halbe Million gar nicht zu reden. Wenn sie vorher schon wütend waren, in welcher Gemütsverfassung werden sie dann jetzt wohl sein?«

Rudra begann zu lachen. »Willst du mir erzählen, sie haben es fertiggebracht, ihre eigene Fabrik in die Luft zu jagen? Was hast du gleich noch über Mörser gesagt?«

Abi schüttelte den Kopf. »Das waren keine Mörser. Wir haben Sabir und Calque im Gebäude gelassen, richtig?«

»Ja, aber sie hätten sich niemals rechtzeitig befreien können. Sie werden mit dem Laden in die Luft geflogen sein.«

»Bist du dir sicher?«

Rudra dachte kurz darüber nach. »Nein. Du hast recht. Ich habe die Beine von diesem Schweinehund Sabir nicht gefesselt. Ich hielt es nicht für nötig, ich Idiot. Ich hätte ihm die Achillessehne durchschneiden sollen, solange ich die Gelegenheit hatte. Aber ich dachte, wir hätten alle Zeit der Welt.«

»Schwamm drüber.«

»Was, glaubst du, wird aus uns, Abi?«, fragte Dakini.

»Wir werden sterben. Das wird aus uns. Wie, das liegt an uns.« Abi drehte sich auf den Rücken und fischte das Handy aus der Tasche, dann begann er zu kriechen. »Wenn ihr jemanden seht, schießt. Ich sehe, ob ich die Toten erwecken kann. Dann rede ich mit Aldinach und Athame. Danach rufe ich Madame, unsere Mutter, an. Und sollte sich eins von euch Mädchen noch mal die Nase pudern wollen, wäre jetzt vielleicht der richtige Moment dafür.«

106

»Und was machen wir jetzt, Sabir?«

»Wir nehmen an, dass sie uns folgen, und bleiben in Bewegung. Wir sind nicht gerade unauffällig in diesem Monster. Ich komme mir vor wie der *Terminator*.«

»Wie wer?«

»Vergessen Sie es, Calque.«

»Und wohin bleiben wir in Bewegung?«

»Zunächst nach Ek Balam. Ich möchte dem Halach Uinic den Schädel und den Codex zurückbringen und ihm erzählen, was passiert ist. Ich will nicht, dass er und Ixtab glauben, wir hätten sie angelogen. Die müssen im Viereck springen, dort im Lager.«

»Was für eine wunderbar bildhafte Sprache. Kein Wunder, dass Sie Schriftsteller sind. Und danach?«

»Dann fahren wir zum Flughafen.«

»Zum Flughafen? Ohne unsere Pässe? Der mexikanische Zoll wird uns auslachen. Und dann werden sie uns wahrscheinlich verhaften. Ach ja, und es ist Ihnen vielleicht nicht aufgefallen, aber ich habe kein Hemd an.«

»Das können wir gleich in Ek Balam ändern.«

»Aber was ist mit den Pässen? Die sind im Grand Cherokee. Und den hat Lamia geklaut. Und diese beiden Harpyen sind ihr auf den Fersen. Was glauben Sie, wie groß unsere Chance ist, dass wir sie je wieder einholen?«

»Lamia und die Harpyen interessieren mich einen Dreck. Aber ich muss Yola schützen.«

»Dann rufen Sie sie an, was halten Sie davon? Sagen Sie ihr, sie soll aus Samois verschwinden. Sie soll mit Alexi an einen Ort gehen, den Sie alle gut kennen, und dort auf uns warten. Wir treffen sie später dort.«

»Sie haben kein Telefon. Sie leben in einem Wohnwagen.«

Calque schleuderte die Arme in die Höhe – seine normale Art, Verzweiflung auszudrücken. Sofort fasste er sich an den linken Bizeps und verzog vor Schmerzen das Gesicht. Dann begann er leise vor sich hin zu wimmern.

Sabir wandte rasch den Blick ab, um nicht loszulachen.

Nach einer Weile fing sich Calque wieder und begann jeden Winkel des Hummers nach einer Zigarette abzusuchen. »Wollen Sie behaupten, dass Zigeuner, die in einem Wohnwagen leben, keine Handys benutzen?«

»Diese Zigeuner jedenfalls nicht. Und ich glaube mich zu

erinnern, dass Sie selbst ebenfalls kein großer Freund von Handys sind.«

Calque stieß einen Triumphschrei aus, angelte eine Zigarette aus einer zerknüllten Packung und steckte sie sich in den Mund. »Das tut nichts zur Sache. Es ist in höchstem Maße unverantwortlich, dass Yola nicht erreichbar ist. Sie sind ihr Blutsbruder, Sabir – oder wozu immer man Sie ernannt hat. Sie kannten die Gefahren. Warum haben Sie nicht darauf bestanden?«

Sabirs Miene verdüsterte sich. Er zündete Calques Zigarette mit einem goldenen Feuerzeug an, das auf dem Armaturenbrett umhergerutscht war. »Glauben Sie, ich weiß das nicht? Glauben Sie, ich würde mich nicht selbst jede Minute für meine Dummheit verfluchen? Glauben Sie, mir wird nicht schlecht beim Gedanken an jede Meile Vorsprung, die Lamia auf uns herausholt? Ich habe mich in sie verliebt, Mann. Ich dachte sogar daran, sie zu bitten, meine Frau zu werden.« Sabir blickte zornig auf den plötzlich dichter werdenden Verkehr vor ihm, als wären die Autos und ihre Fahrer irgendwie für seine missliche Lage verantwortlich. »Es mag Sie überraschen, Calque, aber Leute wie ich verlieben sich nicht so oft. Und so bemitleidenswert es klingen mag, ich kann mich nicht erinnern, jemals ernsthaft verliebt gewesen zu sein. Das war ein erstes Mal für mich. Ich hielt mich für einigermaßen immun. Für jemanden, der unbeirrbar auf ein einsames Mittelalter zusteuert. Solchen Quatsch eben. Wie recht ich hatte.«

Calque schüttelte den Kopf. Er schaute betrübt. »Es tut mir leid, Sabir. Ich weiß um Ihre Gefühle für Lamia. Ich mache mich persönlich dafür verantwortlich, dass ich sie in Ihr Leben gebracht habe.«

»Ach, vergessen Sie es. Es war nicht Ihre Schuld. Ich bin Ihnen eigentlich dankbar. Ich habe mich in diesen letzten Wochen wieder lebendig gefühlt – eine willkommene Abwechslung zu meinem vorherigen Zombiedasein.« Er wandte den

Blick von der Straße. »Aber können *Sie* denn nichts für Yola und Alexi tun? Sie haben doch sicher noch Kontakte zur Police Nationale. Können Sie nicht jemanden veranlassen, nach Samois zu fahren und sie zu warnen?«

Calque schnippte seine Zigarette umständlich aus dem Fenster. »Sie machen wohl Witze. Was soll ich ihnen denn sagen? Sie würden denken, ich habe das Ruhestandssyndrom und nicht mehr alle Tassen im Schrank. ›Jemand ist auf dem Weg, um sich den wiedergeborenen Christus zu schnappen, Kameraden. Ihr müsst eingreifen, bevor es passiert. Dazu müsst ihr eine Gruppe Zigeuner retten, die leider keine Handys benutzen. Die Frau ist schwanger, genau wie die Jungfrau Maria. Nur diesmal hat sie nicht der Heilige Geist geschwängert, sondern ihr Mann.‹ ›Aha, von wo sprechen Sie, Calque? Pierrefeu? Belleville? Broadmoor? Oder eine andere Nervenheilanstalt, die wir nicht kennen?‹ ›Ich bin gerade in Mexiko und jage Methamphetaminlabors in die Luft. Ich melde mich in Kürze wieder.‹«

»Ich verstehe, worauf Sie hinauswollen.«

»Wie erfrischend.« Calque langte mit seiner gesunden Hand auf den Rücksitz und holte den Rucksack nach vorn. Er fischte den Maya-Codex heraus und begann die Rindenpapierseiten durchzublättern.

»Das Ding wird uns nicht weiterhelfen.«

»Indirekt vielleicht doch.«

»Wie kommen Sie darauf?«

»Weil mich etwas immer noch stört, Sabir. Ich verstehe nicht, wie der Chilan und der Halach Uinic diesen Mann, Akbal Coatl, mit Nostradamus in Verbindung gebracht haben. Es ist einfach zu weit hergeholt.«

»Das ist jetzt unsere geringste Sorge.«

»Nein. Es ist wichtig. Es gibt immer noch zu viele unbeantwortete Fragen für meinen Geschmack. Ich glaube nicht an Zauberei, Sabir. Es muss einen logischen Zusammenhang geben.«

»Aha, Logik. Da spricht der alte Calque wieder.«

Der Franzose blieb eine Weile stumm.

Sabir schwieg ebenfalls. Nach etwa fünf Minuten kaum verhüllter Anspannung begann er unbewusst auf das Lenkrad zu trommeln. Hin und wieder stieß er den Kopf ruckartig vor, als würde er auf einen Wechsel seines inneren Rhythmus' reagieren. Er warf einen Seitenblick auf Calque. »Erzählen Sie mir nicht, dass Sie Maya-Schriftzeichen lesen können. Oder Altspanisch.«

Calque schüttelte den Kopf, ohne aufzublicken. »Nein, aber ich kann Latein lesen. Und der letzte Teil dieses Buches ist in Volkslatein geschrieben.«

Sabir nickte weise. Er wartete noch einmal zehn Minuten. »Was steht da?«

Calque blickte verärgert auf. »Ich verrate es Ihnen, wenn Sie versprechen, mit diesem verdammten Trommeln aufzuhören und mir noch eine Zigarette anzuzünden.«

»Okay, okay.« Sabir nahm beide Hände vom Lenkrad.

»Sie können trotzdem fahren. Dagegen habe ich nichts.«

»Kommen Sie schon. Was steht da, Calque?«

Calque wartete, bis Sabir ihm die Zigarette angezündet hatte. Er machte einen langen Zug und blies den Rauch durch die Nasenlöcher wieder aus. »Da steht, als Diego de Landa 1563 nach Spanien zurückbeordert wurde, um sich vor der Inquisition für seine Verbrechen zu verantworten, hat ihn Akbal Coatl – oder Salvador Emmanuel, wie ihn die Spanier nannten – tatsächlich begleitet.«

»Großer Gott. Das nennt man mit den Wölfen heulen.«

»Akbal Coatl hat dann de Landa beim Verfassen des *Relación de las Cosas de Yucatán* geholfen, der drei Jahre später veröffentlicht wurde, als Teil eines erfolgreichen Versuchs, die Kritiker von de Landas Politik der verbrannten Erde zu entwaffnen.« Calque schüttelte den Kopf. »Unglaublich. Oberflächlich betrachtet, ergibt es überhaupt keinen Sinn. Können

Sie sich vorstellen, was für ein Gefühl es für Akbal Coatl gewesen sein muss, de Landa dabei zu unterstützen, sich aus den Fängen der Inquisition zu winden? Nach allem, was de Landa seinem Volk und dessen Kunstschätzen angetan hatte? Und nach allem, wozu er ihn gezwungen hatte?«

»Warum hat er es dann getan?«

»Weil andernfalls die Geschichte des Mayavolks mit ihm gestorben wäre.«

»Ist das Ihr Ernst?«

»Mein tödlicher Ernst. Denn die Tatsache bleibt bestehen, dass de Landas Buch das mit Abstand wichtigste Dokument über Sitten und Gebräuche der Maya ist, das wir haben. Es bildete den Grundstock zur Entzifferung der Maya-Schriftzeichen. Selbst heute noch sind Anthropologen und Historiker in Ermangelung von etwas anderem dazu gezwungen, sich auf sein Buch zu stützen.«

»De Landa hat also eine Marktlücke geschaffen, indem er alle Codices der Maya verbrannte, und diese dann mit seinem eigenen Buch geschlossen? Wirklich reizend.«

»Bei dem Akbal Coatl wahrscheinlich Mitautor war und das de Landa dann als sein eigenes Werk ausgegeben hat.«

»Sie spekulieren, Calque. Das können Sie nicht beweisen.«

»Sie haben recht. Es spielt im Grunde keine Rolle, wer es tatsächlich geschrieben hat. Die entscheidenden Worte sind ›drei Jahre später‹, Sabir. Das Buch wurde drei Jahre nach der Ankunft von Akbal Coatl und Fray de Landa in Spanien vollendet. Verstehen Sie nicht, was das heißt?«

»Nicht auf Anhieb, nein.«

»1566 war Nostradamus' Todesjahr. Das bedeutet, Akbal Coatl hatte drei Jahre Zeit, von 1563 bis 1566, um von dem Seher zu hören oder ihn vielleicht sogar kennenzulernen.«

»Wie bitte? Wollen Sie mir weismachen, die Franziskaner ließen Akbal Coatl kreuz und quer durch Europa reisen, wohin immer er wollte?«

»Er war Diego de Landas Privatsekretär, Mann. Er blieb bis 1572 mit ihm in Europa, bis de Landa als erster Bischof der Provinz nach Yukatan zurückkehrte und Akbal Coatl mitnahm. Er war außerdem de Landas großer Apologet. Sein Famulus beinahe. Eines der Schlüsselelemente in de Landas Kampf gegen die Schande seines früheren Postens. Während der drei Jahre Arbeit an de Landas Buch dürfte Coatl von einem Kloster zum anderen geschickt worden sein, um Recherchen für ihn anzustellen und um Referenzen von de Landas Zeitgenossen zu sammeln, die seine Behauptungen vor dem geistlichen Gericht stützten.«

»Denken Sie sich das alles aus, Calque? Wie können Sie sich so sicher sein?«

»Weil alles schwarz auf weiß hier steht, Sabir.« Calque schlug mit dem Handballen auf das Buch. »Hier ist eine vollständige Liste von Akbal Coatls Reisen durch Spanien und Südfrankreich während seiner zehn Jahre in Europa. Mit Orts- und Datumsangaben. Hören Sie sich das an. Im Mai 1566 – zwei Monate vor Nostradamus' Tod, Sabir – reiste Salvador Emmanuel alias Akbal Coatl von Avignon zum Franziskanerseminar nach Salon-de-Provence hinunter.«

»Das ist nicht Ihr Ernst.«

»Fangen Sie jetzt allmählich an zu begreifen?«

»Hören Sie, Calque, ich weiß mit Bestimmtheit, dass Nostradamus in der Franziskanerkapelle in Salon beerdigt wurde. Er war zu dieser Zeit eng mit den Franziskanern verbunden. Er dachte wohl, es wäre eine Versicherungspolice für seine Frau und die Kinder gegenüber der Inquisition. So viel weiß ich noch aus dem Buch, das ich geschrieben habe. Erst später, während der Französischen Revolution, hat man ihn ausgegraben und im Collégiale St. Laurent beigesetzt.«

»Das macht alles umso plausibler, oder? Die beiden Männer müssen sich einfach getroffen haben. Nostradamus war zu dieser Zeit in ganz Europa als Prophet bekannt. Er war auf dem

Höhepunkt seines Ruhms. Selbst die französische Königsfamilie legte einen Zwischenstopp in Salon ein, um ihn zu besuchen. Er gehörte in jeder Beziehung zum Establishment.«

»Sie glauben also, die beiden haben das zusammen ausgeheckt? Ein Mitglied des Establishments, das mit den Franziskanern dicke ist, und ein abtrünniger Maya? Tut mir leid, wenn ich den Advocatus diaboli spiele, Calque, aber einer muss es tun.«

»Ich glaube, dass Akbal Coatl als Angehöriger einer gefährdeten Art – der Maya – Nostradamus als Angehörigen einer anderen gefährdeten Art – der Juden – um Hilfe bat. Das dürfte Nostradamus angesprochen haben, dessen Sympathien immer auf der Seite der Schwachen lagen. Wahrscheinlich hat Nostradamus daraufhin Akbal Coatl erzählt, er habe gerade die Vision gehabt, dass ein weiteres Mitglied einer gefährdeten Art – der Zigeuner – eines Tages die Mutter des wiedergeborenen Heilands werden würde. Und, hey, die Daten, die er angegeben hat, stimmen vielleicht sehr gut mit den Daten der Maya für das Ende des Zyklus der neun Höllen überein.«

»Weiter, Calque. Ihre Fähigkeit zu unorthodoxem Denken ist fesselnd.«

»Die beiden werden ihr Wissen also vermutlich zusammengeworfen haben. Das ist doch naheliegend, oder? Und nach der Abreise von Akbal Coatl hat Nostradamus die uns bereits bekannten Vorsichtsmaßnahmen zum Schutz seiner achtundfünfzig sogenannten ›verschollenen Prophezeiungen‹ ergriffen. Die Prophezeiungen waren also keineswegs verschollen, sondern nur gut versteckt. Dann beschließt Akbal Coatl, seinen Teil der Abmachung zu erfüllen, indem er das Ganze in seinem heiligen Buch sichert. Nur kommt es zweihundert Jahre später zum Kastenkrieg, und das Buch geht verloren. Aber beide – Akbal Coatl und Nostradamus – haben einen Pannenmechanismus eingebaut.«

»Den Ausbruch des Pico de Orizaba.«

»Und zwei potenzielle Katalysatoren ...«

»Mich und den Wächter.«

»Ja. Sie – oder wer immer zufällig auf die Spur der Prophezeiungen stoßen würde – und den Wächter. Es ist unglaublich, nicht wahr? Aber es klingt absolut einleuchtend. Prophet trifft Beschützer des heiligen Buches. Die Möglichkeiten sind unbegrenzt. Aber wie Sie sagen, Sabir, in unserer augenblicklichen Situation führen sie uns nirgendwohin. Apropos Möglichkeiten – werden wir schon verfolgt?«

»Soweit ich sehe, nicht.«

»Das dachte ich mir. Die haben bestimmt gerade andere Probleme.«

»Wie meinen Sie das?«

»Ich glaube, Sie haben den Big Boss von denen angefahren.«

»Wovon reden Sie, Calque? Welcher Big Boss? Und warum haben Sie bisher nichts davon gesagt?«

»Ich war mit wichtigeren Dingen beschäftigt.«

»Ich habe niemanden angefahren.«

»Doch, haben Sie. Als Sie den Toyota beinahe gerammt hätten, da hinten am Lagerhaus. Haben Sie kein Knirschen bemerkt?«

»Ich habe den Toyota meilenweit verfehlt, Calque. So ein schlechter Fahrer bin ich auch wieder nicht.«

»Ja. Aber Sie haben einen sehr dicken Mexikaner getroffen, der ein Funkgerät in der Hand hielt. Er hatte einen glänzenden Anzug an. Die Sorte Anzug, wie ihn nur ein Drogenbaron zu tragen wagt – und glauben Sie mir, Sabir, ich weiß, wovon ich rede. Sie haben den Fuß dieses Mannes zertrümmert. Sie müssen ihn doch gesehen haben?«

»Ich war zu sehr damit beschäftigt, uns heil dort rauszubringen. Und überhaupt, dieses Ding hier hat eine Schnauze wie ein Kondor. Natürlich habe ich den Mann nicht gesehen.«

»Wie auch immer, ich glaube, dass wir deshalb nicht verfolgt werden. Ich glaube, Sie haben versehentlich den Oberbefehlshaber des Feinds ausgeschaltet. Ich wollte es Ihnen vorhin schon sagen, aber dann bin ich bei Akbal Coatls Buch hängengeblieben.« Calque stabilisierte seinen linken Arm, da sie über eine Bodenschwelle fuhren. »Kann sein, dass wir dadurch gerade genügend Vorsprung gewonnen haben, um unbelästigt zu bleiben.«

»Ich habe den Fuß dieses Mannes zerstört, sagen Sie?«

Calque nickte und verzog immer noch das Gesicht wegen der Schmerzen im Arm. »Ich liebe Leute wie Sie, Sabir. Sie pflügen durchs Leben und lassen eine Schneise der Verwüstung zurück, aber Sie bemerken nichts davon. Das muss ein wunderbares Talent sein. Ich wünschte nur, ich könnte es Ihnen gleichtun.«

»Und was ist mit Ihrem Partner Macron? Haben Sie den schon vergessen? Und wer hat mich wieder in die ganze Sache hineingezogen? Das waren Sie. Und wer hat Lamia ins Spiel gebracht? Auch Sie. Manchmal, wenn Sie so über mich herziehen, Calque, fällt mir eine alte Redewendung ein.«

»Nämlich?«

»Ein Esel nennt den anderen Langohr.«

107 Die Morphiumspritze begann zu wirken. Emiliano Graciano Mateos-Corrientes lag auf der Rückbank des Toyota Sequioa und sah zu, wie sein Privatarzt seinen Fuß verband.

»Sie haben einen komplizierten Bruch. Jede Stunde, die Sie nicht in ein Krankenhaus gehen, erhöht die Wahrscheinlichkeit, dass Sie Ihren Fuß verlieren. Wenn Sie Glück haben, kommt es nur zu einer Blutvergiftung. Wenn Sie Pech haben, folgt Wundbrand. Da ist Dreck drin. Sockenfasern. Staub vom Weg. Und verschmutzte Knochenfragmente.«

»Gib mir diese Pistole.«

Einer seiner Männer gab Emiliano seine Pistole.

Emiliano richtete sie auf den Arzt. »Wenn ich meinen Fuß verliere, verlieren Sie Ihr Leben. Verstanden? Ich habe hier erst etwas zu erledigen. Und zwar *bevor* ich ins Krankenhaus gehe. Sie werden mich begleiten.«

»Aber die Polizei ... Sie werden den Rauch von dem Feuer sehen und kommen.«

»Die Polizei wird nicht kommen. Ihr und der Feuerwehr wurde erklärt, dass wir nur Gestrüpp abbrennen.«

»Aber es ist doch gar nicht die Jahreszeit dafür.«

»Wenn ich es sage, ist immer die Jahreszeit dafür. Haben Sie mich verstanden, Doktor?«

»Ja.«

»Jetzt steigen Sie in den Wagen. Wir fahren zu einer Taufe.«

108

»Was hat Madame, unsere Mutter, gesagt?«

Abi schüttelte den Kopf.

»Was ist, Abi?«

Abi hockte auf dem Hintern und starrte auf seine Füße.

»Was ist los?«

»Was los ist? Wir wurden für dumm verkauft, das ist los.«

»Wie meinst du das?«

»Sie hat uns benutzt. Diese Heilige, unsere Mutter, hat uns als notfalls zu opfernde Tarnung verkauft.«

Entsetztes Schweigen. Dann schüttelte Nawal den Kopf. »Das glaub ich dir nicht.«

Abi legte sich auf die Seite und kroch näher zu seinen drei Geschwistern. »Hört mir zu. Zunächst einmal: Lamia, unsere ›missratene Schwester‹ ... Wie sich herausstellt, ist sie gar nicht so missraten. Sie war von Beginn an auf derselben Seite wie wir.«

»Nein.« Nawal schüttelte den Kopf. »Das kann einfach nicht sein. Ich kenne Lamia. Sie mag vielleicht Informationen an unsere Mutter weitergereicht haben, aber sie hätte sich nie diesem Sabir hingegeben, wenn sie es nicht selbst gewollt hätte. Dafür war sie viel zu *pudique*. Viel zu befangen wegen ihres Gesichts.« Sie wich Dakinis gequältem Blick aus – in dieser Beziehung hatten sie beide ebenfalls eine Menge zu verarbeiten. »Und überhaupt hätte sie sich Athame anvertraut. Die beiden waren *so*.« Nawal verknotete ihre Hände ineinander.

»Und dennoch ist es wahr. Ich habe es gerade aus erster Hand erfahren. Madame, meine stets treue Mutter, hielt es wohl für einen kleinen Trost im Augenblick des Todes, wenn sie alles gesteht.«

»Du wirst nicht sterben, Abi. Keiner von uns wird sterben.«

Abi lachte. »Das Ganze war eine kunstvoll ersonnene Falle, damit Sabir die Namen herausrückt, die sie brauchte. Die Comtesse hat es so eingerichtet, dass Sabir und Calque dachten, sie hätten Lamia vor einem Schicksal bewahrt, das schlimmer als der Tod gewesen wäre. Ein Trick, so alt wie die Welt. Sie sind darauf reingefallen. Und ich ebenfalls. Ich habe es voll und ganz geschluckt.«

»Das kann nicht sein. Unsere Mutter hätte es uns gesagt.«

»Und das Spiel verraten? Nein. Sie wollte, dass wir empört, wütend und in Alarmbereitschaft waren. Und sie hat wie immer bekommen, was sie wollte. Lamia ist auf dem Weg zurück nach Frankreich, um die schwangere Zigeunerin zu töten. Und wir sind die Opferlämmer, die ihr geholfen haben, so weit zu kommen.«

»Du musst es Athame und Aldinach sofort sagen.«

»Nein. Ich habe gut darauf geachtet, dass ich die Nummern der beiden niemandem verraten habe. So wie ich eure niemandem gesagt habe. Ich wollte nicht, dass jemand zur falschen Zeit wegen eines gemütlichen Plauderstündchens anruft. Falls sie also nicht plötzlich beschließen, unsere Mutter anzurufen – und ich vermute stark, das werden sie nicht tun –, dann war es das. Sie hat keine Möglichkeit, sie davon abzubringen, dass sie Lamia töten. Und die beiden steigen gerade in eine Chartermaschine nach London. Solange sie in der Luft sind, werden sie ihre Handys also ohnehin ausgeschaltet haben.«

»Nach London?«

»Es war der erste Flug, den sie bekommen haben. Lamia ist mit einem etwas früheren Flug via Madrid raus. Die drei werden sich also ungefähr zur gleichen Zeit in Paris treffen. Es gibt nur eine gewisse Zahl von Anschlussflügen. Athame und Aldinach müssen nichts weiter tun als warten. Wahrscheinlich erwischen sie Lamia sofort, wenn sie aus der Ankunftshalle spaziert. Vielleicht töten sie sie sogar auf der Stelle. Aldinach kann mit seinem Skalpell wie eine Biene zustechen. Er ist zwanzig Meter weiter, bis die betreffende Person überhaupt bemerkt, dass sie gestochen wurde.«

Die anderen schüttelten unsicher den Kopf.

Abi grinste. »Schaut euch um. Wir sind wahrscheinlich von fünfzig unsichtbaren Männern umgeben, die entschlossen sind, uns zu töten. Und wessen Schuld ist das? Die Schuld von Lamia, Sabir und unserer Mutter. Mangels eines *Deus ex Machina*, der plötzlich nach uns greift und uns in den Himmel holt, sind wir dem Tod geweiht.« Abi zuckte resigniert mit den Achseln. »An unsere Mutter kommen wir nicht ran. Aber an Lamia. Und durch sie an Sabir. Was haben wir zu verlieren?«

109

»Da ist mein Cherokee.«

»Ich dachte es mir fast.« Calque sah sich auf dem Oberdeck des Langzeitparkplatzes am Cancun International Airport um. »Wir werden ihn aufbrechen müssen, das ist Ihnen wohl klar? Und hier gibt es wahrscheinlich massenhaft Überwachungskameras.«

»Nein, müssen wir nicht.« Sabir griff in seine Tasche. »Ich habe die Reserveschlüssel. Die sind mir wieder eingefallen, als wir den Schädel und den Codex in Ek Balam abgeliefert haben. Während Ixtab Ihnen eine Armschlinge gemacht und ein neues Hemd angepasst hat. Sie waren in meiner Reisetasche.« Er ließ die Schlüssel vor Calques Gesicht baumeln, als wären es Kirschen.

Calque verdrehte die Augen. »Dann sehen wir zu, dass wir

diesen Leuchtturm von Hummer loswerden. Wir werden ihn von Fingerabdrücken reinigen müssen. Ich will nicht, dass die Verrückten, von denen wir ihn gestohlen haben und deren Drogenlabor wir in die Luft gejagt haben, uns bis Frankreich verfolgen. Ich traue ihnen zu, dass sie Kontakte bei Interpol haben.«

Sabir stellte den Hummer in einem abgelegenen Winkel des Parkplatzes ab. Da Calques linker Arm unbrauchbar war, blieben die meisten Dienerjobs an Sabir hängen.

Calque grinste. »Wenn wir zu Hause sind, können Sie jemanden bezahlen, der den Cherokee abholt und irgendwo für Sie aufbewahrt. Auf diese Weise wird ihn niemand mit dem Hummer in Verbindung bringen. Sie schicken einfach die Schlüssel, den Parkschein und ein wenig Geld unter falschem Namen und falscher Adresse an irgendjemanden. In ein, zwei Monaten können Sie dann kommen und den Wagen holen, ohne dass es jemand mitkriegt.«

»Sie machen wohl Witze.«

»Ja.« Calque seufzte. »Ich denke, keiner von uns beiden sollte vielleicht je wieder einen Fuß auf mexikanisches Gebiet setzen. Wenn Sie den Wagen in ein paar Monaten nicht abgeholt haben, wird er schlicht versteigert. So läuft das.«

»Ich mochte den Wagen. Ich verbinde glückliche Erinnerungen mit ihm.« Sabirs Gesichtsausdruck passte nicht zu seinen Worten.

»Kommen Sie drüber hinweg, Sabir. Sie ist es nicht wert. Sie hat uns beide zum Narren gehalten.«

»Ich verstehe immer noch nicht, wie sie das Spiel so weit treiben konnte. Sie war Jungfrau, Mann, dessen bin ich mir sicher. Keine Mata Hari, die an Verführung gewöhnt ist. Keine Kurtisane. Und ihr Gesicht. Wie konnte die Comtesse wissen, dass ich mich in sie verknallen würde? Es strapaziert die Grenzen des Glaubhaften.«

Calque schüttelte den Kopf. »Weil die Comtesse etwas von

Männern versteht und von dem, was sie antreibt. Sie hat uns studiert, ohne dass wir es wussten. Sie hat von Anfang an erkannt, dass Sie ein mitfühlender Mensch sind. Und dass ich unter Tochterentzug leide. Dann hat sie ihre perfekt scharf gemachte Rakete auf uns abgeschossen.«

»Lamia sagte, sie liebt mich. Das kann man nicht vortäuschen.«

»O doch. Meine Exfrau hat es jahrelang getan.« Calque beugte sich in den Cherokee und tastete im Handschuhfach herum. »Wir sind im Geschäft, mein Junge. Beide Pässe sind noch da.«

»Und das ist auch so eine Sache. Warum sollte Lamia unsere Pässe im Wagen lassen? Ihrer war auch da drin. Sie hätte nichts weiter tun müssen, als unsere beiden in die nächste Mülltonne zu werfen.«

»Wozu sollte sie sich die Mühe machen, Sabir? Sie wusste, dass Abiger de Bale uns töten würde, so sicher, wie die Nacht auf den Tag folgt. Die Pässe zurückzulassen, hätte nur die Arbeit der mexikanischen Polizei erleichtert. Wenn die Kollegen das Fahrzeug gefunden hätten, wäre ihnen sofort klar gewesen, dass wir das Land nicht verlassen haben.«

Sabir knallte die Tür des Cherokee zu und verriegelte sie. Sein Gesichtsausdruck war freudlos. »Kommen Sie, Calque. Suchen wir uns einen Flug, der uns von hier wegbringt.«

110

Es begann mit den Blendgranaten. Emilianos Soldaten hatten kugelsichere Schutzschilde in Stellung gebracht, hinter denen sie die Granaten abschossen.

Abi, Rudra, Nawal und Dakini deckten sie mit so viel Feuer wie möglich ein, jedoch ohne erkennbare Wirkung. Ihre Munition ging zur Neige. Die Granateneinschläge kamen immer näher.

Dann fingen Emilianos Männer mit dem Tränengas an.

Dakini war die Erste, die in den Cenote sprang.

Rotz und Tränen liefen über die Gesichter von Abi, Nawal und Rudra.

Nawal ging als Nächste. Sie war hysterisch. Sie bekam keine Luft mehr. Sie konnte nur noch an das Gefühl des kalten Wassers auf ihren Augen denken.

Rudra sah beide Frauen in das Becken springen. Er schleppte sich an den Rand des Bassins. Es ging mehr als fünfzehn Meter in die Tiefe. Er sah sie in der Mitte des Beckens strampeln und wie besessen ihre Augen ausspülen.

Er warf einen Blick zu Abi zurück, zuckte mit den Achseln und schob sich über den Rand. Einen Moment baumelte er über der Wasserfläche, dann ließ er sich fallen. Das Wasser fühlte sich göttlich an. Er sank so tief wie möglich, dann strebte er mit Scherenschlägen der Beine an die Oberfläche.

Neben ihm tauchte Abi ein.

Beide Männer rieben sich verzweifelt das Gesicht. Dann beeilten sie sich, ihre Waffen aus dem Wasser zu bekommen, ehe sie nutzlos wurden.

Fünfzehn Meter über ihnen trugen Emilianos Männer ihren Boss auf einer behelfsmäßigen Trage aus dem Toyota. Das Morphium führte bereits zu den ersten Halluzinationen.

Emiliano packte seinen Arzt am Arm. »Geben Sie mir noch etwas.«

»Ich kann Ihnen nichts mehr geben. Es wäre zu gefährlich. Intravenös verabreichtes Morphium ist eine instabile Droge. Der Körper kann nur eine bestimmte Menge davon aufnehmen. Sie werden bereits halluzinieren. Später werden Sie auch Verstopfung bekommen.«

»Zum Teufel mit der Verstopfung. Und die Halluzinationen halte ich aus. Geben Sie mir noch mehr Morphium. Ich habe Schmerzen. Mein Fuß brennt wie Feuer.« Emiliano verzog das Gesicht, als versuchte er, seine Gedanken von dem Drogennebel zu klären. »Aber nicht so viel, dass ich ohnmächtig werde. Haben Sie verstanden, was ich sage?«

»Ich sage doch, ich kann Ihnen nicht mehr geben. Es könnte sich als tödlich erweisen.«

Emiliano zog eine Pistole unter der Decke hervor und erschoss den Arzt. Eine einzelne Kugel, mitten in die Stirn. Der Doktor sackte wie ein leerer Satz Kleidung neben der Trage zusammen. »Tödlich? Das nenne ich tödlich, *pendejo*. Werft ihn in den Cenote.«

Emilianos Männer hatten sich in unregelmäßiger Linie kurz vor dem Rand des Cenote versammelt. Einer von ihnen stieß den Leichnam des Arztes so lange mit dem Fuß, bis er über den Rand kippte. Dabei achtete er sorgsam darauf, dass er nicht als Silhouette vor dem Himmel zu sehen war.

»Jetzt nimm diese Spritze.«

»Ja, Jefe.«

»Siehst du diese Ader in meinem Arm?«

»Ja, Jefe.«

»Spritz das Morphium hinein.«

Der Mann näherte sich Emilianos Vene mit der Spritze.

»Drück erst ein bisschen was raus, Mann. Du darfst keine Luft hineinkriegen. Wenn du die Ader gefunden hast, zieh erst ein bisschen zurück, um dich zu überzeugen, dass Blut kommt. Dann spritz es mir.«

Der Mann schwitzte inzwischen unkontrollierbar. Er wischte sich mit dem Ärmel über die Stirn. Er fand die Ader, zog ein wenig Blut und drückte den Kolben dann bis zum Anschlag hinein.

Emiliano seufzte. Er legte die Pistole ab und drückte den Finger fest auf die Einstichstelle. »Habt ihr die anderen Leichen?«

»Ja, Jefe.«

»Werft sie ebenfalls hinein. Der gute Doktor hat ein bisschen Gesellschaft verdient.«

Die Leichen von Vau, Alastor, Berith und Asson wurden an den Rand des Wasserbeckens geschleift und hineingeworfen.

»Kommt noch wer?«

»Niemand von uns. Sie sind der einzige Verwundete von uns, Jefe. Und von ihren Leuten ist niemand entkommen, außer den beiden im Hummer.«

»Um die kümmern wir uns später. Ohne Papiere werden sie das Land nicht verlassen können. Wir können sie uns überall schnappen. Sie müssen essen. Sie müssen schlafen. Sie müssen scheißen.« Emiliano hob das Kinn in Richtung Cenote. Seine Pupillen waren unverhältnismäßig vergrößert. »Verstopfung? Dieser verdammte Trottel von Doktor. Ich habe ihm befohlen, mir noch etwas Morphium zu geben. Ihr habt es gehört. Befolgt man hier etwa meine Befehle nicht mehr?«

»Doch, Jefe.«

»Der Hummer – er hat ein Satellitennavigationsgerät an Bord, oder? Also können wir ihn über GPS orten.«

»Ja, Jefe.«

»Okay. Jetzt geht und erklärt den Schwimmern da unten die Lage. Mit Klangeffekten.«

»Ja, Jefe.«

Ein halbes Dutzend von Emilianos Männern verteilte sich um den Cenote. Dann traten sie alle gleichzeitig an den Rand vor und begannen die Steinwände und die Wasseroberfläche mit Kugeln zu bestreichen. Nach einer Minute hörten sie wieder auf.

Abi, Rudra, Dakini und Nawal trieben immer noch im Wasser. Sie waren, wie von Emiliano beabsichtigt, nicht getroffen worden, aber sie waren verwirrt und orientierungslos.

»Jetzt erklärt ihnen, dass sie ihre Waffen und Handys untergehen lassen müssen. Sodass wir es hier oben deutlich sehen können. Wenn sie es nicht tun, bombardieren wir sie mit Handgranaten. Dann wird das dort unten das reinste Schlachthaus. Wenn sie nicht umkommen, werden sie auf Dauer taub von den Erschütterungen.« Emiliano schlug nach etwas vor seinem Gesicht. Er schlug noch einmal. Seine Wangen waren taub von der neuerlichen Morphiumspritze. Moskitos erschienen ihm allmählich wie Hornissen.

Einer seiner Männer rief die Anweisungen in das Becken hinunter. Es gab eine Pause. »Sie haben es getan. Sie schwimmen nur noch dort unten.«

»Dann erklär ihnen jetzt, dass sie nicht an den Rand des Cenote schwimmen sollen. Nicht versuchen, an den Wänden nach oben zu klettern. Wenn sie es versuchen, werden meine Scharfschützen sie töten.«

»Es ist unmöglich, an den Wänden nach oben zu klettern, Jefe.«

»Sag, was ich dir befohlen habe.«

Der Mann tat wie geheißen.

»Jetzt tragt mich an den Rand. Und bringt mir einen Stuhl.« Emiliano streckte die Arme vor, und zwei der Männer trugen ihn an den Rand des Cenote. Zwei andere brachten einen faltbaren Regiesessel. Einer der Männer hielt das gesamte Gewicht von Emilianos zertrümmertem Fuß in einer aus einem Hemd gefertigten Schlinge.

Emiliano setzte sich. Sein Fuß wurde mit äußerster Vorsicht vor ihm abgesetzt. Nach einer kurzen Pause, während der er über den Cenote starrte, als wäre ihm eine unbekannte Blumengattung ins Auge gesprungen, beugte er sich vor und blickte in das Becken hinunter. Er machte eine ausladende Handbewegung.

»Wie ihr seht, sind alle eure Freunde bei euch dort unten.« Er zählte an den Fingern ab. »Eins, zwei, drei, vier, fünf, sechs, sieben, acht.« Er schlug erneut in die Luft. »Acht kleine Gringos, die Ware im Wert von fünf Millionen Dollar von mir vernichtet haben. Die Frage ist nun – seid ihr irgendwie in der Lage, mich zu entschädigen? Das Unrecht, das ihr mir angetan habt, wiedergutzumachen? Plus Zinsen natürlich. Zwei Millionen Dollar. Und noch mal zwei Millionen Dollar für meinen Fuß, nicht zu vergessen. Sagen wir glatte zehn Millionen, dann gibt es keinen Streit. Könnt ihr die aufbringen? Wenn ja, lasse ich euch mit einer Winde aus dem Becken holen, damit ihr die Sache einfädeln könnt. Wenn nicht, bleibt ihr dort unten, bis ihr ertrinkt. Der Pumpenschlauch wurde bereits heraufgezogen. Und einen anderen Weg aus dem Cenote gibt es nicht. Die Wände sind glatt. Wir haben das schon mit anderen ausprobiert, versteht ihr? Es dauert über den Daumen gepeilt zwei, drei Tage, bis der Überlebenswille schließlich erlahmt. Und es hängt natürlich vom Geschlecht ab. Frauen schwimmen in der Regel länger, weil sie mehr natürlichen Auftrieb haben.« Er schlug nach einem weiteren Moskito.

Einige von Emilianos Männern begannen ein wenig besorgt auszusehen. Aber keiner von ihnen wollte das Schicksal des Arztes teilen.

»Ich fahre jetzt ins Krankenhaus. Sagt Bescheid, wenn ihr mein Angebot annehmen wollt. Ansonsten werden hier auf Dauer zehn Wachen postiert sein. Wenn ihr versucht, zu den Wänden zu schwimmen, werdet ihr erschossen. Wenn ihr die im Wasser treibenden Leichen als Schwimmhilfe benutzt, werdet ihr ebenfalls erschossen. Alles klar?«

111 Oni war zu Beginn des Feuergefechts zweimal verwundet worden. Einmal in der Leiste und einmal in der rechten Gesäßbacke, als er sich umgedreht hatte, um Abis Gruppe zum Cenote zu folgen.

Aus diesem Grund hatte er den Trick wiederholt, den er bereits bei den Höhlen von Balancanché angewandt hatte. Es war natürlich schwieriger, wenn man verwundet war und niemanden hatte, der einem half, aber Oni war vollkommen klar, dass er sterben würde, wenn es ihm nicht gelang.

Er hob sich also mit dem Schaft seiner Pumpgun einen Graben aus und legte sich hinein. Dann bedeckte er sich so gut es ging mit Erde. Er brauchte nicht viel Tarnung, da er nicht vorhatte, sich zu bewegen. Zum Glück war der Boden in der Agavenpflanzung vor Kurzem abgebrannt und umgegraben worden. Er war weich wie Distelwolle. Mehr oder weniger.

Er lag mit dem Gesicht nach oben, die Waffe dicht an die Seite gepresst. Seine Hüftgegend war taub und wurde mit jeder Minute tauber. Er hatte sich ein kleines Luftloch gelassen, durch das er atmen konnte. Er hoffte nur, dass niemand direkt auf ihn treten würde. In dem Fall würde es ihm wohl kaum gelingen, stumm zu bleiben.

Er lag so lange da, dass er einzuschlafen begann. Sein ganzer Körper zog sich in sich selbst zurück wie bei der Ruhezeit am Ende seines Hatha-Yoga-Kurses. Oni brachte es fertig, seine Atmung so gut zu kontrollieren, dass er am Ende nur noch etwa dreimal pro Minute atmete. Sein Yogalehrer wäre stolz auf ihn gewesen.

Er hörte die Explosion beim Lagerhaus. Dann vibrierte sein Handy. Er ignorierte es aus naheliegenden Gründen. Danach hörte er den Angriff mit den Blendgranaten beim Cenote. Er wusste genau, was vor sich ging. Niemand musste es ihm schildern. Er und seine Geschwister hatten sich gewaltig übernommen. So einfach war das.

Nach einer weiteren Viertelstunde stand Oni auf und bürstete sich ab. Vom Cenote ertönten plötzlich erneut Schüsse. Mit seiner Pumpgun als Krücke humpelte er an den ausgebrannten Resten des Lagerhauses vorbei und zu der Stelle hinüber, an der das schwere Maschinengewehr, die Stoner, postiert war. Es war noch da. Aber Vau war verschwunden. Auf der Waffe und rundherum auf dem Boden befanden sich Blutspritzer. Er hatte Vau gemocht. Der Junge war vielleicht nicht der Hellste gewesen, aber Oni war klar, dass er selbst ebenfalls kein Einstein war.

Oni sah sich nach seinem Vorrat an Munition um. Zwei Patronengürtel waren noch übrig. Er hakte das Magazin in der Stoner aus und ersetzte es durch einen der Gürtel. Den anderen steckte er in sein Hemd. Dreihundert Schuss. Nicht sehr viel unter diesen Umständen.

Er überlegte einen Moment, dann hob er das gebrauchte Magazin auf und klopfte es ab. Vielleicht noch einmal fünfzig Schuss. Besser als nichts. Er steckte es ebenfalls in sein Hemd.

Dann humpelte er in Richtung Cenote.

112 Bald hörte Oni jemanden rufen. Es war ein Mann, der in einem Regiestuhl direkt am Rand des Cenote saß. Oni schüttelte ungläubig den Kopf.

Der Mann und rund dreißig weitere Männer drängten sich alle in einem Haufen und blickten in das Becken hinunter. Onis verbliebene Geschwister mussten dort unten sein. Was sonst?

Er hob die Stoner und klemmte sie sich unter den Arm. Oni war beinahe zwei Meter zehn groß. Die gut einen Meter lange Stoner wirkte in seinen Händen wie eine Spielzeugwaffe.

Der Mann in dem Regiestuhl hob triumphierend eine Hand.

Oni begann zu schießen.

Die erste Trommel war in etwas weniger als zwanzig Sekunden verbraucht. Er setzte die zweite ein. Mit der war er unter fünfzehn Sekunden fertig. Dann tastete er in seinem Hemd nach der halb verbrauchten Trommel.

Fast alle waren tot. Der Rand des Cenote, wo sie versammelt gewesen waren, war weggebrochen. Die Männer zu erschießen, hatte Oni an eins der Computerspiele erinnert, auf die er als Kind so versessen gewesen war. Dabei waren Cowboys pausenlos auf einen zugekommen, und die einzige Chance, sie zu schlagen, hatte darin bestanden, immer weiterzuballern.

Er ließ die Stoner einen Rülpser auf einen Mann machen, der sich bewegte. Dann auf noch einen. Viel war jetzt nicht mehr in der Trommel.

Er ging zum Rand des Cenote und schaute hinunter. Das Wasser war von Körpern übersät. Manche schlugen noch um sich. Andere trieben mit dem Gesicht nach unten an der Oberfläche.

»Abi? Bist du da unten?«

»Ich bin hier.«

»Wer lebt noch?«

»Rudra, Nawal und Dakini.«

»Ach, da bin ich froh. Ich dachte schon, ich hätte euch alle verloren.«

»Können wir nach oben kommen?«

»Ja, ihr könnt jetzt heraufkommen. Ich lasse euch den Schlauch hinunter. Hier oben sind alle tot.«

Oni warf die Stoner beiseite und humpelte zu der Stelle, wo der Schlauch ordentlich aufgerollt direkt am Rand des Cenote lag.

Er hörte ein Geräusch hinter sich und drehte sich um. Er war zwei Schritte von dem Schlauch entfernt.

Emiliano kniete. Das Morphium hatte ihn vorübergehend unempfindlich gegen die Schmerzen von den Kugeln des Maschinengewehrs gemacht, die seinen Körper durchschlagen hatten.

Oni sah, wie Emiliano nach einem Moskito schlug, der vor seinem Gesicht schwebte.

Dann hob Emiliano seine Pistole und schoss Oni in den Kopf.

Oni kippte über den Rand des Cenote. Nach kurzer Stille ertönte ein mächtiges Platschen.

Emiliano lächelte. Er sah in den Cenote hinunter. Abi, Rudra, Dakini und Nawal schwammen fünfzehn Meter unter ihm. Es gab keinen Ausweg für sie.

Emiliano blickte auf seine Wunden hinab. Auch für ihn gab es keinen Ausweg. Er setzte sich den Lauf der Pistole an das Gaumendach und drückte ab.

DRITTER TEIL

1 Lamia de Bale spürte das Gewicht der ganzen Welt auf ihren Schultern. Es war, als addierte sich in ihrer Seele die Sinnlosigkeit des Lebens aller anderen zu der ihres eigenen. Sie wusste, mit der Entscheidung, Sabir zu verlassen, ohne mit ihm zu sprechen und ohne den Versuch einer Erklärung, hatte sie eine offene Tür zugeschlagen. Jetzt, fünf Kilometer über dem Atlantik, spürte sie eine gewisse Traurigkeit über den Verlust der damit verbundenen Möglichkeiten, ohne ganz zu verstehen, wieso.

Sie wartete, bis der Iberia-Flug eine halbe Stunde unterwegs war, ehe sie sich aus ihrem Erster-Klasse-Sitz erhob. Sie hatte sich für die teuerste Klasse entschieden, um sicherzustellen, dass sie das Flugzeug betrat und verließ, nachdem alle anderen Passagiere das Terminal verlassen hatten – Fluglinien machten Ausnahmen für ihre Erste-Klasse-Passagiere, wie sie wusste, und gingen auf ihre Launen ein. Sie hatte damit außerdem Zugang zur Business und Economy Class, ohne dass die Reisenden dieser Klassen Zugang zu ihr hatten.

Sie hatte gelogen damals in Frankreich, als sie Calque erzählte, ihre Mutter habe ihr Geld und ihre Kreditkarten konfisziert und sie selbst habe erst in letzter Minute die glückliche Eingebung gehabt, ihren Pass in der Unterwäsche zu verstecken. Tatsächlich hatte sie Pass, Kreditkarten und Bargeld in einer flachen Tasche versteckt, die sie hinten an ihrem Gürtel befestigte und auf die Innenseite ihrer Hose klappte – eine lose darüber getragene Bluse hatte geholfen, sie zu verbergen und sie darüber hinaus vor den gewohnheitsmäßigen Männerblicken auf den Hintern junger Frauen geschützt. Selbst junger Frauen mit katastrophalen Feuermalen.

Sie hatte dann bei der ersten Gelegenheit die Kreditkarten im Boden ihres Schminkkoffers verstaut und ihr Papiergeld zusammengerollt in einer Reihe von Tamponröhrchen untergebracht, die sie anschließend neu etikettierte und zuklebte, sodass sie wie frisch aus dem Laden aussahen. Hätten Calque und Sabir ihre Sachen durchsucht – sie wären mit Sicherheit auf keins der beiden Verstecke gestoßen. Männern widerstrebte es instinktiv, in den persönlichen Dingen von Frauen herumzuschnüffeln – es war, als wollten sie nicht wissen, welche Kniffe und schmutzigen kleinen Wahrheiten hinter der äußeren Erscheinung lagen, die sie so schätzten.

Und Lamia wusste natürlich Bescheid über äußere Erscheinungen. Sie hatte ihr ganzes Leben lang versucht, die Wirkung ihrer eigenen auf andere nicht zur Kenntnis zu nehmen. Es war hart, eine Frau mit einem entstellten Gesicht zu sein. Die Leute reagierten auf zweierlei Weise. Entweder sie zeigten ihre Abscheu, indem sie einen mieden – oder sie meinten es zu gut, weil sie insgeheim froh waren, nicht das gleiche Schicksal zu erleiden, und machten dich krank mit ihrem Mitgefühl.

Madame, ihre Mutter, hatte sich bemüht, die bittere Pille ein wenig zu versüßen – finanzielle Sicherheit zählte viel, wenn man sich auf anderen Gebieten verwundbar fühlte. Und Lamia war körperlich alles in allem besser dran als ihre drei Schwestern und mindestens vier ihrer Brüder. Sie befand sich also im oberen Quadranten der Bevölkerung, was finanzielle Mittel anging, und im mittleren, was Behinderungen anging. Aber bis sie Calque und später Sabir kennengelernt hatte, war es ihr unmöglich gewesen, Männern keine Heuchelei zu unterstellen – sie gaben vor, dich im Ganzen zu wollen, obwohl sie es in

Wahrheit nur auf die hormonell aufgeladenen Bereiche abgesehen hatten, auf die sie programmiert waren.

Die Wahrheit war, dass sich Lamia insgeheim danach gesehnt hatte, begehrt und gefragt zu sein – genau wie jede normale, nicht gezeichnete Frau –, doch ihr Gesicht und ihre Haltung hatten Männer entweder abgeschreckt oder von vornherein jedes Interesse an ihr verhindert. Lamia zuckte vor dem Spiegel der Flugzeugtoilette mit den Schultern – man konnte eben nicht alles haben.

Joris Calque jedoch schien aufrichtig hinter die Oberfläche ihres Gesichts geblickt zu haben, und Adam Sabir hatte sie mit seiner Fähigkeit zu einer mit Scheuklappen versehenen Sinnlichkeit erstaunt. Sie war überzeugt, dass Sabir sie ehrlich zu lieben glaubte, und ein Teil von ihr liebte ihn aufrichtig. Aber sie war die Tochter ihrer Mutter, und sie war sehenden Auges die Vereinbarung eingegangen, alle Seiten im Unklaren darüber zu lassen, wo sie tatsächlich stand – Sabir und Calque auf der einen und den Corpus auf der anderen. Der Umstand, dass sie Sympathie, Zuneigung und sogar Liebe für die beiden Männer empfand, die sie von vornherein verraten wollte, tat nichts zur Sache. Sie hatte eine Pflicht zu erfüllen, und genau das würde sie tun.

Sie spazierte in die Business Class und begann eine sorgfältige Prüfung aller Passagiere. Immer wenn sie eine der Toiletten erreichte, wartete sie, bis diese frei wurde, ehe sie mit ihrer Durchsuchung des Flugzeugs fortfuhr. Sie brauchte eine volle halbe Stunde, bis sie sich überzeugt hatte, dass keines ihrer Geschwister an Bord der Maschine war – in diesem Fall hätte sie sich in die Erste Klasse zurückgeflüchtet und alles Übrige den Flugbegleitern überlassen.

Natürlich hatte Madame, ihre Mutter, sie darauf aufmerksam gemacht, dass der Grand Cherokee irgendwann mit einem Peilsender versehen werden konnte, weshalb sie sich keinen Illusionen hingab, dass es Abi früher oder später gelingen würde, das Fahrzeug am Flughafen aufzuspüren. Ihr einziger Vorteil sowohl ihm als auch Sabir gegenüber lag in der Geschwindigkeit, in der sie von der Schwitzhütte aufgebrochen war. Madame, ihre Mutter, wollte, dass sie eine freie Agentin blieb, und genau das würde sie auch.

Sie kehrte an ihren Platz zurück und stellte den Sitz auf eine möglichst horizontale Position. Sie brauchte Schlaf. Die letzten zehn Tage hatten ihren Tribut gefordert, und sie fühlte sich körperlich wie seelisch ausgelaugt. Sie schloss die Augen.

Sofort stand das Bild vor ihr, wie Sabir sie in dem Motel in Ticul sanft auf das Bett gedrückt hatte. Wie sich seine Hände angefühlt hatten. Sein sanftes Eindringen, als sie sich zum ersten Mal geliebt hatten. Ihre Reaktion darauf, erst zögerlich, dann bereitwillig, begeistert, ekstatisch.

Sie schüttelte heftig den Kopf, um die unerwünschten Bilder loszuwerden, aber sie blieben darin haften wie Fragmente aus einem anderen Leben.

2 Bei ihrer Ankunft in Madrid blieb Lamia ausreichend Zeit für ihren Anschlussflug nach Paris. Sie ließ die Transitlounge jedoch links liegen und kaufte im Airport Shop ein paar Kleidungsstücke, eine Reisetasche und ein paar grundlegende persönliche Dinge, ehe sie zum Taxistand hinunterging und den Fahrer anwies, sie zu Madrids Bahnhof Atocha zu bringen.

Während des Flugs hatte sie den Internetservice an Bord genutzt, um sich eine Erste-Klasse-Kabine im Nachtzug »Talgo Night« zu buchen, der um 18.15 Uhr von Madrid abfuhr und um 8.27 am folgenden Morgen im Bahnhof Austerlitz in Paris eintreffen würde. Sie war die einzige ihrer Familie, die Ort und Identität der Wiederkunft Christi kannte, und sie war überzeugt, dass sie, falls sie ihren Geschwistern und der französischen Grenzpolizei entkommen konnte – für den unwahrscheinlichen Fall, dass es Calque gelungen war, seine alten Kollegen zu einer Gefälligkeit zu erweichen –, ihr Ziel ohne

Probleme erreichen würde. Erklärungen konnte sie nachreichen.

Sie wusste, dass der »Talgo Night« kurz in Blois im Loiretal hielt, ehe er sein endgültiges Ziel Paris erreichte, und hatte beschlossen, dort auszusteigen und einen Taxifahrer für eine Fahrt direkt nach Samois zu bezahlen. Wie weit mochte es sein? Hundert Kilometer? Sie würde vor dem Frühstück im Lager sein.

Kurz hatte sie mit dem Gedanken gespielt, ihre Mutter von einer öffentlichen Telefonzelle aus anzurufen und ihr zu sagen, dass alles wie geplant ging, aber sie hatte die Idee rasch wieder verworfen. Ihrem ganzen bisherigen Handeln hatte die Logik zugrunde gelegen, dass nur Milouins, Madame Mastigou und Madame, ihre Mutter, in ihre Pläne eingeweiht waren. Es gab zahlreiche andere Diener in der Domaine de Seyème, die ein Gespräch hätten mithören können, und wer konnte wissen, ob die französische Polizei angesichts ihrer berüchtigten Einstellung zur Privatsphäre in unbewusster Nachahmung von Joris Calque nicht immer noch das Haus verwanzt hatte?

Nein, nur durch umfassende Geheimhaltung und Telefonverzicht hatten Abi, Vau und die anderen dazu verleitet werden können, sich ganz auf Sabir und Calque zu konzentrieren – und dazu hatten sie Lamias Rolle als Mitreisende im Lager des Feindes voll und ganz glauben müssen.

Sabir und Calque hatte sie auf dieselbe Weise gewinnen müssen. Die beiden waren verständlicherweise zunächst misstrauisch gegenüber Lamia gewesen. Nur durch rigorose Selbstdisziplin hatte sich Lamia in eine Position manövrieren können, die stark genug gewesen war, um an die Informationen zu gelangen, die sie brauchte – und um sie ungestraft nutzen zu können, nachdem sie sie hatte.

Lamia entspannte sich in ihrem komfortablen Privatabteil des »Talgo Night«. Es tat gut, sich wieder verwöhnen zu können. Sie würde sich ein frühes Abendessen in ihre Kabine bringen lassen, dann zwei Schlaftabletten nehmen und versuchen, acht Stunden lang durchzuschlafen, ohne an Sabir zu denken. Sie konnte sich darauf verlassen, dass der Schlafwagenschaffner sie rechtzeitig vor Blois mit einem Frühstück wecken würde.

Sie hatte noch nie in ihrem Leben jemanden getötet – erst recht keine schwangere Frau und ihr ungeborenes Kind. Die Aussicht darauf, so notwendig es war, bereitete ihr noch einige Pein. Aber sie war zuversichtlich, dass sie darüber hinwegkommen würde.

3 Yola Dufontaine hatte den größten Teil des vorangegangenen Tags mit einer unbarmherzigen Migräne gekämpft. Sie hatte keine Ahnung, was diese ausgelöst hatte, aber sie war regelmäßig von Bildern ihres Blutsbruders Damo Sabir in der Senkgrube des Maset de la Marais begleitet gewesen, so wie sie ihn vor fünf Monaten gefunden hatte, als sie und Sergeant Spola in das Haus eingebrochen waren, um ihn zu retten.

Während Sabir in ihrem Traum einmal mehr dabei gewesen war, an dem Schlangengift zu sterben, das er in seiner Mundhöhle versteckt hatte, um Achor Bale damit zu töten, hatte ihn Yola diesmal nicht mit einem Gemisch aus Senfpulver und Salzwasser zum Erbrechen zwingen können. Stattdessen hatte sie mit Bestimmtheit gewusst, dass er sterben würde. Aber das Merkwürdige an dieser neuen Version der Ereignisse war, dass es nicht Sabir war, der von ihr Abschied nahm, sondern vielmehr sie von ihm.

Als sie ihrem Mann Alexi von den Kopfschmerzen und den Wachträumen erzählt hatte, hatte er nur gesagt: »Du bist im dritten Monat schwanger, *luludji*. Die morgendliche Übelkeit ist vorbei. Vielleicht sind Halluzinationen das Nächste, was ihr Frauen kriegt. Was Schwangerschaften angeht, kann mich nichts mehr überraschen.«

Yola hatte nicht genau gewusst, welche Antwort sie gern

von Alexi gehört hätte, aber die war es jedenfalls nicht gewesen. Jetzt wünschte sie, sie könnte mit Sabir Kontakt aufnehmen und sich versichern, dass es ihm gut ging. Er und der *Curandero* waren die einzigen zwei Menschen auf Erden, die ihr Geheimnis kannten – nicht einmal Alexi war eingeweiht, aus Gründen, die ihr immer noch nicht klar waren, die aber wahrscheinlich mit ihren Ängsten wegen seiner gelegentlichen Neigung zu Saufgelagen und der damit verbundenen losen Zunge zusammenhingen. Falls Alexi im Lager auch nur einmal etwas davon verlauten ließe, dass sie die Mutter des wiedergeborenen Heilands sein würde, wäre die Kacke aber wirklich am Dampfen, und das galt es unbedingt zu vermeiden.

Der *Curandero* war wie immer irgendwo unterwegs und deshalb nicht zu sprechen – er würde früher oder später auftauchen oder auch nicht. Im Vergleich zu ihm führte Sabir ein statisches Leben.

Da sie nicht schlafen konnte, wühlte Yola nun in ihrem und Alexis Wohnwagen herum, bis sie den versteckten Zettel mit Sabirs Telefonnummer gefunden hatte. Dann machte sie sich weit vor Morgengrauen durch den Wald auf den Weg nach Samois, zur nächstgelegenen öffentlichen Telefonzelle. Sabir hatte ihr erklärt, dass Neuengland viele Stunden hinter der Zeit in Frankreich zurücklag, und sie wollte ihn erwischen, bevor er zu Bett ging.

4 Athame und Aldinach hatten von 16.10 Uhr bis eine Stunde nach Eintreffen des letzten Iberia-Flugs des Abends aus Madrid um 22.35 Uhr am Pariser Flughafen Orly gewartet. Auf diese Weise verpassten sie sowohl Lamias Einreise nach Frankreich per Nachtzug über die spanisch-französische Grenze als auch die von Calque und Sabir, die Last-Minute-Plätze bei Aero Mexico für den Flug von Cancun nach Roissy/Charles de Gaulle ergattert hatten und um 23.10 am selben Abend landeten, aber eben auf einem ganz anderen Flughafen.

Nachdem sie überzeugt waren, dass Lamia nicht doch noch mit Verspätung aus dem Ankunftsbereich kommen würde, versuchte das Paar zum fünfzehnten Mal an diesem Tag Abi auf seinem Handy zu erreichen, was wiederum nicht gelang. Sie diskutierten daraufhin kurz, ob sie Madame, ihre Mutter, anrufen und nach Neuigkeiten fragen sollten, aber ihre Erziehung war so streng gewesen und ihr Hierarchiedenken als Folge davon so ausgeprägt, dass sie beschlossen, alles für weitere vierundzwanzig Stunden zu lassen, wie es war. Sie hatten ihre Befehle von Abi. Sie wussten, was sie tun mussten. Lamia hatte offenbar beschlossen, die Zusammenarbeit ein für alle Mal aufzukündigen. Und die vorübergehende Nichterreichbarkeit von Abi und dem Rest des Corpus bedeutete wahrscheinlich, dass die Truppe mit ausgeschalteten Handys bereits auf dem Weg nach Frankreich war, nachdem sie aus Sabir und Calque herausgequetscht hatten, was diese an Geheimnissen noch preisgeben konnten.

Die beiden Frauen mieteten sich einen Wagen und fuhren die achtzig Kilometer, die Roissy von Samois trennten; kurz nach zwei Uhr morgens trafen sie in dem Dorf ein. Erschöpft von ihrer Reise und dem vergeblichen Warten am Flughafen und vollkommen überzeugt davon, dass sie zu dieser unchristlichen Zeit weder ein Hotelzimmer noch das Zigeunerlager finden würden, machten sie es sich in ihrem Wagen bequem, um ein wenig zu schlafen.

5 Calque und Sabir hatten sich ebenfalls einen Wagen gemietet. Aber sie hatten einen großen Vorteil gegenüber den anderen – sie kannten den Weg zum Zigeunerlager bereits. Des Weiteren gingen sie davon aus, dass Lamia ein gutes Stück vor ihnen sein musste, was sie zusätzlich anspornte, ihr Ziel möglichst schnell zu erreichen.

Sabir fuhr wie der Teufel durch die Außenbezirke von Paris. Einmal, als nicht unmittelbar klar war, für welche Seite eines Fahrbahnteilers aus Beton sich Sabir entscheiden würde, hatte Calque beide Füße in den Boden gerammt wie Fred Feuerstein.

»Verdammt noch mal, Mann, es bringt uns nicht weiter, wenn wir von der Polizei aus dem Verkehr gezogen werden. Oder wenn wir frontal gegen eine Wand fahren. Wir sind entweder früh genug dran oder eben nicht. Es ist zwei Uhr morgens. Die *pandores* im Nachtdienst haben nichts Besseres zu tun, als sich rasende Idioten wie Sie zu schnappen. Denn sonst müssten sie echte Kriminelle verfolgen, mit all dem bürokratischen Aufwand, der damit zusammenhängt. Sie fahren 200 km/h statt der erlaubten 130. Das sind zwanzig mehr als die absolut höchstzulässigen 180. Dafür nimmt man Ihnen den Führerschein und die Wagenschlüssel ab.«

»Sie hören sich an wie ein Polizist.«

»Ich bin Polizist.«

Sabir hatte ein klares Bild von der schwangeren Yola vor Augen. Der Gedanke, dass sie nach allem, was sie zusammen durchgemacht hatten, sterben könnte, war albtraumhaft. Sie hatte ihm damals im Maset de la Marais zweifellos das Leben gerettet, genau wie er ihres unten am Fluss gerettet hatte, als Achor Bale sie wie eine nicht mehr gebrauchte Puppe in das eiskalte Wasser geworfen hatte. Sie, Alexi und er gehörten einander. Das Blutsband, das er unabsichtlich mit Yolas verstorbenem Bruder Babel Samana geschlossen hatte, war nur ein kleiner Teil davon. Er fühlte sich verantwortlich für sie und das ungeborene Kind, dem er als *kirvo* dienen würde – die Zigeunerversion eines Adoptivpaten. Es würde an ihm sein, dem Kind einen Namen zu geben und es zu taufen sowie es mit Geld und gutem Rat zu unterstützen, wo nötig. Es würde eine lebenslange Verpflichtung sein.

Sabir hatte sich auf all das mehr gefreut, als er zugeben wollte. Er hatte keine eigenen Kinder, und nun, da seine aufkeimende Beziehung zu Lamia so abrupt beendet worden war, befürchtete er, nie welche zu haben. Es wurde schmerzhaft offenkundig, dass er nicht für konventionelle Beziehungen geschaffen war.

»Wie spät ist es?«

Sabir fuhr leicht zusammen. Er sah auf die Uhr am Armaturenbrett. »Viertel nach zwei.«

»Haben Sie vor, direkt zum Wohnwagen zu fahren?«

»Ja. Oder haben Sie einen besseren Plan?«

»Nein. Aber ich wünschte sehr, wir hätten irgendeine Waffe. Dieser Hermaphrodit, Aldinach, er schien mir ein besonders finsterer Geselle zu sein. Er war in Ek Balam drauf und dran, Sie aufzuspießen.«

»Er hätte nicht bei mir Halt gemacht, Calque. Er hatte Sie ebenfalls im Visier.«

»Ja. Aber zu wissen, dass Sie als Erster dran waren, hat mich irgendwie getröstet.«

Sabir brach in Lachen aus. Er ging ein wenig vom Gas.

Das war die ganze Zeit Calques Plan gewesen, und er stieß einen kleinen, dankbaren Seufzer aus. Bei einem Autounfall auf der *Périphérique* von Paris zu sterben, hatte nie zu seinen größten Wünschen gehört. »Ich kann immer noch nicht glauben, dass Lamia Yola und dem Kind etwas antun will. Wir können sie nicht derart falsch eingeschätzt haben.«

»Vielleicht nicht. Vielleicht haben wir einfach ihre Motive von Anfang an missverstanden und Irrtum auf Irrtum gehäuft. Mein Vater hat immer gesagt, man ist nicht die Summe seiner früheren Handlungen.«

»Aber wir haben die beiden anderen nicht missverstanden. Sie wollen Yola etwas antun, und wir müssen sie aufhalten.«

»Koste es, was es wolle?«

»Koste es, was es wolle.«

6 Lamia hatte darauf gebaut, dass die Anwesenheit des Taxifahrers dazu beitragen würde, Yola von ihren ehrlichen Absichten zu überzeugen – wenn ein wildfremder Mensch einen bittet, ihn in einem Taxi zu begleiten, so ist dies etwas weniger bedrohlich, als wenn er aus dem Nichts auftaucht und versucht, einen in sein eigenes Fahrzeug zu locken. Fünfzig Kilometer vor Samois überlegte sie es sich jedoch anders und bat den Fahrer, sie zum Mietwagenschalter des Flughafens Orly zu bringen. Es wäre einfach nicht gut, wenn eine dritte Partei sie und Yola in irgendeiner Weise in Verbindung bringen könnte.

Sie mietete sich einen unauffälligen Peugeot, fuhr die verbleibenden vierzig Kilometer bis Samois und traf morgens kurz nach halb acht in dem Dorf ein. Sie beabsichtigte, in der Bäckerei – die ohne Frage als erster Laden geöffnet haben und ein Quell für jeden Tratsch im Dorf sein würde – nach dem Weg zum Lager zu fragen, aber kaum angekommen, sah sie eine junge Zigeunerin entschlossen auf eine öffentliche Telefonzelle zusteuern.

Lamia parkte den Wagen auf dem Dorfplatz. Sie stieg aus und streckte sich. Dann spazierte sie wie zufällig in Richtung der Telefonzelle.

Die Zigeunerin hatte Probleme, gleichzeitig die Nummer zu wählen, die sie auf einen Zettel geschrieben hatte, ihre Telefonkarte zu benutzen und den Hörer zu halten.

Lamia tat, als wartete sie darauf, dass die Zelle frei werde. »Kann ich Ihnen helfen? Ich könnte den Zettel halten und Ihnen die Nummer vorlesen, während Sie wählen.«

Die Zigeunerin musterte Lamia von Kopf bis Fuß. Lamia zwang sich ihrerseits, nicht auf den Bauch der Frau zu blicken. Es war noch zu früh, als dass man etwas sehen konnte, ein Blick in die falsche Richtung würde sie also verraten, ehe sie die Gelegenheit hatte, sich als potenzielle Freundin zu etablieren. Und vielleicht stimmte ihre Ahnung ja gar nicht. Vielleicht war diese Frau nicht Yola, sondern eine völlig andere Person. Dann würde sie von ihr zumindest den Weg zum Lager erfahren.

Yola nahm Lamias Muttermal wahr und die zurückhaltende Kleidung. Sie hatte sie in dem Peugeot kommen sehen und wusste, dass sie allein war. Eine wohlmeinende *Payo* also – solche tauchten ständig auf. Manche wollten sogar selbst Zigeuner werden und deren sogenanntes romantisches Leben führen. Was für ein Witz!

Yola nickte, wenngleich ohne zu lächeln. »Ja. Bitte tun Sie das.«

Lamia studierte das Stück Papier. Es war eine 001-Vorwahl. Die Vereinigten Staaten. Sie beschloss, ein kalkuliertes Risiko einzugehen, auch wenn sie keine Ahnung hatte, wem die Nummer tatsächlich gehörte. Sollte die Frau nicht diejenige sein, für die Lamia sie hielt, wäre nichts verloren. »Aber das ist doch Adam Sabirs Nummer, oder?« Sie zögerte, als wäre sie sich ihrer Sache nicht ganz sicher. »Dann müssen Sie Yola sein. Yola Samana?«

»Ich bin Yola Dufontaine.«

»Ach ja, natürlich. Sie sind inzwischen verheiratet. Mit Alexi. Adam hat es mir erzählt.«

Yola runzelte die Stirn. Es war früh am Morgen. In einem kleinen Dorf weitab vom Schuss. Sie konnte unmöglich verfolgt worden sein – die Entscheidung, zur Telefonzelle zu laufen, hatte sie ganz spontan getroffen. Was wollte diese Frau mit dem entstellten Gesicht von ihr? Wieso war sie hier? »Sie kennen Adam?«

»Ich bin seine Freundin.«

Yola errötete. Das kam selten vor bei ihr, aber das Erdbeermal im Gesicht der Frau war so kategorisch, so unmöglich zu übersehen, als spräche es einen von sich aus an. Ja, sagte das Mal zu ihr, du dachtest, ich könnte die Aufmerksamkeit eines Mannes nicht wecken, sein Verlangen nicht entfachen, ihn nicht verführen. Du hast dich geirrt.

»Seine Freundin?«

»Ja. Wir waren gerade zusammen in Mexiko. Ich bin gestern zurückgekommen. Ich bin nur hier herausgefahren, um Sie zu finden, deshalb ist es ein unglaubliches Glück, dass wir uns zufällig über den Weg gelaufen sind. Ich kann Ihnen jetzt sagen, dass Sie Adam zu Hause nicht erreichen werden. Er ist immer noch in Mexiko, zusammen mit Joris Calque. Sie versuchen sich gerade Ersatzpässe zu besorgen, nachdem ihre eigentlichen Pässe gestohlen wurden. Aber so etwas bekommen sie nur in Mexico City, im französischen und amerikanischen Konsulat. Und die beiden sitzen in Cancun fest. Ich hatte meinen Pass noch, deshalb hat mich Adam gebeten, zu Ihnen hier herauszukommen. Ich war gerade auf dem Weg zu Ihrem Lager, aber erst wollte ich noch Croissants kaufen. Als Geschenk.«

»Als Geschenk?«

»Ja. Anstelle von Blumen. Ich bin die ganze Nacht gefahren.«

»Blumen?« Yola fühlte sich verwirrt. Wer war diese seltsame Frau, die so viel über sie zu wissen schien? Und welcher außerordentliche Zufall hatte sie ausgerechnet in dem Moment hierhergeführt, in dem Yola zum ersten Mal seit drei Monaten Kontakt mit Sabir aufnehmen wollte? »Warum wollte Damo, dass Sie mich suchen?«

»Ach ja, Damo. Das ist Ihr Zigeunername für ihn, oder? Er hat mir davon erzählt.«

»Sind Sie wirklich seine Freundin?« Yola starrte Lamia an, als könnte sie mit Hilfe eines uralten weiblichen Instinkts vielleicht erfühlen, ob die Frau log.

»Wie kann ich es Ihnen beweisen?« Lamia lächelte, um ihr Unbehagen zu überspielen. Yolas Blicke zogen sie nackt aus. Keine Französin hätte sie je so offen und unnachgiebig angesehen. Ihr war klar, sie würde tief graben müssen, damit ihr etwas einfiel, womit sich die Zurückhaltung überwinden ließ, die eine Rasse manchmal in der Gegenwart einer anderen empfindet – oder eine Frau in der Gegenwart einer anderen, wenn beide, ohne sich vorher gekannt zu haben, dennoch durch die jeweilige Liebe zu einer dritten Person auf intime Weise miteinander verbunden sind. »Ich hab's. Ich weiß, das klingt jetzt albern, aber haben Sie Adam einmal ohne Kleidung gesehen? Ich meine natürlich nicht aus den Gründen, an die man zuerst denkt. Ich weiß, dass zwischen Ihnen beiden nichts in dieser Art war. Aber ungezwungen, wie einen Bruder?«

Yola zuckte mit den Achseln. Aber ihr Blick blieb beharrlich auf Lamia gerichtet. »Ja, bei mehreren Gelegenheiten. Krank wie gesund. Einmal sogar, als ich ihn kastrieren wollte. Als ich dachte, er hätte meinen Bruder getötet.«

Lamia stockte der Atem. »Davon hat er mir nie etwas erzählt.«

»Das glaube ich gern. Wir haben es beide vergessen.« Yola legte den Kopf schief. »Warum fragen Sie?«

»Weil Sie dann von seiner Narbe wissen müssen.«

»Weiter.«

»Ich kenne sie ebenfalls. Aus naheliegenden Gründen.«

»Wo ist die Narbe?«

»Es sind zwei. Eine ist die Hauptnarbe. Die andere ist die Narbe des Abflusskanals. Sie stammen davon, dass er mit Ende zwanzig aufgrund einer angeborenen Missbildung eine Niere verloren hat. Die Abflussnarbe liegt unter der Hauptnarbe. Beide sind sehr schön.«

Yola lachte. »Sie finden seine Narben schön? Damo muss Ihnen wirklich die Sinne geraubt haben.«

»Er findet mein Gesicht schön.«

Yola nickte bedächtig. Ihr Gesichtsausdruck begann von Argwohn zu Akzeptanz zu wechseln. »Ihr Gesicht *ist* schön. Wenn jemand ein Mal im Gesicht oder am Körper hat, sagen wir in unserem Stamm, dass ihn *O Dels* eigene Hand berührt hat. Dass sein Mal Ausdruck Seiner besonderen Gunst ist.«

»*O Del?*«

»Das ist unser Name für Gott.«

»Und ihr sagt das wirklich?«

»Mein Wort drauf.«

»Es ist schön, so etwas zu hören.«

Beide Frauen standen da und sahen einander an. Schätzten sich immer noch ab. Yola brach das Schweigen als Erste. »Warum will Damo, dass Sie mit mir sprechen?«

»Können wir an einem weniger öffentlichen Ort reden? Ich kann Sie irgendwohin fahren.«

»Nein. Wir müssen hier sprechen.«

Lamia sah sich um. Je länger sie in der Öffentlichkeit blieb, desto mehr wuchs die Wahrscheinlichkeit, dass sich jemand an sie erinnerte – sie war immerhin nicht ganz unauffällig. Sie musste ihr Vorhaben so schnell wie möglich umsetzen – Yola von hier fortbringen und ohne weiteres Gezeter an einen abgelegenen Ort schaffen. Sie hatte sich am Flughafen von Madrid ein Klappmesser gekauft, in einem Laden außerhalb der Abflughalle, der – absurderweise für einen Flughafenladen – auf einheimischen Toledostahl spezialisiert war.

Milouins hatte ihr genau gezeigt, wie und wo sie zustechen musste, als sie und Madame, ihre Mutter, sich auf die Unternehmung vorbereitet hatten. So wie er es erklärt hatte, war nur ein Streich erforderlich. Mutter und Kind würden binnen Sekunden tot sein, ohne große Schmerzen. Dann müsste sie nur noch Yolas Hand um den Messergriff schließen und die Polizei aus dem Desaster schlau werden lassen. Selbstmord infolge pränataler Depression? Ein mörderischer Zwist innerhalb der Zigeunersippe? Der Boden für mögliche Verwirrungen war fruchtbar.

»Der Corpus maleficus ist hinter Ihnen her. Wir sind ihnen in Mexiko begegnet. Durch furchtbares Pech haben sie erfahren, wer Sie sind und wen Sie im Leib tragen.« Lamia machte eine Handbewegung in Richtung von Yolas Bauch. »Adam hat mich geschickt, um Sie zu warnen. Sie vom Lager wegzubringen, an einen sicheren Ort. Er wird selbst in ein, zwei Tagen hier sein, wenn die Sache mit den Pässen geklärt ist.«

Aus Yolas Gesicht wich alle Farbe. »Was sagen Sie da? Darüber, wen ich im Leib trage?«

»Hören Sie, Yola. Während einer halluzinatorischen Sitzung in einer Schwitzhütte in Yukatan ist Adam herausgerutscht, dass Sie die Mutter des wiedergeborenen Christus sind. Er war zu diesem Zeitpunkt halb verrückt von Engelstrompete. Und wir hatten im Vorfeld dieser Sitzung eine Reihe extremer Erlebnisse, weshalb er von vornherein nicht ganz bei Verstand war. Die Droge hat es nur schlimmer gemacht. Wir dachten, wir wären endlich unter Freunden. Wir dachten, alle Anwesenden würden mithelfen, die Geburt Ihres Kindes zu feiern. Die frohe Botschaft verkünden. Aber ein Mitglied des Corpus maleficus befand sich ebenfalls im Raum. Er hat gehört, was Adam sagte. Jetzt kommt er herüber, um Sie zu töten. Ich habe nur einen geringen Vorsprung vor ihm. Ich muss Sie an einen sicheren Ort bringen, wo wir auf Adam und Calque warten können. Sie glauben mir doch, oder?«

»Ich glaube, dass Sie Damos Geliebte sind. Ich sehe es in Ihren Augen. Frauen können in solchen Dingen nicht lügen. Solche Gefühle gehen bei uns tiefer als bei Männern.«

Lamia fühlte das Blut in ihr Gesicht strömen. Sie neigte den Kopf leicht zur Seite, eine alte Gewohnheit, um sich zu schützen, wenn sie sich besonders bedroht fühlte. »Ja, das stimmt.« Lamia spürte: Das war ihr Moment. Wenn sie diese Chance vermasselte, würde sie gezwungen sein, vorzeitig und an einem öffentlichen Ort zu handeln. Es wäre eine Katastrophe. Es würde bedeuten, dass sie sich für ihr restliches Leben von allem ausschloss, was sie kannte und liebte – aber es wäre ein Opfer, das Madame, ihre Mutter, von ihr erwarten würde. »Kommen Sie mit mir? Wir können zurück zum Lager fahren, wenn Sie wollen. Holen, was Sie brauchen. Es wäre nur für ein paar Tage.«

»Können Hauptmann Calque und seine Leute mich denn nicht beschützen?«

»Er ist nicht mehr bei der Polizei, Yola. Er ist in den Ruhestand gegangen. Kurz nachdem Sie ihn kennengelernt haben. Jetzt hilft er Sabir, aber auf rein privater Basis. Sie arbeiten bei dieser Geschichte zusammen. Wir sind als Gruppe durch Mexiko gereist. Hauptmann Calque ist ein guter Mensch.«

Yola nickte. »Ja, das ist er. Für einen *Payo* ist er ein guter Mensch. Er hat mich Haare meines Bruders aus dem Leichenschauhaus mitnehmen lassen, damit wir ihn innerhalb der vorgeschriebenen Zeit verbrennen konnten.«

»Ja, das hat er mir erzählt.«

Yola richtete sich auf. Frühe Kunden der Bäckerei beäugten die beiden Frauen bereits argwöhnisch. Eine war Zigeunerin und die andere eine Missgeburt. Yola empfand plötzlich eine gewisse Verwandtschaft mit Lamia. Sie verstand nur zu gut, warum die Frau nicht in aller Öffentlichkeit bleiben mochte. »Also gut, ich komme mit Ihnen. Wenn Damo sagt, ich soll Ihnen trauen, dann traue ich Ihnen. Er würde nie etwas tun, das gegen meine Interessen ist. Aber zuerst müssen wir zum Wohnwagen und Alexi holen. Er kommt mit uns.«

»Natürlich.«

Yola zog die Schultern hoch. »Vielleicht sollte ich diese Nummer trotzdem anrufen.«

»Da ist niemand, ich verspreche es Ihnen. Aber Sie können anrufen, wenn Sie wollen.«

»Hat Damo denn kein Telefon zum Mitnehmen?«

»Das wurde gestohlen. Zusammen mit seinem Pass, seinem Geld und seinen Kreditkarten. Und Calque benutzt sowieso nie ein Handy. Er ist technophob.«

»Er ist was?«

»Er hasst moderne Technik. Er arbeitet nur mit seinem Verstand.«

»Ja, das stimmt. So hat es mir Damo erzählt, und so habe

ich es selbst gesehen. Kommen Sie, gehen wir zu Ihrem Wagen. Ich brauche die Nummer nicht anzurufen.«

Die beiden Frauen machten sich auf den Weg zu Lamias Peugeot. Aus einer Laune heraus verschwand Lamia rasch in der Bäckerei und kaufte eine große Tüte Croissants und drei Baguettes. Sie baute darauf, dass dies zu ihrer Tarnung beitragen würde. Wer sollte eine mit Brot und Croissants beladene Frau für eine Bedrohung halten?

Es war jedoch diese fünfminütige Verzögerung, die den weiteren Verlauf der Ereignisse bestimmte. Denn Athame, der der Geruch von frisch gebackenem Brot aus der Bäckerei in die Nase stieg, steckte gerade fröhlich den Kopf über den Türrahmen des Autos, in dem sie und Aldinach geschlafen hatten, und ließ das Fenster herunter.

7 Die Kupplung von Sabirs und Calques Mietwagen versagte ein kleines Stück nördlich von Melun.

»Das darf doch nicht wahr sein. Das darf verdammt noch mal nicht wahr sein.« Sabir hämmerte auf das Lenkrad. »Scheißmietwagen. Verdammte Arschlöcher. Wieso verdammt noch mal warten die ihre Scheißautos nicht?«

Calque sah ihn an. »Sind Sie fertig, Sabir? Außer mir hört Sie nämlich niemand. Und ich habe an und für sich nichts gegen Fluchen, aber morgens um halb drei kann es einem ein bisschen auf die Nerven gehen. Und Sie sind diesen Wagen gefahren, als wäre es ein Formel-1-Ferrari. Nicht ein importierter Kompaktwagen, den schon hundert Leute gefahren haben, jeder mit einer anderen Art zu schalten.«

Sabir sank in seinen Sitz zurück. »Was machen wir jetzt?«

Calque dachte einen Moment lang nach. »Wir suchen uns ein Telefon und rufen den Autoverleih an. Die schicken einen Abschleppwagen mit einem neuen Fahrzeug auf der Ladefläche und nehmen das alte mit. Dann setzen wir unsere Fahrt fort.«

»Aber was ist mit Lamia? Und den anderen beiden Verrückten?«

»Da können wir nichts machen, Sabir. Yola hat kein Telefon. Es liegt in der Hand der Götter.«

»Sind wir kürzlich an einem Notfalltelefon vorbeigekommen?«

»Nein.«

»Was machen wir also? Ein Auto anhalten?«

»Um diese Uhrzeit wird niemand anhalten. Wir sind in den Außenbezirken von Paris, umgeben von *bidonvilles*. Sind Sie verrückt, Mann?«

»Also gut. Sie bleiben im Wagen – für den Fall, dass die Polizei wissen will, warum wir hier stehen. Ich mache mich auf die Socken.«

»Gut.«

Sabir stieg aus dem Wagen und begann am Bankett entlangzulaufen.

»Sabir?«

»Was denn noch?«

»Sie sollten besser die Nummer des Autoverleihs mitnehmen.«

8 Sabir brauchte fünfunddreißig Minuten, um ein Telefon zu finden, und die Autovermietung brauchte weitere zweieinhalb Stunden, um einen Ersatzwagen zu schicken. In der Zwischenzeit streckten sich die beiden Männer in ihren Sitzen aus und machten ein Nickerchen. Ausnahmsweise schnarchte Calque nicht.

Der Abschleppwagen war kurz nach sechs Uhr morgens bei ihnen. Der eigentliche Fahrzeugwechsel war unkompliziert und dauerte nicht einmal zehn Minuten. Sabir riss sich gegenüber dem Fahrer des Abschleppwagens am Riemen. Calque hatte ihn daran erinnert, dass der Mann nicht persönlich für ihre missliche Lage verantwortlich sei und auch nicht dafür, dass die Autovermietung am frühen Morgen ein wenig langsamer reagierte.

Sabir stand neben dem Abschleppwagen und trat gegen die Reifen. Er fror. Er trug nur die dünne Jacke aus Mexiko, die für einen Novembermorgen im nördlichen Frankreich nicht geeignet war. Calque sah ebenfalls aus, als würde er frieren. Sabir überlegte, ob er ihm seine Jacke anbieten sollte, und verwarf die Idee dann. Er wusste, was Calque antworten würde.

Um halb sieben waren sie wieder unterwegs. Beide Männer spürten, wie die Ereignisse der letzten Tage ihren Tribut zu fordern begannen. Es blieb still im Wagen, bis sie den Dorfrand von Samois erreicht hatten.

»Hoffentlich kommen wir noch rechtzeitig.«

»Wir sind bestimmt noch nicht zu spät dran, Sabir.«

»Ich bin froh, dass Sie so ein Optimist sind.«

Sabir fuhr direkt zum Zigeunerlager. Er verpasste die Abzweigung beim ersten Mal und musste ein Stück zurückfahren. Aber beim zweiten Mal schaffte er es, holperte den ausgefurchten Weg entlang und versuchte den ärgsten Schlaglöchern und Pfützen auszuweichen. Er wollte den Autoverleih kein zweites Mal anrufen müssen.

Im Lager herrschte schon Betrieb. Frühstück wurde vorbereitet. Sabir fühlte sich plötzlich an den vergangenen Mai erinnert, als er eine ähnliche Reise zu einer ähnlichen Zeit gemacht hatte, damals allerdings zu Fuß.

Die Kinder waren die Ersten, die Sabirs Wagen bemerkten. Sie kamen darauf zugerannt, Misstrauen stand in ihren Gesichtern. Als sie Sabir durch die Windschutzscheibe erkannten, lächelten sie. »Damo! Damo!«

Sabir stellte den Wagen am Rand des Wegs ab und stieg aus. Einige der älteren Männer näherten sich jetzt, um zu sehen, was los war, während sich die Frauen noch ein wenig zurückhielten. Alexis Cousin Radu, dessen Hochzeit Sabir in Gourdon miterlebt hatte, war als Erster bei ihm.

»Damo. Schön, dich zu sehen. Yola wird überglücklich sein.«

»Pass auf, Radu, wir haben es eilig. Es handelt sich um einen Notfall. Du erinnerst dich an die Leute, die Babel getötet haben? Damals im Mai, in Paris? Sie sind jetzt hinter Yola her. Wir müssen sie und Alexi warnen. Wir müssen sie so schnell wie möglich von hier wegbringen.«

Radu vergeudete keine Zeit mit Fragen. Er nahm Sabir am Arm und führte ihn und Calque zu Alexis Wohnwagen. Alexi trat gerade aus der Tür.

»Damo! Mein Bruder – du kommst uns besuchen! Der Zeitpunkt ist perfekt gewählt, denn ich habe mir gerade überlegt, dich um ein weiteres Darlehen zu bitten. Nur kurzfristig, verstehst du? Diese Schwangerschaft strapaziert meine Mittel. Yola strapaziert sie natürlich auch, he, he.« Er sprang vom Wagen und schlang die Arme um Sabir.

»Alexi – wo ist Yola? Wir haben ein großes Problem. Der Corpus will sie töten. Es ist meine Schuld. Wir müssen sie von hier fortbringen.«

Alexi trat einen Schritt zurück. Ein Teil von ihm konnte sich noch nicht von dem Gedanken an das Darlehen lösen. »Sie wollen Yola töten? Aber wieso? Sie hat nichts getan.« Er schüttelte den Kopf, als müsste er den Schlaf daraus vertreiben. »Ist das die Rache für das, was sie dem Augenmann angetan hat?«

»Ich erzähl es dir später. Wo ist sie?«

Alexi zuckte mit den Achseln. »Irgendwo im Lager wahrscheinlich. Ich weiß nicht, wo sie sich morgens immer herumtreibt. Wahrscheinlich röstet sie Kaffeebohnen. Oder macht mein Frühstück. Sie könnte überall sein.«

»Radu, kannst du die Kinder nach ihr suchen lassen?«

Radu nickte. »Mach ich.« Er eilte davon.

Alexi sah Calque stirnrunzelnd an. »Sie sind der Polizist. Ich erinnere mich an Sie. Kommen Ihre Leute, um Yola zu beschützen? Oder müssen wir es wieder selbst tun?«

»Alexi, Calque ist nicht mehr bei der Polizei. Er hilft mir. Er ist ein guter Freund. Ich bitte dich, ihm zu vertrauen.«

»Er ist ein Freund von dir?«

»Ein sehr guter Freund.«

»Ein so guter Freund wie ich?«

»Du bist mein Bruder, Alexi. Er ist ein Freund.«

Alexi nickte. »Das ist eine gute Antwort, Damo. Ich werde ihm vertrauen.«

»Wann hast du Yola zuletzt gesehen?«

Alexi musste nachdenken. »Sie ist aufgewacht. Mit Migräne. Die quält sie seit Tagen. Hat wohl mit ihrer Schwangerschaft zu tun. Vorher war ihr immer schlecht.«

»Um welche Zeit ist sie aufgewacht?«

Alexi zuckte mit den Schultern. »Das weiß ich nicht. Drei. Vier. Vielleicht fünf. Es könnte sogar sechs gewesen sein.«

»Alexi, Herrgott noch mal.«

»Um sechs. Ich glaube, es war um sechs. Durch das Fenster kam gerade das erste Licht. Ich habe sie deutlich gesehen. Sie hat im Wohnwagen herumgewühlt.«

»Herumgewühlt? Was könnte sie gesucht haben?«

Beide Männer eilten bereits die Stufen zum Wohnwagen hinauf.

»Das weiß ich nicht. Aber sie hat es in dieser Schublade hier gefunden.«

»Was bewahrt ihr normalerweise darin auf?« Sabir hatte die Schublade bereits aufgezogen und klaubte in ihrem Inhalt herum.

»Ich weiß nicht. Um solche Dinge kümmert sich Yola.«

»Komm, Alexi. Streng dich ein bisschen an.«

»Na ja. Wir bewahren die Nummer des Bulibascha da drin auf. Und ein paar andere Dinge.«

»Die Nummer des Bulibascha ist noch da. Wonach könnte sie noch gesucht haben?«

»Na ja, deine Nummer vielleicht. Die müsste auch da drin

sein. Glaube ich jedenfalls. Denk dran, ich kann nicht lesen, Damo.«

»Meine Nummer?« Sabir durchwühlte die Schublade. »Sie ist nicht da.«

»Dann muss sie sie mitgenommen haben.«

»Wo ist das nächste Telefon?«

»Na ja, ein, zwei Leute von uns haben ein Handy.«

»Um sechs Uhr morgens?«

»Okay, wahrscheinlich hätte sie niemanden aufgeweckt. Vielleicht wäre sie zu Fuß ins Dorf gelaufen. Man tut viel, wenn man telefonieren will. Es ist billiger als ein Handy. Wir haben eine Gemeinschaftskarte für das ganze Lager. Alle Familienoberhäupter tragen je nach Benutzung dazu bei. Wir haben eine für Frankreich und eine für das Ausland. Yola hebt sie ebenfalls in dieser Schublade auf.«

Radu kam in den Wohnwagen geeilt. »Sie ist nirgendwo. Die Kinder haben einen großen Kreis um das Lager gedreht. Aber Bera und Koiné haben frische Spuren gefunden, die in Richtung Dorf führen. Sie sind von heute.«

»Ich erinnere mich an die beiden. Das sind die, die Achor Bales Versteck unter dem Busch gefunden haben, oder?«

»Ja. Sie sind deine Cousins. Sie sind sehr aufmerksam. Wenn sie sagen, sie haben Spuren gefunden, dann stimmt es auch.«

»Lass uns ins Dorf fahren, Alexi. Vielleicht ist sie noch dort. Hast du irgendwelche Waffen hier?«

»Nur meine Wurfmesser. Die ich auf dem Jahrmarkt für Vorführungen vor den *Payos* benutze.«

»Sind sie scharf?«

»Sehr scharf.«

»Dann nimm sie mit.«

9 Lamia bemerkte, dass sie und Yola verfolgt wurden, als sie kaum einen halben Kilometer aus dem Dorf waren.

»Yola. Schau dich um.«

Yola drehte sich in ihrem Sitz um.

»Das ist der Corpus. Ich weiß es. Ich erkenne den Fahrer. Er war derjenige, der Sabir in der Schwitzhütte belauscht hat.«

»Aber er sieht aus wie eine Frau.«

»Weil er eine ist. Er ist halb Mann, halb Frau.«

Yola bekreuzigte sich. »Und wer ist das neben ihm? Sie ist winzig. Wie ein Kind.«

»Sie ist kein Kind. Sie sind beide Mörder. Wenn sie uns erwischen, werden sie uns töten.« Lamia trat aufs Gaspedal. Der Wagen hinter ihnen beschleunigte ebenfalls.

»Sie fahren schneller.«

»Wir können jetzt nicht riskieren, ins Lager zu fahren. Wir werden fliehen müssen.«

Yola starrte immer noch unsicher auf das Auto hinter ihnen. »Bist du dir sicher?«

»Folgen sie uns noch?«

»Allerdings.«

»Sehen sie aus wie Polizisten, Yola?«

»Nein. Die Polizei setzt keine *Diables* ein. Keine Schnecken.«

»*Diables*? Schnecken? Wovon sprichst du?«

»Der *Diable* ist die Hermaphroditenkarte im Tarot-Spiel – sie verweist auf Gold und also auf die Vereinigung von Gegensätzen. Alle Zigeuner wissen das. Die Schnecke ist ebenfalls weder das eine noch das andere.«

Lamia warf Yola einen Blick zu. »Adam sagte, du besitzt einen außergewöhnlichen Verstand. Ich verstehe, was er meint.«

Yola schüttelte den Kopf. »Ich stecke voller Aberglauben. Mein Verstand ist nichts.«

»Irgendwie glaube ich das nicht.« Lamia blickte in den Rückspiegel. »Können wir irgendwo von dieser Straße abbiegen? Sie haben ein schnelleres Auto als wir. Wir müssen sie austricksen, denn abhängen können wir sie nicht.«

»Du meinst, wir sollen durch den Wald fahren?«

»Kennst du die Straßen im Wald?«

»Ja. Ich habe mein ganzes Leben hier verbracht. Aber es besteht die Gefahr, dass du im Schlamm stecken bleibst, wenn du die Waldwege fährst. Es hat geregnet, da verwandeln sich manche Gebiete in Schlamm. Dafür ist dieses Auto nicht gebaut.«

»Wir müssen es riskieren. Auf der Hauptstraße haben sie uns in null Komma nichts eingeholt.«

»Dann bieg hier ab.«

Lamia riss den Peugeot von der Hauptstraße. Sofort spürte sie, wie der Untergrund trügerischer wurde. Bei der ersten Kurve brach der Wagen aus und drohte im Graben zu landen. Sie musste das Lenkrad herumreißen, damit die Reifen wieder griffen.

»O Gott. Sie werden uns einholen.«

Yola hatte sich im Sitz gedreht. »Nein. Sie haben dieselben Probleme wie wir.«

»Wohin sollen wir jetzt fahren?«

Yolas Blick wurde entrückt. Eine Hand ging instinktiv zu ihrem Bauch. »Etwa zwei Kilometer von hier gibt es einen offenen Minenschacht. Samois war im 19. Jahrhundert eine Bergbau- und Steinbruchstadt. Wenn du sie sehr nahe kommen lässt, könntest du sie zum Schacht führen. Dann musst du im letzten Moment eine Kurve machen, wenn sie den Schacht noch nicht sehen können. Sie werden mit ihrem Wagen hinunterstürzen. Es geht vielleicht hundert Meter in die Tiefe. Als Kinder hat man uns beigebracht, dass *O Beng* – der Teufel – dort unten wohnt.«

»Aber das wird sie umbringen.«

»Sie wollen uns töten.«

Lamia warf einen Blick auf Yola. In ihrem Gesicht stand ein

merkwürdiger Ausdruck. »Ja. Du hast recht. Ich bin so etwas nicht gewohnt.«

»Nimm die nächste Abzweigung links. Dann fahr ein bisschen langsamer und lass sie aufholen, sodass sie direkt an unserer Stoßstange kleben. Sie werden nicht überholen können; der Weg ist zu schmal. Bis er sich links und rechts vor dem Minenschacht öffnet, kann nichts passieren. Aber du wirst nur einen Versuch haben. Wenn du nicht rechtzeitig herumlenkst, sind wir ebenfalls tot. Traust du dir das zu?«

Lamia schüttelte verwundert den Kopf. »Adam sagte, du bist nicht so leicht aus der Ruhe zu bringen. Jetzt weiß ich, dass er recht hat.«

»Ich werde mich nicht abschlachten lassen, das stimmt. Es wäre mir einmal beinahe passiert. Mit dem Bruder von den Leuten in dem Wagen da hinten. Nie wieder.«

Lamia riss den Peugeot in eine scharfe Linkskurve. Aldinach folgte mit sechs Sekunden Abstand. Auf der Geraden konnte Aldinach dann wieder aufholen und hing zwanzig Sekunden später unmittelbar an Lamias Stoßstange.

10 »Was zum Teufel war das?«

Sabir saß am Steuer des Mietwagens, Alexi auf dem Beifahrersitz. Calque und Radu hockten vornübergebeugt auf der Rückbank. Sabir hatte gerade zwei Autos gesehen, die fünfzig Meter vor ihm in hohem Tempo von der Hauptstraße von Samois in einen Waldweg abgebogen waren. Eine Schrecksekunde lang hatte es ausgesehen, als würden die drei Fahrzeuge direkt aufeinander zurasen.

»Das sind sie. Ich habe Lamias Gesicht erkannt. Jemand war bei ihr im Auto.«

»Sind Sie sich sicher?«

Calque schlug Sabir auf die Schulter. »Natürlich bin ich mir sicher, Mann. Lamias Gesicht ist unverwechselbar. Ich bin ja nicht blind.«

»Haben Sie gesehen, wer ihr gefolgt ist?«

»Nein. Aber Sie dürfen dreimal raten, wer es war.«

Sabir trat das Gaspedal durch und riss den Mietwagen dann abrupt rechts herum in die Abzweigung.

»Was, glauben Sie, ist passiert? Warum jagen Aldinach und Athame Lamia? Ich dachte, sie sind auf derselben Seite, verdammt noch mal.«

Alexi wandte sich an Sabir. »Das war Yola im ersten Wagen. Ich habe ihr Profil erkannt. Wenn sie ihr was tun, bringe ich sie alle um. Ich lasse sie ihre eigenen Eingeweide fressen. Ich …«

»Schon gut, Alexi. Beruhige dich. Wir kriegen sie.« Sabir hatte Mühe, den Wagen auf dem schmalen Waldweg zu halten. Es hatte vor zwei Tagen ziemlich viel geregnet, und die kraftlose Novembersonne hatte den Boden noch nicht trocknen können. Die Oberfläche des Waldwegs war deshalb wie eine Eislaufbahn, und die schlimmsten Schlaglöcher waren in den Kurven entstanden.

»Glauben Sie, sie haben uns gesehen?«

»Wenn nicht, werden sie es bald tun.«

»Sie denken nicht, dass Lamia Yola zu beschützen versucht, oder? Dass wir alles missverstanden haben? Warum sonst sollten die anderen sie jagen?«

»Ja, das ist die Frage.« Sabir steuerte einen weiten Bogen, Schlamm und Kies spritzten zur Seite. »Wohin führt dieser Weg, Alexi?«

»Wenn du dich geradeaus hältst, zurück zur Straße nach Fontainebleau. Und wenn du etwa fünfhundert Meter von hier nach links abbiegst, kommst du zu den alten Minen.«

»Den alten Minen?«

»Das war vor langer Zeit ein Bergbaugebiet hier.«

Wie aufs Stichwort schwenkten die beiden Autos, denen Sabir folgte, nach links in den Weg zu den alten Minen.

»Erzähl mir von diesen Minen, Alexi.«

»Sie sind sehr tief. Sehr gefährlich.«

»Und Yola kennt sie?«

»Natürlich. *O Beng* wohnt da unten – das wissen alle Zigeuner. Man bringt es uns als Kinder bei, damit wir von den Schächten wegbleiben.«

»*O Beng*?« Calque beugte sich auf seinem Sitz vor.

»Der Teufel, Calque. Sie fahren den Teufel besuchen.«

11 Lamia riss das Lenkrad im letztmöglichen Moment herum, bevor sie gegen den zerbrechlichen Zaun prallte, der den offenen Minenschacht umgab. Zunächst schien der Peugeot fast mit den plötzlichen Fliehkräften fertigzuwerden, aber dann traf er mit dem Hinterrad gegen einen großen Stein und kippte zur Seite. In dieser Lage pflügte er weiter durch einige Baumschößlinge und blieb schließlich hochkant an einer Fichte am Waldrand liegen.

Aldinach sah die Grube im letzten Moment und versuchte eine Drehung mit der Handbremse. Der gemietete Ford wirbelte um die eigene Achse, durchbrach die Holzpfähle und blieb mit halb über den Minenrand ragendem Heck liegen, während die Vorderräder sich im Stacheldraht zwischen den Zaunpfosten verfingen.

Sabir war zu diesem Zeitpunkt zweihundert Meter hinter den beiden anderen Fahrzeugen und hatte ausreichend Zeit, maßvoll zu bremsen, sodass er neben Lamias Peugeot halten konnte, kaum dass der Wagen zur Ruhe gekommen war.

Er lief zu dem Auto, die anderen folgten dicht hinter ihm. Er packte einen der entwurzelten jungen Bäume und begann das Heckfenster des Peugeots einzuschlagen. Alexi wickelte seine Jacke um beide Hände und zog die Glasstücke aus dem Rahmen. Dann schlüpfte er durch das zertrümmerte Fenster und kroch nach vorn zu Yolas Sitz.

Sabir lief um den Wagen herum zur Vorderseite. Er sah, dass jemand versuchte, das Sonnendach von innen zu öffnen.

»Kommen Sie, Calque, helfen Sie mir. Jemand versucht herauszukommen. Radu, du packst Alexi an den Beinen. Ich rieche Benzin. Wir müssen beide Frauen aus dem Wagen schaffen, bevor er in die Luft fliegt.«

Eine Hand tauchte aus dem Sonnendach auf. Sabir steckte seine Hand hinein und kurbelte es weiter auf. Bald darauf kam Lamias blutendes Gesicht in dem Spalt zum Vorschein. »Okay, warte. Ich glaube, wir kriegen dich durch.«

Calque nahm einen Arm von Lamia und Sabir den zweiten, und zusammen wuchteten sie ihre schlanke Gestalt durch das halb offene Sonnendach.

»Okay, wir haben dich. Alexi? Wie kommt ihr beiden mit Yola voran?«

»Es geht ihr gut. Es geht ihr gut. Wir haben sie jeden Moment draußen.«

Lamia erhob sich auf wackligen Beinen und lehnte sich an Sabir. Ihre Vorderseite war voller Blut von einer klaffenden Wunde im Schädel. Doch als sich Sabir die Verletzung genauer ansah, stellte er fest, dass sie zwar ausgiebig blutete, aber trotzdem eher oberflächlich war.

»Du hast sie gerettet, oder? Ich wusste, du würdest ihr nichts tun. Das konnte nicht sein, nach allem, was zwischen uns war.«

Lamia sah zu ihm hinauf. Dann veränderte sich ihre Miene plötzlich. Sabir fuhr, ihrem Blick folgend, herum.

Aldinach kam mit wehendem Haar auf sie zugerannt. Er sah aus wie einer der Mohikanerkrieger aus Coopers Lederstrumpf. In seiner Hand blitzte ein Skalpell auf. Sabir stellte sich ihm frontal entgegen. Alexi und Radu waren noch mit Yola im Wagen. Sabir bückte sich, hob den jungen Baum auf, mit dem er das Wagenfenster zertrümmert hatte, und hielt ihn zum Schlag bereit in die Höhe.

Aldinach kam direkt auf ihn zu. Er sprang wie ein Tänzer über die Schlammlöcher und die herumliegenden Gegenstände zwischen ihnen.

Eine Gestalt lief links an Sabir vorbei. Es war Lamia. Sie rannte mit ausgestreckten Armen direkt auf Aldinach zu.

Aldinach zögerte kaum. Seine Hand fuhr heraus, und das Skalpell drang wie ein Degen in Lamias Brust, um ebenso rasch wieder herausgezogen zu werden. Sie fiel nicht einmal um, sondern blieb mit den Armen vor der Brust stehen, während Aldinach weiter auf Sabir zulief.

Eine ungestüme Wut überkam Sabir, eine Wut, wie er sie noch nie in seinem Leben gekannt hatte. Auch er sprintete nun auf Aldinach zu. Im allerletzten Moment hob Sabir seinen Ast in die Höhe und schwang ihn in einem Bogen vor sich. Das Ende des Schößlings traf Aldinach am Hals, als der sich gerade mit vorgestrecktem Skalpell auf Sabir stürzen wollte. Er stolperte und fiel auf die Knie, das Skalpell prallte klirrend gegen einen Stein. Aldinach machte einen Satz auf die Klinge zu, aber Sabir traf ihn mit einem zweiten Schlag seitlich am Kopf.

Dann verlor er völlig den Verstand. Er drosch wieder und wieder auf Aldinach ein und kreischte Verwünschungen dazu. Als er fertig war, warf er den Ast zur Seite und wankte zu der Stelle, an der Lamia noch immer stand. Als er sich näherte, sank sie langsam auf die Knie. Es war eine anmutige Bewegung, fast als hätte sie einen Knicks gemacht und erst im letzten Moment beschlossen, sich niederzuknien.

Ihr Kopf hing nach unten, sie nickte ein-, zweimal, und dann, gerade als Sabir sie erreichte, fiel sie vornüber auf das Gesicht.

Er kniete neben ihr nieder und nahm sie in die Arme. Sie lebte noch, aber ihre Augenlider flatterten bereits.

»Ich liebe dich. Ich liebe dich.« Sabir weinte. Sein Gesicht war verschmiert von Schlamm und dem Blut aus Lamias Kopfwunde.

Ihre Lippen bewegten sich, aber kein Wort kam heraus. Dann starb sie. Sabir spürte, wie das Leben aus ihr entwich, es war wie das letzte Flattern eines Vorhangs im Wind, ehe er wieder reglos verharrte.

Er blickte auf. Athame stand ein paar Schritte von ihm entfernt. Sie sah Lamia an. Ihr Gesichtsausdruck wirkte traurig. Sie hatte keine Waffe.

Sie machte einen Schritt auf Sabir zu und streckte eine Hand aus.

Neben Sabirs Kopf blitzte etwas auf, und im nächsten Moment hielten Athames Hände das Heft von Alexis Wurfmesser umklammert, das aus ihrem Hals ragte. Blut sprudelte über die Klinge und ihre Hände. Sie war so klein, dass sie nicht weit zu fallen hatte.

Sabir sah auf Lamia hinunter. Ihr Gesicht war halb von ihm abgewandt, sodass man die verunstaltete Seite nicht sah. Er beugte sich hinunter und küsste sie auf den Mund, auf die Haut um ihre Augen. Dann legte er sich neben sie und zog sie an sich, so wie er es in dem Motel in Ticul getan hatte.

Als Calque die beiden ein wenig später mit großer Behutsamkeit zu trennen versuchte, musste er feststellen, dass es ihm nicht möglich war.

Ein Weltklasse-Mystery-Thriller!

Thriller. 416 Seiten. Übersetzt von Michael von Killisch-Horn
ISBN 978-3-442-36984-3

Lesen Sie mehr unter: **www.blanvalet.de**

blanvalet

»Ein kluger Kunstgeschichte-Krimi mit Anspruch!« WOMAN

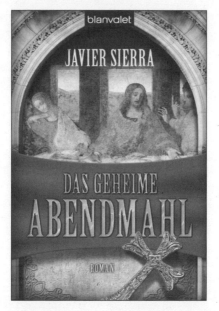

Roman. 384 Seiten. Übersetzt von Eva Maria del Carmen Kobetz Revuelta
ISBN 978-3-442-36500-5

Lesen Sie mehr unter: **www.blanvalet.de**